Richard Schuberth

Chronik einer fröhlichen Verschwörung

Roman

Paul Zsolnay Verlag

Gefördert durch das Land Niederösterreich

KULTUR
NIEDERÖSTERREICH

1 2 3 4 5 19 18 17 16 15

ISBN 978-3-552-05714-2

Satz: Eva Kaltenbrunner-Dorfinger, Wien
Druck und Bindung: CPI – Ebner & Spiegel, Ulm
Printed in Germany

MIX
Papier aus verantwortungs-
vollen Quellen
FSC® C006701

Erster Teil

1. Kapitel
Begegnung im Zug

»Ist Ihnen nicht gut?«, fragte der Schaffner.

Ernst Katz sah zu ihm hoch.

»Dieser Schmierfink wird Klara nicht bekleckern!«

»Nein, das wird er bestimmt nicht«, sagte der Schaffner, entwertete das Ticket, gab es Ernst Katz zurück und setzte seinen Gang durch den Waggon fort.

Hält er mich halt für einen Trottel. So unrecht hat er ja nicht. Ernst Katz schlug mit dem Hinterkopf gegen die Lehne und atmete schwer. Vor seinen Füßen lag ein zerknüllter Zeitungsteil. Passagieren, denen dies auffiel, bot sich ein befremdliches Bild. Der ältere Mann rieb sich so fest und schnell mit den Fingerkuppen die Kopfhaut, als wollte er sie vom Schädel schmirgeln.

Diese neuen Hochgeschwindigkeitszüge, sanft schweben sie durch die Landschaft: Selbst die Schaffner sind so freundlich, als wurden sie gecastet, um Touristen an der kolportierten Geschichte dieses Landes zweifeln zu lassen. Früher, da ratterten die Garnituren in monotonem Rhythmus, da konnte man sich noch vor den Mitreisenden, vor den eigenen Sorgen in beruhigenden Steadybeat flüchten. Doch nichts, nichts, woran der Verzweifelte Halt findet in dieser vollklimatisierten Servicekabine, die ihn bloß duldet. In a few minutes we arrive in Wels.

Was wollen die Juden noch? Wir haben unsere Lektion gelernt. Jetzt sind sie es, die beweisen müssen, ob nicht doch ein Fünkchen Wahrheit daran ist. Woran? Na, Sie wissen schon!

Schauen Sie doch nach Israel oder sehen Sie sich bloß diesen alten Neurotiker mit dem schlecht unterdrückten Wutanfall an.

Spinner gibt es überall, aber so einer wird nie zu uns gehören. Und uns ist's grad recht.

Ernst Katz presste seine rechte Wange an die Scheibe. Stupide starrte er die vorbeischwebenden Eigenheime des Traunviertels an, nicht minder stumpfsinnig glotzten sie zurück. Es darf einfach nicht wahr sein! Einer dieser Quader, eine dieser Einfamilienbatterien, eines dieser baumarktbarocken Spukschlösser also hat den jungen Autor in die Welt gespuckt, der sich nun sechzig Jahre später an den Gedemütigten vergreift. Warum gerade Klara? Hast du nicht genug Nazifilme gesehen, um dir fiktive Juden zu basteln?

Ernst Katz' Hände ballten sich wieder. Und wenn es das Letzte ist, was ich tue, ich werde dich daran hindern. Das schwöre ich.

Er griff nach dem Zeitungsknäuel und versuchte die Falten zu glätten. Er hatte es nicht geträumt. Noch immer stand dort: *Erfolgsautor schreibt KZ-Roman. Der vielprämierte oberösterreichische Schriftsteller René Mackensen – diesjähriger Adalbert-Stifter-Stipendiat – versucht sich an einem heiklen Sujet: der Holocaustprosa. In seinem nächsten Roman will er das Schicksal der jüdischen Psychologin Klara Sonnenschein aufarbeiten, die ihre Jugend in Mauthausen verbringen musste. »Eine irrsinnig interessante Frau. Und viel zu wenig bekannt.« »Überhaupt«, meint der literarische Shootingstar im Interview, »könne man gar nicht genug schreiben über dieses problematische Kapitel unserer Vergangenheit.«*

Sie war Philosophin, Germanistin, alles, nur keine Psychologin!

Wer den Mann hier im Waggon beobachtete, konnte schwer entscheiden, ob die Verzerrung seines Gesichts von Schmerz oder Spott herrührte. Einem Instinkt folgend, versuchte er seiner Grimasse den Anschein von Vergnüglichkeit zu geben. Holocaustprosa, murmelte er. Der Boulevard bezeichnet schon ein eigenes Genre damit. Wir benutzten das Wort spöttisch, aber zaudernd, aus Angst, die Geschmacklosigkeit des Spotts könne die Geschmacklosigkeit des Verspotteten übertreffen. Und was machen sie? Sie bedanken sich für die Anregung und küren ihn zu einem Slogan.

Warum Klara, warum ausgerechnet Klara?

Nein, man konnte nicht behaupten, der siebzigjährige Mann mit dem braunen Teint und dem dichten, weißen Haar, das ihm halblang in den Nacken fiel, sei mit sich und der Welt im Reinen. Alle Attribute besaß er, um als interessanter Greis zu gelten. Er wirkte vital, sportlich, und war auch so gekleidet: blaues Hemd, graubeiger Mantel, Hose aus braunem Cord. Man hätte ihm den Amazonasforscher abgenommen, den Adria-Kapitän mit Business-Vergangenheit, den Globetrotter, den Bonvivant, der charmant noch jüngere Frauen- und vielleicht auch Männerherzen zu erobern weiß. In exotischen Ländern hängt man einem wie ihm gerne Blumenketten um den Hals, mit gefalteten Händen verbeugt er sich vor heidnischen Schreinen und fährt mit dem Dalai Lama Wasserski. Doch was tat Ernst Katz, um einer dieser Vorstellungen zu entsprechen? Gar nichts tat er. Auch als Philosoph hätte er durchgehen können, jedoch nicht als einer dieser Besserwisser, sondern eher von der Marke Weisheit & Lebensphilosophie. Mehr asiatisch verbindlich als jüdisch zersetzend. Doch Ernst Katz fehlte jeglicher Ehrgeiz, sich in seinem ansprechenden Äußeren einzurichten.

Er betrachtete die Mitreisenden. Längst hatten sie seine Wutspasmen bemerkt, längst starrten sie ihn aus Augenwinkeln an als das misslungene Leben, das behutsam aus dem Blick, aus dem Sinn geschaufelt gehört, damit ihres seinen gewohnten Lauf fortsetzen kann. In speckiger Jacke, mit strähnigem Haar und starker Ausdünstung hätte er sich einordnen lassen. Doch das Missverhältnis von würdevollem Aussehen und würdelosem Betragen verwirrte.

Ernst Katz starrte zurück; was sie konnten, konnte er schon lange. Dort, der schlafende Pendler, die Jungmutter, die drei

Weiber zwei Reihen weiter, die er zwar nicht sah, deren Gewäsch ihm aber seit Salzburg unerträglich war und die er sich allesamt mit Kunstpelzmützen auf dem Kopf und bordeauxroten Pullovern vorstellte; die Laptoparbeiter, die Studenten auf dem Weg nach Wien, die zwei angeheiterten Teeniegören, die in Wels zugestiegen waren und glaubten, mit ihrem Kichern den ganzen Raum beherrschen zu dürfen …

Starrt mich ruhig an! Brütet euren Handlungsbedarf aus!

Was wäre, wenn Ernst Katz wirklich so ausgesehen hätte, wie er war? Wäre er eines dieser vergeistigten Glatzenmännchen mit tausend Dioptrien gewesen, wie man sie aus dem vorigen Jahrhundert kannte, die Bewunderung und Lebensberechtigung einzig in ihren akademischen Karrieren und Suhrkamp-Büchern fanden, aber seit der Erfindung der Talkshow ausgestorben waren? Die als Mahner der Nation nicht taugten, weil sie zu keiner Nation gehörten. Weder sexy noch charismatisch, diese letzten Kathederjuden, die man sich hielt, damit sie einem auf Knopfdruck verziehen. Aber wehe, sie verbänden ihre Besserwisserei mit Unversöhnlichkeit, als Erstes zerstörten ihnen die Studenten ihre Hornbrillen, weil französisches Denken cooler wäre, und dann tappten sie verzweifelt, die Tränensäcke zusammengekniffen, aus dem Campus auf die Straßen, wo der Mob darauf wartete, dass sich solch ein Professorchen vor ihre rostigen Ketten und gelackten Stilettos verirrte. Ernst Katz meinte es ernst.

Er machte sich keine Illusionen. Alle, alle, wie sie da im Waggon saßen, alle ohne Unterschied, würden ihn bespucken, verlöre er die Fassung. Wenn er Klartext redete mit ihnen. Und je klarer seine Sprache, desto unverständlicher wäre sie ihnen, und desto mehr würden sie ihn hassen, sie, die spürten, dass er nicht mit ihnen reden wollte, sondern bloß etwas zu sagen hatte. Nichts auf dieser Welt, wusste Ernst Katz, hassen sie so sehr wie den kritischen Gedanken, der es ihnen nicht erlaubt, sich's mit der Welt zu richten. Die Rechten wie die Linken, Frauen und

Männer, Skinheads wie deren Sozialarbeiter, Sinnsucher und Sinnverkäufer, Österreicher, Türken, Jugos, Deutsche, Ökos, Einzelhandelskaufmänner, Mechaniker und Lebensberaterinnen, alle ließen sie ihre Kämpfe ruhen, wenn einer wie er die Maske fallen ließe. Das Eigene und das Fremde merkten plötzlich, dass sie einander gar nicht so fremd seien in Anbetracht jenes störenden Fremden, das er, Ernst Katz, verkörperte und ihnen allen missfiel – dem Eigenen wie dem Fremden. Alle, wie sie da saßen, alle entlüden sie ihren Hass auf den Spaßverderber, der immer ein Haar in der Suppe findet.

Mein Denken, das ist meine Cyranonase und meine Judennase zugleich, obwohl ich angeblich wie eine Mischung aus Heinrich Harrer, Franz Liszt und Rutger Hauer aussehe. Es ist jener rast- und wurzellose Geist, der den mit ihrer Unfreiheit Versöhnten lästige Freiheit verspricht. Einträchtig mit ihren Knechtern und Verdummern müssen sie diese Ratte jagen, was für ein Spaß. Ernst Katz' Phantasie nahm den Schrecken immer öfter in drastischen Bildern vorweg, und dabei blieb unklar, ob der Maler solcher Gespinste als fiktives Opfer nicht auch die Freuden der Täter mitgenoss.

Lasst ihn nicht entkommen!

Vor Jahrzehnten hatte ihm eine alte Frau, mit der er aus Sympathie ein Gespräch anfing, eine Sympathie, die er bald bereute, erzählt, dass sich damals im Achtunddreißigerjahr die Juden plötzlich über Nacht aus Innsbruck davongeschlichen hätten. Von einem Tag auf den anderen seien sie verschwunden. Der Ausdruck ihrer Augen hatte ihm verraten, dass sie die Juden für Verräter hielt, die sie und ihresgleichen im Stich, allein mit Hitler gelassen und damit all die Gründe bestätigt hätten, warum man sie jagte. Doch in Ernst Katz' Tagträumen gab es keine Flucht.

Warum könnt ihr mich nicht leben lassen? So richtet er in seinen Tagträumen das Wort an die vermeintlichen Genossen im Mob. Reicht es denn nicht, meine Kritik und mich zu ignorieren? Es reicht eben nicht. Während wir den Mob mit dir beschäftigen, gewinnen Bessere als du – schöne Musliminnen und Juden mit echter jüdischer Identität – Zeit zur Flucht. Denn eines ist klar: So was wie du nützt niemandem! Das wirst du doch einsehen. Nicht zu einem konstruktiven Gedanken bist du fähig. Nicht einmal Klezmerklarinette kannst du spielen. Wärst du eine Tropenkrankheit, hätte man wenigstens den Nutzen eines gestärkten Immunsystems von dir. Aber du bist nichts als ein wuchernder Tumor.

Nimm dich nicht so wichtig, rief man ihn aus dem Wachtraum. Ich? Ich nehme mich wichtig? Aber das stimmt gar nicht. So eine Lynchung wär' zu viel Anerkennung meiner Bedeutsamkeit, meinst du? Diese Worte dachte Ernst Katz stumm der Stimme entgegen, die ihn geweckt hatte. Wer sagt hier, ich solle mich nicht zu wichtig nehmen? Ernst Katz blickte in den Gang des Waggons.

»Na klar nimmst dich zu wichtig. Der Musti wollt einfach nix mehr von dir. Wennst das nicht einsiehst, dann hast ein Problem.«

Es war einer der beiden Teenager, der ihm zwei Sitze weiter schräg gegenübersaß. Sie belehrte ihre Freundin. Ihr Blick traf ihn, als sich seine Wangenmuskeln spannten und die Mundwinkel grotesk nach unten zerrten. Peinlich war ihm, in seinem Zorn von diesem jungen Menschen erwischt zu werden. Die Wutanfälle, deren Pathologie er jahrzehntelang geleugnet hatte, suchten ihn in immer kürzeren Intervallen heim.

Mit einem Lächeln gab Ernst Katz dem Mädchen Entwarnung. Sie erwiderte es knapp und wandte ihren Blick wieder ab. Doch sie behielt ihn im Auge, wie das nur Frauen können. Weil sie über das sogenannte Schläfenauge verfügen. Sie haben im Laufe ihrer Geschichte, die auch eine Geschichte der Belästigung ist, lernen müssen, gierigen Blicken auszuweichen und trotzdem ihre Neugierde nach Bestätigung zu stillen. Ernst Katz musste ein Vorurteil zurechtrücken. Dieser junge Mensch würde ihn vermutlich nicht lynchen. Bloß ignorieren. Das beruhigte.

Auch der nicht an ihn gerichtete Rat, sich nicht zu wichtig zu nehmen, hatte ihn beruhigt. Er atmete tief durch und wandte sich wieder der Landschaft zu. Doch weil diese zahllosen Einfamilienhäuser keine erquickliche Aussicht waren, schöpfte er mit kurzen, schnellen Blicken aus dem Gesicht des Teenagers: Nett sah sie aus, und einen kleinen Ring trug sie im Nasenflügel. Vielleicht war sie sogar ein guter Mensch. Ernst Katz verfügte über eine großzügige Definition des guten Menschen: Gut ist jemand, der ihn nicht lynchen würde. Was er nicht wahrhaben wollte: Auch er wurde immer öfter vom Bedürfnis zu lynchen übermannt. Doch wären das vermutlich Notlynchungen.

Die beiden Mädchen tranken Bier aus Dosen und analysierten ihren männlichen Bekanntenkreis. Sie taten das so, dass niemandem im Waggon ein Wort entging. Es war ihnen völlig egal. Fröhlich waren sie, frech und besoffen. Die Nasengepiercte kam Katz besonders forsch vor. Die glaubt wohl, schon ein Leben hinter sich zu haben. Hat sie auch. Denn was folgen mag, könnte nicht der Rede wert sein. Diese trübe Aussicht würde Katz jedoch für sich behalten.

»Geh, Oide, mit dem Schierhuber Karli kannst mich jagen. Na geh, bitte. Der schaut so langsam. Wenn dich der anschaut, kannst zweimal um den Äquator düsen, bis sein Gschau bei dir ankommt. Ich glaub, der ist dauerbekifft. Und seine ranzigen Schmäh erst. Letztens sagt er zu mir: Biggy, wenn ich dich seh, hab ich Schmetterlinge im Bauch. Sag ich zu ihm: Dann friss nicht so viele Raupen.«

»Geh, du bist so arg.«

»Na, wenn's wahr ist.«

Behagen schlierte inwendig durch Katz' vergifteten Sinn und

öffnete diesen mit herzhaftem Lachen. Hat sie soeben die Wirkung ihres Schmähs mit einem Hundertstelsekundenblick auf ihn getestet? Oder bildete er sich das ein? Schüchtern schaute er wieder in die dämmernde Hochgeschwindigkeitslandschaft hinein. Und er nahm noch mehr Vorurteile zurück. Diese Mädchen, besonders die Freche, adelte er zu natürlichen Verbündeten im Feindesland. Die anderen würden die bleiben, die sie waren.

Ernst Katz lauschte ihrem Gespräch. Die kommen weder aus Salzburg noch aus Wels, Wels vielleicht. Das Langgezogene ihrer Aussprache weist sie eher der Hauptstadt zu. Vielleicht deren Umgebung, Niederösterreich, wo das Proletoide, der Blueston durch eine Prise Ländlichkeit besänftigt wird. Eine Melodie schafft das, welche die formelhafte Coolness des Arbeiterklassenwienerisch mit bäurischer Geradlinigkeit individualisiert. Der Ton gibt in dieser Mischung nichts an Lässigkeit preis und gewinnt doch an Liebreiz. Ernst Katz tippte auf St. Pöltener Tiefebene. Die einzige österreichische Sprachmelodie, sieht man vom zart angewienerten Hochdeutsch eines Oskar Werner ab, die ihm nicht unerträglich war. Er hörte den Mädchen zu, und neben dem altersgemäßen Unsinn fand er einiges, was er sich von ihnen wünschte: den Ehrgeiz, einander an Wortwitz zu übertreffen, jenem Überschmäh, der von sich selbst nie genug kriegen kann und stets bereit ist, in Überüberschmäh zu metastasieren; gepaart mit der Freude daran, jene Naivität, die man sich im Dschungel einfach nicht erlauben darf, mit phantasievollem Hohn zu bestrafen. Nur hier im Niemandsland zwischen Stadt und ländlicher Trostlosigkeit, war Ernst Katz überzeugt, erwuchs dieses Naturell, das mit jeder Generation aufs Neue die Kunst veredelte, eine Sache zu sagen und mehrere zu meinen. Einzeln nur wuchsen diese Bäume, was ihnen jedoch Gelegenheit gab, sich kraftvoll und knorrig auszubreiten, ehe man sie stutzt.

Ernst Katz ließ sich vom Myzel dieses Geistes umfangen und wurde wieder jung, so jung, wie er es nie gewesen war. O glückliches Alter, in dem man glaubt, die Welt stünde einem tausendfach offen. Noch erforschen sie diese eigenständig, doch bald werden auch sie in die Großstadt gehen. Dort werden ihnen Großstadtfrisuren wachsen, dort werden sie ihre rotbäckige Widerborstigkeit mit schicken Diskursen überschreiben und sich als symbolischen Ritterschlag solcher Konfektionierung die angeschmirgelte Viennale-Plastiktasche über die Schulter hängen lassen.

Die Freundin der Gepiercten – sie war Ernst Katz weniger sympathisch – referierte soeben die Vorzüge von Sex auf einem Drehstuhl. Die Gepiercte bekannte, es noch nicht probiert zu haben. Ja, stimmt, dachte Ernst Katz, auf einem Drehstuhl, das muss toll sein.

Da mischte sich eine der Pelzkappenträgerinnen ein: »Tschuldigt's, aber könnt ihr eure Fachgespräche nicht ein bissl leiser führen? Es sind nämlich nicht alle interessiert dran.«

»Wenn's Ihnen nicht passt«, erwiderte die Gepiercte, »dann setzen Sie sich dort hinten hin, da sind noch ein paar Plätze frei.«

Schweigen.

Ausgezeichnet. Unter anderen Umständen hätte Ernst Katz der Dame beigepflichtet, doch hatte nicht auch sie in seinem Tagtraum auf ihn eingetreten?

»Kaffee, Tee, Sandwiches! Kaffee, Tee, Sandwiches!«

Die beiden Mädchen versorgten sich mit Bier.

Der Snackverkäufer schob sein schepperndes Wäglein an Katz vorbei und fragte, ob er Kaffee wolle oder Tee oder vielleicht ein Bier. Katz schüttelte den Kopf und konnte nicht abwarten, dass der Störenfried die Verbindung zwischen den beiden Gören und ihm wieder freigab. Ein weiteres Mal trafen sich ihre Blicke auf dem Gang. Das Mädchen lächelte. Zweifellos, sie hatte ihn, Ernst Katz, angelächelt. Kurz nur, aber doch.

Kein Lächeln des Hohns, keines des Flirtens, sondern ein sympathisches Lächeln. Er haderte mit sich, dann rappelte er sich auf. Er würde die Mädchen ansprechen, aber nicht ohne Einstandsgeschenk. Katz dachte an den Snackverkäufer, der inzwischen weitergezogen war. Als er aufstand, sprach ihn die Gepiercte an.

»Kannst dich zu uns setzen, wennst magst.«

Er fühlte sich wie vom Blitz getroffen. Diese kaum Volljährige hatte ihn soeben eingeladen, und sie hatte ihn geduzt. Ja, sie hatte ihn erkannt. Und er sie. Sie hatte ihn, wenn schon nicht als Gleichaltrigen, so doch Gleichgesinnten erkannt, auf gleicher Augenhöhe als Mensch und Bruder in einem Meer aus Untoten. Ernst Katz stammelte etwas von *gleich* und *Getränken* und errötete und lächelte und lief aus dem Waggon und spürte das spöttische Kichern in seinem Nacken, doch das gönnte er den Mädchen. Sollten sie ruhig glauben, er sei vor ihnen geflüchtet. Ernst Katz hatte den Snackverkäufer zwischen zwei Waggons übersehen und irrte keuchend bis zur Lokomotive vor. Nein, das darf nicht sein, der Zug hält in Linz. Was ist, wenn sie hier aussteigen? Wenn die einzigen Menschen, die dem Mob die Stirn böten, ihn hier verließen? Schweißnass kehrte er um. Da rollte ihm der Verkäufer entgegen. Ernst Katz hastete zurück. Die Mädchen waren noch da, er hob vier Bierdosen wie Trophäen, und alle Missverständnisse waren ausgeräumt.

»Hallo, ich bin die Biggy.« Sie streckte ihm den Arm entgegen. Er schüttelte ihre Hand und nahm Platz.

»Und ich bin der Ernst. Ernst Katz. Aber Ernst reicht.«

»Freut mich, und das ist meine Freundin Beate, aber wir nennen sie nur *The Symbol*.«

Ernst Katz lachte künstlich und schüttelte auch ihr die Hand. Wie erwartet, wirkte Beate kindlicher als ihr Gegenüber, hatte dunkle Locken und ein rundes Dorfgesicht. Hinter ihrer förmlichen Höflichkeit spürte er das erwartete Misstrauen. Beate wagte es nicht, ihn zu duzen. Als er sie mit »Hi Symbol« begrüßte, kicherte die Gepiercte anerkennend. Ernst Katz sah, dass sie in seiner Liga spielte und die Kleine nur ein Trabant war. Beate interessierte ihn nicht, er wandte sich sofort an das Mädchen mit den kurzen Haaren, dem Nasenring, der Lederjacke, dem Kapuzenshirt, den vom Bier roten Wangen und den großen, grünen Augen.

»Biggy heißt du?«

»Ja, von Birgit.«

»Und wie noch? Etwa Hochholdinger?«

Bei der letzten Silbe dünnte sich seine Stimme aus, denn jäh genierte er sich, dass er mit einer unpassenden Stichelei hatte lässig wirken wollen. Doch Biggy lachte.

»Na, aber so ähnlich. Biggy Haunschmid. Gefällt mir nicht besonders, aber es gibt Schlimmeres. Reden wir über was anderes, ja?«

Sie gibt die Themen vor. Bravo!

Er öffnete eine Bierdose, Schaum spritzte auf seine Hose, gemeinsames Gelächter und Prost. Es dürfte mittlerweile offensichtlich gewesen sein, dass sich Ernst Katz wie im Traum fühlte. Ein Blick zur Seite verriet ihm, dass die drei Damen aus Salzburg zwei waren und keine Pelzmützen trugen. Ihre angewiderten Blicke bestätigten seine Ahnung, dass sie diese Erweiterung der fidelen Zechgemeinschaft als Zumutung empfanden. Gut so.

»Und was treibst du so on the railroad? Schaust aus, als ob du auf der Flucht wärst.«

Ernst Katz zog die Augenbrauen hoch und sprach leiser: »Könnt ihr ein Geheimnis bewahren? Ja? Ich bin auf der Flucht. Ich hab gestern meinen fünften Maturatermin gespritzt. Aber nix den Eltern sagen.«

Biggy schoss das Bier aus der Nase, Beate krächzte drauflos, Biggy stimmte ein. Dabei hatte Ernst Katz befürchtet, dass man aus dieser Anbiederung ein wenig das Altbackene hätte raushören können. Ein Lächeln spreizte sein braunes Gesicht. Schon bot ihm Biggy die Handfläche an. Er schlug seine dagegen. Und natürlich durfte auch Beate nicht nachstehen.

»War eh ein super Schmäh. Aber *The Symbol* und ich lachen auch wegen was anderem.« Biggy erwartete, dass Beate, ihre Hofchronistin, erzählte.

»Sie müssen wissen, die Biggy hat letzten Juni wirklich die Matura g'spritzt, weil sie aus der HTL g'flogen ist. Die hat nämlich der Senekowitsch eine aufg'legt, vor der ganzen Klasse.«

»Und ich muss natürlich wissen, wer die Senekowitsch ist.«

»Das war unser Klassenvorstand«, erläuterte Biggy.

»Na, du bist eine Wilde.«

»Yes, Sir.«

»Aber geh«, sagte Beate, »wenn Sie wüssten, wie die blöde Sau die Biggy provoziert hat. Zuerst hat die Senekowitsch ihr eine Watschen geben, und dann hat die Biggy zurückg'haut. Nur ein wenig fester. Das war zwei Jahre Psychoduell zwischen den beiden, aber die haben sich wirklich nix g'schenkt. Wie die Biggy Klassensprecherin worden ist, hat der Krieg ang'fangen. Bummzack. Wissen Sie, die Jungs lassen sich alles g'fallen. Aber nicht die Biggy. Das müssen Sie sich vorstellen. Der Trampel nennt einen Schulfreund von uns Mongo, weil er ein bissl chinesisch ausschaut wegen seine Großeltern, aus Sibirien oder wo sind die kommen.«

»Da gibt es Gesetze. Diese Frau hätte man nicht schlagen brauchen. Was ihr da erzählt, erfüllt den Straftatbestand rassistischer und behindertenfeindlicher Diskriminierung.«

»Aber geh«, hakte Biggy ein, »die hat die halbe Landesregierung hinter sich. Und die Stadt auch. Ihr Bruder ist ein hohes Vieh beim Bauernbund und ihr Schwager PR-Fuzzi im Bürgermasteramt.«

»Am wenigsten kann die Senekowitsch ertragen, dass die Biggy viel g'scheiter und gebildeter ist als sie. Ich mein', Sie sind sicher auch g'scheit, aber die Biggy ist der g'scheiteste Mensch, den ich kenn.«

»Geh, Symbol, gib nicht immer so an mit mir.«

Scherzhaft fuhr Biggy ihrer Freundin durchs Haar. Wie die Kleine ihm da durch die Blume gesagt hatte, dass er die Biggy schwer an Bildung und Klugheit übertreffen könne – diese völlige Nichtbeachtung des Altersunterschiedes bereitete ihm Freude. Biggys Miene aber verdüsterte sich.

»Die Oide ist wirklich schwerkrank.«

Eine der Pelzmützenfrauen ohne Pelzmütze ließ ein tadelndes Zungenschnalzen vernehmen. Kaum eine Sekunde verstrich, ehe sie Biggy anbrüllte: »Was schaust denn so deppert? Passt dir irgendwas nicht?«

Katz zuckte zusammen. Diese jähe Explosion von Rohheit wirkte. Blitzschnell hatte Biggy ihr Gegenüber gebrochen und fixierte es wie die Raubkatze ihr Opfer. Dessen Lippen zitterten. So viel theatralischen Hass hatte Ernst Katz diesem an sich vernünftigen Mädchen nicht zugetraut. War das ein bewährtes Mittel der Einschüchterung oder das Signal echter Gewaltbereitschaft? Würde sie sich auch an ihm vergreifen, so ihr sein Gesicht oder seine Opposition nicht gefiele? Der Frau schossen die Tränen in die Augen. Nachdem sie sich von ihrem Schreck erholt hatte, sprach sie Ernst Katz direkt an.

»Und Sie unterstützen dieses Benehmen. Meinen Sie, es fällt hier niemandem auf, wie Sie sich diesen Rotzlöffeln anbiedern? Wir wissen alle, was Sie im Schilde führen, aber vergessen Sie nicht, dass Sie dafür vor Gericht kommen können.«

Was für ein gespreizter Satz. Ernst Katz tippte auf Lehrerin in der Grauen-Maus-Zone zwischen ÖVP und FPÖ. Eine willkommene Gelegenheit, Biggy an den Senekowitschs dieser Welt zu rächen. Eine willkommene Gelegenheit auch, eingerostetes biblisches Pathos hervorzukramen.

»Es tut mir leid, gnädige Frau, ich muss dem Rotzlöffel recht geben. Mit wem ich mich abgebe und warum, das geht Sie einen Scheißdreck an. Das einzige Gericht aber, vor das wir beide einst treten werden, wird das Jüngste Gericht sein. Und dort habe ich die besseren Karten als Sie, Sie angedörrte Philisterin.«

Inspiriert von Biggys Bedrohlichkeit starrte er der Frau noch eine Weile lächelnd in die Augen, im Wissen, dass Biggy die Alte krankenhausreif prügeln würde, ginge diese mit ihrer Versandhaushandtasche auf ihn los.

»Yes, Sir«, bekräftigte Biggy.

Kaum je auf der Westbahnstrecke waren Pöchlarn und Melk weniger beachtet worden, von Loosdorf ganz zu schweigen, so angeregt unterhielten sich die drei Biertrinker über Eltern, Lehrer und die anderen Arschlöcher. Als Katz erfuhr, dass sie *The Symbol* in St. Pölten verlassen und Biggy bis Wien weiterfahren würde, verspürte er Behagen. Zweifelsfrei war Biggy der Boss und er, Ernst Katz, Vizechef der Gang. Dass ihm dieser gesellschaftliche Aufstieg zwischen Hörsching und St. Pölten gelingen konnte, erschien ihm als unverhofftes Wunder. Langsam fuhr der Zug in St. Pölten ein.

»Seit die Glanzstofffabrik zug'sperrt hat«, sagte Biggy, »und es nicht mehr stinkt, hat die Stadt nix Bemerkenswertes mehr.«

Während Beate aufstand und den Rucksack schulterte, referierte sie noch eine von Biggys Heldentaten. In einem Aufsatz mit dem Titel »Ausflug auf den Ötscher« habe Biggy von einer Gruppe St. Pöltener Bergwanderer geschrieben, die auf dem Gipfel des Ötschers erstickten, weil sie die gesunde Höhenluft nicht ertrügen und sich nach dem Schwefelgeruch ihrer Heimatstadt zurücksehnten. Die Senekowitsch habe den Aufsatz mit zwei plus benotet. Und hinzugefügt: »Originell, aber übertrieben!« Erneut brachen die Freundinnen in Gelächter aus, und Ernst Katz stimmte mit ein.

»Wohnst du in St. Pölten, Beate?«

»Nein, Herzogenburg.«

»Und du, Biggy?«

»Mama Loosdorf, Papa St. Blöden, aufg'wachsen in St. Blöden.«

»Aber die Biggy ist eine Strawanzerin«, sagte Beate.

»I don't wanna wake up in a city that always sleeps.« – »And if you make it there, you'll make it no-owhere. It's up to you, Sankt – Blö-ö-däääään.«

Beate und Biggy umarmten und küssten einander. Auch die pelzmützenlosen Pelzmützenfrauen verließen den Zug.

»Viel Spaß«, wünschte deren Wortführerin im Vorbeigehen.

»Danke. Den werd' ich haben. Und nicht vergessen: Jüngstes Gericht.«

»Alter Spinner«, zischte sie.

Biggy stand auf.

»Soll ich ihr eine auflegen?«

Ernst Katz hieß sie niedersetzen. Als der Zug weiterfuhr, breitete sich schüchternes Schweigen aus zwischen Chefin und Vizechef.

»Die Beate ist schwer okay. Ein bissl oberflächlich, aber schwer okay.«

Diese Bemerkung über die Freundin erfüllte Ernst Katz mit Genugtuung. Biggy, schien ihm, gehörte zu jenem Typ Mädchen, der lieber Bursche sein will, weil er die üblichen Angebote weiblicher Rollen dämlich findet und die damit verbundenen Machtdefizite schmachvoll. Einen eigenen Ausdruck fand Katz dafür: präfeministische Selbstermächtigung. Niemals würde sie sich mit anderen Mädchen solidarisieren, weil die selbst schuld seien an ihrer Benachteiligung, lieber zeigte es den Halbstarken, wie stark es ist Aber vielleicht irrte er sich. Sie war es, die das Schweigen brach.

»Ich hab dich seit Wels beobachtet. Dir ist es nicht gut gangen, bevorst dich zu uns g'setzt hast.«

»Das stimmt. Ich war wütend.«

»Worüber?«

»Willst du wissen, warum ich mich zu euch gesetzt hab?«

»Weil wir leiwander sind als die Arschlöcher.«

»Das auch. Obwohl ich im Zweifelsfall immer für den Angeklagten bin und das Arschloch mir seine Arschlöchrigkeit erst beweisen muss. Nein, ich hab mit dir Kontakt aufgenommen, weil ich glaube, dass ich dich brauche.«

»Aha. Und wofür, wenn ich fragen darf?«

»Du bist doch belesen?«

»Früher in der Schulzeit hab ich viel g'lesen. Jetzt nicht mehr so.«

Ernst Katz musste schmunzeln.

»Kennst du den René Mackensen?«

»Wart, lass mich nachdenken. Deutscher? Gegenwartsautor?«

»Aus Oberösterreich kommt er. Den norwegischen Namen hat er von seinem Großvater, glaube ich. Und der René dürfte gefakt sein. Wahrscheinlich heißt er Reinhard. Noch ziemlich jung. Keine dreißig.«

»Was! So alt?«

»Danke! Er hat einen großen Erfolg mit seinem Debütroman gehabt. *Raubecks Anlass* heißt er. Oder *Ablass*? Keine Ahnung, diese Debütromane klingen alle ähnlich.«

»Ja, g'hört hab ich davon. Aber g'lesen nicht.«

»So dürfte es den meisten gehen, besonders denen, die das Buch gekauft haben.«

»Und was is' mit dem Typ?«

»Sein neuer Roman muss um jeden Preis verhindert werden.«

»Das kriegen wir schon hin. Andererseits brauchst ihn ja nicht lesen. Wenn ich mich wegen jedem Scheiß, der veröffentlicht wird, aufregen würd'.«

»Da geht es um mehr. Um ein Prinzip. Hab ich dir übrigens schon gesagt, dass Biggy ein außergewöhnlich blöder Name ist, der überhaupt nicht zu dir passt.«

»Ich hab da so was rausg'spürt.«

»Darf ich dich Birgit nennen?«

»Nein! Weiter!«

»Okay. Ich mach's kurz. Dieser Rotzbub, der bereits in den wichtigsten Zeitungen essayistisch dilettieren darf, weil man dem Irrtum aufliegt, ein Schriftstellerchen sei von Natur aus ein Denker und habe, weil er so viele Worte gebraucht, auch was zu sagen – dieser Rotzbub hat herausgefunden, dass Themen wie Holocaust und Nazis besonders hoch notieren auf dem Markt. Obwohl ich überzeugt bin davon, dass er nichts weiß von dieser Zeit und nichts als ein von seinem unverdienten Erfolg betrunkener Schnösel ist.«

»Du scheinst ihn ja gut zu kennen.«

»Ich brauch ihn gar nicht kennen. Er ist mir als Person völlig wurscht. Er interessiert mich nur als Symptom. Als Symptom einer Krankheit, die ich bekämpfen muss.«

»Also ich find's super, wenn sich so viele Leute wie möglich mit dem Thema beschäftigen. Ich bin in die HTL gangen. Wenn du wüsstest, was dort für Naziprüch' klopft werden.«

»Da hast du recht, natürlich. Aber es kommt darauf an, wie man sich damit beschäftigt. Diese Schnösel haben weder eine geistige noch eine seelische Berührung mit dem Stoff. Die wollen bloß Tragik daraus wringen. Und sich als Aufklärer wichtig machen, damit die besseren Aufklärer zu ihren Gunsten in Vergessenheit geraten. René Mackensen will die Geschichte einer Frau besudeln, die ich gut gekannt habe. Das darf nie geschehen, und wenn es mir gelingt, dann handle ich in ihrem Sinne. Denn nie und nimmer hätte Klara gewollt, dass man sie auch nach ihrem Tod missversteht.«

Enthusiasmus funkelte plötzlich in Biggys Augen.

»Okay. Wie soll ich ihn beseitigen? Revolver, Messer, vergifteter Regenschirm? Oder soll er an der U-Bahn-Kante ausrutschen? Eine Überdosis Insulin ist am schwersten nachzuweisen.«

»Biggy. Ich mache keine Scherze.«

»Ich auch nicht.«

Schon näherte sich der Zug Wien-Westbahnhof. Am liebsten wäre er mit ihr nach Budapest weitergefahren, und von dort nach Wladiwostock oder Istanbul. Sie redeten viel und freimütig, denn für Kennenlernrituale fehlte die Zeit. Einig waren sich beide, aber das hatten sie von Anfang an gewusst, dass sie die Gesellschaft bis aufs Blut hassten. Doch Biggys Hass entbehrte der üblichen Floskeln von *Alles Scheiße* und *No future*, die er, der sozialen Wirklichkeit lange entrückt, als typisches Merkmal renitenter Jugend seit den achtziger Jahren einschätzte. Auch wenn er ihr Brutalität und bösen Humor zutraute, ihr Herz, so wollte er sie sehen, das schlug auf dem rechten Fleck, ihre Worte wählte sie mit Bedacht, und ihre Zunge strafte die Bösen – die Dummen, Gemeinen, die Wegschauer und Arschkriecher also. Nur einmal wurde ihr Gespräch durch einen Anruf unterbrochen. Sie sprach englisch, gar nicht schlecht, sagte, sie werde zurückrufen. Danach tippte sie eine SMS und forderte Katz auf weiterzusprechen – sie höre zu.

Vor der Ankunft tippte Biggy ihre Telefonnummer in sein Handy. Er überreichte ihr eine weichgewetzte Visitenkarte aus seinem abgenutzten Portemonnaie. Schließlich bedankte er sich dafür, ihn vor ihrer Freundin kein einziges Mal *Katzi* genannt zu haben. Ein letzter Lacherfolg. Westbahnhof. Am Kopfende des Gleises fragte er, in welche Richtung sie müsse. In die andere, antwortete sie und lächelte. Da wartet einer, dachte Ernst Katz, und freute sich für sie.

»Es war mir eine außergewöhnliche Ehre, deine Bekanntschaft zu machen, Biggy. Pass auf auf dich.«

»Du auch. Vielleicht sieht man sich mal. Auf an Kaffee.«

Auweia, dachte Ernst Katz, das Großvaterprogramm. Nach ein paar Schritten drehte sie sich um und sagte: »Mir g'fällt dein Schmäh.«

»Danke.«

Kein einziges Mal hatte ihn dieses Mädchen spüren lassen, dass er für einen alten Knacker ganz in Ordnung sei. Am liebsten hätte er ihre Hand geküsst. Ernst Katz wusste, dass er sie nie wiedersehen würde, doch betrübte ihn das nicht. Er freute sich, dass es diesen Menschen gab. Und was er soeben erleben durfte, war mehr, als er zu hoffen gewagt hätte. Er wollte jetzt nicht die Straßenbahn nehmen, und er wollte sich nicht vom U-Bahn-Schacht verschlucken lassen. Einige Zentimeter über dem Boden schweben würde er in seine Sechzigquadratmeterwohnung im neunten Bezirk, die er früher sein Diogenesfass genannt hatte und neuerdings sein Mausoleum nannte. Noch Tage zehren würde er von dieser Begegnung, ehe die alte Griesgrämigkeit wieder in seine Glieder kröche.

Arschloch: Tunnel, in den die Karriereleiter führt und an dessen Ende es kein Licht gibt.

Klara Sonnenschein, aus: *Funken & Späne*

2. Kapitel
René im Café

René Mackensen betrat das Café Schwarzenberg. Als er seinen Mantel aufhängte, warf er kurze, scheue Blicke in den Raum. Er zog die Ärmel seines Tweedsakkos stramm, wischte sich dezent die Nase, griff nach einer Tageszeitung und nahm Platz. Der junge Kellner war höflich und zuvorkommend. Mackensen bestellte einen Einspänner.

Er durchstöberte die Tageszeitung nach TV-Kritiken, fand aber nicht, wonach er suchte. Am Vortag war in der wichtigsten Kultursendung des Landes ein Porträt von ihm gesendet worden. Und Mackensen hatte just in dem Moment das Café betreten, als er erste Selbstzweifel in sich erwachen spürte. Sie hätten den alten Baumgartner nicht interviewen dürfen. Schon als kleinen Jungen habe er ihn gekannt, der alte Baumgartner, ein bisschen eigen sei er schon gewesen, der *Reini*. Jetzt nenne er sich *Renne*, aber damals habe man ihn Reini gerufen, den Renne. Wie er das meine, hatte die Fernsehtante nachgefragt. Etwas mürrisch war er geworden, der alte Baumgartner. Es könne ja schließlich nicht jeder so wie die anderen sein. Während andere Buben Fußball gespielt hätten, sei der Reini halt im Garten auf und ab gegangen und habe mit sich selber geredet …

Mackensen hatte lange darüber nachgedacht. Und nach anfänglicher Freude wuchs bei jedem weiteren Abspielen der Aufnahme in ihm der Verdacht, die Redakteurin habe sich einen Schabernack erlaubt. Schnitttechnik, O-Töne und Materialauswahl verrieten Absicht. Das Interview mit dem Baumgartner, dem alten Trottel, stellte ihn, Mackensen, irgendwie als jungen Trottel hin, und dass die Szene, in welcher er seine Fähigkeit zur Imitation von Stimmen seltener Vögel bekundete, ausgerechnet dem Baumgartner-Interview folgte, darin sah er plötzlich eine Intrige.

Ein anderer tweedgewandeter Mann mit blondem Scheitel durchsuchte das Café mit energischen Blicken. Als er Mackensen erblickte, der zaghaft wie ein Schüler aufzeigte, begann sein Gesicht zu strahlen. Mackensen erhob sich, spürte, dass der Sessel aus seinen Kniekehlen zur Seite kippte, bekam ihn rechtzeitig an der Lehne zu fassen und lächelte unsicher. Carsten Kempowskis Auftreten machte ihn immer etwas verlegen.

»René, alter Junge, lass dich umarmen. Bravo, bravo.«

Mackensen ließ sich umarmen und so stürmisch auf beide Wangen küssen, dass sich die Brille verschob. Kempowski war sein Agent und Verleger. Er rückte ihm die Brille wieder zurecht.

»Ich weiß nicht, Carsten. Irgendwie haben die mich geschnitten. Ich komm als Sonderling rüber.«

»Ach, mach dir keinen Kopf – einen Cappuccino bitte! –, das ist doch charmant. Das Publikum will Wiedererkennbarkeit, und in seinen Köpfen muss der Literat, dies seltene Tier, in seiner Jugend ein Sonderling gewesen sein. Niemand interessiert sich für einen Autor, einen Chronisten der gesellschaftlichen Brüche und Seismografen des genialischen Leidens, der als Teenie nur kickt und an der Spielkonsole hängt. Dann, wenn ihr berühmt seid, könnt ihr – touché – mit Bodenständigkeit und Volksnähe prahlen. Immerhin bist du Libero im Schriftstellerteam, und dein Essay über Fußball war allererste Sahne. Imagemäßig brillant.«

»Du gewinnst jeder Sache was Positives ab, Carsten, aber mit den Vogelstimmen hast du mich wirklich in was reingeritten.«

»Aber woher denn, mein Junge. Du wärst ein Narr, wenn du mit dieser Fähigkeit hinterm Busch halten würdest. Ein Schuss

Exzentrizität ist ein Wettbewerbsvorteil, den zu unterschlagen fahrlässig wäre. Wie viele Schriftsteller kennst du schon, die den Kookaburra imitieren können? Und den – wie hieß er? – den tasmanischen Graurücken-Leierschwanz? Es war amüsant und erfrischend.«

»Das hat die Kuh absichtlich nach dem Interview mit dem Baumgartner gebracht …«

»Erspar mir bitte Verschwörungstheorien. Du bist ein notorischer Schwarzseher. Ich mein', das sollst du als Wiener Schriftsteller auch sein. Aber lass dir gesagt sein: Ein interessanter Autor mit Brüchen und Widersprüchen wurde gezeigt gestern.«

»Ein Kasperl …«

»Noch einmal, René, bitte, wie macht der tasmanische Graurücken-Leierschwanz?«

»Du verarschst mich.«

»Nee wirklich, komm schon. Mach mir den tasmanischen Graurücken-Leierschwanz, oder ich erzähl dir nicht, was Cornelia Falk über dich gesagt hat.«

Carsten Kempowski begann René Mackensen über die Tischplatte hinweg zu kitzeln und kneifen, Mackensen kicherte, begann leise zu tschirpen.

»Ich hör dich nicht, René, singt so ein tasmanischer Graurücken-Leierschwanz, wenn er eine tasmanische Graurücken-Leierschwänzin bezirzen will, ha? Lauter! Conny Falk!«

Das erste Mal seit seinem Bestehen erschallte der hochkomplexe Ruf des tasmanischen Graurücken-Leierschwanzes durch das Café Schwarzenberg. Mancher legte die Zeitung weg oder unterbrach das Gespräch, konnte dieses Geräusch aber mit nichts in Verbindung bringen und setzte seine Tätigkeit fort.

»So, und jetzt du: Was hat die Falk gesagt?«

»Älabätsch, ich treff sie erst am Montag.«

Carsten Kempowski war kein gewöhnlicher Deutscher in Wien, wie es jetzt viele gab. »In Hamburg«, pflegte er zu sagen,

»bin ich der einäugige König unter den Blinden, hier werde ich wie ein Blinder unter *Schaßaugerten* behandelt.« Er war Lektor und Leiter jener Abteilung des Verlages in München, der auf Mackensen aufmerksam geworden war. In der Szene war Kempowski für sein goldenes Händchen bekannt. Sein PR-Geschick und der große Erfolg, den er mit jungem österreichischem Nachwuchs wie Dr@g@n M@tić, Dietlinde Mattuscheck und René Mackensen einfahren konnte, verleiteten ihn zur Gründung einer eigenen Agentur. René war sein erstes und deshalb liebstes Pferd im Stall und wurde von ihm liebevoll gestriegelt. Vielleicht weil man ihn so wunderbar manipulieren konnte. René wusste nie recht, was an Carsten Kempowskis Gewinnerattitüde Bluff war, was Professionalität. Nie war er aus der Fassung zu bringen, seine Spitzen konnte er stets mit entwaffnendem Lächeln polstern, und er beherrschte die Kunst, jeden noch so berechtigten Zweifel an seiner Person in Wohlgefallen aufzulösen. Wie anders hätte es der Henning Holdt Verlag geduldet, dass Kempowski vor dessen Nase eine Agentur aufzog und den gefeierten Hausautor Dragutin Draculescu für die aufsteigende Edition Danuvius abwarb. Henning Holdt, oder besser, seine Nichte Beatrice, die die Verlagsagenden seit dessen Autounfall treuhänderisch verwaltete und die Mehrheit der Firmenanteile im Vorjahr an den Multi Splendid House verkauft hatte, bestrafte Carsten Kempowskis Illoyalität nicht, sondern trug ihm die neue Reihe »Klassiker der Moderne neu übersetzt« zu.

Kempowski besaß ein deutsche Maßstäbe überforderndes Maß an Ironie und Kultiviertheit, das er mit einer rheinländischen Mutter und einem hanseatischen Vater erklärte. Kein Wunder, dass er sein berufliches Standbein in den Süden, nach München, setzte und mit dem anderen in Wien herumtappte, wo seine Ironie durch den berüchtigten Schmäh herausgefordert wurde. Wie viele Geistesmenschen aus protestantischen Ländern erfuhr er die Wiener Wirklichkeit durch die kulturelle Verallgemeinerungsbrille und filterte jede Wahrnehmung durch historisches Wissen. Wien war für ihn, was Paris für manche Amerikaner oder Tiflis für manche Russen gewesen sein muss. Er imitierte gerne dialektale Redewendungen, die längst nicht mehr in Gebrauch waren, bestellte sich mit Vergnügen beim Würstelstand eine Eitrige, während alle Welt Kebap den Vorzug gab, fand sich zwischen Touristen in den Cafés wieder, während die österreichischen Studentinnen, die er gerne aufgerissen hätte, bei Starbucks saßen, und versuchte das Geheimnis der Wiener Hinterfotzigkeit zu ergründen, die seine Selbstgefälligkeit provozierte, denn das schlaueste Miststück auf der Welt war nach eigenem Dafürhalten noch immer er selbst.

»Also René, wie geht es mit Klara Morgenstern voran?«

»Sonnenschein …«

»Noch besser.«

»Ich weiß nicht, Carsten. Das ist nicht mein Thema.«

»Unsinn, Schatzel. Dafür hast du zu laut in die Trombones getrötet. Es würde als Rückzieher empfunden.«

»Und wenn schon. Ich fühl mich dem Thema nicht gewachsen.«

»Es gibt nichts, dem sich ein René Mackensen nicht gewachsen fühlt.«

»Diese Holocaustgschichtln, wie soll ich sagen, das bin nicht ich. Verstehst? Das nimmt man mir einfach nicht ab. Es gibt Hunderte, die das besser können. Die Historiker und Politologen werden mich in der Luft zerreißen. Und die Essayisten erst.«

»Wieso? Nur weil die das Monopol darauf behaupten? Hör zu, das Thema gehört uns allen. Du musst nicht perfekt sein, kommunizier das in die Öffentlichkeit als das, was es ist: als das allmähliche Herantasten eines Neugierigen an eine Geschichte, von der er zu wenig wusste. Das wirkt allemal sympathischer als das ewige Besserwissen der Spezialisten und Berufsmahner.

Weil sich die Leser damit identifizieren können. Du musst nicht die Geschichte der Judenvernichtung und auch nicht die der jüdischen Philosophie des zwanzigsten Jahrhunderts erzählen, du erzählst die Geschichte einer Frau am Scheideweg der Geschichte. Ein harter Brocken, ich geb' es zu, aber einer, an dem du wachsen wirst, an dem du wachsen musst.«

»Was willst du damit sagen?«

»Sei nicht eingeschnappt, gell. *Raubecks Anlass* war ein Achtungserfolg, witzig, frech, voll barocker Sprachgirlanden und derber Erbaulichkeiten, doch auch nicht arm an Unbedarftheit und kompositorischer Schwäche ...«

»Aha, das hör ich aber das erste Mal aus deinem Munde.«

»Aus deinem Munde. Süß. Lieber René, ich will dich nur vor einem berufsüblichen Fehler warnen, deinen Erfolg mit deinen Fähigkeiten zu verwechseln. Ein bisschen hat da der liebe Gott auch mitgepokert.«

Bei diesen Worten deutete Carsten Kempowski mit einer zarten, beinah beiläufigen Handbewegung auf sich und ließ seinen Blick unschuldig nach rechts und links wandern, um ihn dann aggressiv in sein Gegenüber zu bohren.

»Du weißt, wie knapp die Juryentscheidung bei den Klagenfurter Literaturtagen war. Roger Finkstedt hatte ganz recht mit seiner Kritik. Du weißt auch, wie die knappe Mehrheit zu deinen Gunsten zustande kam.«

»Ich habe mich hundertmal bedankt, und wie oft soll ich es wiederholen: Es hätte mir auch gereicht, dass ich nur ins Finale komme.«

»Ich will nicht sagen, dass wir dich gemacht haben, aber überschätz dich bitte nicht. Du hast das Göttliche in dir, keine Frage. Aber der größte Gott ist noch immer der Markt, und ihr Götterbote die PR. Wir können Scheiße als Gold verkaufen. Wir tun es auch. Das Publikum frisst es. Sogar das Feuilleton sagt jammi, jammi, wenn wir es wollen. Daher sehe ich meine Aufgabe darin, echtes Gold als Gold zu verkaufen. Damit meine ich Leute wie dich oder Linde Mattuscheck.«

»Ich halt nicht aus, wie die schreibt.«

»Kleiner Tipp. Zeig dich kollegialer. Deine Stutenbissigkeit kommt nicht gut. Du bist Gold wert, und ich glaub an dich, aber das Gold ist noch Golderz und muss von Kies und Schlacken befreit werden. Ich denk an deine Zukunft. Du bist fast dreißig, René. Du könntest mit der gehobenen Spaßkultur fortfahren, aber ich sag dir, die Zeit war für dich bis jetzt eine Dampflokomotive, von nun an ist sie ein TGV. Morgen bist du vierzig und in eineinhalb Tagen fünfzig. Es ist an der Zeit, dass du den Kulturmarkt mit einem großen, ernsten Roman überraschst und dich als seriöser Autor positionierst, der sich den großen Fragen der jüngeren Geschichte stellt. Wenn du diese Nuss knackst, dann bist du unschlagbar.«

»Carsten, ich hab von dieser Frau nicht mehr als ein Foto, einen Essay über das Inkontinenzproblem bei Hegel blabla und einen Artikel aus der *Jerusalem Post*. Das Internet ist nicht sehr großzügig mit Information. Ich kann mir nicht anmaßen …«

»Andersrum, Junge. Je weniger du weißt, desto mehr kannst du erfinden und dich desto weniger in die Nesseln setzen.«

»Dann könnte ich ja gleich jemanden erfinden.«

»Auch wieder nicht. Ein Hauch von Authentizität, ein paar reale Bausteine einer realen Person erhöhen deine Autorität. Wichtig ist, dass du die Juden auf deine Seite kriegst.«

»Das hört sich zynisch an.«

»Quatsch. Du weißt schon. Die jüdischen Essayisten. Jewgenij Beltzmann. Noch besser den Freddy Rothenstein. Das ist die eitelste Sau, die ich kenne. Gewinne sein Vertrauen. Ist nicht schwer. Du weißt schon. Rezensier seinen neuesten Roman. Das wäre gut. Aber gar nicht notwendig. Lob allein genügt.«

»Ich hab gehört, dass er meinen *Kommentar der anderen* sehr gelobt hat.«

»Bingo. Siehst du, er liebt dich. Bessere Voraussetzungen kannst du gar nicht haben. Freunde dich an mit ihm, hör dir seine erfundenen Familiengeschichten an. Hast du einmal den Sanktus der Oberrabbiner unseres Kulturlebens, gehört dir die Welt, von der Ostküste bis zur Westbank.«

»Gutes Wortspiel, aber nicht politically correct.«

»Gutes Wortspiel, weil politically nicht correct. Langer Rede kurzer Sinn … Hast du übrigens gesehen, wie dich die Kleine dort drüben, die mit dem Tartanbarett, anhimmelt? Anyway. Langer Rede kurzer Sinn: Kneif nicht, stürz dich in die Arbeit, greif in die Brennnesseln. Das ist das Leben. Herr Ober, zahlen bitte! Ich weiß, dass du es kannst. Reiß die Kleine dort drüben auf und fütter dein Selbstvertrauen mit ihrem jungen Germanistikstudentinnenfleisch.«

»Du bist so blöd.«

»Aber charmant. Los, sag schon, dass ich charmant bin.«

In diesem Augenblick näherte sich das Mädchen mit der karierten Pommelmütze dem Tisch.

»Entschuldigung, sind Sie der René Mackensen? Ich komm mir so blöd vor, aber ich hab mir gedacht, wenn ich ihn jetzt nicht anspreche …«

»Ja, der bin ich.«

»Meine Liebe, haben Sie ihn etwa gestern im Kulturjournal gesehen?«

Die junge Frau sah Kempowski verwirrt an.

»Ja.«

»War doch ein toller Beitrag?«

»Ich fand ihn super.«

»Ich auch, und wie toll unser Poeta laureatus Vogelstimmen imitieren kann.«

Das Mädchen lächelte Mackensen an.

»Ich mag schräge Vögel.«

»Siehst du, Schatzel«, sagte Kempowski.

Mackensen gab ihm unterm Tisch einen Tritt gegen das Bein und fragte die Bekappte:

»Haben Sie meinen Roman gelesen?«

»Um ehrlich zu sein, ich hab eine Seminararbeit darüber geschrieben.«

»Ist nicht wahr?«, triumphierte Kempowski, »du bist Unterrichtsgegenstand. Wissen Sie, schönes Kind, dass unser Meisterdichter soeben einen Roman über das Schicksal einer jüdischen Intellektuellen im KZ begonnen hat?«

»Wow.«

»So, ihr Hübschen, ich lass euch jetzt allein, Onkel Carsten muss düsen.«

Mackensen kam mit der Frau ins Gespräch. Während sie ihn vom Stand der Mackensen-Rezeption im Germanistikinstitut unterrichtete, tippte Kempowski vergnügt eine SMS. Erst nachdem er bezahlt hatte, sandte er sie und erhob sich. Mackensen konnte dem Piepen in seiner Jacketttasche nicht widerstehen und entschuldigte sich bei seinem Fan. Er fand folgende Kurzmitteilung in der Inbox: *Wohlan, mein Dichterfürst. Wenn du dir diesen Superzahn nicht aufzwickst, schmeiß ich dich aus dem Verlagsprogramm und lass alle lagernden Raubecks verbrennen.* ;-) *Und vergiss ihr nicht den Kookaburrra zu machen.* ;-) *Wir hören uns morgen.* ;-)

Mackensen zeigte Kempowski die Zunge, der fröhlich das Café verließ.

Die Germanistikstudentin fragte Mackensen: »Ist das wirklich Ihr Onkel?«

»Nein, nur mein Agent und Verleger.«

»Ein unsympathischer Kerl.«

Mackensen war dieser Standortvorteil unangenehm, denn er wusste, dass Kempowski, hätte er gewollt, die junge Frau jederzeit für sich hätte einnehmen können. Er hatte absichtlich diese Show abgezogen, um seinen, Mackensens, Wert vor ihr zu heben.

Verbitterung: Angemessene seelische Reaktion von Menschen, die sich über die Versalzung ihrer Lebenssuppe nicht durch Beigabe von künstlichem Süßstoff hinwegtäuschen lassen.

Klara Sonnenschein, aus: *Funken & Späne*

3. Kapitel
Alter Mann im November

Flüssiger Rotz hing von den Spitzen seiner Bartstoppeln und mischte sich mit dem Kondensat seines Schnaufens. Nebel. Friedhof. Tod. Warum tat sich Ernst Katz das an? Warum machte er es wie alle, die an Novembergräbern den Tod um Ablass baten? Warum flog er ihm nicht davon und genoss das Leben? Leisten hätte er es sich können, er hatte geerbt. Sechs Jahre lag Tante Josepha nun unter der Erde, jene Tante, die ihn nicht und die er nicht leiden konnte und die in einem plötzlichen Anfall von Familiensinn ihre Zweihundertquadratmeterwohnung an der Linken Wienzeile nicht der Kirche, sondern doch ihrem Neffen vermachte. Ernst Katz fühlte keine Dankbarkeit für Tante Josepha, die wie die gesamte mütterliche Seite der Familie seinen Vater Sándor Katz verachtete, dessen Frau Maria bedauerte und den kleinen Ernö hin und wieder als Judenbengel beschimpfte. Keinen Groschen hatte die Brut lockergemacht, um seine Eltern im Londoner Exil zu unterstützen. Sie hofften bloß, Sándor würde Maria so schlecht behandeln, dass sie wieder zurückkehrte, mit oder ohne Judenbalg, und wenn mit, dann hatte man schon seine Beziehungen zum Reichsrassenamt, um die Schande zu kaschieren. Doch Maria stand zu ihrem Filou, wie die Seidlers ihn nannten. Nach dem Krieg warf die Familie dem geflüchteten Paar vor, es würde ihr den kleinen Ernst absichtlich vorenthalten. Doch als es Anfang der fünfziger Jahre nach Wien zurückkehrte, scherten die Seidlers sich nicht um den Buben, lediglich Besuche zu den Feiertagen, ungewollte Geschenke wie selbstgestrickte Socken, einmal ein Pullover, Fragen nach Schulerfolgen und Bemerkungen über seine blonde Schönheit und dass er ganz und gar der Maria nachgerate – Gott sei Dank.

Kein orientalischer Teufel also wie sein Vater, dieser Ernst Katz, der jetzt auf dem Zentralfriedhof kein Grab suchte, sondern bloß das tausendfache Flackern der Kerzen im kalten Nieselregen bestaunte. Jedes Jahr zu Allerseelen, wenn die Lebenden wieder in ihr untotes Leben zurückgekehrt waren, suchte er die Gesellschaft der Toten, in deren stilles Heer er sich bald einreihen würde; und jedes Jahr wunderte er sich aufs Neue, vom Leben nicht ausgemustert worden zu sein. Doch war das kein Triumph, irgendwie fühlte er sich vom Tod nicht ernst genommen. Als Jugendlicher litt er unter Minderwertigkeitsgefühlen, woran der arische Zweig seiner Familie wohl einen Anteil hatte; er hatte geglaubt, dass niemand ihn für voll nimmt, die Lehrer nicht, die Mädels nicht, auch die wilden Schriftsteller der Wiener Gruppe nicht, deren Gesellschaft er suchte. Und jetzt kehrten vage, zittrige Spuren dieses Gefühls zurück.

Dicke, kalte Nebelsuppe, Temperatur knapp über dem Gefrierpunkt, Krähen auf leeren Kastanienästen – lediglich das Gelb der Platanenblätter leuchtete durch die Düsternis dieses 2. November 2008. Die Knie schmerzten Ernst Katz, die Schultern und das Kreuz. Er ließ sich auf die Bank fallen und atmete die feuchte Luft ein. Ob ich nächstes Jahr noch herkommen werde? Sollte ich dann nicht abgekratzt sein, setz ich mich in T-Shirt und Gymnastikhose hierher und leere eine Flasche Single Malt. Und wenn die Natur mit Minusgraden nicht geizt, dann werde ich langsam einschlummern.

So, du alter Spinner, hatte ihm Nelly, seine Ärztin, noch vier Jahre zuvor gesagt. Hier hast du zwei Ampullen Insulin. Entweder du benimmst dich so, wie es deiner Konstitution und deinem Alter gebührt, oder du bringst dich gleich um. Was für Theater spielst du, Ernstl? Schaust super aus, gehst, wenn du dich unbeobachtet fühlst, federnd wie ein Hippie, Puls wie ein Sportler, Blutdruck eher zu tief, Lungenvolumen langstreckenläuferkompatibel. – Ach Nelly, du weißt es: Ich will nicht mehr. Das Leben zeigt mir nur noch seine Defizite. Jedes Jahr, jeder Tag imitiert die Dummheit des vorigen, und jedes Imitat noch dümmer und schaler als das vorige. Bevor ich Zyniker werde, geh ich besser. – Ernstl, hatte Nelly erwidert, das bist du doch schon lange. Und den Morbus philosophicus hast du, seit ich dich kenne. Ich weiß da eine Therapie. Was ist eigentlich mit den kleinen Studentinnen, wegen denen du vom Dekan verwarnt worden bist? – Das ist 15 Jahre her, ich lehre nicht mehr, hab keinen Kontakt zu jungen Frauen und will ihn auch nicht. – Herrgott, dir zuliebe würde ich meinen Mann belügen und dich in einem Hotelzimmer mit Meerblick eine Woche gesundvögeln. Weißt du das? Als alter Freund, versteht sich. – Ach Nelly, das ist lieb von dir. Aber wir hatten unsere Zeit. – Ja, die hatten wir …

Nelly – eine Ärztin, wie er sie sich immer gewünscht hatte. Zu bescheiden war er, es seinem eigenen Einfluss zuzuschreiben, aber sie war wissenschaftliche Agnostikerin, streng schulmedizinisch zwar, aber mit erfrischender Skepsis gegenüber allem, was nicht als bewiesen galt. Sie spielte nicht die Göttin in Weiß, sondern pochte auf die Mündigkeit ihrer Patienten, auch wenn die es lieber andersrum gehabt hätten. Nelly besaß die Fähigkeit, diese, ohne falsche Hoffnungen zu wecken, mit ihrer Gelassenheit anzustecken. Seit zwei Jahren lag sie nun im Grab, nicht hier, sondern auf dem Hernalser Friedhof. Gebärmutterhalskrebs. Hätte Ernst Katz gewusst, wie wenig Zeit ihr noch blieb, er hätte das Angebot des Hotelzimmers mit Meerblick gern angenommen.

Ernst Katz erhob sich und trippelte in Richtung Haupttor; sein Enthusiasmus für die jüdische Sektion war schon lange erloschen. Mit der 71er-Straßenbahn fuhr er in die Innenstadt. Es war dunkel geworden. Unter den Lichtkegeln der Laternen verdichtete sich der Nebel wieder zu Nieseltröpfchen. Derlei Naturspektakel entzückten ihn noch immer, aber das war auch das Einzige. Sich wie ein Neunzigjähriger zu gebärden, so glaubte er sich auf die Schliche gekommen zu sein, entlaste von den Leistungsansprüchen, die an einen 68-Jährigen noch gestellt werden. Das erste Mal gemerkt, dass er alt geworden war, hatte er 16 Jahre zuvor bei einer Party, als er wieder einmal herumerzählte, wie sehr es sein Ego stärke, wenn er beim Längenschwimmen im Hallenbad die Pensionisten überhole. Ein guter Freund hatte ihm dann sagte: Ich kenne dich seit einer Ewigkeit, und seit ich dich kenne, machst du diesen Scherz. Ich habe nichts gegen Wiederholungen, aber wie alt bist du eigentlich? – 52, aber vor vier Tagen war ich noch 51. – Der Freund dachte eine Weile nach, bevor er sagte: Merkst du nicht, dass dieser Scherz in dem Maß an gewollter Komik verliert und an ungewollter gewinnt, in dem sich der Altersunterschied zwischen dir und den Pensionisten verringert, die du gerade noch überholst. Ernst Katz hatte damals nicht gewusst, was ihm an diesem Satz am meisten missfiel, dessen Aussage, die elegante Formulierung oder die Bestimmtheit, mit der er ausgesprochen wurde. Wie ein feuerroter Tropenwurm hatte sich die Kränkung in ihm festgebissen.

Drei Monate später war es ihm gelungen, die Freundin des Freundes zu verführen. Er brannte mit ihr zum Skifahren nach Kitzbühel durch, raste den Hahnenkamm runter, stürzte, wurde mit dreifachem Rippenbruch und Schulterluxation in die Unfallchirurgie Innsbruck geflogen und wusste nun, dass er in eine Lebensphase eingetreten war, in der er froh sein würde, mit den rüstigeren unter den Pensionisten im Hallenbad mithalten zu können.

Ernst dachte an Klara. Er fühlte das Bedürfnis, ihr nah zu

sein. Irgendeinen Fetisch von ihr, ein Foto, Tinte aus ihrer Feder, irgendetwas brauchte er für das Ritual, das ihm vorschwebte.

Zuhause angekommen, vergaß er seine Hinfälligkeit und rannte, zwei Stufen auf einmal nehmend, die Treppe hoch. Er warf Mantel und Kappe ab und lief ins Arbeitszimmer, wo er hinter verstaubten Büchern eine Schatulle hervorholte. Er öffnete sie mit einem winzigen, leicht angerosteten Schlüssel, der im Becher mit den Bleistiften steckte. Er kramte ein Foto hervor mit gewelltem, weißem Rand und bräunlicher Patina. Es stellte eine Frau in Pullover und karierter Hose dar, sie hielt eine Zigarette in der Rechten und lächelte frech in die Kamera. Ihr Haar war dunkel, kraus und kurz. Ernst Katz legte das Foto auf den Tisch und starrte aus dem Fenster.

Als Kind hatte er sich vor Geistern gefürchtet. Nun fürchtete er sich vor ihrer Nichtexistenz. Als Kind hatte er sich auch vor dem Anblick der Toten gefürchtet, nun hinterließ der Anblick der Lebenden größeres Grauen. Die Hoffnung, an die sich diese klammern, auf das, was da nach dem Tod kommen möge, das Unvermögen, mit dem Sterben geliebter, gewohnter oder auch gehasster Menschen sich abzufinden, wohinter leicht erkennbar der Egoismus steckt, sich mit der eigenen Auslöschung nicht abzufinden, dieser kindische Glaube war dahin.

Was bilden sich diese Narren denn ein! Sie haben mitgeholfen oder zugesehen, wie menschliche Kadaver gleich Holzscheiten zu Tausenden übereinander geschlichtet wurden, und gerade sie erwarten sich, dass sie selbst im Himmel den Onkel Franz oder Mizzi, ihre erste Liebe, wiedertreffen würden. Nachdem sie ihr elendes Mittäter- und Wegschauerdrecksleben mit Kreuzworträtseln, Fernsehen und Nachbarnausrichten hingebracht haben. Klara, Klara! Wie oft hatte er sich gewünscht, in solch einem Augenblick innigen Gedenkens, dass ein Sturm aufbrause und Föhrenzweige gegen das Fenster klopften und das Fenster vom Wind aufgerissen würde und er wie Heathcliff in *Wuthering Heights* ihr verwestes Antlitz erblicken könnte. Doch Klara kam nicht. Sie war tot. Die Toten, sie triumphieren über uns, weil sie uns durch ihr Ableben vor Augen führen, wie wenig wir ihrer Gesellschaft wert waren, und wie wenig sie vielleicht der unseren; und dann zwingen wir uns, an sie zu denken, ängstlich ahnend, dass unser niemand gedenken wird, wenn wir einmal vergangen sind. Wie sehr sehnte er sich nach der Kinder- und Jugendzeit zurück, als er sich vor Geistern fürchtete. Jetzt fürchtete er gar nichts mehr, und die Jugokinder im vierten Stock fürchteten sich vor ihm, vor dem Geist, der er geworden war.

Ernst Katz zog das nächstbeste Schriftstück aus dem Kistchen, einen Brief, und las. Tränen quollen ihm aus den Augen, sein Gesicht verzerrte sich zu dem eines weinenden Kindes. Als er sich ausgeheult hatte, beschloss er, zu Abend zu essen. Er warf eine Packung Röstgemüse in die Pfanne und sah ihm eine Weile beim Auftauen zu. Dann ging er ans Fenster, drückte seine Nase gegen das kalte Glas und grinste. Der Geruch angebrannten Gemüses trieb ihn in die Küche zurück. Er kratze es vom Teflon auf einen Teller, schlang es schmatzend mit großen Bissen runter und ging ins Arbeitszimmer zurück, wo er den Brief ein weiteres Mal las.

Ach, lieber Ernö,
laß dich von den Gefühlsmenschen nicht verrückt machen. Was wissen sie denn von Gefühlen? Der Haß auf das Denken ist zugleich die Verlustanzeige des Gefühls. Denn den selbsternannten Emotionellen fehlt beides, Gefühl und Gedanke. Und um ersteres zurückzuerlangen, dient das Denken ihnen wie wir Juden gleichermaßen als Sündenbock und Sühneopfer. In ihrer falschen Kosmologie ist das Unmittelbare, Echte, die Liebe und der Sexus, das Warme und das Heiße das Paradies, aus dem sie vertrieben wurden, und das analytische Denken dünkt ihnen als

der lieb- und lustlose Hades am anderen Ende des Kontinuums. Ihre Unterkühlung schreiben sie der Nähe zum Denken und der Entfernung zur wärmenden Unmittelbarkeit zu. Um wieder Einlaß ins Paradies zu finden oder nur um sich seiner Nähe zu versichern, müssen sie die Denker, derer sie habhaft werden, jene Eisgeister der unerträglichen Vernunft, erschlagen, verspotten, verdrängen. Sie glauben, daß der Gebrauch der Vernunft sie noch weiter vom Paradies weglockt, dabei wissen sie nicht, daß, was sie Paradies wähnen, der Faschismus ist, und der Gebrauch ihres Hirns nicht nur das einzige Gegenmittel dazu, sondern der privilegierteste Pfad in jene Welt des emotionellen und sinnlichen Genusses. Denn von jenem zu diesem führt keine Linie, sondern das Universum der menschlichen Möglichkeiten ist gekrümmt – und am anderen Ende, da feiern Vernunft und Gefühl Orgien. Denn erstere ist Bedingung für letzteres, jeder Gedanke sedimentiert sich auf dem Grund unserer Seele und brütet dort neue Emotionen aus, Eros und Sexus gedeihen am besten auf dem Nährboden gedanklicher und sprachlicher Phantasie. Jede neue sprachliche Unterscheidung, die unser Hirn trifft, schafft eine neue Nuance der Seele, mit der Teilung der Gedanken korrespondiert gleich der Zellteilung die Reproduktion neuer Gefühlssphären. Ich muß dich ein weiteres Mal, geliebter Ernö, an die schönen Worte Oscar Wildes erinnern: »Erst die Form haucht dem Gedanken Leben ein. Und nicht nur ihm. Form ist das Geheimnis des Lebens. Gib der Trauer Ausdruck, und sie wird dir kostbar werden. Gib der Freude Ausdruck, und dein Entzücken steigert sich. Du möchtest lieben? Sprich die Litanei der Liebe, und ihre Worte werden die Sehnsucht schaffen, aus der sie der Meinung der Welt nach entspringen.«

Also glaub das Ammenmärchen nicht, daß ein bißchen schärferes Denken deine Potenz gefährdet, und zu viel Kopfarbeit einen schlechteren Boogietänzer aus dir macht. Wie viel Lust du einer Frau bereiten kannst, hast du mir letztes Wochenende hinlänglich bewiesen. Und ich kann den Tag nicht abwarten, da du mich in deine kräftigen Judenklauen nimmst. Ich liebe deine Kraft und deine Rücksicht und deine Verletzlichkeit. Ich liebe den Schatten, den du wirfst, und nicht nur deshalb, weil du mir einer der letzten scheinst, die noch Schatten werfen. Der Uni-Betrieb in München ist öd, die Studenten sind Bayern, und ich würde nichts lieber, als mit dir verschwinden. Ich werde meine belgische Cousine anpumpen, und du tust dasselbe mit deiner Frau Mama, und dann verschwinden wir beide für ein Monat nach Cinque Terre und lieben uns, daß die Zypressen wackeln, und sind gescheit miteinander, daß die Eulen kirre werden. Ja, kommst du mit? Eines freilich muß ich dir sagen, damit ich dich nicht nur mit Lob in diese Woche entlasse, mein kleiner Fick-golem …

Da läutete die Haustorglocke, einmal, zweimal, dreimal. Es konnte sich nur um einen Irrtum oder die Zeugen Jehovas handeln. Ernst Katz ging zur Gegensprechanlage und fragte: »Ja?« Keine Antwort. Er ging zum Fenster und blickte hinunter. Der Gehsteig war leer. Es musste ein Reklameausträger gewesen sein, eine andere Partei hatte ihm wohl geöffnet. Er setzte sich auf sein Sofa und fuhr fort, den Brief zu lesen. Da drang das Schellen der Türglocke ihm durch Mark und Bein. Blut schoss ihm ins Gesicht, und aus seinem Mastdarm meldete sich Unbehagen. Hastig packte er Brief und Foto in die Schatulle, verstaute sie im Regal und platzierte die Bücher davor. Wieder läutete es. Ernst Katz' Nervosität ließ ihn einen Moment lang an Geister glauben. Klara? Er schlüpfte in seine Filzpantoffeln, schlich zur Wohnungstür und wollte durch den Spion lugen, doch irgendetwas hielt ihn zurück. Auch beim Ringen mit Gespenstern und Untoten ging es um Macht. Als Jugendlicher hatte er die Angst vor Graf Dracula aus Bram Stokers Roman dadurch besiegt, dass er sich einbildete, selbst ein Vampir zu sein. So riss er, um den

Störenfried zu erschrecken, schnell die Tür auf. Den Störenfried beeindruckte das nicht, neben ihm auf dem Boden stand eine Sporttasche, um seine Schulter hing eine Ledertasche, durch ein geschwollenes Auge blinzelte er ihn an, und sein Lächeln gab dort, wo drei Wochen zuvor noch ein kräftiger Schneidezahn geprangt hatte, eine große Lücke frei. Es war nicht Klara, es war Biggy. Ernst Katz starrte sie eine Weile an. Dann forderte er sie auf einzutreten.

Herbstblatt
Ich klage nicht
Daß ich nicht nachwachs
Und du schon
Denn dieses Mal
Ist mein auch dein
Ende

Klara Sonnenschein, aus: *Haikus in meine Haut geritzt*

4. Kapitel
Verjüngungskur

Wer hätte geahnt, dass der fröhliche und gelenkige Geselle auf dem Boden derselbe Ernst Katz war wie der alte Mann auf dem Friedhof fünf Stunden zuvor. Lachen, Blödeln, großsprecherische Gesten und schwungvolles Gestikulieren erfüllten den Raum. Biggy und er saßen auf dem Parkett, vor ihnen ein voller Aschenbecher, ein halbes Dutzend teils stehender, teils wie Bowlingkegel umgefallener Bierdosen und drei mit Käseschlieren und Tomatenschleim beklebte Pizzaschachteln. Ernst Katz, der Mann, der sich am frühen Nachmittag noch zum Sterben hinlegen wollte, saugte nun an einem Joint, so groß wie eine prähistorische Libellenlarve.

Rausschmeißen hatte er das Mädchen wollen, das hier eingedrungen war. Denn längst verflogen war die Euphorie der gemeinsamen Bahnfahrt zwischen Wels und Wien. Fremd war ihm das Mädchen. Ein Störenfried war es. Und trotz Veilchens und blutender Zahnlücke guter Dinge. Sie hatte ihn nicht gefragt, ob sie eintreten dürfe, sie war eingetreten, hatte ihre Sporttasche auf die Couch geschmissen, die Stiefeletten erst im Wohnzimmer abgestreift, und Ernst Katz war ihr mit den Pantoffeln in der Hand nachgeschlichen, wie einer dieser alten Butler, die man neben dem Lieblingshund des Hausherrn begräbt. Ihre ersten Worte waren gewesen: »Darf ich ein paar Wochen bei dir wohnen, und kannst du mir fünfhundert Euro borgen?« Warum völlerte er nun mit ihr bei gedämpftem Licht und war bereit, ein weiteres Mal den Pizzaservice anzurufen?

Biggy hatte einen Test bestanden. Von ihrer Reaktion auf seine Bibliothek hatte er es abhängig machen wollen, ob sie bleiben oder gehen sollte. Schon beim Eintreten war das Wohn- und Arbeitszimmer von ihren Blicken geprüft worden, auch die Regale, doch hatte sie nicht wie beinahe alle weiblichen Wesen vor ihr bemerkt: »So viele Bücher! Wahnsinn! Hast du die alle gelesen? Ich liebe kluge Männer« oder dergleichen. Warum konnte ihm nicht einmal eine Frau begegnen, die ihm sagte: »Die Bücher müssen weg. Such dir die zwanzig wichtigsten aus, und ab mit dem Rest in den Keller! Aus dem Alter der Renommierbibliotheken müsstest du schon raus sein. Das Zeug lenkt dich nur vom Selberdenken ab. Weg damit!« Derlei war von Biggy nicht zu erwarten, das war zu viel verlangt. Immerhin war sie unbeeindruckt geblieben und hatte den Test folglich bestanden.

Doch dann war etwas geschehen, was seine Kriterien weit übertraf. Biggy hatte mit ihrem Zeigefinger über die Buchrücken gestrichen, ehe sie *Menschliches, Allzumenschliches* von Friedrich Nietzsche herausholte und darin zu blättern anfing. Er hatte sie gefragt, ob sie das Buch kenne. Kühl hatte sie geantwortet, dass sie, wenn sie das Buch schon gekannt hätte, nicht darin blättern würde. Und dann hatte sie den Pizzaservice angerufen und ihn gefragt, was er wolle, und zu den Pizzas gleich zehn Dosen Bier und Spareribs bestellt.

»Sag, Mädchen, wie heißt du noch mal?«

»Biggy! Weißt du das denn nicht mehr?«

»Ach ja.«

Biggy wusste, dass er bluffte. Sie hatte die Wohnung gesehen, in der alles glänzte, die Unterlagen, die auf dem Schreibtisch geordnet waren, die Stifte und Federn.

»Nicht schlecht, Herr Professor«, hatte sie gesagt. Und Ernst Katz hatte keine Antwort darauf gewusst als ein schrilles Lachen, und sich gewundert, wie dieses Geräusch in seiner Kehle hatte entstehen können. Auweh, hatte er gedacht, jetzt würde er auf seine späten Tage noch schlagfertig sein müssen, und mit der Sauberkeit wäre es vermutlich auch vorbei.

Doch schnell hatte er sich in seine neue Rolle gefügt, hatte sich seine Scheu im ersten Dosenbier aufgelöst. Nach anfänglichem Suchen eines Gesprächsthemas hatte er sie gefragt, wie sie sich denn die Verletzungen zugezogen habe. Einer ihrer Liebhaber habe sein Autogramm in ihrem Gesicht zurückgelassen. Einer ihrer Liebhaber! Aha! Aber, hatte Katz nachgehakt, den Kerl müsse man anzeigen, das gehe doch nicht. Mit bösem Lächeln hatte Biggy von dieser Option abgeraten, denn er könne nicht wissen, wie der Kerl jetzt aussehe.

Es war Biggy, die die meiste Zeit redete. Und Ernst Katz war es recht. Manchmal lauschte er nur dem Klang, nicht dem Sinn ihrer Worte, fraß sich an ihrem Anblick, ihrer Mimik und ihren Gebärden satt wie sie sich an den Pizzaecken, die sie verschlang wie ein unter Wölfen aufgewachsener Junge. Ihre proletenhafte Attitüde amüsierte ihn, eine gelungene Inszenierung, wie er vermutete, aus ihrem Umgang mit Arbeiterkindern und der Idealisierung harter Umgangsformen erwachsen, denn Biggy war eindeutig ein Spross des kleinstädtischen Kleinbürgertums. Aber vielleicht, Ernst Katz hatte die Entwicklung der österreichischen Gesellschaft seit Jahrzehnten verschlafen, waren Klassen und Schichten dort längst zusammengeschmolzen, und Protest gegen diese fade Einheitsschicht war für Heranwachsende nur durch Aufnahme in eine Türkengang zu lukrieren. Katz kannte sich da nicht recht aus.

Freilich wollte er wissen, woher sie kam, wer ihre Eltern seien, wie sie so geworden war. Ihr beinahe rappender Redefluss gab ihm Gelegenheit, den ruhigen Part zu spielen. Biggys Rolle war die schwierigere, denn sie musste Ernst Katz von sich überzeugen. Das schenkte ihm Überlegenheit. Er ertappte sich dabei, mit besonders tiefer Therapeutenstimme zu sprechen.

Ihre Seele, sagte Biggy, sei schon lange vom Leben abgestumpft. Als Ernst Katz die Brauen hochzog und übertrieben nickte, wurde sie verlegen. Doch Biggy reichte sogleich Beweise für ihre Behauptung nach, die ihm die Zweifel nahmen. Sie begann die Geschichte ihrer Eltern zu erzählen, deren Mutter sie, behauptete Biggy, bereits als Kind gewesen sei. Wie zu erwarten, konnte sie die eigene Mutter nicht leiden, das machte ihr den Vater jedoch nicht sympathischer. Karin Haunschmid war Sekretärin im Bürgermeisteramt von St. Pölten gewesen, bevor sie ein Sonnenstudio eröffnete. Als Tochter einer Bauernfamilie, dazu erzogen, Männern zu gehorchen, sei sie vom Missverhältnis zwischen ihrem Leben und den Ansprüchen, die sie daran stellte, aufgerieben worden. Die Männer behandelten sie wie Dreck, und Biggy gab ihr die Schuld daran.

»Aber gehst du nicht ein wenig zu hart mit deiner Mama ins Gericht?«

»Ich geh gar nicht mit ihr ins Gericht. Das hab ich längst aufgegeben.«

Dann erzählte sie von ihrem Vater: Robert Haunschmid war Anwalt gewesen in einer St. Pöltener Kanzlei. Ernst Katz schauderte es bei der Kälte, mit der die Tochter den Vater schilderte. In der Volksschule hatte man nicht verstehen wollen, warum Biggy Kleidung aus dem Secondhandshop trug. Die Mitschüler wussten auch, dass sie die Tochter vom Rechtsanwalt ist. Niemand wusste indes, wie Robert Haunschmid sich sieben Jahre in der Kanzlei halten konnte. Vermutlich lag es daran, dass er sich diese mit zwei Jugend- und Studienfreunden teilte, die ihn zwar mitschleppten, aber täglich demütigten und wegen seiner Unfähigkeit nur mit subalternen Aufgaben betrauten. Vielleicht lag es aber auch an seinen Kontakten zur sozialdemokratischen Partei und zum Bürgermeisteramt. Mit dem Charme des Schlingels und dem künstlichen Selbstvertrauen des Sniffers habe er sich die Sympathien vieler erschleichen können, ehe auch die ihn als Bluffer durchschaut hätten. Einen krankhaften Adabei, einen *Everybody's Zaungast* nannte Biggy ihren Vater.

Unter fürchterlichen Depressionen und Burnout habe er gelitten, lange bevor Burnout in Mode kam. Seinen Einstand als Jurist habe er mit zwei vermasselten Erbschaftskausen gegeben. Von Anfang an sei sein beruflicher Weg der eines stetigen Abstiegs gewesen.

In ihrer Wortwahl steigerte sich Biggy in einen Exzess der Abwertung. Ein tragischer Trottel sei Robert gewesen, ein Säufer, Lügner, Kokser. Sanft, aber unberechenbar. Qualvoll hatte sie auch die juristischen Beratungsgespräche in Erinnerung, zu denen er die Tochter beizog, um Herz und Vertrauen seiner Klienten zu erobern oder zumindest von deren berechtigten Zweifeln an seiner Kompetenz abzulenken.

Biggy sprach weiter. Von klein auf Streit zuhause, von früh bis spät, lächerliche Selbstanklagen, denen grausamer Spott der Mutter folgte, zweimal auch ihre Verprügelung. Einen noch Schwächeren hatte er gesucht, doch die Mutter habe wie alle noch Schwächeren seine Schwäche bald gewittert und sei zum Gegenangriff übergegangen. Biggy selbst habe der Vater hingegen weder angeschrien noch misshandelt. Nie. Umso schlimmer. Denn Robert Haunschmid habe den Kumpel, die Komplizin, die verständnisvolle Freundin in seiner Tochter gesucht. Er habe kein Gespür besessen für die unterschiedlichen Wahrnehmungen von Kindern und Erwachsenen. Auch das habe sie früh erwachsen gemacht. Aber nie habe er sich an ihr vergangen. Dennoch war da sein unerträgliches Bedürfnis nach körperlicher Nähe, schlimmer noch, nach Anerkennung. Im Vorschulalter schon habe sie diese Bedürftigkeit als Bettelei empfunden. Seine Versuche, besonders sanft mit ihr umzugehen und auf Autorität zu verzichten, hätten sich den Anschein eines pädagogischen Konzeptes geben wollen. Nicht lange habe es also gedauert, bis sie erkennen musste, welch arme Schweine beide Elternteile waren und dass es nur noch auf sie allein ankomme, dass sie nicht nur sich selbst, sondern auch Karin und Robert Haunschmid zu erziehen hatte. Und das zu den Hausübungen dazu. Altklug klang das in Ernst Katz' Ohren und dennoch nachvollziehbar.

Nicht, dass sie ihren Vater nicht liebgehabt hätte, doch habe sie nie gewusst, wie es weitergehen soll. Würde er, wäre sie einmal 14, mit ihr in die Disco gehen wollen? Irgendwann habe er begonnen, sie in seine kleinen Gaunereien, Unterschlagungen, falschen Honorarberechnungen und dergleichen einzuweihen. Dadurch habe er ihre Achtung erschnorren wollen. Und sie habe mitgespielt. Als sie ihm von ihrem ersten Ladendiebstahl erzählte, habe er kindisch gegrinst. Jede Untat hätte er ihr durchgehen lassen, solange Komplizenschaft ihn an sie band. Ein anderes Mal habe er ihr gesagt, sie könne, wenn sie wolle, schon mit zehn einen Freund haben. Er sei da toleranter als andere Eltern. Biggy aber habe sich nur gewünscht, dass er verschwinde, irgendwohin, von heute auf morgen, in ein anderes Land, in den Nebel oder in die Traisen, so wie er es immer angekündigt hatte.

Die Stunden an der Traisen aber, dem Fluss, der die Stadt streift, habe sie als die schönsten mit ihrem Vater in Erinnerung. Dort, vom Streit mit der Mutter und der Kanzlei karenziert, sei er zur Ruhe gekommen. Die Traisen war bei St. Pölten wegen des niedrigen Wasserstandes zwar nicht besonders fischreich, und die Fischgründe an der Pielach und an den Badeseen bei Traismauer waren zumeist schon vergeben oder zu teuer, doch der Vater angelte nicht wegen der Fische, sondern um sein

Leben für ein paar Stunden zu vergessen. Und Biggy habe sich mit ihm gefreut, wenn er ab und zu eine Forelle aus dem Wasser holte. Das Erbeuten von Nahrung für die Familie sei sein einziges Erfolgserlebnis gewesen.

Nie und nimmer hätte sich Robert Haunschmid, wie so oft angedroht, in der Traisen ertränkt. Er ertränkte sich nicht. Er erschoss sich. In seiner Kanzlei. Elf war sie gewesen. Von der Schule hatte er sie an einem trüben, matschigen Jännertag abgeholt, besonders lieb zu ihr war er gewesen, entschuldigt hatte er sich für den Schmerz, den er ihr und der Mama nun zufügen werde. Aber es habe keinen Sinn mehr, hatte er gesagt, und Biggy hatte geahnt, was er vorhatte, und nicht gewusst, wie es zu verhindern sei. Er hatte ihr ein Knäuel Geldscheine in die kleine Hand gedrückt, einen Betrag, den er, wie sich später herausstellen sollte, einer von ihm besachwalteten Neunzigjährigen gestohlen hatte. Das gehöre nun ihr, aber sie dürfe niemandem davon erzählen. 14 000 Schilling. Dann habe er sie nachhause geschickt. Auf der Straße habe sie den Schuss gehört. Sofort sei sie wieder hochgelaufen und habe den Schock der Sekretärin ausgenützt, ins Büro zu huschen.

Biggy beschrieb die Details des Tatortes mit heimlicher Freude – die Hirnspritzer auf dem Airbrushakt, der über dem Schreibtisch hing, die groteske Haltung des beinahe toten Körpers auf dem Parkett mit den nach hinten abgewinkelten, zag zuckenden Beinen und dem am Boden liegenden Kopf, aus dem mit nachlassendem Puls dickflüssiges, zinnoberrotes Blut gepumpt wurde, ehe es in dünnem Strom verklumpte.

Ernst Katz musterte das Mädchen. Prahlte es mit der Zeugenschaft des Todes oder mit der frühen Verletzung seiner Seele? Oder bannte es den Schrecken durch das Quantum an amüsierter Distanz, das sich durch jahrelanges Erzählen der Geschichte als die effektvollste Dosis eingeschliffen hatte. Ernst Katz fühlte sich nicht berufen, Biggys Sozialarbeiter zu spielen oder irgendeine Verantwortung zu tragen. Ihre Selbständigkeit kam seiner Gleichgültigkeit wunderbar entgegen.

»Ich weiß, du hältst mich für ein Rotzmensch, das so tut, als wüsste es schon alles. Aber ich bin keine Angeberin.«

»Nein«, erwiderte er, dankbar, diese amüsante Spitze endlich loswerden zu können, »du bist so selbstbewusst und rotzig wie eine 14-Jährige. In deinem Alter aber gibt man sich normalerweise schüchterner und naiver, als man ist, und übt sich in besonders sympathischer Ausstrahlung, um besser anzukommen. Du bist somit in dem Alter, wo ehemalige Pippi Langstrumpfs sich allmählich in funktionsfähige Praktikantinnen, Akademikerinnen und Filialleiterinnen verwandeln. Du hinkst der Entwicklung also jahrelang hinterher. Ob du je aufholen wirst?«

Biggy grinste.

»Das ist gar nichts. Du hättest mich mit 14 erleben sollen.«

»Also doch auf dem absteigenden Ast. Das beruhigt mich.«

Wahr an Ernst Katz' Worten war, dass Biggy ihm zugleich jünger und älter vorkam, als sie war. Eine beruhigende Wahrnehmung, wie er fand.

»Ich weiß nicht viel«, fuhr Biggy nach einem Zug vom Joint fort und ließ während des Sprechens langsam den Rauch aus dem Mund schwallen, »ich weiß bloß mehr, als ich wissen will. Ich weiß, dass alles verkehrt ist und ich mich nicht deppert machen lass'. No way, Sir. Komm, schau aus dem Fenster! Scheint dort draußen die Sonne? Sag schon!«

»Nein, aber der Mond scheint auch nicht unbedingt.«

Er wusste selbst nicht, warum er durch sein Bedürfnis, bedeutungsvoll zu klingen, solch einen Unsinn redete, und schrieb es den giftigen Substanzen zu, die er an diesem Abend zu sich nahm.

»Das ist jetzt wurscht. Nein, es ist Nacht. Du weißt es, ich weiß es. Aber geh ich auf die Straße und erzähl ich den Leuten, wie schön die Sonne scheint, freuen sie sich.«

»Ist es wirklich so schlimm?«

»Schlimmer!«

»Du kannst gut fabulieren, Biggy, das schreit geradezu danach, niedergeschrieben zu werden.«

»Meine Memoiren hab ich längst g'schrieben.«

»Deine Memoiren?«

Lautes Lachen brach da aus Ernst Katz heraus, halb echt, halb forciert, und Biggy störte es nicht, vergnügt bastelte sie an einer weiteren Libellenlarve und nickte wissend.

»Lach mich ruhig aus. Ich weiß, dass das komisch klingt für dich. Aber manche Menschen leben schneller und überhaupt mehr als andere.«

Natürlich, pflichtete Katz bei, und entschuldigte sich für seinen Spott. Er wusste, dass sie recht hatte und dass das Alter zwischen 15, da jeder Tag ein Leben ist, und 25, da zumindest eine Woche wie ein Leben empfunden wird, der sinnvollste Zeitraum zum Verfassen von Memoiren ist. Trotzdem fand er es unwiderstehlich. Er beneidete Biggy um ihre Apodiktik, um eine Selbsterhebung, die in ihrem Wahrheitsbedürfnis begründet zu liegen schien. Und er beneidete sie um die Freiheit, die frühlingsgrasfrische Erkenntnis, dass die Welt nun einmal betrogen sein will, nicht als Plattitüde empfinden zu müssen. Dann schweiften seine Gedanken zu der Frage, warum Alte so gerne die Gesellschaft der Jungen suchten. Er kam zu dem Schluss, zu dem er schon vor vierzig Jahren gekommen war, als er sich das erste Mal mit jüngeren Frauen eingelassen, aber auch die Bekanntschaft jüngerer Männer gesucht hatte. Weil für sie die Selbstverständlichkeiten, die dummen wie die klugen, noch neu waren und sie diese ohne Scham in die Welt hinauszwitschern durften. Am meisten hatte ihn das Gerechtigkeitsempfinden der Jungen bezaubert, das wissenschaftliche Ansprüche oder ökonomische Sachzwänge einen später als Naivität abzutun zwingen. Ja, vor vierzig Jahren war er sich uralt vorgekommen, und seine einst neue Lust auf junge, sehr junge Frauen hatte er vor sich mit abstrakten Reflexionen über die Jugend rechtfertigen müssen. Je mehr Generationen nachrückten und seine Altersarroganz in Minderwertigkeitsgefühle verwandelten, desto mehr verflüchtigte sich sein Jugendexotismus, und die landläufigen Bewertungen von Altersunterschieden – Respekt oder Verachtung der Jungen für Ältere und der Älteren für Jüngere – kamen ihm bald nur noch lächerlich vor. Alles Unsinn, wenn zwei Teufelskerle wie er und Biggy ums Lagerfeuer saßen und die Pfeife rauchten. Biggy ließ den Joint an der Papierlunte nach unten baumeln und den Zeigefinger dagegen schnalzen, damit sich das Gras mit dem Tabak besser vermische. Dann entzündete sie ihn und zog lange daran. Mein Gott, wie viel das Mädchen kifft, dachte sich Ernst Katz und nahm das Gerät.

»Und jetzt mach ich was, was ich schon vor langer Zeit hätte tun sollen«, sagte Biggy nonchalant.

Sie nahm Ernst Katz' Handy, suchte die zuletzt gewählte Nummer und bestellte noch eine Portion Spareribs.

»Ich bin unersättlich. In jeder Hinsicht.« Dabei lüpfte sie mehrdeutig die Augenbrauen. Ernst Katz stieg das Blut in die Wangen, sein Herz begann heftig zu pochen.

»Ist dir nicht gut?«

»Ich hab zu viel von dem Zeug erwischt. Ich glaub, ich muss mich übergeben.«

Er stürzte ins Klo, und das war es auch schon wieder. Der kalte Fliesenboden und der antiseptische Tannengeruch des Duftsteins taten ihm gut. Kühle und Ordnung, das war das beste Gegengift zu Hitze und Unberechenbarkeit, die von seinem Wohnzimmer Besitz ergriffen hatten. Der Klohänger, in dem der Duftstein wohnte, erinnerte ihn daran, Grundsätze zu fassen. Wieso, wusste er selbst nicht. Erstens beschloss er, Biggy als Kumpel, nie als Frau wahrzunehmen, und zweitens, dieser Grundsatz würde schwerer fallen, ihr sich weder über- noch unterzuordnen. Sein Wissen würde er nicht von oben auf sie herabgießen, sondern als Whirlpool zur Verfügung stellen, den sie benützen könne, wann immer es ihr beliebe. Und er schwor sich zugleich, nicht ungehalten zu sein, wenn sie darauf verzichtete. Gelassen kehrte er zurück. Ihr Gespräch kam erst wieder in Schwung, nachdem der Spareribs-Mann gegangen war. Der Abend endete um halb drei in der Früh, als Ernst Katz die Augen zufielen und er ankündigte, seinen Sarg aufzusuchen. Als Gentleman werde er natürlich auf der Couch schlafen. Er erhob sich, da er neu überziehen müsse. Biggy zog sich unversehens ins Schlafzimmer zurück, sodass er seinen Pyjama anlegen konnte. Wäre er nicht so betrunken und eingekifft gewesen, hätte er Glück empfunden. Er schlief auf der Stelle ein.

Unreif: Das vernichtende Urteil des Fallobstes über die Früchte, die hoch oben am Baum noch der Sonne entgegenlachen.

Klara Sonnenschein, aus: *Funken & Späne*

5. Kapitel
Kontinuumsmechanik

Ein Schrei riss Ernst Katz aus seinen Träumen. Er wusste zwar nicht mehr, wovon er geträumt hatte, doch Schreie hatte es darin keine gegeben. Der Lärm war also Wirklichkeit, und er kam aus dem Badezimmer und von einem Wesen, das höher schrie als er und so fremd in dieser Wohnung war, dass es das kalte Hochquellwasser aus den Bergen nicht zu schätzen wusste. Er erschrak. War Biggy in der Dusche, musste sie an ihm vorbeigeschlichen sein, dabei hielt er große Stücke auf seine senile Bettflucht.

Um halb sieben war er aufgestanden und hatte Biggy schnarchen gehört. Leise war er dann aus der Wohnung geschlichen und hatte einen seiner Lieblingsorte aufgesucht, den Supermarkt. Mit zwei Tragtaschen voller Lebensmittel war er zurückgekehrt, als gälte es, eine Königin zu bewirten; unbekannte französische Käsesorten hatte er eingekauft, Chorizo aus Spanien und zart geschnittenen Tiroler Räucherschinken. Er hatte Orangen ausgepresst, rote Fair-Trade-Rosen in eine Vase gestellt, gelbe Papierservietten gefaltet, einen Obstteller drapiert, Müslischalen gefüllt. Dann hatte er gewartet. Und war plötzlich erschrocken. Für wen würde sie mich halten? Wer sagt, dass sie Müsli mag, wer, dass sie überhaupt frühstückt? Mit einer Pinzette hatte er die geschnittenen Erdbeerscheiben aus dem Müsli gefischt, dieses in die Packung zurückgeschüttet, dann den Orangensaft in den Kühlschrank und die Rosen in den Vorraum gestellt. Rosen!? Am Ende glaubt sie, ich wolle ihr den Hof machen, wolle das im Stil der TV-Schalkrawattenträgerserien tun, deren Langeweile Pensionisten dazu animiert, ihre Endlichkeit zu vergessen, weil sie nicht sterben können, ehe sie wissen, mit wem die Winzerprinzessin, diese Schlampe, ihren Mann noch betrügt. So war es Tante Josepha ergangen. Katz hatte nie daran gezweifelt, dass sie ihr Alter von 92 Jahren einer dieser Serien verdankte. Plötzlich fand er es lächerlich, dass das Besteck gerade und parallel zueinander auf dem Tisch lag. Noch lächerlicher sollte er später seinen Versuch finden, die Winkel von Messer und Löffel zur Tischkante von neunzig auf etwa achtzig bis siebzig Grad zu reduzieren. Um zehn Uhr schlief Biggy noch immer.

Ernst Katz begann in der Wohnung auf und ab zu gehen. War er zunächst darauf bedacht, dass der Parkettboden nicht knarzte, forcierte er nun dieses Geräusch. Doch es half nichts. Er wurde wütend. Menschen, die die beste Zeit des Tages verschliefen, waren ihm zuwider. Und dass ihm Biggy zuwider sein könnte, erst recht. Auch das Geräusch des Staubsaugers riss Biggy nicht aus dem Schlaf. Schließlich legte er sich auf die Couch und schlief selbst ein. Blöderweise hatte er das Frühstück in der Küche angerichtet, sodass sie auf dem Weg zur Morgendusche keine Beweise für seine Mühe vorfinden würde. Sein ganzes Leben lang war Ernst Katz missverstanden worden. Das waren die Sorgen, die ihn plagten. Biggy plagten andere. Wütend, mit einem Handtuch um den Oberkörper, rannte sie ins Wohnzimmer und fuhr ihn an: »Hast du kein Warmwasser?«

»Der Boiler ist schon seit Jahren kaputt. Aber ich hab mich dran gewöhnt. Kaltes Wasser ist viel besser für den Kreislauf und hält die Haut straff. Paul Newman soll sein Gesicht einmal pro Tag für fünf Minuten in Eiswasser getaucht haben …«

»Ich kenn keinen Paul Newman. Ich pack's nicht. Der hat kein Warmwasser.«

Sie verschwand im Schlafzimmer.

Ernst Katz bedauerte sofort, sie bei sich aufgenommen zu haben. Sie kennt Paul Newman nicht. Wenn sie das von Clark Gable oder W. C. Fields behauptet hätte, aber Paul Newman, das Idol von Generationen junger Menschen! Und dabei hatte er gedacht, Kiffer liebten Paul Newman. Plötzlich fiel ihm ein, dass Paul Newman bereits über achtzig sein musste und wurde traurig. Biggy kam in Slip und T-Shirt zurück. Unfreundlich fragte sie, ob er mal was von Reparatur gehört habe.

»Hast du einen Werkzeugkoffer?«

»Lass gut sein, ich werde morgen einen Installateur anrufen.«

»Morgen?«

»In der Küche rechts unter der Abwasch. Aber pass auf, dass du nicht in den Stromkreis kommst.«

»Du hast einen Gasdurchlauferhitzer.«

»Natürlich.«

Es verletzte Ernst Katz, dass Biggy das angerichtete Frühstück ignorierte. Sie verstand überhaupt nichts. Etwa dass der Ausfall des Warmwassers sich der ehernen Ordnung seiner Wohnung assimiliert hatte, der Ordnung, die er brauchte, um überleben zu können. Sie würde auch nicht verstehen, dass er lieber kalt duschte, als stundenlang neben einem Installateur zu stehen und läppische Gespräche zu führen, nachdem dieser Straßendreck auf Parkett und Fliesen verteilt hätte.

»Wo ist der Haupthahn für die Gasleitung?«

»Der Haupthahn? Ja …« Ernst Katz dachte nach. Biggy verdrehte die Augen, schnalzte verächtlich mit der Zunge und ging zielsicher in die Diele, wo sie den Hahn fand. Dann machte sie sich an die Arbeit. Nach einiger Zeit kehrte das Mädchen mit dem Werkzeugkasten in der Linken zurück.

»Wie viel zahlst mir, dass'd dir den Installateur dersparen kannst?«

In nachsichtigem Ton fügte sie hinzu, dass er Glück habe,

denn bloß die Kontakte seien verstaubt gewesen. Er habe immer Warmwasser gehabt. Doch der elektrische Impuls …

Ernst Katz war beeindruckt.

»Siehst du. Die HTL war doch zu was gut.«

Biggy lachte laut.

»Für so was brauchst keine HTL, glaub's mir.«

Dann entschuldigte sie sich doch für ihre Kratzbürstigkeit. Daran müsse er sich gewöhnen. In der Früh sei sie unerträglich.

»In der Früh? Es ist Mittag. Viel Zeit zum Erträglichsein bleibt dir nicht mehr.«

»Weißt du, Ernst. Ich möchte von dir lernen.«

Katz lächelte und ließ seinen Kopf auf der Halswirbelsäule schlenkern wie ein Wackelhündchen.

»Was kann man von einem alten Narren wie mir lernen? Hör zu, ich habe keine Lust, deinen Papa zu spielen. Und ich will kein Oberlehrer sein. Ich will von dir lernen.«

Biggy starrte ihn an.

»Hab ich was von Papa und Oberlehrer gesagt? Du verstehst mich nicht. Ich würd' dich weder als Papa noch als Oberlehrer respektieren. No chance, Sir. Von deinem Wissen und deiner Erfahrung profitieren will ich. Yes, Sir?«

»Biggy, ich bin nichts als ein abgelaufener akademischer Automat. Ich könnte dir nur Dinge erzählen, die du nicht zum Leben brauchst. Viel faszinierender finde ich, was du gelernt hast. Maschinenbau? Weißt du, wo ich Bildungslücken hab, in Kontinuumsmechanik.«

»Ich hab Informationstechnologie gehabt, aber in Kontiuuumsmechanik kenn ich mich ein bissl aus.«

»Ich weiß von deiner Bildung, Biggy, aber umso faszinierender finde ich, dass du von all den praktischen Dingen weißt, die unser Leben vereinfachen. Die werden sträflich missachtet und unterschätzt, weil man sie für selbstverständlich hält. Ich will, dass du mir zeigst, wie …«

Biggy betrachtete ihn müde, während sie den Saft schlürfte. Sie spürte seine Unaufrichtigkeit, sein Kokettieren, doch sie wusste nicht, woraus es sich speiste: aus der marxistischen Sozialisation eines Bürgerkindes der sechziger Jahre, das die eigene Herkunft verachtete und dekadent Hymnen auf Stahl, Industrie und Fortschritt sang und in der Verbrüderung mit den Kindern der Vorstädte seine Überheblichkeit nur leidlich verstecken konnte. Das alles war nicht Biggys Diktion, doch sie spürte, dass die Zeit, in der Akademiker ein schlechtes Gewissen haben durften, weil sie einer höheren Schicht angehörten als Arbeiter, längst vorbei waren. Welchen Status durfte schon ein Lektor der Philosophie für sich beanspruchen, der weniger verdiente als ein Kfz-Mechaniker? Im besten Fall wurde so einer bestaunt, weil er sich aus freien Stücken mit Kanalräumergehältern bescheidet. Nein, hätte Biggy ihn aufgeklärt, nicht du begibst dich zu den Prolos herab, sondern ich zu dir, weil ich außergewöhnlich bin und dich nicht wie die anderen für einen Spinner halte, wofür du mir eigentlich dankbar sein solltest, Herr Professor, aber großzügig werde ich auf diesen Dank verzichten.

»Wenn du von mir lernen willst, was ich in der Schul' g'lernt hab, kann ich dir zwanzig Telefonnummern geben. Die können dir Maschinenbau beibringen, falls dich das wirklich interessiert. Von mir kannst andere Dinge lernen.«

»Entschuldige. Ich wollte dich nicht beleidigen.«

»Ist schon gut.«

»Kaffee?«

»Espresso bitte. Du kannst zum Beispiel von meiner Lebenserfahrung profitieren.«

Wieder amüsierte Katz Biggys völlige Missachtung des Altersunterschiedes. Das nicht mit Lachen zu quittieren, dazu fehlte es ihm jedoch an Souveränität.

»Du glaubst doch nicht an so etwas wie die Überlegenheit des Alters.«

»Genauso wenig, wie ich an die Überlegenheit der Jugend glaube.«

»Yes, Sir. Dann verstehen wir uns.«

Nachdem Ernst Katz den Kaffee serviert hatte, sagte er: »Du bist noch jung und anpassungsfähig. Ich will dich nicht mit Ideen füttern, die dir gesellschaftlich schaden könnten.«

Biggy schüttelte den Kopf: »Meinst du, du kannst mir mehr schaden, als ich mir schon selber geschadet hab? Ich hab nix zu verlieren. Aber ich hab noch Zähne, ein paar zumindest.«

Ernst Katz erwiderte theatralisch: »Es geht da um mehr als deine Zähne. Wir verstehen uns gut. Ich hab keine Lust, unsere WG in eine Volkshochschule zu verwandeln. Du bist jung, und ich bin alt. So einfach ist das. Alt und frustriert wirst noch früh genug, junge Dame. Dafür brauchst kein Tutorium.«

»Junge Dame«, sagte sie, »was ist denn das für ein Spruch?«

»Also gut, du Nervensäge. Es gibt einen Aphorismus von Nietzsche, der taugt als Test. Bevor wir einen Kontrakt mit unserem Blut unterfertigen, frage ich dich: Willst du zum Licht, um besser zu sehen oder besser gesehen zu werden?«

Biggy steckte ihm ihre Zigarette in den Mund und hob mit ihrem Zeigefinger sein Kinn an. Dann sagte sie herausfordernd: »Ich will zum Licht, um zu verbrrrrennen!«

Ernst Katz bemühte sich um einen schläfrigen Blick und schnippte mit den Fingern beider Hände: »Wow, welche Leidenschaft.«

»Du bist schwer zu beeindrucken.«

»No way, Sir«, sagte Ernst.

»Das gefällt mir.«

»Woher kommt das No-way-Sir- und Yes-Sir-Gerede? Klingt schneidig, aber nicht nach deinem Alter. So haben deutsche Bürgersöhnchen um 1900 gesprochen, wenn sie lässig sein wollten.«

Das habe sie aus den Abenteuerbüchern ihrer Kindheit, sagte

Biggy. Sie habe nämlich nur Bubenliteratur gelesen. Ihr erster Roman sei *Sigismund Rüstig* von Frederick Marryat gewesen, erklärte sie stolz. Mit neun. Da habe sie solche Sprüche her. Und von Filmen.

»Die Leute haben immer gelacht, wenn a Zehnjährige no way, Sir sagt. In der Schule hat bald die ganze Klasse so geredet. Da hab ich mir was Neues ausdenken müssen. Alles roger in Kambodscha, alles fit im Schritt, waren mein Lieblingssprüch. Ist blöd, aber damals war's leiwand.«

»Gehen wir eine Runde spazieren?«

Ernst Katz und Biggy Haunschmid wanderten über den Donaukanal. Als sie im Augarten ankamen, glühten Wiens Dächer noch orange, während die Hauswände schon im Schatten lagen. Es war ein außergewöhnlich warmer Tag. Sie tranken ihr erstes Bier im Café Prindl am Gaußplatz. Und dann ging es los. Um sechs Uhr morgens kamen sie singend in die Wohnung zurück. Ernst Katz kam sich herkuleisch vor – nie hätte er geahnt, wie viel Alkohol und Tabak er verträgt. Doch ein Tag wie dieser verwandelt die scheußlichsten Gifte in Allmachtselixiere. Niemand würde glauben, was sich die beiden in 16 Stunden an Blöd- und Klugheiten, an Schlagfertigkeit und Einsicht gaben, und es als Wunschphantasie eines schlechten, weil zu wenig lebensnahen Autors abtun.

6. Kapitel

Wikipedia-Eintrag Klara Sonnenschein, wie er sich René Mackensen und neuerdings Biggy Haunschmid darbot (geschrieben und ins Netz gestellt von Dr. Ernst Katz)

Klara Sonnenschein
Dieser Artikel ist nicht hinreichend mit Belegen (beispielsweise Einzelnachweisen) ausgestattet. Die fraglichen Angaben werden daher möglicherweise demnächst entfernt. Bitte hilf Wikipedia, indem du die Angaben recherchierst und gute Belege einfügst. Näheres ist eventuell auf der Diskussionsseite oder in der Versionsgeschichte angegeben. Bitte entferne zuletzt diese Warnmarkierung.
Vollständig unbelegt.

Klara Sonnenschein (* 12. März 1927 in Wien; † 26. Dezember 1967 in Kepis, Belgien) war eine jüdisch-österreichische Dichterin, Philosophin und Germanistin.

Jugend und NS-Zeit: Klara Maria Sonnenschein wurde als einziges Kind des Rechtsanwalts und ehemaligen k.u.k. Marineleutnants Peter Sonnenschein und der Pianistin Réka Kohn in Wien geboren. Bis 1938 besuchte sie das Sperlgymnasium. Ihre Eltern wurden mit dem ersten Judentransport 1941 nach Opole Lubelskie deportiert und vermutlich zwei Jahre später im KZ Treblinka vergast. Ihrem Vater war es zuvor gelungen, Klara in der Wohnung des befreundeten Rechtsanwalts Dr. Julius Cerny zu verstecken, wo sie bis Dezember 1944 verbrachte. Cerny versuchte sie im letzten Kriegsjahr in die Schweiz zu bringen. Bei Hohenems wurde sie von der Grenzpolizei aufgegriffen und ins KZ Mauthausen verfrachtet, wo sie bis zu dessen Befreiung im Mai 1945 zubringen musste.

Studium und akademische Laufbahn: In Wien studierte sie Germanistik und Philosophie (u.a. bei Victor Kraft). Während ihrer Studienzeit stand sie der KPÖ nahe, liebäugelte aber auch mit dem Zionismus.

Sie schrieb ihre Doktorarbeit über Hegels Philosophie der Identität. Vermutlich ihre Zeitungspublikationen zum Holocaust und seiner Verdrängung sowie ihr linkes Engagement verhinderten weitere Lehrtätigkeit an Österreichs Universitäten. Klara Sonnenschein schlug sich als Publizistin und mit diversen Nebenjobs durch, ehe sie 1959 eine Professur am Germanistikinstitut der Ludwig-Maximilians-Universität München antrat, die sie bis 1966 innehatte.

Dichterin und Philosophin: Klara Sonnenschein setzte sich intensiv mit Hegel, Marx, aber auch Bergson, Nietzsche, Leo Schestow und dem chinesischen Daoismus auseinander. Sie war eine frühe Rezipientin von Samuel Beckett, Brendan Behan, Paul Celan und Boris Vian und die erste deutschsprachige Autorin, die Adah Isaacs Menken, eine amerikanische Dichterin und Schauspielerin des 19. Jahrhunderts würdigte. Mit dialektischem Scharfsinn prangerte Sonnenschein in Essays, Aphorismen und Gedichten Faschismus und Antisemitismus sowie deren Kontinuität in den Nachfolgestaaten des Dritten Reichs an. Dies und auch die im akademischen Leben grassierende Frauenfeindlichkeit dürften dafür verantwortlich sein, dass ihr Werk heute weitgehend vergessen ist, das sie in einen Rang mit Hannah Arendt und den Vertretern der Kritischen Theorie hätte setzen können. Sie war u.a. mit Günther Anders und Georg Kreisler befreundet.

Klara Sonnenschein publizierte zeitlebens nur zwei Bücher: den Gedichtband »Haikus in meine Haut geritzt« (1957) (der sich nur zu einem kleinen Teil der Form des Haikus bedient) sowie die Aphorismensammlung »Funken & Späne« (1961). Ihre philosophische Studie »Die Versklavung der Dinge« blieb ein

Manuskript, doch Freunde, die es lasen, weisen auf eine enge inhaltliche Verwandtschaft mit Theodor Adornos »Negativer Dialektik« und eine Vorwegnahme von Jacques Derridas Differenzphilosophie hin. Trotz der auffälligen geistigen Verwandtschaft sind keine Kontakte zu den Vertretern der Frankfurter Schule belegt.

Das Werk Klara Sonnenscheins harrt noch seiner Wiederentdeckung.

Selbstmord: Klara Sonnenschein war wegen ihrer Provokationen der Universitätsleitung einige Male mit der Relegation gedroht worden. Nach dem Sommersemester 1966 verlor sie schließlich ihre Professur. Die politische Motivation der Kündigung wurde mit privater Skandalisierung (z.B. Libertinage, Verhältnisse mit Studenten) kaschiert. Am 26. Dezember 1967 setzte Klara Sonnenschein während einer Reise nach Belgien ihrem Leben ein Ende.

Klassenkampf

Ein Kommunist
Sagte mir heute
Durch die Blume
Daß seine Genossen
Vergast worden seien
Weil sie die Welt
Verändern wollten
Hingegen wir, die Juden
Bloß, weil wir Juden waren
Das führt mich zu dem Schluß
Daß auch den Märtyrertod
Wir uns nur ergaunert haben
Aber so sind wir eben
Quod erat demonstrandum

Klara Sonnenschein, aus: *Haikus in meine Haut geritzt*

7. Kapitel
Ernst Katz im Supermarkt

Am Vormittag, nachdem sich Schüler, Angestellte und Arbeiter mit Jausenpaketen versorgt haben, wagen sich andere Käufer in den Supermarkt. Zu ihnen gehören Pensionisten und die Gruppe der Eigenbrötler – verschrobene Junggesellen, Trinker, Fixer und allein lebende Hundebesitzer –, zu der sich auch Ernst Katz zählte. Er entwickelte sogar Bindungen zum Supermarkt. Nicht aus Konsumzwang. Vielmehr bringt der Supermarkt Ordnung in ein zuweilen ungeordnetes Leben und ist der einzige Ort, wo es sich Menschen nahekommen lässt, ohne dass sie einem zu nahe kommen.

Heute nimmt Ernst Katz weder Kunden noch Personal wahr.

Seit einer Viertelstunde sucht er nach dem Brombeerjoghurt, das ihm vor Monaten so gut geschmeckt hat. Warum sucht er es bei den Oliven-, Kürbiskern- und Distelölen? Weil er sich von einem reißenden Reflexionsstrom bereits um zwei Gänge hat spülen lassen, und er wird in der nächsten halben Stunde noch um etliche Ecken kurven und anderen Leuten durch seine abrupten Richtungswechsel, sein Grimassieren und seine Selbstgespräche auffallen.

Er darf, sagt er sich auf der Höhe der Babyfeuchttücher, er darf Biggy nicht überfordern. Nicht überfordern, nicht belehren, nicht maßregeln. Sie ist erst 17. Ihre Klugheit, die nur Spießer Altklugheit nennen würden, ihr rebellisches Wesen und ihr Wissensdurst sind, gemessen am Ungeist der Zeit, unerwartete Geschenke, die es dankbar anzunehmen, nicht zu knicken gilt. Ungeist der Zeit – ja, Ernst Katz verwendet solche Begriffe noch, immer dann, wenn er sich vor Differenzierung drückt. Ungeist der Zeit – süß, hört er eine fiktive, zehn Jahre ältere Biggy sagen, nachdem sie ihr Philosophiestudium beendet hat. Doch fürchtet Ernst Katz, er werde alles vermasseln.

Mit dem Maximalprogramm werde er sie zermalmen. Weil er auf ihre altersüblichen Verführungskünste, reifer zu wirken, als sie ist, hereinfallen wird, weil er sich in so vielen Aspekten wider Erwarten von ihr verstanden fühlen wird, dass er sie auch zwingen muss, alle anderen zu verstehen – der Beginn einer Spirale von Missverständnissen und Demütigungen.

Er kennt sich ja: Rächen wird er sich an ihr für die Unmöglichkeit der Erfüllung dieses Wunsches. Für alles, was sie mit der verhassten Normalität dieser Zeit verbindet. Weil sie seine Schwäche erkennen wird, sobald er so unvorsichtig ist, ihr den Schlüssel zu seinen Verletzlichkeiten auszuhändigen. Weil sie erkennen wird, wie sehr er von ihrem Verständnis abhängig geworden sein wird und sie diese Macht mit dem grausamen Instinkt eines Kindes gegen ihn wenden wird. Weil sie genau dann nicht zuhören und mitdenken wird, wenn er Zuhören und Mitdenken dringend braucht, und grinsend über ihn triumphieren wird.

Die schwierigste und letzte Aufgabe deines Lebens erwartet dich, Ernst Katz. Deine ganze Kraft erfordert sie. Fühle dich in die Erfahrung eines jungen Menschen ein, der mehr weiß als andere seines Alters und doch nichts weiß. Heuchle Neugierde an seinen Interessen, seiner Welt und seinen Gedanken und suche nach den geeigneten Venen, wo sich die Infusionsflaschen deines Wissens anschließen lassen. Schnell und so schmerzlos wie möglich muss das gehen. Verzichte auf den Fachjargon, auf dem du deine akademische Laufbahn gebaut hast. Werde ein Dichter, hat dir Klara in ihrem Abschiedsbrief empfohlen. Finde den Schnittpunkt größtmöglicher sprachlicher Einfachheit und geringstmöglicher Trivialität.

Bis in deine späten Vierziger hast du dich hinter der Hermetik theoretischer Legosteine versteckt und warst für die Welt nicht verständlich, und als du begannst, Essays in nichtakademischer Sprache zu schreiben, applaudierte dir niemand zu deiner Revolte. Was das Publikum zu lesen bekam, war die mittelmäßige Klugheit eines, der zwar die Akademie verlassen hatte, aber in der Dichtung noch nicht angekommen war. Wie närrisch auch das Kind, das trotzig die Luft aus den Schwimmflügerln drückt, obwohl es noch nicht schwimmen kann. Sein wütendes Herumplanschen will es den Badegästen als Wagemut verkaufen. Du, Ernst Katz, ja, genau du da bei den Salzgurken um siebzig Cent das Glas, der du die klügsten Worte über Dichter findest, hast es stets aufgeschoben, selbst einer zu werden. Ein 17-jähriger Frechdachs hat sich in deinem Bau eingenistet, um dir noch einmal die Gelegenheit zu geben. Nutze sie, und stell die Trockenfleischflocken ins Regal zurück, siehst du den Collie auf der Verpackung nicht? Zu spät.

»Frolic mit Weizenkleie sind diese Woche um achtzig Cent

billiger«, unterbricht die hochaufgeschossene Enddreißigerin mit enganliegender Cordstretchhose seine Gedanken. Es ist die Frau, die mit ihrem Riesenhund einen Stock unter ihm wohnt.

Ernst Katz erschrickt. Doch dann packt er ihren Einkaufswagen am Gitter, beugt sich weit vor und verkündet: »Die große Kunst wird sein, Denkräume für Biggy aufzutun. Die dürfen aber nicht fertig eingerichtet sein. Verstehen Sie? Ich muss die muffigen Möbel rausschieben, während sie schläft, und dabei leise vorgehen. Sie muss sie selbst bewohnen. Und ihren Geschmack darf ich nur kritisieren, wenn sie mich ausdrücklich danach fragt. Ja? Behutsam in die richtige Richtung schieben, kaum merklich, nicht schubsen, treten, Weg versperren. Einfacher gesagt als getan. Sobald ich merke, dass sie ein falsches Tor findet, muss ich es in der folgenden Nacht zumauern und übermalen, nein, schwieriger noch, ich muss dieselbe Patina hinkriegen wie die Mauer rundherum. Zur Not tut es auch ein Kasten.«

Ernst Katz spricht diese Worte laut und akzentuiert, um nicht verrückt, sondern exzentrisch zu wirken. Da erblickt er im Wagen der Hundebesitzerin das Brombeerjoghurt, fünfhundert Milliliter der supermarkteigenen Biomarke.

»Sie entschuldigen«, sagt er und greift sich den Becher. Damit stolziert er zur Kassa, wo sich der süße Lehrling mit der vorstehenden Knollennase und dem üppigen Lidstrich binnen Wochen erstaunliche Professionalität erarbeitet hat.

8. Kapitel
Verschwisterung zu
Lasten der Klassensprecher

Ernst Katz wusste, dass Biggy ihn ausnutzte. Doch sich ausnutzen zu lassen war vermutlich das letzte Privileg seines Alters. Wenn sie ihn nicht gerade von ihrem kulturellen Geschmack überzeugen wollte – vorrangig Martial-Arts-Filme mit schlitzenden Superfrauen und Undergroundrock mit bemühten Bandnamen –, war ihm nie langweilig mit ihr, und jede Inspiration, jeden witzigen Einfall war er bereit, mit seiner Kreditkarte zu entgelten, wovon sie frech und fröhlich Gebrauch machte. Bloß das viele Gras, das sie rauchte, musste in bar beglichen werden. Dafür überließ er ihr die Bankomatkarte.

Das Ganze war nicht weiter schlimm, schließlich hielt er das Geld, das er besaß, für unrechtmäßigen Besitz. Schon sein Professorengehalt hatte ihm schlechtes Gewissen bereitet angesichts des kargen Salärs, mit dem sich Vertragsdozenten bescheiden mussten. Als ihm dann gekündigt wurde, hatte er das erste Mal seit Studententagen gespürt, was es bedeutet, jeden Groschen umdrehen zu müssen. Sieben magere Jahre dauerte dieser Zustand an: zunächst Arbeitslosengeld, dann Sozialhilfe, hie und da eine Publikation, ein Vortrag bei einem Hannah-Arendt-Symposium, Schulden bei Freunden, und ein Notstipendium einer literarischen Verwertungsgesellschaft. Der lukrativste Job in dieser Zeit war die Rolle in einer Werbung für private Pensionsvorsorge, in der er einen besonders jung gebliebenen Greis verkörperte.

Ernst Katz' zunehmende Lethargie war ein brauchbares Schmerzmittel gegen alle diese Demütigungen. Dann die Chance zum Comeback: Einer der wenigen Freunde, die ihm geblieben waren, hatte ihn als Organisator eines Symposiums über »alte und neue Gesichter des Antisemitismus« vorgeschlagen. Doch schon im Vorfeld war er gescheitert, als er einen Sektionschef im Ministerium, bei dem er um Förderung hätte betteln sollen, ein *selten blödes Troglodytenschwein* nannte.

Das Erbe hatte ihn schließlich aller finanziellen Sorgen enthoben. Doch kaum waren die weg und auch keine saftigen gesundheitlichen Probleme in Aussicht, zog der Weltschmerz bei ihm ein. Der materielle Überlebenskampf verzehrt viele Kräfte, doch er hindert einen daran, zu viel über sich nachzudenken, was Katz als großen geistigen Gewinn empfand. Wie viel der fehlende Vater schuld war an dem einen oder anderen Spleen, war ihm egal. All die psychologischen Versuche, dem Chaos des Seelenlebens eine nachvollziehbare Ordnung aufzuschwatzen, blieben ihm weiter suspekt: Die Neurosen waren schon die Therapie, welche wie Narren am eigenen Hof von dem viel grauenhafteren inneren Nichts ablenkten.

Ich muss mal Geld aus der Wand ziehen. Ernst Katz verabscheute solche Wendungen. Bei dieser machte er eine Ausnahme. Denn Biggys Gleichgültigkeit gegenüber Geld, zumal seinem, gefiel ihm. Immerhin gab sie es nicht für Pelzmäntel, Brustvergrößerungen, Psychotherapeuten oder Homöopathen aus, sondern bloß für Drogen und Spareribs.

»Weißt eh, Oida, wenn ich einmal Kohle hab und du nicht, dann kannst dich auf mich verlassen.«

Biggy sagte solche Sätze wie Schwüre, was sie noch komischer machte. Erst bei der dritten Wiederholung fiel Katz eine halbwegs passable Antwort ein. Da ihm wahrscheinlich nicht mehr genug Lebenszeit verbleibe, dieses Angebot anzunehmen, schlage er vor, seine gesamte Kohle auf ihr Konto zu transferieren. Somit könne sie gleich beweisen, wie ernst es ihr damit sei.

An ihrem vierten gemeinsamen Abend hielt Biggy eine Brandrede gegen den Sozialtypus des Klassensprechers. Alle Klassensprecher, die sie gekannt habe, seien supervernünftige Arschkriecher gewesen. Konstruktiv, das sei das Klassensprecherlieblingswort, und nichts hasse Biggy mehr als alles, was sich hinter ihm verstecke. Katz hörte aufmerksam zu, und im aufziehenden Biernebel gefiel er sich als Komplize ihres Klassensprecherhasses. Wäre er nicht so zugekifft gewesen, hätte er sich sofort aufgemacht, um mit ihr den nächstbesten Klassensprecher zu verprügeln.

Biggy hatte ihre Argumente. »Die sind immer konstruktiv und kommen sich dabei total reif vor, und dann tragen's dem Lehrer die Taschen nach, und für unsere blöden Schmäh sind sie sich zu gut und …«

»Was hältst du davon, Biggy, wenn du diese Gedanken nicht in Hauptsätzen aneinanderreihst, sondern so formulierst: Der Klassensprecher verwechselt seine Konstruktivität mit Reife; sich den Albernheiten seiner Jugend zu versagen bezahlt er mit dem zweifelhaften Privileg, den Lehrern die Aktentasche nachtragen zu dürfen. Das ist doch viel beziehungsreicher, oder?«

Nach langem Schweigen schürzte sie die Lippen, was ihrem Gesicht einen abwägenden Ausdruck verlieh, und nickte fachmännisch.

»Nicht schlecht. Weiter so. Sag einmal, kannst du mir nicht öfter übers Ohrmikro einflüstern, was ich denk'.«

»Ich wollte dich nicht bevormunden.«

»Nein, ich mein es ernst. Wie oft soll ich dir noch sagen, dass du mir als größerer Wichtigmacher vorkommst, wennst ständig jammerst, dass'd mich nicht bevormunden willst. Du sollst mich bevormunden, solange ich das will. Scheiß dich nicht an. Ich hab eh die besseren Karten, weil ich mehr von dir profitier' als du von mir.«

»Aber sag mal, warst du nicht selbst Klassensprecherin?«

»Doch. Aber ich war anders.«

»Verstehe.«

Nach der dritten Dose Bier begann Katz sich bei Biggy mit weiteren Komplimenten einzuschmeicheln. Er entschuldigte sich für seine Vorurteile, aber er müsse gestehen, in einer schlauen Frau wie ihr niemals eine HTL-Abgängerin vermutet zu haben. Eher Allgemeinbildende Höhere Schule.

Das verstehe sie nicht, hänselte Biggy zurück, vor kurzem habe er noch so viel Bewunderung für ihre technische Ausbildung gezeigt. Katz bekannte seine Heuchelei ein, und Biggy rückte sein Bild zurecht, mit einer Ernsthaftigkeit, die ans Klassensprecherhafte grenzte. Genau umgekehrt verhalte es sich, sagte sie, die Ausbildung und hohen Anforderungen in der HTL ließen die Schüler dort früher reifen als im Gymnasium, deren Abgänger ihr stets wie verwöhnte Nesthäkchen vorgekommen seien. In der HTL werde auch Deutsch, Philosophie und Politische Bildung unterrichtet. Zwar interessierten sich nur wenige dafür, aber die sich dafür interessierten, erschlössen sich diese Fächer selbständiger. Auch bei den Lehrern, glaube sie, gebe es mehr Außenseiter und Engagierte als im Gymnasium. Was in der HTL zudem völlig fehle, sei das pädagogische Getue, die Indoktrination mit irgendwelchen Werten und das Herumbasteln an Gemeinschaften. Genau das halte die Gymnasiasten in diesem komischen Schwebezustand ihrer Entwicklung. Die Klassen im Gymnasium erinnerten an gepflegte Gemüsebeete, in der HTL müsse man sich eine Klasse wie eine Ansammlung unterschiedlicher Topfpflanzen vorstellen mit viel Wildwuchs dazwischen. Dort gebe es nämlich keine Klassengemeinschaft; jeder sei sich selbst überlassen. Schrecklich sei das, aber auch gut. Denn wo keine Gemeinschaft, da auch keine Außenseiter. Jeder in der Klasse sei in gewisser Hinsicht Außenseiter gewesen. Freundeskreise habe man zumeist außerhalb der Schule gepflegt. Und Freundschaften und Allianzen innerhalb der Klasse hätten auf mehr Freiwilligkeit beruht als im Gymnasium. Man hätte in der Schule auch gar nicht genug Zeit dafür gehabt; die HTL sei eigentlich eine Akademie; Schüler würden nicht als Jugendliche, sondern als künftige Fachkräfte gesehen. Der Lehrkörper und das Schulsystem seien einzig und allein an einer besonders harten fachlichen Ausbildung interessiert. Ob man danach im Park dealt oder Giraffen zureitet, habe niemanden interessiert. Manche Lehrer hätten die Schüler zu beeinflussen versucht. Der Englischlehrer sei ein Nazi gewesen, der Chemielehrer ein Grüner. Ersterer habe immer gepredigt, dass die Juden die Welt beherrschten, Letzterer, man solle den Schwachsinn des Kollegen nicht glauben. Den meisten Schülern sei das wurscht gewesen, da sie völlig apolitisch waren. Stumpfsinnige Fachtrottel, mal nette, mal unerträgliche Prolos, die, so sie eine Arbeit fänden, nicht schlecht verdienen und bald Haus, Partner und Kinder haben würden. Also, gebot Biggy ihrem Zuhörer, solle er ihr nicht mit der Hacklerromantik kommen.

Während ihrer luftigen Ausführungen bastelte Biggy einen Joint, und Katz bewunderte das Gesamtensemble: ihre ruhige Stimme, das ständige Wechseln ihres Blicks von ihm zum Joint, das Belecken der Kleberänder, das Eindrehen des Häubchens und das Anschnalzen mit der Zeigefingerkuppe. Wie souverän doch ein solch junger Mensch sein konnte, voller Selbstvertrauen und ganz anders als er selbst einst. Biggy hatte Ernst Katz davon überzeugt, dass aus einer Höheren Technischen Lehranstalt kaum jemand wie Biggy kommen konnte, aber dass es die einzige Schule zu sein schien, aus der jemand wie Biggy kommen konnte.

Lebemann: Männliches Gegenstück zum Miststück.

Klara Sonnenschein, aus: *Funken & Späne*

9. Kapitel
Almuth und René

Leise drehte René den Schlüssel im Schloss, damit er Almuth nicht wecke. Sie schlief aber gar nicht, sondern saß an ihrem Schreibtisch über einem Manuskript. Er zog die Schuhe aus und freute sich über die feuchten Abdrücke, die seine Füße auf dem kalten Laminatboden hinterließen. Langsam schlich er an ihr vorbei und hielt dann doch inne, so sehr reizte ihn ihr Anblick, wie sie mit der Brille auf ihrer schönen Nase dasaß, nachdachte, einen Absatz abschätzig prüfte und Notizen auf den Blattrand schrieb. Er war wieder zuhause, bei ihr, die so apathisch ihm gegenüber und doch so treu war. 42 war sie, noch immer so schön. Im Widerschein der Lampe glitzerten ihre Haarspitzen. Wie gerne hätte er sie umarmt, wäre mit ihr auf den Boden gesunken, hätte sich an ihr festgehalten und vor ihrer mütterlichen Überlegenheit kapituliert. Doch er fürchtete sie auch. Ihre schnippische Indifferenz. Ihre verletzenden Fragen. Ob er es schaffen würde, unbemerkt ins Schlafzimmer zu schleichen? Er schaffte es nicht.

»Ich hab Augen im Hinterkopf, René. Weißt du das nicht?«

»Almuth.«

Er trippelte zu ihr. Er beugte sich zu ihr herab. Er küsste sie auf den Mund. Sie lächelte ihn an. Mit ihrer Brille sah sie unwiderstehlich aus. Fand er.

»Da ist er ja wieder, der kleine Ausreißer. Wie war es? Hast du Spaß gehabt?«

René nahm das oberste Blatt des Manuskripts und las ein paar Zeilen.

»Das hat eine Frau geschrieben. Nervöser Stil. Stroboskopsätze.«

»Nein, falsch. Ein Mann. 23 Jahre. Sehr nervöser Stil.«

»Also muss ich nicht fürchten, ersetzt zu werden?«

»Einstweilen nicht. Aber sei dir deiner Position nicht zu sicher. Sonst bemühst du dich nicht mehr.«

René schob ihr dunkles Haar zur Seite und küsste sie auf den Nacken.

»Du hast mir nicht gesagt, wie es war.«

»Okay. Lass uns kuscheln gehen.«

»Okay! Okay? Antwortet so ein Dichter? Wir haben eine Übereinkunft.«

»Ich will dich, Almuth. Die Kleine war ein Nichts. Du bist alles.«

»Miau. Ich hab noch drei Seiten. Carsten hat angerufen, du sollst dich umgehend bei ihm melden.«

»Das hat bis morgen Zeit.«

»Nein, hat es nicht.«

René hatte seit zwei Tagen sein Handy nicht eingeschaltet. In der Tat, Carsten Kempowski hatte es siebenmal versucht, zweimal auf die Sprachbox gesprochen.

»Hi Carsten. Sorry, ich hatte das Handy … War okay. Nicht mein Typ.«

Renés Stimme wurde leiser, er ging ins Vorzimmer und behielt Almuth im Auge.

»Tschuldige, ich mag das jetzt nicht am Telefon besprechen. Ich bin nicht alleine.«

Wie oft hatte er schon Almuth und Carsten verdächtigt. Es schien schlimmer. Sie passten ineinander wie zwei Puzzleteilchen, so vertraut in ihren kleinen Verschwörungen, dass sie nicht einmal Sex miteinander nötig hatten. Diese beiden waren es, denen er all das verdankte; Almuth die eine Hälfte der Karriere, Carsten die andere. Beide liebte er. Doch er hasste die Dankbarkeit, die er für sie empfinden musste, er hasste es, ihr Werkzeug, ihr Experiment, ihr Homunkulus zu sein.

Almuth war eine der einflussreichsten Literaturkritikerinnen des Landes. Aus einem mittelbegabten, sich selbst überschätzenden oberösterreichischen Nachwuchsschreiberling ein Genie zu basteln, zumindest so lange dieses Gerücht zu lancieren, bis es alle glauben, Leser, Buchhändler, Kulturredaktionen und schließlich er selbst, damit fütterte sie ihre Allmachtsgefühle wie Krokodile. Irgendwas musste sie an ihm finden, sonst hätte sie ihn längst gegen ein wilderes Pferd eingetauscht. Einmal hatte sie ihm gesagt: Mit einem jungen Freund, der emotionell von ihr abhängig sei, könne sie sich ruhig ihrer Arbeit widmen und sei vom lästigen Fleischmarkt da draußen freigestellt. Welch eine Beleidigung! Beinahe hätte er daraufhin den Absprung geschafft, doch Almuth, die klügste Frau der Welt, hatte einfach wieder mit ihm geschlafen. Denn darin lag sein Dilemma. Hin und wieder ließ sie ihn gewähren, und wenn sie es nicht genoss, dann musste sie die beste Schauspielerin der Welt sein.

René machte sich keine Illusionen, er war ihr Hampelmann, und je mehr sie ihn hinaus auf diesen Fleischmarkt drängte, ihn anspornte, mit so vielen wie möglich ins Bett zu gehen, Erfahrungen sammeln nannte sie das, desto schwerer zu zerreißen wurde die Kette, die sein Herz an ihren Schreibtisch fesselte.

Er wusste, welches Spiel ihn nun erwartete. Alles würde er ihr erzählen müssen. Sie suhlte sich in seinen Seitensprüngen, in seinen Abenteuern mit Groupies, die ihn nie beachten würden, hätten ihm Carsten und Almuth nicht diese Aura um seine traurige Gestalt gezaubert. In diesem Moment grauste ihm vor Almuth, und nicht weniger vor Carsten.

Als René von einer Kulturinitiative in Melk an der Donau der Vorschlag unterbreitet worden war, Nestroys *Lumpazivagabundus* etwas mit dem zeitgeistigen René-Mackensen-Spirit aufzumotzen, eine Aufgabe, die ihm bald zuwider war und die er schließlich sein ließ, und er erstmals das Reclamheftchen mit dem Originaltext las, erschrak er. Der böse Geist Lumpazivagabundus und die gute Fee Fortuna – das waren Carsten und Almuth. Mit dem Unterschied, dass die beiden ihre Rollen je nach Belieben wechselten. Zugegeben, sie waren sehr smarte Erscheinungen im Literaturzirkus, aber das war kein Kunststück bei den Gestalten, die dort herumirrten.

»Hörst du mir überhaupt zu, mein Cherub? Deine monotonen Jas deuten auf Abschweifungen deiner Gedanken und Missachtungen meiner Bemühungen hin.«

»Entschuldige, Carsten, ich war woanders. Kannst du die letzten Sätze bitte wiederholen?«

»Ich habe dir die Bestellnummer diktiert.«

»Tschuldige, worum ging's?«

»Okay, ich muss die letzten zwanzig Sätze wiederholen. Ich habe Klara Sonnenscheins Diss gefunden. An der Ludwig-Maximilians-Universität in München. Du wirst sie morgen per Internet anfordern und übermorgen an Ort und Stelle abholen.«

»Mensch Carsten, wie hast du das herausgefunden?«

»Übers Internet.«

»Und wieso hab's ich dann nicht gefunden?«

»Diese Frage musst du selbst beantworten. Buch dir gleich ein Zugticket. By the way, dreimal wurden ihre Bewerbungen für die Uni Wien abgelehnt. Wir kommen der Sache näher. Dann fliegst du von München nach Berlin, Ticket hab ich schon gebucht. Dort wirst du dich mit einem Roger Müller treffen, ein Finanzprüfer, der in München ein Seminar bei ihr belegt hat. Onkel Carsten ist doch ein fixes Jungchen. Sag, dass Onkel Carsten ein fixes Jungchen ist, sonst kann er nicht schlafen.«

»Du bist der Fixeste zwischen Scheibbs und Nebraska. Mir ist flau im Magen. Bald gibt's kein Zurück mehr.«

»Was heißt bald? Ich hab die Brücken hinter dir vorsorglich

sprengen lassen. Schlaf gut, mein Lieber. Und lass Lady Macbeth von mir grüßen.«

René putzte sich die Zähne, Almuth cremte neben ihm ihr Gesicht ein. Im Bett wartete er auf sie. Es gelang ihm nicht, in den Schlaf zu flüchten. Zu flüchten vor dem Verhör, das ihn erwartete. Jede Einzelheit würde sie von ihm wissen wollen, was das Mädchen studierte, ob es aus dem Mund roch, wie seine Muschi geformt ist, die Schamhaare rasiert oder bloß getrimmt, mit welchen Phrasen sie ihre Bewunderung kundgetan habe, und laut auflachen würde Almuth darüber, so als sei diese Bewunderung nicht im Geringsten verdient, sondern bloß ihr Werk; so als kitzle sie als alte Zaubermeisterin die Lust aus dem Schoß seiner Fans. Waren die Fans zu naiv, gähnte Almuth bald, spürte sie bei ihnen durch seine unschuldigen Erzählungen hindurch Berechnung und Durchtriebenheit, glomm in ihren Augen verschwörerisches Leuchten auf. Man wusste nie, wie Almuth auf seine Erzählungen reagieren würde. Immer hatte er das Gefühl, dass ihr seine Bettgeschichten größere Lust bereiteten als ihm. Und schnell war sie gelangweilt und spornte ihn zu immer außergewöhnlicheren Eskapaden an, zu Sex mit Männern, Klo-Nummern auf Vernissagen, bezahlten Quickies mit Putzfrauen der Hotels, in die man ihn bei seinen Lesereisen abstellte, oder zu Affären, bei denen man die närrischen Dinger wie Schisch-Kebab in ihrer eigenen Verliebtheit grillte. Dabei animierte sie ihn dazu, ausgiebig zu lügen. Auf Fragen nach seinem Privatleben solle er ruhig seiner Lebensabschnittspartnerin Pflegeberdürftigkeit und die ausgefallensten Krankheiten andichten, befahl ihm Almuth. Diese Mischung aus Mitleid und Schuld sei ein besonderes Gewürz und gleiche dem Glutamat: Es intensiviere den Eigengeschmack der Beute. Beim ersten Mal, als er seinem Opfer erzählte, seine Freundin leide an Multipler Sklerose, hatte er sich widerlich gefühlt. Doch bald begann auch er am Rausch der Amoralität Gefallen zu finden. Almuth, ganz der Literaturgeschichte verpflichtet, meinte nämlich, selbst der flüchtigste Fick müsse etwas erzählen oder aber das Gütezeichen des Unerwarteten tragen. Wenn sie darüber sprach, kräuselten sich ihre Lippen zur spöttischen Genießerschnute. Die Mühen ihrer Dekadenz stießen ihn zuweilen ab, doch bewunderte er gleichzeitig ihre List.

»Woran hab ich diesmal gelitten, MS oder Rückenmarkkrebs?«, begann sie ihre Befragung, nachdem sie das Schlafzimmer betreten hatte. »Carsten hat mir verraten, dass es schon wieder Germanistik war. René, mein Augenlicht, das wird langweilig. Immer nur Germanistik und Theaterwissenschaften. Nur den Mutigen gehört die Welt. Ich will, dass du toughe Juristinnen und Gender-Suffragetten flachlegst, und eine niederösterreichische oder steirische Bezirksblattredakteurin bist du mir auch noch schuldig.«

»Ach, Almuth.«

Ich zähle bis drei
Du bist noch immer nicht weg
Dann bleib ich bei dir

Klara Sonnenschein, aus: *Haikus in meine Haut geritzt*

10. Kapitel
Vermächtnis eines Narren

Ernst Katz knirschte mit den Backenzähnen, als er bemerkte, dass die Erde der Topfpflanzen im Erker trocken war. Seit Jahrzehnten war ihm das nicht passiert. Doch den Zug wollte er auf keinen Fall versäumen. So lief er zum Schreibtisch zurück und schrieb hastig eine Zeile ans Ende eines Briefs, den er für Biggy dort hinterlassen hatte. Schließlich schnappte er sich die Reisetasche und hastete aus der Wohnung.

Im Brief auf dem Schreibtisch stand:

Liebe Biggy,
ich bin für zwei Tage zu einem alten Freund nach Eisenstadt gefahren. Im Kühlschrank findest du zwei Becher Fruchtjoghurt, deren Ablaufdatum gestern überschritten wurde. Bitte leere sie; in deinen Magen oder ins Klo – je nach Belieben.

Zu deinem Wunsch, von mir in widerständigem Denken unterrichtet zu werden, kann ich nur erwidern, dass ich der denkbar Falsche hierfür bin. Der Fairness halber will ich dir auch erklären, warum. Ich befürchte, dass das meiste, was hierzulande und vermutlich auch anderswo als Widerstand, kritisches Bewusstsein, als Gegenkultur, radikale Kunst und Subversion bezeichnet wird, nichts mit dem zu tun hat, was ich darunter verstehe. Schlimmer noch: Es ist mir sogar widerlicher als alles, wogegen es sich richtet. Ich begnüge mich nicht mit deren wahren und gut gemeinten Anteilen, weil die bloß der Rechtfertigung ihrer Defizite dienen und davon ablenken, wie man es besser machen könnte.

Mein Einfluss tut weder dir noch mir gut. Du hast dich tapfer von vielem losgesagt, was du als falsch empfindest. Und nun suchst du Gleichgesinnte, Gefährten im Geiste, eine andere, bessere Kultur, eine – nennen wir es ruhig so – Gegenheimat. In meinem Denken aber gibt es keine Heimat, sondern nur Heimatzerstörung, rastloses Nomadentum, das sich nicht entmutigen lässt, nirgends anzukommen, sondern gerade daraus seine Kraft bezieht. Denn Angekommensein bedeutet unsereinem ein Hospiz lange vor dem physischen Tod. Und wenn ich mir euch Junge so ansehe (ich meine nicht dich, die du eine rätselhafte Ausnahme zu sein scheinst), dann fallen mir die Worte ein, die mein Vater an mich richtete, als ich als Knabe über meine Wehwehchen jammerte: Hoffentlich werde ich nie so alt wie du!

Du würdest bald merken, dass ich weitaus heftiger auf deine coole Gegenkultur einprügle als auf die verhasste Kultur. Und ich könnte dir nachfühlen, wenn dich das sehr gegen mich einnähme.

Ich sehe auch dort nichts als Attitüde, folgenlosen Aufschrei, formelhafte Dekonstruktion, Aufblasen von Nichtigkeit und Aushungern von Geist. Biggy, sieh es ein, mir zu folgen hieße Konsequenz, und die wiederum hieße eine Kette an gesellschaftlichen Nachteilen. Niemand würde dich mögen. Keines deiner Worte würde so verstanden, wie es gemeint ist, weil sie sich, der Beweis ihrer Wahrheit, gegen die marktgängigen Denkschablonen spreizten. Deine Charakterstärke würde dir als Defekt, deine Unkorrumpierbarkeit als eitler Eigensinn ausgelegt.

Du bist jung und gesellig, lachst gerne und genießt das teils charmante, teils selbstsüchtige Spiel der sozialen Bespiegelungen. Willst du dir das verscherzen?

Die wunderbare menschliche Eigenschaft der Geselligkeit ist aber auch ein verderblicher Ansteckungsherd der Dummheit und Konformität. Wie ein giftiges Myzel verbreitet sich über den sozialen Sinn eine Krankheit, deren erstes Symptom ist, sich am individuellsten zu fühlen, wo man am konformsten ist. Der Mensch möchte mitmachen, dabeisein, gestreichelt und beim Vornamen genannt werden, noch in diesem Leben, und weil er verstanden werden will, muss er die handelsüblichen Codes verwenden, so lange, bis er nur noch in ihnen verstehen kann. Über diese Bedürfnisse macht die Maschine sich ihn gefügig, *sie kassiert ihn*, selbst wenn er auf Punk und Occupy macht … gerade dann!

Niemand würde dich bewundern für deine Unerbittlichkeit. Irgendwann würdest du tatsächlich so verschroben, kalt und arrogant werden, wie man es mir von Beginn an vorwarf. Ich werfe dir nicht vor, dass du die üblichen Gesellschaftsspiele spielst. Das ist zutiefst menschlich. Wirf du mir als Gegendeal nicht vor, dass ich sie verweigere. Das Einzige, was ich an der Populärkultur für wahrheitsgetreu halte, sind die Filme von Zombies und Körperfressern.

Von solch einem verbitterten alten Querulanten, dem die Welt nichts mehr zu geben hat und der dieser darin nichts schuldig bleibt, willst du lernen? Stell dir vor, ich werde sentimental und von deiner Zuwendung abhängig, und du merkst, in welche Sackgasse du geraten bist. Beide würden wir todunglücklich, und für mich hat das Präfix tod- noch dazu eine andere Bedeutung als für eine junge Frohnatur wie dich …

Einem verrückten Zufall verdankt sich unsere Begegnung, und einer banalen Willkür dein Interesse für mich. Du hättest auch einer für Palästinenserrechte kämpfenden Reikilehrerin oder einem faszinierenden Wim-Wenders-Biografen oder gar Peter Sloterdijk im Zug begegnen können, und vielleicht würdest du dann bei denen in die Lehre gehen wollen. Und dich mit ihnen gegen mich verbünden, mit ihnen, die dir einflüsterten, dass ich nichts als ein weltfremder Kulturpessimist sei, der auf dem Geistesmarkt bei der Sommerkollektion 1963 hängen geblieben ist. Und ich hätte keine Möglichkeit, mich zu verteidigen. Dass ich sogar die Kulturpessimisten lächerlich finde, dass Denken keine Frage der Mode ist, und dass ich ganz und gar nicht weltfremd bin, weil ich noch genau weiß, auf was und wen ich schieße, wohl aber bekenne, in dankbarer Demut vor der Wahrheit und allem, was an Schönem und Wahrem möglich wäre, diese Gesellschaft samt ihrer halbherzigen Kritiker und Schwanzlutscher mit einer titanischen Inbrunst zu hassen, dass sich alle Energiequellen der Erde dadurch ersetzen ließen.

So, mein Herz, jetzt iss das Joghurt und verzeih mir die harten Worte.

Dein wohlwollender Mitbewohner
Ernö Katz

Gefangen in Abflußrohren
Von der Weite die Spülung
Warten wir aufs Ende
Das auf uns vergißt

Erde auf mich
Luft auf mich
Schläge auf mich
Alles gleich

Klara Sonnenschein, aus: *Haikus in meine Haut geritzt*

11. Kapitel
Eine böse Überraschung

Ernst Katz hatte nicht seinen alten Freund in Eisenstadt besucht. Alt wird er wohl geworden sein, aber Freund war er schon lange nicht mehr. Zehn Jahre zuvor hatte Katz sich mit ihm überworfen, er wusste nicht einmal, ob er noch lebte, doch die Ausflüge ins Burgenland waren zur lieben Gewohnheit geworden. So stapfte er allein im Schilfgürtel des Neusiedler Sees herum, beobachtete Zugvögel und zermarterte sich damit, wie Biggy auf seinen Brief reagiert haben könnte. Was sie verstand und was nicht, was sie lächerlich und was sie gut darin fand. Mal war er stolz über solch ein gelungenes Manifest seines Denkens, mal wurde er von Peinlichkeitsschüben gebeutelt. Nach einer Nacht in einer Pension in Illmitz ging er trotz herrlichem Wetter nicht wieder zum See, sondern fuhr zurück nach Wien.

Zwischen erstem und zweitem Stock hörte er einen zu laut gestellten Fernseher, bald bestand kein Zweifel mehr, dass die Geräusche aus seiner Wohnung kamen. Auch Stimmen glaubte er zu hören. Er überlegte kurz, ob er nicht in ein Café gehen sollte, auf Überraschungen hatte er wenig Lust. Dann öffnete er doch vorsichtig seine Wohnungstür. Auf der Wohnzimmercouch saßen Biggy und ein junger Mann mit nacktem Oberkörper, der seinen Arm um sie gelegt hatte.

Beide starrten sie gebannt auf einen Laptop. Der junge Mann erschrak, als er den Eindringling in der Tür stehen sah, Biggy aber lächelte ihn an. Nachdem er sich gefasst hatte, lief der junge Mann auf ihn zu und drängte ihm seinen energischen Händedruck auf.

»Guten Tag, Herr Katz. Ich bin Omar.«

Omar war ihm auf Anhieb unsympathisch. Trotzdem behauptete Ernst, sehr erfreut zu sein.

Omar sagte: »Schade, dass wir nicht länger Zeit haben, Biggy hat mir viel Interessantes von Ihnen erzählt, aber ich glaube, es ist Zeit ...«

»Nein, du bleibst«, fiel ihm Biggy ins Wort. »Ich muss dir noch was zeigen. Ernö, es stört dich doch nicht, wenn Omar noch ein bissl bleibt?«

Aber woher. Ernst Katz bat beide, sich wie zuhause zu fühlen, und Biggys Freunde seien auch seine Freunde ... Biggy nahm Omar an der Hand und verschwand mit ihm im Schlafzimmer, die Tür wurde verschlossen, und Ernst Katz' schlimmste Befürchtungen wurden wahr. Bald hörte er monotones Quietschen. Ernst Katz konnte es sich nicht verkneifen, die Technik des jungen Mannes zu missbilligen und sie auch in Zusammenhang mit dessen Herkunft zu setzen. Als er von Biggy kein einziges Geräusch hörte, ließ er sich beruhigt auf die Couch fallen und beobachtete im Laptop, wie Steven Seagal einem vermutlich russischen Wachtposten das Genick brach. Katz bemühte sich, Biggys erotische Selbständigkeit zu würdigen und sich für die jungen Leute zu freuen.

Da glaubte er, sanftes, girrendes Stöhnen zu hören. Er konnte nicht anders und schlich in Richtung Schlafzimmertür. Der Boden knarrte unter ihm, und es wurde still. Katz wusste nicht mehr, wann er sich zuletzt so geschämt hatte. Er ging wieder zur Couch und fühlte sich als Gefangener in der eigenen Wohnung. Dann begann es aufs Neue. Dieses Mal hörte er Schreie, es waren weibliche Schreie. War er ihr so egal, dass sie seine Nähe nicht im Geringsten hemmte, oder bereitete es ihr gar Lust, einen alten Lauscher im Nebenzimmer zu haben, der zwischen Verzweiflung und schamvoller Erregung aufgerieben wurde?

Unfug! Das ist nicht meine Welt, was bilde ich mir ein. Lass sie doch und kümmere dich um deinen eigenen Kram, alter Katz. Er ging zum Erkerfenster, erleichtert, das Gespenst der unwiederbringlichen Jugend abgeschüttelt zu haben, und überprüfte die Erde seiner Ficus benjamina. Sie war trocken. Auch der Fensterblattstrauch war nicht gegossen worden. Dieses Mal achtete er nicht mehr auf seine Schritte, sondern eilte fest aufstampfend in die Küche. Die abgelaufenen Joghurts standen im Kühlschrank, die Wohnung stank nach Cannabis.

Er hatte kein Recht, Biggy böse zu sein. Und Omar hatte er zu akzeptieren. Er würde Kaffee für beide machen. Nachdem sie von ihren jungen Körpern vorübergehend genug hätten, würde sie der Geruch von frischem Espresso in die Küche locken, und dort würde er sich als lässiger Kerl präsentieren. Den ersten Auftritt hatte er ja ziemlich verpatzt. Nach einer halben Stunde kamen die beiden aus dem Schlafzimmer. Katz glaubte jenen verschworenen Ausdruck auf ihren Gesichtern zu sehen, der ihn als jämmerlichen Störenfried abtat. Zufriedene Sättigung strahlte aus dem Gesicht des Typs, und Biggys Miene hatte jenes fiebrige Leuchten, das sich, wie Katz fand, aus der Verwechslung von Gevögelt- mit Geliebtwerden entzündet. Kleinlaut bot ihnen Katz Kaffee an. Sie ließen sich schweigend bei ihm am Küchentisch nieder und grinsten einander an. Ihm schenkten sie keine Beachtung.

Katz zählte die Sekunden, bis diese Tortur vorüber und der

Araber aus der Wohnung sein würde. Er dachte auch darüber nach, Biggy rauszuwerfen. Plötzlich begannen beide zu kichern.

»Darf ich mich eurer Heiterkeit anschließen? Was ist so komisch?«

Katz' Stimme zitterte und wurde nasal. Biggy war nicht mehr zu halten. Eine Rotzfontäne schoss ihr aus dem linken Nasenloch.

»Entschuldigen Sie, Herr Katz«, sagte Omar schließlich, »die Biggy ist so kindisch.«

»Ja, das ist sie. Darf ich Sie fragen, was Sie beruflich machen?«

»Ich studiere Biophysik. Daneben helf ich im Stand meines Vaters am Volkertmarkt aus.«

Katz hörte die Standuhr ticken. Dann sagte Omar etwas Unerwartetes.

»Sie brauchen sich keine Sorgen machen, Herr Katz. Ich pass auf Ihre Kleine schon auf.«

Schon hatte Biggy ihm ein Zuckerstück an den Kopf geworfen. Und sie kicherte. Katz nahm die leeren Tassen und räumte sie in den Geschirrspüler, das Tuscheln bohrte sich in seinen Rücken. Ihm blieb nichts übrig als zu warten, bis das Martyrium überstanden war. Nach einer Weile erhob sich Omar und streckte ihm lässig die Hand entgegen.

»Herr Katz, hat mich g'freut, Sie kennenzulernen. Ich find super, wie Sie sich um die Biggy kümmern.«

Katz schüttelte diesem Nichtsnutz wortlos die Hand. Biggy küsste Omar auf den Mund. Dann kniff er sie in die Wange, eine besonders herablassende Geste, wie Katz fand. Und was machte Biggy? Fuhr sie auf und drohte sie ihm? Trat sie ihm gegen das Schienbein? Verarschte sie ihn? Katz erkannte seine Mitbewohnerin nicht wieder. Sie starrte Omar an wie ein Schaf den Schlachter anstarrt, in den es sich verliebt hat.

»Morgen?«, fragte er selbstsicher.

Sie warf ihm eine Kusshand zu. Dann verließ er pfeifend die Wohnung.

»Was für ein Idiot«, schickte ihm Biggy nach.

Ernst Katz verstand nichts mehr.

Ein großzügiges Angebot

Jetzt schlag schon ein
Sei kein Spielverderber
Jude

Der Herr Leutnant im Ruhestand
Ist nicht stets bei so generöser
Laune

Er ist bereit zu vergessen
Daß du ein Hund warst und er
Ein Herr

In die Zukunft müssen wir blicken
Wen schert, was vor
Sekunden war

Er weiß doch, wie du nackt aussiehst
Schafft das nicht
Intimität?

Eine Firma will er gründen
Wo nicht Rasse, sondern wo nur
Leistung zählt

Wenn du vergißt, daß seine
Groben Mörderhände
Schmutzig sind

Will er im Gegenzug vergessen
Daß du der Schmutz warst
Der sie schwärzte

Drum schlag schon ein, Jude
Sei kein Spielverderber oder
Wir schlagen andere Töne an

Klara Sonnenschein, aus: *Haikus in meine Haut geritzt*

12. Kapitel
Was Ernst Katz an der Verwertung des Holocaust nicht mag

Biggy und Ernst Katz saßen im firmeneigenen Restaurant eines Möbelhauses und aßen Schnitzel mit Pommes und Senf um unglaubliche drei Euro fünfzig. Biggy war schon bei der zweiten Portion, als sie Ernst Katz ein weiteres Mal fragte, was er gegen diesen René Mackensen habe. Mackensen als Person und schon gar als Persönlichkeit sei ihm egal, wie oft solle er das wiederholen. Denn gebe es die Maden in den Kulturredaktionen nicht, die sich an solch einem Scheißdreck labten, hätten es die Mackensens schwerer und gute Autoren leichter. Warum er die jungen Schriftsteller allesamt ablehne, wollte Biggy wissen. Das sei eine Unterstellung, erwiderte Ernst und zählte drei Schriftsteller auf, die er vorbehaltlos bewundere. Biggy kannte sie nicht. Nach einem Schluck Bier gab Ernst zu, sie auch nicht zu kennen und soeben erfunden zu haben. Sie, Biggy, solle ihn nicht quälen, er halte es für durchaus wahrscheinlich, dass sich unter der neuen Generation passable Köpfe befänden, doch er habe bis jetzt keine Zeit gehabt, sie zu lesen, da er mit den toten Autoren noch lange nicht durch sei. Aber, dabei hob er die rechte Hand, er schwöre bei diesem Wiener Schnitzel, dass er seine Pflichtschuld einlösen und die Lektüre all der jungen Literaturstars nachholen werde – sobald sie gestorben seien.

Ernst Katz lachte über seinen eigenen Scherz und wollte auch Biggy dazu animieren. »Warum wehrst du dich so dagegen, dass der Typ den Roman schreibt?«

Als Biggy Ernsts Unsicherheit spürte, hakte sie nach: »Darfst nicht glauben, dass ich auf seiner Seite bin. Ich möchte's nur von dir hören.«

Diese Besänftigung mäßigte Ernsts Nervosität, und er begann einen gemächlichen Monolog.

Prinzipiell, sagte Ernst, dürfe Kunst alles, und Literatur habe man Themen weder vorzuschreiben noch zu verbieten. Doch als Geigerzähler des kritischen Bewusstseins und Rächer der missachteten Wahrheiten mache es ständig grrzze-grrmm und krock-krrzzzzpchhh, wenn er mit seinem Zählrohr die Kunst nach Verstrahlung durch Opportunismus und Dummheit prüfe. Der Faschismus und die Massenvernichtung der europäischen Juden seien nicht irgendein melodramatischer Topos der Vergangenheit wie die Zeit der Drei Musketiere oder das coole Künstlerleben am Montmartre um 1900, sondern der Brennpunkt der abendländischen Zivilisation. Nichts, was sich danach ereignete, sei ohne diesen zu verstehen, noch in Hunderten Jahren würden im Feinstaub, den wir aus unserer Nase bohren und der sich in unseren Bronchien festsetzt, Partikel aus den Schloten der Vernichtung schweben. Auschwitz sei die ewig glosende Kernschmelze des Fortschritts, nach der jede Naivität zum Verbrechen werde. Auschwitz zu gedenken heiße aber nicht Kränze niederzulegen, heiße weder Trauerarbeit noch Mystifikation, noch das voyeuristische Ejakulieren von filmreifem Tragikschleim, gedenken heiße nichts als denken, nur so ließe die Bezeichnung Denkmal sich rechtfertigen, es sei die nicht abreißen dürfende Reflexion und Bekämpfung aller Kräfte, die den Menschen zum Barbaren machen, um jegliche Gleislegung in Richtung künftiger Barbarei schon nach der ersten Schwelle zu sabotieren, selbst wenn im Bewusstsein der Zeitgenossen noch nichts von dieser Richtung kündet und einem deren Gegnerschaft einträgt.

»Zu schnell«, unterbrach ihn Biggy. Ernst verlangsamte seine Rede, um bald wieder in das alte Tempo zu kommen.

»Gedenkarbeit aber ist nicht Denkarbeit.« Ein Großteil dessen, was sich als *Memento Auschwitz* und Vergangenheitsbewältigung ausgebe, trage nicht zur Erhellung, sondern zur Kolorisierung des Geschehenen bei. Zur Tröstung der Täter und ihrer

Kinder. Und zur Institutionalisierung eines schlechten Gewissens, das das Hirn lähme und die politisch inkorrekten Tölpel ganz zu Recht zur Provokation einlade. Der Holocaust, das sei der bislang unerreichte Gipfel menschlicher Bestialität, dessen Gleichstellung mit anderen Verbrechen gegen die Menschheit einzig auf Unwissen oder Schäbigkeit beruhe, dessen Beschreibung an die Grenzen der Unbeschreiblichkeit stoße, und dessen realistische Abbildung nur zur Banalisierung und Verharmlosung des Schreckens führe. Aber, sagte Ernst im bedrohlich anschwellenden Ton eines amerikanischen Wanderpredigers, es müsse auch herhalten als Rohmaterial menschlichen Leids, mit dem Künstler unter dem Vorwand der Aufklärung das Geschäft der Banalisierung und der Verharmlosung betrieben. Das Nazi-Musical, das engagierte KZ-Drama und die beherzte filmische Anklage gehörten mittlerweile zum Genrerepertoire wie die Verwechslungskomödie und der Mantel-und-Degen-Film, weil die Epoche, die sie verwursteten, längst zur historischen Requisite für Suspense und Tragik erklärt worden sei. Ein zweites Mal seien die Gemordeten wehrlos gegen ihre industrielle Verwertung. Die Nazis hätten Lampenschirme aus ihren Häuten gemacht, die engagierten Künstler kritzelten darauf, wie arm die Opfer und wie böse die Täter gewesen seien, oder bemalten sie mit erschütternden Actionszenen. Dafür regnete es Literaturpreise und Césars und Oscars und Goldene Bären. Es sei die Heuchelei, die ihn wütend mache, mit der sich jeder dahergelaufene Schmierfink und Szenefilmer in diesem Geschichtsmuseum des Schreckens bedienen dürfe. Die Heuchelei, mit der sie sich ihre zeitgeistige Doppelperversion von Nekrophilie und Erfolgsgeilheit von den dressierten Affen des Kulturmarkts als hohen intellektuellen Wert oder mutiges Engagement anrechnen ließen.

Was brauche er den hundertzwanzigsten Flüchtlingsroman, was die dreitausendste jüdische Familiengeschichte von irgendwelchen erfahrungslosen Schwundstufen großer Literatur und großer Essayistik? Wer sich mit jener Zeit, deren Aschewolken uns heute noch die Sonne verdunkelten, beschäftigen wolle, der solle mit den großen Zeitzeugen darüber denken lernen. Diese Menschen seien nicht die einzig legitimen Chronisten, weil sie Überlebende waren, sondern die Gedankenschärfe und Eindringlichkeit, mit denen sie Zeugnis ablegten, seien bereits Mitgrund ihrer Verfolgung gewesen. Jene Wahrhaftigkeit, mit der sie unter Aufbietung ihrer größten geistigen Kräfte die hypnotische Starre der totalen Verdinglichung lösten. Jegliche auktoriale Eitelkeit und Koketterie indes, jeglicher Hang zum Genrebild habe sich, falls überhaupt vorhanden, in der Distanz zum Unsagbaren in nichts aufgelöst. Ein René Mackensen könne noch so oft zu heiß oder zu kalt duschen oder absichtlich auf die Herdplatte greifen, er komme den Opfern dadurch nicht näher. Und solle sich glücklich schätzen, solch Leiden entkommen zu sein, welches das Denken der Überlebenden gleichsam hemmte wie antrieb.

Die kulturindustrielle Verwurstung von Nazizeit und Judenmord aber zeige uns klar die Wahrheit jeglicher Verwertung. Seit Jahrzehnten arbeiteten Heere an nonkonformistischen Konformisten daran, die Erinnerung dem gehobenen Publikumsgeschmack anzupassen; kaum merklich, mit winzigen Pinselstrichen, je realistischer, desto verzerrter bastelten sie an historischen Rekonstruktionen, die sich Stück für Stück vors verblassende Original schöben, bis sie sich unserer Wahrnehmung allein als Wahrheit aufdrängten, der gegenüber das Original als Hochstapler figuriere. Wenn die letzten Überlebenden und mit ihnen die letzten Instanzen des Widerrufs zu Grabe getragen würden, dann gehörten Auschwitz und Hitler endlich uns. Mächtige Vorarbeit darin habe der gefährlichste Apostel der Leichenschändung, Steven Spielberg, geleistet. Mit seinem hyperrealistischen und dadurch umso kitschigeren Machwerk.

Großes Gefühlskino, handwerklich brillant und dramaturgisch einwandfrei, so habe er sich die Akzeptanz derer erschlichen, die alles fressen, was der Markt ihnen in den Saukoben schüttet. Doch wer mit den Originalen zu denken gelernt habe, der sei Spielberg nicht auf den Leim gegangen. Gerade in diesem dokumentarischen Realismus verriete sich der Wechselbalg. Dieses Art-déco-Luxus-Schwarzweiß. Dieser bemühte Doku-Fokus. Als hätten die Juden im Lager Ebensee die Berge ringsumher nicht beinahe in dem knalligen Grün jener judenfreien Heimatfilme bewundert, mit denen die Täter wenige Jahre danach sowohl über die Opfer als auch über guten Geschmack triumphierten. Wie könne man so schäbig und dumm sein, zu glauben, der schrecklichen Realität mit ästhetischem Realismus beikommen zu können. Doch hinter Spielbergs amerikanischer Naivität verberge sich das stille Einverständnis des Actionregisseurs mit seinem Publikum. Das zeige sich im verhaltenen Sadismus seiner Detailverliebtheit bei Gewaltszenen. Die sündteuren Special Effects, das Zerspringen von Schädelkapseln, das Rauchen der Schusswunde, das pulsierende Blut und Spielbergs unbestreitbare Pionierleistung der filmischen Lebensnähe für Feinkostvoyeure, das Geräusch der Patronenhülsen beim Aufschlagen auf Kopfsteinpflaster. Mel Gibson würde eine sadistische Sau genannt, aber Spielberg dürfe wie eine dressierte Robbe Ehrendoktorhüte von philosophischen Fakultäten auffangen. Und der Sinn des ganzen KZ-Sandalen-Dramas, die Wirklichkeit der sechs Millionen nach Fallen des Kinovorhangs ins Requisitenlager der Geschichte abzuschieben – die Täter können ihren Opfern endlich verzeihen.

Am meisten aber, Ernsts Stirnadern füllten sich mit Blutfluten biblischen Zorns, widerte ihn der postume Kannibalismus der Täter und ihrer Nachfahren an, mit dem sie sich an allem echten und eingebildeten Jüdischen gütlich täten. Klara Sonnenschein sei es schon in den sechziger Jahren aufgefallen, mit welch lässiger Beiläufigkeit die Wiener jiddische Begriffe in ihre Alltagssprache kidnappten, die sie, als deren Sprecher noch lebten, nie verwendet hätten. Heinrich Himmler habe in den letzten Kriegstagen den Deutschen anempfohlen, dass, wenn sie bis jetzt Juden ausgerottet hätten, sie von nun an Judenpfleger sein müssten. Keine Grabschändung konnte gut genug gemeint sein, um das Geschehene ungeschehen zu machen und die Schuld zu tilgen. Doch was den Nazis mit ihren Nürnberger Rassengesetzen nur bedingt gelungen sei, das hätten ihre linken und antifaschistischen Enkel vollendet durch die Vorstellung eines jüdischen Volkstumes, an dessen faszinierender Eigenheit man sich wider gutes Gewissen zum eigenen Volkstum habe machen können.

Die kannibalistische Aneignung jüdischer Kultur oder dessen, was man sich darunter vorstellte, teilte sich mit dem Antisemitismus die Verachtung der kulturlosen Juden. Jüdische Vornamen für Kinder, deren Kinder die ihren wieder Horst und Odo würden nennen dürfen, das kreischende Singen von chassidischen Oj-joj-jojs, um wieder jodeln zu dürfen, die Aberhunderten arischen Klezmerbands, die sich das Recht, Israel die Leviten zu lesen, mit herzzerreißenden Klarinettensoli erspielten, die verkitschte Rekonstruktion des guten alten niedergebrannten Schtetls, mit dem sich das antifaschistische Dorf in chassidischer Eintracht gegen Stadt und Moderne verbünden konnte. Ernst Katz begann zu schreien: Und dann dieses sentimentale Seufzen bei der Beschwörung des unwiederbringlichen jüdischen Humors! Schon immer hätte er, wenn einer dieser linken Idioten nur mit dem lachhaften Imitat eines Jiddisch, dem kein Jiddischsprachiger mehr widersprechen konnte, einen Witz anfing – *Sogt der Grynberg zum Teitelbaum* –, schon immer hätte er denen am liebsten eine in die Goschen gehaut und habe es auch schon öfters angedroht. Unter der Geiselhaft durch den Antisemitismus spiele sich der kulturalistische Philosemitismus als

Zoo- und Museumswärter alles Jüdischen auf, jiddische Kochrezepte, Adorno, Woody Allen und die schönsten chassidischen Kreistänze. Und niemand sei so qualifiziert, der israelischen Politik auf die Finger zu klopfen wie die Kinder der Täter, die ja ihren Teil zur Wiedergutmachung mehr als genug geleistet hätten, jetzt würde es langsam Zeit, dass die Opfer auch was dafür leisteten, sonst würden andere Saiten aufgezogen, aber hallo. Ach, schrie Katz, käme nur ein Golem, der nicht nur den rechten Abschaum zerschmettere, sondern den Judenfreunden ihre Plüschrabbis entreißen und die verwöhnten Fingerchen brechen würde.

Dann ging Ernst Katz der Atem aus, und er sagte kein Wort mehr. Biggy blickte ihn mit leuchtenden Augen an, mehr hingerissen von seiner altersungemäßen Cholerik und der Eloquenz, die ihm diese verlieh, als vom Inhalt der Worte selbst, deren Gehalt sie nachprüfen musste. Jetzt merkte Katz erst, dass es im ganzen Restaurant mucksmäuschenstill war, alle blickten ihn an, entsetzt, fassungslos, erstaunt, die Gäste wie die Kellnerinnen. Eine ältere Dame packte ihre zwei Riesensäcke mit Abverkaufsteppichen und verließ heulend das Lokal.

Individualität: Jene kurze, aber glückliche Mustang-Phase in der Geschichte der Menschheit, in der einige von ihnen aus den Ställen von Religion und Kollektivzwang entwischt und noch nicht von den Zureitern der Unterhaltung und des Konsums eingefangen waren.

Klara Sonnenschein, aus: *Funken & Späne*

13. Kapitel
In der Shoppingmall

Freitag, später Nachmittag, U-Bahn. Der Zug war voll. Das Verhältnis zwischen Biggy und Ernst seit Tagen gespannt. Nicht nur wegen ihres dubiosen Liebeslebens. Auch ihr neuestes Hobby zehrte an seinen Nerven. Biggy hatte im Internet Vogelstimmenvideos entdeckt und zwitscherte den ganzen Tag, mal wie eine Amsel, dann wie eine Kohlmeise, und tags zuvor hatte sie den Buchfink einstudiert. Als er sie darauf ansprach, ob sie in einer Talenteshow gegen René Mackensen antreten wolle, grinste sie nur vieldeutig. Eigentlich grinste sie ständig – grundlos und bekifft. Dies und das Gezwitschere, und wenn er schon über Biggys ungünstige Seiten nachdachte, auch ihre posenhafte Unbeeindruckbarkeit, brachten ihn zunehmend gegen sie auf.

In der Station Schottenring lichtete sich das Gedränge …

»Jetzt«, sagte Biggy zu Ernst, »werde ich dir eine Lektion erteilen. Komm und bleib nah hinter mir.«

Biggy wühlte sich durch die Menge und rempelte einen Passagier an. Dieser entschuldigte sich. Dann trat sie einer alten Dame auf die Zehen. Diese sagte »Pardon«. Schließlich rannte Biggy absichtlich in eine mangomolketrinkende Frau. Die Molke blieb in glitzernden Tropfen auf deren Pulli haften. Wieder eine Entschuldigung. Ernst Katz traute Augen und Ohren nicht. Wie war das möglich? Zwar setzte Biggy nach jedem ihrer

Attentate ein sorgenvolles Gesicht auf und hob beschwichtigend die Hände, doch konnte das nicht die Selbstverständlichkeit erklären, mit der alle ihre Opfer die Schuld bei sich suchten. Eigentlich hatte er mehr gesehen, als ihm lieb war, doch Biggy war nicht zu stoppen. Dreiviertel des Zuges lagen noch vor ihnen, sie schien die Grenzen ihres Verhaltens ausloten zu wollen, denn immer heftiger wurden die Attacken auf die Passagiere. Dabei lächelte sie Ernst regelmäßig zu, mit dem Stolz einer Laborleiterin über ein gelungenes Experiment. Bei einem dieser Blickwechsel lief sie in einen zeitunglesenden Krawattenträger, diesmal ohne Absicht.

»Kannst du nicht aufpassen?«, rief der ihr nach.

Das war interessant. Ernst Katz beschleunigte den Schritt, um aufzuschließen. Hatte das Ausbleiben der Beschwichtigungsgeste oder der erschrockene Ausdruck in Biggys Augen den Krawattenmann zu dieser Äußerung verleitet? Hätte er andernfalls auch »Pardon« gesagt? Biggy hatte eine andere Erklärung.

»Das war nicht die Ausnahme von der Regel«, flüsterte sie Katz zu, »nur hat der sich in dieser Woche schon zehnmal entschuldigt, jetzt ist ihm der Kragen geplatzt.«

Was brauchte Katz diesem Mädchen noch zu erklären. In ihrer Welt hatte sie ohnehin durchschaut, was zu durchschauen war. Er könnte bloß die Theorie nachliefern, die begrifflichen Wegmarken setzen, doch Biggy wäre dann schon längst bei der nächsten Kalamität.

Hier wurde Ernst Katz der Mentalitätsaspekt der autoritären Persönlichkeit demonstriert. Er hatte sich immer gegen Mitstreiter gewehrt, die den Nationalsozialismus mit dem deutschen oder österreichischen Nationalcharakter erklärten, und ihnen entgegengehalten, es gebe keine geborenen Nazivölker – und dennoch ...

Schon als Jüngling, frisch aus England nach Wien gekommen, war ihm dieser verhängnisvolle Nexus von Unsicherheit und Untertanengeist, das chronische Gefühl des Ressentiments, der Benachteiligung, waren ihm diese ängstliche Häme und verhaltene Aggression bedrohlich vorgekommen. Man gewöhnt sich ans Gallert, indem man Teil davon wird. Und ist sich dessen auch bewusst. Doch Bewusstsein kann auch als Ausrede dienen, einen Missstand zu dulden, da man ihn ohnehin begrifflich erfasst zu haben glaubt. Aber neun Entschuldigungen fürs Angerempeltwerden – Ernst war sich nicht mehr sicher, ob er Biggy für diese Lektion danken sollte. Da sah er sie, am Ende des letzten Waggons angekommen, ins Verderben rennen. Sie wollte es diesmal bei einem Halbstarken, vermutlich türkischer Herkunft, versuchen, und der hatte seine Freunde dabei.

»Bist ang'schütt' oder was?«

Der Angerempelte hatte hochgegelte Grannenhaare und trug wie seine Freunde eine weiße Kapuzenweste, lediglich das eine Mädchen in ihrer Gang bevorzugte eine schwarze Lederjacke.

»Is' was? Ich hab mich entschuldigt.«

Einer seiner Freunde, er trug eine Baseballkappe, begann zu lachen.

»Also ich hab nix g'hört.«

Biggy zog ihm die Kappe ins Gesicht.

»Das is', weil ihr terrisch seid's. Ich red zu schnell, da kommt's ihr nicht mit. Hab mich eh entschuldigt.«

Blitzschnell sprach Biggy eine Kombination von wenigen Konsonanten aus. Das klang wie *Tschkng* oder *Dschtg*. Das Mädchen mit der Lederjacke kicherte. Biggy wiederholte diesen Unsinn.

»Habt's ihr's noch immer nicht g'hört. Dreimal hab ich mich entschuldigt. Aber wenn ihr unbedingt wollt, dann sag ich: ›Özür dilerim.‹«

»Leck Oasch, wo hast denn so schön reden g'lernt«, sagte der Hahnenkamm. »Die könnt' man ja fast heiraten, wenn's nicht so frech wär'.«

»Und dir«, sagte Biggy, »könnt' man fast eine auflegen, wennst nicht unter Jugendschutz stehen würdest.«

Die ist völlig verrückt, dachte sich Ernst und machte Anstalten zur Flucht, doch den Burschen schien die vorlaute Göre Vergnügen zu bereiten.

»Wer soll uns eine auflegen? Du?«

»Wenn nicht ich, dann mein Opa?«

Schnell schob Biggy ihren Opa in die Mitte. Doch wie verändert war das Verhalten der jungen Männer. Sie blickten zu Boden, warfen ihm scheue Blicke zu, wischten ihre Hände an ihren Hosen ab, reichten sie ihm höflich und stellten sich als Riza, Azem, Bülent und Aysun vor. Das Mädchen behandelte ihn mit der geringsten Scheu.

»Aber Sie schauen gar nicht aus wie ein Opa.«

Ernst bedankte sich für das Kompliment, zeigte sich aber verwundert darüber, da er doch gedacht hätte, für so junge Menschen sähen alle über dreißig wie Omas und Opas aus. Mit dieser Phrase, die er nicht oft genug wiederholen konnte, erntete er Gelächter. »Was heißt? Des macht eh kan Unterschied, weil für uns alle Österreicher gleich ausschauen«, sagte der Junge mit der Kappe, die ihm sogleich vom Hahnenkamm als Bestrafung für diese Respektlosigkeit vom Kopf geschlagen wurde.

»Seid ihr etwa keine Österreicher?«, wollte Ernst wissen.

Die Jugendlichen grinsten einander schüchtern an. Aysun ergriff schließlich das Wort.

»Also von der Staatsbürgerschaft schon. Aber wenn S' uns fragen, ob wir uns als welche fühlen ...«

»Muss man sich als Österreicher fühlen? Ich dachte, es reicht schon, wenn man Sozialversicherung zahlt«, sagte Ernst.

Man kam überein, dass auch bei Österreichern wie überall das Verhältnis zwischen Leiwanden und Arschlöchern relativ ausgewogen sei, und plauderte, bis der Zug in die Station Spittelau einfuhr. Biggy wunderte sich über Ernsts sanfte Autorität sowie die Einfühlsamkeit, mit der er das Vertrauen der Jugendlichen gewonnen hatte. Und fühlte ihren Rang als Obersozialarbeiterin von ihm streitig gemacht. Riza, Azem, Bülent und Aysun luden Biggy und Ernst ein, mit ihnen auf einen Drink in die Shoppingmall im Millennium Tower zu kommen. Für Ernst Katz war das alles überaus exotisch. Weniger die Türken als die Shoppingmall. Mit Vorfreude nahm er die Einladung an.

Er betrat den Konsumpalast wie einen fremden Planeten. Durch einen Gang gelangten sie in einen großen kreisförmigen Saal, um den sich galerieartig die weiteren Stockwerke erhoben. Dort waren ein Restaurant und Barbereich abgegrenzt, wo ausnahmslos Jugendliche saßen, zumeist Fastfood in sich hineinstopften und Bier und Limonade tranken. Hier also verbringt die Jugend ihre Nachmittage. Ernst Katz fühlte sich privilegiert. Wie sehr prahlten viele seiner Freunde mit der Tuchfühlung zum echten, ungeschminkten Wien und saßen doch nur unter ihresgleichen in dezent heruntergekommenen Cafés oder in Eckwirtshäusern, deren verwahrloste Täfelung darüber hinwegtäuschte, dass sie selbst gestyltes Retrowienertum aus den neunziger Jahren vorstellten. Die sollten sich mal in die Bars der Shoppingmalls wagen, hier spielte sich das Leben ab. Aber was konnte man von den alten Idioten schon erwarten? Sollten die doch getrost in ihren Innenbezirks-Parallelwelten verrotten. Ernst gab die erste Runde aus und suhlte sich in dem Respekt, den ihm die jungen Leute zollten. Er nützte die Gelegenheit, seinen neuen Bekannten Fragen zu stellen, denn die Gemeinplätze über die Migrantenjugend kannte er ohnehin.

Wie ein unbeachtetes Kind versuchte Biggy immer wieder, die Aufmerksamkeit auf sich zu ziehen, weil sie glaubte, eine gemeinsame Sprache mit den Burschen und dem Mädchen zu haben und Großvater um eine Spur zu großväterlich auftrat.

Was erfuhr Ernst Katz alles von diesen netten Menschen, die tadelloses Deutsch sprachen? Riza und Azem waren arbeitslos, obwohl sie das Polytechnikum abgeschlossen hatten, Bülent arbeitete in einer Mechanikerwerkstätte, und Aysun hatte die Sozialakademie und das erste Jahr in einem Frauenhaus absolviert, was auch ihren reiferen Eindruck erklärte.

Bülent war der Einzige, der religiöse Ambitionen erkennen ließ. Katz bemerkte, dass Biggy ausgerechnet mit ihm flirtete. Während sie eine weitere Blödelsession vom Stapel ließ, lehnte sich Ernst Katz zurück und blickte still lächelnd ins Leere. Wieder dachte er an die Ignoranten in seinem Bekanntenkreis. Er wusste zwar, dass diese Situation ihn dazu verleitete, die Jugendlichen zu idealisieren, ein dekadenter Spleen, den er sich heute erlaubte, aber selbst ein realistischeres Bild hätte jene Bekannten beschämt. Ernst Katz nannte sie die Man-wird-doch-sagen-dürfen-Fraktion. Sie glaubten aufseiten empirischer Vernunft zu stehen, wenn sie behaupteten, nicht alle Argumente der vorherrschenden Ausländerhetze seien blanker Unsinn. Ihre Lippen spitzten sich provokant, wenn sie genüsslich und – jetzt erst recht – von *Tschuschen* sprachen, von denen sie wussten, dass sie allesamt reaktionärer Machodreck und religiös verseucht seien und, wenn man sie nur ließe, ohnehin die Rechten wählen würden.

Nie im Leben würden sie mit diesen jungen Leuten reden, sie, die sich weltläufig vorkamen, weil sie in Weltstädten nur mit ihresgleichen essen gingen. Ernst hielt es für möglich, dass sie sich in seiner Situation noch einfühlsamer gegeben hätten, aber es wäre die Einfühlsamkeit der Arroganz gewesen. Und nicht nach ihren Sorgen, sondern nach Volksliedern und Indianerbräuchen hätten sie diese Jugendlichen gefragt.

Wenn nur einer jener Redakteurs-, Kuratoren- oder Kulturbeamtenrasse noch einmal soziale Dünkel aus den ironischen Mundwinkeln sabberte, dann würde er, Ernst Katz, auf Argumente verzichten, sondern zuschlagen, und das Knacken des Gesichtsschädels zwischen Backenzahn 26 und Augenhöhle wäre das schönste Geräusch der Welt. Doch damit nicht genug, Ernst Katz stellte sich vor, wie er das Gesicht eines konkreten Journalistenfreundes in jenem konkreten schicken Fischrestaurant, das man mitten in den Sozialrealismus eines Arbeiter- und Migrantenviertels verpflanzt hatte, damit der Anblick echter Menschen draußen wie der von Aquariumsfischen seine und seinesgleichen Verdauung anrege, wie er dessen Gesicht ins fette Wolfsbarschfilet drückte und der Sog der Erstickung dann feine, weiße Fischfleischfasern von den Gräten in die Lungen zöge.

»Geht's Ihnen nicht gut?«, fragte Aysun.

»Mir geht es sehr gut.«

Ernst beglich die Rechnung. Man wollte einander wiedersehen, unterließ es aber, Telefonnummern auszutauschen. Biggy und Ernst schlenderten den Donaukai entlang. Hinter dem Leopoldsberg glühte der Himmel. Als sie merkte, wie euphorisch er noch immer war, sagte sie: »Das war ein netter Zufall. Sonst nichts. Vielleicht hätten sie sich auch entschuldigt, wenn ich sie angrempelt hätt' oder zum Schlägern ang'fangen, und wären genauso deppert wie die anderen.«

»Vermutlich.«

An die Mutter

Wenn Mutter nicht wär
Dann wär ich auch nicht
Wenn Vater nicht wär
Wär ich vielleicht doch
Wenn ich nicht wär
Wär Mutter trotzdem
Dennoch sag ich Dank dir

Klara Sonnenschein, aus: *Haikus in meine Haut geritzt*

14. Kapitel
Biggys Mama und der Tschetschene

Weil Ernst Katz an diesem Tag so exotisch zumute war, lotste ihn Biggy am Abend in ein Lokal, in dem vor allem weltoffene Mittelstandswiener ihrer Vorstellung von migrantischer Kultur frönten, wo, wie Biggy es ausdrückte, inländische DJs für Inländer lustige Ausländermusik auflegten: in den Ost Klub.

Um ihr widersprechen zu können, taxierte Ernst Katz die Tanzfläche. Er sehe auch Migranten im Publikum, das, wie er sagte, schön durchmischt sei. Obwohl er seinen Fehler bemerkte, war er Biggy schon in die Falle gegangen.

»Von wo weißt du, wer ein Migrant ist und wer nicht?«

Biggy runzelte die Stirn, Katz dachte nach, wusste aber keine Antwort.

»Na sag, wen meinst du? Die blonde Türkin dort drüben, den schwarzen Steirer oder die Serbin aus der vierten Generation? Oder gar den dunkelhaarigen Tiroler in der Adidas-Weste? – Du, du. Wissen besser, wer Tschusch is und wer nicht, gell.«

»Eins zu null für dich«, konzedierte Katz und bestellte an der Bar zwei Bier. Nach der dritten Runde und sich dahinschleppenden Gesprächen versuchte er sie damit zu hänseln, dass sie zu feig zum Tanzen sei.

Schnell war sie auf die Mitte der Tanzfläche gehuscht und legte einen akrobatischen kaukasischen Männertanz hin, der zwar kaum zur gesampleten Blasmusik passte, aber dennoch rundherum Bewunderung hervorrief: atemberaubend schnelle Figurenwechsel, die ihren Reiz aus dem Gegensatz von stolzer Geradheit des Körpers und sich in alle Richtungen werfender Gliedmaßen bezogen. Als Biggy dieses Balzritual beendete, johlten und applaudierten die Zuschauer. Schwitzend und keuchend kehrte sie zu Ernst zurück, der anerkennend nickte.

»Wo zum Teufel hast du das gelernt?«

»Beim Teufel hab ich's g'lernt. Ich hab einmal einen Tschetschenen zum Duell g'fordert.«

Der Tschetschene, sagte Biggy, sei der Lover ihrer Mutter gewesen und das größte Arschloch, das ihr je untergekommen sei.

»Erzähl«, forderte sie Katz auf. »Von deiner Mutter weiß ich recht wenig.«

Biggy begann zu erzählen, mit den Lärm der Musik übertönender Stimme und sich überschlagender Begeisterung an der eigenen Fabulierkunst. Und Ernst fand, dass der sich ankündigende Rausch ihrer Erzählung zugutekam.

Die Beschreibung der Mutter fiel erwartungsgemäß wenig schmeichelhaft aus. Nach dem Selbstmord des Vaters sei sie in Krankenstand gegangen, nicht mehr ins Büro des Rathauses zurückgekehrt, und nach einer langen Phase von Psychotherapien und Notstandsbezug habe sie ein Sonnenstudio in St. Pölten Süd eröffnet. Das habe ihr ein blondiertes Selbstbewusstsein verschafft, das sie noch unerträglicher habe werden lassen. Zwei Jahre später habe sie sich dann für Ausländer zu interessieren begonnen und mit zwei gleichgesinnten Frauen eine informelle Hilfsorganisation für Asylwerber gegründet. Treffpunkt sei ein bekanntes griechisches Restaurant im Zentrum gewesen, wo man sich auch ausländisch fühlen konnte und mit dem Wirt auf Bussi, Bussi war.

»Dieses Engagement finde ich toll. Ich verstehe deinen spöttischen Ton nicht«, warf Ernst ein. Dagegen habe sie auch nichts, erwiderte Biggy, wohl aber, wie die Ladys die Opfer einer unmenschlichen Asylpolitik ein zweites Mal zu Opfern machten, indem sie sich ihnen als Übermamas und Kulturversteherinnen aufdrängten und sich ihre Dankbarkeit erzwangen. Im Grunde seien sie nach Kuscheltieren und Lovern aus gewesen. Eine fatale Kombination. Na und, widersprach Ernst, die zweifelhaften Motive guter Taten schmälerten nicht die positiven Effekte. Altruistischen Menschen egoistische Motive aufzurechnen sei eine beliebte Methode, den Altruismus zu diffamieren. In einem Provinznest sei es zudem mutig, sich mit Fremden einzulassen. Und Sex sei vielleicht die sympathischste Art, diese Ausgrenzung zu überwinden. Ganz hingerissen von der eigenen Toleranz war Ernst auf einmal, zu der sein Widerspruchsgeist ihn wider Erwarten drängte.

Wäre sie Asylant, sagte Biggy, würde sie nicht das Wohlwollen ihrer Mama als Rettungsanker haben wollen. Asylpolitik müsse für die Asylwerber nicht nur mehr Rechte erkämpfen, sondern sie auch vor ihrer Mama schützen. Die Menschenrechtsarbeit habe letztlich darin geendet, dass die Mama irgendwann Sexsklavin eines tschetschenischen Kleinkriminellen wurde, der noch dazu bei ihr zuhause eingezogen war und sich dort aufführte wie der König der Welt. Ab diesem Augenblick sei mit ihr nichts mehr anzufangen gewesen. Wann immer Biggy die Mutter zur Rede stellte und sie aufforderte, sich das Benehmen dieses Macho-Arsches nicht gefallen zu lassen, habe diese auf Verständnis für die andere Mentalität gepocht. In Tschetschenien gäben Männer Frauen nun einmal nicht die Hand, und die hätten eben kein Wort für danke und bitte in ihrer Sprache. Unerträglich seien die Vergewaltigungsgeräusche zu jeder

Tages- und Nachtzeit gewesen, die durch die Sechzigquadratmeterwohnung drangen.

»Hat er dich auch belästigt?«

»Ha, das wollen alle Männer wissen. Na klar hat er's versucht. Bis ich ihm mein Messer gezeigt hab, da hat er verstanden.«

Rustan Ramazanov habe er geheißen, von Anfang an hätten er und Biggy einander gehasst. Und ständig, bei jeder Gelegenheit, habe er zu tanzen angefangen, seine angeberischen Machotänze, denn Frauen dürften in seiner Kultur nur mit gesenktem Blick und wie gequälte Gespenster herumtrippeln, während die Gockel zeigten, wie super sie seien. Die Mama habe jedes Mal vor Bewunderung gestöhnt. Da habe Biggy im Internet nach tschetschenischen Tanzvideos gesucht, eine Woche lang geübt und ihm eines Abends mit mindestens so coolen Tänzen die Show gestohlen.

»War der sauer. Das sind Männerschritte, so dürfen Frauen nicht tanzen bei uns, hat er g'sagt. Dann ist er aus der Wohnung raus und hat die Tür zug'schmissen. Das Lustige: Die Mama hat drei Tage nix mehr g'redt mit mir. Es war echt unpackbar, wie sie sich weggeworfen hat. Er hat ihr dann g'steckt, dass ich lesbisch bin, weil er angeblich g'sehen hat, wie ich mit einer Freundin g'schmust hab. Als er mir aber dann verbieten wollt', dass ich allein ausgeh, war Schluss mit lustig. Verstehst, einen meiner besten Freunde, den Khaled, haben s' abg'schoben wegen ein paar Gramm Gras, und dieses Superarschloch – kriegstraumatisierter Flüchtling, des kann er wem anderen erzählen –, das Superarschloch darf sich so aufführen. Er wollt' mich loswerden und ich ihn. Natürlich hat er gedealt, das hab ich schon lang g'wusst, und zufällig bin ich ihm draufkommen, wie er zwei Packerl Heroin in mein' Zimmer versteckt hat. Der wollt' halt, dass ich in einer Jugendbesserungsanstalt verschwind. Ich war also bestens vorbereitet. Zwei Tag später war die Polizei da. Die hat aber nicht mein, sondern sein Zimmer g'filzt. Weil ich, nicht blöd, bin schon vorher zu den Bullen gangen. Rustan adieu. Nicht mit mir, no way, Sir. Die Mama hat die Kieberer als Rassisten beschimpft. Hat eh recht, aber nicht in dem Fall. Nachher hat's einen Nervenzusammenbruch kriegt und mich g'schimpft, was nur geht. Ich bin dann endgültig aus'zogen.«

»Und wie geht's deiner Mama jetzt?«

»Eh nicht schlecht. Die hat sich sehr zu ihrem Vorteil verändert. Ist fast erwachsen geworden, und ich brauch nicht mehr ihre alleinerziehende Tochter spielen. Aber packbar is' deshalb noch nicht. Wennst sie kennenlernst, glaubst nicht, was für'n Huscher die hat, so gut verstellen kann sie sich.«

»Wann lern ich sie denn kennen?«

»Magst mein Papa werden? Auf dich steht sie sich's sofort.«

»Aber hallo, wie ein Kompliment hört sich das nicht an. Ist sie fesch?«

»Ja und nein. Des G'sicht hat's von mir, das Styling is' Eigenkreation. O my Lord!«

Biggy schlug ihm kumpelhaft gegen den rechten Oberarm.

»Magst noch ein Bier? Jetzt bin ich dran.«

Katz willigte ein und beobachtete sie beim Bestellen. Schwermütig wurde er. Das Erlernen von Vogelstimmen und kaukasischen Männertänzen, fröhlicher Unfug und überbordende Kreativität, Spaß am Spiel und an der Travestie, und alles um seiner selbst willen, sich wegwerfen in den Augenblick, ohne je nur eine Sekunde nach Zweck und Nutzen zu schielen, nach Position, Anerkennung und Einkommen, frisch gekelterter, frech glucksender Septembersturm, sich lieber verschütten als in die Eiswürfelform der Nützlichkeit gießen lassen. So sah sein Idealbild des nichtentfremdeten Lebens aus, so sah Biggy aus. Und er selbst? Knapp vor dem Ende eines Lebens gelingt es gerade noch, sich aus der Eiswürfelform zu schälen, und behält als Schmach der Verdinglichung dennoch die Form bei – weil man nicht mehr auftaut.

Hund: Der nahezu perfekte Lebenspartner, würde er nur Toilettenpapier verwenden.

Klara Sonnenschein, aus: *Funken & Späne*

15. Kapitel
Sodomie und schlechte Literatur

Ernst Katz mochte nicht, wenn Biggy im Stiegenhaus lärmte. Der Weg vom Eingang bis zur Wohnungstür war Feindesland. Die Straßen, der Supermarkt, das Café und die Parks boten Anonymität, die Wohnung bot Sicherheit, aber im Haus, da wohnten Parteien, ein paradoxer Zustand, einige Meter nur von ihm entfernt, und atmeten dieselbe Luft und erwarteten sich womöglich Kontakt, Gepräche, Einladungen gar oder Nachbarschaftshilfe, Unterschriftenlisten gegen Schikanen der Hausverwaltung oder gegen – wenn es zu so viel zivilem Engagement nicht reichte – asoziale Hausbewohner, gegen solche wie ihn. Nur nicht auffallen, mit einigem Glück niemandem begegnen, um bloß nicht beim Grüßen ein gefrorenes Lächeln aufsetzen zu müssen.

Biggy hatte weniger Skrupel, sie betrachtete die ganze Welt als Wohnzimmer und okkupierte sie breitbeinig. Als spürte sie seine Ängste, legte sie im Stiegenhaus an Lautstärke zu.

»Sei bitte leiser.«

Biggy entgegnete dann, er solle nicht so nervös sein, und wenn man keinen Blödsinn rede, dann hätten auch andere Anrecht darauf. Diese Auffassung war Katz völlig fremd. Tief in den Knochen saß ihm eine schwer zu beschreibende Angst. Wann immer er etwas Kluges sagte (oder etwas vielleicht nicht Kluges, aber durch seine Wortwahl Unverständliches), wurde er leise. Er hatte gelernt, es zu verstecken, und nie wäre er auf die Idee gekommen, damit zu prahlen. Sofort würden ihn die anderen lächerlich finden oder sogar hassen, die erste Station auf dem Passionsweg, dessen letzte seine Lynchung wäre.

Ausgerechnet in dem Moment forderte Biggy Ernst zu einem Kung-Fu-Kampf heraus, als die großgewachsene Frau, die unter ihm wohnte, mit ihrer Riesendogge aus der Wohnung trat. Allein das Geräusch des Schlüsselbundes ließ Katz zusammenzucken. Zudem legte Biggy ihren Arm um seine Hüften, als sie die Nachbarin passierten. Zornig versuchte er sie abzuschütteln, doch sie blieb beharrlich. Katz errötete, grüßte scheu. Die Hundefrau erwiderte den Gruß und musterte die beiden mit höhnischem Gesichtsausdruck. Vor der Wohnungstür riss er sich los und zischte Biggy an: »Bist du wahnsinnig? Morgen glaubt es das ganze Haus.«

»Das ist ja der Sinn der Sache.«

Biggy beugte sie sich übers Geländer und rief durchs Stiegenhaus: »Schatzi, zahlst du mir die Busenvergrößerung? Bitte, bitte, bitte.«

In der Wohnung begann ihn Biggy über die Hundefrau auszufragen.

»Die schauen sich ja total ähnlich.«

»Stimmt. Wobei ich finde, dass der Hund und folglich auch sie ganz gut ausschaut.«

»Die wär' was für dich?«

»Kein Interesse. Und aus Hunden mache ich mir auch nichts.«

»Lebt sie allein mit ihrem Hund?«

»Ich glaube schon.«

Biggy lächelte wie die Hundefrau zuvor.

»Was soll das jetzt wieder? Dass sie eine geheime Liaison mit ihrer Dogge hat?«

Biggy war überzeugt davon. Und geheim wirke da gar nichts. Katz schüttelte den Kopf und schnalzte mit der Zunge. Biggys derber Humor missfiel ihm. Das Behagen an sexuellen Scherzen und Andeutungen, dozierte er, sei das Erkennungsmerkmal der Spießer von heute. Nur durch einen Zufall der Geschichte, der Synergie von Bourgeoisie und christlicher Sexualmoral, habe sich für eine im Rückblick kurze Periode die sexuelle Provokation als Bürgerschreck aufspielen können, ehe sie infolge der sogenannten sexuellen Befreiung wieder dorthin zurückkehrte, wo sie schon immer war, ins Zeltfest und zur Firmenfeier. Da möge was dran sein, pflichtete Biggy bei, das habe aber nichts mit der Tierliebe zu tun. Wie ein Naturgesetz postulierte sie, dass bei dem Verhältnis von Frauen zu ihren männlichen Hunden und Pferden beinahe immer eine bestimmte Erotik mitschwinge, die Herrschaft über die männliche Bestie. Ob er sich denn noch nie Tierpornos angesehen habe. Entschieden verneinte Katz und hatte keine Lust, sich auf eine Diskussion darüber einzulassen, denn die Arglosigkeit, mit der junge Menschen heutzutage die Darstellung von Sexualität als Selbstverständlichkeit ansahen, hielt er für mehr als bedenklich.

Biggy startete den Computer und begann auf Pornoseiten zu surfen. Katz bat sie, das zu unterlassen, er finde Pornos uninteressant und primitiv, überdies höchst frauenfeindlich. Frauen würden vergewaltigt, wie Fleisch dargestellt, und ästhetisch seien diese Darstellungen nicht im Geringsten. Biggy blickte ihn ungläubig an. Das treffe zum großen Teil zu, gab sie ihm zu verstehen, doch der Pornomarkt sei ein Markt wie jeder andere und müsse alle Geschmäcker bedienen. Deshalb gebe es alle Spielarten davon, auch solche, bei denen Männer die Objekte seien. Und die Softpornos mit ganz viel gegenseitigem Respekt und Streicheln und gehauchten Bussis gebe es auch. Katz gefiel der verächtliche Ton nicht, mit dem sie das sagte. Er kannte sich selbstverständlich besser im Pornoseitenuniversum aus, als er vorgab.

»Stehst du auf Pornos?«, fragte er.

»Nicht besonders. Manche sind ganz nett. Und manche lustig.«

Schon war sie auf einer Animal-Porn-Site gelandet. Wehrlos dagegen, eine Grenze zu überschreiten, stand Ernst hinter Biggy, und er war dankbar, dass sie mit ihrem nächsten Vortrag die peinliche Stille beendete. Er täusche sich nämlich, wenn er glaube, dass hier hilflose osteuropäische Opfer von perversen Männern zur Vergewaltigung durch Tiere gezwungen würden. Das gebe es natürlich auch, aber nirgends wäre die Lust der Frauen so authentisch wie beim Sex mit ihren Hunden. Dort seien sie nämlich die *Frauchen* über das männliche Fleisch. Katz traute seinen Augen nicht, als er zwei dieser Videos sah. Wie er später allein überprüfen würde, waren die Hundeliebhaberinnen keine hässlichen Amateurinnen, sondern mitunter attraktiver als viele Heteropraktikantinnen und Pseudolesben im Netz. Nach dem ersten Schock über diesen Markt der Ungeheuerlichkeiten begann er etwas unbeschwert Liebevolles in diesen Verkehr von Mensch mit Tier zu projizieren. Selten trafen die Hunde die Vagina der Frau, wenn sie diese von hinten bestiegen. Doch als sich eine dieser Frauen dann das hässliche Hundeglied reinsteckte, befiel ihn Ekel, und er bekam Mitleid mit den Tieren. Noch immer war ihm die Pornoflut, in der auch er alterslüstern mitschwamm, ein Rätsel. Was da Täuschung war und was echt, was Zwang, Nötigung und freier Wille, wo die Grenze zwischen Erniedrigung und Freude an der Selbstdarstellung verlief, wann für Geld gestöhnt wurde und wann nicht, und ob Geld das Stöhnen authentischer machte, das alles war nicht einfach auf Formeln zu bringen und dadurch umso verstörender.

»Schalt das ab, sonst kauf ich mir auch noch einen Hund.«

Biggy zog die Augenbrauen hoch und nickte heiter. Ernst dagegen fragte sich, ob sie ihn bereits für dermaßen geschlechtslos hielt, dass sie so unverholen ihre Experimente mit ihm treiben durfte.

Zum Abendessen gab es wieder einmal Spareribs mit Pusztasalat und Potatoe Wedges aus dem Rohr. Das Gespräch kam auf

Mackensen. Ob er denn wirklich ein so schlechter Autor sei, fragte Biggy. Sie habe neulich im Netz eine Rezension gelesen, in der er sehr gut weggekommen sei. Ernst Katz erhob sich, ging ins Arbeitszimmer und kam mit einem dicken Buch und einer Klarsichtfolie zurück, in der jener Zeitungsartikel steckte, den er an dem Tag zerknittert hatte, als ihm Biggy im Zug begegnet war. Dann analysierte er den Autor anhand seiner Interviewantworten. Biggy war beeindruckt, wie überzeugend Katz ihr darlegte, warum dieser junge Mann ein Blender und Bluffer sei. Und wie sehr ihn seine Sprache verrate, die gesprochene wie die geschriebene, denn die Sprache sei nicht das Kleid des Inhalts, auch nicht seine Haut, sondern dessen Fleisch. Dann griff er zu dem gebundenen Buch, auf dessen Umschlag *Raubecks Anlass* stand. Das erste Zehntel war gespickt mit Zettelchen, auf denen er sich Notizen gemacht hatte. Weiter, sagte er, sei er nicht gekommen. Das Buch sei unerträglich. Man könne es verwenden wie das chinesische Orakelbuch *Yì Jīng*. Mit dem Unterschied, dass Mackensens Machwerk, wo immer man es aufschlage, Aufschluss darüber gebe, wie man nicht zu denken, fühlen und zu formulieren habe.

»Da, auf Seite 16. Allein diese Wendung steht fürs Ganze: *Raubeck hustete zwiebacktrocken*. Okay, ist vielleicht nicht so schlecht. Aber zwei Zeilen weiter: *Die Sonne leuchtete schwarz durch die dunklen Vorhänge wie durch den Flügel einer traurigen Fledermaus …*«

Schweigen. Biggy wagte es nicht zuzugeben, dass sie dieses Bild witzig fand. Und war gespannt, wie Katz seine Abneigung dagegen begründen würde. Nichts daran stimme. Dass eine Sonne schwarz scheine, sei ein bemühtes Paradox, und so dunkel könne kein Vorhanggewebe sein, dass sie schwarz durchschiene. Nichts würde schwarz scheinen. Das sei Surrealismus für Dummköpfe. Selbst durch schwarzen Stoff leuchte Licht hell. Und dann die Fledermaus. Warum ausgerechnet durch einen Fledermausflügel? Er gebe zu, dass die Alliteration, der Gleich- oder in diesem Fall Ähnlichklang von *Flügel* und *Fleder* nicht ohne Reiz sei, doch passe das Bild nicht zum Vorhang, und dass die Fledermaus zu allem Überdruss traurig sein müsse, das sei nichts als eine wichtigmacherische Caprice, die beweise, wie verliebt der Autor in seine schiefen Metaphern sei, die sich unangenehm vor die Handlung drängten und deren Lauf bremsten. Und das verhalte sich im ganzen ersten Kapitel so.

Am Abend nahm Biggy das Buch mit ins Bett. Ernst Katz ließ den Tag in seinem Arbeitszimmer mit dem Studium von Beastiality-Sites ausklingen und hatte dabei weniger Skrupel als seine Mitbewohnerin mit Mackensens Erfolgsroman. Biggy war von Katz' kritischer Schärfe dermaßen eingeschüchtert, dass sie sich zwang, jeden Satz darin für misslungen zu halten. Wie würde er ihre Memoiren erst bewerten.

Biggy betrachtete das Bild des Autors auf der Innenklappe und mutmaßte, wie sein Gesicht auf sie gewirkt hätte, bevor er von Katz als Idiot abgestempelt worden war. Kurz drang aus dem Arbeitszimmer das Jaulen eines Hundes an ihr Ohr. Sie las den vorderen Klappentext:

»Raubeck ist ein Mensch ohne Ambitionen, lethargisch, depressiv, liebesbedürftig. Seine Freundin Hannah hat ihn verlassen, und sein Kater Motörhead leidet an Dermatitis. Als er sich aus dem Fenster stürzen will, kommt ihm sein Nachbar zuvor. Raubeck schiebt dessen Leiche im Hof unter sein Fenster, steckt ihr seine Brieftasche zu und nimmt deren Schlüssel und Identität an sich. Er findet sich in der Rolle des aufstrebenden Jungpolitikers einer populistischen Rechtspartei wieder. Niemandem fällt der Unterschied auf. Von seiner Depression befreit, erlebt er einen spektakulären beruflichen und gesellschaftlichen Aufstieg. Sogar Alma, die Exfreundin des Selbstmordopfers, kehrt zu ihm zurück.

Als Raubeck aber in seiner alten Wohnung die mumifizierte

Leiche von Motörhead findet, nimmt der Roman eine erstaunliche Wendung …

René Mackensen gelingt mit seiner tiefschwarzen Parabel auf Sinnlosigkeit und Austauschbarkeit des postmodernen Subjekts einer der erfolgreichsten Debütromane der jüngsten deutschsprachigen Literatur, der er – wie sich die Kritik einig war – eine sympathische Auffrischungsimpfung verpasste. Stets den Schalk im Nacken, verblüfft der erst 28-jährige Autor mit nie dagewesenen Sprachspielen, Metaphernmyriaden und barocken Wortneuschöpfungen. Trotz des heiteren Tons lässt er keinen Zweifel offen, dass die philosophische Dimension …«

Biggy fing diesen Satz zweimal von vorne an, dann fielen ihr die Augen zu. Pflichtbewusst blieb ihr Zeigefinger unter dem Buchdeckel stecken.

Gesunder und kranker Sarkasmus

Klara ist nur so sarkastisch,
hör ich's hinter mir tuscheln,
weil man ihr die Kindheit nahm.

Nein, ich bin so sarkastisch,
weil meinen Sarkasmus man stets
auf meine Zerstörung runterbricht.

Und mir die Möglichkeit nimmt,
der Welt zu beweisen, daß ich
auch ohne diese Zerstörung
so wäre.

Klara Sonnenschein, aus: *Haikus in meine Haut geritzt*

16. Kapitel
Der Mann, der König sein wollte

Nach zwei Wochen war für Biggy der Zeitpunkt gekommen, ihren Kumpel, den sie Ernst, Catman oder Ernstl nannte, aber selten so, wie er genannt werden wollte, nämlich Ernö, in eines ihrer intimsten Vergnügen einzuweihen. Ernstl gefiel Ernstl noch am besten. Fernsehen aber, jenes Vergnügen, in das sie ihn einführen wollte, gefiel ihm überhaupt nicht. Da nützte auch der Hinweis auf das Fehlen eines TV-Geräts nichts. Was er nicht wusste: Es gab den Schrott längst im Internet, welches er, wenn überhaupt, nur selten zur Recherche verwendete.

Ihr zuliebe ließ er zunächst die *Gilmore Girls*, dann *Buffy* über sich ergehen; später, als Biggy merkte, dass Ernst ihre Begeisterung nicht teilte, etwas für ältere Semester: *Sex and the City* und *Desperate Housewives*, die Lieblingsserie ihrer Mutter.

Das war Biggys Form der Gesellschaftskritik: besonders dumme Dialoge mit krächzendem Lachen bestrafen. Oder sie parodieren. Ernst nickte, wenn sie zu ihm hochblickte, bloß um ihre Freude nicht zu dämpfen. Er wusste, dass diesen Unsinn als Unsinn zu erkennen eine große Leistung war für Halbwüchsige, deren Altersgenossen nichts anderes mehr kennen als Unsinn. Und voller Sympathie stellte er sich vor, wie Biggy mit Freunden und Freundinnen ihren Hochmut an der Ideologie dieser Serien schärfte, Bewusstsein entwickelte dafür, was dumm ist und was falsch, und es nicht mit Anklage, sondern Häme bestrafte.

Er gestand sich ein, dass ihm die Referenzen fehlten, ihren Spott zu verstehen. Genau darum ging es aber. Denn die Hundefänger der Kulturindustrie, das wurde Katz nach und nach klar, hatten auch ihre Kritiker und Spötter längst ins Referenzsystem ihrer TV-Serien eingefangen. Ob man den Telenovelahelden nun Fanpost schrieb oder sie und mit ihnen die ganze Serie verarschte, sie waren aus der Phantasie nicht mehr zu delogieren und hatten deshalb Macht über die Seher. Vielleicht war Biggys Spott nur ein negativer Fansticker. Und wirklich, sie steckte sich Sticker von den Gilmore Girls, den Darstellern der *Himmlischen Familie* und von Dawson aus *Dawson's Creek* auf ihre Hängetasche. Das nannte sie dann *Überschmäh*.

Etwas ärgerte ihn: dass seine didaktische Gleichgültigkeit ihre Freude daran nicht zu stören schien. Zumindest zeigte sie es nicht.

»Ist doch genial«, kommentierte Biggy eine besonders peinliche Szene aus *Sex and the City*.

»Ich finde es grauenhaft.«

»Das ist ja das Geniale daran.«

»Nichts für mich, Biggy. Wer das Grauen lustig findet, um sich dagegen zu immunisieren, der stumpft sich auch dagegen ab.«

Biggy sah ein, dass sie Catman von ihrer Methode nicht überzeugen konnte, und ging dazu über, ihm absichtliche Gesellschaftskritik zu servieren.

»Und jetzt bitte nicht glauben, nur weil etwas ein Comic ist, muss es Kinderzeug sein, ja?«, instruierte sie ihn, während sie auf YouTube nach der Serie *South Park* suchte. Doch auch dieser konnte er nichts abgewinnen. Schnell hatte er sein Urteil gefällt: freakige Tabubruchbrachialität von Nerds, die an politischer Korrektheit schmarotzen. Er sprach es nicht aus, sondern verließ das Wohnzimmer, um sich ein Wurstbrot herzurichten. Als er zurückkam, hatte sie schon das Programm gewechselt und kündigte etwas »Subtileres« an. *South Park* finde sie ganz nett, aber würde sie letztlich auch nicht vom Hocker hauen, im Gegensatz zu den *Simpsons*, die ihr geholfen hätten, die letzten zehn Jahre ohne Verdummung oder Selbstmord zu überleben. Die *Simpsons*, verkündete sie, seien ihr Evangelium.

»Amen«, antwortete Katz und setzte sich. Doch auch die *Simpsons* kamen ihm als nichts denn konformistische Unterhaltung vor, dekoriert mit ein paar kritischen Pointen und gebildeten Insiderbezügen. Pseudosubversiv und darum umso gefährlicher. Woher komme es denn, dass diese *Simpsons* oder wie sie hießen eines der erfolgreichsten Produkte der Kulturindustrie seien?

»Ach, Catman, du verdirbst alles. Was hast denn daran wieder auszusetzen?«

Irgendwie freute er sich darüber, dass ihr endlich der Kragen platzte.

»Ich bin müde. Darf ich heia gehen?«

»Du verstehst das einfach nicht.«

»So wird es sein. Gute Nacht.«

Ernst Katz ging zu Bett. Biggy lachte, solange er zuhören konnte. Alter Arsch, dachte sie sich vermutlich, etwas nicht kapieren und sich dann überlegen vorkommen. Das werd ich dir austreiben.

Am nächsten Tag beim Frühstück ging Biggy in die Gegenoffensive und fragte Katz nach den Filmen und Serien seiner Jugend. Western, antwortete er.

»Lass uns DVDs kaufen oder ins Kino gehen. Aber keine KZ-Filme bitte.«

Missmutig studierte Katz das Kinoprogramm. Er stieß dort auf eine John-Huston-Retrospektive und verkündete erstaunt, dass man in einem Programmkino *The Man Who Would Be King* zeigte, die Geschichte zweier ausgefuchster Kolonialsoldaten in Indien, die auf eigene Faust in den afghanischen Norden, nach Kafiristan reisen, um dort Könige zu werden. Sie wolle auch Königin von Kafiristan werden, sagte Biggy, nichts wie hin. Zum Frühstück hatten sie sich um eins gesetzt, und der Film würde um vier beginnen.

Auf dem Weg spickte Katz sie mit allerlei Informationen, die sie nicht interessierten: dass es natürlich kein Film aus seiner Jugend sei, sondern er ihn erst mit 37 gesehen habe, ihn ganz nett, aber nicht übermäßig toll finde und sich nur von seiner damaligen Geliebten, einer Anglistikstudentin, dazu habe breitschlagen lassen, die eine Seminararbeit über Kipling geschrieben habe. Kipling, der britische Autor Rudyard Kipling – »du kennst ihn vielleicht vom *Dschungelbuch*« – habe die literarische Vorlage für Hustons Film geliefert …

»Alles, was du sagst, sagt mir, dass mir der Film super gefallen wird«, fiel sie ihm ins Wort.

In der Tat war es eine Freude, sie dabei zu beobachten, wie ihr der Film gefiel. Als Einzige im Saal lachte sie, und er stimmte mit ein.

Einmal flüsterte sie ihm zu: »Wann wurde der gedreht? 1975? Also von den Farben und der Ausstattung könnte der von heute sein.«

Das stimme, antwortete Katz, gegen Ende der sechziger Jahre hätten Farbgebung und Darstellungsrealismus ein Niveau erreicht, das sich bis jetzt gehalten habe. Lediglich bei Action und Special Effects sei man vorangekommen. Am lautesten lachte Biggy, als die beiden abgemusterten Kolonialsoldaten und Glücksritter Peachy Carnehan und Daniel Dravot, dargestellt von Michael Caine und Sean Connery, den Distriktgouverneur, der ihnen mit Arrest droht, auf smarte Weise erpressen, und natürlich über die Exerzierkommandos, mit denen sie militärische Manneszucht parodieren und ihren Abgang inszenieren – »Hats off! Turn right! Ahead! Hats on! About!«

Dank Biggys Begeisterung erwachte auch in ihm eine bubenhafte Freude. Bei der Szene, in der Daniel auf der Brücke hingerichtet wird und er und Peachy noch einmal ihr gemeinsames Lied, den *Minstrel Boy*, aus voller Kehle singen, kamen Katz die Tränen. Aus den Augenwinkeln beobachtete er seine Freundin und sah das Funkeln ihrer Augen, den vorgestreckten Kopf und ihr Schmunzeln. Katz musste oft bei den Filmen von früher weinen. Sie waren seine Jugend, sonst hatte er nicht viel. Andere hatten Kriege und Revolutionen erlebt. Er hatte Filme erlebt, und diese Filme waren ewig jung und existierten wie das Fallen und Wachsen des Laubes noch, wenn er nicht mehr sein würde.

Auf dem Heimweg begann Biggy mit englischem Phantasietext *The Minstrel Boy* vor sich her zu singen und Katz militärisch zu drillen. »Hats off! Turn right! Ahead! Hats on! About! – Nein, Catman, du machst das falsch. Rechts rum, und gleichzeitig.« Zaghaft spielte Katz mit. Er konnte es sich nicht leisten, dieser Verschworenheit zu widerstehen, hatte er diese am Vorabend doch bei den *Gilmore Girls* und den *Simpsons* verweigert.

Heimatfilm

Jeder Jodler ein
Triumphschrei
Über das Jäten artfremden Krautes

Der Filou aus der Stadt im Cabrio
Der Förster, der auf uns schoß
Für den die heufrische Gebärmagd
Sich doch entscheidet am Schluß

Sie verzeihen einander und zechen
Verzeihen auch uns
Solang wir die Sommerfrische blechen
Daß wir lebten und es noch immer tun
Das verzeihen sie uns nie

Jedes Alpenglühn
Das Spiegelbild
Des Glosens unsrer Knochen

Klara Sonnenschein, aus: *Haikus in meine Haut geritzt*

17. Kapitel
Zu Gast bei Freddy Rothenstein

Alfred Rothenstein wartete bereits am Gartenzaun und breitete seine Arme aus, als Mackensen ihm aus dem Fichtenwald entgegenschritt. Rothenstein trug die bestickte Lederhose des Ausseerlandes und ein kragenloses Leinenhemd mit bauschigen Ärmeln. Dunkle, von Silberhärchen durchsetzte Locken fielen ihm in die Stirn, und zwei listige Augen lugten aus einem runden Kopf.

»Grüezzi, Herr Dichterfürst«, rief er René zu. Dieser, außer Atem und nervös, traute seinen Augen nicht. Dann begann Rothenstein zu jodeln. Geistesgegenwärtig erwiderte René mit dem Morgenruf des Kookaburra, und schon war dem jüngeren Kollegen einiges an Angst genommen.

Alfred Rothenstein bewohnte ein altes Steinhaus mit Holzaufsatz und geschnitztem Balkon. Es lag auf einem Hang über Altaussee und bot einen prächtigen Ausblick. Rothenstein drückte Renés Hand fest und legte seine Linke auf dessen Schulter.

»Lieber Kollege, es freut mich, endlich Ihre Bekanntschaft zu machen. Treten Sie ein.« Der Kollege fühlte sich eine Weile verspottet, bis er erkannte, dass der angesehene Essayist und Romancier Alfred Rothenstein völlig arglos war.

»Da staunen Sie, einen alten Juden wie mich in dieser Verkleidung anzutreffen. Aber glauben Sie mir, ich liebe dieses Land, ich meine nicht Österreich, sondern das steirische Salzkammergut. Sollte Europa scheitern, werden wir dessen Werte hier in einer unabhängigen Republik unter allen Umständen weiterpflegen. Na, wollen Sie mitmachen? Ich muss Sie gleich vorwarnen. Es kann sein, dass Sie kaum zu Wort kommen. Ich bin nämlich ein unverbesserlicher Plauderer. Also unterbrechen Sie mich ruhig, wenn's Ihnen zu viel wird. Aber sonst bin ich lieb und pflegeleicht. Sie werden auch an mir das Gesetz bestätigt finden, dass die, welche am eitelsten wirken, am End' die selbstlosesten Gesellen sind. Sie sehen hungrig aus. Ein leerer Magen hört nicht gut zu. Ihr *Kommentar der anderen* war übrigens ganz supisupi.«

Rothenstein bugsierte René in die Mitte der Wohnküche, wo auf einem Barhocker wie ein heidnischer Götze ein riesiges Stück Schinkenspeck in einer Halterung steckte. Er schnitt eine hauchdünne Scheibe mit dem daran befestigten Hobelmesser ab und stopfte sie René in den Mund: »In Zirbenholz geräuchert. Von meinem Nachbarn. Der Ausseer Speck ist noch viel zu wenig bekannt. Wir kämpfen in Brüssel um seine Patentierung als geschütztes Kulturgut. Haben Sie sich auch schon zivilgesellschaftlich engagiert? Ist der Speck nicht ein Gedicht? Und jetzt einen Schluck Schilcher. Das Gedicht noch nicht ganz runterschlucken. Ja, so.«

Rothenstein führte Mackensen ein Glas Rosé an den Mund und kippte es leicht. Mackensen blieb nichts übrig, als einen kräftigen Schluck zu nehmen, ansonsten es ihm über die Mundwinkel geronnen wäre.

»Und?«

»Formidable«, antwortete er mit leiser Stimme, »eine angenehme Säure und samtig im Abgang.«

»Das will ich meinen«, brummte Rothenstein, »und jetzt, mein lieber Freund, setzen wir uns an den Stubentisch.«

Während Mackensen auf dem knarzenden Boden voranging, schnitt Rothenstein schnell ein dickeres Stück vom Speck ab und steckte es sich hastig in den Mund. Dann warf er einige Scheite in den gusseisernen Ofen.

»Der Kempowski hat mich schon auf Ihren Besuch vorbereitet, wir hatten ein langes Gespräch. Mit dem Carsten können Sie wirklich zufrieden sein. Der kümmert sich um seine Autoren. Aber ein Schlawiner ist das. Was sag ich da, Sie kennen Ihn ja gut genug. Womit kann ich Ihnen helfen, mein Freund?«

Die beiden saßen einander gegenüber, der Hausherr stopfte sich eine große Schaumkopfpfeife mit Klappe. Als Mackensen zu sprechen anhob, fiel ihm Rothenstein ins Wort.

»Ihren Roman, *Raubals Anlass*, hab ich in meinem Arbeitszimmer in Wien ganz oben auf dem Stapel, gell. Nur damit Sie's wissen. Bin schon gespannt. Ich komm ja so wenig zum Lesen. Das heißt, zum Lesen von Büchern, die mich wirklich interessieren. Allein seit Jahresbeginn: drei Jurys. Eine Mordshacken für einen Hungerlohn.«

»*Raubecks Anlass*, Herr Rothenstein.«

Rothenstein nahm die Pfeife aus dem Mund und blickte ihn ungläubig an.

»Raubeck? Sind Sie sich sicher?«

»Also, eigentlich schon.«

»Komisch. Und ich dachte, es heißt Raubal.«

Mackensen betrachtete den Klebestreifen, der von der Decke hing, und das Zucken der noch lebenden Fliegen darauf. Dann begann er von seinem Projekt zu erzählen, etwas unsicher zunächst, doch kaum hatte er die richtigen Worte gefunden, unterbrach ihn Rothenstein.

»Ja, ja, ja. Klara Sonnenschein. Der Carsten hat mir davon erzählt. Super. Echt super find ich das. Was für großes Thema. Sie trauen sich was. Chapeau, mein junger Freund. Chapeau, sag ich dazu.«

Mackensen zog die Stirn in Falten und begann mit dem Daumen der linken Hand an der Kuppe seines rechten Zeigefingers zu kletzeln. Die Quellenlage sei halt recht dürftig, sagte er und fragte seinen Gastgeber, was er über diese Frau wisse.

»Klara Sonnenschein. Die hat sich doch bei Adorno in Frankfurt habilitiert.«

»Nein, interessanterweise nicht. Ihre Arbeit über die Identität bei Hegel wurde von Victor Kraft betreut.«

»Was Sie nicht sagen. Ich mag den Adorno nicht. Diese Arroganz. Unglaublich. Ich meine, in einem Sammelband einmal einen Artikel von ihr gelesen zu haben, über die Umkehr des Opfer-Täter-Verhältnisses. Irrsinnig kluge Frau. Noch einen Speck?«

»Nein, danke. Dann will ich mit der Tür ins Haus fallen. Ich weiß nicht, ob ich mir da nicht zu viel vornehme. Ich weiß nicht einmal, wie ich den Roman anlegen soll. Ob ich mehr übers KZ und ihre Jugend oder über ihre intellektuelle Karriere schreiben soll.«

Rothenstein gestand, sehr wenig, wenn überhaupt etwas von der Frau zu wissen.

»Mein Gott, vermutlich wieder eine dieser armen, übergangenen Seelen. Wir können von Glück sprechen, mein lieber Freund, zur rechten Zeit am richtigen Ort gewesen zu sein und die richtigen Leute zu kennen. Ich weiß, auf welch dünnem Eis meine Karriere begann. Wenn ich mir alte Freunde wie den Roman Ferstl anschaue, ein talentierter Dichter, und so viele andere, die mit 1500 im Monat auskommen müssen, hie und da mal ein Stipendium, da kommt mir der Horror.«

Rothenstein verwickelte Mackensen in ein langes Gespräch über Altersvorsorge und riet ihm zum schleunigen Abschließen einer privaten Pensionsversicherung, nachdem er sich vergewissert hatte, dass dies noch nicht geschehen war.

»Ich weiß, ein sehr prosaisches Thema für zwei Literaten. Aber Goethe und Schiller haben auch nicht ständig übers Gute, Wahre, Schöne palavert. Nur wissen wir das nicht. Raten Sie, wer es war, der mich als Erster lehrte, wie ich mein Geld veranlagen solle. Ja? Thomas Bernhard war's.«

Mackensens Augen begannen zu funkeln. Die Abendsonne trat in diesem Augenblick hinter einer fetten, blauen Wolke hervor und tränkte die Stube in goldenes Licht.

»Das war ein Typ. Und irrsinnig pragmatisch. Mein Steuerberater, er ist schon in Pension, aber für mich macht er das Zeugs noch, war auch der seinige.«

Die beiden Kollegen blickten eine Weile versonnen aus dem Fenster, bis Rothenstein nachschenkte.

»Sie trinken aber schnell, mein Freund. Ein richtiger Dionysier sind Sie. Das gefällt mir. Ich dachte ja, sie seien eines dieser neuen Bobo-Weicheier. Aber ich sehe, wir sind aus ähnlichem Holz geschnitzt. Ein Dichter muss ins Leben greifen wie in die Brennnesseln. Saufen muss er können, schnackseln und sich wegwerfen. So wie ich Sie einschätze, lassen Sie nichts aus.

Ja? Ich war genauso. Nutzen Sie Ihren Ruhm aus, solange er währt und solange Sie jung sind. Ich verrate Ihnen jetzt ein Geheimnis. Ich war irrsinnig vergeistigt, wie ich begonnen hab. Das übliche Programm, Distinktionsboni sammeln durch recht offensive Angriffe auf die politische Klasse. Nach den Lesungen scharwenzeln nur Gleichgesinnte um dich herum, die dich auf sich aufmerksam machen wollen. Und die Weiber waren so lala. Da beschloss ich, einen Roman zu schreiben. Weiber lesen bekanntlich eher Romane. Und siehe da, bei meinen Lesungen kamen sie alle, eine schöner als die andere. Sie machen es richtig. Belletristik. Hie und da ein Artikel, das erhöht den romantischen Reiz. But not the other way round. Je älter ich werde, desto schiacher werden die Frauen bei den Lesungen. Ich hab lang schon nicht mehr gelesen. Und die jungen suchen nur den Herrn Papa in dir. Das reduziert den Spaßfaktor gewaltig. Verraten Sie mir, wie viele Ihrer Fans haben Sie diesen Monat schon flachgelegt? Ganz ehrlich. Ohne falsche Bescheidenheit.«

Er schlug Mackensen so heftig gegen die Schulter, dass dieser sich verschluckte und husten musste. Verschämt lächelnd gestand er: »Nur eine.«

»Na, ist ja kein Malheur. Solche Durststrecken muss es geben. Findet man mehr Zeit fürs Schaffen. Auch ein interessantes Paradox: Je weniger ich mich bei meinen Essays bemühe, desto besser kommen sie an. Am Anfang hab ich mich wegen der Komposition abgeschunden, gell. Es ist nicht nur die Routine, gell. Der Leser honoriert es mehr, wenn der Stil kommunikativ ist. Und hast du mal eine gewisse Position erreicht, lässt der Leistungsdruck nach, weil du eh zum Selbstläufer wirst. Das hat selbstverständlich seine guten wie schlechten Seiten. Man muss ein Mittelmaß finden. Sie machen es eh gescheit. Sie schreiben von Anfang an, wie Sie reden.«

»Aber … wie soll ich das verstehen?«

Rothenstein zwinkerte ihm zu.

»Jetzt seien S' nicht eing'schnappt. Wollte Sie nur auf den Arm nehmen. Wir sind alle eitel. Legen Sie sich alsbald eine dicke Haut zu, sonst kann es sehr ungemütlich werden im Haifischbecken.«

Nach einiger Zeit gelang es Mackensen, das Gespräch wieder auf sein eigentliches Anliegen zu lenken. Rothenstein überlegte und erzählte ihm schließlich von einem Dozenten der Germanistik, der Anfang der achtziger Jahre eine Vorlesung über Klara Sonnenschein gehalten habe, doch sei ihm der Name entfallen. Ein unangenehmer Bursche, einer dieser mieselsüchtigen Adorniten mit ihrer gestelzten stilistischen Bestimmtheit, die glaubten, ihr Wahrheitsanspruch sei schon mit dem nachgestellten Reflexivpronomen abgegolten. Mackensen verstand nichts, doch Rothenstein schrieb diese Formulierung mit zufriedenem Lächeln in sein Notizbuch.

»Ja, jetzt hab ich's. Katz hieß er. Eduard? Nein, warte. Irgendwas mit E. Erwin Katz? Genau.«

Mackensen notierte den Namen in seinen Moleskinkalender und bedankte sich überschwänglich für diesen Hinweis.

»Ich weiß es«, fuhr Rothenstein fort, »weil derselbe hat vor acht Jahren meinen zweiten Roman verrissen. Ein eiskaltes Schwein. So geht man doch nicht mit einem Menschen um. Selbstgefälligkeit, die sich ständig hinter der sogenannten Sache versteckt. Aber ein paar meiner Leserbrief-Adjutanten haben ihm dann auch ordentlich eingeschenkt. Selber schuld. Wer sich zu weit aus dem Fenster lehnt, der darf die Schwerkraft nicht fürchten. Nicht schlecht, was? Sie sind mir nicht böse, wenn ich diesen Einfall notiere. In meinem Alter muss man alles verwerten, was einem der Tag so zuträgt. Am schlimmsten ist es, wenn Kollegen einander vernadern.«

Mackensen legte die Stirn in Falten. Frei heraus fragte er Rothenstein, ob er sich als Nichtjude und intellektuelles Fliegengewicht überhaupt anmaßen dürfe, den Roman zu schreiben, und variierte diesen Zweifel mit einigen anderen Bedenken. Rothenstein blickte ihm scharf in die Augen.

»Hören Sie zu, mein Junge. Sie haben nicht nur das Recht, sondern die Pflicht, dieses Buch zu schreiben. Gerade als Außenstehender könnten Sie dem Diskurs eine notwendige Auffrischungsimpfung verpassen.«

»So ähnlich hat das der Carsten auch ausgedrückt.«

»Bravo! Ansonsten überlassen wir solchen wie Erwin Katz und seiner Mischpoche das Deutungsmonopol. Es kann gar nicht genug über den Holocaust und die Hitlerzeit geschrieben werden. Und zwar in allen Genres und Niveaustufen. Es war nicht Claude Lanzmanns Film *Shoah* – zugegeben ein großartiges, aber sperriges Werk –, das die Massen aufgerüttelt hat, sondern die US-Serie *Holocaust*, eine kommerzielle TV-Produktion, aber gut gemacht und allgemein verständlich. Jeder hat ein Recht, dieses Thema zu gebrauchen. Der Holocaust gehört nicht den abgehobenen Diskursverwaltern allein.«

»Ich meine, der Holocaust gehört allein den Opfern.«

»Das haben Sie jetzt wunderschön und richtig gesagt, junger Freund. Und über den akademischen Kram, ich meine Klara Sonnenscheins Nachkriegskarriere, machen Sie sich mal keine Sorgen. Da kann ich Ihnen jederzeit helfen. Die Berufsjuden können Ihnen gestohlen bleiben. Was hat mich die Kultusgemeinde angeschossen, als ich meinen Israel-Essay veröffentlicht hab. Ich sitze immer zwischen den Stühlen, gell. Die Rechten halten mich für einen jüdischen Bolschewisten, die Linken für einen postmodernen Verräter und die Berufsjuden für einen antizionistischen Renegaten. Sie ahnen nicht, wie einsam ich bin. Aber lassen Sie uns nicht jammern. Das ist der Beginn einer langen wunderbaren Dichterfreundschaft. Sie erwähnen mich in der Danksagung, gell. Überhaupt hab ich mir schon überlegt, zu Carstens neuem Verlag überzuwechseln. Pegasus & Payer ist solch ein riesiges, manövrierunfähiges Schiff, wo du einer unter tausend bist. Okay, ich hab's aufs Mitteldeck geschafft. Aber eine kleine wendige Sportyacht würde mir viel mehr liegen. Junge, saufen Sie aber schnell.«

Rothenstein schenkte nach, Mackensen fühlte sich sichtlich wohl.

»Sie wissen gar nicht, wie dankbar ich Ihnen bin. Am Anfang hatte ich fürchterliche Angst ...«

»Aber was! Du siehst doch, dass ich nur ein Mensch bin. Übrigens, ich bin der Freddy. Seavas.«

Freddy streckte René die Hand entgegen, welche dieser dankbar ergriff.

»Wir schreiben uns jetzt öfter E-Mails, gell! Ich spür es, du bist einer der kommenden Köpfe. Und ich werde dein Mentor sein. Wir können beide profitieren. Du schneidest dir was von meiner Reputation ab, und ich darf ein bisserl in deiner weiblichen Fangemeinde wildern. Ist das ein Deal? Bist du liiert?«

»Mehr oder weniger. Sie kennen ... pardon ... du kennst meine Freundin sicher. Ich bin mit der Almuth Obermayr zusammen.«

Rothenstein lachte laut und besoffen.

»Was, mit der Almuth? Leck Oasch! Und wie ich die kenne.«

Als er Mackensens Gesichtsausdruck bemerkte, nahm er sich zusammen.

»Keine Angst, das war eine Ewigkeit vor deiner Zeit. Wie lange seid ihr zusammen jetzt?«

»Vier Jahre.«

»Na also, keine Angst, René. Die Almuth. Das war eine wilde Henn'. Da bist ja in guten Händen. Jetzt versteh ich deinen steilen Aufstieg auch besser. Nicht bös' sein. Das ist nix gegen deine künstlerischen Qualitäten. Aber jeder hat nicht eine Almuth Obermayr als Lokomotive. Bravo. Siehst du, René, wir haben mehr gemeinsam, als wir uns gedacht haben. Was ist, es wird dunkel, besaufen wir uns hier oder im Parkhotel? Ich ruf die Charlotte an, ob sie zufällig im Lande ist. Die Kandlmayr.«

Rothenstein holte sein Handy aus der Lederhose, doch Mackensen beteuerte, dass er nach Wien zurückmüsse und den letzten Zug aus Bad Aussee nicht versäumen dürfe.

»Das ist nicht dein Ernst. Ich hab sogar das Bett schon überzogen. Echte Strohmatratze. Du wirst deinen neuen Freund doch nicht schon verlassen. Keine Widerrede. Du bleibst hier, und morgen gehen wir gemeinsam auf die Trisselwand.«

Mackensen lehnte ab. Schon auf dem Weg von Altaussee zum Hof sei ihm beinahe die Lunge geplatzt. Er müsse sich entschuldigen, doch könne er die freundliche Einladung leider nicht annehmen. Rothenstein spielte noch eine Weile beleidigte Leberwurst. Dann begleitete er Mackensen zur Tür, nicht ohne ihm eine weitere Scheibe zirbengeräucherten Wurzelspecks in den Mund zu schieben. Am Zaun rief er ihm nach: »Du besuchst mich doch wieder, René. Das war jetzt kein One-Afternoon-Stand, gell. Ich bin da sehr nachtragend.«

Freddy Rothenstein jodelte ihm nach, Mackensen antwortete mit dem Ruf des Kookaburra. Er blickte zurück. Rothenstein winkte und stand noch lange am Zaun. Sein Hemd leuchtete weiß in der Dämmerung.

Rosenpoesie

Es gibt lyrische Bilder
Die nutzen sich nie ab
Man verzeiht ihnen die Phrase
Weil sie überzeugend sind

So zum Beispiel von den Männern
Die unsre Rosen pflückten
Aber die Dornen uns beließen

Bei mir war's umgekehrt:
Man knickte mir die Dornen
Und ließ mit wehrloser Blüte
Mich zurück

Klara Sonnenschein, aus: *Haikus in meine Haut geritzt*

18. Kapitel
Wie Klara Sonnenschein aussah

»Wie hat die Klara Sonnenschein eigentlich ausgesehen?«

Ernst Katz nahm die Brille ab und runzelte die Stirn. Ihm missfiel Biggys Verwendung von bestimmten Artikeln vor Personennamen. Nicht aus sozialen Dünkeln, sondern weil sich die Umgangssprache in der neueren Kriminalliteratur von sogenannten Kritikern als kunstsprachliche Novität feiern ließ. Schließlich nickte er, stand auf und verschwand in seinem Arbeitszimmer. Biggy wusste, dass er nun die hölzerne Schatulle durchstöbern würde, die zu öffnen ihr neulich nicht gelungen war. Stöße von Papier und Briefen würde er herausheben wie eine fragile Kindermumie und säuberlich vor sich drapieren, damit ja nichts durcheinandergerate. Er würde ein paar Fotos auf den Tisch legen und sich für jenes entscheiden, das Klara Sonnenschein am meisten als Frau und am wenigsten als Intellektuelle zeigt. Und dann würde er die Kindermumie in den Sarkophag zurücklegen und diesen ins Versteck, das längst nicht mehr geheim war.

Ernst Katz kam mit einem Foto zurück, das so gewölbt war, als hätte es auf einer Getränkedose geklebt. Eines dieser alten Schwarzweißbilder mit unregelmäßig-zackigen Rändern. Biggy staunte, als sie Klara Sonnenschein erblickte. Diese auf eigentümliche Weise schöne Frau forderte sie unmissverständlich zum Zweikampf auf. Lässig lehnte sie an der geöffneten Tür eines Volkswagens, hatte die Hände in die Hüften gestemmt, das Kinn gehoben, die Augen halb geschlossen, und von ihrer Unterlippe hing eine Zigarette schräg nach unten. Ihr schlanker, etwas knochiger Körper steckte in einem Hosenanzug mit weiten Beinen. Am auffälligsten aber schien Biggy das Streifenmuster, die nackten Schultern und das Kopftuch, unter dem halblanges schwarzes Haar hervorkräuselte. Sah so eine Philosophieprofessorin aus? Katz prüfte Biggys Reaktion.

»Ja, sie liebte solche Posen. Und ich liebe dieses Bild. Denn es zeigt sie, wie sie wirklich war. Frech, unsicher, verführerisch und schlampig.«

Biggy überhörte Ernsts Deutungen. Ultrascharf bist du, antwortete sie lautlos dem Foto. Das erste Mal in ihrem Leben hatte sie eine Frau gefunden, der sie sich unterordnen könnte.

»Ich wusste, dass es dir gefallen würde.«

»Hast du das Bild gemacht?«

»Ja, mit der Leica meines Vaters aus den dreißiger Jahren.«

»Hat sie sich allen ihren Studenten so gezeigt?«

»Vermutlich vielen.«

»Die war sicher flott unterwegs.«

»Sie hatte einen großen erotischen Appetit. Und genau solche Informationen sind es, die nicht in die Hände von ehrgeizigen Jungautoren kommen dürfen. Denn in diesem Land wirkt der Katholizismus so stark nach, dass Sex immer mit Schuld und Trauma verbunden sein muss. Mackensen würde in ihre Freizügigkeit bestimmt eine Nazimissbrauchsneurose reinpathologisieren und sie dadurch ein weiteres Mal zum Objekt machen. Klara wusste selbst gut genug, wie kaputt sie war. Natürlich waren ihr die zahlreichen Affären auch Möglichkeit, ihre Ohnmacht aus frühen Tagen auszugleichen, doch lenkt das von ihrer Lebensfreude ab. Um die hat sie gekämpft. Mit wechselndem Erfolg.«

»Findest du es pietätlos, wenn ich dich frage, ob Klara im KZ sexuell missbraucht worden ist?«

»Ich finde es pietätlos, wenn du sie beim Vornamen nennst. Das steht dir nicht zu. Genauso wie es den Journalisten nicht zusteht, Bertolt Brecht schulterklopfend Bert zu nennen.«

»Entschuldigung.«

»Nicht im KZ.«

»Was, gar von dem Typen, der sie bei sich versteckt hat?«

»Der Doktor Cerny war kein Gerechter unter den Völkern. Er hatte sich in sie verliebt, und es blieb ihr nichts übrig, als ihm die Miete zu zahlen, die er von ihr wollte. Drei Jahre musste sie in dieser Kammer leben, je fürsorglicher Cerny sich ihr gegenüber verhielt, desto kühler wurde sie von seiner Frau behandelt. Klara war ihm ausgeliefert. Und ihr auch. Seine Frau hat ihm dann das Ultimatum gestellt, beide bei der Gestapo anzuzeigen, falls er Klara nicht loswerde. Er brachte sie mit dem Auto an die Schweizer Grenze und bezahlte einen Schlepper. Bei Dornbirn wurde sie aufgegriffen.«

»Aber sie war eine starke Frau, nicht?«

»Das will ich meinen, obwohl man auf diesem Foto eher eine halbstarke sieht. Daran sehe ich deine Jugend, Biggy, dass du Stärke in diese Pose phantasierst. Mein Gott, was soll ich dir sagen? Von jeder Eigenschaft, die ich ihr jetzt mehr als vierzig

Jahre später andichte, hat vermutlich auch das Gegenteil gestimmt. Sie ließ sich auf nichts festmachen. Ein Sturschädel war sie, als Denkerin brillant, als Person schwierig. Verrückt, im besten wie im schlechtesten Sinne. Doch sie wehrte sich mit Händen und Füßen dagegen, ihre Spinnereien auf ihre grauenhaften Erfahrungen hinpsychologisieren zu lassen. Wie viel Anteil das an ihrer Persönlichkeit hatte, sagte sie mir, wüsste nur sie allein, und es gehe auch nur sie allein was an. Mit einer Sensibilität, die wir uns gar nicht vorstellen können, empfand sie sich überall als Störenfried, und so beschloss sie, vom passiven zum aktiven Störenfried zu werden. Wenn man sie schon nirgends mitspielen ließ, dann wollte sie sich diesen Ausschluss wenigstens verdienen.

Sie besaß dieses Talent, sich bereits im Ansatz jede gesellschaftliche Chance zu verbauen. Eine Kamikaze-Frau war das. Unversöhnlich, stur und bar jeglicher sozialen Diplomatie. Du musst dir einmal vorstellen, was es für sie bedeutet haben muss, keine Anerkennung zu finden – weder an den Unis noch in den Verlagen, noch in Redaktionen. Doch für jedes Hindernis, das man ihr in den Weg legte, legte sie sich selbst ein doppelt so großes vor die Füße, und dann ging sie in die Pose, die du jetzt auf diesem Bild bewunderst. Nur nie klein beigeben – Doña Quichotte. Als Holocaustüberlebende, als eine noch dazu, die den Mantel des Schweigens bei jeder sich bietenden Gelegenheit lüftete, war sie ein Ärgernis. Als Frau, die Begehren weckte, aber ihren Kopf hoch trug, war sie ein Ärgernis für den akademischen Betrieb, der natürlich von Männern kontrolliert wurde. Mich wunderte immer, warum sie einen Bogen ums Institut für Sozialforschung machte. Adorno hätte sie mit offenen Armen empfangen. Kurz vor ihrem Tod dann hat er sie nach Frankfurt eingeladen. Ihr Denken deckte sich in so vielen Aspekten mit dem seinen. Sie war schon komisch. Eine Mischung aus Scheu und Trotz muss das gewesen sein, Angst vor Konkurrenz und

Unterordnung. Was weiß ich? An der Ludwig-Maximilians-Universität in München erfuhr sie dann endlich den Respekt, der ihr zustand. Aber da war es schon zu spät. Ihre Wunden verheilten nicht mehr, und sie wurde immer unberechenbarer. Obwohl sie alles daransetzte, auch ohne ihr jüdisches Schicksal als unbequem zu gelten, provozierte sie damit, wo immer sie konnte. Wo andere ihre KZ-Tätowierung peinlich versteckten, trug sie diese überall zur Schau, in armfreien schicken Kleidern. Einige Studenten beschwerten sich im Dekanat, sagten, dass sie es ungustiös fänden, ständig auf dieses Mal starren zu müssen. Der Dekan stellte sie zur Rede, es kam zu einem Schreiduell, er drohte ihr mit der Psychiatrie, klagte sie auf Ehrenbeleidigung, und so verlor sie ihren Posten. Ihre einzige Machtbasis waren die vielen Affären mit ihren Studenten, doch die waren die größten Arschlöcher.

Die fortschrittlichen Milchgesichter, die später die Apo, die außerparlamentarische Opposition, bildeten. Am Anfang fasziniert von ihr, dann in der Eitelkeit beleidigt, sie nicht besitzen zu können, suchten sie nach jedem wunden Punkt an ihr und verleumdeten sie, weil ihnen keine andere Waffe zur Verfügung stand, mit den denkbar obszönsten Unterstellungen. Da sie ihnen in ihren körperlichen Bedürfnissen noch zu stark war, stellten sie Klara als schwach, als verzweifelte Nymphomanin hin. Und in der Tat wurde sie immer schwächer. Von einem Kollegen, der sie insgeheim begehrte, auf ihren Lebenswandel angesprochen und wegen des Missbrauchs ihres akademischen Autoritätsverhältnisses gewarnt, erwiderte sie, die deutschen Jungs zu verderben sei ihre Rache an deren Eltern. Ich hatte nie zuvor und nie danach eine Frau erlebt, die solchen Witz besaß. Wie du weißt, wird Sarkasmus von vielen Frauen als typisch destruktive Eigenschaft der Männer missachtet. In Wirklichkeit fürchten sie, er würde ihre Attraktivität auf diese mindern.«

Biggy nickte.

»Und wie lange warst du ihr Liebhaber?«

Ernst Katz schwieg. Sie wusste es also. Vielleicht hatte er selbst mit Anspielungen ihren Verdacht zu diesem Bekenntnis gelenkt.

»Fast zwei Jahre.«

Heulen zu können wäre Ernst Katz nun ganz recht gekommen, doch nichts dergleichen geschah. Stille breitete sich aus, und Biggy spürte die Vibrationen in der Luft zwischen ihnen. Unverwandt schaute sie das Foto an und schürte in ihm die berechtigte Angst, eine neue Konkurrentin um ihre Gunst zu haben.

Klaras Definition von Liebe

Willst du meine Definition von Liebe wissen, Ernö? Dann paß auf, und denk dir bitte bei jedem Satz mein Zwinkern hinzu, damit du's nicht zu schwer nimmst. Liebe ist die heftige Zuneigung für einen Menschen, weil ich ihn erfolgreich manipulieren konnte, mich so zu sehen, wie ich sein möchte. Ein Gefühl, das in Haß umschlägt, sobald dieser Verräter mich so sieht, wie ich bin, weil auch ich ihm nicht länger sein Wunschbild von sich selbst gratifiziere.
Konnte sich das begehrte Objekt erfolgreich meinen Manipulationsversuchen entziehen und bleibe ich auf meiner fragilen Eigenliebe sitzen, spricht man von *unerwiderter Liebe.* Der psychologische Volksmund meint zwar, man könne andere nur lieben, sobald man sich selbst zu lieben weiß, doch fungiert dieser andere meist als das Zuckerstück, an dem die erst herzustellende Selbstliebe wie ein Candida-Pilz schmarotzt. Die Zuneigung, die unterm Strich übrig bleibt, wenn man von der Liebe die Selbstliebe substrahiert, heißt *wahre Liebe,* ein Phänomen so selten und schön wie eine Prachtlibelle in der Arktis.

Klara Sonnenschein an Ernst Katz, September 1965

19. Kapitel
Auch Ernst Katz ist einmal sexuell gewesen

Auf seinen langen Wegen zum Supermarkt um die Ecke dachte Ernst Katz über sein Liebesleben nach. Ja, auch er war einmal sexuell gewesen. Doch hatte jenes Liebesleben die Farbe vergilbter Fotos angenommen, und selbst die Reminiszenzen seiner letzten recht jugendhaften Affären in den neunziger Jahren, für ihn der Inbegriff der Gegenwart, waren verblasst.

Um 1970 herum war er sogar verheiratet gewesen. Jetzt erinnerte er sich wieder. An einen Namen und an ein Aussehen. Marianne. Man hatte sich auseinandergelebt. Er hatte sich gelangweilt und sie vermutlich auch. Und die Trennung wurde wahrscheinlich nur deshalb so lange prolongiert, solange er sich um den Beweis bemühte, dass nur sie langweilig sei. Irgendwann erschlaffte dieser Hochmut. So kamen drei Ehejahre zustande. Mit etwa 34 dann, in einem Alter, in dem er sich abgelebt, spröde und vergeistigt vorkam wie Professor Higgins – die exotischste Entdeckung seines Lebens: junges Fleisch!

Zuvor hatte er jüngere Wesen nicht beachtet: Oberflächlich, laut, chronisch infantil, durch jede noch so alternative Mode verführbar kamen sie ihm vor. 1973, nach seiner Scheidung und einer quälenden Phase der Einsamkeit, änderte sich das auf einen Schlag: Da sah man plötzlich einen enthemmten Uni-Dozenten in Samtjackett und Rollkragenpullover sich auf die Tanzfläche schieben – und ab ging die Post. Endlich konnte der vertrocknete Prinz der junge Frosch sein, der er ja eigentlich war.

Und so ging es weiter bis in die Mitte der Neunziger: Alle fünf Jahre die Codes einer neuen alternativen Jugendkultur einpauken, nur um bei den Frauen landen zu können. Aus den Affären wurden Kurzzeit-, selten Langzeitbeziehungen; die jungen Mustangs, die nicht in Haushalten verschwanden, wurden Dressurpferde des Betriebs (ganz gleich, ob Uni, Redaktion oder Werbebranche), nur schneller als er, und Frauen der wirklichen Alternativkultur, die sich ihrer »Verdinglichung« verweigerten, rochen ihm zu sehr nach Schaf, Patchouli und makrobiotischen Gärgasen. Und so erfolgte alle fünf Jahre der Pilgerzug zur nächsten Mädchengeneration. Doch die Generationen und ihre Codes wechselten immer schneller, und irgendwann begannen sie ihm durcheinanderzugeraten, und er musste erkennen, dass man Punks nicht mit Pink Floyd und den schwarzlippigen Schönheiten des New Wave nicht mit The Clash kommen konnte. Bei einem Folk-Festival war er sogar die ganze Nacht mit einer Neohippiefee herumgehüpft, ohne Erfolg, und dass sie der eifersüchtige Didgeridoobläser auch nicht bekam, sondern der unentwegt zwinkernde irische Dudelsackspieler, war nur ein schwacher Trost. Spätestens als die Grunge-Girls seine Versuche begähnten, up to date zu sein, gab er es auf. Was er nicht wusste: dass Grunge-Girls immer gähnten. Die Jagd nach den burschikosen Techno-Mädchen machte er nicht mehr mit, da ihn seine schon damals fortgeschrittene Hypochondrie befürchten ließ, einen Rave nicht zu überleben. Zwar hätten ihm allerhand Retromoden ab dieser Zeit Gelegenheit gegeben, mit seinem vermischten Wissen zu punkten, doch irgendeinmal muss Schluss sein.

Ernst Katz saß plötzlich auf einer Bank am Donaukanal, an einer Stelle nahe dem Supermarkt, zu dem er aufgebrochen war, und dachte nach. Wie viele Expeditionen in die weibliche Jugend hatte er schon unternommen? Die spannendste war die erste gewesen, als er selbst noch ein Kind war und sich uralt vorkam und jene Überheblichkeit, wie sie heranreifende Schüler gegenüber den jeweils jüngeren Semestern empfinden, endlich abstreifte. Die zweite Expedition fand statt, um sich über das Ende der eigenen Jugend hinwegzutäuschen, und die nachfolgenden lediglich zum Beweis, dass auch ein alter Furz gut riechen kann.

Eines musste er sich eingestehen: Trotz seinen feministischen Beteuerungen hatte er in diesen Frauen nie gleichrangige Genossinnen gesucht, sondern stets das Andere, das Komplement. Ernst genommen hatte er sie nie. Zu ihrer üblichen Verwendung als Bestätigungsdummies für seine fragile Männlichkeit kam die ehrliche Begeisterung hinzu für ein Alter, in dem die Persönlichkeit noch heiß und flüssig wie Lava ist, bevor sie sich schwerfällig ihrer Bestimmung entgegenwälzt und zu Identität erstarrt.

Doch das Begehren nach diesen bunten Wesen wurde auf

höherer Ebene von einer List der Unvernunft gesteuert. Über das Begehren holt sich der Markt renitente Geister zurück, die, um bei den Nymphen anzukommen, sich die Konsumartikel der jeweiligen Saison anschaffen müssen. In äußerster Selbstverleugnung wetzte er als Seniorstudent dann den schweißigen Hintern auf den Bänken der Popuniversität und unterwarf sich einer Konformierung, in deren Folge er zur selben Chimäre wurde wie die lockenden Nymphen selbst. Seine Gier nach diesem kostbaren Fleisch, die nur zu einem lächerlich geringen Teil ehrliche Geilheit war und mit der er sich vitalistisch über seine Bedeutungslosigkeit hinwegtäuschen wollte, machte ihn letztlich nur noch bedeutungsloser. Erst als er von der Mädchenjagd abließ, begannen sich sowohl er als auch die Frauen aus Konsumartikeln wieder in Menschen zurückzuverwandeln, und nur einiges von dem unabhängigen Denken, das er in den Jahrzehnten des Ritterns um Jugend versäumt hatte, konnte er nun nachholen.

Auf seiner Bank am Donaukanal musste Ernst Katz laut lachen, als er einsah, dass er nur deshalb mit sich so hart ins Gericht ging, um die Ahndung schlimmerer Vergehen abzuwenden, der Sinn jeder Selbstanzeige. Nein, sein Liebesleben war im Rückblick zwar üppig gewesen, aber schal geblieben. Wirklich respektiert hatte er nur zwei Frauen, die erste und die letzte. Denn er wusste, dass der jahrzehntelange Reflexionsunterschied zwischen ihm und Biggy Quatsch war. In Wirklichkeit verhielt es sich doch so, dass er erst siebzig werden musste, um reif für Biggy zu sein.

Die Literaturkritik ist eine meinungsbildende Instanz, die an ihrem eigenen Maß die Sprachkunst mißt, indem sie das Schlechte tadelt, das Gute nicht begreift und das Mittelmaß vergötzt.

Klara Sonnenschein an Günther Anders, April 1958

20. Kapitel
Ernst Katz' Typologie der deutschsprachigen Gegenwartsliteratur

Gefrühstückt wurde um elf. Katz passte sich allmählich Biggys Rhythmus an. Nicht, dass er ebenso lange schlief, denn sein Alter trieb ihn täglich zwischen sechs und sieben aus dem Bett, ganz gleich wann er eingeschlafen war. Doch schlug er die Zeit bis zu Biggys Aufwachen nicht länger damit tot, darauf zu warten. Er hatte es sich zur Gewohnheit gemacht, seine didaktischen Reflexionen in den PC zu tippen, allein auf Biggy maßgeschneiderte Extrakte seiner inneren Dialoge mit ihr. Das größte Problem bereitete ihm dabei, ob die zeitgeistigen Floskeln und derben Phrasen, die er immer öfter in diese Belehrungen streute, deren Qualität schadeten und von ihr möglicherweise als Anbiederungen an ihre Jugend verspottet würden.

Dabei wären solche Vorbereitungen gar nicht notwendig gewesen, denn wenn Ernst Katz richtig in Fahrt kam, gelangen ihm spontan druckreife Sätze. Und Biggy hatte sich oft gefragt, ob man ihr, wenn sie Ernsts Monologe niederschriebe, glauben würde, dass diese aus dem Stegreif gesagt wurden. Beim Frühstück kamen sie wieder auf Ernsts Ablehnung von Mackensen und seiner Generation zu sprechen. Sie habe sich nach dem Aufwachen Gedanken darüber gemacht. Denn wenn er, folgerte Biggy, die jüngeren Autoren nicht gelesen habe, wie könne er sich dann erlauben, sie pauschal zu verdammen. Er bilde sich seine Meinung aus Rezensionen und Textproben, antwortete Katz. In Buchhandlungen blättere er regelmäßig in Neuerscheinungen, es reiche oft eine Seite, um das Buch hinzuschmeißen. Diese Methode der Literaturkritik fand Biggy nicht statthaft. Für Ernst aber war das Gespräch ein willkommener Anlass, seine speziell für Biggy entworfene Typologie der deutschsprachigen Gegenwartsliteratur anzubringen. Vorweg entschuldigte er sich wegen etwaiger Ungerechtigkeiten und Übertreibungen, er werde ihr noch viele Beispiele für gelungene Literatur nachliefern und ihr auf Wunsch auch erklären, was daran gelungen sei.

Die Jüngeren teilten sich seiner Ansicht nach in *Streber*, *Mothafucker*, *Sensibelchen*, zudem in die *DDR-Aufarbeiter*, die *Testosteronslawen*, die *multiplen Gewissensbefriediger*, die *Sprachspielautomaten* und die *Esssayistendarsteller* auf.

Die *Streber* seien gebildet, talentiert und verfügten sogar über Witz, einen Witz aber, der sich nie zu weit aus dem Fenster lehnt, und genauso sei ihr Schreiben, handwerklich perfekt und widerspruchslos wie ihre Klassensprecherpersönlichkeiten. Anstatt als Stricher oder Kellner Lebenserfahrung zu sammeln, seien sie direkt vom Philosophieseminar in den Literaturbetrieb gewechselt und entwürfen dort ihre Konfektionsware für den Bildungshuber ihrer Zeit – bieder, vernünftig und mit gerade so viel ironischer Distanz, wie ihre Kundschaft aufzubringen fähig ist. Die Säure ihrer Kost zersetze nicht, sondern rege bloß die Verdauung an. Sie hielten sich für die Thomas Manns des Internetzeitalters und seien es auch, genauso bildungshuberisch und genauso betulich. Doch hüteten sie sich, wie dieser zu lange, hypotaktische Sätze zu schreiben.

Die *Mothafucker* seien von anderem Wuchs, doch aus ähnlichem Holz geschnitzt. Sie wüchsen aus den Niederungen der Popkultur, sie schrieben, wie ihnen ihr hässlicher Mund gewachsen sei, und sie prahlten damit, sich möglichst wenig beim

Schreiben zu bemühen, was den Leser davon entlaste, sich beim Lesen zu bemühen. Sie gäben auch zu, keine hohen Ansprüche zu stellen, sondern nur Mothafucker zu sein wie du und ich, orientierungslos, abgebrüht und doch höchst engagiert, so viel Kleingeld wie möglich zu verdienen. Nihilisten mit den Mönchskapuzen der Post-Hippihoppi-Zeit. Ihre Texte bezauberten durch schnelles Tempo und posenhafte Abgeklärtheit, deshalb seien sie zumeist mit Kabarettisten und den Poseuren des Literaturdiskurses befreundet, auf deren Beförderungspartys sie unentwegt über die Partygeber spotteten und deren Frauen anbrieten.

Die *Sensibelchen* hingegen seien zumeist Frauen. Das, hakte Katz nach, sei in keiner Weise frauenfeindlich; der Umstand selbst sei frauenfeindlich, denn dass Frauen nach hundert Jahren Feminismus noch immer die eigenen Gefühle als ihre kreative Domäne absteckten, sei doch verdächtig und ließe, würde man sich nicht beharrlich dagegen wehren, Anlass zu einigen fiesen Biologismen geben. Man müsse zur Verteidigung der weiblichen Sensibelchen sagen, dass sie besser schrieben als ihre Leidensbrüder, denn könnten jene mitunter Damen sein, seien diese höchstens dämlich. Die Sensibelchen verstünden sich als Kartografen der Innerlichkeit, als sprachliche Feinzeichner subjektiver Wahrnehmung, doch müsse man, um das Innere zu verstehen, aus sich heraustreten können, und setze Wahrnehmung auch Erfahrung voraus, denn sie alle würden gerne wie Robert Walser schreiben können, doch keiner wolle leiden wie er.

Eine Sonderform des weiblichen Sensibelchens sei das *Unsensibelchen*, das, um ja nicht als Sensibelchen zu gelten, durch Selbstpornografisierung und Toughness provoziere. (Schon fühlte sich Biggy ertappt.) Einzig provozierten die Unsensibelchen hohe Einnahmen, und ihre Muschis klebten beharrlich an den Fenstern der Verleger und Kulturredakteure, bis diese schwitzend ihren Frauen am Telefon bestellten, doch nicht zum Essen zuhause sein zu können.

In Deutschland seien die *DDR-Aufarbeiter* sehr gefragt. Man dürfe sie jedoch nicht allein auf ihre ideologische Funktion als Jubelbarden des Anschlusses missverstehen. Vielmehr erfüllten sie den Wunsch der Leser nach einem leichten Schauder über einen bösen Überwachungsstaat, der einem langweilig, also vertraut genug vorkommt, dass die Lektüre keine bösen Träume macht.

Für gesellschaftliche Härte und archaische Unmittelbarkeit, mit oder ohne Ethnokitsch, seien die Ost- und Südosteuropäer zuständig, wilde lederbejackte, bärtige Säufertypen, Typus Žižek, Kusturica oder Peter Handke. (Bei dem Namen Handke schmunzelte Katz, damit Biggy nicht die Ironie dieser Reihung entgehe.) Der Typus des *Testosteronslawen* erfülle die Sehnsucht nach Barbarei und Lebensbedingungen, in denen man weder *Sensibelchen* noch *Mothafucka*, noch *Streber* sein dürfe, sonst man auf der Stelle gefickt würde, aber wie! Jedes Jahr würden zwei Dragutins und Draganas in den westlichen Markt aufgenommen; der Rest, die Besseren von ihnen, müssten draußen bleiben und wieder einen Winter ohne Heizung überleben. Draganas übernähmen wegen ihrer angeborenen Herbheit dann oft die Rolle der Unsensibelchen und schrieben mit ihren Schneckenmuschis »Ich hasse weiche Männer« auf die Bürofenster der Verlagsleiter und Kulturressortchefs, was ihren Marktwert augenblicklich hebe, denn die Weicheier in den Büros würden es ihnen schon zeigen …

Die *multiplen Gewissensbefriediger* schrieben Tendenzliteratur und stürzten sich mit bewunderungswürdiger Gier auf jede Menschenrechtsverletzung, jedes Faschismusschicksal, jeden Kindersoldaten, die der Journalismus übersehen oder übrig gelassen hat. Sie stünden zumeist auf der richtigen politischen Seite etwas links von der Mitte, verstünden es zu empören und würden aufgrund ihrer Sujets rezipiert und nicht wegen ihrer literarischen Qualität, welche dem Reportagecharakter ihrer Kunst ja eher im Wege stehe. Dass man der richtigen Gesinnung die richtige Form schulde, hätten diese Aufrichtigen vergessen oder nie gewusst. Immerhin versteckten sie ihre Gesinnung so sehr hinter einem trocken-objektiven Ton, dass man sich frage, ob sie überhaupt eine hätten.

Ach ja, die *Sprachspielautomaten*, sie gälten als die Mutigsten auf dem Markt, weil sie so schwer verkäuflich seien. Aber einige von ihnen brächten es zu Geld, weil es im Betrieb noch immer ein paar Trottel gebe, die jede Kleinschreibung, jedes ziellose Herumkalauern und jedes zufällige Abweichen von syntaktischen und inhaltlichen Gewohnheiten als große Radikalität feierten, so radikal wie ein Picasso im Sitzungssaal einer Raiffeisenzentrale.

Natürlich, die *Essayistendarsteller*. Auch arme Hunde, da sie mindestens einen Roman pro Jahrzehnt absondern müssten, um ernst genommen zu werden. Beim Karneval der Literaturdarsteller seien die Essayistennachmacher die lustigsten, weil sie, da die kritischen Instanzen zur Beurteilung ihrer geistigen Qualität abhandengekommen seien, am authentischsten rüberkämen. Die Essayistendarsteller arbeiteten, um ihre Bücher und riesigen Textflächen verkaufen zu können, mit sogenannten Gedankenzählern – das seien kleine elektronische Apparate, die von Apple entwickelt wurden, aber jetzt auch schon bei Tchibo zu kaufen seien. Die Essayistendarsteller hüteten sich, mehr als fünf Gedanken in ihre Texte zu patzen, damit sie ihre Leser nicht überforderten, und bemühten sich auch, diese so schlecht zu formulieren, dass sie von den Zeitungsintellektuellen als geistreich verstanden würden.

Von all den Genannten könne man keine Wahrhaftigkeit verlangen, denn sie seien allesamt *plastic people, too young to die and too old to grow*, gemeinsam mit den gleichgearteten Kartellen aus Kritikern, Literaturbeamten, Vinothekenbesitzern und Verlegern arbeiteten sie daran, ihren billigen Plastikgeruch zu veredeln, plastic de luxe.

Dass der Wert einer Sache nur von Angebot und Nachfrage bestimmt werde, führte Katz weiter aus, sei schon schlimm genug, das Gute würde auf dem Markt schon seine Kundschaft finden, schwerer zwar als das Schlechte und Mittelmäßige, aber doch.

Seitdem sich aber eine ganze Armee von Zwischenhändlern des Ungeistes dazwischengedrängt habe und das Publikumsinteresse zugunsten ihrer eigenen Geschmäcker und Vermarktungsmöglichkeiten manipuliere, würde niemand mehr zum Guten finde. Das Gute würde mittelmäßig, und das Mittelmäßige täglich schlecht werden, um nicht das Nachsehen zu haben.

»Und wer von diesen Typen ist Mackensen?«

»Auf jeden Fall Mothafucker mit Anlagen zum Sprachspielautomaten und dem erbärmlichen Ehrgeiz, ein multipler Gewissensbefriediger zu werden.«

Biggy dachte lange nach. Sie habe den Eindruck, sagte sie, dass er alle Intellektuellen, Schriftsteller, Künstler von heute als Hochstapler, als Fake, als falsche Fünfziger einschätze. Aber um etwas als falsch zu sehen, müsse man doch wissen, was richtig sei. Was aber sei richtig?

»Unabhängigkeit von Zeitgeist, höchstes Streben nach Wahrheit bei gleichzeitigem Wissen um ihre Bedingtheit, masochistische Lust, die eigene Eitelkeit zu foltern, und härteste Arbeit an der Form, um aus den glühenden Schlacken der schrecklichsten inneren und äußeren Widersprüche die edelste Legierung von Phantasie, Gedankenschärfe und Witz zustande zu bringen.«

»Ist das nicht zu viel verlangt?«

»Nein, dort fängt es erst an. Alles darunter ist Dreck. Nur Schwerter, die dieser Mindestanforderung entsprechen, können einem die Dummheit, das böse Normale, können einem die Zombies vom Leib halten. Alle anderen zerbrechen.«

Ernst Katz war zufrieden mit seinem Vortrag. Wie aus einem Guss. Vorbereitung, assistiert von innerer Ruhe, zahlt sich doch aus. Diese aber sollte nicht lange währen. Biggy kaute an ihrem Salamitoast, während Katz auf eine Reaktion wartete.

»Weißt du, wie du mir vorkommst?«, fragte sie schließlich.

»Nein.«

»Wie dieser – ich hab in der Sechsten einen Aufsatz über ihn geschrieben – wie Thomas Bernhard.«

Ernst Katz blickte sie entsetzt an.

»Das nimmst du zurück!«

»Ich hab's eh als Kompliment gemeint.«

»Du willst also nicht nur mich, sondern auch dich beleidigen!«

Und Biggy wurde wieder Zeugin eines seiner biblischen Wutanfälle, die ihn zu höchster Eloquenz und zerstörerischer Wut anstachelten und die sie bestaunte wie Vulkanausbrüche oder YouTube-Videos von Tsunamis. Der gelassene, bedächtig argumentierende Katz rang ihr Respekt ab, doch der wütende Hassprediger bereitete ihr Freude, teils weil sie in dieser Heftigkeit ihre eigene wiederfand, teils weil es sie amüsierte, welch Freak ein Siebzigjähriger sein konnte. Wie ein amerikanischer Prediger kam er ihr dann vor, nicht von der geschäftstüchtigen Sorte der Rattenfänger, sondern jener der echten Psychopathen, die jedes ihrer eigenen Worte glauben: geschwollene Adern, gerechter Hass, die Guten in den Himmel, doch die Bösen, bei Katz die Dummen, mit glühenden Blicken, donnernden Worten und napalmhaftem Spott gejagt, zerfetzt, zermalmt, wie eine Plage vom Antlitz der Erde getilgt – jedes Wort ein poetischer Pogromaufruf.

»Thomas Bernhard sagst du?«, so grollte das Magma in ihm hoch. »Das ist der Ahnvater all dessen. Jede meiner Negativitäten ist mit Tonnen von Gedankengold gedeckt. Er aber verkaufte altes Eisen, infantile Nihilistenposen, stumpfsinnige Wiederholungen des ewig Gleichen. Popstar für alle Bubis, die mit ihm eine bildungsbürgerliche Lodenform ihrer hirnlosen Gesellschaftskritik konfektioniert bekamen. Nur deshalb von den Österreichern gehasst, weil sein mieselsüchtiges Sudern mit ein paar Spitzen gegen Kirche, Nazis und Sozialdemokratie auf ihrem Level ist. Nichts zu sagen haben, aber das mit diesem unverwechselbaren Entfremdungssound. Schall und Rauch! Österreicher lieben und hassen ihren heiligen Thomas, weil sie sein durchrhythmisiertes Mermeln selig an die stupide Monotonie der Fürbitten erinnert, die sie als Kinder in der Kirche runterleiern mussten. Keine Blasphemie vermag in diesem Land mehr zu schockieren als Missfallen an dieser Säufernase im Lodenmantel. Seit die Literaturkritik auf diesen Bluffer hereinfiel, hat sie jedes Recht verloren, es nur zu wagen, irgendein Urteil über Kunst abzugeben. Seitdem vergiftet diese Sekte die Hirne der Menschen. An ihren lahmen Schwänzen und Zungen gehört dieses ganze Pack zusammengeknotet und weit ins Universum hinausgeschleudert, damit wieder Gras in der Wüste wachsen kann, Geist und junge Menschen, die was können. Wenn du mich mit dem Salzburger Rhinophym vergleichst, dann kannst du mich gleich Hansi Hinterseer rufen, du Närrin.«

Katz zitterte am ganzen Körper, der hilflos überfordert war, die überschüssige Energie abzuführen. Biggy lachte.

»Was gibt es da zu lachen?«

Biggy starrte ihn fasziniert an, währenddessen er sich zu schämen begann. Denn ihre Begeisterung für seine Hasspredigten wusste er wie diese selbst als faschistischen Impuls zu deuten. Biggy aber freute sich auch über etwas ganz anderes – über ihre Macht. Was er nämlich vergessen hatte: Schon zweimal zuvor war er darauf hineingefallen, und jedes Mal hatte er – mit unterschiedlicher Munition – scharf geschossen. Auch bei ihm ließ das Gedächtnis nach, und er wiederholte sich nicht nur, sondern wusste nicht mehr, ob er etwas zum ersten oder hundertsten Mal gesagt hatte. Man brauchte Ernst Katz also nur zu reizen, nur seinen Stolz anzuritzen, schon konnte man reiche Sprachernte einfahren. Wie bei einem Gummibaum.

Als Katz sich am selben Abend auf die Klomuschel setzte, bemerkte er auf dem Kalenderbild, das in Augenhöhe an der Wand hing, eine mit Textmarker geschriebene Notiz. Das Bild zeigte Johann Tischbeins berühmtes Gemälde von Goethe in Italien, darunter stand dessen Zitat: »Durch Heftigkeit ersetzt der Irrende, was ihm an Kraft und Wissen fehlt.« Und darunter hatte Biggy gekritzelt: »... hängt sich die Ausnahme von dieser Regel aufs Klo.«

Da hockte er nun auf der Schüssel und lachte resigniert. Alle Versuche, als gelassener, väterlicher Freund zu agieren, waren gescheitert. Seine Einsamkeit hatte ihm über Jahre ein zu günstiges Bild von sich selbst aufgeprägt, erst der tägliche Umgang mit einem Menschen nahm ihm diese Chimäre. Biggy wusste nun, was für ein Spinner er war. Und das Schlimmste: Es störte sie gar nicht. Den Maßstäben einer halbstarken Göre genügte er also. Was für eine Errungenschaft!

Zufällig sah ich gestern im Fernsehen, wie Marlene Dietrich in Tel Aviv auf deutsch *Sag mir, wo die Blumen sind* gesungen hat. Und ich dachte, *Blowin in the Wind* sei das dümmste Lied der Welt. Ratlos müssen die Überlebenden von Auschwitz und Treblinka sich fragen, wo die Männer, wo die Kinder, wo denn die Blumen geblieben seien.
Ja, wo sind sie denn geblieben? Wer wird es je verstehen?
Daß *Lili Marleen* Soldatenherzen auf beiden Seiten jeder Front rührte, versteht sich. Aber wie hier in nichtssagender Allgemeinheit und naivem Pathos zwei Märkte bedient und die Kriegsschmerzen der Täter mit den Vernichtungsschmerzen der Opfer egalisiert werden, zeugt von einer Geschmacklosigkeit, die durch die guten Absichten der Sängerin nicht gemildert, sondern verschlimmert wird.
Bei solch engagiertem Dreck befällt mich das Bedürfnis, zur nächsten Jukebox zu laufen und mir die Wut bei Little Richard abzutanzen. A-wop-bop-a-loo-lop a-lop-bam-boo.

Klara Sonnenschein an Ernst Katz, Februar 1966

21. Kapitel
Diskurspop

Ernst Katz hatte sich zu einem Konzert einer Musikgruppe namens *Fettkraut* zerren lassen. Doch schon auf dem Weg zum Veranstaltungsort hatte es Biggy bereut. Wer sich hinter einer solchen Abwehrhaltung verschanzt, der will seinen Horizont nicht erweitern. Am meisten nervte sie die penetrante Art, mit der er den Namen der Band kommentierte.

»Exzentrikclowns. Hier hast du, was Adorno den Exzentrikclown nannte. Wie wenig konnte er wissen, welche Ausmaße diese Bodenlosigkeit mit dem Fortschreiten der Popindustrie nehmen würde.«

Biggy überlegte, ob sie interessiert nicken oder gähnen sollte. Ihr war nach Gähnen, doch würde das seine Monologe anfachen wie der Luftzug die Flamme. Und sie behielt recht.

»Ein auffälliger Name und ein paar mühsam konstruierte Bedeutsamkeiten, um die ganz viel Sound, Beats und Nichts gesponnen wird. Wenn der Pop auf Geist macht, hört sich das an wie Kleinkinder, die Englisch nachbrabbeln ...«

»Das hast du alles schon in deinem Brief geschrieben.«

»Diesmal hab ich es aber anders ausgedrückt.«

»Du verallgemeinerst, Ernö, weil du die Szene nicht kennst. Hör dir *Fettkraut* an und red dann weiter. Mir gefällt nicht alles. *Blanker Wahn* und *Ich find dich zum Kotzen, Dörte* zum Beispiel sind total überschätzte Songs. Dafür ist *Hier & Jetzt* der absolute Hammer. Rimbaud de Vilbis, das ist der Leadsänger, der wird dir sicher gefallen. Das ist nicht sein echter Name. Der Vorname ist der Nachname von einem total verrückten französischen Dichter, und De Vilbis war eine Nebenfigur in *Dynasty*. Das war eine Fernsehserie aus den Siebzigern.«

»Der spielt ganz schön mit den Referenzen. Aber hallo.«

»Wie bitte? Ich kann dir's nicht erklären, weil du mich total verunsicherst, aber der Typ is' echt clever. Er schreibt auch super Artikel im *Sfax*.«

»Das habe ich befürchtet.«

Biggy gab auf. Als Katz bemerkte, wie sehr sein Spott sie schmerzte, fühlte er sich unwohl. Was für Errungenschaft, Teenagern ihre harmlosen Götzen zu zerschlagen. Bei seinen Bemühungen, nicht wie ein alter Grantler zu erscheinen und das theoretische Fundament seiner Kritik zu bezeugen, war er gescheitert. Vielleicht konnte er dieses nur deshalb nicht vermitteln, weil es ihm selbst nicht mehr geläufig war, weil er Jahre, vielleicht sogar Jahrzehnte nicht mehr darüber nachgedacht hatte und er nur das Sediment vergangener Reflexionen aufwühlte. Vielleicht verhielt sich sein Verhältnis zu seinen geistigen Vorbildern, Klara Sonnenschein inklusive, wie das von Biggy zu *Fettkraut*. Und womöglich war er nur ein alter Grantler!

Atmosphäre und Interieur im *Syndicat Zero*, dem Veranstaltungsort, restaurierten seinen Selbstwert. Dabei war er nicht darauf aus, seine Urteile glatt bestätigt zu bekommen. Nach den ersten Schlucken Bier schrie er Biggy, da die Musik sehr laut war, ins Ohr, die Wandbemalung und die Bierkistentische samt zerschlissenen Sofas sähen aus, als wären das die Abschlussarbeiten der Universität für angewandte Kunst. Wider Erwarten nickte Biggy und bedeutete ihm, näher zu kommen.

»Scharf beobachtet. Es kommen fast nur mehr Studis von der Kunstuni und von der Angewandten. Früher, als ich das erste Mal hier war, war das noch anders. Da war alles echt abg'fuckt, und echte Punks waren hier. Aber die haben s' rausgeekelt. Vor allem durch die hohen Getränkepreise.«

Ernst Katz fühlte sich wieder in kritischem Einklang mit Biggy, bis Rimbaud de Vilbis und *Fettkraut* die Bühne betraten. Biggy wandte sich von Ernst ab, um sich ihre Begeisterung nicht vermiesen zu lassen.

»Hallo Wien, ächt tuffig, wieder hier zu sein. Ich mag euch Wiener Schnitzel ächt gärne …«

Lachsalven, Pfeifen und Johlen. Dort stand er also, sein Konkurrent um Biggys Hirn. Die Brille mit der dicken Fassung gab ihm einen Hauch von Geistigkeit, abrasierte linke Schläfe und hochgesprayter Seitenscheitel verliehen ihm die nötige Exzentrizität, natürlich trug er die Uniform aller Underground-Streifenhörnchen, den Adidas-Overall. Ernst Katz glaubte, solche Typen bereits in tausendfacher Ausfertigung gesehen zu haben.

»Was ich an eurer Stadt überhaupt nicht mag«, bei diesen Worten zupfte er monoton an der Bassseite seiner Gitarre, »ist euer Obernazi, wie heißt er noch mal?«

»Strache« rief ihm das Publikum willfährig zu.

»Richtig, Strache heißt das Arschloch. Und ich will, dass ihr mir jetzt nachsprecht: Tötet Strache! Tötet Strache!«

Der Drummer schlug den Takt dazu, und der Bassist bekräftigte ihn. Erst zögerlich, dann gepackt vom Furor, schrien die versammelten Kunststudenten mit. Rimbaud de Vilbis, mit bürgerlichem Namen Kai Dirkmann, schlug die Hände über dem Kopf zusammen. Ernst Katz lehnte an der Wand und wurde von Ekelschüben durchzuckt. Man bräuchte nur den Namen auszutauschen …

Innerlich flehte er darum, dass kein FPÖ-Sympathisant anwesend sei. Ausnahmsweise würden die faschistischen Vertauscher von Opfern und Tätern recht haben und davon auch nicht mehr runtersteigen. Biggy verstand nicht, warum er den Chor weder cool noch witzig fand, sondern sein Gesicht sich wieder einmal zu dieser wütenden Maske verzerrte.

»Und weil wir gleich bei Scheiße sind, ich kannte mal n' Mädel, das hieß Dörte, und ich fand sie irgendwann mal ächt scheiße. Und egal, wie eure Lebensabschnittspartner heißen, Rudi, Annamirl oder Korl, irgendwann kommt der Moment, wo auch ihr sie scheiße findet, und dann solltet ihr nicht hinterm Berg halten mit eurer Meinung, denn das macht Pickel im Gesicht und kalte Füße. Und dann wird's Zeit, adieu zu sagen. Und wenn die's nicht verstehen, dann sagt ihr wie ich …«

Zu den perkussiven Riffs seiner Gitarre schrie De Vilbis ins Mikro: »Ich find dich scheiße, Dörte.« Die Band legte los, und die Studenten drehten durch. Ernst Katz stand da und lächelte still in sich hinein. Biggy betrachtete ihn, dann verschwand sie in der Menge. Ernst Katz sah sich inmitten eines höchst unheimlichen Rituals. Junge Menschen gruben die halb verwesten Leichen alter Tabus aus, um sich durch Eintreten darauf ein bisschen anarchisch zu fühlen. Und erstmals spürte er, denn gewusst hatte er es schon lange, wie arm diese Jugend dran war. Es gab keine verbindlichen Werte mehr, die man bepinkeln konnte. Zur Not schuf man neue, synthetische, damit das Spiel Ordnung und Revolte als Imagination weitergespielt werden konnte. Deshalb also Phänomene wie neue Heimat, Mut zu Familie und Monogamie, neue Schamhaftigkeit und Islamismus. Ernst Katz wurde einiges klar. Das Konzert indes verlor zunehmend seine jugendliche Energie, sondern spiralisierte hoffnungslos in Rimbaud de Vilbis' Reflexionen, deren verstiegenen Perioden der Drummer kaum folgen konnte, ehe die Band mit *Fick dich doch ins Knie, Mudda*, einer Neukomposition, zur anfänglichen Form zurückfand und die Menge wieder mitriss.

So also, dachte Katz, bedankst du kleiner Scheißer dich für die Schmerzen, die du deiner *Mudda* bei der Geburt zugefügt hast. Angewidert näherte sich Katz der Bar und ließ sich nicht anmerken, dass er Biggy suchte. Der ging es nicht anders, und er meinte sogar Bedauern in ihren Augen zu sehen, als er sie am linken Bühnenrand erkannte. Nicht geheuer war Biggy jedoch, was Ernö so lange mit der Schankkraft zu besprechen hatte und warum er mit ihr flirtete. Das Gespräch war folgendermaßen zustande gekommen: Ernst Katz hatte das Mädchen hinter der Bar gefragt: »Bist du wirklich heroinsüchtig oder machst du dich mit dem Look nur über drogenabhängige Menschen lustig?«

Herzlich lachend und mit dem denkbar breitesten Tiroler Akzent erwiderte sie:

»Na, das is' a Mischung aus Gothic und Emo. Bist du's erste Mal hier? Ich hab dich noch nie g'sehn.«

Ja, sagte Ernst Katz und freute sich über die etwas infantile Antwort. Maria war auch neu hier, relativ neu, seit zwei Monaten, seit sie aus Innsbruck zum Studieren nach Wien gekommen sei. Schon das Gymnasium in der Tiroler Hauptstadt sei *urspannend* gewesen, aber Wien! Der reinste Kulturschock. Katz versicherte ihr, dass er sich in dieser Stadt genauso fremd fühle wie sie, und wunderte sich über ihre Zutraulichkeit. Ob sie denn Kunst studiere, fragte er sie. »Wow«, rief sie, die wartenden Studienkollegen an der Bar nicht beachtend, »woher weißt denn das?«

Katz beschloss, aufs Ganze zu gehen. Er fragte sie, ob sie ihn einmal auf einen Kaffee treffen wolle. Sie strahlte, nickte und schrieb ihm ihre Telefonnummer auf. Er erschrak bei dem Gedanken, welchen Jägern dieses arglose Reh täglich vor die Kimme kam. Mit gemischten Gefühlen nahm er den Zettel und fragte sich, ob sie wirklich so liebenswert dumm war oder bloß den üblichen Vaterkomplex hatte. Biggy, die diese Vertraulichkeit aus der Ferne beobachtete, hatte auf einmal überhaupt keine Lust mehr, Rimbaud de Vilbis aufzureißen, wie sie das ursprünglich geplant hatte.

»Was macht dein Papa?«, fragte Ernst.

»Gar nix. Der ist vor acht Jahr beim Klettern verunglückt.«

»Ach, das tut mir leid.«

»Braucht dir nicht leidtun. Du, i muss mich jetzt um die anderen Gäst' kümmern, gell. Würd' mich aber tierisch freuen, wennst mich echt anrufst, gell. Sind echt geil, die *Fettkraut*. Nicht wahr?«

»Ultrageil. Eine Frage noch, Maria. Wie alt schätzt du mich?«

»55, wenn's hochkommt.«

Ernst Katz nahm sein Bier und kehrte der Bar den Rücken. 55? Haben die alle einen Schuss? Beim morgendlichen Blick in den Spiegel hatte er noch wie 95 ausgesehen. Vielleicht stimmte es aber, dass für Menschen um die zwanzig alle über vierzig gleich alt aussahen und es für ein Mädel mit Vaterkomplex einerlei war, ob es Brad Pitt oder Jopie Heesters erliegt. Marias Kompliment wirkte zeitversetzt, denn plötzlich fühlte sich Ernst Katz hier nicht mehr wie der sterbliche Überrest des letzten Mohikaners, sondern wie der allererste. Die Verachtung für seine Umgebung war geblieben, doch mit einer Essenz aus

Vitalität und Übermut fermentiert. Da hoben *Fettkraut* schon zu ihrem Superhit *Hier & Jetzt* an.

Hier und jetzt will ich leben
Hier und jetzt will ich dich
Hier und jetzt will ich mich verschenken
Hier und jetzt verschenken an dich
Oder an die Nächstbeste
Die mich nicht kaufen will
Hier und jetzt seht ihr alle gleich aus
Hier und jetzt so gleich wie ich
Hier und jetzt wollen wir uns schälen
Aus den Lügen, die uns quälen
Hier und jetzt übernehmen wir das Kommando
Schreien wir …

In der Tat übernahm der Leadsänger mit erhobenen Zeigefingern das Kommando, und das Publikum skandierte: »Fick dich, quando, quando, quando.«

»Ich hab euch nicht gehört. Kinder? Was für Prinzip wollen wir ficken?«

»Quando, quando, quando«, brüllte die Menge, und Ernst Katz brüllte und schüttelte sich vor Lachen, während Rimbaud de Vilbis sein Crescendo krächzte:

Auch der Barpianist schreit hier und jetzt
Das Wohlfühlpiano wird in Brand gesetzt
Die Romantikkerzen ausgepustet
Den Muschelschlürfern eins gehustet

Rimbaud de Vilbis wechselte in Flüsterpose über und stöhnte gierig à la Jim Morrison:

Hier und jetzt
Hier und jetzt
Hier und jetzt

Dann kreischte er, und der Beat der Drums beschleunigte zum Finale den Refrain. Das Lokal begann zu toben.

One, two, three, four
Hier und jetzt will ich leben
Hier und jetzt will ich dich
Hier und jetzt will ich mich verschenken
Hier und jetzt verschenken an dich …

Katz beobachtete die jungen Leute, die mit erhobenen Armen schrien und sprangen, während Biggy nur unrhythmisch auf einem Bein hin und her, vor und zurück wippte. Er wusste, dass sie sich beobachtet fühlte, und genoss es, wie seine negative Aura sie hemmte. Katz riss die Arme hoch und brüllte mit, schließlich begann er sogar zu hüpfen, höher als alle anderen im Saal. Biggy schüttelte den Kopf und zeigte ihm die Zunge, er zwinkerte ihr zu. Für einen Augenblick war sie nicht sicher, ob es ihm vielleicht doch gefiel, aber bald sah sie, dass diese Verstellung seine Art war, Verachtung zu zeigen.

»Ich gehe.«

»Wieso? Jetzt fängt es erst richtig an, Spaß zu machen.«

»Das freut mich. Mir hast du ihn verdorben.«

Er zog sich hastig den Mantel an und folgte ihr auf die Straße.

»Nimm es nicht so schwer, Biggy. Götzen sind dazu da, zerschmettert zu werden.«

Sie drehte sich um und fauchte ihn an: »Ich wollte ihn aufreißen heute. Ich hab beim letzten Konzert schon mit ihm geplaudert. Heut' hat er mir eine SMS geschickt, ob ich eh komm'.«

»Was? Mit diesem Langweiler? Der ist doch viel zu alt für dich. Und total unbeschnitten.«

»Du bist ein langweiliges Arschloch.«

Auf der Straße rannte Biggy beinahe und begann zu heulen. Katz holte sie schwer atmend ein und nahm sie in die Arme. Sie drückte ihr Gesicht in den Filz seines Mantels.

»41 ist der sicher.«

»Blödsinn. 34.«

Biggy lachte plötzlich, und Ernst fühlte sich glücklich wie der unreife Onkel, den die Kinder besonders mögen. Lange suchte sie nach Worten.

»Kann sein, dass du recht hast«, sagte sie schließlich, »aber was fang ich damit an, mit deinem Rechthaben? Weißt du, wie verdammt einsam ich in der Schule war? Ich hätt' genauso eine Tussi werden können wie der Rest, oder eine Arschkriecherin. Bands wie *Fettkraut* waren eine Gelegenheit, dass sich die nicht ganz so Depperten treffen, sonst bist total aufgeschmissen in dem Sumpf. Und jetzt kommst du daher und erzählst mir mit deinen ganzen Theorien, die ich nicht überprüfen kann, dass *Fettkraut* genauso ein Scheiß sind wie Britney Spears.«

»Nicht wie Britney Spears. Hut ab vor ehrlicher Scheiße. Nein, so wie Thomas Bernhard.«

»Egal, auch wenn du mich auslachst, irgendwas brauchen Gleichaltrige, an dem sie sich festhalten können …« Biggy stockte, die Pause wurde mit Schluchzen gefüllt. »… wenn s' nicht im Blödsinn versinken wollen.«

Nun war für Ernst der Augenblick gekommen, seine Provokationen wiedergutzumachen. Einer der Gründe, sagte er, warum er sich mit Händen und Füßen gegen die endgültige Vergreisung sträube, sei die Angst vorm Altersheim. Vor ein paar Jahren hätte man mit dem Verprügeln alter Nazis noch Lebenssinn in seine letzten Tagen bringen können. Doch heute, da nur noch ehemalige Teenager im Altersheim verendeten, müsse es jenes Abbild der Hölle sein, zu dem das Leben in der verwalteten Welt geworden sei. Dort würden alte Hippies noch immer ihre LSD-Poesie lallen und von Pflegerinnen mit den Worten sediert, sie sollten endlich Ruhe geben, weil die Sexualität längst befreit sei, und die Punks würden ihre Doc Martens nach ihnen werfen, und die vergreiste Generation X würde sehnlichst warten, bis die Hippies und mit ihnen die Erinnerung an Jim Morrison stürbe, damit ihr Kurt Cobain das erste und das letzte Idol sei, und noch ganz rüstige Technofreaks würden all den alten Knackern nur die kalte Schulter zeigen und bei ihren Heimabenden Über-75-Jährigen durch kräftige Zivildiener den Zutritt verweigern lassen, bis die ersten Ischiasfälle von *Fettkraut*-Fans auftauchten mit ihrer Parole »Alles Kacke, Mann! *Fettkraut* sind die Größten«.

Biggy konnte sich vor Lachen nicht mehr halten, weil sie sich das, einer ihrer liebsten Gründe zu lachen, bildlich vorstellte. In Katz' Ohren klang es aber wie ein Vorwurf, denn seien seine Beschreibungen nicht komisch genug, müsse man sie erst in Bilder konvertieren?

»Eigentlich tun mir die Jungen von heute leid. Sie sind sogar in ihrem Konsum verwaist. Es hat einen Fünfziger-Jahre-Stil gegeben, einen Sixties-, Seventies-, ja sogar einen Eighties-Stil. Aber seit zwanzig Jahren bleibt die Platte hängen.«

Schalte man den Fernseher ein, noch immer dieselben Videos wie zwanzig Jahre zuvor: die sich selbst pornografisierenden Sängerinnen, die lächerlichen Hiphop-Prolos, allerlei Retro und die bemühten Indieschlurfs; gehe man heute in ein Lokal, glaubt man noch immer dieselben Nerds wie vor zwanzig Jahren herumsitzen zu sehen, mit ihren an die britischen sechziger Jahre angelehnten Slackerfrisuren. Wie traurig, nichts mehr zu haben, an dem sich eine Gegenidentität festmachen könne. Kein Wunder, dass der einzige verbliebene Akt der Selbstermächtigung der Griff zum Gewehr und das Massaker sei. Wäre er heute jung, versicherte Ernst Katz, würde er sich auf der Stelle erschießen.

»Jetzt weißt, wie's uns geht. *Fettkraut* sind und bleiben genial. Da lass ich mir nicht drauf rumphilosophieren.«

»Wer philosophiert da herum? Dein Van Helsing oder wie er heißt. Ich kann Karneval von Ernst trennen. Wenn Pop, dann richtig. So richtig kraftvolle walisische Scheiße.«

»Was ist walisische Scheiße, bitte sehr?«

»Ich weiß nicht. Sammy Fox? Is' keine Waliserin. Und Kim Wilde auch nicht. Aber Bonnie Tyler ist eine. Und Tom Jones. Und Shakin' Stevens auch. So was gefällt mir.«

»Geh. Obwohl Tom Jones seine Version von *Sexbomb* um Häuser besser war als die von Prince.«

Um Worten Taten folgen zu lassen, forderte Ernst Biggy auf, mit ihr auf der Stelle eine Karaoke-Bar aufzusuchen.

»Du brauchst mir nix beweisen, Ernö.«

In einer Karaoke-Bar nahe der Ringstraße erkannte Biggy den alten Grantler nicht wieder. Dabei ahnte sie nicht, dass er eine Show abzog, die nur er verstehen konnte. Ernsts Taktik bestand darin, seiner Kritik an Pop und Jugendkultur größere Autorität zu verleihen, indem er sie nicht aus der Position eines ängstlichen Hochkulturspießers äußerte, sondern als jemand, der mit ihren Codes jederzeit jonglieren konnte wie ein versierter Zigeunermusiker. Nur auf diese Weise glaubte er, Biggy überzeugen zu können. Als jemand, der keine Angst vor der Höhle des Löwen hatte.

Biggy traute ihren Augen nicht, als sich Ernst für einen Song anmeldete, und dann – gar nicht schlecht und nicht falscher als die anderen Narren – *What's New Pussycat* vortrug. Bald war Katz von einer weiblichen Polterabendgesellschaft in Dirndln und Pandamasken umgeben. Wie ein Kavalier beugte er sich zu Biggy herab und fragte, ob sie ihm die Ehre geben würde, gemeinsam *It's A Rocking Good Way* von Bonnie Tyler und Shakin'

Stevens zu singen. Biggy lehnte brüsk ab. Darauf holte er sich eine blondierte Landfrau aus der Polterabendgesellschaft und sang dieses Duett mit ihr. Neben seiner Partnerin wirkte er wegen des besseren Englisch und des besseren Swing sogar professionell.

Biggy sehnte sich nach *Fettkraut* und Rimbaud de Vilbis. Mit verschränkten Händen saß sie an ihrem Tisch, wehrte alle Annäherungsversuche ab und musste mitansehen, wie Ernst mit drei Polterweibern gleichzeitig in engen körperlichen Kontakt trat. Dann wurde es ihr zu viel. Sie ging auf ihn zu und verkündete, dass es Zeit sei.

»Ach Biggy, geh ruhig z'haus. Ich bleib noch ein bisschen.«

»Wer is' denn die Kleine? Ihre Tochter?«

»Irmi, ich hab dir doch gesagt, dass du mich duzen sollst. Das ist nicht meine Tochter, sondern meine Mama.«

Die Poltermädels lachten lauthals.

Biggy hatte jetzt keine Lust, diese Verkörperung von allem, was sie hasste, zu verprügeln, sondern beugte sich vertraulich zu Ernst runter: »Catman, das ist nicht dein Ernst. Was willst du mit diesen Kuhfladen? Ich hab deine Show verstanden. Du hast gewonnen. Aber komm mit, bitte. Sonst graust mir vor dir auch noch.«

»Was sagt denn deine Mama?«

»Pscht, Irmi. Mama kann gewalttätig sein. Schau, Biggy, ich kenn mich nicht so aus. Das hab ich dir schon oft gesagt. Ich kenn die subtilen Unterschiede zwischen Kuhfladen und *Fettkraut* noch nicht.«

»Was redest du da? Hast du verstanden, Mimi, was der Ernstl sagt?«

Biggy verließ das Lokal.

Ohne sie verlor Ernst den Spaß. Mit einem Mal erschloss sich ihm der Sinn des Polterabends: ein Ritual, mit dem die Freunde eines Brautpaars diesem die Trostlosigkeit der Ehe durch die

Trostlosigkeit des wilden Lebens, das es von nun an versäumen wird, schmackhaft machen.

Ernst war dennoch zufrieden, er hatte *Fettkraut* besiegt und würde Biggy bald nachhause folgen. Doch sie ging nicht nachhause. Wohin ging sie sonst? Zu diesem Omar? Hatte sie dem nicht den Laufpass gegeben? Biggy ging zu Yılmaz, mit dem sie seit fast einem Monat eine Affäre hatte.

Libido: Das reinste und edelste der menschlichen Bedürfnisse, solange es nicht von als »echte Gefühle« getarnter Eitelkeit versaut ist.

Klara Sonnenschein, aus: *Funken & Späne*

22. Kapitel
Warum Biggy lieber mit Arabern bumst

Seit drei Tagen war Biggy fort. Die Frequenz ihres Fernbleibens hatte seit einigen Wochen zugenommen. Ernsts Versuche, es zu dulden, bereiteten ihm Schlaflosigkeit und Schmerz. Er ahnte, dass er Biggy an die Arabische Liga verloren hatte. Das Geräusch des Schlüssels im Schloss empfand er als Erlösung. Sie trat ein, wie sie immer eintrat, lautstark, energisch, als wäre nichts gewesen. Und es war auch nichts gewesen. Aus ihrer Sicht. Katz bemühte sich, gelassen zu bleiben und sich die Kränkung nicht anmerken zu lassen.

»Bier?«

»Warum nicht«, antwortete sie und warf ihre Jacke übers Sofa.

»Bleib sitzen, ich hol es.«

Im Vorbeigehen musterte sie ihn. Als sie zurückkam, sagte sie: »Irgendwas bedrückt dich doch.«

»Mich? Nein! Wieso?«

Biggy ging in Boxstellung, deutete Schläge gegen seine Schulter an, lächelte dabei.

»Mich kannst du nicht täuschen, Catman. Los, spuck es aus! Du packst es nicht, dass ich so lange weg war.«

»Du bist erwachsen, und du kannst machen, was du willst, und mit wem du willst. Ich hab kein Recht …«

»Das weiß ich selber«, unterbrach ihn Biggy, »bemüh dich nicht, den Lockeren zu spielen. Das zieht nicht bei mir.«

Er atmete schwer durch die Nase. Wie recht hatte sie doch:

Als libertinärer Onkel, als inzestuös-brüderlicher Komplize ihrer Exzesse war er in der Tat um ein, zwei Generationen zu spät dran.

»Wenn du mir etwas sagen willst, Ernst, dann sag es jetzt, weil in einer Stund bin ich wieder weg.«

»Wer ist es diesmal? Die Hamas? Die Fatah? Oder nur die Opec?«

»Aha, daher weht der Wind. Eifersüchtig is' er.«

Bei diesen Worten fuhr sie ihm ruppig durchs Haar.

»Ich bin nicht eifersüchtig. Im Gegenteil. Ich freu mich für dich. Treib es doch von mir aus mit der ganzen Welt! Ich finde das erfrischend angesichts der neuen Schamhaftigkeit der Jungen. Solange du dir von niemand wehtun lässt ...«

Ein Blick voller Spott, wie man ihn wehleidigen Kindern oder verwöhnten Hunden schenkt, war die Antwort.

»Noch einmal: Bitte nicht den lockeren Opa. So komm ich überhaupt erst auf die Idee, dass du ein Opa sein könntest.«

»Gut, dann red' ich nicht länger um den heißen Brei herum. Ich finde deine Auswahlkriterien etwas verdächtig.«

»Drück dich genauer aus.«

»Du vögelst ausnahmslos mit Arabern.«

»Woher willst du das wissen?«

Ernst Katz lachte laut.

»Pardon. Dann stellst du mir halt nur die arabische Sektion deiner Liebhaber vor, um einen alten Zionisten wie mich zu ärgern. Die anderen kenn ich also nicht. Wie du Zeit findest, auch noch Eskimos und Massai zu vernaschen ... Respekt.«

»Ernst, was du da sagst, das ist so leicht als Verletztheit zu durchschauen.«

»Hör mir einmal zu. Deine Völkerverständigung in allen Ehren. Aber dass du deine Lover nach ethnischen Kriterien auszusuchen scheinst, ist umgedrehter Rassismus und lässt deine ganze Klugheit in einem komischen Licht erscheinen.«

Biggy war es nicht gelungen, Ernst zu verunsichern. Die Zügel der Macht wechselten gerade die Besitzer, nervös wich sie seinen Blicken aus. Er sah dies und konnte ruhiger weitersprechen als zuvor.

»Weißt du, es gibt Frauen, die stehen nur auf Schwarze, und dann gibt es welche, die werden bei Knackis feucht, vorzüglich Mördern. Vor zwanzig Jahren waren griechische Fischer groß in Mode, oder irische Machos, weil die angeblich alle so einen tollen Humor haben und so schön singen können. Nichts gegen ästhetische Vorlieben, aber da schwingt mehr mit. Menschen werden nicht aufgrund ihrer Person, und sei es nur als Sexobjekt, begehrt, sondern wegen irgendwelcher erfundener Eigenschaften. Verstehst du? Dem Frankophilen reicht jede Französin, solange sie nur in seine Truffaut-Schablone passt. Beim Faible für Schwarze zum Beispiel vermischt sich immer eine ganz widerliche Form von Beschützerinstinkt für die verfolgte Kreatur und Sexinstinkt für das wilde Dschungeltier, das Memsahib zähmen darf. Außerdem kann man damit dem Rassistenpapa eins auswischen und die armen Bambies wie eine Mama schützen …«

Biggy warf mit Chips nach Ernst, Tränen schossen ihr in die Augen.

»Hey, das ist meine Meinung! Du spinnst ja! Genauso hab ich die Mama analysiert! Und jetzt gibst du's als deine oberg'scheiten Ansichten aus! Wenn du wirklich glaubst, dass ich so eine Multikulti-Tussi bin, dann hast du überhaupt nix von mir kapiert. Ich hab total rationale Gründe, warum ich lieber Orientalen mag.«

Ernst Katz hob die Brauen, während er sich den Bierschaum vom Mund wischte.

»Dann entschuldige ich mich bei dir und bin neugierig auf diese rationalen Gründe.«

Biggy zündete sich eine Zigarette an und hob fachmännisch die Stimme.

»Tatsache ist, dass ich irrsinnig lang brauch, bis ich zum Orgasmus komm. Und die meisten Typen brauchen gar nicht lang, vor allem wenn sie's mit mir zu tun haben. Da bringen es beschnittene Männer einfach besser, weil die länger können. Meistens ... Was schaust denn so blöd?«

Ernst Katz schaute in der Tat blöd. Es war ihr gelungen, ihn verstummen zu lassen, und er verfluchte den Augenblick, in dem er dieses Thema angeschnitten hatte.

»Unfassbar«, war das Einzige, was er über die Lippen brachte.

»Was ist unfassbar, du Besserwisser?«

Ernst Katz blickte ihr in die Augen und sah plötzlich in ihnen das kalte Antlitz einer kalten Zeit. Wie konnte sie auch frei sein von den Abscheulichkeiten der Epoche?

»Jetzt wünschte ich, du wärst eine – wie nanntest du es gleich? – Multikulti-Tussi. Das jetzt ist ja noch schlimmer.«

»Ich würd' mich auf der Stelle umbringen, wenn ich so eine wär'. Lieber ein Arsch als deppert.«

»Du redest wie ein Pascha, der bei seinem Sklavenhändler Balinesinnen bestellt, weil die angeblich kleinere Muschis haben.«

»Warum sollen nur Männer das Recht haben, Menschen zu benutzen.«

Da hatte er es. Die Selbstermächtigung der postfeministischen Powerfrau war auch in Biggys Kopf angekommen. Doch eine tiefere Kränkung schwang in seiner Empörung mit.

»Wenn es dir wirklich nur um anatomische Details geht, und ich beneide dich nicht um diese erotische Verarmung, wieso kommen dann Muslime und keine Juden in Frage?«

»Also doch Eifersucht«, triumphierte Biggy, »dabei bist du ja gar nicht beschnitten.«

»Es geht nicht um mich«, brüllte er, »ich könnte dein Urgroßvater sein, du Baby! Du stehst auf Neandertaler aus ethnologisch beglaubigten Machogesellschaften, weil dir die Nerds von hier keine Herausforderung sind. Du willst wilde Pferde zureiten, weil dir das Macht gibt. Und dann fehlt dir plötzlich ein Schneidezahn.«

»Ja glaubst, ich brauch ein Pony? Jetzt sag ich dir mal was, Catman. Du bist der größte Rassist. Ich hab noch nie jemanden getroffen, der Araber so hasst wie du. He, aufwachen, Oida. Da geht's um Sex, nicht um die Golanhöhen. Du fühlst dich kastriert, und jetzt erklärst das mit der Araber-Juden-Scheiße.«

»Ich hätte große Lust, dir eine runterzuhauen, aber den Gefallen tu ich dir nicht. Hut ab davor, wie du emotionelle, geistige und sexuelle Bedürfnisse voneinander trennen kannst. Den süßen Loser für den Psychotratsch, den gescheiten Onkel fürs Gescheitreden und den Macho als Fickmaschine, der Mensch als Funktionsträger …«

»Ernö, ich hab nicht gewusst, dass du auch so für mich empfindest …«

»Halt dein Schandmaul! Wie oft soll ich dir noch sagen, dass es weder um mich noch um mein Jüdischsein geht. Du weißt, wie wurscht mir das ist. Was bildest du dir überhaupt ein? Meinst du, ich interessier mich für solche Freaks wie dich? Ich habe genug echte Frauen in meinem Leben … kennengelernt.«

»Danke, sehr lieb. Ich weiß, dass du ›gehabt‹ sagen wolltest. Du hast sie gehabt. Besessen würde auch passen.«

»Ach, ich fürchte, unsere Ehe neigt sich dem Ende zu. Es war ein netter Versuch.«

»Darf ich heute Nacht noch hierbleiben?«

»Ich dachte, du wolltest in einer Stunde weg.«

»Yılmaz hat mir eine SMS geschickt, dass er doch nicht kann. Yılmaz ist übrigens Türke.«

»Wow, was für ein mutiger Schritt in Richtung okzidentale Zivilisation.«

»Ich hab ja gesagt, dass du ein Rassist bist. Ich bin dir noch sechs Hunderter schuldig.«

»Sechs Hunderter? So, so. Das Thema hättest nicht anschneiden sollen. Weil jetzt glaub ich, dass du meine Großzügigkeit für Senilität hältst.«

»Tschuldige, hab ich vergessen. Du hättst mir deine Kreditkarte nie geben dürfen. Aber zäh find ich's schon, dass du sie mir überlässt und dich dann aufregst.«

»Du weißt, dass ich nicht geizig bin. Es geht darum, wofür du mein Geld ausgibst. Ich red' gar nicht von den Hanfplantagen, die du täglich verbrennst. Computer und Zubehör im Wert von zweitausend Euro an einen gewissen Khaled Aschrawi. Ich seh' nicht ein, wieso mein Konto für Hilfslieferungen an die Hamas missbraucht wird. Als kriegten die nicht eh genug von der Uno. Such dir für dein Terroristensponsoring doch einen anderen Sugardaddy!«

»Der Khaled is' israelischer Staatsbürger und lebt in Tel Aviv. Ich hab ihm die Hardware gekauft, damit er sie verkaufen kann und die Behörden bestechen für ein Schengen-Visum. Der Khaled ist einer meiner besten Freunde. Ich hab dir doch von ihm erzählt. Wir sind in St. Pölten in die Schul' gangen miteinander, vor zwei Jahren haben s' ihn abg'schoben.«

»Wegen Drogengeschichten, nehme ich an.«

Biggy nickte.

»Und wir haben nix miteinander, nur damit du's weißt, weil er ist schwul.«

»Dann ist er in Tel Aviv doch tausendmal besser aufgehoben als in Ramallah oder St. Pölten.«

»Wir müssen ihn unbedingt zurückholen. Du musst mir helfen, Ernö. Wir müssen eine Petition starten, wie sehr er verfolgt ist dort unten.«

»Es reicht, Biggy. Mir ist das Ganze peinlich. Es ist was gerissen zwischen uns. Ich erwarte, dass du morgen meine Wohnung verlassen hast.«

Biggy nickte gefasst.

»Wie du willst. Eines noch. Kannst du mir noch einmal tausend Euro borgen? In zwei Wochen kann ich sie dir zurückzahlen.«

Ernst blickte sie lange und traurig an. Sie schaute zur Seite und spielte mit den Haaren.

»Ich mach dir ein Angebot. Ich schenke, hast du gehört, ich schenke dir zwei Tausender, unter der Bedingung, dass ich dich nie mehr wiederseh'.«

Biggy presste die Lippen zusammen und bemühte sich, Ernst keinen Triumph zu lassen. Sie reichte ihm die Hand.

»Abgemacht.«

»Abgemacht.«

Dann stand sie auf und ging ins Schlafzimmer. Ernst saß noch eine Weile da. Schließlich stand auch er auf und schlich zur Tür von Biggys Zimmer. Doch es war kein Schluchzen zu hören. Biggy wusste wahrscheinlich, dass er lauschen würde. Er legte Alban Bergs Streichquartett Nummer 7 in den CD-Player und schaltete auf laut. Dann schlich er erneut zu Biggys Tür und verfluchte das Gedudel hinter sich. Doch nach einer Weile hörte er es: stoßartiges Heulen, ein Heulen gleich einem Sommergewitter, wie es nur alle paar Jahre übers Land wütet. Zufrieden legte er sich auf die Couch.

Geistige Kriegsdienstverweigerung. Mit einem gebrochenen Charakter gibt heute bald wer an. Man sollte schon ausweisen können, wie er gebrochen ward. Schließlich hätte man ihn ja auch selbst brechen können, um sich vor dem gesellschaftlichen Kampf zu drücken.

Klara Sonnenschein an Ernst Katz, Dezember 1964

23. Kapitel
Katz schaut *Simpsons*

Er ließ sich nichts anmerken. Doch sein Körper verriet ihn. Gastritis, Schlaflosigkeit und ein grauweißes Gestrüpp, das sich über sein Gesicht zog. Ernst Katz hatte immer auf die Gesundheit seiner Zähne geachtet. Hier und da eine Plombe, doch während viele jüngere Menschen mit einer Zahnprothese herumliefen, hätte er der Welt sein tadelloses Gebiss präsentieren können. Aber die Welt sah ihn nicht oft lächeln – und Reklame für sich selbst verwarf er aus Prinzip. Mit zunehmendem Alter und zunehmender Infantilität erweiterte er sein Repertoire der Kritischen Theorie durch archaischen Aristokratenstolz. Er stamme aus einer Zeit, verkündete er, in der es als höchster Wert galt, nicht käuflich zu sein, und er müsse in einer Zeit leben, in der es als höchster Wert gelte, sich gut zu verkaufen. Biggy hatte ihm dann auf ihre neunmalkluge Weise verraten, von den Helden der Vergangenheit wisse man nur, weil sie sich geschickt als unverkäuflich zu verkaufen wussten.

Mit Katz' gesunden Zähnen war es seit Biggys Auszug vorbei, die Natur holte sich aus seinem Mund, was er ihr vorenthalten hatte. Beim Biss in ein Kornweckerl war ihm eine Zahnwand weggebrochen, und seit Tagen wackelte ein Backenzahn. Im Stiegenhaus verlor er diesen schließlich, in dem Moment, als ihn die hochgewachsene Hundebesitzerin ansprach.

»Herr Katz, es tut mir so leid. Das mit der Kleinen. Ich seh Ihnen an, wie sehr es an Ihrer Substanz zehrt. Ich hatte vor Jahren einen zehn Jahre jüngeren Lover. Als er mich sitzenlassen hat, hab ich mir gedacht: Hergild, das Ende. Das ist das Problem mit jüngeren Partnern, kurzer Spaß und langes Leid ...«

Während Frau Hergild – sie trug enge braune Cordjeans und rostfarbene Stiefel und gefiel Ernst Katz auf einmal ganz gut –, während Frau Hergild ihn also weiter einfühlsam zu knacken versuchte, blickte er sie mit leeren Augen an und lockerte mit Zeigefinger und Daumen den Zahn. Als die Dogge ihr muskulöses Hinterteil gegen seine Beine presste, verspürte er Spuren kreatürlicher Wollust in seinem Körper. Schließlich löste sich der Zahn. Der sanft brennende Schmerz und der salzige Eisengeschmack warmen Blutes aus seiner Kindheit waren wieder da. Stolz präsentierte er den Zahn mit der blutigen Wurzel der immer noch redenden Nachbarin und grinste dabei, während sich ein dünner Film frischen Blutes auf die Schneidezähne legte. Frau Hergilds Gelassenheit überraschte Katz: »Nein danke, ich hab noch alle meine Zähne. Falls ich aber einmal einen verlieren sollte, werde ich mich vertrauensvoll an Sie wenden. Entschuldigen Sie, dass ich mich eingemischt habe. Ajax, komm, der Herr will nix mit uns zu tun haben.«

Dabei traf das diesmal gar nicht zu. Grußlos wandten sich Nachbarin und Hund ihrer Wohnungstür zu. Katz konnte nicht anders, als ihren üppigen Hintern zu betrachten, eilte dann aber rasch einen Stock höher. Seine Hosenbeine hatten noch etwas Hundewärme gespeichert. Er warf sich aufs Sofa und begann zu onanieren. Dabei stellte er sich eine Ménage-à-trois mit Frau Hergild und Ajax vor.

Dann betrat Katz das Schlafzimmer. Das Leintuch war in der Mitte zu starken Falten plissiert, der Polster auf der rechten Seite plattgedrückt. Wie in Gips gegossen lag Biggys letzte Nacht in seiner Wohnung vor ihm. Aus einer Sentimentalität wollte er den Aschenbecher nicht leeren, doch der kalte Gestank tat dem Andenken an Biggys Präsenz keinen guten Dienst. Beim Entleeren entdeckte Katz den Stummel eines halb abgerauchten Joints. Er zündete ihn an und setzte sich vor den Computer, um dort Spuren von ihr zu finden.

Katz wusste genau, was in ihm vorging. Und trotzdem fand er kein Mittel dagegen: Der Verlassene siebt nur schöne Erinnerungen aus der Vergangenheit, welche die Gründe des Zerwürfnisses tilgen. Es wird schmerzen, sagte er sich, aber töte Biggy in dir. Zwinge dich, all das zurückzurufen, was dir missfiel. Schau dir ihre grässlichen Lieblingssendungen an. Das wird dir helfen, sie abzutreiben. Gedacht, getan – Ernst Katz klickte auf den File *Simpsons*, diese pseudosubversive Serie mit den gelben Männchen. Pop pur. Kinderkram, der seine Konsumenten durch den Anstrich falscher Geistigkeit in verführbarer Unreife belässt. Er klickte eine beliebige Serie an und zog am Joint.

Mr. Burns, der Kraftwerksbesitzer, die einzige Figur, der Katz bei den gemeinsamen Fernsehabenden etwas hatte abgewinnen können, besucht Lisas Klasse und wird von Lisa mit ihrer Kritik an der Nuklearenergie belästigt. Ernst Katz gähnte, als säße Biggy noch neben ihm. Dann hörte er etwas Unglaubliches. Mr. Burns sagte: »Ho, wir sollen Mutter Natur einen Gefallen tun? Daran hätte sie lieber denken sollen, als sie uns mit Dürren, Überschwemmungen und Giftaffen heimgesucht hat. Die Natur hat mit dem Kampf ums Überleben angefangen, und jetzt will sie sich verdrücken, weil sie verliert. Da kann ich nur sagen, sie hat es nicht anders verdient.«

Beim Versuch, diese Sentenz zu wiederholen, scrollte Ernst zu weit zurück und musste sich die gesamte Szene von vorne anschauen. Bei der zweiten Wiederholung war er geschickter. Es war wohl einer der besten Aphorismen, die ihm je untergekommen waren. Am meisten entzückte ihn, wie sich in die Brillanz der Aussage eine humorige Fleißaufgabe wie der *Giftaffe* einnistete, ohne jene dadurch zu stören. Humor am Gängelband des Witzes und nicht umgekehrt – so soll es sein. Bodenlose Phantasie und geerdeter Gedankenwitz in gemeinsamem Kampf vereint. Ein feuriger Essay gewitterte durch sein Hirn, ehe er sich zur Feier dieses Triumphes eine Bierdose öffnete. Er sah sich die Folge bis zum Schluss an und ehrte sie durch Staunen und Lachen. In einer anderen Folge, in der sich Prominente entschließen, einen Wald vor seiner Rodung zu schützen, steigt ein Wissenschaftler in ein von ihm gebautes Gefährt, »ein Gokart, das einzig von meinem eigenen Sinn für Selbstzufriedenheit angetrieben wird«. Ernst Katz jaulte vor Vergnügen. Zwanzig Folgen und vier Dosen Bier schaffte er in dieser einen Nacht, und da er das Fenster geöffnet hatte, hörte man ihn im ganzen Hof. Sein einsames Lachen musste allen, die noch wach waren oder vielleicht dadurch geweckt wurden, unheimlich vorkommen.

Mit dem »Recht des Stärkeren« werden wir schon fertig. Mehr fürchten müssen wir das »Recht des Schwächeren in der stärkeren Position«.

Klara Sonnenschein an Ernst Katz, April 1965

24. Kapitel
Was macht *The Symbol* in Wien?

Ernst Katz verließ grundlos die Wohnung. Es war so kalt, dass die Zeiger der öffentlichen Uhren festfroren. Jeder Wiener, jede Wienerin mit einigermaßen intaktem Temperaturempfinden versuchte es zu vermeiden, ins Freie zu gehen. Katz schien die Kälte nichts auszumachen. Er spazierte den Ring entlang, schlenderte durch den Stadtpark, sah vor dem Konzerthaus die Eisläufer ihre Bahnen ziehen, wanderte weiter, legte eine Pause im Café Schwarzenberg ein und landete in der Mariahilfer Straße, wo gerade der Winterschlussverkauf wütete.

Dort betrat er einen Sexshop, wohl den größten des Landes. Katz wusste nicht, was ihn dorthin getrieben hatte. Keine Altersgeilheit, keine Prüfung abgestorbener Empfindungen, kein geheimer Wunsch, aufgeschlossene Mittvierzigerinnen kennenzulernen, die sofort die erworbenen Spielzeuge an ihm probieren wollten. Vielleicht machte es ihm bloß Spaß, dass man ihn für einen Lustgreis halten könnte. Doch niemand hielt ihn für irgendetwas.

Vermutlich war es soziologisches Interesse. Die Zeiten hatten sich geändert, und das zu ihren Gunsten. Nichts Schlüpfriges haftete diesem Ort mehr an, nur kühle Geschäftigkeit. Vor allem Frauen sondierten das Angebot. Frauen aller Altersstufen, selten in männlicher Begleitung, bewegten sich wie selbstverständlich durch diesen Supermarkt. Und Katz erkannte, dass seine Aufgeschlossenheit auf dem Stand der frühen Siebziger stehengeblieben war und gerade erst das Stadium des gehobenen Herrenwitzes überwunden hatte. Am ehesten konnte er sich noch mit den zwei Halbstarken identifizieren, die sich hierher getraut hatten und ihrer Unsicherheit mit verlegenem Grinsen Herr wurden.

»Die Strap-ons hätten wir ab drei Stück im Sonderangebot, gnädige Frau.«

Mit solchen Sätzen, dachte Katz, brächten Kabarettisten das Publikum zum Lachen, weil Sex immer lustig ist, die Bildungsbürger hingegen, weil wieder einmal so wunderbar die Entzauberung des Sexus auf den Punkt gebracht worden wäre. Na und? Warum soll gerade der nicht entzaubert werden? Willkommen im 21. Jahrhundert, ihr Pfeifen!

Ernst Katz schätzte das geschäftige Treiben hier. Es bestätigte ihm die Gültigkeit seiner Vermutung. Nichts ist heute so spießig wie Sexiness, die allgemeine Pornografisierung macht Asexualität zur neuen Subversion – erstmals war Ernst Katz einer Mode voraus. Er lachte über diesen Einfall, als ihn eine Stimme von hinten ansprach.

»Hallo.«

Katz wandte sich um, eine sehr kleine, sehr junge Frau lächelte ihn an. Sie kam ihm bekannt vor.

»Ich bin die Beate, die Freundin von der Biggy, wir haben uns vor einem halben Jahr …«

»The Symbol.«

»Sogar das haben Sie sich gemerkt. Und ich weiß nicht mehr, wie Sie heißen.«

»Ernst heiße ich. Und soweit ich mich entsinne, sind wir per du.«

»Okay.«

»Beate, magst du mit mir einen Kaffee trinken gehen?«

»Gerne, aber wieso redest du so laut? Ich bin nicht taub.«

Ja, warum redete er bloß so laut? Wahrscheinlich wollte er im Sexshop durch seine Bekanntschaft mit einer vermutlich Minderjährigen auffallen. So etwas amüsierte ihn. Und es stimmte ihn traurig, dass nicht einmal das als anstößig empfunden wurde.

Katz konnte es nicht erwarten, Neues über Biggy zu erfahren. Das war der einzige Grund, warum er mit dem *Symbol* ins Café ging. Die Biggy habe sie schon lange nicht mehr gesehen, sagte sie. Was lange bedeute? Zwei Wochen. Ob sie wisse, dass Biggy bei ihm gewohnt habe? Oh, sie wisse mehr, als er sich vorstellen könne. Wie es ihr gehe? Gut. Sie wohne jetzt bei einem Freund, Abdul heiße er. Moment, heißt er nicht Yılmaz? Dem Yılmaz habe sie den Laufpass gegeben.

»Du und die Biggy«, sagte Beate, »ihr seid ein Superteam. Habt's ihr euch zerstritten? Die Biggy hat nie darüber geredet. Sie sagt immer, was der Professor für ein leiwandes Haus ist.«

»Ihr nennt mich also Professor.«

»Nicht bös sein, so haben wir dich schon g'nannt, lange bevor d' dich zu uns g'setzt hast.«

Biggy sei eine außergewöhnliche Frau, sagte er. Die Biggy sei die Größte, konterte Beate. Er wollte Beate schon fragen, wann endlich ihr Zug nach St. Pölten fahre, da kam das Gespräch auf ein interessantes Thema.

»Das mit dem Model-Contest, das hat sich noch niemand getraut.«

»Biggy war bei einem Model-Contest?«

Beate blickte ihn erstaunt an. Ob sie ihm nie davon erzählt habe. In ihren Memoiren könne er es nachlesen. Biggy, die nichts mehr hasse als die Tussiwelt, habe sich in eine Model-Competition eingeschlichen. So à la Lower-Austria's-next-Topmodel. Ein St.-Pöltener Privat-TV-Sender habe das lange vor *Puls 4* gebracht. Katz verstand gar nichts. Ob er denn *Germany's next Topmodel* nicht kenne? Wurscht, die Biggy habe zwei Wochen mitgespielt, und das supergut, niemand habe ihr die Tussi zugetraut, und als sie sich selbst bewiesen habe, dass sie schön und tussig genug sei, um ins Finale zu kommen, habe sie vor laufender Kamera auf den Teppich geschissen, und zwar – Beate zog die Augenbrauen bedeutungsvoll hoch –, und zwar blaue Scheiße. Natürlich sei der Skandal ausgeblieben, man habe es rausgeschnitten und im TV verkündet, Biggy sei schwer erkrankt. Die Biggy aber habe man in die Psychiatrische gesteckt.

Katz staunte, er spürte einen beinahe väterlichen Stolz.

»Wenn ich den nächsten Zug erwischen will, muss ich jetzt gehen. Oder wir trinken noch einen miteinander.«

»Ein anderes Mal, Beate, aber ich hab zuhause noch schrecklich viel zu tun.«

Er zückte seine Brieftasche.

»No way, Sir«, gebot sie ihm mit erhobenem Zeigefinger, »das geht auf mich.«

»Wie du meinst, Symbol. Aber bitte nimm das Sackerl vom Sexshop vom Tisch, bevor der Ober kommt.«

Für Ernö

deinen namen
hab ich lila ausgemalt
damit er nicht meine
haut verbrenne
die welke letzte
die ich hab

teig war ich
form sucht ich
deutschchristbaum wurd ich
rundum kohlebraun
schmeck trotzdem nach kardamom
du spuckst mich aus

vögel gab es immer
mich nur heute und
im juli fünfundsechzig
und wenn der letzte atemzug
aus mir gefahren ist
werden die vögel weitersingen
so als ob nichts
so als ob ich nicht war

Klara Sonnenschein an Ernst Katz, November 1967

25. Kapitel
Aus Biggys Memoiren

Katz setzte seinen Spaziergang fort. Eine kahle Buchenkrone ästelte sich über ihm in den Himmel. Dutzende Krähen saßen darin und blickten auf ihn herab. Krähen mochte er besonders, sie lebten ebenso gleichgültig unter den Menschen wie er selbst. Einige hüpften sogar an ihn heran. Da fiel ihm ein, dass Biggy ein Konto auf seinem PC angelegt haben könnte. Zwar besaß sie einen eigenen Laptop, doch hatte er sie auch oft an seinem alten PC arbeiten sehen. Zweimal hatte sie sein Gerät entvirt und einmal ein neues Betriebssystem aufgesetzt.

Ohne den Mantel abzulegen und die Schuhe auszuziehen setzte er sich zuhause sofort an den PC und suchte den Desktop nach Ordnern ab. Einen mit Namen Biggy klickte er an, und es öffnete sich ein Fenster, das ID und Passwort verlangte. Am Passwort drohte er zu scheitern. Weder ihr Name noch der ihrer Mutter, noch der eines ihrer arabischen Liebhaber, auch nicht der ihres Jugendfreundes *Khaled* (in allen möglichen Schreibweisen) passten. Auch nicht *Beate* oder *The Symbol*. Noch *Gras* oder *Doggy Style* oder … Ernst Katz versuchte es mit Begriffen wie *Yessir* oder *Nowaysir* oder Neologismen, wie sie Biggy am laufenden Band erfand: *Tschukatschaktschukwa*, *Schawapeanzara* oder eines der vielen Phantasiegerichte, mit deren Erfindung sie sich ihre verkifften Abende verkürzt hatten: *Schimpansengulasch*, *Giraffenschmalzbrot*, *Rotkehlchenschinken* und *Stieglitzsulz*, *Schnupfenomelette* und *Schwanenkebap*. Nichts. Ein Impuls ließ ihn seinen eigenen Namen eintippen: *Katz*, *Ernst*, *Ernstkatz* und *ernstkatz*. Wie zu erwarten: *wrong passwords*. Dann aber: *Catman. Catman* passte.

Im Ordner Memoiren fand er drei Autobiografien: *Die wundersame Geschichte des Wunderkindes von Bhagwan Mahaveer*, *Lady Haunschmids unglaubliche Reise in die Zukunft* und *Das Leben der Biggy Haunschmid erzählt von ihr selbst im Präsens*. Letzteres schien ihm am interessantesten.

Dem ersten Kapitel war eine Textzeile der deutschen Band *Mutter* vorangestellt: »Ich werde dir nicht wehtun / du wirst es selber tun müssen.« Die Memoiren selbst begannen mit einem Kalauer. »Ich bin kein Wunschkind, doch ich hätte mir öfter gewünscht, ein Kind zu sein.« Der Hochmut verging Katz jedoch bald, so intensiv hämmerten Biggys kurzatmige Hochdrucksätze auf ihn ein. Nach zwei Stunden war er erschöpft und scrollte zu jener Stelle vor, die Beate empfohlen hatte – die Schilderung der Model-Castingshow.

»Was als Spaß angefangen hat, wird Ernst. Die deutschtürkische Herzeigeschwuchtel mit dem Namen Riza hasst mich, denn sie spürt, dass ich das Theater nicht ernst nehme. Heute nach dem Frühstück (Preiselbeerkompott und Müsli) nimmt sie mich zur Seite und sagt mir: Du bist gut, echt gut, aber glaub nicht, dass du uns verarschen kannst. Meinst du, mir macht es Spaß, in der Ösi-Provinz mit diesen Dilettanten zu tun zu haben. Ich hab mit Nadja Auerbach gearbeitet. Sich diesen Bauerntrampeln, nee, ich meine nicht die Mädchen, ich meine Denise und Maja, sich denen überlegen zu fühlen ist kein Kunststück. Aber du bist nicht besser als die Branche. Wenn du dich nicht unterordnen willst, haste hier nichts verloren, Mädchen.

Ich weiß nicht, wovon du sprichst, Riza, sag ich ihm, frage ihn, ob Riza auf Deutsch wirklich Milchreis hieße, und schenke ihm ein unschuldiges Lächeln. Schweigend geht er. Sie werden mich nicht gewinnen lassen.

Das Lustige ist, dass die Leute von der Castingshow alles zugeben. Und sie sind stolz darauf. Sie sind stolz darauf, dumme, aber toughe Zicken zu sein. Einübung in die Selbstaufgabe. Denise scheint uns mit jeder Geste zu sagen: Wenn ihr so eine geile Oberziege wie ich sein wollt, müsst ihr lernen, von Ziegenfutter zu leben. Die Wahrheit ist so einfach, dass man glaubt, sie könne nicht stimmen. Das ist ihr Doppelbluff.

Wann immer eines der Mädels zu flennen beginnt, hängt ihr die Linse am Gesicht. No tears, no money. Echte Emotionen wollen die Leichen vor dem Fernseher. Und die gibt's bei uns Mädels nur unter Folter. Aylin hat geheult, weil man ihr die langen Haare abschnitt, Susi, Bianca und Selma, als sie rausgeflogen sind, Carla, als man sie vors Mädelgericht gestellt hat. Urteilsspruch: Niemand mag dich.

Maja, die Sendungsleiterin, und Dirk, der Regisseur, streuen giftige Saat unter die Mädels, um das Zickige rauszukitzeln, und niemand von ihnen merkt es. Zickenterror hebt die Quote. Die meisten Mädels sind vom Land, liebe, naive Schlachtopfer, sie zeigen zu viel Solidarität, zu wenig Konkurrenzgeist. Das wirkt sympathisch, kommt auf Dauer aber nicht gut. Da hat Dirk die zündende Idee. Er lässt die Mädels über Gruppendynamik schwafeln, vor laufender Kamera. Susi sagt, Aylin sei etwas kalt zu ihr, aber auch, dass sie Aylin wunderschön finde und sehr selbstbewusst. Dirk schneidet den zweiten Satzteil weg und spielt es Aylin vor. Das macht er mit fast allen von uns. Es dauert nicht lange, da beginnt der Stammeskrieg. Aylin schimpft Susi Ausländerfeindin. Susi wehrt sich. Sie hat nicht einmal gewusst, dass Aylin Ausländerin ist. Mir kriecht Dirk in den Arsch, indem er mich so ganz unter uns zur Reifesten und Vernünftigsten erklärt, er will, dass ich meine Kolleginnen charakterisiere. No way, Sir, da musst du schon unauffälligere Fallen legen, Ziegenbart. Er macht mich an, plump und selbstgerecht. Wir wüssten doch beide, dass diese Provinzshow für den Hugo ist, und die Gewinnerinnen bestenfalls Engagements bei Kastner & Öhler kriegen. Ich, sagt er, sei viel zu selbstbewusst für diesen Bauernkalender. Deshalb halte er meine Gewinnchancen für gering. In Berlin wäre mein Typ aber absolut gefragt. Er braucht mich gar nicht fragen, was ich dafür zu tun habe, so selbstverständlich ist sein tabakgelbes Grinsen. Ich spiele mit, bekomme glasige Augen, erröte, schlage die Lider nieder und sage, dass ich jetzt zum Shooting müsse. Er wird heute träumen von mir. Und ich weiß, dass es mir innerhalb von Sekunden gelungen ist, dass er nicht mehr mich besitzen, sondern von mir besessen werden will. O my Lord, wie einfach man bei diesen Schimpansen den Strom der Macht umpolen kann.

Weinen. Ich weiß es. Ich bin die Einzige, die noch nicht geweint hat. Das wirkt etwas kalt, sagt mir Maja. Und ich weiß, dass sie der Produktionsfirma und dem Publikum meine Tränen schuldig ist. Sie werden meine angebliche Kälte inszenieren. Denise geht nervös auf und ab und versucht, während ihr die Stylistin mit dem Haarspray nachsprüht, die Namen der Mädels vom Blatt zu lernen. Nach zwei Wochen weiß sie die noch immer nicht. Wir sind ihr scheißegal, und ich mag diese Ehrlichkeit. Sie ist sehr professionell. Sie kann menschliche Anteilnahme spielen. Und wenn sie am Wochenende genervt zu ihrem Landesliga-Kicker oder Anlageberater nach Wien fährt, wird sie sich wahrscheinlich in einen echten Menschen zurückverwandeln. Die Hühnchen, die hier herangezüchtet werden und die nicht wissen, wie ihnen geschieht, werden irgendwo dazwischen stecken bleiben, halb Plastik, halb Fleisch. Sie kennen nichts mehr außer dem Zirkus. Deshalb wissen sie nicht, dass er einer ist.

Klappe. Supervision. Das wöchentliche Demütigungsritual. Teenagerseelen quälen, damit die gequälten Erwachsenenseelen vor der Glotze vor Mitleid und Sadismus wichsen können. Heute, weiß ich, bin ich dran. Zu lange bin ich geschont worden. Sie haben irgendwie Schiss vor mir, und das darf nicht sein. Außer Denise, der das alles an ihrem noch immer hübschen Arsch vorbeigeht und die nur die ausführende Henkerin spielt. Und wirklich, ich muss alle in mir verbliebenen Schwindlerkräfte sammeln, um Beleidigtsein hinzukriegen. Zuerst die Banane, die sie mir in den Arsch stecken wird. Denise sagt, ich hätte gute Chancen. Ich mag übrigens ihre mehlige Stimme und den schlampenhaften Tonfall, mit dem sie aus ihrer Gleichgültigkeit ein Brand machen will. Was für Unterschied zu Majas beschissenem Jaj-jaj-njäj-njäj-Tonfall.

Man bezeichne mich als den Punk in der Truppe, und das sei ein nicht uninteressantes Image. Sofort ärgert mich, dass das so offensichtlich ist. Dabei habe ich mir eingebildet, eine gute Schauspielerin zu sein. Und dann der Hammer: Denise analysiert mich. Beinhart. Es mangle mir an Natürlichkeit, und es werde sich weisen, ob Überheblichkeit ein Erfolgskonzept sei. Man merke, dass ich ziemliche Probleme mit meiner Weiblichkeit habe. Ich würde sie zu sehr übertreiben, das gerate dann zur Parodie, ebenso wenn ich versuchen würde, sexy zu sein. Das wirke bei mir dann schlampenhaft. Die Show, die ich manchmal abziehe, sei ja recht amüsant, und sie selbst, also Denise, sei am Anfang ihrer Karriere nicht anders gewesen, aber sie gibt mir den Tipp, ein Mittelmaß zu finden zwischen Natürlichkeit und Inszenierung, denn nach außen wirke ich zwar cool, aber ziemlich unrund. Gott sei Dank hat sie mich nicht enttäuscht mit der Formel, ich solle meine Unsicherheiten zulassen. Ich blicke in die Runde, dort wo vor kurzem noch Zahnspangen saßen, glänzt mir Schadenfreude entgegen. Ein bisschen schnaufen, schmatzen, hastig Atem holen, schmerzverzerrtes Gesicht, fingiertes Rotzaufziehen, ein bisschen in den echten Selbstmitleidtopf greifen, die Lider fest zusammenpressen nicht vergessen … und: Yes, Sir, Biggys Augen werden nass. Jetzt das Unterwerfungsritual: Ich weiß ja (Gelegenheit, die Tonlage zu heben), ich hatte eine harte Kindheit, mein Papa hat sich vor meinen Augen erschossen … Mit einem gar nicht unechten Heulkrampf gebe ich Denise Gelegenheit einzugreifen. Sie stürzt sich auf mich und nimmt mich in die Arme, wahrscheinlich weniger, um mich zu trösten, als um meine ungustiösen Storys zu ersticken. Ein großer Moment in der Geschichte des St. Pöltener Fernsehens. Wir umarmen einander, und ich schluchze. Ist ja gut, Kleines, sagt sie, muss sie sagen, denn ich war brav und habe mich klein gemacht. Deshalb darf ich weiter mitspielen. Ich mag sie. Sie und ich, wir sind wahrscheinlich die Einzigen, die wissen, dass das alles Lüge ist. Ich spüre ihre warmen Brüste auf mir. Irgendwann möchte ich mit Denise Baumgartner schlafen.«

Ernst Katz machte eine Pause. Er musste anerkennen, dass dieser junge Mensch etwa achtzig Prozent der Konjunktive richtig verwendete.

»Nächste Stufe im Demütigungsparcours. Aktaufnahmen. Da muss man durch. Ein Zittern, Zaudern und Krampfen geht durch den Mädchenauflauf. Herangrollender Protest. Dirk und die Kamerafrau spüren das wie erfahrene Naturfilmer. Die wissen, wann und wo die Lawine abgeht, bevor sie selbst es weiß. Kamera an. Jenny weint wieder. Nein, das könne sie nicht machen. Alles, nur das nicht. Sie hat die richtige Einstellung. Denn sie würde wirklich alles machen. Nur das nicht. Erwartungsgemäß argumentiert Aylin ohne Tränen, aber mit der Familie. Es gebe nur zwei Menschen, die sie je nackt sehen dürften, ihre Mutter und der Mann, der sie lieben und heiraten wird. Dirk lässt nicht locker. Aber der Stringtangabikini, in dem sie sich am Dienstag fotografieren ließ, wäre auch nur ein bisschen mehr als nichts gewesen. Nein, antwortet Aylin gar nicht ungeschickt, dieses bisschen Stoff habe große Bedeutung. Und dann wird es öd. Wo kämen wir denn hin, sagt sie. Stell dir vor, der Opa oder Onkel Murad sähen sie so. Ja, was wäre dann? Opa und Onkel Murad würden dich verstoßen und simultan dazu wichsen, was sonst? Als Gerti, die Kamerafrau, mir die Kamera mit dem Mikrodildo vors Gesicht hält, bin ich ganz brav. Ich weiß, sie erwarten eine freche Biggy-Meldung, doch, no way, Sir, ich sage, dass es nicht angenehm ist, aber solange es kein Dreckszeug ist, so Porno und so, und man nicht alles sehe, könne man ja auch stolz sein und einmal seinen Enkerln sagen, schau, so fesch war deine Omi mal. Ich lüge natürlich, denn die Aktfotos sind das Einzige, worauf ich mich freue. Kamera aus. Tolles Statement, Biggy. Was machst du heute Abend? Magst mit mir ins Cinema Paradiso gehen? Tut mir leid, gerade heute bin ich schon vergeben.

Ich kann es mir nicht verkneifen, die Mädels zur Rede zu stellen, denn es droht ein regelrechter Nackabatzlboykott. Sie schämen sich. Das ist mir zu nuttig, sagt Susi. Jenny weint wieder, und Sybille überrascht mit der Behauptung, sie wolle sich nicht zum Objekt machen lassen. Aylin ergänzt das mit dem Wort Wichsvorlage. Ich frage in die Runde, warum sie sich gerade deshalb schämten und nicht wegen allem anderen, was sie mit sich machen lassen. Und Objekte seien sie sowieso, mit oder ohne Tittenentblößung. Da bremse ich mich gleich wieder ein, sonst verpfeifen sie mich noch. Sie sind aus allen Wolken. So etwas haben sie noch nie gehört. Sybille, die mit dem Begriff Objekt auf sich aufmerksam gemacht hat, nennt mich eine Exhibitionistin, die süße kleine Jenny belehrt mich, dass ich akzeptieren solle, dass es Menschen gibt, die ihr Schamgefühl noch nicht weggekifft haben. Und die intelligenteste Meldung kommt von Aylin: Ach, du immer!

Beinahe hätte ich meine Deckung aufgegeben. Aber diese kleinen Aufziehhuren glauben noch immer, sich selbst zu besitzen. Keine von ihnen ahnt, dass sie sich nicht wegen ihrer Nacktheit, sondern wegen sich selbst schämen müssten. Wenn ich meinen Körper herzeige, besitze ich noch am meisten Macht, zum Beispiel kann ich unseren Regisseur Dirk verrückt machen, der noch immer glaubt, er kann mich mit dem Modelkarrierenschmäh ins Bett kriegen.

Als Jessica gestern rausgeflogen ist und sie nicht mehr zum Heulen aufhörte, ein stoßartiges Heulen mit hohen Pfeiffrequenzen, wie ich es noch nie bei einem menschlichen Wesen gehört hab, hab ich ihr unter vier Augen verraten, was ihr erspart bleibt. Alle Finalistinnen müssten einen Vertrag unterschreiben, dass sie die Hälfte aller Einnahmen aus zukünftigen Modeljobs der Produktionsfirma Beauty Unlimited abliefern, im zweiten Jahr reduziere sich der Anteil auf vierzig Prozent, im dritten auf dreißig und so weiter. Dabei ist Sklavenarbeit offiziell abgeschafft. Keine Modelagentur würde solche Anteile kassieren. Hinzu kommt, dass man zusätzlich eine Agentur brauchen wird, die natürlich auch an den Einkünften mitschneidet. Jessica versteht nicht, sie schreit mich beinahe an: Na und, wir müssen der Firma dankbar sein, dass sie uns diese Chance überhaupt gegeben hat.

Dirk jammert in den Zigarettenpausen über seine miserable Ehe und die Kinder. Glaubt er im Ernst, es funktioniert mit Mitleid?

D-Day. Der Tag der Rache ist gekommen. Ich bin eine der fünf Finalistinnen. Und Dirk hat mir verraten, dass ich auch unter den Gewinnerinnen sein werde. Mit Ehrgeiz und Disziplin schafft man alles. Die Lebensmittelfarbe hab ich gestern und vorgestern geschluckt. Im Testlauf hat es schön blau geflutscht. Um auf Nummer sicher zu gehen, hab ich eine leichte Scheißtablette zu mir genommen und bereu es schon. Es gluckst in mir, nur mit der äußersten Anstrengung meiner Darmmuskulatur kann ich das nach außen Drängende bremsen und im wahrsten Sinne des Wortes zurücksaugen. Noch dazu bin ich fürchterlich nervös. Und als ich frage, warum wir das Finale nicht im Sendesaal aufnehmen und wo das Publikum ist, sagt mir Gerti, dass der Plan geändert wurde und man vorproduziert. Publikum wird einfach reingeschnitten. Da spüre ich einen stechenden Schmerz im Unterbauch. Ich setze mich hin, atme tief durch und konzentriere mich auf die Lichter des Schminkspiegels. Nadeshda, die Visagistin, ist eine ganz Nette. Sie hält mein Unwohlsein für Lampenfieber. Als hätten die Schweine geahnt, dass ich ihnen die Galafleischbeschau verderben könnte. Doch vielleicht nehme ich mich auch viel zu wichtig.

Es ist so weit. Denise stellt jede von uns einzeln vor, während wir wie auf dem Catwalk herumstelzen, ich ziemlich steif. Niemand weiß, was sich in meinem Mastdarm abspielt.

Dann gibt es ein zum Totgähnen lustiges Medley aus den komischsten und ergreifendsten Szenen der letzten drei Wochen, inklusive aller emotionellen Zusammenbrüche. Schließlich, die Quizshow, um der Welt zu zeigen, dass wandelnde Kleiderständer auch Köpfchen haben. Alle hoffen darauf, dass Großmaul Biggy versagt. Doch ich schwöre, dass es reiner Zufall und nichts als Zufall ist, dass ich weiß, wie die Frau von Kurt Cobain heißt, was die Hauptstadt von Kalifornien ist (nämlich nicht Los Angeles) und in welcher Stadt die Opec ihren Hauptsitz hat. Arme Aylin. Ich hätte nie im Leben gewusst, wie der erste Charts-Hit von Whitney Houston hieß und was ein Cul de Paris ist. Dann kommt das Kreuzverhör, mittels dem man unsere Spontaneität, Persönlichkeit und/oder Natürlichkeit testen will. Selbstredend ist die Hälfte unserer Antworten vorbereitet. Auf die Frage nach meinen guten Vorsätzen antworte ich: zum Rauchen anfangen, weniger Sport und tausend Kalorien mehr pro Tag. Denise verzieht das Gesicht, kann man durchgehen lassen, man wird lautes Publikumsgelächter dazuschneiden. Dirk brunzt sich an vor Lachen. Er ist schon total in mich verliebt. Dann muss ich konstruktiv werden. Ich erzähle, dass ich mir mit dem Modeln mein Philosophie- und Anglistikstudium finanzieren möchte, und dass ich für die Wiedereinführung von Studiengebühren sei, weil wenn man sich wirklich bemüht, kann jeder, wirklich jeder Model werden.

Cut, schreit Dirk. Jetzt lacht Denise. Ach, du scharfe Denise du. Schade, dass du mich bald hassen wirst. Sag mal, willst du uns verarschen, Biggy? Warum? Du weißt, dass nicht jeder Student sein Studium als Model finanzieren kann. Aylin und Jenny lachen mich heimlich aus. Denise aber springt für mich in die Bresche. Lass gut sein, Dirk. Das kann man ironisch, aber auch ernst verstehen. Wir schalten Beifall dazu, und keiner wird es als Verarsche merken. Dirk gibt nach, aber irgendwie hat er mich nicht mehr so lieb wie zuvor. Und jetzt kommt die Fleischbeschau. Ich muss bis zur Jurybewertung durchhalten, und wenn's geht, bis zur Siegerehrung. Fürchterliche Krämpfe. Die Jury besteht aus Denise, Riza, der deutschtürkischen Herzeigeschwuchtel, dem Agenten einer Wiener Modelagentur und – man glaubt es kaum – dem Pressesprecher des niederösterreichischen Landeshauptmanns, einer hageren Stirnglatze mit Hanfsteirerjacke und Schalkrawatte, holjodüljo.

Und wieder Catwalk, diesmal mit mehr Haut, Minibikini; die Augen des Pressesprechers verwandeln sich in zwei Tierärztestempel mit der Prägung ›Erwin-Pröll-geprüft‹. Ich halte es nicht mehr aus. Plan B. Es muss jetzt geschehen. Ich stelle mich breitbeinig auf den Laufsteg, lasse den Hintern wie Pudding wackeln, lasziv blicke ich über die Schulter zurück und ziehe meinen Slip runter. Was macht sie da, höre ich Dirk schreien. Es muss schnell gehen, ehe Gerti die Kamera abdreht, doch sie scheint zu perplex zu sein. Denn ich habe das Video später bekommen. Ich gehe pornomäßig in die Hocke und lass es sausen, jawoll, dabei blicke ich unschuldig mit Daumen im Mund zur Jury: Wie bestellt – eine lange marineblaue Wurst saust aus meinem Arsch, gefolgt von einem Schöpfer preußischblauem Sugo. Schreie, Heulen (das kann nur Jenny sein). Dirk stürzt sich auf mich und packt mich an den Schultern. Er schreit nach Hilfe. Zwei Frauen, schnell! Er braucht Frauen, damit es nicht wie ein sexueller Übergriff aussieht. Fass mich nicht an, schrei ich und schlag ihm ins Gesicht. Jetzt kommt der Teil, an dem ich noch arbeiten muss. Wenn man mich provoziert, verlier ich die Fassung. Sorry, so bin ich eben. Lebt damit. Er stürzt sich noch einmal auf mich, dann Gerti, die ich eigentlich gut leiden kann, und Svetlana, die Putzfrau. Wieso müssen sie Gewalt anwenden, verstehe ich nicht, es hätte doch gereicht, mich aus dem Studio zu weisen. Natürlich wehre ich mich. Sie drücken mich zu Boden. Ich spucke Dirk ins Gesicht. Er hält den Anblick meiner Schamhaare nicht aus und befiehlt seinen Helferinnen, mir den Slip hochzuziehen. Die trauen sich aber nicht, und ich weiß, warum. Chefsache. Obwohl ich mit den Beinen wild um mich strample, zieht er ihn hoch und bleibt dabei eine ganze Weile mit den Fingern in meinem Schritt, eine reine Machtgeste. Ich fange zu weinen an, beiße, kratze. Dirk flucht, weil er plötzlich blaue Creme an den Fingern hat. Ich blicke hilfesuchend zu Denise. Die hat ihren Pelzmantel angezogen und verlässt gelangweilt das Studio.

Wenig später sind Polizei und Sanitäter da. Ich randaliere noch immer. Der Gendarm, ich kenne das Arschloch, Kerschbaumer heißt es, sagt, dass ich stadtbekannt sei, und zieht sich Handschuhe an. Man zerrt mich in die Garderobe. Nadeshda wickelt mich in einen Bademantel. Der Sani sediert mich. Man bringt mich nicht in die Psychiatrische in St. Pölten, sondern auf die Baumgartner Höhe. Der Sani sagt mir, St. Pölten sei voll, doch weiß ich nur zu gut, dass das der erste Schritt einer Vertuschungstaktik ist.

So lerne ich: Allein bist du hilflos, du brauchst ein Netz. Wenn die ganze Welt ein Medienzirkus ist, musst du den Feind mit eigenen Waffen schlagen. Außerhalb von den Medien gibt es keine Wirklichkeit. Das bestätigt mir der diensthabende Arzt in der Klinik, der sich meine Geschichte amüsiert anhört, nickt und mich offensichtlich sehr mag. Hoffentlich nicht zu viel. Ich mag ihn auch. Aber nicht zu viel. Er gratuliert mir zu meinem Mut, behandelt mich höflich und mit Respekt, gibt mir in allen meinen Kritikpunkten recht, erzählt mir von seiner Tochter, die sich beinahe zu Tode gehungert hätte. Gegen ihre Vereinnahmung durch diese Scheinwelt, wie er sie bezeichnet, sei er machtlos. Er schildert diese Kacke wie eine teuflische Sekte und bekommt dabei einen irren Gesichtsausdruck, wie man ihn aus den billigeren Klapsmühlenfilmen kennt. Aber – er beruhigt sich wieder –, er muss mir als Diagnose leider chronische Naivität attestieren. Ich weiß, sag ich. Doña Quichotte nennt er mich, und ich fühle mich geehrt. Ich hätte nicht gewusst, dass das Finale nicht live aufgezeichnet werde. Ich muss gestehen, dass ich mich von seiner väterlichen und zugleich kumpelhaften Art angezogen fühle. Er versteht es, mich zugleich zu verunsichern und zu beruhigen. Glauben Sie mir, meine tapfere Kämpferin gegen Windmühlen, die werden Sie einfach krankschreiben, wenn das Finale gesendet wird. Birgit Haunschmid ist wegen schwerer Grippe leider ausgeschieden. Sie war eine der hoffnungsvollsten Kandidatinnen. Und dann ein sauber gesampelter Rückblick auf ihr kurzes mediales Leben und Gesundungswünsche. Und ich werde keine Publicity-Möglichkeiten haben, gegen diese Version anzukämpfen. Wer das Geld und wer die Infrastruktur hat, bestimmt, was wirklich ist. Und sonst niemand. Der Schockeffekt des Kackens müsse wirklich live kommen, jede nachträgliche Behauptung würde ein eigenartiges Bild von mir abgeben. Ein hysterisches postumes Kratzen an der TV-Reality.

Er hat recht. Nicht nur das. Er kann sich wunderbar ausdrücken. Männliche Gesichtszüge, ein Dreitagebart und südländisches Aussehen. Zehn Jahre zu alt ist er mir bloß. Wir scherzen noch eine Weile über potenzielle Livezuschaltungen von meinem Passfoto, auf das ein dilettantischer St. Pöltener Grafiker Lidschläge und Lippenbewegungen pastet. Ich weine in dieser Montage ein bisschen und wünsche allen viel Glück.

Wir plaudern noch lange. Unter anderem erzähle ich ihm, dass ich bald nach Wien ziehen will. Sein Gesicht wird ernst. Er überreicht mir seine Visitenkarte. Er habe eine zweite Wohnung in Hernals. Dort könne ich wohnen, bis ich was Eigenes gefunden habe. Ich bedanke mich. Auch er will mir an die Wäsche.

Wenigstens hat er vernünftige Gründe dafür. Aber er hatte recht. In der letzten Show war ich weg vom Fenster. Auch meine Mitbewerberinnen verrieten sich nicht durch das geringste Zucken, Aylin blickte voll Mitleid, als sie von meiner Lungenentzündung hörte, sie winkten mir zu und wünschten mir baldige Besserung. Auch Jenny und Klara, die Bauerntrampel, haben sich innerhalb von drei Wochen zu perfekten Heuchlerinnen umoperieren lassen. Und wenn sie es selbst nicht merken, dann erst ist die Operation gelungen. Also keine blaue Scheiße. Bloß dieselbe Scheiße wie immer. Schade.

Dennoch muss ich dich loben, Biggy. Bis knapp vorm Ende hast du dich gut geschlagen. Kein Schäääärz. Welche Untat steht als Nächstes auf dem Plan, Pippilotta Supergeilia? Wird Zeit, dass du die Schule verlässt. Aber wie? HTL anzünden? Oder einfach der Senekowitsch während ihrem nächsten PMS rüberbuttern, was du von ihr wirklich hältst. Yes, Sir, so heiß kann keine Schule brennen …«

Das nächste Kapitel hieß sinngemäß »Der Rauswurf«. Katz lehnte sich zurück und kaute an den Fingernägeln. Es war halb vier Uhr morgens. Wie ein Forscher fühlte er sich, der verschwitzt, fiebrig, dem Wahn nahe durch den Dschungel geirrt war und eine Ruinenstadt entdeckt hatte, die es nach dem Stand der Wissenschaft gar nicht hätte geben dürfen. Schrecken mischte sich mit Bewunderung, Bewunderung mit Abscheu. Sofort begann er die Tempel nach Konstruktionsfehlern zu untersuchen und mit fortgeschritteneren Formen der Alten Welt zu vergleichen. Oder war gar Neid im Spiel?

Schließlich griff er nach Heft und Stift, setzte sich wieder an den PC und begann so hektisch zu kritzeln wie ein Exekutand, der zu viel letzten Willen sowie Angst hat, das Exekutionskommando könnte ungeduldig und somit böse auf ihn werden.

Seine Aufzeichnungen begann er mit einer Beschwichtigungsformel: *Großes schreiberisches Talent, ungezügelt und frei, zu ungezügelt, zu frei, starke Rücknahme des sarkastischen Tons, mit dem die Autorin ihre echte und eingebildete Allmacht ständig hervorkehren muss (Reflex gesellschaftlicher Ohnmacht?), erforderlich, dann kann die Geschichte besser atmen. Zu viel Alltagssprache, zu viele saloppe Wendungen, zu viele davon bundesdeutsch. Erstaunliche Balance von Empirie und theoretischer Reflexion, leider geschmälert durch zu knallige Kataraxe (Pop-Disease) und zu bemühte Allegorien (Poeseln). Der Versuch, Sprachspiele zu …*

Ernst Katz riss das Blatt aus dem Heft, zerknüllte es und schleuderte es an die Wand, den Bleistift hinterher. Der Puls trommelte von innen gegen den Brustkorb, und ein unsichtbares Band schnürte ihm die Luftröhre zu. Er beugte sich weit vor über die Tastatur seines Laptops und verharrte schwer atmend in dieser Stellung, bis er das Geräusch aufschlagender Tränen auf den Tasten hörte. Tack, tack, tack, in diesem Rhythmus kullerten sie aus seinen Augen, doch er fühlte sich nicht weinen. Er griff nach der Maus und suchte im Text weiter. All die exotischen Amouren Biggys, deren Geheimnis er enthüllen wollte, übersprang er und scrollte bis zur Sehnenzerrung ans Ende des Dokuments. Ein fünftes Buch ihrer Memoiren begann mit der Großüberschrift »Mein Freund Katz«. Doch als er auf die nächste Seite scrollte, zerflossen die Buchstaben vor seinen Augen, rannen wie über eine imaginäre Wasserfallkante und stürzten ins Leere. Da öffnete sich plötzlich ein Pop-up, in dem zwei glitzernde Flugelfen ein Transparent aufrollten. Auf dem stand: *Sei nicht so neugierig, Katzenmensch! Bin gerade König in Kafiristan. Komme vor Ostern zurück. Dein alter Regimentskamerad Peachy Carnehan.*

Dann öffnete sich ein YouTube-Video, in dem zwei hässliche Männer – Fernsehverweigerer Katz wusste nicht, dass es O'Brien und Maxwell aus der Serie *Star Trek* waren – versonnen *The Minstrel Boy* sangen.

Zweiter Teil

1. Kapitel
Ausmisten im Hausruckviertel

Hier im Garten unter den Obstbäumen war er in seiner Kindheit herumgetollt. Ein Einzelgänger war er gewesen, ein trauriges Kind, das schwer Anschluss fand. Oft war er wegen seines Nachnamens verspottet worden. Im Wald war er oft allein unterwegs. Nun musste das Haus der Großmutter, ein Bau aus den frühen sechziger Jahren, entrümpelt und verkauft werden.

Soeben glaubte er einen Pirol gehört zu haben. Unmöglich, dachte René, der Pirol, ein in Oberösterreich ohnehin seltener Vogel, kommt frühestens Ende April aus Afrika. Was würde er dafür geben, noch einmal einen Pirol in freier Natur zu sehen? Ein einziges Mal war ihm das bisher gelungen, mit elf Jahren, im Gmöser Moor.

»Reini, komm rein«, rief der Vater.

Verlegen betrat Mackensen das Haus. Wie üblich bestand die Trauer um die Großmutter, ihr Begräbnis lag drei Monate zurück, zum Großteil aus schlechtem Gewissen, sich zu wenig um sie gekümmert zu haben. Die Oma war schließlich immer dagewesen, und obwohl man wusste, dass Menschen sterben müssen, sah man keinen Grund, warum sie nicht weiterleben sollte. Während Mackensen schon mit 25 die Spuren seiner Vergänglichkeit bejammert hatte, sah Oma immer froh und alt aus. Nun war sie weg, bald würde das Haus weg sein, bald würden die Eltern die Nächsten sein, die weg wären, und schließlich er selbst. Happy Ends sehen anders aus. Zurück bleiben flaue Gefühle von Schuld, Versäumnis und Unwiederbringlichkeit.

René hatte auf Almuths Geheiß die Jugendstil-Psyche für sich beansprucht. In ihrem Auftrag war er hier, um seinen älteren Bruder daran zu hindern, sich das Stück unter den Nagel zu reißen. Dieser war aber gar nicht gekommen, vermutlich um René nicht zu begegnen. René war froh darüber, die beiden wussten nie, was sie miteinander reden sollten.

»Das könnt' dich interessieren, Reini.«

Der alte Mackensen holte eine mit rotem Filz ausgeschlagene Holzplakette von der Wand, auf die zwei mit den Laufspitzen sich berührende Pistolen geschraubt waren.

»Sind die echt?«

»Was weiß denn ich.«

René riss eine der beiden Pistolen aus dem staubigen Filz. Schwer lag sie in der Hand, das Holz des Knaufs war morsch, das Eisen angerostet, im Oberlauf steckte ein Ladestock mit Horndopper. René postierte sich vor dem Standspiegel, ging in Profistellung, um seinem imaginären Gegner nicht zu viel Fläche zu bieten, legte die Pistole auf sein Spiegelbild an und ahmte ein Schussgeräusch nach. Der alte Mackensen schüttelte den Kopf, während er über einem Karton hockte und Bonbonschachteln voller Briefe, Ansichtskarten, Heiligenbilder und Illustriertenausschnitte dem Altpapier überantwortete.

»Schau, das hast du gschrieben.«

Der Vater reichte ihm eine Geburtstagsgrußkarte. Darin stand in Kinderschrift: »Der lieben Omi zum 56. Geburtstag.« Unterzeichnet *Knight Rider*. Daneben ein sorgfältig gemaltes und beinah symmetrisches Porträt des berühmten Autos namens *Kitt*. Tatsächlich hatte er sich als Achtjähriger mit einem Auto identifiziert. Als Nächstes hielt ihm der Vater eine Fernsehleuchte in Form einer Karavelle hin.

»Wennst die nicht magst, schmeiß ich's weg.«

Mackensen fand dieses Sechziger-Jahre-Design kitschig und deshalb irgendwie toll. Er fragte sich, ob es auch Almuth gefallen würde.

René blickte aus dem Fenster, es dämmerte bereits, und er fragte seinen Vater, ob sie nun langsam aufbrechen könnten, er sollte vor zehn in Wien sein, doch der Vater zögerte. Er habe noch etwas mit ihm zu besprechen, sagte er. Dann öffnete er zwei Dosen Bier und hieß seinen Sohn neben ihm auf einem der Kartons Platz nehmen; die Sessel und Sofas waren schon abtransportiert worden. René wunderte sich über den Ernst dieser Situation. Dann holte der Vater aus einer Klarsichtfolie ein braunes Leinenheft, auf dem René den Reichsadler und das Hakenkreuz erkannte. *Ahnenpaß* stand darauf in Frakturschrift.

»Wahnsinn«, sagte René, »den hab ich noch nie gesehen.«

Der Vater sagte ihm, er könne ihn haben. Dann schwieg er eine Zeitlang.

»Mir fallt auf, Reini, dass du dich in letzter Zeit recht für Juden und Nazis und so interessierst. Am Anfang hab ich mir 'dacht, dass das ein bissl übertrieben ist, bis ich mich erinnert hab ...«

Die Theorie, die der Vater nun ausbreitete, war höchst interessant, und noch interessanter war das Geheimnis, das der Ahnenpass in sich barg. Magdalena Mackensen, geborene Aichinger, verdankte ihr Leben bloß dem Umstand, dass ihre Urgroßeltern Joseph und Jarmila Fuchs aus Mährisch-Nikolsburg, dem heutigen Mikulov, ihre Tochter Maria im Jahre 1862 taufen ließen. Erst das Enkelkind eines solchen Konvertiten war nach den Arierparagrafen der Nazis vom Stigma befreit, Jude zu sein. Und Magdalenas Mutter Anna konnte vor Verfolgung nur durch Protektion ihres Schwiegervaters, des Brauereibesitzers Baumgartner, geschützt werden.

»Komisch, dass der Fuchs Joseph geheißen hat«, bemerkte René, »klingt gar nicht jüdisch.«

Der Vater zuckte mit den Achseln und meinte, viele Juden hätten damals deutsche Vornamen gehabt, auch wenn sie noch jüdischen Glaubens gewesen seien.

Der Vorname von Fuchs' Frau, Jarmila, gefiel René schon besser, denn er wies ihm in eine geheimnisvolle orientalische Vergangenheit. Er wusste freilich nicht, dass Jarmila tschechisch war. Aus seinem Allerwelts-Stammbaum wuchs plötzlich ein biblischer Palmenzweig.

»Wie geht's dir damit, Papa, dass'd ein Jud bist?«

Der alte Mackensen zuckte mit den Achseln. Die Familie hätte nie viel Aufhebens gemacht davon. Nach dem Krieg sei es seinen Eltern aber schlecht ergangen, man habe sie fortlaufend Juden, Verräter, Profiteure beschimpft, obwohl der Lars-Opa ja reinrassiger Germane gewesen sei, denn reinrassiger als ein Norweger gehe es nicht. Dennoch sei ihm der wachsende Erfolg seiner Kfz-Werkstätte als Ami-Protektion vorgeworfen worden. Und überhaupt seien die Juden, so hieß es im Dorf, schuld daran gewesen, dass die Leute nach dem Krieg so viel hätten leiden müssen.

Schwachsinn, protestierte René. Ihm brauche er das nicht zu sagen, meinte der Vater. Er habe nichts gegen Juden, obwohl er wisse, dass sie sich viel von ihrer Geschichte für die aktuelle Nahostpolitik gutschreiben ließen – bitte sehr. Doch habe er, der Vater, dem Sohn, noch nicht erklärt, was diese Wendung mit seinem zeitgeschichtlichen Interesse zu schaffen habe. René ließ erkennen, dass er, was immer der Vater zu sagen hatte, nicht ernst nehmen werde. Für diesen stand außer Zweifel, dass es das jüdische Blut in Renés Adern sei, das diesen rastlos mache und zu einem Kopfmenschen und ihn nach seinen Wurzeln forschen lasse. Ganz unbewusst sei das, wie ein Trieb, er könne sich nicht dagegen wehren. Sogar bei seinen schwarzen Locken schlage die jüdische Seite der Familie durch, während die anderen, sein Bruder, er selbst, der Urgroßvater, ja sogar die Leni-Oma, blond seien.

Wenn das stimme, entgegnete René, warum würden sich dann nicht die anderen Familienmitglieder für jüdische Angelegenheiten interessieren, da doch in deren Adern dasselbe Blut fließe. Der Vater beharrte auf seiner Theorie: Von den Urgroßeltern abwärts habe man die jüdische Seite verdrängt, bei ihm, René, schieße das Verdrängte hervor. Und das sei gut so, weil sich die Welt immer mehr für solche *Gschichteln* interessiere.

»Früher warst der letzte Dreck, wennst ein Jud warst, heut' bist interessant. Ist wie bei den Warmen. Oder? Wie ist das in Wien? Da bist nicht dabei, wannst da's nur mit Frauen treibst. Oder? Du kennst dich da sicher besser aus.«

»Aber, Papa, auch du wirst noch den Mann deines Lebens finden.«

»Rotzbua blöder«, grinste der Vater.

René beschloss, noch einen Tag bei den Eltern dranzuhängen. Der Grund waren die Fotoalben und Dokumente seiner Vorfahren.

Joseph und Jarmila Fuchs sahen alles andere als jüdisch aus. Ein Mann mit Stirnglatze und Vollbart in Gehrock, Gilet und Krawatte, er wäre als Bauernbundfunktionär durchgegangen. Und zwischen Jarmila Fuchs' Korkenzieherlocken lugte ein nicht besonders hübsches, dünnlippiges Vogelgesicht hervor; sie sah so aus wie die Hüttenwirtin aus dem Höllengebirge, vor der er sich bei den obligatorischen Familienwanderungen immer gefürchtet hatte, bloß in der Robe einer Dame von Welt aus dem 19. Jahrhundert.

Ich sterbe heute nicht
Gestern bin ich auch nicht gestorben
Wunder der Natur

Klara Sonnenschein, aus: *Haikus in meine Haut geritzt*

2. Kapitel
Wie Biggys Schneidezahn nachwuchs

Zehnmal läutete es an der Tür. Dann wurde es still. Ernst atmete auf und ärgerte sich wieder über einen Essay von Alfred Rothenstein, der in der Wochenendbeilage der *Presse* erschienen war. Dann läutete das Mobiltelefon.

»Ernst, ich weiß, dass'd daheim bist. Mach auf bitte. Ich steh vor der Tür.«

Biggy! Er warf die Zeitung weg, schlüpfte in seine Filzpantoffeln und rutschte auf dem frisch gebohnerten Boden wie ein Skilangläufer in ausladenden Schritten Richtung Tür. Als er sie öffnete, trat ihm Biggy mit einer Sporttasche und einem Koffer entgegen, drückte ihm ein Küsschen auf die Wange und ging weiter ins Arbeitswohnzimmer.

»Schuhe aus!«, befahl Ernst in sanftem Ton.

Sie streifte ihre Pumps von den Füßen und warf ihm über die Schulter ein Lächeln zu, das einen neuen Schneidezahn präsentierte. Katz überlegte, ob das dieselbe Biggy sein könne, die etwa ein halbes Jahr zuvor bei ihm eingezogen war. Damals war sie als Teenager, nun aber als Dame verkleidet. Sie trug ein schwarzes chinesisches Seidenkleid mit Stehkragen und karminroten Drachenstickereien, darüber eine neue, gar nicht billige Lederjacke im Jagdflieger-Look. Aus ihren Ohrläppchen wuchsen zwei hostiengroße Ringe aus schwarzem Kunststoff, das Haar war länger und zu einem Knödel hochgesteckt, in dem zwei gelackte schwarze Essstäbchen steckten.

Biggy nahm sofort vor dem Computer Platz und schaltete ihn ein. Verwirrt schlich ihr Ernst nach.

»Bist du wohlhabend geworden?«

»Ein bisschen.«

»Und wie, wenn ich fragen darf?«

Biggy zündete sich eine Zigarette an.

»Kleinkriminalität.«

»Genau will ich es gar nicht wissen.«

Erst jetzt bemerkte Ernst, dass sie den Wikipedia-Eintrag von Klara Sonnenschein geöffnet hatte. Was sie da mache, fragte er. Er solle herkommen, sagte sie und deutete auf den letzten Absatz, wo geschrieben stand: »Die letzten fünf Monate verbrachte sie bei ihrer Cousine Carine Müller im belgischen Kepis, wo sie sich am 26. Dezember 1967 das Leben nahm.«

»Wie kommt das da hin? Ich habe Carine Müller nicht erwähnt.«

Sie habe es reingeschrieben, sagte Biggy. Dann öffnete sie ein belgisches Onlinetelefonbuch und gab den Namen Carine Müller und Kepis als Suchbegriffe ein. Im Nu tauchte eine Carine Müller samt Telefonnummer und Wohnadresse (Rue Bruyère 114) auf.

»Aber sie ist seit mehr als zehn Jahren tot.«

»Ich hab sie aber zum Leben erweckt. Mackensen hat schon zweimal auf ihre Sprachbox gesprochen. Sie hat sich aber noch nicht zurückgemeldet.«

Mit stolzem Lächeln zeigte ihm Biggy, dass sie während der Zeit ihrer Trennung nicht untätig gewesen war und neben ihren Versuchen, sich Geld zu beschaffen – sie hatte als Kellnerin gearbeitet, dann im Callcenter, später, um einiges erfolgreicher, als Dealerin, in Belgrad hatte sie eine Schulfreundin besucht und sich um unglaubliche vierzig Euro einen neuen Zahn machen lassen –, auch Zeit gefunden hatte, den einen oder anderen Plan auszuhecken.

»He, aufwachen. Ich bin wieder da.«

Biggy schnalzte mit ihren Fingern vor Ernsts Gesicht.

»Und jetzt wird gearbeitet. Wir müssen Klara Sonnenschein retten. Hast du das schon vergessen? Und ich hab hundert Ideen, wie. Zunächst müssen wir ihn viel herumschicken, um Zeit zu gewinnen. Erste Etappe unseres Plans: Taktik der verbrannten Erde. Aber ich erzähl dir nichts, bevor du mich nicht unten beim Chinesen auf ein Mittagsmenü eingeladen hast.«

Ernst war verwirrt, doch nun achtete er nicht mehr darauf, sein Glücksgefühl zu unterdrücken. Er war froh wie nach dem dritten Joint: Biggy war zu ihm zurückgekehrt, oder zumindest zu seiner Kreditkarte. Aber das kümmerte ihn nicht weiter.

Nostalgie: Der krankhafte Wunsch, daß alles wieder so werde, wie es noch nie war.
Der Nostalgiker gleicht einem Autofahrer, der sich im Angesicht der Wand, gegen die er gerade prallt, nach der Landschaft auf dem Weg zum Unfallort sehnt, die ihn nie interessiert hat.

Klara Sonnenschein, aus: *Funken & Späne*

3. Kapitel
Aus dem E-Mail-Verkehr
zwischen Carsten und René

Betreff: Keine gute Idee
Datum: Dienstag, 6. Mai 2009
Von: Carsten L. Kempowski <kempowski@kempowski.com>
An: Rene Mackensen <mackensen@mackensen.com>

Werter René!
Danke, dass du dich in dieser Sache vertrauensvoll an mich gewandt hast. Ich weiß das sehr zu schätzen. Ich werde dir meine Meinung sagen. Deine neu entdeckte jüdische Identität ist PR-mäßig ein Schmarrn!!! Sorry für die Wortwahl. Ich halte es nicht für besonders originell, jetzt, nachdem deine Karriere in Fahrt gekommen ist, eine jüdische Urururur-Oma aus dem Hut zu zaubern. Wäre deine Großmutter Jüdin gewesen, sähe die Sache anders aus, aber nicht einmal nach den Nürnberger Rassengesetzen war sie das. Es käme halt ein bisschen forciert rüber, wenn du dein Romanprojekt mit den flüchtigen sieben bis acht jüdischen Molekülen in deiner Blutbahn rechtfertigtest. Ich zum Beispiel stamme in 18. aufsteigender Mutterlinie von einer Eisbärin ab. So what!

And now to something completely different. Klara Sonnenschein war Studienkollegin von Ingeborg Bachmann. Sie haben beide bei Victor Kraft studiert. Ziemlich zur gleichen Zeit.

Und noch was. Ich habe gerade mächtig viel um die Ohren. Prinzipiell mag ich es, wenn du mir E-Mails schreibst. Aber leider bist du nicht der Einzige. Warum rufst du mich nicht an, um solche Sachen zu klären, alter Pfennigfuchser? Ich gebe zu bedenken, dass unser Mailverkehr einmal in deiner kritischen Gesamtausgabe landen könnte, und du, sollte ich dereinst gestorben oder in Ungnade gefallen sein, nicht mit solch professionellem Lektorat wirst rechnen dürfen wie dem meinen. ;-) Junge, allein in deiner letzten Mail waren einige schwere Rechtschreibfehler! Die Kommasetzung solltest du dir auch wieder mal zu Gemüte führen.

René, es gibt im Internet Einwähldienste, da zahlst du nach Deutschland vier Cent die Minute. Oder einfacher: Lass dir von Almuth endlich einen Skype-Account einrichten. Ist doch alles nicht so schwer …

Oder du wartest, bis Onkel Carsten aus Germania zurück ist. Und das wird nächsten Mittwoch sein.

Kopf hoch!
Dein treuer Diener
Carsten

Betreff: Jewish matters
Datum: Montag, 5. Mai 2009
Von: Rene Mackensen <mackensen@mackensen.com>
An: Carsten L. Kempowski <kempowski@kempowski.com>

Lieber Carsten!
Schade das ich nicht bei dir sein kann. Die Leipziger Buchmesse ist viel interessanter wie die Frankfurter. Nächstes Jahr vielleicht.

Du hast mir noch immer nicht deine Meinung zu meinen Herkunftsproblem mitgeteilt. Morgen muss ich das Presse-Interview geben. Soll ich damit herausrücken oder nicht? Ich fühle mich überhaupt nicht jüdisch, aber denke ich schon, dass das ein nicht unwichtiger biografischer Punkt ist. Ich meine das jetzt aus einem k.u.k. Blickwinkel, multiple Identitäten und so.

Die Wikipedia-Redaktion hat endlich geantwortet. Sie dürfen den E-Mail-Account des Autors von Klaras Eintrag nicht verraten. Wir sind so klug wie wir vorher waren.

Ich habe zwei Diplomanden von Victor Kraft aus dem Jahr 52 ausfindig gemacht. Die können sich an keine Klara Sonnenschein erinnern. Langsam frage ich mich, ob die Frau überhaupt existiert hat. Okay es gobt den Gedichtband. Aber vielleicht ist das nur ein Pseudonym.

Bitte schreib mir bald
Gott zum Gruße
René Gotthold Ephraim MacKenzie

Überlegenheit: Unterlegenheit in Plateauschuhen.

Klara Sonnenschein, aus: *Funken & Späne*

4. Kapitel
Ernst wird Rockabilly

Noch war nicht ausgemacht, wer sich hier anpasste. Biggy stürzte sich eifrig in die Literatur zu Faschismus und Holocaust. Ernst hatte ihr Ruth Klügers *weiter leben* empfohlen, ein Buch, von dem er glaubte, dass es als Initialzündung am besten taugte; und er sollte recht behalten; die theoretische Literatur könnte später folgen. Als Essenz mancher Überlegung legte er ihr Klara Sonnenscheins Gedichtband *Haikus in meine Haut geritzt* und die Aphorismensammlung *Funken & Späne* vor, zwei Büchlein, die Biggy ehrfürchtig in die Hände nahm und die fortan ihre Begleiter sein würden. Manchmal kränkte ihn ihr Wissensdurst. Nicht nur verbrachte sie viel Zeit, die sie früher gemeinsam mit Blödeln verbracht hatten, nun mit Lesen, er hatte zudem das Gefühl, dass sie ihn als Mentor vernachlässigte. Stundenlang sah er ihr bei der Lektüre zu und wartete auf eine Diskussion.

Auch Biggys Ausdrucksvermögen hatte sich verbessert. Es gelang ihr, abstrakte Gedanken besser auf den Punkt zu bringen, und sie verlor sich nicht mehr in Relativsätzen. Insgeheim hoffte Ernst ja darauf, Biggy so mit kritischer Reflexion vollzustopfen, dass ihr diese bei einer Karriere als Literatin, die ihr nach seiner Auffassung bevorstand, nur schaden könne. Baby, du sollst leiden, wie wir gelitten haben.

Es wäre aber zu simpel zu behaupten, dass die wechselseitige Eigenschaftstransfusion nur zu ihren Gunsten ausfiel. Ernst übernahm Eigenschaften von ihr, die ihm bisher nicht in den Sinn gekommen wären: Er fluchte, verwendete derbe, zeitgeistige Floskeln, hatte Spaß an Geschmacklosigkeiten, konsumierte mehr Alkohol als früher, er kiffte und vernachlässigte zunehmend die Hygiene der Wohnung und des eigenen Körpers. All das machte einem alten Spinner, der nichts mehr zu verlieren zu haben glaubte, viel Spaß.

Womöglich hatte er aber nur Beate, *The Symbol*, darin abgelöst, Biggys Nachahmäffchen zu sein. Womit wird sie heute meine Loyalität testen? Muss ich alten Damen die Handtasche entreißen oder Polizisten auf den Hintern greifen, um weiter in der Gang bleiben zu dürfen?

Biggy hatte sich eine neue Travestie ausgedacht. Wie kleine Mädchen, die Puppen oder jüngere Geschwister verkleiden und als Chefcouturiers ihre Macht genießen, war Catman unter ihrer Anleitung zum Dressman avanciert. Lange hatte sie darüber nachgedacht, welche Verkleidungen für sie beide in Frage kämen: hautenge Kostüme mit einem großen C an der Brust für ihn – sie hätte mit Cape und Augenmaske als Catmans Robinia fungiert; auch Holmes und Watson standen zur Diskussion (wie gerne hätte sie einen aufgezwirbelten Schnurrbart getragen), oder britische Kolonialuniformen à la Peachy und Daniel.

Biggy schaffte an, und er war ihr Objekt – mürrisch, konspirativ und letztlich gleichgültig in einem Aufwasch. Hätte Ernst den Kontakt zu seinen Freunden nicht schleifen lassen, hätten diese seine Verkleidungen als Verirrungen eines alten, verliebten Trottels abgetan, der seine Individualität an eine Göre verschenkt und alles, wirklich alles mit sich machen lässt.

Ernst hatte Biggy die Idee mit der Zauberelfe unterbreitet. Sie fand das zu extrem und zudem uncool, worauf er ihr – sein Lieblingsvorwurf – Spießigkeit vorwarf. Würde er nicht Gefahr laufen, als Popikone der Queerness von den Medien entdeckt zu werden, hätte Ernst sein Leben gerne als stark überschminkte Libellenflügerlzauberelfe beendet.

Vor etwa 15 Jahren hatte er bereits erste Schritte in diese Richtung getan und war damit an die Grenzen der Toleranz gestoßen. Bei einer Kinderparty, die Tochter seiner Freundin Marga feierte Geburtstag, hatte er sich aus der langweiligen Gesellschaft der Erwachsenen gelöst und von einer Horde wild kreischender Mädchen zur Prinzessin schminken lassen. Marga gehörte der Schar ehemaliger Liebhaberinnen an, mit welchen er aus Schuldbewusstsein weiter Freundschaft pflegte. Irgendwann wurden die dann dreißig, erfolgreich, Ehefrauen, Mütter, fürchterlich erwachsen und ebenso langweilig; der Altersabstand zwischen ihnen und ihm verringerte sich, und er fand als geringste Entschädigung in deren Kindern einigermaßen aufgeweckte Gesprächspartner, was ihm öfters die Rolle des Babysitters aufbürdete; bis zu jenem denkwürdigen Nachmittag vor eineinhalb Jahrzehnten, als Margas Tochter Celine feierlich die Eltern und deren Gäste ins Nebenzimmer rief und diese dann etwas betreten den 55-jährigen Ernst in Margas Minirock und Rüschenbluse, geschminkt und mit einem Krönchen auf dem Kopf zwischen sieben Mädchen im Vorschulalter hocken sahen. Mit Freude erinnerte sich Ernst an das betretene Schweigen, das sein Anblick auslöste. Einige wenige, die Lockereren, lachten laut und applaudierten und schossen Fotos, die Mehrheit aber war dermaßen fassungslos, dass auch er sich zu schämen begann.

Nun wollte Biggy einen Rockabilly aus ihm machen. Einen was? Biggy erklärte ihm die Rockabilly-Kultur, und er staunte über ihre einschlägigen Kenntnisse. Sie kenne sich da aus, weil sie einmal mit Mike zusammen gewesen sei, einem Rockabilly aus Neulengbach.

Nach anfänglichem Zögern gab er den Widerstand auf und gehorchte Biggys Vorgaben. Zunächst ließ er sich Koteletten wachsen, solche, die wie Hafenmolen in Richtung Nasenflügel ragten. Sein Haupthaar legte Biggy zu einer Tolle, dahinter durfte seine Frisur weiter halblang in den Nacken fließen. Vor dem Spiegel bemäkelte Ernst, er sehe aus wie der alte, fette Elvis, und sie habe doch nicht etwa vor, ihn in ein Cape und einen weißen Overall zu stecken. Die Elvis-Assoziation, bemerkte Biggy, fiele allen ein, die sich in der Rockabilly-Kultur nicht auskennten. Auf ihrer Tour durch diverse Secondhand-Boutiquen wurden verschiedene Outfits probiert. Biggy war eine sehr gewissenhafte Beraterin. Und sie beschloss, von der klassischen Rockabilly-Kluft in einigen Punkten abzuweichen. Nach ermüdenden Kleiderwechseln fand Ernst sich in Siebziger-Jahre-Jeans mit trompetenhaft erweiterten Hosenbeinen wieder. Um den Bund ein Navajogürtel mit Silber- und Türkisapplikationen. Ein Jeanshemd, den Hemdkragen hielt ein sogenanntes Bolotie, eine Schnürsenkelkrawatte aus Silber und Bärenzähnen, zusammen, über dem Hemd eine schwarze Bikerlederjacke und auf dem Kopf ein Lederstetson mit den zwei gekreuzten Säbeln der US-Kavallerie vorne drauf. Biggy warf sich in Petticoat und schwarze Fransenperücke und nannte sich fortan Biggy Sue. Da Catman in diesem Aufzug und durch die Ähnlichkeit mit dem reifen Franz Liszt etwas Stoisch-Indianisches ausstrahlte, dachte sie sich für ihn einen eigenen Mythos aus. Er sei *Chief Piss Against the Wind*, in seiner Jugend der heißeste Rockabilly der gesamten Reservation, und sie seine Ziehtochter, eine weiße Schlampe, die von ihrer desolaten Hacklerfamilie aus Flint, Michigan, zu den Indianern durchgebrannt sei. Für diese sei ein weißes Mädchen eine willkommene Jagdtrophäe aus der Welt der verhassten Bleichgesichter, doch niemand von ihnen würde es wagen, Biggy Sue anzurühren, aus Angst vor Chief Piss Against the Wind eben, dem noch immer toughesten Rockabilly der Reservation.

Vom Kauf einer Harley Davidson konnte Ernst Biggy Sue abbringen. Und so zogen die beiden zu Fuß durch Wien.

Mein Herz, das ist in Frankfurt
Im Beton des Messegeländes
Irgendwo untergemischt
Und kaulquappt
Und schnauft
Und atmet durch Ritzen

Klara Sonnenschein, aus: *Haikus in meine Haut geritzt*

5. Kapitel

Ein Skype-Chat zwischen Almuth und Carsten

CARSTEN Tock-tock-tock. Ist die Lady des Hauses da?

ALMUTH Carsten, what a pleasure. Unser Dichterfürst ist im Café Anzengruber. Du erreichst ihn telefonisch.

CARSTEN Na, endlich sind wir beiden allein … ;-)

ALMUTH Lol

CARSTEN Was machen wir bloß mit unsrem René?

ALMUTH Da hast du ihn in was reingeritten, mein Lieber. Die Cousine in Belgien war ein Reinfall. Er hat sie gefunden. Aber auf dem Friedhof.

CARSTEN Hätt ich nicht so viel zu tun, kümmerte ICH mich um die Recherchearbeit. Der Kleine irrt im Kreis herum. Wir müssten zunächst herausfinden, wer den Wikipedia-Artikel verfasst hat. Wie sieht es bei dir aus?

ALMUTH Sorry, mein Bär, no time for sunshine in my life. Zwei Jurys und sieben Rezensionsexemplare nur gestern!!!!! ☹ Seminararbeiten. The moon is my comrade.

CARSTEN Wie findest du sie?

ALMUTH ?

CARSTEN Lady Sunshine.

ALMUTH Gedichte super, obwohl nur 15 % Haiku. Aphorismen bemüht zynisch, dahinter bebende Fragilität. Dennoch:

coole Frau. Zu cool, um wahr zu sein. Man müsste halt an ihr Opus magnum ran, Versklavung der whatever. Andernfalls halbe Sache. Unter uns: René falsche Besetzung. Don't tell him.

CARSTEN Ich fürchte auch. Und was, wenn WIR den Karren aus dem Dreck ziehen? Plan, Fundament und Pfosten. Er darf Steinchen aufschichten. Wenn das nicht, Mischmaschine bedienen.

ALMUTH Lol. –
Wir sind ganz schöne Mistkäfer. Wann soll ich Zeit für meinen Roman finden?

CARSTEN Ich wusste nicht. Das geheime Leben der Lady A.?

ALMUTH Bingo. Anekdoten, Bumsgeschichten, wer mit wem, Literaturspanner kitzeln. Catherine Millet für Ösis. Trostlos, ich weiß. Aber mehr hat mein Leben nicht zu bieten ... ;-)

CARSTEN Da kann ich ja von Glück sagen, dass mir kein Kapitel gewidmet sein wird. ;-)

ALMUTH Arschloch! ☺ 11.11.2004. Weiß das nur, weil mein Kater Motörhead am selben Tag verblich. Kapitel nicht, für Fußnote ausreichend.

CARSTEN Lol. Touché.

ALMUTH Na goodie. Almuth, armer Schreibtischsklave muss weiter robotni. Kizzey kizzey to Uncle Carsten, c u in a better world ... IN THIS WORLD ;-)

CARSTEN Eines noch, Queen of Hearts: Machen wir die Sonnenschein? Nur wir beide. Stell ich mir romantisch vor. Juli wär' supi. Vielleicht kommt es auch zu scheuen, verwirrenden Berührungen, Fingerspitzen, Schulter, Gesäß. Denkwürdiger Sommer auf Jasnaja Poljana.

ALMUTH Ach Lew Nikolajewitsch! Sie wissen, dass ich vergeben bin, speziell im Juli. Aber, Sie Schlimmer: Ein Steppensturm der inneren Zerrissenheit braut sich in meinem

Busen zusammen. Versprechen Sie mir, Graf, dass Sie den Pflug führen werden.

CARSTEN ☺ Madame, vous me indignez! Isch bin asexüell. Totalement. An Ihren Fesseln und dem Anblick Ihres Nackenbauschs seulement will ich mich ergötzen.

ALMUTH Oh, là, là. Ciao Schatzi.

CARSTEN Ach Almuth, mit niemandem kann man so stilvoll scherzen wie mit dir.

ALMUTH Tja, Arnheim, was machten wir bloß ohne unsre literarische Bildung?

CARSTEN Scheißen gehen ;-)

ALMUTH Zwinker, zwinker. Ciao, bello (I mean it as dog's name)

CARSTEN Ciao bellissima (nom de guerre)

ALMUTH Tschü-üüü!

CARSTEN M'am! (Fingertipp an die Krempe)

Intellektualität: Die kreative Fähigkeit, um die eigene Trivialität bunte Fassaden aus den Bausteinchen der gehobenen Schulbildung hochzuziehen.

Klara Sonnenschein, aus: *Funken & Späne*

6. Kapitel
Ost Klub

Nie hatte der Ost Klub in der Schwindgasse ein skurrileres Paar gesehen. Breitbeinig marschierte Catman in den bestickten Cowboystiefeln durch den schmalen Gang zur Bar, hinter ihm trippelte Biggy Sue in schwarzen Leggings, um ihre schwarz-rot-karierte Bluse umschloss ein miederbreiter roter Ledergürtel die Taille. Bleich geschminkt mit kajalumflorten Augen, auf dem Kopf hüpfte der Pferdeschwanz ihrer schwarzen Stirnfransenperücke, und die gelackten Pumps waren rot wie reife Kirschen. Catman legte seinen Lederhut auf die Theke, das eingeschüchterte Gesicht der jungen Kellnerin spiegelte sich in seiner Sonnenbrille.

»Zwei Bier.«

»Welche Sorte?«

»Kalt.«

»Tschechisch oder Wieselburger?«

»Kalt.«

Die Kellnerin ließ sich anmerken, dass sie den Alten lächerlich fand und stellte zwei Flaschen Ježek, die teurere Marke, auf die Theke. Biggy Sue freute sich wie ein Kind, das sie angeblich nie war, über seine Bereitschaft, sich zum Trottel zu machen. Catman schleuderte Blicke nach rechts, dann nach links, stieß mit Biggy Sue an und nahm einen Schluck aus der Flasche. Die Kellnerin servierte die Gläser ab und gab Wechselgeld zurück. Catman verweigerte es mit einer wegwerfenden Geste.

Von der DJ-Kanzel schepperte Russen-Ska, auf der kleinen Tanzfläche räkelten sich zwei Freundinnen, angeglotzt von bierflaschenbewehrten Einzelgängern. Biggy Sue zog Catman an der Hand auf die Tanzfläche und begann mit vorgebeugtem Oberkörper und schnippenden Fingern zu tanzen. Catman zog vorsichtig seine Schritte, und Biggy Sue war glücklich, denn die Jungs, mit denen sie ausging, waren, abgesehen von ein paar selbstgefälligen Orientalen, meist zu feig zum Tanzen. Als sie merkte, dass Catmans tänzerische Einlagen die schmale Grenze zwischen lustig und lächerlich zu überschreiten drohten, nahm sie ihn an der Hand und lenkte ihn zum Wuzzeltisch, dem eigentlichen Grund ihres Ost-Klub-Besuchs.

Das Tanzen hatte Catmans Selbstbewustsein so gestärkt, dass er Biggy Sue gleich zweimal hintereinander besiegte. Viel hatte er in den vergangenen Monaten dazugelernt, und es war nicht mehr notwendig, ihn gewinnen zu lassen, damit er nicht die Freude am Spiel verlor. Nach jedem Sieg vollführte er groteske Verrenkungen, die Biggy Sue zu jenem krächzenden Lachen reizten, das er so an ihr liebte.

Mittlerweile hatte sich das Lokal gefüllt. Ein heiteres Grüppchen pflanzte sich an der Bar auf und wurde von Mathias, dem Klubbesitzer, herzlich begrüßt. Er kannte Carsten Kempowski gut, der ihm Almuth, René und zwei farblose Verlagsmitarbeiter vorstellte. Kempowski sah mit seinem grünbraunen Tweedjackett britischer aus denn je, und sein lockiger Blondschopf bettelte um Assoziationen mit Michael Caine. Mathias verteilte doppelte Wodkas, die mit donnerndem *Nazdrowje* geschluckt wurden. Der Ost Klub war ein Ort, in dem sich der Westen östlich vorkommen durfte.

Nach dem dritten Wodka begann Kempowski Puschkin auf Russisch zu deklamieren. Der Wuzzeltisch befand sich auf niedrigerem Niveau als der Barraum und war über einige Stufen zu erreichen. Als Catman Mackensen erblickte, machte er Biggy

Sue sofort auf ihn aufmerksam. Ihren Blick über die Schulter nutzte Catman dazu, ein weiteres Tor zu schießen. Dem jungen Schriftsteller entging Biggy Sues Aufmerksamkeit nicht. Er gaffte sie an, was Almuth sofort auffiel und Kempowski dazu bewog, seinen Redefluss zu unterbrechen.

»Hey, ich glaub's nicht. Die haben hier Tischfußball. Wuzzeltisch nennt ihr das. Nicht wahr?«

Kempowski forderte René zu einer Runde auf. Dieser wollte gar nicht, außerdem ließ er Almuth ungern mit dem Klubbesitzer allein, der offensichtlich ihr Typ war. Andererseits, ihn interessierte der geheimnisvolle Schwarzschopf mit den listigen, in zwei nachtschwarzen Kohlegruben schwimmenden Augen. Wie alt diese junge Frau wohl sein mochte? Und der weiße Elvis? Ihr Vater? Ihr Geliebter? *Strange couple* jedenfalls. Bevor er weiter darüber nachdenken konnte, hatte ihn Kempowski schon in Richtung Tischfußball bugsiert.

Kempowski fragte das Rockabilly-Pärchen höflich, ob er und sein Freund mitspielen dürften.

»Geht in Ordnung, Oida, aber weißt, wir spielen nie ohne Einsatz.«

Biggy Sue staunte über Catmans wienerischischen Slang. Kempowski schüttelte den Kopf.

»Sehr gut. Schlagen Sie einen Einsatz vor.«

»Ich will dein Sakko!«

»Sie wissen, dass das Maßarbeit ist. Chester Barrie.«

»Ich will aber sein' Seitenscheitel«, krächzte Biggy Sue.

»Entzückend, René, die Herrschaften machen sich über uns lustig. Was können Sie mir bieten, Mister Johnny Cash, was dem Wert meines Sakkos gleichkommt?«

Übermütig flüsterte Biggy Sue Catman etwas ins Ohr, was diesen irritierte. Er schüttelte den Kopf und schnalzte mit der Zunge. Sie insistierte mit kolibrischnellem Zusammenschlagen der Hände.

»Okay. Meine Tochter bietet euch ihren Slip. Gebraucht. Versteht sich.«

Agent und Autor blickten einander an. Renés Nasenflügel begannen zu beben, hinter Kempowskis Miene flackerte Amüsement. Kokett legte Biggy Sue ihren Kopf zur Seite. Catman war unwohl dabei, wie weit es Töchterchen trieb.

»Oh, là, là. Für eine solch höfische Trophäe schlagen zwei Ritter wie wir uns gerne. Zehn Runden zu je fünf Toren?«

»Abgemacht«, sagte Biggy Sue und wechselte auf Catmans Seite. Die Kontrahenten schüttelnden einander die Hände.

»Kempowski, sehr erfreut.« – »Ich bin der René, grüß euch.«

»Ich bin da Catman, und das ist die Biggy Sue.«

Biggy Sue machte einen Knicks. Mackensen warf ihr kurze, scheue Blicke zu. Kempowski legte sein Jackett ab.

»Wusste gar nicht, dass es noch Rockabillys gibt in Wien«, sagte Kempowski.

»Schnösel gibt's auf alle Fälle mehr«, konterte Biggy Sue.

Kempowski gefiel das, und René sowieso.

»Dann wollen wir der Familie Fritzl mal zeigen, wie zwei olle Minnesänger für einen Teenagerslip zu kämpfen bereit sind. Melius homo vincat.«[1]

Melior, heißt das, du Dussl, dachte Catman, und konnte diesen Einwurf gerade noch für sich behalten. Er nahm die Brille ab und blickte seinem Gegenüber so lange in die Augen, bis dieses Zeichen von Verunsicherung zeigte.

»Das war Latein, Mister Fritzl. Sind Sie am Ende gar auch ein Latin Lover? Einer mit Familiensinn versteht sich.«

Kempowski hatte den Satz noch nicht zu Ende gesprochen, schon sprang der Ball ins Feld und wurde von Biggy Sue an Renés regungsloser Verteidigung vorbei ins Tor befördert. Sie sprang hoch, hob die linke Hand und schlug sie gegen die Catmans.

1 Möge der Bessere gewinnen.

»Gratulation. Vae victis.[2] Aber das nächste werden wir schießen.«

Und wirklich schoss Kempowski nach einigem Hin und Her ein Tor. René war Kempowskis Sarkasmus zuwider. Auch missfiel ihm die scherzhaft-feindselige Haltung, die sich von Anfang an zwischen beiden Parteien aufgebaut hatte. Denn die schrägen Vögel vis-à-vis waren ihm ausgesprochen sympathisch, besonders die Tochter. Zudem fiel ihm hier, in der Hitze des Gefechts, die Monomanie seines Managers auf. Carsten hatte ihn wegen einiger Spielfehler beschimpft. Solch eine Behandlung war er nicht gewohnt, am wenigsten von ihm. In der vierten Runde stieß ihn dieser sogar zur Seite, um selbst die Verteidigung zu übernehmen; dabei verpasste er sich jedoch ein Eigentor.

»Mea culpa, mea culpa, mea maxima culpa«, beschwichtigte Kempowski theatralisch.

Biggy Sue hingegen arbeitete mit allerlei kleinen Tricks, plötzlichen, schrillen Lauten und dem Drehen der Spielstangen um die eigene Achse.

»Ganz fair spielen Sie aber nicht, Mademoiselle Fritzl.«

»Sie tragen aber schon das Jackett zur Reinigung, bevor Sie's uns geben, gell«, antwortete Biggy Sue beiläufig und wurde von René mit lautem, beinahe kookaburrahaftem Lachen belohnt.

»Die kleine Fritzl ist ganz schön frech. Ihr führt zwar um zwei Spiele, aber dein Höschen krieg ich. So oder so.«

»Carsten, bitte«, sagte René.

»Genau, Carsten, hör auf deine Natascha Kampusch.«

Biggy Sues Bemerkung gefiel Kempowski sehr gut.

»Natascha Kampusch! Hast du gehört, René, wie sie dich genannt hat? Natascha Kampusch. Sie hat unser Verhältnis sofort durchschaut. Goldig.«

2 Wehe den Besiegten.

In diesem Augenblick versenkte Carsten den Ball in Catmans Tor. Catman revanchierte sich mit einem überraschenden Coup. Als er mit Kempowskis Reihe einen erbitterten Kampf ausfocht, rief er plötzlich: »Non dolet, Paete.«[3]

Kempowski stockte, und Catman schoss den Ball aus seiner Spielhälfte ins gegnerische Tor.

»Was haben Sie soeben gesagt?«

»Nichts.«

Kempowski starrte Catman nervös an, und Catman wusste, was dieser Blick bedeutete: dass der Deutsche ihn nun verdächtigte, nicht nur ein getürkter Prolet zu sein, sondern in seiner Liga, der Bildungshuberliga, zu spielen.

Das Match lief weiter.

»Mensch, Natascha, pass doch auf«, schrie Kempowski nach dem Ende der siebten Runde. René hatte wieder versagt. Doch sie holten auf. René gelangen zwei Tore. Biggy Sue kürte diese Erfolge mit *thumb up*. Wie konnte er ahnen, dass sie ein Geschenk Biggy Sues waren.

Almuth hatte sich aus der Runde an der Bar gelöst und lehnte sich übers Geländer, um das Spiel zu beobachten. Der fesche Mathias war tanzen gegangen, und die beiden Verlagsmenschen bejammerten nur noch ihre Umsatzeinbrüche. Sie betrachtete Catman und kramte in ihrem Gedächtnis, woher sie seine Gesichtszüge kannte.

Als Mackensen-Kempowski in der letzten Runde um zwei Tore hinten lagen und ein Sieg unmöglich geworden schien, schlug Catman vor, das Spiel auf sieben Tore zu verlängern. Kempowski stimmte zu und holte prompt drei Tore auf, sodass der letzte Ball die Entscheidung bringen musste. René verteidigte geschickter als zu Beginn, und Kempowski war sich des Sieges sicher; es machte ihn aber stutzig, dass die Kleine dem

3 Es tut nicht weh, Paetus. (Plinius der Jüngere)

Alten beim Seitenwechsel etwas zugeflüstert hatte. Er erwartete eine Finte. Plötzlich riss Catman die Augen auf, warf einen panischen Blick auf den Plafond und schrie: »Aufpassen, Carsten, über Ihnen, ein Mikrowellenherd!«

Almuth verstand als Erste und begann laut zu lachen. Den kurzen Augenblick von Kempowskis Verwirrung nutzte Catman, den entscheidenden Treffer zu platzieren. Biggy Sue und er sprangen hoch und umarmten einander. »Ein Mikrowellenherd«, wiederholte sie dreimal.

»Moment mal, he, Sie da, Fritzl! Ich will eine Wiederholung. Das Tor zählt nicht.«

»Sie glauben doch nicht, dass hier wirklich Mikrowellenherde durch die Luft fliegen«, sagte Biggy Sue.

»Genau, Carsten«, ergänzte Catman, »das ist schon seit mindestens drei Monaten nicht mehr passiert.«

»Jetzt gib ihm schon die Jacke. Biggy Sue hat recht, es gilt Flugverbot für Mikrowellenherde im Ost«, sagte René. Er war überrascht vom Ernst seines Freundes, und insgeheim wünschte er sich in das andere Team. Kempowski hieß ihn mit erhobenem Finger zu schweigen und blickte Catman wütend an.

»Quod licet Iovi, non licet bovi.«[4]

»Pacta sunt servanda«[5], erwiderte Catman. Kempowski schwieg eine Zeitlang, bis er sein überlegenes Lächeln wiederfand und pathetisch verkündete: »Difficile est saturam non scribere.«[6]

Gelangweilt erwiderte Catman: »Heu. Si tacuisses, philosophus mansisses.«[7]

4 Was dem Jupiter geziemt, geziemt dem Rind noch lange nicht. (Terenz zugeschrieben)

5 Verträge sind einzuhalten.

6 Schwer ist es, keine Satire zu schreiben. (Iuvenal)

7 Ach. Hättest du geschwiegen, wärest du ein Philosoph geblieben. (Boethius)

Kempowski beugte sich über den Wuzzeltisch: »Ego sum, qui sum.«[8]

»Ut quisque contemtissimus et ludibrio est, ita solutissimae linguae est.«[9]

»Lirum, larum, Löffelstiel …«, trällerte Biggy Sue dazwischen.

»Meum est propositum in taberna mori!«[10], verkündete Kempowski verächtlich. Catman zog die Augenbrauen hoch und begleitete die folgenden, in lakonischem Häuptlingston gesprochenen Worte mit Nachahmungen indianischer Zeichensprache:

»Omnis animi voluptas, omnisque alacritas in eo sita est, quod quis habeat, quibuscum conferens se, possit magnifice sentire de seipso.«[11]

»Superbientum animus prosternet.«[12]

Catman ahmte mit erhobenen Zeigefingern Büffelhörner nach und sprach gelangweilt das Schlusswort: »Tantum verde.«[13]

»Wie bitte?«

Kempowski hatte die Lacher gegen sich. So deutete er auf Catman und verkündete: »Ecce homo.«

Dann ergriff er sein Sakko, legte es zusammen und überreichte es Catman wie eine Friedenspfeife. Dieser nahm es und schupfte es Biggy Sue zu, die die Qualität des Stoffes prüfte und unter den Ärmeln roch.

»Sie sind ein kapitales Kerlchen, Catman. Ich habe Sie unter-

8 Ich bin, der ich bin.

9 Je verächtlicher und lächerlicher einer ist, umso lockerer ist seine Zunge. (Seneca)

10 Mir ist vorbestimmt, in der Taverne zu sterben. (Aus *Carmina Burana*)

11 Alle Herzensfreude und alle Heiterkeit sind darauf zurückzuführen, dass man Menschen habe, im Vergleich zu denen man hoch von sich denken kann. (Thomas Hobbes)

12 Hochmut kommt vor dem Fall.

13 Medikamentenserie der Pharmafirma CSC Angelini, hauptsächlich Lutschtabletten und Gurgellösungen gegen Halsentzündung.

schätzt. Darf ich Sie und Ihre hübsche Tochter auf einen Drink einladen?«

»Tut mir leid, unser Catmobil wartet draußen schon.«

In diesem Moment ahmte Biggy Sue Motorengeräusche und die Gitarrenriffs der Titelmelodie zur Serie *Batman* nach.

»Bist du bereit, Peachy?«

»Ja, Danny.«

Catman und Biggy Sue salutierten, riefen *hats on!* – Catman setzte sich den Stetson auf, Biggy schrie *left!*, sie drehten sich nach links, Biggy schrie *around!*, sie drehten sich mit den Rücken zu den Verlierern und verließen im Gleichschritt den Raum in Richtung Ausgang.

»Bist du deppert!« Mehr fiel René dazu nicht ein.

»Ja«, sagte Kempowski, »das nenn ich ein dynamisches Duo. Über solche Leute solltest du schreiben, mein Junge. Schade, dass sie nicht länger geblieben sind. Wir hätten sicher viel Spaß gehabt mit ihnen.«

»Was hätte ich gegeben …«

»Ich weiß, ich weiß«, sagte Kempowski und legte den Arm um Renés Schulter.

»Die Kleine war super.«

»Ich weiß, ich weiß.«

Da bemerkten die beiden Almuth am Geländer.

»René, wenn es dir gelingt, die Kleine aufzureißen, dann bist du gut«, sagte sie.

»Nicht schon wieder, bitte.«

Die drei kehrten zur Bar zurück.

Auf dem Heimweg protestierte Biggy Sue gegen den Abgang, obwohl sie ihn für ziemlich gelungen hielt. Es sei nicht gut, entgegnete Catman, dass Mackensen nun ihre Gesichter kennen würde, und ein durchzechter Abend mit diesen Leuten hätte ihre Pläne völlig durchkreuzen können. Weil er wusste, welchen Eindruck Kempowskis Auftreten machen konnte, wollte er Biggy Sue zum wiederholten Mal den Unterschied zwischen einem Blender und einem echten Typ erklären. Bald schon unterbrach sie ihn.

»Du mir nicht sagen müssen das, Katzenmensch. Ich nix bled. Nix fallen rein auf solche Typen. Verstanden?«

»Aber er ist noch immer besser als der Kleine.«

»Der Kleine ist aber sympathischer.«

»Geschmackssache.«

7. Kapitel
Pläne werden ersonnen und verworfen

Es bedurfte der Begegnung im Ost Klub, um die beiden wieder an ihren Plan zu erinnern. Biggy und Ernst spürten, dass die Zeit drängte. Bei allem Übermut hätten sie beinahe auf René Mackensen vergessen.

Biggy quoll über vor Ideen. Die Freude, einen Menschen zum Narren zu machen, überwog die sachlichen Motive bei weitem. Unter anderen Umständen, dachte Ernst Katz, hätte auch er das Opfer solcher krimineller Energie werden können. In einer bewährten Dialektik der Ethik wird das Bedürfnis des Söldners nach Plündern, Brandschatzen und Foltern einer guten Sache unterworfen, über die er selbst moralisch gesundet. So wollte Ernst auch Biggy an seine Sache binden, ihre Dämonen nutzen und zähmen. Gelänge ihm das, wären zwei Ziele erreicht: Biggy zu einer guten Sadistin erzogen und Mackensen vernichtet! Dabei musste Ernst laut lachen; und er wehrte diese infernalische Stimmung auch nicht mehr ab.

Ein großer Teil von Biggys Imaginationskunst bestand im *Cyberwar* – im Fingieren von Informationen im Netz. Durch ihre Wikipedia-Einträge und die Manipulation eines belgischen Internettelefonbuches hatte sie mithilfe eines befreundeten Hackers bereits einige Fertigkeit bewiesen. Eine plötzlich auftauchende Klara-Sonnenschein-Homepage, sagte sie, die sei zu verdächtig. Man müsse Mackensen über viele falschen Fährten in die Irre führen und zermürben. Fiktive Symposien, fingierte Publikationen, falsche Zeitzeugen … Ernst fiel ihr ins Wort. In dem Augenblick, da Mackensen herausfinde, dass die Symposien nicht stattgefunden hätten, würde er Verdacht schöpfen. Wer solle dann die Texte schreiben, und welche falsche Zeitzeugen könne man aufbieten?

Biggy phantatsierte vor sich hin. Der Geist Klara Sonnenscheins müsse Kontakt mit Mackensen aufnehmen. Man könnte ihn durch diverse Effekte nach und nach in den Wahnsinn treiben; kleine Hinweise wie Stücke von Stacheldraht auf dem Schreibtisch platzieren, mit leiser, wimmernder Stimme auf die Sprachbox sprechen, im öffentlichen Raum plötzlich in KZ-Kleidung durch sein Blickfeld huschen. Den Passanten müsse man halt erklären, dass es sich um eine antifaschistische Performance handle, was in diesem Fall ja ein bisschen stimme.

»Moment, Mackensen ist kein Faschist. Sei vorsichtig bei deiner Begriffswahl!«

Ernst war skeptisch gegenüber solchen Spintisierereien, sie streiften zu sehr jene Respektlosigkeit gegenüber Klara Sonnenschein und den Opfern der Nazis, derentwegen er es auf den jungen Autor abgesehen hatte.

Auch in psychologischer Kriegsführung zeigte Biggy Begabung: Wie wäre es damit, Mackensen darauf aufmerksam zu machen, dieser Carsten und seine Freundin hätten ein Verhältnis – und Klara Sonnenschein bloß erfunden, um ihn scheitern zu lassen. Ein solches Komplott wäre eine schöne Herausforderung.

»Blödsinn, Biggy, diese Suppe ist zu dünn. Ein Scheitern daran wird sein Ego nicht beschädigen. Ich kenne diese Typen, die hegen keinerlei innere Zweifel.«

»Es geht nicht darum«, dozierte die 17-jährige, »wie das in der Öffentlichkeit wirkt. Es geht darum, ihn gegen die einzigen Menschen aufzubringen, denen er vertraut. So etwas kann einen für immer kaputtmachen.«

Mit wie viel freudiger Verachtung sie das sagte, während sie einen Trinkhalm umknickte.

Kurz schwieg sie.

»Das ist es. Yes, Sir. Die verräterische Spur führt über dich! Du nimmst mit Carsten Kontakt auf, du gibst dich als Nachlassverwalter zu erkennen. Wir jubeln Mackensen Fälschungen unter, und irgendwann gibst du unter Tränen zu, dass Kempowski dich gekauft hat.«

Ernst schüttelte den Kopf. So ging es bis in den späten Abend. Von Hunderten Ideen waren vielleicht ein Dutzend überlegenswert, der Rest machte aber umso mehr Spaß.

Der Ofen ist noch warm
Asche wird ewig auf euch regnen
Für uns ist es vorbei

Klara Sonnenschein, aus: *Haikus in meine Haut geritzt*

8. Kapitel
Aus dem E-Mail-Verkehr
zwischen Carsten und René

Betreff: Sonnenschein mal zwei
Datum: Mittwoch, 14. Mai 2009
Von: Rene Mackensen <mackensen@mackensen.com>
An: Carsten L. Kempowski <kempowski@kempowski.com>

Mein teurer Carsten!
Gestern habe ich, kurz bevor ich das ganze Projekt hinhauen wollte, neuen Auftrieb bekommen. Martina Stix hat sich doch gemeldet. Sie rief mich um elf an, schon um eins trafen wir uns im Café Korb. Und ja, sie kannte Klara S.

Ende der 40er Jahre hat sie Klara im Kreis von Hans Weigel und Ingeborg Bachmann kennengelernt. Erstaunlich, was sie mir erzählt hat. Eine junge, extrem kluge Frau, mit der sie wunderbar ausgekommen sei. Die um drei Jahre ältere Bachmann hat sie überhaupt nicht ausstehen können. Frau Stix hat mir ein paar Spitzen aus Klara S.' Mund über die Bachmann erzählt. Und das Beste: Dem Weigel, der sie total angemacht hat, hat sie ein Glas Rotwein über den Kopf gegossen. Frau Stix weiß nicht, ob es stimmt, aber der soll die Publikationen von Klaras Gedichten und Essays, von denen er sich am Anfang sehr angetan gezeigt hatte, hintertrieben oder zumindest erschwert haben. Frau Stix habe Klara Sonnenschein bald aus den Augen verloren und wusste rein gar nichts von ihrem späteren Werdegang. War sehr anrührend, ihr trauriges Gesicht zu sehen, als ich ihr von ihrem Selbstmord erzählt hab. Als wäre es gestern gewesen.

Wenig, aber guter Stoff, will ich meinen. Wenn ich weitermache, dann will ich mich nicht zu viel auf das philosophische Zeug werfen. Das ist zu dünnes Eis für mich. Das nimmt man mir nicht ab. Was meinst du?

Ruf mich kurz an wegen der Lesung im Volkstheater.

LG

René

Geburt: Die Mutter aller gewaltsamen Delogierungen.

Klara Sonnenschein, aus: *Funken & Späne*

9. Kapitel
Besuch bei Biggys Mutter

Biggy und Ernst waren im Zug nach St. Pölten. Ernst hatte auf eigenen Wunsch das Outfit geändert. *Chief Piss Against the Wind* war in die ewigen Jagdgründe geschickt, *Colonel Patterson* aus der Taufe gehoben worden. Colonel Patterson, so hieß Ernst während dieser kurzen Reise, war ein würdevoller Kolonialoffizier im Ruhestand mit gestutztem Haar und grauem Bürstenbart, der nach der Unabhängigkeit Indiens die Welt nicht mehr verstand. Als der Colonel den vermutlich türkischstämmigen Snackverkäufer mit der Anrede *Boy* zu sich rief, rollte Biggy mit den Augen. Etliche Geschichten erfand er aus seiner Kolonialvergangenheit, die alle darauf abzielten, dass die Inder eine faszinierende Kultur besäßen, aber unfähig seien, sich selbst zu regieren. »My Goodness, Biggy, es ist zu früh, viel zu früh«, sagte er mit britischem Akzent; dann blickte er traurig in die Landschaft von Lincolnshire.

Ernst begleitete Biggy zu ihrer Mutter nach St. Pölten. Weil Karin Haunschmid wusste, dass ihre Tochter einen echten Philosophieprofessor zum Kaffee mitbringen würde, empfing sie die Gäste im Cocktailkleid. Spöttisch blickte Biggy auf ihre Mutter, Ernst wiederum trat Frau Haunschmid so gegenüber, wie es der Situation seiner Auffassung nach angemessen war.

»Herr Professor …«

»Ich bitte Sie, mich Ernst zu nennen, Ernst reicht völlig.«

»Na gut, aber dann nennen Sie mich Karin.«

»Eine bescheidene Wohnung, Ernst, die Zeiten sind schlecht.«

»Aber ich bitte Sie, Sie sollten meine …«

Biggy konnte es nicht fassen, wie Catman sich bei ihrer Mutter einschleimte. Was weißt du schon von den Konflikten, dachte sie, mit denen diese Wohnung austapeziert ist? Karin reichte Kaffee und Kuchen. Sie machte einen zugleich höflichen und lockeren Eindruck, was Ernst im Gegensatz zu ihrer Tochter durchaus schätzte. Karin führte das Wort, erzählte von ihrem Sonnenstudio und ihrem gesellschaftlichen Engagement, kritisierte die lokale Politik und schwärmte mit Ernst für italienische Urlaubsziele. Eine Gelegenheit, eine Flasche Chianti Riserva zu entkorken. Langsam kam Biggy hinter Ernsts Taktik: die Mutter in dem Bild zu belassen, das sie von sich hatte und das sie zeigen wollte.

Ernst verstand es, die Würde aus einem Menschen zu kitzeln, während sie durch ihr respektloses Verhalten nur Streit provoziert hatte. Er erschien ihr plötzlich nicht mehr als der Hochstapler, dem sie später kumpelhaft gegen die Hand schlagen würde. Es war ihm gelungen – der Chianti half mit –, dass sie nicht nur für ihn, sondern auch die Mutter Zuneigung verspürte.

Biggy stand auf und küsste sie auf den Kopf, dann räumte sie das Geschirr weg und spülte es in der Abwasch, da die Maschine defekt war. Dabei dachte sie nach. Ja, sie hatte Ernsts Lektion verstanden. Man müsse den Widerstandsgeist, seine schöpferische Destruktivität in die richtigen Kanäle leiten. Menschen persönlich anzuschütten habe nur Sinn als Schauprozess, um Lehren damit zu erteilen. Wer überall aneckt, schleift schnell seine Kanten ab. Hatte sie Ernst richtig verstanden, so ging es nicht um den Gegensatz von diplomatischem und undiplomatischem Verhalten, sondern um die Balance. Sich unbeliebt zu machen sei noch kein Wert, man müsse Gründe dafür haben. Und sich bei bestimmten Menschen beliebt zu machen sei nicht zwingend Opportunismus, denn kein offenes Hirn ohne ein offenes Herz. Diese Gedanken hatten Biggy, glaubte sie jedenfalls, um vieles weitergebracht. Mit sich, der Welt und ihrer Mutter im Lot sowie drei Tassen Espresso kehrte sie ins Wohnzimmer zurück. Dort hatte jedoch die Stimmung umgeschlagen.

Karin hatte Ernst nämlich gesteckt, wie glücklich sie sei, dass er sich um ihre Tochter kümmere, und, da sie sehr tolerant sei, störe sie auch der Altersunterschied nicht. Im Gegenteil. Ernst hatte einiges klarzustellen. Nie und nimmer, sagte er entschieden, würde er sich auf eine Affäre mit einem halben Kind einlassen. Sie sehe seine Beziehung zu Biggy völlig falsch.

»Na, na, Ernst, jetzt übertreiben Sie aber. Sie sind doch ein g'standener Mann. Heißt das, dass Sie und Biggy nur Freunde sind? So Seelengefährten?«

»Ja, ich glaube, das kann man so ausdrücken.«

Sofort griff Karin nach seiner Hand.

»Das ist ja viel schöner. So richtige Kumpel? Wie sehr hab ich mir so was immer gewünscht. Das ist ... wunderbar. Sie hat halt nie einen richtigen Vater g'habt. Ich weiß nicht, ob Ihnen Birgit die traurige Geschichte vom Robert erzählt hat ...«

»Ein wenig.«

»Jetzt versteh' ich besser. Da fällt mir wirklich ein Stein vom Herzen, dass sie einen ... väterlichen Freund gefunden hat. Sie war so orientierungslos und jähzornig.«

»Karin, Freund ja, aber väterlich? Dafür fühl ich mich dann wiederum zu jung.«

Karin lachte verlegen.

»Manchmal ist Biggy eher wie eine Mutter zu mir als ich ihr ein Vater. Lassen Sie es mich so ausdrücken: Wir sind wie eine Lesbe und ein Schwuler in einer innigen WG.«

Kurz starrte ihn Karin entgeistert an. Diese Allegorie war doch zu schwer zu entschlüsseln.

»Wirklich? Die Biggy hat was mit Frauen? Ich mein', wenn, wär's auch nicht schlimm. Es ist nur etwas überraschend.«

»Nein, Karin, nein«, entgegnete Ernst, »das war nur ein Bild. Würde das stimmen, dann wär' eher ich die Lesbe und Biggy der Schwule, wenn Sie verstehen, was ich meine.«

Karin verstand nicht, doch ihr Verhalten änderte sich schlagartig. Sie begann von ihrer Einsamkeit zu erzählen und von ihren Erfahrungen mit Männern, und sie sprach auffällig schnell und leise, als gälte es, bis zu Biggys Rückkehr die Verlobung zu beschließen.

Biggy jedoch erkannte die Situation sofort und entlastete Ernst von der Rolle des guten Geistes. Kurzerhand erklärte sie ihrer Mutter, dass sie ihm unbedingt die Traisenauen zeigen wolle. Unter der Bedingung, dass sie später zum Essen wiederkämen, ließ Karin sie gehen. Sie habe schon alle Zutaten für ein Nasi Goreng im Haus.

Es war ein windiger Frühlingsnachmittag, schwere Regenwolken und Sonnenschein wechselten einander ab.

»Deine Mama ist super. Und fesch ist sie auch.«

Biggy schwieg, und Ernst verstand auch, warum.

»Alles hat seinen Preis«, sagte sie kurz darauf, »jede nette Geste ist ein Versprechen. Und Versprechen muss man halten. Oder? Drum ist es manchmal besser, gar nichts zu versprechen.«

Ernst presste die Lippen aufeinander und nickte.

»Wenn man so wie du außerhalb von allem steht«, fuhr Biggy fort, »ist's recht leicht, den netten Onkel zu spielen. Oder das Arschloch. Je nachdem.«

Wieder nickte er. Dann machte er einige abfällige Bemerkungen über Karin. Seiner Autorität schadete er damit, doch das minderte nicht den Wert der Lektion, die Biggy in der Küche die Augen geöffnet hatte.

Ernst war sich klar, dass erst ein Techtelmechtel mit Frau Haunschmid die Lolita-Konstellation schaffen würde. Nach einer Weile fragte Biggy: »Wieso schreibst du eigentlich keine Romane?«

»Weil ich nur ein dahergelaufener Denker bin.«

»Muss man beim Schreiben von Romanen nicht denken?«

»Ich wäre ein lausiger Romancier. Glaub's mir. Man käme mir schnell auf die Schliche, dass ich Handlungen und Figuren nur als Vorwand montieren würd'. Das ist der wesentliche Unterschied. Für mich hat der abstrakte Gedanke mehr Fleisch und Blut als die Krankenschwester der Groschenromane oder die Gebrüder Karamasow. Die verkämen in meinen Romanen nur zu Dekor.«

»*Die Gebrüder Karamasow*? Die sind von Dostojewski.«

»Bravo.«

»Ich hab *Schuld und Sühne* gelesen. Bist du deppert, war das gut.«

»Das ist auch gut. Und dennoch: das Bedürfnis nach nachvollziehbaren Handlungsläufen, Suspense und Identifikationsfiguren – alles Krankenschwesternliteratur. So wie ich nicht verstehe, wieso Bonnie Tyler schlechter als Bob Dylan sein soll, kenn ich den Unterschied zwischen *Susi schafft es* und den *Buddenbrooks* längst nicht mehr. Bloß, dass Bonnie und Susi wissen, wer sie sind.«

»Jetzt redest du aber einen Stuss daher.«

»Ich kann schon verstehen: Wenn man selbst zu wenig lebt oder das Leben noch vor sich hat, dann haben diese Porträts aus Worten noch einen Orientierungswert. Aber wenn man wie ich die Tage zählen kann, die einem noch bleiben, will man sich nicht durch den Handlungsmüll fressen, bis man mal auf einen klaren Gedanken stößt. Es gibt Texte, da ist jeder Satz ein Universum aus Gedanken. Ich will an die Nüsse, die Schokolade verklebt mir die Phantasie – und kratzt im Rachen.«

»Sind das nicht eigenartige Ansichten für jemanden, der sein Geld mit Literatur verdient hat?«

»Ja, ich weiß. Aber davon habe ich mich befreit. Früher wurde ich für Rezensionen bezahlt. Ich hab gelogen, was das Zeug hält. Weil ich nicht gemein sein wollte, oder weil ich die junge Autorin auf der Klappe attraktiv fand. Aber ich will keine Sekunde meines Lebens mehr damit verschwenden, mit Susi zu zittern, ob sie der Primar wirklich liebt, oder Karla – in der gehobenen Literatur heißt Susi meistens Karla – zwanzig Seiten dabei zuzuschauen, wie sich ihre existenzielle Verlorenheit bei der Zugfahrt von Berlin nach Prag in den dürren, vorbeiflitzenden Baumkronen verfängt. Ich ertrage nur noch Essays. Der Essay verhält sich zum Roman wie die Philosophie zur Ikonenverehrung. Die Popmenschen brauchen konkrete Schicksale, Bilder, Anschauung, an der sie sich laben können. Warum sie sich mit ihren Klara-Romanen den Susi-Romanen überlegen fühlen, ist mir rätselhaft. Und warum die Verfasser der Karla- und nicht der Susi-Romane vom Feuilleton eingeladen werden, über Sinn und Unsinn des Bankenrettungsschirms zu philosophieren, ein noch größeres.«

»Ich glaube dir das nicht, Katz. Du gefällst dir in diesen Übertreibungen. Doch du meinst nicht, was du sagst.«

»Das stimmt auch wieder. Aber du hast mich gefragt, warum ich keine Romane schreibe. Und ich wiederhole: Ich würde in meinen Romanen nur Gedanken einander betrügen, umspielen, gewinnen und verlieren lassen. Die Romanfiguren wären dort bloß Butler, die den Gedanken Cocktails ans Bett tragen oder dem Gedanken des Hauses das Kommen anderer Gedanken ankündigen. Du siehst: Niemand würde meine Romane gut finden, abgesehen vielleicht von ein paar vergeistigten 24-Jährigen, die sich für anders als die anderen halten.«

»Eines muss ich dir lassen, Katz. Du bist ganz schön einseitig.«

»Das muss ich sein; wenn die ganze Welt mit ihrer Einseitigkeit das Boot zum Kentern bringt, darf ich nichts unversucht lassen, auf die andere Seite zu kraxeln, auch wenn mein Fliegengewicht nichts bewirken wird.«

»Der war gut. Und schnell.«

»Danke. Trotzdem hältst du mich für einen überheblichen Alten, nicht?«

»Klar bist du das. Hab kein Problem damit.«

»Aber ich darf das, weil ich unheilbaren Krebs hab.«

Manchmal kam ihr Ernst wie ein dummer Bub vor.

»Sehr witzig. Hirnkrebs vielleicht.«

»Hoho, noch witziger. Ich weiß es, nur meine Ärzte wollen es nicht wissen.«

»Hast nix mehr zu verlieren, was?«

»So ist es.«

»Na gut, dann geh mit mir auf den Hauptplatz und brunz gegen die Auslage vom Cinema Paradiso!«

»So was mach ich nicht, dazu bin ich zu feig.«

»Bald sterben wollen, aber sich nix trauen.«

Biggy überlegte eine Weile.

»Wie alt bist du eigentlich? 74?«

»70.«

»Stimmt. Eigentlich ist es blöd von mir, dass ich mich mit so einem alten Knacker anfreunde, wenn der ohnehin bald abtritt. Absolute Fehlinvestition.«

Ernst Katz fand Biggys Bemerkung gar nicht witzig und war eingeschnappt bis zum Nasi Goreng um halb sieben.

Karin lag auf der Couch und las den *Spiegel*, als sie zurückkamen. Sie trug nun einen marokkanischen Kaftan und auf dem Kopf ein zu einem Turban gewickeltes Seidentuch. Sie ähnelte der Gastgeberin einer Jetset-Party der frühen siebziger Jahre. Auch wirkte sie schüchterner, sensibler als zuvor. Ein unangenehmes Schweigen erfüllte den Raum, als sie das Abendessen auftrug. Biggy und Ernst fanden das Nasi Goreng phantastisch, Karin bedankte sich für das Kompliment mit einem etwas leidenden Lächeln. Eine Flasche Neuburger aus dem Kamptal löste die Stimmung.

Sie erzählte von einem großartigen Artikel über Günter Grass im *Spiegel* und fragte, ob Ernst ihn auch gelesen habe. Er habe weder den Artikel noch Grass je gelesen, antwortete er, was gelogen war, doch wie hätte er sonst eine Brandrede gegen diesen Autor vermeiden können. Biggy rettete schließlich den Abend. Stolz erzählte sie, wie ihre Mama Polizisten zur Rede gestellt habe, die eine kurdische Familie abschoben, und dass sie sich jetzt gegen ein Kraftwerksprojekt im Traisental engagiere. Nie zuvor hatte ihre Tochter so wohlwollend von ihr geredet. Ihre Wertschätzung war eine Entschädigung für die Distanz des attraktiven Professors. Ernst steuerte die eine oder andere Episode aus dem Literaturbetrieb bei, und Karin freute sich, in diese fremde und interessante Welt hineinschnuppern zu dürfen.

Mundgeruch: Morgendlicher Moderdunst, der sich zumeist schon nach dem ersten Jahr einer festen Zweierbeziehung übers gemeinsame Bett breitet und gespenstisch von deren Ende kündet.

Klara Sonnenschein, aus: *Funken & Späne*

10. Kapitel
Der Anruf

Ernst hatte den Anruf erwartet. Dass er so spät kam, erstaunte und erleichterte ihn. Zwei Monate hatte er sich dank Biggys Präsenz allmächtig gefühlt. Nun würde sich alles ins Gegenteil verkehren. Biggy hatte sofort gemeint, man könne die neue Situation zum eigenen Vorteil wenden. Er sah vieles schwarz, aber war sie mit ihrem ermüdenden Optimismus eine Hellseherin? Man müsse flexibel sein.

Flexibel sein, taktisch, durchtrieben und instrumentalistisch, hatte Ernst ihr vorgeworfen, das seien die Eigenschaften der sogenannten freien Marktwirtschaft. Stolz sei er, darüber nicht zu verfügen. Blödsinn, erwiderte Biggy: Wer im Dschungel lebe, müsse dessen Gesetze kennen. Die Gutmenschen, die sich nie die Finger schmutzig machten und nur Haltung bewahrten, würden keinen Schritt vorankommen.

Katz zuckte zusammen, als das Telefon läutete. Es hatte bereits am Vortag geläutet, fünfmal, und zweimal am Tag zuvor. Würde er wieder nicht abheben, stünde ihm womöglich ein ungebetener Besuch ins Haus.

»Hallo?«

»Spreche ich mit Professor Katz? Ernst Katz?«

»Ja, der bin ich.«

»René Mackensen mein Name. Ich bin … Schriftsteller … und recherchiere zu Klara Sonnenschein.« Mackensens Stottern kam Katz' Stottern zuvor. Umständlich legte ihm der Autor sein Vorhaben dar.

»Das ist ja wunderbar, dass man Klara wiederentdeckt. Ein Jahrzehnt lang habe ich Verlage mit ihren Manuskripten belagert. Niemanden haben sie interessiert. Die Akademie der Wissenschaften hat nach anfänglichem Interesse gleichfalls abgewinkt. Man entschuldigte sich mit Budgetkürzungen. Die Theodor Kramer Gesellschaft meinte, Frau Sonnenschein sei zu wenig geflüchtet. Aber sagen Sie, Herr ...«

»Mackensen.«

»Darf ich Sie fragen, wer Ihnen von mir erzählt hat?«

»Doktor Mayer vom Literaturhaus.«

Verräter, dachte Ernst.

»Der Rudi. Schön. Jetzt machen Sie mich aber neugierig. Von welcher Stelle konnten Sie Geld für Ihr Projekt auftreiben?«

»Ich ... ich arbeite auf eigene Rechnung.«

»Na dann, viel Glück. Bravo. Und aus welchem Fach, von welchem Institut kommen Sie? Studieren Sie noch? Philosophie? Germanistik?«

»Ich bin Schriftsteller, Professor Katz, ein gewöhnlicher Schriftsteller. Kein Wissenschaftler. Sorry. Ich schreibe nur einen Roman ...«

»Einen Roman? Über Klara?«

»So ist es. Und ich wollte Sie fragen, da Sie diese hochinteressante Frau ja persönlich gekannt haben und, soweit ich unterrichtet bin, auch über unveröffentlichte Texte von ihr verfügen, ob Sie ... ja, ob Sie mir dabei vielleicht helfen könnten.«

»Ein Roman. So, so. Da müssten wir uns eingehend unterhalten, was Sie eigentlich wollen. Darf ich Sie nach Ihrem Alter fragen? Ihre Stimme klingt sehr jung.«

»Ich werde demnächst dreißig.«

»Na, dann sind Sie ja eh schon ein alter Knacker. Ihrer Stimme nach hätte ich Sie jünger geschätzt.«

Ernst imitierte joviales Lachen, aus dem Hörer aber drang vielversprechendes Schweigen.

»Dann sollten wir uns zusammensetzen und bei einem Kaffee über die Sache plaudern, nicht? Seit meinem letzten Ischiasanfall verlasse ich nur mehr selten das Haus. Sie müssten schon zu mir in die D'Orsaygasse kommen.«

»Ich bin Ihnen wirklich sehr dankbar, dass Sie mein Vorhaben ernst nehmen.«

»Mal sehen.«

»Also ich könnte schon morgen vorbeischauen.«

»Das ist schlecht. Ich muss in einer Woche nach Prag zu einem Freund, und bis dahin muss der Ischias wieder gut sein. Ich brauch Ruhe. Das können Sie nicht wissen. Warten Sie, bis Sie so alt sind wie ich, dann werden Sie das verstehen. Einen Augenblick, ich hab meinen Kalender hier liegen.«

Ernst und René vereinbarten einen Termin, der beiden drei Wochen Zeit ließ, sich vorzubereiten.

Nach dem Telefonat fragte Ernst Biggy, die auf dem Sofa lümmelte und mit halbem Ohr zugehört hatte, wie er gewesen sei. Der zittrige Ton in seiner Stimme habe etwas aufgesetzt gewirkt, daran müsse er arbeiten. Aber was solle er tun, damit ihn Mackensen nicht wiedererkennt? Haare noch kürzer schneiden, Gewicht verringern, Opa-Garderobe, und dass er so alt wirke, wie er ist, dafür werde sie in den nächsten Wochen schon sorgen. Biggy grinste, Katz seufzte.

Der Weg von Geist und Kunst ist in Österreich so beschwerlich, weil diese von zu vielen magistratisch beglaubigten Schrankenwärtern der Kultur behindert werden, die als Weggeld Anerkennung ihrer Bedeutsamkeit fordern, und als Bakschisch, ihrer Eitelkeit zu schmeicheln. Anders gibt es kein Fortkommen. Verweigert man den Tribut, zeigen dir diese Kulturbeamten und Redakteure, um dich zu demütigen, die miserablen Gedichte aller ihrer Neffen aus Langenlois, die sie nun über Kontakte bei angesehenen Verlagen untergebracht hätten. Die Tragik liegt darin, daß das verständige Publikum, für das Geist und Kunst bestimmt waren, am Ende nur noch das gestreckte Zeugs derer bekommt, die gerne bis zur letzten Schranke ihr Bakschisch entrichteten, weil sie genug davon haben, sie, die sich als Schrankenwärter selbst gerne was dazuverdienen. Du wirst mich jetzt sicher fragen wollen, ob es nicht anderswo genauso ist. Vermutlich. In Deutschland (wovon ich allein sprechen kann) befinden sich die Schranken jedoch in größeren Abständen zueinander, und den wesentlichen nationalen Unterschied macht die Höhe des Bestechungsgeldes aus. Die beschränkten Schrankenwärter und kulturellen Wegelagerer in Österreich haben aufgrund ihres fragilen Selbstwertgefühls einen höheren Bedarf. Die Weigerung, es zu zahlen, führt in anderen Ländern zum Feilschen, in Österreich zu lebenslanger Eingeschnappttheit und der Order an alle anderen Schrankenwärter, einen nie wieder passieren zu lassen.

Klara Sonnenschein an Ernst Katz, Juni 1965

11. Kapitel
Der Überfall

Eine Stunde hatte René in einem Café im Servitenviertel verbracht, ehe er sich in die D'Orsaygasse aufmachte. Zweimal war er auf dem Klo gewesen. Alle Versuche, zusammenhängende Sätze, die er dem Alten sagen würde, zu notieren, hatte er aufgegeben. Es war nicht anders als vor jedem Interview, jeder Lesung, jeder Podiumsdiskussion: Immer glaubte er, vor den Scharfrichter treten zu müssen.

In der D'Orsaygasse ließ er sich viel Zeit, nicht um sie zu schinden, sondern um Ruhe zu finden. Er läutete bei Katz, aber niemand öffnete. Seltsam. Vielleicht hatte der Alte das Treffen vergessen. Noch besser. Ein guter Grund, nachhause zu gehen, bei einem Asiaten einzukehren und den gewonnenen Tag zu genießen. Womöglich hörte aber Katz auch nur schlecht. René läutete bei Jovanović. Eine Frauenstimme meldete sich aus der Gegensprechanlage. René sagte, er habe den Schlüssel vergessen. Er drückte das Tor auf, zwischen Mezzanin und erstem Stock hörte er Schreie und Schläge. Die konnten nur aus der Wohnung von Jovanović kommen.

Nein, die Geräusche kamen aus dem zweiten Stock, dem Stock, in dem Katz wohnte.

René hatte diesen kaum erreicht, da öffnete sich eine Tür, und zwei dunkel gekleidete Gestalten rannten heraus, über deren Gesichter Motorradmützen gezogen waren. Eine von ihnen hatte einen halbvollen Plastiksack geschultert. Bevor sich René verstecken konnte, hatten sie ihn erblickt. Der Vermummte mit dem Sack richtete etwas auf ihn, das wie eine Pistole aussah. Instinktiv hob René die Arme. Die andere Gestalt brüllte den Waffenträger in einer unverständlichen Sprache an. Dann rannten sie an ihm vorbei Richtung Haustür. René kauerte sich auf den Boden und wagte nicht, den beiden nachzublicken. Er presste die Augen zusammen und wartete, bis es still wurde. Dann stand er auf, betrat durch die offene Tür die Wohnung und hoffte, weder einen Toten zu entdecken noch Erste Hilfe leisten zu müssen.

Durch den Vorraum gelangte er ins Wohnzimmer: umgeworfene Sessel, geöffnete Laden, auf dem Boden verstreute Briefe und Dokumente. Es roch unangenehm, so wie im Haus seiner Großmutter. Zerkochtes Gemüse, Essig, Harnstein und das Odeur nachlässiger Analhygiene glaubte er als Komponenten darin auszumachen. René erschrak, als hinter einer Tür ein alter Mann hervortrat, der in einer Hand einen Brieföffner mit messingfarbener Klinge hielt und die andere gegen seinen blutenden Kopf presste.

»Wer sind Sie?«

»Mackensen. Herr Katz?«

Ernst schleppte sich stöhnend zum Drehsessel und ließ sich in diesen fallen.

»Um Himmels willen, Sie müssen ins Krankenhaus. Und die Polizei …«

Ernst machte eine abwehrende Handbewegung.

»Nichts Schlimmes, Herr Mackensen. Nur ein leichter Schlag. Alter Idiot ich, was muss ich den Helden spielen.«

René fasste unsicher die Schultern des alten Mannes.

»Das kann zu inneren Blutungen führen. Ich rufe sofort die Rettung.«

Er zückte sein Handy.

»Unsinn, eine Hautabschürfung. Mehr nicht.«

»Aber Sie bluten wie eine Sau … Entschuldigen Sie meine Diktion. Die Polizei müssen wir unbedingt einschalten!?«

Ernst blickte den jungen Mann freundlich an. Er wirkte gebrechlich, seine Hände zitterten, ein Teil des Geruchs schien von ihm zu kommen.

»Warten Sie. Ich muss mich von dem Schrecken erholen.

Nein. Bitte keine Polizei. Ich geh zuerst ins Badezimmer, die Wunde versorgen.«

»Lassen Sie mal sehen.«

»Setzen Sie sich, und rufen Sie bitte nicht die Polizei. Ich werde Ihnen erklären, warum. Ja?« Dann schüttelte er ihm kraftlos die Hand.

»Es tut mir leid, dass wir uns unter solchen Umständen kennenlernen.«

Ernst verschwand im Badezimmer und kam mit einem großen Pflaster an der Stirn zurück, von dessen Rändern noch immer Blut schlierte. Dann griff er in der Hausbar nach einer Flasche Whisky, holte zwei Gläser und schenkte ein. Erst jetzt bemerkte René auf Katz' Glatze die vielen roten Pusteln, nässende Eiterkrusten und eine ausgetrocknete schuppige Haut, wie er sie als Zivildiener oft bei Patienten mit Psoriasis und Pilzinfektionen gesehen hatte.

»Was ich nicht verstehe: Ich besitze nichts von Wert. Ein Gemälde haben sie mitgenommen, Sie sehen ja an der Wand, wo es gehangen ist, und eine Schatulle, und mein Bargeld. Aber das Wertvollste ist doch dieser Whisky, den ich von einem Freund geschenkt bekommen habe.«

René musste über Katz' Weltfremdheit staunen, in dieser Flasche Glenfiddich, einem ziemlich durchschnittlichen Single Malt, einen wertvollen Tropfen zu vermuten.

»Da, trinken Sie. Ist der nicht köstlich? Schon was anderes als das übliche Johnny-Walker-Zeug, nicht wahr?«

»Warum haben die nicht den Computer mitgenommen?«

»Ja, junger Mann, das frage ich mich auch. Wäre das eine der üblichen Einbrecherbanden aus Georgien oder Rumänien gewesen, hätte die dieses Uraltmodell nicht übersehen. Hier haben wir einen der Gründe, warum ich die Polizei aus dem Spiel lassen will.«

»Bitte, Herr Katz, das verstehe ich nicht.«

»Dieser kleine Kratzer da oben – lächerlich. Wenn mein Verdacht sich erhärtet, dann wurde mir die denkbar tiefste Seelenwunde geschlagen.«

Ernst presste die Lippen aufeinander und starrte ins Leere. Die Stille erinnerte René daran, dass man jetzt den Sekundentakt einer Standuhr hören müsse, wie sie in solchen Momenten der kontemplativen Stille immer schlugen.

»Haben sie auch eine Uhr geklaut?«

»Woher wissen Sie? Dort drüben auf der Kommode ist sie gestanden. Herr Mackensen, ich muss Sie etwas fragen. Haben Sie irgendjemandem von Ihrem Besuch bei mir erzählt?«

»Ja, aber nur meiner Freundin Almuth und Carsten, meinem Agenten. Warum?«

»Und hat dieser Agent irgendwelche Kontakte zum organisierten Verbrechen?«

René schmunzelte.

»Nein, nein, Carsten, arbeitet für Splendid House, aber er hat sich bereits selbständig gemacht.«

Ernst verwirrte René mit schrillem Lachen.

»Sie gefallen mir. Einen tollen Humor haben Sie.«

Erst jetzt erkannte René die unabsichtliche Doppeldeutigkeit seiner Bemerkung. Katz wurde konkreter.

»Sagen Sie, Mackensen, haben Sie schon Enkelkinder?«

»Entschuldigen Sie, aber das kann kaum möglich sein. Ich hab Ihnen doch am Telefon gesagt, dass ich erst knapp dreißig bin.«

Etwas verwirrt starrte ihn der alte Mann an, dann entnahm er einem Etui seine Brille, setzte sie auf und prüfte nochmals das Gesicht des Jüngeren.

»Ich bitte Sie vielmals um Verzeihung, Herr Mackensen, aber ihr seht für mich alle gleich alt aus. Trinken Sie noch einen Whisky. So einen guten bekommen Sie so bald nicht wieder.«

René legte die flache Hand auf sein Glas. Ernst begann zu erzählen. Er könne ihm endlich verraten, warum er die Polizei nicht einbeziehen wolle. Er hege nämlich den Verdacht, dass seine eigene Enkeltochter in die Sache verstrickt sei. Deshalb bitte er Mackensen um Verständnis. Das Mädchen habe eine schwere Kindheit gehabt, kein Vater, die Mutter manisch-depressiv. Er selbst habe die meiste Erziehungsarbeit geleistet. Aber was könne ein alter Gaul wie er schon ausrichten, wenn solch ein junges Fohlen ausreißt. Mit 14 sei sie in schlechte Gesellschaft geraten. Das übliche Programm, wie es in diesem Augenblick wahrscheinlich Hunderttausende Male ablaufe auf dieser Welt, doch was für die Soziologen ein Phänomen und für die Sozialarbeiter Routine sei, habe für jede einzelne Familie eine bittere Bedeutung. Birgit, seine Enkelin, beteuere zwar, kein Junkie zu sein, aber treibe sich mit solchen herum, lauter Migranten, vorzüglich Vorarlberger und Jugoslawen. Uli heiße einer, der andere Goran, und noch ein paar gebe es, deren Namen ihm entfallen seien. Er, Mackensen, dürfe auf keinen Fall glauben, dass er ein Ausländerhasser sei, im Gegenteil, aber es seien nicht immer die besten Ausländer, die zu uns kämen. Ob er diese Einschätzung teile, wollte Katz wissen, und fixierte ihn scharf.

René zuckte unschlüssig die Schultern. Gut, dachte Ernst, Rassist ist er keiner. Schade eigentlich. Dann fuhr er fort. Er wisse, dass es pädagogisch nicht zu vertreten sei, einem solchen Kind Geld zuzustecken, aber Birgit sei ein liebes Mädel und der einzige verbliebene Spross seiner vermaledeiten Familie. Er bilde sich ein, zwar geringen, aber doch Einfluss auf das Kind zu haben. Gebe es die kleinen Geldgeschenke nicht, würde der Kontakt vollends abreißen.

»Sagen Sie, Herr Mackintosh, würden Sie anders empfinden?«

»Wahrscheinlich nicht.«

Er, Ernst, müsse aber zugeben, Fehler gemacht zu haben.

Einen großen Fehler. Die Einbrecher hätten auch die Mahagonischatulle mit Klara Sonnenscheins Nachlass mitgehen lassen. Zuerst habe er geglaubt, dass das ein Missverständnis sei und die Halunken wohl Wertsachen darin vermutet hätten. Doch immer mehr käme ihm der Verdacht, dass sie genau unterrichtet gewesen seien. Nur Birgit habe gewusst, was sich darin befinde, und er habe ihr auch noch enthusiastisch von seinem, Mackintoshs Ansinnen erzählt. Und wie sehr er sich freue, dass seine lebenslange Mühe nun auf fruchtbaren Boden stoße und sich ein junger Germanist ihres Werkes annehme …

»Ich bin Schriftsteller, Herr Katz. Herr Professor Katz.«

Wie auch immer, er habe ihr erzählt, dass dieser junge Mann für einen der reichsten Verlage Deutschlands schreibe und das Buch deshalb die Publizität bekomme, die Klara Sonnenschein verdient habe.

»Pardon, wie kommen Sie darauf, dass ich für einen reichen Verlag schreibe?«

»Hat Henning Holdt seinen Arsch etwa nicht an Splendid House verkauft?«, sagte Katz scharf. René verwunderte diese vulgäre Diktion, doch wusste er von seinem eigenen Onkel, einem tadellosen Landnotar, dass auch dieser mit zunehmendem Alter die Kraftausdrücke seiner Jugend wieder ausgrub, oder besser: dass – zweifellos eine Senilitätserscheinung – der Lack der Kultiviertheit abblätterte.

»Ich würde das nicht so ausdrücken, aber ja, Holdt ist jetzt bei Splendid House, wobei es noch nicht hundertprozentig sicher ist, dass ich bei Holdt bleibe, denn Carsten, mein …«

»Es tut mir so leid, aber wie hätte ich ahnen können … Diese Fratzen glauben doch wirklich, dass das Zeug was wert ist. Es bleibt uns nichts übrig als abzuwarten. Ich vermute, dass die sich an mich oder an Sie mit Forderungen wenden werden.«

Katz ergriff Renés Hand. René ekelte davor.

»Versprechen Sie mir, nicht die Polizei einzuschalten. Wenn

Birgit mal in einer Besserungsanstalt ist, wird alles nur noch schlimmer. Sie ist ein liebes Mädel, glauben Sie mir.«

René versprach es. Was sich denn in der Schatulle befunden habe?

Gedichte, Briefe, viele Fotos und ein Manuskript von Klara Sonnenscheins Opus magnum, *Die Versklavung der Dinge*.

Der Atem des alten Mannes war dermaßen unangenehm, dass René seinen Kopf so weit wie möglich zurückstreckte und den Geruch der Wohnung als frische Luft empfand. Katz rückte zu ihm auf, sodass seine Nasenspitze beinahe die Renés berührte.

»Sie sind der Einzige, der uns jetzt helfen kann. Ich flehe Sie an, retten Sie meine Enkelin!«

René wagte nicht, sich die Speicheltropfen, die Katz in seiner Erregung versprüht hatte, aus dem Gesicht zu wischen. Er versuchte seine Hand aus der Umklammerung zu befreien, doch Katz ließ sie nicht los.

»Ich flehe Sie an, Mackintosh. Ich werde mich auch erkenntlich zeigen, selbst wenn ich noch nicht weiß, wie. Brauchen Sie Geld?«

»Aber ich bitte Sie. Sie könnten mir natürlich mit Ihrem Wissen über Klara Sonnenschein behilflich sein. Mich interessiert ja eher die menschliche Seite als die theoretische. Und da Sie …«

»Was? Wie? Da irren Sie sich. Ich kannte diese Frau nicht. War in einer Vorlesung von ihr. Ein-, zweimal habe ich mit ihr gesprochen. Der Nachlass kam nur durch einen eigenartigen Zufall in meinen Besitz. Alles, was Sie über sie wissen wollen, ist in der Schatulle.«

»Aber haben Sie nicht einmal eine Vorlesung über sie gehalten?«

»Ach so. Das. Ich habe ihre Dissertation über Hegel verwendet. Aber sie selbst war nicht das Thema. Da sind Sie falsch unterrichtet. Hegel war's. Hegel selbst.«

René fand es höchste Zeit zu gehen. Höflichkeitshalber sagte er dem alten Mann, dass er ihm zumindest beim Verständnis der Diss helfen könne. Katz lachte spöttisch.

»Nein, nein, so einfach geht das nicht, mein Lieber. Da müssen Sie zuerst durch Hegels *Phänomenologie* durch. Sonst verstehen Sie rein gar nichts. Das wäre wie in den ersten Stock einziehen, bevor das Fundament des Hauses gelegt ist. Aber ich schlage Ihnen was vor. Ich gebe Ihnen Hegel-Unterricht. Einmal pro Woche wäre gut. Nur wir beide. Einen Hegel-Lesekreis hab ich mir schon immer gewünscht. Die wenigen, mit denen ich mich über Hegel austauschen konnte, sind leider gestorben. Es würde mich freuen, wenn Sie mich öfter besuchen. Wenn ich gerade meine Ischiasphasen habe, bin ich dankbar, wenn jemand bei mir ist, der mich aus dem Bett heben kann, sobald ich aufs Klo muss. Vor zwei Wochen, kurz nachdem sie mich anriefen, bin ich einen Tag lang in meinen Exkrementen gelegen, völlig allein. Stellen Sie sich das vor. Aber Sie sehen kräftig aus, sind in Ihren besten Jahren und haben auch ein angenehmes Äußeres. Eine Pflegerin kann ich mir leider nicht leisten. Ich gebe Ihnen den Rat, nie alt zu werden.«

René gelang es, sich loszureißen. Er stand auf und versprach, sich bei Katz zu melden. Der sah ihn sehnsuchtsvoll an und fragte, ob er nicht vielleicht doch noch einen Whisky wolle.

Im Hinausgehen stellte René eine Frage, die ihm schon lange auf der Zunge brannte: Ob sie einander schon begegnet seien? Wahrscheinlich, antwortete Katz, wahrscheinlich habe er in den achtziger Jahren eine seiner Vorlesungen besucht.

»Das ist aber unmöglich. Ich sagte Ihnen doch, dass ich 29 bin.«

»Ach so. Entschuldigen Sie. Aber Sie sehen wirklich ein bisschen älter aus. Betreiben Sie Sport?«

»Sehr viel sogar.«

»Na eben. Lassen Sie das lieber.«

Katz begleitete seinen Gast zur Tür, dort drehte sich dieser noch einmal um.

»Sagen Sie, haben Sie vielleicht einen jüngeren Bruder, der Rockabilly ist?«

»Rocka was?«

René gab Katz die Hand und bereute es sogleich, denn diesmal wurde sie von zwei Händen umklammert.

»Kommen Sie, wann immer Sie wollen. Und ich flehe Sie an, retten Sie Birgit. Ja? Sie besuchen mich doch wieder? Normalerweise mag ich keine Menschen. Doch zu Ihnen habe ich Vertrauen gefasst. Ich leihe Ihnen meine gesamte Hegel-Ausgabe.«

Katz' Stimme hallte im Stiegenhaus wider. Als René im Parterre ankam, sah er noch einmal hoch. Der alte Mann stand nach wie vor am Geländer und winkte ihm freundlich zu.

Konsumenten-Demokratie

Was die Makler des Geistes nicht verstehen,
stellen sie nicht in ihr Sortiment.
So wird's, als wär's nie geschehen,
für immer aus dem Sinn gebannt.

Denn wie kann es auch etwas geben
jenseits von ihrem Horizont?
Markieren sie nicht im geistigen Leben
alles Erdenklichen feile Front?

Würden diese Pillendreher nicht existieren,
diese Mistkäfer der Verwertung,
wer würde die Welt für uns portionieren?
Dankend fressen wir ihren Dung.

Denn nur was sich verkauft, darf sein,
zu Recht scheidet Sperriges aus.
So brennt man auch uns Warenzeichen ein,
unser Gehorsam eilt ihnen voraus.

Selbst Revolte dagegen wird nur mehr verstanden
in genormten Phrasen und Schablonen.
Bei Giftmischern wird das Gegengift erstanden,
alles ist möglich, es muß sich nur lohnen.

Die Makler des Geistes, sie regeln ein Angebot,
für das zuvor keine Nachfrage bestand,
doch sobald der Geist den Maklern droht,
jagen die Käufer ihn selbst aus dem Land.

Klara Sonnenschein, aus: *Haikus in meine Haut geritzt*

12. Kapitel
Aus dem E-Mail-Verkehr
zwischen Carsten und René

Betreff: Du wirst nicht passen!!!!!!!!
Datum: Donnerstag, 18. Juni 2009
Von: Carsten L. Kempowski <kempowski@kempowski.com>
An: Rene Mackensen <mackensen@mackensen.com>

Lieber René, wirf nicht zu schnell die Flinte ins Korn. Hab mir die Sache durch den Kopf gehen lassen. Dieser groteske Raub ist das Beste, was dir passieren konnte. Halali! 5000 Euro sind doch ein Klacks. Werde mit Frau Holdt reden. Zur Not steuere ich den Betrag bei. Das wird das spannendste Making-of, das der deutschsprachige Buchmarkt je erlebt hat. Welch ein Abenteuer. Recherche mit Hindernissen. Eine Zugreise von Wien nach Vorarlberg. (Ich würde nicht mit dem Auto fahren.) Sieben Stunden. Da findest du Zeit, dein Buch zu gliedern. Dein Zug fährt um 8.14 Uhr vom Westbahnhof ab. Ich erwarte dich um 7.40 in der Halle. A Kaffeedscherl muss sich noch ausgehen davor. Du bist ein echter Glückspilz.

Dein stets an dich glaubender
C.

Betreff: Ich passe
Datum: Mittwoch, 17. Juni 2009
Von: Rene Mackensen <mackensen@mackensen.com>
An: Carsten L. Kempowski <kempowski@kempowski.com>

Lieber Carsten!
Die »Entführer« haben sich heute bei mir gemeldet. Ein Typ mit beschissenem Vorarlberger Akzent. 20 000 Euro wollte er. Ich sagte ihm, dass ich ihm gerne den Entzug zahle. Dann fragte

er mich, wie viel ich zu geben bereit bin. 5000 maximal, sagte ich. Und jetzt der Witz. Er war einverstanden, aber die Übergabe muss in Lustenau stattfinden. Und zwar morgen Abend. Das ist in Vorarlberg. An der Schweizer Grenze. Als ich ihn fragte, wieso nicht in Wien, antwortete er, dass er eben gerade in Lustenau ist und länger nicht nach Wien kommt.

Carsten, für mich ist die Sache gelaufen. Macht einfach keinen Spaß mehr. Es wird keinen Klara-Sonnenschein-Roman geben. Ich hoffe, du verstehst meine Entscheidung.

LG

René

Größe: Durch und durch ärgerliche menschliche Qualität, die man sich so weit auf Distanz hält, bis sie klein genug erscheint. Hilft das nicht, schneide man ihr am besten die Beine ab.

Klara Sonnenschein, aus: *Funken & Späne*

13. Kapitel
Nächtliches Telefonat

»Carsten, ich muss mit dir reden.«

»Ach, René, weißt du, wie spät es ist?«

»Sorry, ich wollte dich nicht aufwecken. Aber es gibt Neuigkeiten im Fall Sonnenschein. Schlechte Neuigkeiten.«

»Ja?«

»Nachdem der Junkie aus Vorarlberg die Sache vermasselt hat, du weißt, ich hab ihn ja von Anfang an für nicht besonders hell gehalten, hat sich die serbische Mafia eingeschaltet. Der alte Katz hat mir von irgendwelchen Jugos im Umfeld seiner Enkelin erzählt. Die haben sich jetzt bei mir gemeldet. Sie wollen 20 000, und die Übergabe soll in Belgrad stattfinden. Wollte ich dir nur sagen. Ich glaube, damit hat es sich.«

»Und das nennst du eine schlechte Nachricht? Was meint der alte Katz dazu?«

»Was soll er schon meinen? Bitte retten Sie mein Enkelkind! Nur keine Polizei. Der ist nicht ganz dicht. Und Infos kann ich mir von ihm keine erwarten. Er will mir Hegel-Unterricht geben.«

»Hast du mir bereits erzählt. René, du wirst nach Belgrad fahren. Wann soll die Übergabe sein?«

»Übermorgen. Carsten, das ist doch grotesk, du und der Verlag wollen doch nicht 20 000 Euro beim Fenster rausschmeißen.«

»Doch, doch. Das lass mal meine Sorge sein. Belgrad ist super. Wir bauen die Geschichte in deinen Roman ein. Ich hab im Kopf bereits ein Exposé verfasst, weil du ja leider nichts weiterkriegst. Aber das ist ein interessanter neuer Aspekt. Plan B sozusagen. Ich warne dich: Bocken macht keinen Sinn, die Zeit läuft dir davon.«

»Ach ja?«

»Präge dir das Stadtbild gut ein. Ich habe eine geniale Idee. Die Erpressungsgeschichte kommt in die Story. So fängt der Roman an: Du fährst mit dem Zug nach Belgrad, um die Tagebücher entgegenzunehmen. Doch diese Geschichte ist …«

»Welche Geschichte jetzt?«

»Das Erpressungsnarrativ! Das Erpressungsnarrativ ist auf mysteriöse Weise mit Klara Sonnenscheins Narrativ verbunden. Jugoslawien passt da wie die Faust aufs Aug. Ernst Katz ist Klaras Sohn.«

»Nee, is' er nicht.«

»Kannst du mir bitte zuhören? Du schreibst keine Biografie, verdammt. Sondern Fiktion! Ja? Und wenn die Wirklichkeit schon so freundlich ist, uns mit interessanten Handlungsbausteinen zu versorgen, werden wir nicht so doof sein, sie auszuschlagen. Zumal du zu doof bist, eine ganze Story zu erfinden. Was als Streich von Junkies und Kleinverbrechern aussieht, hat einen tieferen Hintergrund. Warte! Nicht gleich dreinreden! Lass mich meinen Gedanken entwickeln, sonst penn ich wieder ein, und morgen isses weg. Es gibt einen alten Mann in Belgrad, viel älter als Katz, der in deinem Buch jünger ist. Er war Partisan. Tito. Du weißt schon. Im Konzentrationslager lernte er Klara kennen und lieben. Nach der Befreiung trennen sie sich. Er, Igor oder so, weiß nicht, dass sie von ihm schwanger wurde. Verstehst du, ein historischer Roman mit vielen schicksalsverwobenen Zeitsprüngen. Die Belagerung Sarajevos müssen wir auch irgendwie einbauen.«

»Carsten, Klara war nur drei Monate in Mauthausen. Wie soll sich das ausgegangen sein?«

»Mann, bist du dämlich! Dann ist sie halt im Buch zwei Jahre drin und heißt Sara Sonnenschirm oder Mirjam Weichselbraun. Und Ernst Katz heißt Kunta Kinte. Hast du noch immer nicht kapiert? Das wird ein Roman.«

»Carsten, bitte nicht in diesem Ton. Ich leg sonst auf. Ja? Ich wollte doch viel genauer ihr Nachkriegsschicksal herausarbeiten, ihren akademischen Kampf, ihr Scheitern an einer Gesellschaft, die das Geschehene verdrängt ...«

»Aber bitte, mein Junge. Nur zu, worauf warten wir denn schon die ganze Zeit. Doch da du unfähig bist, sinnvolles Material aus dieser Zeit aufzutreiben, werde ich dir verbieten, einen Uni-Roman zu schreiben. Im Frühjahr 2011 will ich ein neues Buch von dir. Spätestens! Wir schauen dir lange genug bei deinen Stümpereien zu. Also hör zu, der alte Jugoslawe erfährt von seinem Sohn in Wien und verwendet den Sonnenschein-Biografen, um mit ihm Kontakt aufzunehmen, dazwischen taucht Klara in Hunderten Rückblicken in verschiedenen Stationen ihres Lebens auf. Vier Handlungsstränge – Klara, Ernst, Igor und der junge Biograf – in langen Zugreisen und Reflexionen. Is' das was? Sag, dass Carsten ein Goldjunge ist. Morgen bestell ich dir im Internet ein Ticket für den Nachtzug nach Belgrad. Am Vormittag kauf ich dir Bücher von Ivo Andrić und Milo Dor und bring dir eines von meinem Freund Dragan mit. Okay?«

»Ich will nicht nach Belgrad. Die Stadt soll sehr unangenehm sein. Und schon gar nicht nehm ich den Zug. Dort überfallen serbische und albanische Banden regelmäßig Passagiere. Weiß ich von Oliver, der hat als Nachtschaffner gearbeitet. No way.«

»Dann fahr mit dem Auto.«

»Meine Ente hat einen Motorschaden. Ich müsste sie zur Reparatur bringen ...«

»Ich borg dir meinen Alfa, vollgetankt.«

»Carsten, du hast ein Problem. Ich werde deine bescheuerte Jugo-Nazi-Schnulze nicht schreiben, und nach Serbien fahr ich auch nicht, um ein paar kleinen Verbrechern ein Vermögen zu schenken. Ich schlage vor, Almuth und du schreiben den Roman.«

»Ja, was glaubst du denn, was wir schon die ganze Zeit hinter deinem Rücken machen, du Loser?«

»Schrei mich nicht an!«

»Ich schrei dich an, wann ich will, und wenn meine Worte mit normaler Lautstärke nicht in deinen Innviertler Bauernschädel ... na und, Hausruckviertler Bauernschädel gehen, dann schrei ich eben. Willst du ewig eine Eintagsfliege bleiben? Ha? Ja oder nein? Ich rede mit Ihnen, Gefreiter. Du hast dir schon genug von deiner Zukunft erschnorrt. Meinst du, das Brand René Mackensen gehört dir allein? Mach ruhig drei Jahre Schaffenspause, du Saftsack, aber ein neuer Roman muss her. Und wenn du Schlappi das nicht kannst, dann macht ihn eben wer anderer und ...«

Plötzliche Stille. Der wagt es tatsächlich aufzulegen, dachte Carsten. Wütend drückte er die Wiederwahltaste, doch landete er nur in der Sprachbox. Dann schrieb er eine SMS:

René, hiermit beende ich unsere Zusammenarbeit. Bonne Chance.

14. Kapitel
Novi Beograd

René wusste nicht mehr, wo Carstens Alfa stand. Die Dämmerung kroch über Novi Beograd und mit ihr eine dunkle Wolkenfront. Die Plattenbauten ringsum erinnerten ihn an das düstere Turmschloss aus dem *Zauberer von Oz*, das in seiner Erinnerung einen furchteinflößenden Eindruck hinterlassen hatte, nur dass hier Hunderte düstere Türme aus dem Boden wuchsen, von denen nun Hexen ihre Flugaffen auf ihn hetzen konnten. Vorboten der Panik machten sich bemerkbar. Wo ist das verdammte Auto? Habe ich es nicht hier vor dem Kinderspielplatz geparkt? Und: Habe ich auf dem Weg durch diesen Betondschungel nicht schon etliche Kinderspielplätze passiert? Verdammte Mischung aus östlichem Kommunismus und slawischem Familiensinn, der hier den Bälgern so viel Raum gibt! Dort auf der rostigen Schaukel ist soeben noch ein Junge gesessen, der morgen der Skinhead sein wird, der dir zuerst droht, deine Mutter zu ficken, und dann doch mit dir vorliebnimmt.

Die Sonnenschein-Tagebücher schienen verloren. Sollte er diesem Sozrealismus heil entkommen, wusste er, welcher Hohn ihn erwarten würde. »Wie kann man nur so dämlich sein? Eine Chance geben wir dir noch.«

Treffpunkt Kreuzung Omladinskih brigada/Bulevar Arsenija Čarnojevića. Brigade klingt militaristisch und Arsenija auch nicht vertrauensbildend. Am Ende der Omladinskih brigada hatte er Carstens Auto doch abgestellt, und zweimal war er die Straße abgegangen. An keiner der Ecken zu jeweils größeren Straßen waren die Erpresser aufgetaucht. Und wo befand er sich jetzt? Warum hatte ihm niemand verraten, dass die Straßennamen hier nicht normal geschrieben waren, sondern in dieser sinistren Geheimschrift, von welcher, anders als andere unverständliche Alphabete wie das tempelexotische Sanskrit oder das sachliche Verkehrsschildhebräisch, ihn der kalte Hauch östlicher Unnahbarkeit anwehte. Moment mal, da war ich doch schon. Oder nicht? Vom Kinderspielplatz aus, vor dem ich das Auto abgestellt habe, waren die glitzernden Fenster der Belgrader Burg auf der anderen Seite der Donau – oder war es die Save? – zu sehen. Aber wo ist die Burg? Ringsum Plattenbauten. In seinem Reiseführer hatte er gelesen, dass sich Novi Beograd über zehn Kilometer in die vojwodinische Ebene erstreckt. Natürlich hätte er fragen können, doch sein Wörterbuch, das ihm auch nichts genützt hätte, hatte er im Handschuhfach gelassen, und – auch wenn ihm bisher nichts Unfreundliches passiert war – er fürchtete das Ungeschlachte dieser Menschen, die den öffentlichen Raum um eine Spur zu selbstverständlich ausfüllten. Dabei hatte Neu-Belgrad bei Tageslicht einen zivilen Eindruck gemacht. Dass die Straßen, Autozufahrten und Fassaden seit Jahrzehnten nicht renoviert worden waren, war nicht zu übersehen. Dennoch erstaunte ihn die Normalität, ja Sauberkeit dieses Ortes, hatte er doch Zustände erwartet ähnlich jenen in den Romagettos der Slowakei. Jetzt, in der anbrechenden Dunkelheit, schien die Zeit der Vampire anzubrechen. Vampir, der einzige Beitrag Serbiens zum gemeinsamen Schatz internationaler Fremdwörter.

René verspürte eine tiefe Abneigung gegen die Aufwertung, die der Balkan in intellektuellen Kreisen seiner Meinung nach erfuhr. Er fühlte sich diesem Sozialromantizismus, dieser Ethnoarschkriecherei turmhoch überlegen. Nur spotten konnte er dieser Ostvernarrtheit, mit der jeder Dragutin und jede Dragana in der Kunst- und Literaturszene gegenüber seinesgleichen bevorzugt würden, weil sie angeblich Unmittelbarkeit und Authentizität versprachen. Und wie sie alle im Ost Klub zu der Tschuschenmusik hoppeln. Ja, Tschuschenmusik. Er traut sich dieses Wort verwenden. Wenn dann ein paar von denen sich als Dichter und Videofilmer wichtig machen, drehen die westlichen Gutmenschen gleich durch vor Begeisterung und merken nicht, wie rassistisch das ist. Diese Hysterie ist nur der Beweis dafür, dass sie von diesen Hunnen keine Kunstsinnigkeit erwartet hatten.

René dachte sich eine, wie er glaubte, scharfe und brillante Polemik über die Tschuschenverehrung der Gutmenschen aus, die er, so er Novi Beograd überleben würde, daheim sofort zu Papier bringen und an die Zeitungen schicken würde, egal, ob er von der falschen Seite Applaus dafür bekäme. Er könne schon umgehen mit dem Jugo-Installateur und dem türkischen Elektriker, schließlich entstammte er selbst bescheidenen Verhältnissen. Die Typen seien okay, aber keinesfalls Propheten unverfälschter Lebenswelten.

Wenn die Gutmenschenweiber wüssten, was Mirko und Kemal in ihren blumigen Sprachen, die man ihnen ja nicht wegnehmen dürfe, über sie daherredeten. Aber was soll's, die Welt will getäuscht werden, und Renés Einsichten hatten den Effekt, seine Angst allmählich zu mindern. Noch immer fand er den Weg nicht, kein Haus stand René offen, immer tiefer verschluckte ihn dieses Labyrinth. Um den Stadtplan von Belgrad noch einmal zu prüfen, suchte er hinter einer wohl seit dem Nato-Bombardement nicht mehr geleerten Mülltonne Schutz, vor dem Wind und vor dem Blick organisierter Wölfe, die in ihm sofort ein verirrtes Lamm wittern könnten.

Plötzlich schossen zwei Katzen aus der Tonne. René fuhr hoch und ließ die Karte fallen, die der Wind sofort wegtrug.

An einer großen Kreuzung begegnete ihm eine hübsche junge Frau, viel zu hübsch jedenfalls, um nicht von ihm angesprochen zu werden.

»Excuse me. Do you speak English?«

»A little bit. How can I help you?«, sagte sie freundlich mit einer tiefen, selbstbewussten Stimme.

»I am … I am«, stammelte er, »not from here.«

»I know. Where do you have to go?«

»Crossing – Bulevar Arsen and … pitschku materinu … I have forgotten the other street.«

Die Züge der jungen Frau verloren jäh an Freundlichkeit.

»Bravo. Nice words you know. Look. Bulevar Arsenija is two streets from here. You are on Bulevar Milutina Milankova. You just have to cross this street and then go straight. Excuse me, I have to meet my friend and I am late. Good luck.«

Die Fußgängerampel schaltete auf Grün. Hastig entfernte sich die junge Frau. Blöde Kuh, lass mich hier nur allein. Hast wohl Angst, dass dich dein Typ mit mir sieht. Ja, so seid ihr. Tough, unnahbar, cool, aber nur zu solchen Männlein wie mir, die eure Rollenbilder mit zu respektvollem Umgang bedrohen. Wieso wurde sie plötzlich so unfreundlich und förmlich? Als ob sie sich an der Floskel »pitschku materinu« gestoßen hätte. Das ist es doch, was euch in jedem zweiten Satz über die Lippen kommt. Das, übersetzt: *Geh in die Fotze deiner Mutter*, und *jebi se, fick es*. Ist das nicht widerlich? Kinder, junge Frauen, Großmütter im Supermarkt verwenden das wie unsereins *ach geh* und *was soll's*. Almuth, die Oberfeministin, findet slawisch fluchen ungemein cool. Sie sieht sich als große Förderin osteuropäischer Literatur, flirtet ständig mit belletristischen Lederjackendraculas und bewundert das Selbstbewusstsein der weiblichen Vampire. Mit ein paar war sie auch schon im Bett, beiderlei Geschlechts, versteht sich. Ich dürfe das nicht so eng sehen. Diese Flüche hießen nämlich nicht das, was sie zu heißen vorgäben. Da sei sehr viel Ironie im Spiel, und für Frauen seien die Annahme und Umcodierung ihrer verbalen Erniedrigungen ein kreatives Spiel der Selbstermächtigung, bla, bla, bla.

Das muss jetzt die dritte Straße gewesen sein, oder war's schon die vierte? Und wer sagt, dass die Lady nicht ihren Bruder angerufen und ihm gesteckt hat, dass ihm da ein westliches Weichei entgegenrollt, an dem man sich für die eigene Zurückgebliebenheit rächen kann.

»Itzvini, gospodina, Bulvar Arsen … hier?«

»Da, da, to je Arsenija Čarnojevića, samo prawo.«

»Kvala.«

Die war ja ganz nett. Aber auslachen braucht sie mich deshalb nicht. Und ihr gönnerhaftes »Bravo« hätte sie auch lassen können, nur weil der Brillentrottel die richtige Straße gefunden hat. Warum aber suchte er überhaupt noch nach dem Treffpunkt, war die vereinbarte Zeit doch schon zwei Stunden überschritten? Hätte er die nette Dame etwa fragen sollen, wo er das eigene Auto geparkt habe? Es hatte alles keinen Sinn, den Wagen konnte er vergessen: nichts wie raus aus der Suburbia, zurück über die Donau, die Save und wer weiß welche Flüsse, zurück in die Altstadt, zurück ins Hotel, die Zimmertür abgeschlossen, die Kommode davorgeschoben, und dann unter die Decke und schlafen. Sollte er eine Diebstahlsanzeige aufgeben? Blödsinn! Mit einem serbischen Polizeidezernat wollte er es bestimmt nicht zu tun bekommen. Was für eine Schnapsidee, in einem Auto mit österreichischem Kennzeichen nach Belgrad zu fahren und es mitten in den Slums abzustellen. Ein Steak im Tigerkäfig ist das. Na ja, die Slums sehen nicht wie Slums aus. Aber ohne Beschaffungskriminalität können sich diese Kreaturen ihre schicken Fetzen bestimmt nicht leisten.

Während seines inneren Verzweiflungsmonologs hatte er die drei jungen Männer übersehen, die auf ihn zusteuerten. Zwei von ihnen trugen Lederjacken und hatten ausrasierte Schläfen, der dritte sah harmloser aus, halblange dunkle Locken und Brille. Die Brille, wusste René, wird überall als Insignie von Geist und Zivilisation gesehen. Vermutlich weil der Brillenträger in der Wildnis nicht überlebensfähig ist. In der Urmenschenhorde lassen die Urmänner den Druck, den die Natur auf sie ausübt, immer am Brillenträger aus, der Säbelzahntiger holt sich ihn zuerst, und bei den Urfrauen kommt er stets als Letzter zum Schuss. Hätte sich René gedacht, wenn die Angst ihm nicht die Gedanken abgewürgt hätte. Die drei Typen starrten ihn an, wechselten ein paar Worte und starrten ihn weiter an und waren nur noch zehn Meter entfernt. Zum Ausweichen war es zu spät, Davonlaufen hätte ihren Jagdinstinkt geweckt. René sah nur noch eine Möglichkeit, ihnen zu entkommen – Ballast abwerfen. Er ließ seine Brieftasche auf den Gehsteig fallen und rannte so schnell er konnte an ihnen vorbei. Dann hörte er Stimmen hinter sich, laute, bellende Stimmen. Er wagte es nicht, sich umzudrehen, als er es doch tat, sah er, dass die Männer die Verfolgung aufgenommen hatten. Es war sinnlos, sie waren schneller als er. René blieb stehen.

Keuchend hielt ihm der Mann mit den dunklen Locken die Brieftasche entgegen. René verstand nicht, was er sagte, und erklärte ihm, nur Englisch und Deutsch zu können.

»You lost your wallet«, sagte der Brillenträger.

»O my god«, erwiderte René, als er die Brieftasche entgegennahm, »how could this happen? Thank you, thank you so much. May I reward you? But I don't know the exchange rate between Euro and ... What are hundred Euro in your money?«

Der junge Mann winkte ab und fragte, ob er ihm helfen könne. René erklärte, dass man sein Auto gestohlen habe. Der junge Mann fragte ihn, wo er es geparkt habe. René nannte ihm den Ort und fügte an, dass er schon dort gewesen sei und es keinen Sinn habe, die Suche fortzusetzen

Der Brillenträger gab nicht auf. Er verabschiedete sich von seinen Freunden und suchte mit René den Alfa. Er stellte sich als Svetozar vor, was in Renés Ohren wie *Sowjeto-Zar* klang, aber seine Freunde würden ihn Sveta nennen. Sveta glaubte nicht an einen Diebstahl, vermutlich sei der Wagen im Parkverbot gestanden und sei abgeschleppt worden. Sveta war Grafiker, der wie die meisten seiner Freunde keine Arbeit fand. Siehe da, Carstens Auto stand am Ende der Omladinskih brigada, dort, wo René es abgestellt hatte.

»Where do you stay?«

»Hotel Moskva. Do you know how to come there?«

»No problem. I anyway have to go to Stari Grad, the town center.«

Mackensen lud ihn in sein Auto ein. Sveta dirigierte ihn über die Brankov-Brücke in die Altstadt. Über der Save wütete ein heftiges Gewitter. Es begann zu schütten, und die Altstadt verwandelte sich durch den Regen auf der Windschutzscheibe in eine Fläche aus zerfließenden Lichtpunkten.

Obwohl vieles hier schieflaufe, erklärte ihm Sveta, liege die Rate der Kleinkriminalität in Belgrad unter der anderer europäischer Städte. Korruption und Mafia, ja, die wären nicht zu leugnen, aber Gewaltverbrechen, Ladendiebstähle und dergleichen kämen recht selten vor.

»No shit?«

»No shit.«

Sveta begleitete René ins Foyer des Hotel Moskva und lud ihn schließlich zu einem Fest ein. Er führte ihn durch die Skadarlija-Straße. Das Kopfsteinpflaster, die dampfend-warme Atmosphäre samt der fremdartigen, irgendwie freundlichen Volksmusik, die aus den Lokalen drang, gefielen René. So ginge es allen Touristen, bedeutete ihm Sveta, die Reiseführer bezeichneten die Straße oft als das Montmartre Belgrads. Sie ließen die Skadarlija hinter sich und fanden sich bald in einem Bezirk namens Dorćol wieder. Im auffällig sauberen Stiegenhaus eines Altbaus bestiegen sie einen uralten Lift, der sie scheppernd in das oberste Stockwerk brachte, aus dem ihnen der Lärm einer Party entgegenschwallte. In der Wohnung von Svetas Freund Milivoj saßen junge Leute auf Couches und auf dem Boden, vom Balkon drang René Marihuanageruch entgegen, und die Dichte an schönen Frauen war überwältigend. Zwar wurde er von Sveta einigen persönlich vorgestellt, doch bald wandten diese Leute sich wieder ihren eigenen Gesprächen zu und überließen ihn seinem Fremdsein. Eine Viertelstunde später (die er mit dem Tippen und Abrufen fiktiver SMS verbracht hatte) bemerkte er, wie Sveta einer Blondine etwas ins Ohr flüsterte und beide ihn dabei ansahen. Sie kam auf ihn zu, René tat so, als würde er sie nicht sehen, und war doch recht erstaunt, als sie sich auf Deutsch vorstellte.

»Hallo, ich bin Mira.«

Mira studierte Germanistik und kannte sein Buch. Nach einer weiteren Stunde und fünf Gläsern Wein war René Belgrader geworden, spielte mit dem Gedanken, hierherzuziehen, und sah in Mira, welche er dazu bestimmte, *Raubecks Anlass* zu übersetzen, die Mutter seiner künftigen Kinder. Als ihm Mira die dunkle Borka vorstellte, war er unsicher, in wen er sich verlieben sollte. Die Nacht wurde lang und fröhlich, und irgendwann schallte über die Dächer von Dorćol, unterbrochen von Lachen und Klatschen, zu den Ufern der Donau hin das erste Mal der Ruf des Kookaburra.

15. Kapitel
Stari Beograd

Mackensen erwachte am späten Vormittag mit einem Gefühl, das man in den Oberstufenjahren des Gymnasiums mit Hammerwerfen in der Gedächtnishalle treffend beschrieben hatte. Er wusste nicht, wie und wann er heimgekommen war. Das Erste, woran er sich erinnerte, war ein Versäumnis: Er hatte weder Mira noch Borka um deren Telefonnummern gebeten. So begann er diesen Tag, von dem noch nicht klar war, ob er Höhen oder Tiefen bringen werde, der aber alles Talent dazu besaß, die Höhen himmelhoch und die Tiefen grottentief werden zu lassen, mit einer Masturbation. Da er sich bei der dazugehörigen Phantasie weder für Borka noch für Mira entscheiden konnte, beschloss er, beide daran teilhaben zu lassen. Weniger wurden die Kopfschmerzen dadurch nicht. Er spülte eine Tablette Paracetamol mit ein paar Schluck Wasser hinunter und ging unter die Dusche. Den Kaffee nahm er anschließend auf der Terrasse vor dem Hotel.

Als die schlimmsten Symptome des Katers nachließen, überkamen ihn Vorboten einer Postrauschmanie, sodass er beschloss, noch hierzubleiben und das Sonnenschein-Projekt ein für alle Mal zu begraben. Wie befreit schwebte er durch die Knez Mihailova in Richtung Kalemegdan, der Belgrader Burg. Freundliche Gesichter sah er überall, und dort, wo er vortags Kriegsverbrecher, nationalistische Hackfressen und früh gealterte Kettenraucherinnen vermutet hatte, begegneten ihm nun gutaussehende Kosmopoliten, lässige Studenten und elegante Frauen mit Gucci-Taschen in perfekt manikürten Händen. Von der Burg aus bot sich ihm ein prachtvoller Blick über den Zusammenfluss von Save und Donau. Er hätte die Wolken vom strahlend blauen Himmel holen, sie umarmen und küssen können. Hinter einer dieser Wolken trat nun die Sonne hervor. In deren Licht zeichnete sich auf der Mauer über ihm die Silhouette einer schlanken Frau ab. Enge Jeans trug sie, eine weite Militaryjacke mit kunstpelzgesäumtem Kragen. Graziös winkelte sie ihr linkes Bein ab und zeigte sich in heroischer Pose. Langsam näherte sich René. Sie aber sprang von der Mauer und stapfte mit weit ausholenden Schritten davon. Kurz nur gelang es ihm, ihr Gesicht zu sehen. Sie kam ihm bekannt vor, woher, wusste er nicht. Da läutete das Handy in seiner Jackentasche. Er ahnte, wer das war. Eine Männerstimme mit derbem Akzent rief ihm ins Ohr:

»Wo warst du? Zweimal kannst du uns nicht verarschen. Bist du noch in Wien oder was?«

»Nein, ich bin in Belgrad. Ich hab mich verirrt gestern.«

»Okay. Eine Chance hast du noch. Um vier Uhr am Trg Nikola Pašića. Hast du verstanden? Wenn du nicht kommst, machen wir Papiere kaputt.«

»Jetzt hör mal zu, du Wichser! Wisch dir den Arsch mit den Papieren aus. Ich brauch sie nicht mehr. Das sind alles Fälschungen. Denn die Originale werde ich schreiben. Hast du mich verstanden, du funktionaler Analphabet? Vielleicht schreib ich auch gar nichts. Das Geld werd' ich behalten. Und mit einer Frau namens Mira ausgeben. Fick dich ins Knie.«

René wartete nicht auf den Schwall slawischer Beschimpfungen, sondern beendete das Gespräch und wandte sich in Richtung Zentrum. Schade, dass Mira jetzt nicht bei ihm war. Oder Borka. Borka war auch cool. Und erneut ärgerte er sich darüber, ihre Nummern nicht zu haben. Weil er sich selbst an diesem frühen Nachmittag sehr liebhatte, verfluchte er sich nicht, sondern suchte im Namensverzeichnis seines Handys nach seinem Retter vom Vortag, dessen Nummer er eingespeichert hatte, dessen Name ihm aber entfallen war. Sowjeto-Zar. Na also. Mackensen gefiel dieses Wortspiel so gut, dass er beim Überqueren der Tadeuša Košćuška fast die Straßenbahn übersah, die quietschend und ratternd auf ihn zufuhr. Nein, er würde Sveta nicht gleich anrufen. Zwei Stunden verstreichen lassen. Spazieren gehen. Dann ins Café. Buchhandlungen aufsuchen, mit Verkäuferinnen flirten. Selbstbewusstseinstraining.

René hatte bereits geahnt, dass dies sein Tag war, ehe er auf der Knez Mihailova Mira sah. Sie war in Gesellschaft dreier wild gestikulierender Freundinnen, eine hübscher als die andere, von der ganz rechten vielleicht abgesehen, doch die machte, so fand er, ihre physischen Defizite durch ein besonders aufgewecktes Lächeln wett. Da ihn Mira noch nicht bemerkt hatte, schlenderte er quer über die Straße in ihre Richtung, um ein Ausweichen unmöglich zu machen.

»Mecki!«, rief ihm Mira zu. Schon hatte sie ihn gepackt und in die Mitte ihrer Gang geschoben, wo sie mit sich überschlagender Stimme auf ihre Freundinnen einredete. Seltsam kam ihm dieses Begrüßungsritual vor. Kein Händeschütteln, kein Küsschen, nicht einmal die Erwähnung seines Namens. Nur die mantrische Wiederholung des Wortes *Molim* und grinsende Gesichter.

»Bitte, Mecki, mach das Vogel nach. Bitte. Für meine Freundinnen. Du machst das so super. Bitte!«

René war über diesen Wunsch nicht erfreut. Er verfluchte sich wegen dieses Talents, und er verfluchte den Tag, als er vor Kempowski damit angegeben hatte. Er hielt den jungen Frauen die Hand hin.

»Dobar dan. I am René Mackensen.«

»Nix Händeschütteln«, befahl Mira, »zuerst Vogel … Kuka … Kuka … ne znam.«

Genervt zog René die Augenbrauen hoch, dann begann er formvollendet den Morgenruf des Kookaburra anzustimmen. Das Kreischen der Mädchen schnitt in seine Seele.

»Und jetzt das andere Vogel, Mecki. Bitte.«

Auch der tasmanische Graurücken-Leierschwanz wurde nachgeahmt. Doch Renés Stimmung drohte zu kippen. Diese

Göre soll die Frau gewesen sein, mit der er ein paar Stunden zuvor noch über Handke, Kafka, Joyce, Paul Auster und René Mackensen geplaudert hatte? Irgendwie war ihm die Lust vergangen, mit ihr Kinder zu zeugen und sie aus der Armut zu befreien.

Plötzlich wurde er auf zwei andere Frauen aufmerksam, junge Freaks, eine dunkle Gothicfrau mit weißer Strähne im schwarzen Haar und eine Rothaarige in Jeans und Militaryjacke. Die Linke, das war doch das Mädchen von zuvor! Und jetzt erinnerte sich René auch, woher er sie kannte. Aus dem Ost Klub. Biggy Sue. Das Rockabilly-Girl, das ihn und Kempowski gemeinsam mit dem alten Elvis-Verschnitt beim Wuzzeln besiegt hatte. Nur die Haarfarbe war jetzt anders. Sie rauchte, sprach mit ihrer Freundin ein paar Worte, blickte ihn kurz an und schaute wieder weg.

»Nicht andere Frauen nachgucken, Mecki«, sagte Mira und rempelte ihn an. Dann drückte sie ihm ein Küsschen auf die Wange und zog mit ihrer Bande weiter. René aber setzte den beiden Mädchen hinterher. Er hatte sie beinahe eingeholt, da umzingelten ihn zwei Zigeunerkinder mit aufgehaltenen Händen und ließen nicht mehr ab von ihm. Als er sie davonjagen wollte, trat ihm eines von ihnen gegen das linke Schienbein. Dann liefen sie davon. Zornig humpelte René weiter, doch die Mädchen waren verschwunden. Zweimal noch wanderte er die Knez Mihailova sowie einige Nebenstraßen vergeblich auf und ab. Das Schienbein schmerzte, und die Postrauschdepression brach mit aller Gewalt über ihn herein.

16. Kapitel
Ein Brief aus Tel Aviv

Mackensen war jetzt klar, wem er das alles zu verdanken hatte. Doch weder wagte er es, den Professor anzurufen, noch ihn aufzusuchen. So viel Niedertracht machte ihm Angst, und er grübelte über die Motive dieser Intrige. Kurz dachte er daran, die falsche Spur, die man ihm gelegt hatte, als Herausforderung für einen Wettkampf zu nehmen: Ich komme an Klara heran, so oder so, und um dies zu verhindern, seid ihr mir eine Nummer zu klein.

Doch dann erhielt er Post aus Tel Aviv, einen Brief ohne Absender, der alles ändern sollte. Mackensen prüfte dessen Gewicht, hielt ihn gegen die Sonne, wagte weder, ihn zu öffnen, noch die Polizei zu alarmieren. Eine Viertelstunde lag das Kuvert in sicherem Abstand auf der Tischplatte, dazwischen brannte ein Sonnenstrahl auf das grüne Kunstleder der Schreibunterlage. René griff nach einer Kaffeetasse, schlug damit auf das Kuvert und presste in Erwartung eines Knalls die Lider zu. Doch es geschah nichts. Schließlich siegte die Neugier, und er öffnete den Brief mit weit von sich gestreckten Händen.

Werter Mackensen,
um Ihnen Verwirrung zu ersparen und Ihre Aufregung möglichst kurz zu halten, will ich mich gleich vorstellen: Ich bin Klara Sonnenschein. Und ich lebe. Ich würde mich sogar bester Gesundheit erfreuen, wären nicht diese verfluchten Bandscheiben.

Seit einem halben Jahr sind mir Ihre Bemühungen bekannt, mein Schicksal als Basis eines Romans zu verwenden. Sie Armer. Wie wenige Spuren habe ich in diesem anderen Leben hinterlassen, das ich schon lange für abgeschlossen hielt. Am Anfang – ich habe gute Informanten – schien mir Ihre Idee lächerlich, doch nach reiflicher Überlegung und nachdem ich Sie »gegoogelt« hatte, erkannte ich den Ernst Ihrer Bemühungen. Außerdem gefallen Sie mir. Ihr Debütroman hat grobe Schwächen (die ich Ihnen exakt darlegen kann), doch werden die von dessen Stärken mehr als aufgewogen. Auch Ihr Foto (zumindest das, welches ich kenne) zeugt von einem einnehmenden Wesen. Kurz: Ich will Sie nicht länger im Dunkeln tappen lassen, sondern aus dem Schatten treten, in den ich, sofern Sie hoch und heilig versprechen, mein Geheimnis für sich zu behalten, schleunigst wieder zurückkehren werde, nachdem ich meine Schuldigkeit getan habe. Ich will auch gestehen, dass es Eitelkeit ist, die mit dem Alter leider zunimmt, welche mich zur Manipulation Ihres Romans treibt.

Und ich warne Sie auch, sich von einer kleinen Gruppe selbsternannter Richter nicht ständig ins Bockshorn jagen zu lassen. Ich kenne diese Figuren nur zu gut. Unternehmen Sie nichts, ehe ich Sie über die Gründe Ihrer Widersacher aufgeklärt habe. Die glauben nämlich, in meinem Sinne zu handeln, und da ich ja offiziell nicht mehr existiere, kann ich sie auch schwer daran hindern.

Also, mein Lieber, entweder Sie vollenden Ihr Werk ohne meine Hilfe und erschaffen mich in Ihrer Phantasie (sehr viel spricht für diese Option), oder Sie lassen sich vom Geist Ihrer Hauptfigur auf die Finger schauen. Das ist lästig, erhöht aber die Authentizität. Da ich schon lange tot bin, reizt mich die Idee natürlich, als Gespenst wiederzukehren. Und natürlich, Ihnen Tel Aviv zu zeigen. Meine Enkel würden jetzt ein sogenanntes Smiley setzen, und zwar das Zeichen fürs zusammengekniffene Auge; in der Hoffnung, dass Sie Ironie auch ohne diese ikonografischen Krücken verstehen, unterlasse ich das.

Ich bitte Sie um höchste Verschwiegenheit. Weder Ihrer Frau oder Freundin, sofern Sie eine haben, noch Ihrem Verleger, noch sonst wem dürfen Sie mein Geheimnis, das von nun an unser Geheimnis ist, je verraten. Versprechen Sie es? Ich nenne mich Yifat Benazer. Um Ihnen genug Zeit für Reisevorbereitungen zu lassen, schlage ich vor, wir treffen uns am 27. Juni im Café Tamar in der Shenkin Street um 19 Uhr. Damit Sie mich auch erkennen und sich selbst überzeugen können, wie gut ich noch in Schuss bin, lege ich ein Foto bei. Die näheren Umstände meines Identitätswechsels erkläre ich Ihnen am Ort. Planen Sie Ihren Aufenthalt für nicht länger als drei Tage, denn Anfang Juli verreise ich für einen Monat nach Vietnam, wo ich vor der Vietnamesisch-Israelischen Gesellschaft einen Vortrag halten soll. Werden wir in diesen drei Tagen warm miteinander, dann erlaube ich Ihnen, mich öfter zu besuchen. Aber nicht vergessen: psst!

Und eine kleine Bitte: Packen Sie nicht zu viel Ehrfurcht und Scheu ein. Das kann ich auf den Tag nicht ausstehen. Begegnen Sie mir herzlich und offen, so als wären wir im selben Block aufgewachsen.

Herzlich
K. S.

René holte tief Luft. Dann begann er zu weinen. Nach einem synaptischen Feuerwerk unterschiedlicher Regungen versank er in Erschöpfung. Mein Gott, er hatte das Bild vergessen. Aber wo war es? Er fand es auf dem Teppich. Es musste beim Öffnen rausgefallen sein. Als er es betrachtete, überkam ihn ein weiteres Mal Rührung. Eine wunderschöne alte Dame blickte ihn mit lebhaften Augen an. Üppiges Haupthaar in keckem Kurzhaarschnitt unterstrich ihre Jugendlichkeit. René stürmte zum Laptop und gab im Suchfeld *Yifat Benazer* ein. Ein einziger Eintrag fand sich, nämlich auf der Website der Israelischen Botschaft in Hanoi, wo ein Vortrag von Prof. Yifat Abenazer angekündigt wurde, mit dem versöhnlichen Titel »Enemies and friends. Jewish-Arab alliances in the history of the Haganah«.

Hatte sich René Mackensen bis jetzt manchmal für einen mehr, manchmal auch für einen weniger begabten Schriftsteller gehalten, so hielt er sich nun für einen Liebling der Götter. Niemand konnte ihm mehr etwas anhaben, und alle Zweifel an seinem Projekt waren verflogen. Klara Sonnenschein hatte ihre Grabplatte von innen weggeschoben, um ihn zu beschützen, vor Neidern und Feinden, um ihm zu der intellektuellen Seriosität zu verhelfen, die das Buch erforderte, und zu dem ersten Erfolg, den er verdiente. Was scherte ihn, ob dieser Roman auf die Shortlist des Deutschen Buchpreises käme, wenn eine Klara Sonnenschein darüber ihren Daumen hob.

Er nahm das Foto und vertiefte sich in ihre Züge, die den Unbilden des Jahrhunderts standgehalten hatten: ewige Jugend, geistige Wachheit, vielleicht eine Spur von Schläue, die eine solche Frau haben muss, welche sich durch ihren Intellekt nicht den Spaß am Leben verderben ließ. In dieses Gesicht hatte sich mit feinen Furchen das zwanzigste Jahrhundert eingraviert. Was für ein Weib, dachte René, eines, das nie aufgibt: Konzentrationslager, Studium, Adorno und Horkheimer, daneben möglicherweise Geheimagentin des Mossad, ein vorgetäuschter Selbstmord, Flucht nach Israel, vielleicht Kommandantin in der Armee … René stellte sie sich in ihren mittleren Vierzigern vor, hochgekrempeltes Uniformhemd, Breeches und Stiefel, Zigarren rauchend, bereit, ihre Rasse mit der Waffe in der Hand zu verteidigen, wehrhaft am Campus wie im Feld, klug, schön, unbeugsam, die Haut von der Sonne über der Negev gedörrt, doch gerade in dieser Sprödigkeit begehrenswert.

Der burschikose Ton und die fluoreszierende Ironie ihres Briefes überzeichneten das Bild, das er sich aus den wenigen ihm zur Verfügung stehenden Mosaiksteinchen gemacht hatte. Aus Fleisch und Blut war dieser Mythos, der dadurch nichts an seiner Mythenhaftigkeit einbüßte. Im Gegenteil. Weit über achtzig musste sie sein. Er küsste das Foto. Und in seinem Kopf schrieb er in den nächsten Wochen Hunderte Seiten eines unglaublichen Romans und ärgerte sich darüber, dass er kein Wort von diesen Phantomen in den Laptop gehämmert hatte. Und dennoch musste er seine Phantasie zurückpfeifen, damit sie deren neue Herrin, Klara Sonnenschein, selbst zureite. Bei seinen Internetrecherchen zur Geschichte des Judentums rutschte er immer tiefer ins Religiöse und lernte sogar das Kaddisch auswendig.

17. Kapitel
Biggy und Ernst gehen ins Kino:
Inglourious Basterds

Der neue Tarantino, der könne ihm gestohlen bleiben. In den neunziger Jahren hatte Ernst *Pulp Fiction* über sich ergehen lassen, in Begleitung einer jüngeren Frau. Da habe er danach etwas erleben können, als er es gewagt hatte, dieses Meisterwerk zu kritisieren. Der Katholizismus sei wirklich überwunden, das merke er daran, dass Scherze über Priester und die Muttergottes ahnungsloses Schweigen hervorriefen, während despektierliche Bemerkungen über Quentin Tarantino, Thomas Bernhard und eine Handvoll anderer Ikonen in der Gemeinschaft der Gläubigen einen ähnlichen Furor entzündeten wie Cartoons über den Propheten Mohammed bei rechtgläubigen Muslimen. So wie Steven Spielbergs Verdienst für die Weiterentwicklung des filmischen Realismus das Aufschlagen der Patronenhülsen auf Lemberger Kopfsteinpflaster und die rauchenden Schädellöcher gewesen seien, sei Tarantinos innovativer Beitrag die Haltung der Pistole: Nicht wie in den alten Menschenkaputtmachfilmen werde die Pistole mit dem Daumen nach oben gehalten, sondern zur Seite gedreht, was auch viel cooler aussehe, jedoch die Treffsicherheit erheblich behindere, weil Muskel- und Sehnenspannung in der ursprünglichen Killerhandposition doch straffer seien. Nur wenige hätten damals in den Neunzigern seiner Ironie folgen wollen, klagte Ernst. Tarantino sei nichts als ein *Mothafucker*, der durch Montage unerwarteter Zynismen Überraschungseffekte erziele.

Keine zwei Wochen war es her, da musste Ernst sich am Laptop mit Biggy deren Lieblingsfilm *Kill Bill* ansehen, zu dem es zu allem Überdruss noch ein *Kill Bill* 2 gab. Wie oft man denn diesen Bill noch killen könne, hatte er gefragt. Was er daran auszusetzen habe, hatte Biggy gar nicht wissen wollen, aber, um das

Spaßverderberprogramm zu absolvieren, irgendwann zwischendurch gefragt. Ernst hatte gespürt, dass ihm nur kurze Zeit für eine Expertise blieb: »Selbstermächtigung von Frauen als Killerinnen – stopp – faschistoide Katharsis und trauriger Beweis, dass Frauen noch immer schwaches Geschlecht – stopp – ansonsten psychopathische Samuraischwertschlitzerinnen nicht Identifikationsfiguren – stopp – sondern bloß Fall fürs Hochsicherheitsgefängnis – stopp – wäre Gesellschaft wirklich emanzipiert – stopp – wären weibliche Killer nicht toller als männliche – stopp – sondern einfach abstoßend – stopp – Uma Thurman trotzdem ultrascharf – stopp.«

Ob er seine Urteile nicht öfters im Telegrammstil vorbringen könne, hatte ihn Biggy daraufhin gefragt. Nun war aber alles anders: *Inglourious Basterds* besaß einiges Talent, Ernst mit Tarantino zu versöhnen.

Mit vorgebeugtem Oberkörper und glänzenden Augen saß er im Kinositz. Biggys Blicke wanderten zwischen Film und Katz, um zu prüfen, ob seine Begeisterung gespielt war. Als sich der Verdacht erhärtete, dass dieses alte Kind neben ihr aus echter Freude vor und zurück wippte, ungläubig den Kopf schüttelte und lauthals lachte, versäumte sie ganze Filmsequenzen, so sehr faszinierte sie sein Anblick.

Unmäßig viel Popcorn schob er in sich hinein, das er mit Unmengen Coca-Cola hinunterspülte, ohne die Augen von der Leinwand zu wenden. Immer wenn er Deutsche sah, lachte er so laut und kindisch, dass sich Biggy für ihn zu genieren begann. Ernst war sich noch gar nicht sicher, ob er diesem Tarantino den Titel Mothafucker aberkennen sollte. Ein verdammt schlauer Mothafucker war er auf alle Fälle. Selten hatte ihn Kino dermaßen begeistert. Auch hatten ihn die geschliffenen Dialoge überrascht, die er einem Mothafucker nicht zugetraut hätte. Und wie kann man sich auch dem Charme eines Films entziehen, der am Schluss die gesamte Naziführung im Kugelhagel zersieben oder qualvoll verbrennen lässt? Mehr als alles andere faszinierte ihn die Darstellung der Deutschen. Noch nie in einem Film über die NS-Zeit hatte er eine so realistisch übertriebene Zeichnung der Soldaten erlebt. Bravo, Tarantino. Du hast verstanden, worauf es ankommt!

Die rotbackige Herzlichkeit der Landser, ihre zackige Gutmütigkeit, ihr schepperndes Lachen über Witze, die niemand sonst witzig fände, die ersten unheilvollen Anzeichen dafür, in ihrer Aufrichtigkeit des Herzens doch nur missverstanden zu werden, vor allem von ihren Opfern, diese obergefreite Unfähigkeit, die Mission, die ihnen Kameradschaft, Führung und Frankreich verschafft hat, nur irgendwie in Frage zu stellen – Tarantino zeichnet sie als die netten Jungs, die sie vermutlich waren, nett, ungeschlacht und in ihrer Ahnungslosigkeit umso gefährlicher.

Aber die herrlichste Pointe, fand Ernst, sei das Hakenkreuz, das die Inglourious Basterds jenen Wehrmachtssoldaten in die Stirn ritzten, die sie am Leben ließen. Er stellte sich die Opas und Uropas in den Parks und Altersheimen und im Kreise ihrer Familien vor, die nur ihre Pflicht erfüllt hatten, mit diesen vernarbten Mementos ihres Mitläufertums. Welch wunderbare Idee! Ernst Katz tanzte geradezu euphorisch durch die Straßen, als er mit Biggy über den Film sprach.

»Stell dir die alten Knacker, auch Zeitzeugen genannt, in diesen schlampigen Guido-Knopp-Dokus vor, wie ihnen dieses kleine Mal auf ihrer Stirn ein paar gut platzierte Striche durch die Rechnung macht, als nachdenkliche Mahner zu posieren.«

Und er stellte sich einen dieser Zeitzeugen vor, kariertes Hemd, Hosenträger und Hornbrille, wie er seinem Enkelkind aus *Momo* oder *Harry Potter* vorliest, und das Enkelkind ihn fragt: »Opa, wieso hast du dieses Kreuz auf der Stirn?«, und er sagt: »Das haben mir Juden eingeritzt, obwohl ich nie bei der Partei war.« Und das Enkelkind sagt: »Du, Opa, ich mag die Juden nicht.« – »Das kannst du laut sagen, Klein Kalle.«

Survival of the fittest

Hut ab, Hut ab
Wat de Juden
Dort unten
Aus der heißen Wüste
Mit beinah
Teutonisch
Manneszucht
Und Arschdisziplin
Für ollen
Staat
Rausgemeißelt haben
Dat verdanken se
Doch, ich will
Mich nicht zu
Sehr rühmen
Aber doch auch
Bitte sehr
Dat gehört gesacht
Dem Unstande
Nicht?
Dat wir ihnen
Ordentlich
Auf die Sprünge geholfen
Haben
Oder?

Klara Sonnenschein, aus: *Haikus in meine Haut geritzt*

18. Kapitel

Renés Abenteuer in Tel Aviv

Steif saß René auf dem Flugzeugsitz, Schulter an Schulter mit orthodox-jüdischen Amerikanern. Unerträglich war ihm ihr Akzent. Und doch gefiel ihm die bunte Mischung der Passagiere: nichtjüdische beziehungsweise fast nichtjüdische Touristen wie er, orthodoxe Juden, solche, die ihm durch das Tragen einer Kippa als gemäßigt erschienen, und viele junge Leute, orientalisch wie europäisch aussehende. Mediterrane Lebhaftigkeit glaubte er zu erkennen, schnell öffneten die Passagiere die Sitzgurte, spazierten herum und plauderten im Stehen miteinander.

In wenigen Stunden würde er Klara Sonnenschein treffen, würde sie ihn aus dem heimischen Sumpf der Neider und Intriganten erheben. Das Foto, das sie ihm geschickt hatte, war in seinem Gedächtnis gespeichert. Lange Abende mit anregenden Gesprächen stellte er sich vor. Mit jüdischem Humor und mütterlicher Wärme würde sie ihm die Unsicherheit nehmen. Und – diese Phantasie drängte sich ihm umso heftiger auf, je stärker er sie zu verdrängen versuchte – an einem der gemeinsamen Abende würde sie ihn lange mit diesem gewissen Blick fixieren – und dann würde er ihr Liebhaber werden. Welche Ehre! Die Vorstellung, mit einer über achtzigjährigen Zeitzeugin zu schlafen, machte René Mackensen spitz, ja, der Leinenstoff seiner Hose vermochte die Erektion nicht zu verbergen. Besonders peinlich war ihm jetzt die Gesellschaft dieser muffigen Fundamentalisten, die zu beiden Seiten ihre Schultern gegen seine drückten. Mit der *Haaretz*, die vor ihm im Netz klemmte, verdeckte er seinen Schoß.

Lautstark stritten sich im Gang vor ihm zwei Orthodoxe. Dabei gingen sie auf und ab und wechselten in einem undurchschaubaren Rhythmus immer wieder die Richtung. Beschriebe er so was in einem Roman, würfe man ihm Klischees vor. René beobachtete seinen Sitznachbarn, einen vergnügt dreinblickenden Rabbi, der wie er die beiden Gestikulierer musterte. Der Rabbi wusste sofort, was René an seiner Reaktion interessierte.

»Where are you from?«

»Vienna.«

»You aren't a Jew, right?«

René fühlte sich etwas beleidigt.

»It depends. I would not call myself a Jew, but I have Jewish ancestors. Nontheless could I be one. May I ask you where you got the impression from that I'm not Jewish? Is my nose too Aryan?«

»Of course I can tell you, my friend. Cause your ancestors didn't teach you how to read Ivrit.«

»Sorry?«

Als der Rabbi bemerkte, dass der junge Mann nicht zu scherzen geneigt war, klopfte er ihm auf die Schulter und zeigte auf die Zeitung: »No problem, I just saw you reading the *Haaretz* page back to front. Hebrew or Ivrit lines are read from the right to the left. I just wondered why you even tried it.«

Renés Wangen wurden rot. Mit einem Scherz versuchte er sich aus der Situation zu retten: »No, Sir, you are right. I am from the Nazi race.«

Der Rabbi lachte nicht, im Gegenteil, er zog seine üppigen Augenbrauen hoch und wandte sich ab.

Der Strand von Tel Aviv leuchtete hinter dem Meer auf, und binnen weniger Minuten waren die Wolkenkratzer unter ihnen. Eine fast spirituelle Euphorie glaubte René im Flugzeug zu spüren, als unter ihnen die Stadt erschien. Wider Erwarten drehte sich der Rabbi noch einmal zu ihm: »Look, I reflected on your words. And I think I understand. I never would blame you for what your grandfather has done. But anti-Semitism is still very strong, below the surface and in strange iterations. Not only among right-wing people.«

»I think«, antwortete René gereizt, »that Jewish people tend to exaggerate this issue in order to excuse their treatment of Palestinean people.«

Der Rabbi nickte. Doch bevor René dies als Zustimmung auffassen konnte, sagte er: »My young friend, I heard this statement so often that I lost my will to discuss it. You look like an intelligent man. I wonder why you parrot what everybody says. I wish you a pleasant stay in Tel Aviv and that you arrive at a more refined way of seeing the truth.«

»Truthes are many«, sagte Mackensen mit einem Anflug von Melodie.

Der Rabbi grinste. »I know, Polly«, sagte er und drehte sich zu seinem jüngeren Reisegefährten, mit dem er langsam sprach, aber nicht über René, was diesen kränkte. Als die Maschine jedoch zur Landung ansetzte, ergriff René die übliche Panik, und er hätte am liebsten die Hand des Rabbi ergriffen, wie er es mit der seines Vaters getan hatte, als er das erste Mal geflogen war. Federleicht setzte der Flieger jedoch auf den Boden auf, und nichts rüttelte an den Passagieren.

Eine andere Form von Nervosität befiel René, als er israelischen Boden betrat. Er fürchtete sich vor den nächsten Stunden, vor Klara Sonnenschein und vor den Leibesvisitationen und Befragungen, vor einer militarisierten Machogesellschaft mit ihrer lärmenden Selbstverständlichkeit. Es überraschte ihn, dass die Passkontrolle nicht länger dauerte als anderswo und man ihn weder verhörte noch sein Handgepäck durchsuchte. Dabei hatte er für den Fall einer Leibesvisitation ein paar frivole Sprüche für israelische Beamtinnen vorbereitet. Doch wo waren die? Bei der Gepäckabholung wurde er fündig. Eine kleingewachsene, dunkelblonde Soldatin stand dort und telefonierte. Besonders wie ihr Barett in der Schulterlitze steckte, reizte ihn. Dreimal ließ René seinen Koffer vorbeiziehen, so sehr starrte er auf dieses Wesen. Als sie ihr Gespräch beendet hatte, blickte sie ihn direkt an. Bildete er sich ein, dass sie ihm ein Lächeln schenkte? Vor Schreck wandte er seinen Blick ab und ergriff einen fremden Koffer. Als er sie wieder anzusehen wagte, tippte sie in ihr Handy. Ich muss sie unbedingt ansprechen, dachte er, so eine Gelegenheit kommt nie wieder! Andererseits war er mit einer Legende verabredet, einer Frau aus der Gründergeneration, was machte er da mit einem Combat-Hühnchen? Sollte er Frau Sonnenschein etwa sagen: Bitte heben Sie sich Ihre zeitgeschichtlichen Ausführungen für morgen auf, ich muss noch eine Korporalin flachlegen?

Der Flughafen beeindruckte René. Besonders die Glaskuppel, welche Galerie und Erdgeschoss mit goldenem Licht flutete, fiel ihm als ein Beispiel intelligenter Architektur auf. Er war mit Israel versöhnt und begann gleich nach der Ankunft im Hotel, die Stadt zu erkunden. Als er beim Café Tamara ankam, wunderte er sich über die Unscheinbarkeit dieses Lokals, das überall als das Herz Tel Aviver Intellektualität angepriesen wurde. Eine sympathisch aussehende Kellnerin mit Dreadlocks fragte ihn auf Englisch, was er trinken wolle.

»Which beers do you have?«

»We have Heineken and Goldstar.«

»Do you have Layla Dirty Blonde?«

René kannte diese Marke aus dem Reiseführer, doch wusste er, dass sie nur für den amerikanischen Markt produziert wurde.

Die Kellnerin lächelte und sagte »No«.

»Okay, I take Goldstar.«

Um 21 Uhr sah er eine grauhaarige Frau in Begleitung eines korpulenten Mannes zwei Tische weiter Platz nehmen. Das konnte sie nicht sein. Eine Viertelstunde später, die fünfte Zigarette hatte er soeben ausgedämpft, wurde ihm übel, und Schweiß stand ihm auf der Stirn. Die Unruhe von zuvor war in Nervosität umgeschlagen. Als er den Rest des Bieres in sein Glas goss, fiel ein gefaltetes Zettelchen auf die Tischplatte. Er blickte hinter sich und sah einen hageren, dunkelhäutigen Mann davontrippeln. Auf dem Zettel stand: »Sorry, René, ich war schon da, konnte aber die Straße nicht queren. Den Grund werde ich Ihnen später erklären. Nehmen Sie ein Taxi zur alten Busstation an der Kreuzung Pin-Street/Neve Shanan und gehen Sie dann in die Pin Street Nummer 18, auf Hebräisch Rehov Pin. Bis gleich.«

René legte 25 Schekel auf den Tisch und winkte nach einem Taxi. Auch der Taxifahrer sprach fehlerfreies, flüssiges Englisch, dabei hatte René ihn wegen seiner kantigen Gesichtszüge für einen Proleten gehalten.

»Is Tel Aviv a secure city?«, fragte René.

»Very secure. Too proud to use five finger discount. Criminality mostly begins at car jacking and peaks in corruption – politics by another name.« Der Taxifahrer stieß ein gackerndes Lachen aus und prüfte im Rückspiegel Renés Reaktion. René nickte.

»The only place where you might get mugged up is the place where I am driving you right now.«

René verstand nicht, warum ihn Klara Sonnenschein dorthin bestellte. Und noch weniger verstand er, warum er sich zur alten Busstation fahren lassen solle, um dann zu Fuß in eine andere Straße zu gehen. Er beschloss, nicht wieder eine Verschwörung, Falle oder Finte zu vermuten.

Die Fahrt dauerte keine zehn Minuten, und das auch nur wegen der vielen roten Ampeln, dennoch gelang es dem Taxifahrer in dieser kurzen Zeit, René eine präzise Analyse des Palästinenserkonflikts zu referieren. René fragte ihn, ob er Politologie studiert habe. Das sei nicht notwendig, antwortete er, denn ganz Israel sei ein Politologieinstitut. Er habe vor Jahren ein Speditionsunternehmen geleitet und gute Geschäfte mit den Leuten aus Gaza gemacht. Das seien noch Zeiten gewesen, als die einzige Grenze ein über die Straße gespanntes Seil gewesen sei, vor dem ein zahnloser Beduine achtzig Schekel Maut kassiert habe. Später habe er mit einem arabischen Weber Palästinensertücher für den westlichen Markt produziert. Seit ihm die Stadtregierung wegen antiisraelischer Propaganda die Lizenz entzogen habe, fahre er Taxi.

»Forty shekel and one advice, my friend. Don't go to the hookers in Pin Street.«

»Hookers?«

»Prostitutes. What do you think, what Pin means. Penis. Dick. Prick. Officially this street's name is Rehov Finn. But people call it Rehov Pin. You got it, man? Don't be ashamed of this need. That's the red light quarter of Tel Aviv. Don't act the moron. One of the most awful places in the city. But it's much better now than it was two years ago. Although the girls working there are still being trafficked in from Eastern Europe and are treated like shit. The government does nothing against it. And I could tell you the reason why. But for that we don't have time. Look. I know some ladies who work on their own. If you want I provide you with some telephone numbers ...«

»Sir, that's a misunderstanding. I am definitely not a sex tourist. But I wish you much success with your escort service.«

»I am sorry, Sir.«

René gefiel es, mit Sir angeredet zu werden. Er zahlte, schlug grußlos die Autotür zu, querte die Straße und schob sich zwischen Straßenverkäufer, zumeist Schwarzen, Menschen, die von der Arbeit heimkehrten, und – unverkennbar – Junkies. Gespensterhafte Frauen mit umwölkten Augen torkelten zu Autos und handelten Preise aus.

Diesmal würde René nicht durch die Auffälligkeit des unsicheren Fremden die Hyänen anlocken, sondern selbstbewusst auftreten. Also schritt er auf das zwielichtigste Grüppchen zu, drei Schwarze, und fragte sie auf Englisch nach dem Weg. Anschließend überquerte René die Lewinsky-Straße, ohne zu ahnen, dass sich längst ein anderes Grüppchen an seine Fersen geheftet hatte. Die Häuser wurden zunehmend elender. Prostituierte sprachen ihn an, und ihm ekelte vor dem Kondenswasser der Klimaanlagen, das ihm auf Kopf und Arme tröpfelte. René betrat eine Bar, an dessen Theke ein Schwarzer seine Suppe löffelte, während der Besitzer mit dem Rücken zu ihm stand und Fußball schaute.

»Excuse me, do you speak English?«

Der Barbesitzer drehte sich erschrocken um, beteuerte, »very bad English« zu sprechen, und verwies ihn an Rafi an der Theke, der sofort aufstand, René freundlich lächelnd auf die Straße begleitete und den Weg zur Penisstraße erklärte. René schämte sich ein bisschen, von vornherein dem Weißen mehr Weltläufigkeit zugetraut zu haben als dem Afrikaner. Die Verbindungsstraße zur Rehov Pin erschien ihm als der schäbigste Winkel Tel Avivs, der Gestank von Urin brannte in den Augen, und er zuckte zusammen, als Katzen kreischend aus der Mülltonne flohen. Kaum hatte er sich von diesem Déjà-vu erholt, sah er sich von drei jungen Männern umstellt, denen er sofort seine Brieftasche anbot. Ihr Rädelsführer nahm sie an sich und streichelte dabei mit dem Zeigefinger die Innenfläche seiner Hand. Sofort zog René sie zurück. Schließlich strich er ihm durchs Haar. Seine Kumpane kicherten.

»I like you«, sagte der Anführer.

»But I like you not«, stotterte René und konnte sich nicht lange genug dafür genieren, nicht »But I don't like you« gesagt zu haben. Schon wurde er an die Mauer gedrängt und spürte eine Hand zwischen seinen Beinen. Alles ging ganz schnell. René wusste nicht, wie ihm geschah, als ein Streit unter den jungen Männern ausbrach. Einige Sekunden brauchte er, um zu erkennen, dass ein vierter Mann aufgetaucht war und den Anführer heftig wegstieß. Es folgte ein Schreiduell, und erst als der Neue ein Messer aus einem Knauf springen ließ, rückte der andere Renés Brieftasche heraus und trat mit seiner Bande den Rückzug an.

»Are you okay?«

»Yes, thank you.«

»You have to take care in this quarter.«

»I know. Thank you again. Puh, this was …«

René suchte nach dem richtigen Wort.

»Knapp«, ergänzte sein Wohltäter lächelnd, »du wolltest sag'n, dass des knapp war.«

»From where the hell … von wo kannst du so gut Österreichisch?«

»Na, weil ich in St. Pölten aufg'wachs'n bin, Oida. Aber das ist a lange Gschicht. Du, die Typen kenn ich. Die kommen z'rück. Hundertpro. Mit Verstärkung. Ich würd' an deiner Stell' ein Taxi nehmen.«

»Shit. Kann ich mich irgendwie erkenntlich zeigen? Mit einem Drink?«

Sein Wohltäter überlegte kurz.

»Eigentlich bin ich mit meiner Freundin verabredet. Wurscht, die kann warten …«

»Aber nein. Ich wollte dein Date nicht stören. Nimm sie doch mit …«

»Die Chavah geht mir in letzter Zeit eh aufn Zeiger. Ich seh schon des Ablaufdatum auf ihrer Stirn. Weißt was? In meiner Wohnung, ich wohn drei Blocks von da, hab ich noch eine Flasche *Crianlarich*. Single Malt. Kein Blended-Scheiß. Wennst willst, können wir die ein bissl anzutzeln. Aber schnell, weil ich trau dem Jischai nicht übern Weg.«

Das ließ sich René nicht zweimal sagen. Kurzatmig versuchte er, mit seinem Wohltäter Schritt zu halten und das Gespräch nicht abreißen zu lassen.

»Wie heißt du denn?«

»Arel nennt man mich.«

»Freut mich, René. René Mackensen.«

»Wo kommst denn her?«

»Ursprünglich aus dem Hausruckviertel, aber leben tu ich im Vierten.«

»Wie war das? Mackenzie?«

»Na, Mackensen.«

»Das ist aber kein oberösterreichischer Name.«

»Mein Opa war Norweger.«

»Ach so.«

»Du kennst den Typ von vorhin?«

»Sicher, das ist der Jischai. Früher waren wir befreundet. Aber seit er im Häfen war, ist er echt deppat worden.«

Das Viertel war nicht vertrauenerweckend, und René hatte den Eindruck, immer weiter ins Zwielicht gezerrt zu werden, doch die Angst, Jischai und anderen seiner Sorte noch einmal zu begegnen, band ihn an seinen jüdischen St. Pöltener, der eigenartigerweise von fast allen Huren, Männern wie Frauen, mit Khaled begrüßt wurde.

Im Stiegenhaus stank es noch stärker nach Urin als an den Straßenecken, und lose Kabel hingen aus den Wänden. Im zweiten Stock passierten sie eine offene Tür, hinter der ein Haufen entrückt wirkender Afrikaner fernsah. Die Wohnung darüber sah nicht besser aus, aber es war Arels Wohnung, oder hieß er Khaled?

»Welcome to my sweet home.«

Ein Jucken befiel René, dasselbe Jucken, das er beim Betreten von Secondhand-Boutiquen spürte.

»Sorry, is' nicht aufgeräumt.«

»Is' doch wurscht«, log René. »Was machst du eigentlich?«

»Ich studier. Betriebswirtschaft. Jetzt siehst, wie wir in dem Scheißland leben müssen. Welcome in Tel Aviv.«

Er öffnete eine Tür. Auf einer Matratze saß eine schlanke, braune Person mit roter Stirnfransenperücke und nicht eindeutigem Geschlecht. Sie trug einen geblümten Schlafrock, dessen Bausch eine kleine Brust freigab, kiffte und sah fern. Wie eine Katze scheuchte Arel sie hoch und bedeutete ihr in seiner blumigen Sprache, dass sie gefälligst verschwinden solle. Die beiden beschimpften einander eine Zeitlang, ehe sie die Tür ihres Zimmers von innen zuschlug. Zuvor aber zeigte sie Arel als Geste des Spottes ihr männliches Geschlechtsteil. René suchte bereits nach einem Grund, um schnell von hier zu verschwinden, ohne seinen Retter zu beleidigen.

»Das is' Queen Swanesh, die heißeste Schlampe von der HaGdud Haivri. Die soll sich gefälligst selber einen Fernseher kaufen, aber net ständig in mein' Bett knotzen. Tut mir leid, wenn dir vor meiner Wohnung ekelt. Aber leider bin ich gezwungen, mit einer *Koksinel* und an' Hackler zusammenzuwohnen.«

»Was, hier wohnt noch wer? Wie geht denn das?«

»Der Gilad schläft dort auf da Couch. Wenn er da ist, aber der is' fast nie da.«

»Und was ist eine Koksinel? Eine Kokainsüchtige?«

»Nix da, hat mit Schnee nichts zu tun. So bezeichnen wir in Tel Aviv a Dragqueen.«

Die attraktivste Frau seit langem entpuppte sich als Kerl, der angebotene *Crianlarich* als ein Diskont-Scotch namens *Captain Hawk*, und die Afrikaner im zweiten Stock begannen zu streiten ... René bedankte sich höflich für alles, doch er müsse jetzt ins Hotel zurück, habe noch zu schreiben.

Da schlug sich Arel gegen den Kopf und rief: »Mackensen, natürlich, jetzt weiß ich wieder, von wo ich den Namen kenn'. *Raubecks Anlass*.« Er stieß ein schrilles Lachen aus.

»Des gibt's doch nicht. Ich hab den Autor von *Raubecks Anlass* in meiner Wohnung.«

»Du wirst mich doch jetzt nicht foltern? Das war mein Erstling.«

»Na, im Gegenteil. Das war super. Komm, nimm ein Glas, und dann ruf ich dir a Taxi. Ja?«

»Ich fühle mich geehrt. Woher kennst du das Buch?«

»Zwei Semester Germanistik, österreichische Gegenwartsliteratur. Ich hab's mir selbst ausgesucht, weil mir dein Foto im Internet so gut gefallen hat.«

»Das, was auch auf dem Buch drauf ist?«

»I glaub, ja.«

»Da schau ich aus wie ein Junkie.«

»Na ja, ein paar Kilo abnehmen könntest schon.«

»Findest du? Ich bin ja ganz zufrieden mit meinem Schriftstellerbäuchlein.«

René blieb. Und schmeichelte sich damit, dass er sich nicht hatte anmerken lassen, wie geschmeichelt er sich fühlte. Auch wollte er herausfinden, was diesem belesenen Israeli an seinem Roman gefallen hatte. Erstaunlicherweise gab ihm Arel detailliert Auskunft, schien sich an jedes Kapitel zu erinnern, und hätte Renés Eitelkeit nicht die Skepsis in sich ertränkt, es wäre ihm nicht entgangen, dass Arel im Wesentlichen den Wikipedia-Eintrag über ihn referierte. Nicht aus Wikipedia stammte aber eine Kritik, die er seinem Lob nachschickte: dass er Raubecks Phantasien über Sex mit dem eigenen Vater für geschmacklos und vorhersehbar provokativ, ja überflüssig halte und dass das der Qualität des Buches schade. René gab ihm recht. Er habe bei dieser Stelle lange mit sich gehadert, doch der Spaß am Tabubruch sei letztlich stärker gewesen.

Und doch traute René dem jungen Mann nicht über den Weg; das dauernde Hervorkehren seiner Heterosexualität inmitten einer schwulen Umgebung kam ihm verdächtig vor. Nach dem dritten Whisky begannen sie zu streiten, was letztlich darin endete, dass René seinem Retter Homophobie vorwarf. Arel reagierte darauf beleidigter als auf den Vorwurf, womöglich latent schwul zu sein, mit dem ihn René anfangs gehänselt hatte. Als er darauf bestand, dass der aktive Part beim Analverkehr nicht wirklich homosexuell sein müsse im Gegensatz zum passiven, entgegnete René, es verhalte sich genau umgekehrt, denn nur beim aktiven Teil sei aus anatomisch plausiblen Gründen Erregung und folglich Lust erforderlich. Arel erwiderte darauf, dass die Erregung auch vom Triumph der Erniedrigung des Gefickten zu einer Frau herrühren könne und nicht vom Begehren der Person oder ihres Körpers. Diese Logik empörte René noch mehr. Wenn er Homosexualität akzeptieren könne, dann nur »wegen echten Begehrens der … äh … beschlafenen Person«. Das sei eben westliche und nicht orientalische Logik, sagte Arel.

Dennoch fühlte René sich wohl hier. Arel war es gelungen, das Gespräch von der Literatur weg auf Sex zu lenken, und nachdem sich beide sowohl ihrer unergründlichen sexuellen Toleranz als auch ihrer Heterosexualität versichert hatten, kamen die Weiber dran, und man konnte – schnell war die nächste Whiskyflasche bei der Hand – ohne störende Ambivalenzen gemeinsam geil werden. Die Rede kam auf israelische Soldatinnen, und als René sein Faible für diese bekannte, ließ ihn Arel wissen, dass das ganz normal sei, so, als gebe es im Sortiment des Pornomarktes neben *Milfs* und *Teeniesex* und *Big Boobs* eine eigene Sparte namens *Israeli Officers*. Was zunächst nach Scherz klang, wurde Realität in Form einer Website, die Arel aufrief. Dieser erläuterte jenem die kulturellen Mehrdeutigkeiten dieser Soft- und Hardpornos, die ein Fremder vielleicht nicht verstünde. Ein besonders hübscher Oberleutnant in einem Filmchen mit verrosteten Tanks und erniedrigten Arabern sei sogar eine gute Freundin und Studienkollegin von Arel. »Und?«, fragte René mit hochgezogenen Augenbrauen. Ein-, zweimal, verriet Arel nebenbei. Und schon beneidete René den jungen Kerl, dessen erotische Erfolge ihm von selbst zuflogen und nicht wegen einer marktgesteuerten Mystifizierung, deren System er zudem nie richtig verstanden hatte. Er könne ihm Shoshana jederzeit vorstellen, sagte Arel. Es hatte lange gedauert, aber plötzlich war auch René im Gelobten Land angekommen.

»Schalt das ab! Das hält ja keiner aus«, rief er nach einer Weile.

In diesem Moment versuchte Arel René auf den Mund zu küssen. Dieser riss sich los und schrie: »Bist du wahnsinnig?«

»Nein, nur ein bissl verliebt.«

»Was wird hier gespielt? Ich gehe. Danke für den Whisky.«

»Ich lass dich nicht allein durch die Gegend ziehen. Lass dich wenigstens zum Taxi begleiten. Es tut mir leid. Ich hab's halt versucht. Du hast so gewirkt, als wärst du nicht sicher.«

»Was heißt das?«, zischte ihn René an, »ich bin hetero. Aber ich habe nichts gegen Schwule.«

Arel nickte lächelnd. »Natürlich, alles ist gut. Bist a richtiger Mann. Ich schlag dir was vor: Wir vergessen die Geschichte, gehen auf einen Drink ins Zentrum, und ich helfe dir bei der Suche nach dieser …«

»Sonnenschein. Klara Sonnenschein.«

René musste sich eingestehen, dass ihm Arel sympathisch war. Und sicher konnte man über einen Typen wie ihn eher an Klara herankommen, so sie überhaupt lebte. Er fragte, ob Arels Mitbewohnerin vielleicht auch mitkommen wolle. Arel sah ihn ungläubig an. Dann öffnete er ohne anzuklopfen die Tür zu Queen Swaneshs Zimmer und richtete einige unfreundliche Worte an sie, die mit einem Schwall von Beschimpfungen erwidert wurden. Dabei grinste Arel René an.

»Willst wirklich, dass die Schlampe mitkommt? Ich glaub, du stehst auf sie. Mach mich nicht eifersüchtig.«

»Ich wollte nur höflich sein«, sagte René.

Nach einer Weile schritt die Dragqueen in einem silbernen Pailettenkleid aus ihrem Zimmer. Sie lächelte René an, hielt ihm ihre Hand entgegen, die er automatisch küsste, und sprach auf Hebräisch Worte, die wie Entschuldigungen klangen. Was zum Teufel hat der Kerl ihr erzählt, schoss René durch den Kopf.

»Nimm dich in Acht vor ihr«, warnte ihn Arel im Stiegenhaus, »das ist ein ausgekochtes Luder. Die will an deinen EU-Pass ran.«

»Danke, ich kann mich selber schützen.«

Renés Blicke verloren sich beim Stiegensteigen im glänzenden Schwung von Queen Swaneshs Hintern. Auf dem Weg in die City erläuterte René noch einmal, warum er nach Tel Aviv gekommen war, er erzählte von Klara Sonnenschein alias Yifat Benazer und äußerte den Verdacht, ein weiteres Mal Opfer einer Intrige geworden zu sein.

In der Rothschild Avenue kam es zu einem Vorfall, der in ihm ein weiteres Mal den Wunsch nach Flucht auslöste. Arel begann mit dem Türsteher eines Klubs zu streiten. Als dieser handgreiflich wurde, schlug Queen Swanesh mit ihrer Tasche auf ihn ein. Nie hätte René gedacht, so viel Mut aufzubringen, aber er ging dazwischen und stellte den Security auf Englisch zur Rede. Dieser bedeutete ihm, dass »diese arabische Scheiße« im Klub nichts zu suchen habe. Welche arabische Scheiße, wollte René wissen, doch seine Worte gingen im Gekeife zwischen Queen Swanesh und dem Türsteher unter. René drängte Arel vom Klub weg, und es gelang ihm, auch die Dragqueen am Handgelenk mitzuziehen.

»Rassistensau«, rief Arel zurück und wiederholte es auf Hebräisch. Als der Türsteher Anstalten machte, ihnen nachzulaufen, stoben die drei davon, dabei knickte Queen Swaneshs Fuß ein. Arel und René stützten sie bis zur nächsten Bank. Renés Müdigkeit und Rausch waren mit einem Mal verschwunden. Zu weiteren Heldentaten bereit, lief er zum nächsten Kiosk, kaufte kaltes Mineralwasser, kehrte zur Bank zurück, tränkte sein Taschentuch darin und wickelte es sorgfältig um das leicht geschwollene Fußgelenk der Queen. Lächelnd unterdrückte sie ihren Schmerz und strich René durchs Haar. »Aber hallo«, protestierte Arel. René glaubte in diesem Augenblick, mit einem Ruck erwachsen geworden zu sein. Er pflanzte sich vor Arel oder wie immer der hieß auf, stemmte seine Hände in die Hüften und sagte: »Du hast da überhaupt nichts zu melden. Warum lügst du mich an?«

»Ich hab dich nicht angelogen. Arel ist mein Spitzname, aber ich heiße Khaled. Ich hab's verschwiegen, weil du nie die Gastfreundschaft von einer arabischen Schwuchtel angenommen hättest.«

René schüttelte den Kopf, auch Queen Swanesh wollte etwas sagen, doch Khaled stoppte sie mit einer herrischen Geste: »Schau dir diese Angeberin an. Jetzt bettelt sie um dein Mitleid.«

Als hätte sie jedes Wort verstanden, versetzte ihm Queen Swanesh mit dem Handrücken einen leichten Schlag auf die Nase. René hatte genug von den Streitereien und drängte zum Aufbruch. Die drei landeten schließlich in einem alternativ wirkenden Kellerklub in der Shadal-Straße. Das erste Mal überhaupt leitete René die Bestellung eines Drinks nicht mit einer Entschuldigung ein; er orderte drei Cocktails, als würde er den Barkeeper schon seit Jahren kennen.

Dann begann er Khaled auszufragen – mit der Einfühlsamkeit eines Therapeuten, Journalisten oder Ethnologen. Queen Swanesh mischte sich ein, wann immer sie sich zu wenig beachtet fühlte, und nur widerwillig gab Khaled Renés Drängen nach, seine Worte für sie zu übersetzen. Renés neues Selbstbewusstsein zeigte Wirkung: Khaleds Sarkasmus und Queen Swaneshs Flirten lösten sich in ehrlichen Mitteilungsdrang auf. René wagte sogar, der Queen in die Augen zu schauen. Sie schlug die Lider nieder. Binnen einer Stunde hatte er zwei Lebensgeschichten und Stoff für einen neuen Roman gesammelt. Warum er denn ausgerechnet dort lebe, wo er am meisten diskriminiert werde, und nicht bei seinen Brüdern, fragte er Khaled. Seine Schwester lebe in St. Pölten, entgegnete dieser. Seine Eltern auch, doch die hätten ihn verstoßen. Diskriminiert sei er durch die österreichischen Behörden worden, weil die ihn wegen ein paar Dealereien in den Gazastreifen abgeschoben hätten, woher sein Vater stamme. Bei der Fremdenpolizei habe der sich bedankt und versichert, dass er in Gaza City bei seinen Cousins gut aufgehoben sei, die würden ihn auf den rechten Weg zurückbringen. Nichts weniger hätten sie gemeint, als dass die ihm seine sexuelle Neigung schon rausficken würden. Ein halbes Jahr habe er es dort ausgehalten, dann sei er abgehauen. Mit einem Fischer. Zwei Kilometer vor Jaffa sei er ins Meer gesprungen und an Land geschwommen. In der Schwulenszene von Tel Aviv sei er herzlich aufgenommen worden. Nie wieder wolle er nach Gaza zurück. Dort hätte man ihm früher oder später die Kehle durchschnitten. Für schwule Orientalen sei Tel Aviv ein Paradies, die soziale Situation sei aber beschissen. Deshalb wolle er wieder nach Österreich, aber nicht mehr nach St. Pölten, sondern nach Wien. Im deutschen Konsulat habe er schon eine Schwuchtel gehabt mit guten Kontakten zum Außenministerium. Nicht nur seinen Arsch, auch Geld habe er hergeben müssen. Er, Khaled, habe gute Chancen auf ein Schengen-Visum, habe ihm der Herr Doktor gesagt. Dann sei der gefeuert worden, wegen Handels mit Visa.

Besonders scharf musterte René Khaled, als er ihn fragte, ob er eine Biggy Haunschmid kenne. Khaled riss die Augen weit auf, sein Gesicht nahm den Ausdruck aufrichtiger Freude an. Und ob er Biggy kenne, die sei in die HTL gegangen wie er; zwei Jahre unter ihm sei sie gewesen und in seiner Clique obendrein. Woher er, René, sie kenne und wie es ihr gehe, wollte er wissen.

Entweder handelte es sich um einen Zufall oder dieser Khaled war der beste Schauspieler der Welt; keinerlei Unsicherheit zeigte er. Dennoch hätte René gerne dessen Mobiltelefon nach Kontakten und Mitteilungen überprüft. Als Khaled aufs Klo ging, lag das Handy auf dem Tisch. René wagte nicht, vor

Queen Swanesh danach zu greifen. Als hätte sie seine Gedanken erraten, forderte sie ihn durch das Vorstrecken des Kinns dazu auf. Und damit er ihre Geste richtig verstand, blickte sie in Richtung Klo und wiederholte die Aufforderung. Er traute sich nicht. Rasch huschte sie um den Tisch, flüsterte René »Take care« ins Ohr und setzte ihre Warnungen auf Ivrit fort. Dabei strich ihre Hand sanft über seinen Rücken. René spürte ihren warmen Körper, der sich gegen den seinen lehnte. Wie einen Straßenköter scheuchte Khaled seine Mitbewohnerin von ihm weg. Der Streit begann von neuem, und René – die Cocktails zeigten Wirkung – wurde schwindlig. »Ihr braucht euch doch nicht streiten um mich.« Dieser Humor verwunderte ihn selbst. Einer von ihnen beiden, sagte Khaled frech, werde René ficken, die Schlampe oder er, aber irgendjemand müsse es tun, weil ungefickt dürfe er Tel Aviv nicht verlassen, und dann begann er ein vermutlich obszönes Spottlied zu singen. René lallte bei geschlossenen Augen: »Das hättet ihr wohl gerne.« Dann legte er seinen Kopf seitlich auf den Ellbogen und schlief ein. Khaled weckte ihn nach einer Weile. Ein hagerer, dunkelhäutiger Mann hielt ihm eine Zeitung entgegen und drängte René zum Kauf. René blickte um sich, das Lokal war fast leer, der Barkeeper stellte die Stühle auf die Tische. Der Kolporteur ließ nicht ab. Khaled erklärte ihm, dass das ein Obdachloser sei, der den *Zedeck* verkaufe, das Tel Aviver Pendant zum Wiener *Augustin*. Sie kauften die Zeitung. Schließlich brachte Khaled René zum nächsten Taxistandplatz und versprach ihm, die alte Frau zu finden. Im Taxi betrachtete René die Titelseite der Straßenzeitung. Er beugte sich vor und erschrak. Das Coverfoto zeigte eine Frau, die Klara Sonnenschein glich. Sollte er sich täuschen? Immer wieder starrte er das Titelbild an; im Hotelzimmer hielt er den Kopf unter kaltes Wasser. Dann legte er die Zeitung neben das Foto, das ihm Yifat Benazer geschickt hatte. Es handelte sich zweifelsfrei um ein und dieselbe Person.

Mit der Zeitung in der Hand fuhr er in die Lobby und fragte den Portier, ob er so freundlich wäre, die Aufmacherzeile für ihn zu übersetzen.

»Yifat Benazer – Engel der Armen«, stünde darauf.

Als René frisch rasiert und geduscht am Mittag des nächsten Tages die Hotellobby betrat, wartete Khaled schon auf ihn.

»Sag einmal, kriegt man dich nie mehr los?«

»Nicht bevor ich mein Versprechen eingelöst habe, Schatzi.«

»Was? Dass du oder die Königin mich ficken?«

»Nein, dass wir deine Lady finden.«

René setzte sich zu ihm, drückte ihm den *Zedeck* in die Hand und bat ihn, die Titelzeile zu übersetzen.

»Yifat Benazer – Engel der Armen.« Khaled verstand sofort.

»Ist das die Frau?«

»Das ist sie. Wir müssen Kontakt mit der Redaktion aufnehmen. Ich habe Angst, dass ihr etwas zugestoßen ist. Die Sache wird mir langsam unheimlich.«

Khaled versuchte ihn zu beruhigen. Wenn es ein Foto und einen Titel gebe, müsse es auch eine Titelgeschichte geben. Ungeduldig bat ihn René, sie zu übersetzen.

»Warte«, sagte Khaled, »da stimmt etwas nicht.« Khaled suchte das Impressum und rief eine Nummer an. Während des anschließenden Telefonats wanderte er die Lobby auf und ab und sprach für Renés Begriffe um eine Spur zu laut.

»Ich habe es befürchtet. Du, ich glaube, da macht sich wer auf deine Kosten einen großen Spaß.«

René starrte ihn an.

»Ich hab mit den *Zedeck*-Leuten geredet. Die haben auf der neuen Ausgabe kein Foto von dieser Frau, sondern eines von einem Zeitungsverkäufer, der vor ein paar Wochen erschlagen worden ist. Außerdem haben die noch nie von einer Yifat Benazer gehört. Das ist eine Fälschung, und zwar ziemlich eindeutig.«

René vergrub das Gesicht in seinen Händen.

»Schau dir nur dieses Foto an.«

Auf dem Foto schüttelte Yifat Benazer die Hand von Shimon Peres. Neben ihr stand eine junge Frau.

»Siehst du die Kleidung der Jüngeren? So was trägt heute keine mehr. Das ist eindeutig Jackie Kennedy.«

»Blödsinn!« Und doch musste René Khaled nach einem zweiten Blick recht geben. Wütend stand er auf.

»Was hast du vor?«

»Ich nehme die Abendmaschine. Ich bin fertig. Mit euch allen.«

Khaled setzte ihm nach und schlug ihm vor, bis zu seinem Rückflug in zwei Tagen in Tel Aviv zu bleiben. Dass ihn da offensichtlich jemand fertigmachen wolle, beweise nicht, dass diese Frau nicht existiere, es beweise nicht einmal, dass ihr Brief eine Fälschung sei, und auch nicht, dass sie in der Rehov Pin nicht auf ihn gewartet habe. Khaleds detektivischer Spürsinn flößte René Vertrauen ein. Wieso hätte er das Täuschungsmanöver auffliegen lassen sollen, wenn er darin verwickelt wäre? Die Schulfreundschaft mit Biggy? Sie gehörte anscheinend zu jenen Zufällen, die einem niemand glauben würde. Im Taxi fragte René nach Queen Swanesh. Die gehe anschaffen. »Was findest du an der Schlampe? Weder Fisch noch Fleisch ist sie. So sagt ihr doch. Entweder ein richtiger Kerl wie ich oder eine richtige Frau wie Shoshana. Die stell ich dir auch noch vor. Warte, ich ruf sie gleich an.«

»Ich stelle das jetzt ein für alle Mal klar: Ich stehe nur auf Frauen, ausnahmslos.«

Während Khaled sein Handy ans Ohr legte, sagte er: »Das ist eine Neurose, die sich leicht beheben lässt.«

Die frivole Gewissheit, mit der sein neuer Kumpan dies sagte, schockierte und amüsierte René. Seine Gedanken verstiegen sich kurz in eine biografische Notiz über einen Oberösterreicher, der in Wien zum Juden und in Israel zum Schwulen wurde. Shoshana meldete sich nicht. René fragte Khaled über Biggy aus. Der bestätigte das Bild, das er sich von ihr gemacht hatte: Frech, witzig, ein bisschen nervig und obergescheit sei sie. Er habe sich gut mit ihr verstanden, versetzte er nach einer Pause, aber letztlich hätten sie verschiedene Freundeskreise gehabt. Die Biggy sei so eine, mit der man »urviel Spaß« haben könne, aber als Kumpel tauge sie nicht, weil man da gleich einen Konkurrenzkampf am Hals habe. Nein, danke. Und außerdem sei sie scharf auf ihn gewesen. Die habe sich auf jeden Araber, Türken oder Jugo gestürzt, das sei ihm ein bisschen lächerlich vorgekommen. Sie gehöre nämlich zu der Art von Ösi-Weibern, die einen Nicht-Ösi immer befreien, verstehen und mit ihm ihren Eltern eins auswischen wollen. »Nicht mit mir, no way, Sir«, sagte Khaled. So wie er die Sache sehe, schloss er, könnte die Geschichte durchaus Biggys Handschrift tragen. Ja, warum nicht. Sie sei ein Scheitan. Ein was? Scheitan, ein Satan. René nickte.

René blieb in Tel Aviv. Das Treffen mit Shoshana wurde verschoben, und Queen Swanesh schien verschwunden zu sein. An seiner Enttäuschung spürte René, wie sehr ihn dieser Mensch anzog, weniger erotisch, sondern, wie er sich das einredete, als Mensch, als Existenzform.

Gemeinsam suchten Khaled und René den Treffpunkt in der Pin Street 18 auf. Dort fanden sie ein abbruchreifes Haus, vor dem Junkies herumlungerten und durch ein Fenster im Erdgeschoss Stoff wie an einem Kiosk bezogen. *Kaspomat* nenne man solche Shops, erklärte Khaled und erkundigte sich bei den Junkies nach der Frau, die René suchte. Aber weder eine Yifat Benazer noch eine Klara Sonnenschein kannte man hier.

Tags darauf suchte Khaled im Internet nach Yifat Benazer, doch auch so ließ sich niemand mit diesem Namen eruieren. Schließlich brachte er mithilfe einer Dragqueen namens Sara Mae Licht ins Dunkel. Yifat Benazer sei niemand Geringerer als die berühmte Schauspielerin Yifat Adelstein. Die Älteren und ein paar Glamfetischisten wie Sara Mae kannten sie noch. Benazer sei ihr Mädchenname gewesen, bis sie einen Kulturredakteur der Zeitung *Jed'iot Acharonot* namens Adelstein geheiratet habe. Im Internet fanden sie sogar ein Bild von ihr. René vermutete eine weitere Intrige, Khaled aber glaubte an einen Zusammenhang zwischen der Philosophin und der Schauspielerin, und er schlug vor, ihre Villa in Neve Tzedek aufzusuchen.

Er besorgte sich Frau Adelsteins Telefonnummer und teilte René wenig später mit, dass sie ihn um sechs Uhr zum Tee erwarte. Yifat Adelsteins Villa war die Miniaturausgabe eines Bauhaus-Gebäudes, verdeckt von einem einst gepflegten Garten und im Schatten der hohen Businesstürme; sie schien wie das Relikt einer Zeit, als die Moderne wirklich modern war. Durch Oleanderzweige, die niemals einen Gärtner gesehen hatten, kämpften sich René und Khaled zur Haustür vor. Ein junger Mann mit blond gefärbten Haaren öffnete, und eine attraktive Mittsechzigerin kam ihm entgegen und begrüßte ihn überschwänglich.

»My dear friend, how great to meet you finally. We missed each other the day before yesterday. Please be seated. You came because of Klara, didn't you.«

»You knew her personally?«

»Better than you might think.«

»Excuse me, but I have to ask you: Did you write the letter to me, which reached me in Vienna?«

»Yes, I did. But before we discuss this matter, how do you like Tel Aviv …?«

Es war der Beginn eines Monologs, der René durch ein aufregendes israelisches Künstlerleben führte. Für eine Weile vergaß er sogar Klara Sonnenschein. Der blondierte Jüngling hieß Zviad und war ein georgischer Jude, der bei Frau Adelstein als Pfleger wohnen durfte. Sie beide, erklärte sie stolz, betrögen den Staat um das Pflegegeld, da sie offiziell bettlägrig sei, und teilten es. Während René ihr zuhörte, entging ihm nicht, dass Khlaed mit Zviad flirtete.

»Excuse me that I have to come back to Klara …«

»O yes, Klara Goldenstein. I loved her so much.«

In diesem Augenblick fiel Khaled das Cognacglas aus der Hand.

»You mean Sonnenschein«, sagte René.

»Stupid me. Of course Sonnenschein. It's getting worse and worse. I am Goldenstein.«

»But you are Adelstein.«

»And again you are right, young man. What an educated fellow.«

Eine Stunde später war die erste Flasche Cognac geleert. Frau Adelstein saß am Piano und sang ein Chanson nach dem anderen. Joints wanderten herum, und René begann, dieses alte Huhn zu mögen, obwohl es ihm die Informationen, die er benötigte, mit einmal mehr, einmal weniger geschickten Ausflüchten vorenthielt. Irgendwann war ihm auch das egal. Sie fixierte ihn mit lebhaften braunen Augen, und er hätte sich sogar beinah hypnotisieren lassen, wäre ihm nicht aufgefallen, dass Khaled und Zviad einander auf der Couch begrapschten und dass dieser Zviad eine bemerkenswerte Ähnlichkeit mit einem der Kerle besaß, die ihm zwischen der alten Busstation und der Rehov Pin aufgelauert hatten. Was ihn jedoch am meisten wunderte, war, dass die Dame des Hauses keinerlei Notiz davon nahm, so, als wären die beiden Männer Fische in ihrem Aquarium oder Sittiche in ihrem Käfig. René war auch erstaunt, als plötzlich Queen Swanesh mit zwei Flaschen Krimsekt dazu stieß und Frau Adelstein ihr um den Hals fiel wie einer alte Freundin, desgleichen Khaled und Zviad. Was in den nächsten zwei Stunden in Yifat Adelsteins Villa passierte, darüber würde René Mackensen aber bis an sein Lebensende schweigen.

Tel Aviv war durch nichts zu erschüttern. Auch nicht durch

einen verstörten Österreicher, der um zehn Uhr abends in T-Shirt und Unterhose durch Neve Tzedek Richtung Meer irrte. Vor Scham und Kälte zitternd verbrachte er die Nacht am ersten Sandstrand nördlich von Jaffa. Etwas Schreckliches war geschehen, und um keinen Preis der Welt würde er in dieses Haus zurückkehren, wo seine Hose, seine Brieftasche und seine Schuhe geblieben waren. »Almuth«, schrie er laut aufs Meer hinaus, doch das Rauschen der Wellen übertönte ihn.

Bei Sonnenaufgang schlich René zum Flohmarkt nach Jaffa und wartete, bis ein alter Mann den Rollbalken seiner Kleiderbude hochschob. Mit Händen, Füßen und Pidginenglisch versuchte er ihm seine Situation zu erklären. Der Mann beruhigte ihn, kramte in einem Haufen Kleider herum und brachte eine hellblaue Jeans zum Vorschein. René zog sie hastig an. Sie war hauteng, ließ sich im Bund nicht schließen, und von ihren Gesäßtaschen prangten zwei Katzenköpfe aus geschliffenen Glassteinen. Als er dem Verkäufer erklären wollte, dass er ins Hotel müsse und in einer Stunde mit Geld zurückkomme, winkte dieser ab und wünschte ihm einen guten Tag und ein langes Leben.

Unmöglich schien es ihm, als Person des öffentlichen Lebens das österreichische Konsulat einzuschalten. Im Hotel erklärte er dem Rezeptionisten, dass er sein Geld verloren habe. Dieser riet ihm, die Polizei zu kontaktieren. Als René den Vorschlag aber vehement zurückwies und der Rezeptionist seine Jeans sah, lud er ihn auf ein Ferngespräch auf Kosten des Hauses ein. René erreichte Almuth sofort. Oftmals versicherte er ihr seine Liebe, und dann fragte er nach den Daten ihrer Kreditkarte.

René Mackensen bewegte sich nicht mehr aus dem Hotel, ehe ihn ein Taxi am nächsten Morgen zum Flughafen brachte. Zwei Stunden später saß er in der Maschine nach Wien und fühlte sich elend. Weder hatte er Klara Sonnenschein getroffen, noch die Offizierin vom Flughafen gedatet, noch Shoshana, die Pornodarstellerin, kennengelernt.

Daß ihr so
Unversöhnlich seid
Wegen dem, was wir euch antaten
Bestärkt uns doch darin
Daß wir's nicht zu unrecht taten

Klara Sonnenschein, aus: *Haikus in meine Haut geritzt*

19. Kapitel
Trip nach Mauthausen

Graue Wolken zogen über die Donau. Ernst und Biggy saßen schweigend im Zug von Wien nach Linz. Biggy sah gut aus in ihrem braunen Rauledermantel und den glänzenden Stiefeln, dachte Ernst. Erwachsener wirkte sie als ein Jahr zuvor. Ihm gefiel diese herbe Reife. Mit den unfrisierten, hennafarbenen Haaren und den Ringen um die Augen wirkte sie wie die 29-jährige Sozialarbeiterin, mit der er 1987 kurz liiert gewesen war. Bärbel hieß sie, und sie kam aus Fohnsdorf in der Steiermark. Die hatte immer an ihm herumgemäkelt: »Red nicht so g'scheit, mach was!«

»Warum lächelst du?«, fragte Biggy.

»Ach nichts. Bloß Erinnerungen.«

Da der Zug mit Verspätung in Linz einfuhr, erwischten sie den Bus nach Mauthausen knapp.

»Zwei Karten nach Mauthausen bitte.«

»Wo in Mauthausen?«, fragte der Fahrer barsch.

Ernst stockte.

»Wollt's ihr ins KZ?«

»Ja genau, ins KZ wollen wir«, sagte Biggy laut und deutlich und zahlte, während sich Katz keuchend einen Platz suchte. Schon bereute Ernst, sie zu dieser Exkursion überredet zu haben. Ein KZ müsse man einmal gesehen haben, hatte er sie belehrt. Das nehme dem Antifaschismus den letzten Rest an Pose und zwinge zu Ernsthaftigkeit und Abscheu. Danach sei man ein anderer, und das sei gut so.

Als sie durch diese unauffällige Landschaft schaukelten, dachte Katz nur an Biggy und was in ihrem Kopf wohl vorgehe. Und sie dachte genau dasselbe – was seine Gedanken gewesen seien, als er zum ersten Mal Mauthausen besuchte: Sie dachte an die Komplizenschaft der Anrainer, an deren Gleichgültigkeit und Gereiztheit, durch dieses grässliche Monument und seine internationale Aufmerksamkeit beständig daran erinnert zu werden.

Am Busbahnhof Mauthausen stiegen sie in ein Taxi. Biggy beugte sich vor zum Fahrer und begann ein Gespräch: »Ein gutes G'schäft ist das schon, das KZ. Nicht wahr?«

»Na ja, schon, aber heuer war's echt mies, wegen dem vielen Regen.«

»Schlimm.«

»Der Herbst soll ja recht schön werden.«

»Wenn man den Wetterfröschen glauben kann.«

Der Chauffeur nickte. Biggy wandte sich zu Ernst. Ihm sagte Biggys Methode der teilnehmenden Provokation nicht zu. Wer aus den Leuten das Evidente rauskitzelt, ihre Gemeinheit im schlimmsten und ihre Dummheit im besten Fall, der genießt den eigenen Aufdeckererfolg und schmarotzt somit am Schrecken. Ernst wäre froh gewesen, hätten ihn die Objekte solcher Foppereien durch Einsicht und Menschlichkeit überrascht.

Doch er gönnte dem Mädchen das Spiel mit dem Abscheulichen. Im Grunde wollte er seine Ruhe, er wusste genug von der Welt, dieses ständige Suchen nach menschlichem Kontakt war ihm ein Gräuel. Auf dem Parkplatz vor dem Lager verwickelte Biggy eine Gruppe holländischer Radfahrer in ein Gespräch. Unpassend kam ihm das jetzt vor, wäre es ihm doch lieber gewesen, vor diesem Kastell in andächtigem Schauder zu verharren. Vielleicht aber, überlegte er, hatte sie recht, und diese Ernsthaftigkeit, zu der man sich selbst zwingt und zu der sich Staatsoberhäupter mit lustigen Hüten oder Kippas in Yad Vashem zwingen, war die jämmerlichste Selbstgefälligkeit angesichts dieser höchsten Würdelosigkeit, dieser Unvorstellbarkeit des Bösen.

»Stell dir vor«, sagte sie, »das Lager gehört zu den Sightseeing-Highlights auf der Radstrecke Passau-Wien.«

»So ist das eben«, wimmelte er ab. Was kümmerten ihn die Motive anderer? Wieder bereute er diesen Ausflug.

Auf den Stufen zum Haupttor bemerkte Biggy, dass sie das Lager an ein römisches Kastell erinnere. Am Eingang nahmen sie Audioguides und passierten das steinerne Portal mit den zwei markanten Wachtürmen. Ernst schämte sich vor seiner Begleiterin. War das alles, was er ihr an Schrecken bieten konnte? Wie wirkte dieser Ort auf junge Menschen, die mit alledem nichts anfangen konnten? Und wer sagt, dass das alles wirklich war? Vielleicht hatte Steven Spielberg das Lager erbaut.

Biggy kam bald der Verdacht, der Grund dieses Ausflugs bestehe lediglich in Ernsts Voyeurismus: Nicht um Mauthausen ging es ihm, sondern um zu prüfen, wie das KZ auf sie wirke. Seine Erwartungen waren eine Last für Biggy, und auch Ernst spürte ihr Unbehagen. Schließlich war er kein unmittelbar Überlebender, sondern Tourist wie alle anderen hier; die Details der Lagergeschichte hatte er bereits etliche Male vergessen, und über die Theorie von Antisemitismus und Faschismus konnte er auch zuhause dozieren. Nein, nur wenig des Unfassbaren haftete diesen schmucken Baracken mehr an.

Wäre er einer der Halbwüchsigen, die man klassenweise zum Betroffensein herkarrte, erschiene ihm dieser Ort als Spielplatz seiner Westernphantasien. Fort Laramie. Hier der Appellplatz. Morgen Aufbruch zum Feldzug gegen die Ogalala-Sioux. Doch nicht einmal diese Assoziation taugte heute mehr, wuchsen die

Jugendlichen doch mit anderen Bündelungen ihrer Gewaltphantasien auf, nicht wie er einst – mit Kavalleriewestern.

Tatsächlich drängte sich gerade lautstark ein Schwarm durch das Tor, größtenteils Buben zwischen 14 und 16, zusammengehalten von einer nervösen Lehrerin mit kurzen rubinroten Haaren und Nasenpiercing. Ihre Schüler wuchsen ihr im wahrsten Sinne des Wortes über den Kopf. Sie lärmten und krächzten und balgten sich, gleichgültig oder fasziniert von der Horrorshow, die ihnen doch weniger Action bieten würde als erwartet; sie nutzten jede Gelegenheit, ihre merklich überforderte Lehrerin mit vorlauten Fragen zu necken. Und sie griffen die Gelegenheit beim Schopf, den moralischen Bann, der über diesen Ort gelegt wurde, an seiner schwächsten Stelle zu brechen, und die war nun einmal die Lehrerin.

»Frau Professor, Frau Professor, wo sind die Duschen? Der Goran hat heut noch nicht geduscht.«

Ein besonders vorlauter Knirps prahlte mit einer naheliegenden Wortähnlichkeit: »Frau Professor, wohnt in dieser Baracke der Barack Obama?«

Was folgte, war die Litanei der Hilflosigkeit, die Ernst an solchen Orten schon oft miterleben musste.

»Das ist nicht witzig, Patrick.« Und »Schluss jetzt« und nutzloses In-die-Hände-Klatschen und »Seid ruhig, bitte«, »Yilmaz, bitte mehr Respekt vor den armen Opfern« und »Hierher« und »Ruhe da hinten« und »Sag einmal, bist du völlig deppat, Christian, weißt du, wie schrecklich das hier war, da sind auch Kinder ermordet worden, und Jugendliche in eurem Alter, die waren völlig unschuldig.«

Und der Rest war schuldig, Frau Professor?, hätte Ernst am liebsten rüberschreien wollen. Logik fünf, setzen! »Frau Professor?« – »Ja, Heinzi?« – »Ist es wahr, dass die meisten Häftlinge russische Kriegsgefangene waren?« – »Das stimmt, Heinzi, aber darüber wird uns unser Führer gleich mehr erzählen, und bitte benehmt euch. Mir zuliebe.« – Heinzi bekam sofort einen Tritt. »Du Opfer, halt die Pappen!« – »Frau Professor, sind hier auch Lesben vergast worden?« Lautes Kichern, auch bei den wenigen Mädchen. Ein älter wirkender Bursch, der bisher geschwiegen hatte: »Frau Professor, gehen Sie mit mir in die Baracke?«

Wie reagierte Frau Professor darauf? Sie wurde rot, sie schüttelte mahnend den Kopf und konnte doch ihr geschmeicheltes Grinsen nicht verbergen. Ernst wandte sich ab, so sehr ekelte ihm vor dieser Lehrerin, die mit ihren Stehsätzen die Artillerie der pubertären Tabubrüche zielsicher auf sich zog; die mal schrie, mal kicherte, mal zur Betroffenheit mahnte, die Augen verdrehte, wieder schrie, dann verkrampfte Gelassenheit mimte, alles im falschen Timing, alles umsonst, alles so hilflos – und einer Generation künftiger Rechtswähler das trostlose Bild einer aufgeklärten Weltfremdheit lieferte, die sich in der Tat jederzeit in die Baracke zerren ließe. Der junge Macho, der ihr das angeboten hatte, löste sich mit zwei anderen Jungen aus dem Verband. Sie beteiligten sich nicht am kindischen Kudern und Kichern; auf sie musste man besonders aufpassen, wusste Ernst, denn sie hatten die Ökolehrerin längst an ihren Marionettenschnüren. Da kam der Zivildiener, und die Meute verstummte. Er hatte genügend Erfahrung, er würde niemandem erzählen, wie schlimm es hier war, und bloß Fakten vermitteln, und dankbar sein, wenn er wieder eine Pause hatte zwischen solchen Klassen und ihren hilflosen Lehrern.

Entgegen Ernsts Befürchtung hatte sich Biggy von Baracke zu Baracke vorgearbeitet, die Überfülle an Information zwischen Audioguide und Schautafeln wacker aufgenommen, ehe ihre Füße schmerzten und sie beschloss, dass es nun genug sei. Schließlich fand sie sich in den Gaskammern wieder, im Vorraum, wo man Insassen erhängte, im Obduktionsraum, wo man ihnen die Goldzähne herausbrach, im Krematorium, wo man ihre Leichen verbrannte. Eine halbe Stunde blieb sie dort. Langsam kehrte sie ans Tageslicht zurück, setzte sich müde auf die Stufen und schaute ins Leere. Die Klasse von vorhin wälzte sich vorbei, vor sich hergetrieben vom mahnenden Quaken der Lehrerin. Die drei älteren Schüler hatten Biggy bemerkt, gingen langsam an ihr vorbei, während sie ihnen teilnahmslos nachblickte. Mit erhobenem Kinn warf ihr der Rädelsführer einen fordernden Blick zu. Sie erwiderte diesen mit der gleichen Geste, wenn auch ruckartiger und abweisend. Daraufhin formte er seine Lippen zu einem Kuss. Ihre rechte Hand vollführte eine elegante Bewegung und landete mit dem ausgestreckten Mittelfinger auf ihrer rechten Wange. Die drei Burschen lachten, Biggy starrte weiter ins Leere, bis Ernst sie fand.

»Alles in Ordnung, Prinzessin?«

Sie blinzelte, von der Sonne geblendet, zu ihm hoch.

»Alles bestens.«

Das war nicht gerade das, was er hören wollte.

»Gehen wir was essen. So ein KZ-Besuch macht hungrig.«

»Die haben eine Kantine hier? Unglaublich.«

Er finde das schon in Ordnung, sagte er, schließlich hätten auch Besucher von Gedenkstätten Hunger und Durst.

»Aber die verkaufen nur Snacks, Pizza und Würstel«, sagte Ernst, »denn Running Sushi und Tiroler Gröstl käme ihnen pietätlos vor.«

»Wenn ich das gesagt hätte, Catman, hättest mich geschimpft.«

»Vermutlich«, antwortete er.

Er half ihr auf. In diesem Augenblick hatte er sie fürchterlich lieb. Biggy ging langsam neben ihm her, sie verschränkte ihre Arme und blickte zu Boden.

»Bis du sicher, dass es dir gutgeht?«

»Danke, geht schon.«

Die Horrorshow hatte gewirkt. Biggy war doch ein Mensch und Ernst zufrieden.

Als sie die Kantine betreten, schwallt ihnen Pubertätslärm entgegen, in dem das aufgeregte Quaken der Lehrerin verhallt. Biggy verdreht die Augen und flucht leise. Der Appetit auf ein Paar Frankfurter lässt sie bleiben. Die Lehrerin hat mittlerweile die Kontrolle verloren, apathisch saugt sie an einem Plastikhalm, der in einer Orangensaftpackung steckt. Dann schluckt sie eine Pille und beginnt sich die Schläfen zu massieren. Der Klassenmacho nähert sich ihr von hinten und flüstert ihr etwas ins Ohr, sie schiebt ihn mit einer schwachen Bewegung des Arms von sich. Dann setzt er sich mit seinem Tablett neben sie, seine beiden Freunde nehmen gegenüber Platz. Ernst kann es nicht erwarten, diesen Ort pädagogischer Hilflosigkeit zu verlassen. Als der Lärmpegel am niedrigsten ist, beginnt die Lehrerin zu brüllen: »Ihr seid die schrecklichste Klasse, die ich in meinem Leben gehabt habe. Mit euch ist man gestraft.«

»Lesbe, Lesbe«, höhnt es ihr leise, aber vernehmbar vom hintersten Tisch entgegen.

»Jetzt halt's einmal euren Mund, ihr Krüppel!«, schreit der Macho die Klasse an.

»Ach, Michi, du bist auch nicht besser«, sagt die Lehrerin, »ich hab mich so geniert, wie du dich mit dem Führer ang'legt hast.«

Michi hebt die Schultern und wendet seine Fingerspitzen fragend gegen seine Brust.

»Wie bitte? Ich hab nur meine Meinung gesagt. Dass die Juden nicht nur Opfer sind. Da waren viele Verbrecher und Schmarotzer dabei.«

»Und ist das ein Grund, sie umzubringen?«, jammert die Lehrerin.

»Frau Professor, ich hab selbst gesagt, dass viele Unschuldige darunter waren. Aber nicht nur.«

Da mischt sich sein Freund mit türkischem Akzent ein: »Geh bitte, was soll der Scheiß? Am Tag, wo das World Trade Center kaputt geworden ist, war kein einziger Jude in seinem Büro. Ich kann Ihnen das auf YouTube zeigen.«

Ernst isst ruhig weiter. Ihn überrascht das nicht. Diese Knaben haben bereits eine Theorie, wofür unreifere nur ein Gespür haben. Biggy starrt ihn mit weit aufgerissenen Augen an. Ihr stummer Vorwurf prallt von ihm ab, er blickt müde aus dem Fenster. Biggys Augen werden nass, die Nasenflügel beben, die Lippen zittern, während die Tirade hinter ihrem Rücken weitergeht. Ernst bedeutet ihr mit einem traurigen Blick, nicht zu tun, was sie vorhat. Schon ist sie aufgestanden, sie hört das »Biggy, bleib da« nicht, das er ihr nachschickt. Sie eilt zum Tisch und greift nach dem Teller des Rädelsführers.

»Tschuldige«, fragt sie freundlich, »ist das dein Teller?«

Etwas verwirrt bejaht er. Mit voller Wucht landet er in seinem Gesicht, zugleich rammt sie seinem Freund die Plastikgabel in die Wange, dass die Zinken brechen, den Dritten tritt sie ins Gesicht. Dann eilt sie zu Ernst zurück und schreit ihn an, dass er laufen soll, so schnell er kann. Erst als die Lehrerin drauflos heult und sich die drei Jugendlichen aufrappeln, versteht er, steckt die halbe Wurst und die Semmel in seine Tweedsakkotasche und läuft Biggy hinterher. Fluchend versucht er sie einzuholen, während die drei hinterherschimpfen: »Wir erwischen dich, du dreckige Hure.« Ernst geht die Luft aus, er fällt, aber Biggy zwingt ihn mit Tritten weiterzulaufen.

»Du blödes Rotzmensch, was hast du getan?«, brüllt er sie an.

Ernst rappelt sich auf, läuft weiter, bleibt immer wieder stehen, um nach Luft zu schnappen. Biggy kreischt ihn an, holt den Pfefferspray aus ihrer Jacke, die Verfolger haben sie beinahe eingeholt, da hören sie das Quietschen von Reifen. Das einzige Taxi auf dem Parkplatz ist neben ihnen stehen geblieben, die Hintertür geht auf, Biggy und Ernst robben hinein. Das Taxi rast auf die drei jungen Männer zu; die gesamte Klasse ist mittlerweile auf den Vorplatz geströmt. Einer der Verfolger kann sich nur durch einen Sprung zur Seite retten. Mit einer scharfen Linksdrehung reversiert der Taxifahrer, ein junger südländisch aussehender Mann, und braust davon. Die drei Verfolger werfen ihnen außer sich vor Zorn ihre Schuhe nach, Biggy zeigt ihnen zuerst den gestreckten Mittelfinger und dann ihre nackten Brüste, indem sie Pullover und T-Shirt hebt. Doch es ist eher Ernst, der sich durch diese Geste bedroht fühlt.

»Was machst du denn da?«

Biggy lässt sich auf den Hintersitz plumpsen. Sie bedankt sich bei dem Fahrer. Dieser fragt:

»Zum Bahnhof?«

»Ja, aber gleich nach Linz bitte.«

Der Fahrer schmunzelt. Seine und Biggys Blicke treffen einander im Rückspiegel. Da schreit sie Ernst von neuem an.

»Was hast du dir dabei gedacht, du Närrin? Du hättest uns beinahe umgebracht!«

»Aber war ich nicht super, Catman? Gib zu, dass ich super war! Na los, gib es schon zu.«

Biggy hüpft auf dem Rücksitz auf und ab und skandiert pausenlos: »Biggy ist super! Biggy ist super! Biggy ist super! Biggy ist super!«

»Du bist genauso wie diese Rüpel. Für dich ist alles nur Fun und Action.«

»Fun und Action! Fun und Action! Fun und Action! Biggy ist super ...«

Plötzlich bemerkt Ernst Katz auf dem Ausweis seines Lebensretters, der am Armaturenbrett angebracht ist, einen Halbmond und den Namen Mohammad Reza. Vom Regen in die Traufe! Dem Teenienazismus entkommen und dem Antizionismus in die Arme ...

»Hör auf«, zischt er Biggy mit gedämpfter Stimme zu.

Biggy vergräbt ihr Gesicht in den Händen und beginnt zu

heulen. Ernst ist das alles höchst unangenehm, er fühlt sich ausgeliefert: dem Araber, der bestimmt zu den Jugendlichen halten würde, wüsste er, worum es geht, und der arglosen Göre, die von diesen uralten Fronten nicht die geringste Ahnung zu haben scheint. Er legt seinen Arm um ihre Schultern und flüstert ihr zu: »Es tut mir leid, Liebes, aber bitte hör zu weinen auf oder tu es nicht so laut.«

Plötzlich reißt Biggy die Arme hoch und beginnt wieder: »Biggy ist super! Biggy ist super! Einigfoit. Älaschleck. Fun und Action …«

»Reiß dich zusammen, verdammt!«

Ernst fühlt sich wie in einer Isolationszelle ohne Sauerstoffzufuhr.

»He Oida, wir haben Mauthausen überlebt. Was ist los mit dir? Wieso redst du auf einmal so leise?«

»Ja, ja, lustig. Verhalte dich bitte still. Ich erklär's dir später.«

Mohammad Reza grinst. Er ist der Gewinner, ihr Lebensretter: frisch rasiert, apart, gutaussehend, vor ihm wirkt der alte Jude namens Katz wie ein Nervenbündel. Doch der wagt die Flucht nach vorne.

»Warum grinsen Sie so? Damit Sie Bescheid wissen, ob Sie uns weiterfahren wollen. Sie haben einen Juden im Auto.«

Das Gesicht des Fahrers wird um eine Spur vergnügter.

»Und? Haben Sie noch andere Ambitionen?«

Biggy kichert. Kurz überlegt Ernst, ob er aussteigen und zum Mauthausener Bahnhof gehen soll, doch dann, ist er sich sicher, würde er Biggy an den Araber verlieren.

»Entschuldigen Sie, mein Herr«, lenkt Mohammad Reza in gepflegtem Deutsch ein, »ich weiß nicht, was Sie da oben erlebt haben, aber es sah bedrohlich aus. Ungefähr kann ich's mir vorstellen. Wenn Sie wüssten, was ich von den Fahrgästen für schreckliche Dinge höre. Ich möchte nur, dass Sie wissen, dass ich kein Antisemit bin. Meine Familie wurde selbst verfolgt.«

Ernst kommt sich auf einmal vor wie der lächerlichste Mensch der Welt.

»Ich entschuldige mich bei Ihnen und bedanke mich für Ihr Verständnis und dass Sie … ja, dass Sie uns vermutlich vor schweren körperlichen Verletzungen bewahrt haben. Darf ich mich erkenntlich zeigen?«

»Ich bitte Sie, Ihr Land hat uns bei sich aufgenommen, es war mir eine Freude, mich ein bisschen erkenntlich zu zeigen.«

Du hast dich aber mir erkenntlich gezeigt, nicht dem Land, mir, einem Opfer dieses Landes, denkt Ernst.

»Woher kommen Sie, junger Mann?«

»Aus dem Iran.«

»Aus dem Iran? Das ist ja interessant.«

»Und wieso ist das interessant, wenn ich fragen darf?«

»Nun, weil ich sehr angenehme Erfahrungen mit Menschen aus dem Iran gemacht habe.«

»Verzeihen Sie, aber ich glaube zu wissen, was Sie meinen. Sie haben den Eindruck, dass wir alle gut assimilierte Architekten und Ärzte und irgendwie was Besseres sind als die Prolotürken und die fanatischen Araber. Hab ich recht? Aber lassen Sie sich nicht täuschen. Das sind nicht immer die besten Menschen unter den Exil-Iranern, und unter den einfachen Menschen, die nicht emigrieren konnten, findet man oft mehr Charakter.«

»Das mag stimmen. Sie haben doch bestimmt studiert.«

»Natürlich. Warum würde ich sonst Taxi fahren?«

Beide Männer lachen, ein Lachen, an dem Biggy sich nicht beteiligt. Ernst wirft ihr einen kurzen Blick zu, sie zieht die Mundwinkel hoch.

»Ich habe Politologie studiert, musste mein Studium aber unterbrechen, um Geld für meine Familie zu verdienen. Und diesem Umstand verdanken Sie Ihre Rettung.«

»Politologie?« Ernst sieht wieder zu Biggy. Sie weiß genau, woran Katz denkt.

»Ich schreibe sogar eine Diplomarbeit über Antisemitismus. Ich vergleiche die Strukturen dieser Ideologie in Österreich und meinem Heimatland.«

»Ist nicht wahr.«

Von da an taute das Eis zwischen den beiden Männern, während Biggy sich hinter eine dünne, freundliche Eisdecke zurückzog. Der Flirt, der soeben begonnen hatte, war für sie vorüber. In Linz lud Ernst den jungen Perser auf ein Glas Wein in eines der Cafés im Bahnhof ein; Biggy saß gelangweilt daneben, während der junge den alten Mann mehr und mehr für sich einnahm. Dennoch suchte Mohammad Reza den Blickkontakt zu dem Mädchen und konnte kaum abwarten, dass Ernst aufs Klo ging, um sie nach ihrer Telefonnummer zu fragen. Doch Ernsts Blase war stark. Schließlich fragte Biggy Ernst nach Münzen. Damit machte sie sich an einem Flipperautomaten zu schaffen. Noch nie war sie ihm so halbwüchsig vorgekommen. Sogar Kaugummi kaute sie. Nachdem sie den Flipperautomaten zweimal besiegt hatte, machte sie Ernst dezent darauf aufmerksam, dass sie den Zug erwischen sollten, so sie nicht eine weitere Stunde warten wollten. Biggy und Ernst verabschiedeten sich von Mohammad mit Wangenkuss.

Im Zug stellte Ernst Biggy zur Rede.

»Das war doch ein fescher, gescheiter junger Mann. Nicht?«

»Geh Catman, du kannst jederzeit mit ihm ins Bett gehen, aber warum ich?«

»Das wär' einer, der zu mehr taugen würde als dazu.«

Biggy lachte schmutzig, während sie übertrieben heftig an ihrem Gummi kaute.

»Schwiegersohn, was? So denkst du. Wenn ich schon diese perverse Neigung hab, dann sollst du mir doch den saubersten von den Untermenschen aussuchen dürfen. Na, danke.«

»Was hat dir an Mohammad nicht gepasst?«

»Zu glatt. Zu Schwiegersohn. Was weiß ich!«

Sie drückte den Kopf an die Seitenlehne und schloss die Augen. Mühsam öffnete sie nach einer Weile die schweren Lider und sah, wie Ernst sie ratlos anstarrte.

»Was denkst du jetzt wieder?«, fragte sie.

»Das behalte ich lieber für mich.«

»Dann behalte es für dich. Gute Nacht.«

Biggy schlief ein. Oder sie tat zumindest so. Ernst dachte verschiedene Varianten durch. Vielleicht mochte Biggy die westlichen Orientalen nicht, weil es ihr mehr auf die kulturelle Differenz ankam. Schnell verwarf er diese Hypothese, so dumm war sie auch wieder nicht. Die Ursachen mussten eher im Sozialen liegen. Oder doch im Körperlichen? Ernst wollte ihr keine Vorwürfe machen, sondern verstehen. Gut, sie mag Dunkelhaarige, ist doch verständlich. Und richtige Typen. Das kann man akzeptieren. Grobschlächtige, schwerfällige Ficker. Warum nicht? Er ist in ihrem Alter auf ältere Damen mit großen Brüsten gestanden. Aber traute sie etwa zu intellektuellen Männern zu wenige körperliche Qualitäten zu? Der Stachel im fragilen Selbstbewusstsein des akademischen Mannes, das Einzige, was bloß Gebildete und wirkliche Denker vereint.

Er glaubte, der Lösung nahe zu sein. Sie war nur in der Lage, sich hinzugeben, wenn sie die Zügel in der Hand behielt. Ein Paradox, das ihn mit Biggys Neigungen versöhnte, weil jedes Paradox die Fähigkeit besaß, ihn zu versöhnen. Das war es: Ein zu kluger Kerl würde sie dominieren wollen. Diese schlafende Fee da drüben war schlicht ein Kontrollfreak. Sieh es positiv, Ernst Katz. Würde sie sich in Mohammad Reza verlieben, wärst du bald weg vom Fenster. Und solange sie sich unterlegene Lover zulegte, bliebe er – konkurrenzlos – ihr persönlicher Kumpelkönig. Biggys Görenhaftigkeit war ihm zwar ziemlich auf die Nerven gegangen, doch er glaubte zu wissen, woher dieses Verhalten rührte: Sie fühlte sich zu wenig bestätigt für ihre Leistung. Immerhin war sie die Heldin des Tages, sie hatte drei rechte Idioten verprügelt und war dafür bloß geschimpft worden. Väterlicher Stolz erfüllte Ernö Katz' Herz, und als er ihr schlafendes Antlitz betrachtete – jedes schlafende Gesicht leuchtet zurück in dessen kindliche Vergangenheit –, merkte er, wie sehr er dieses Mädchen liebte. Sie war seine Tochter geworden, die in dieser Situation bequemste Form der Liebe, denn jede andere wäre zu verfänglich.

Heugeruch
Ein Gewitter zieht auf
Zieh dich aus

Schweißgeruch
Deine Augen ziehen mich aus
Tu es auch

Petersiliengeruch
Dein Mund landet sanft im
Kräuterbeet

Klara Sonnenschein, aus: *Haikus in meine Haut geritzt*

20. Kapitel
Verwirrungen

In der Billardhalle des Wiener Praters verbrachten Biggy und Ernst so manchen Nachmittag. Biggy war eine Meisterin des Bandenspiels, Ernö besser darin, die Kugeln durch direkte Treffer zu versenken. Wie beim Tischfußball war auch jetzt Biggy die treibende Kraft, die ihn dazu überreden musste. Viele Jahrzehnte hatte er kein Queue mehr in der Hand gehabt, jetzt wurden Erinnerungen wach: An den 18-jährigen, der in einer verrauchten Bar mit einem unglaublich hübschen Mädchen Pool spielte, das Queue im Nacken und die Hände darüber gelegt wie James Dean über das Gewehr in dem berühmten Film, abwägende Miene mit zusammengekniffenem Auge vor dem nächsten Stoß, die Zigarette im Mundwinkel, deren Rauch so sehr brennt, dass das Auge tränt, fester zusammengekniffen werden muss und die Miene noch professioneller wird; Unterdrückung von Freude über eigene Erfolge, aber auch über die Misserfolge des Gegners, keine Regung, alles Plan, alles Wille.

Jedes Mal, wenn Biggy an der Reihe war, nahm Ernst eine bestimmte Haltung ein: verschränkte Unterarme, einen Ellbogen auf der Queuespitze abgestützt, sodass die Hand lässig runterbaumelt, sowie seitlich vorgebeugter Oberkörper, den Kopf einmal aufmerksam lotrecht, ein anderes Mal abwägend zur Seite geneigt. In den Western seiner Jugend stützten sich die Trapper so auf ihre Flinten, wenn sie das aufgeregte Geschwätz von Greenhorns, Siedlern und ehrgeizigen Jungoffizieren abwarteten, ehe sie ein Machtwort sprachen. Und nicht zu vergessen: das Drehen des Queues mit dem Fuß beim Einkreiden der Lederspitze.

Während des Spiels dozierte er über Klara Sonnenscheins Beschäftigung mit chinesischer Philosophie und Dichtung. Über die dialektische Philosophie des Daoismus und ihre Analogien zu Hegels Weltgeistlehre sowie über die Herrschaftspraxis des Benennens.

Aus Dankbarkeit drückte sie Ernst einen kurzen Kuss auf den Mund. Er errötete und blickte sie sehnsüchtig an, sie versenkte lächelnd die Drei, die Sieben und versehentlich auch die Vier, eine von Ernsts Kugeln.

Ernst hatte in den letzten Tagen eine Veränderung in ihrem Umgang mit ihm bemerkt, war jedoch abwartend darüber hinweggegangen. Dass er durch sein Diktat, in Biggy Freundin und nicht Frau zu sehen, mit allerlei Phantasien geneckt wurde, gehörte für ihn zur Natur der Sache. Die müsse man ignorieren, dann zögen sie von allein ab.

Nun war alles anders geworden, denn die Art, wie Biggy ihn neuerdings anblickte, wie sie sich bewegte, ihn plötzlich berührte, zwickte, küsste ... Bildete er sich das alles nur ein? »Was ist denn, Ernst? Du wirkst so traurig.«

»Spielen wir auf Revanche?«, fragte er.

Wütend warf Biggy das Queue auf den Tisch, als spürte sie, worum es ging. In ihrem Blick glaubte er einen fiebrigen Schimmer zu erkennen, sie massierte sich den Nacken, biss sich auf die Unterlippe und wandte nicht mehr die Augen von ihm.

»Ich will nicht mehr. Gehen wir nachhause.«

»Und was sollen wir zuhause tun?«

»Was du willst.«

Ernst entschuldigte sich, eilte aufs Klo und holte aus seinem Rock ein Briefchen mit vier Viagratabletten. Beim Rausdrücken fiel eine Pille in die Klomuschel. Blitzschnell fischte er sie aus dem Wasser und schluckte sie. Irgendwo im Rachen blieb sie stecken und konnte sich nicht entscheiden, ob sie in den Magen oder doch wieder rauswollte, Brechreiz drängte sie nach außen, Würgen steuerte dagegen, ein Schluck Wasser brachte sie in die richtige Richtung. Er lehnte sich mit dem Rücken gegen die Tür, atmete tief durch: Warum tu ich mir das an?

Nelly hatte ihm das Pillenbriefchen vor drei Jahren zugesteckt, das Ablaufdatum war wie das seiner Kondome längst überschritten. Wie kann das sein? Ernst musste sich eingestehen, dass Olympische Spiele nicht jährlich stattfinden, dass die Berliner Mauer vor 19 Jahren und nicht gestern gefallen war, sein Leben wie ein Hochgeschwindigkeitszug mit Verspätung Richtung Zielbahnhof raste – und er bald sterben würde.

In der U-Bahn sprachen sie kein Wort, er beobachtete Biggy, sie blickte aus dem Fenster, und manchmal sah sie auch, wie er sie ansah. Zuhause wurde gekifft. Irgendwann legte sie ihre Füße auf seinen Schoß und lächelte ihn an. Ernst wurde schwindlig, sein Herz pochte heftig gegen seinen Brustkorb. Er nahm einen Schluck Whisky. Sie sah die Schweißperlen auf seiner Stirn. Ihr besorgter Blick erschien ihm als Aufforderung. Plötzlich kniete er vor dem Sofa nieder, auf dem sie lümmelte, und drückte seinen Bauch gegen ihre Hüften, mit den Händen hielt er zaghaft ihre Schultern. Ratlos schaute sie ihn an, und er verfluchte sich in dem Augenblick, als er es aussprach: »Ich hab dich sehr lieb.«

»Ich dich auch.«

Da küsste er sie auf den Mund und wollte nicht wahrhaben, dass sie die Lippen zusammenkniff und ihn mit beiden Händen von sich drückte. Seine Knie zitterten, als er aufstand. Er wankte zum Fauteuil zurück und vergrub sein Gesicht in den Händen.

»Was war denn das?«, fragte Biggy.

»Verzeih mir, ich bin ein Idiot, ich habe alles missverstanden …«

Ernst redete sich in einen hektischen Strom von Selbstbezichtigungen. Statt ihm die Ohrfeige zu verpassen, mit der einst Männer in Filmen hysterische Frauen zum Schweigen brachten, schrie Biggy: »Hör auf!«

Ernst schwieg.

»Is' doch nicht so schlimm. Aber lass das Schuldgetue. Du hast es versucht. Es hat nicht geklappt. Na und? Ich hab nicht g'wusst, dass du das willst.«

»Ich alter Idiot dachte kurz, du wolltest es auch. Verzeih mir.«

Biggy legte den Zeigefinger auf ihre Lippen.

»Scheiß dich nicht an. Ich betracht es eh als Kompliment.«

»Das sagst du nur, um mir die Peinlichkeit zu ersparen.«

»Wahrscheinlich. Ich glaub nicht, dass uns das Spaß machen würde.«

»Ich vergaß, wie alt ich bin.«

»Das hat einen Scheißdreck mit deinem Alter zu tun. Aber ich werd nix tun, was unsere Freundschaft zerstören könnt. Hast du mich verstanden? Schnackseln kann ich mit jedem Trottel. Mit dir aber kann ich reden.«

Biggy lachte und steckte Ernst damit an, obwohl er sich dagegen wehrte.

»Ich fände dich gar nicht zu alt«, sagte Biggy, »aber irgendwie kommst du mir unreif und unrund vor. Sorry.«

Ernst traute seinen Ohren nicht. Wie kann man ihn denn noch kränken? Hatte sie recht? War er ein Pubertierender in verwelkendem Körper, weder jung noch reif, sondern zu jung und zu alt?

»Wirst du mich vielleicht schnackseln wollen, wenn ich einmal groß bin?«

»Bestimmt, Ernsti, ganz bestimmt.«

Ernst fühlte sich wegen dieser Selbstironie unwiderstehlich. Zweimal noch an diesem Abend versuchte er, Biggy zu verführen. Doch Biggy gab sich unbeeindruckt. Von nun an, da diese Möglichkeit aufgegeben war, konnte ihr Umgang herzlicher, körperlicher werden. Endlich konnte sie ihn behandeln wie ihren schwulen Freund und er sie wie seinen lesbischen Kumpel.

Spätabends, Biggy war eingeschlafen, erreichte ihn jedoch eine E-Mail, die seine Stimmung ins Katastrophische katapultierte.

Alle Menschen haben ein Recht auf Anerkennung,
außer denen, die sie verdienen.

Klara Sonnenschein, aus: *Funken & Späne*

21. Kapitel
Die Forderung

Betreff: Tief enttäuscht
Datum: Donnerstag, 20. August 2009
Von: Rene Mackensen <mackensen@mackensen.com>
An: Ernst Katz <ernoek@hotmail.com>

Sehr geehrter Dr. Katz!
Bereits vor meiner Israelreise erhärtete sich der Verdacht, dass Sie ein infantiles und geschmackloses Spiel mit mir spielen. Und bravo, mein Ehrgeiz hat mich wieder in die Falle tappen lassen. Fühlen Sie sich jetzt besser? Was geht in so einem Menschen wie Ihnen eigentlich vor, das frage ich mich schon die ganze Zeit. Ist es ein Charakterdefekt oder wollen Sie an mir ein Exempel für irgendeine nebulöse Sache statuieren?

Ehrlich gesagt ist es mir auch egal. Aber zwei Dinge möchte ich Ihnen sagen. Der Schuss ging nach hinten los. Sie haben mich nicht von Klara Sonnenschein wegscheuchen können, ich bin entschlossener denn je, dieses Buch zu schreiben. Das bin ich ihr und – ja – auch meiner eigenen Herkunft schuldig. Vor einem Jahr noch fühlte ich mich der Sache nicht gewachsen und hatte Angst vor sogenannten Intellektuellen und Zeitzeugen wie Ihnen. Aber wenn ich sehe, vor was für kindischem Affen ich mich gefürchtet habe, muss ich lachen. Ja, laut lachen. Sie sind unausgegoren und unbedarft! Und dennoch haben Sie mir in kurzer Zeit zu innerer Festigung verholfen. Dafür sollte ich Ihnen dankbar sein, gäbe es nicht das Prinzip der Gerechtigkeit.

Ich werde Klara das Denkmal setzen, das sie sich verdient hat. Sie haben darin versagt und wollen mich nun behindern. Klara Sonnenschein ist nicht Ihr Privatbesitz, sie gehört uns allen, und sie gehört von uns allen gehört. Ich werde ihr Sprachrohr sein.

Und zweitens: Lassen Sie gefälligst Ihre Enkelin aus dem Spiel. Ich war auch einmal Teenager. In diesem Alter ist man leicht manipulierbar. Anstatt ihr ein Vorbild von Ernst und Würde zu sein, gefallen Sie sich darin, Birgit in ihrer Lust am Regelverstoß auch noch zu bestärken, indem Sie sich ihr als Komplize anbiedern. Sie drängen das Mädchen in die Kriminalität damit. Wissen Sie das überhaupt, Sie alter Narr? Was ist das? Eine ekelhafte Mischung aus Lolita-Komplex und Inzestphantasien? Schämen Sie sich, tun Sie ihr etwas Gutes, indem Sie sie Ihrem verderblichen Einfluss entziehen.

Und jetzt zu uns. Ich werde mich mit meinem Anwalt beraten, welcher Delikte Sie sich innerhalb eines halben Jahres schuldig gemacht haben. Vielleicht können Sie durch Entmündigung oder Psychiatrisierung Ihrer gerechten Strafe entgehen. Ich biete Ihnen jedoch die Gelegenheit, diese Prozedur zu vermeiden und auf ehrenhafte Weise für Ihre Vergehen zu büßen. Sie verdienen Prügel, doch alte Männer zu schlagen ist nicht meine Art. Ich habe von meiner jüdischen Großmutter zwei wunderschöne antike Duellpistolen geerbt. Überlegen Sie es sich. Ich stehe Ihnen jederzeit zur Verfügung. Das meine ich sehr, sehr ernst.

Und Sie, Sie tun mir einfach nur leid

René Dieter Mackensen

Konsens: Bett, in das sich die Selbstüberschätzung der Unwissenden mit der Selbstunterschätzung der Wissenden legt, um es auch diesen ordentlich zu besorgen.

Klara Sonnenschein, aus: *Funken & Späne*

22. Kapitel
Almuth weiß Bescheid

Ernst Katz begab sich am nächsten Tag in die Heumühlgasse, wo René Mackensen wohnte. Damit seine Wut nicht verpuffe, trug er einen Ausdruck der E-Mail bei sich, den er in regelmäßigen Abständen überflog. Vor der Haustür angelangt, las er das Papier erneut und tankte seine Zornesdrüsen auf.

Sein rechter Zeigefinger war dabei, den Knopf neben dem Namensschild Obermayr/Mackensen zu drücken, als sich das Tor von innen öffnete und eine ältere Dame mit zwei Zwergpinschern an der Leine heraustrat. Als sie den Mann mit dem wutverzerrten Gesicht vor sich stehen sah, erschrak sie.

»Keine Angst, Mütterchen«, beschwichtigte er die etwa gleichaltrige Frau, »Ihnen will ich ja nichts tun. Ihnen nicht.«

Er hatte wirklich Mütterchen gesagt, und er fühlte sich tatsächlich wie einer der halbbarbarischen Gutsherren der russischen Literatur des 19. Jahrhunderts. Katz huschte durch den Eingang und über die Treppe. Heftig pochte er an die Tür, hinter der der Schreiberling mit seiner Buhlin hauste. Diese öffnete einen Spaltbreit. Katz bemerkte in Almuths Gesicht einen erstaunten Ausdruck, doch keineswegs unfreundlich, wie er es aufgrund seines Auftretens erwartet hätte. Sie trug einen weißen Frotteebademantel, auf ihrem Kopf türmte sich ein Handtuchturban.

»Sie wünschen?«

»Ist Mackensen zuhause?«

»Was wollen Sie von ihm?«

»Ich will ihn verprügeln!«

»Kommen Sie rein!«

Almuth trippelte vor ihm durch die Wohnung, die ein geräumiges Loft war.

»Nehmen Sie Platz, Herr Katz«, sagte sie mit einem freundlichen Lächeln.

»Dann wissen Sie also Bescheid.«

»Es tut mir leid, Herr Katz, aber René ist in Graz und kommt erst am Abend zurück. Sie können hier auf ihn warten, wenn Sie möchten.«

»Danke für das Angebot, aber ich habe um zwei einen Termin bei meiner Dermatologin.« Ernst Katz blickte unsicher zur Seite, als er das sagte. »Dann komme ich halt ein anderes Mal wieder.«

»Darf ich Ihnen Kaffee anbieten?«

»Ja.«

Almuth ging zur Küchenecke. Katz setzte sich an den großen Tisch in der Mitte des Raumes und betrachtete das abstrakte Aktbild über dem Schreibtisch. Ein höhnisches Grollen entstieg seiner Kehle. Während sie den Kaffee aus der Espressomaschine in die Tasse laufen ließ, rief sie ihm zu: »Sie wollen ihn also verprügeln.«

»Deshalb bin ich hier.«

Almuth kehrte mit den vollen Tassen zurück, stellte sie auf dem Tisch ab und nahm Platz.

»Milch und Zucker?«

»Weder noch, danke.«

Almuth ersuchte ihn, René eine Woche Schonzeit zu geben, er habe sich noch nicht von seinem Tel-Aviv-Aufenthalt erholt. Irgendetwas Unangenehmes sei ihm dort widerfahren, worüber er nicht sprechen wolle. Möglicherweise sei er verprügelt worden oder Schlimmeres.

»Ich schlage vor, Herr Katz, Sie kommen nächsten Dienstag, da dürfte René wieder ausreichend fit für Ihr Anliegen sein.«

»Sie können ihn meinetwegen vorwarnen«, erwiderte Katz zwischen kleinen, schlürfenden Schlucken.

»Aber nein, wenn ich ihn warne, verreist er wieder. Ich sehe ihn so selten in letzter Zeit. Wissen Sie was? Überlassen Sie die Sache mir. Was immer er ausgefressen hat, ich verprügle ihn für Sie.«

»Sind Sie seine Mutter?«

»Na, was glauben denn Sie, natürlich bin ich seine Mutter.«

»Das hätten Sie schon viel früher tun sollen.«

Almuth sah ihm direkt in die Augen.

»Ich weiß, dass ich jetzt einen Fehler mache, weil ich auf Ihren Schmäh, meinen Narzissmus zu reizen, reinfalle. Aber ich werde am Mittwoch 44 – für den Fall, dass Sie das mit der Mutter glauben sollten.«

Katz kratzte sich verlegen die Stirn und entschuldigte sich, verwies wieder einmal auf die Beobachtung, dass es für alte Menschen schwierig sei, das Alter Erwachsener unter sechzig zu bestimmen, gleich Kindern, die dieses Problem mit über Dreißigjährigen hätten. Mit heftigem Kopfschütteln bekundete Almuth, für welchen Unfug sie das hielt.

»Darf ich Sie fragen, was der Grund Ihres Prügelbedürfnisses ist?«

»Der kleine Scheißer hat mich in einer E-Mail zum Duell gefordert.«

Almuth begann zu lachen, so laut und eindringlich, dass auch Katz zu schmunzeln anfing. Sie hielt sich sogar die Hand vor den Mund, um ihr Lachen zu dämpfen.

»Wie denn? An der Wuzzelmaschine?«

»Mit Pistolen.«

Almuth riss die Augen auf und brach erneut in Gelächter aus.

»Vielleicht mit diesen Dekorpistolen? Das ist wirklich … sehr komisch. Ich muss diese Mail dann gleich lesen. Und warum wollen Sie nicht auf … dem Feld der Ehre gegen ihn antreten?«

Allmählich bemerkte Ernst, dass er die Art, wie diese Frau ihren Freund verhöhnte, äußerst charmant fand.

»Wer nicht auf dem Feld der Ehre lebt, hat auch kein Recht, darauf zu sterben.«

Almuth schüttelte unschlüssig den Kopf.

»Das war jetzt ein ziemlich pathetischer Spruch, aber ich weiß, was Sie meinen.«

»Ja, Sie haben recht. War nicht besonders gut. Ich bitte Sie abermals um Verzeihung.«

»Kennen Sie die Geschichte von Alexandre Dumas' Duell, Herr Katz?«

Almuth begann zu erzählen. Alexandre Dumas der Ältere habe seine Einkünfte durch die Befriedigung des bürgerlichen Bedürfnisses nach romantischen Haudegen erzielt. Doch habe er selbst sehr unter der Diskrepanz zwischen seinem biederen Schreibtischdasein und dem abenteuerlichen Flair seiner Helden gelitten. Deshalb habe er irgendwann begonnen, nach Anlässen für Duelle zu suchen.

»Da sehen Sie, unter welchen Druck die Bewusstseinsindustrie schon damals Autoren setzte.«

Bei dieser Bemerkung ließ Almuth den Kragen ihres Bademantels durch eine leichte Bewegung von der rechten Schulter gleiten, was ihre Brust bis zum Vorhof der Brustknospe entblößte. Katz tat so, als würde er es nicht bemerken, und schlürfte weiter Kaffee.

»Wollen Sie Kekse?«

Er verneinte, und Almuth erzählte weiter. Dumas' Freund und Leibarzt, Doktor Birio, habe ihm bei seinen Duellen stets sekundiert. Als Mann der Wissenschaft wollte er herausfinden, ob es stimme, was Prosper Merimée in einer Novelle beschrieben hatte, dass sich der von einer Kugel zu Tode Getroffene mehrmals um seine Achse dreht.

Dumas habe ihm aber, da er seine Duelle zu überleben pflegte und immer danebenschoss, nie Gelegenheit gegeben, das zu verifizieren. Im 48er-Jahr aber sei Doktor Birio auf einer Barrikade getroffen worden und soll sich dreimal um sich selbst gedreht haben. Seine letzten Worte waren: »Es ist richtig. Man dreht sich.«

»Ist das nicht eine tolle Geschichte?«

Katz widerte es an, dass Almuth die glorreiche Revolution von 1848 unangemessen vertraulich das 48er-Jahr nannte, so, als blicke sie nostalgisch in ihre Jugend zurück.

»Ich weiß nicht, warum Sie mir das erzählt haben. Ich mag keine Anekdoten. Danke für den Kaffee.«

Sie standen auf.

»Ich finde, dass das mehr als eine Anekdote ist. Zumindest der erste Teil. Der arme René leidet halt unter demselben Problem wie Dumas.«

Sie begleitete ihn in Richtung Tür, blieb aber auf halbem Weg stehen.

»Sagen Sie mal, kennen Sie mich wirklich nicht oder tun Sie nur so?«

»Tut mir leid.«

Da ließ sie ihren Bademantel fallen. Katz blickte eine Weile zur Decke, hielt dies aber nicht lange durch und begutachtete mit scheuen Blicken ihren üppigen Körper.

»Soll ich Sie jetzt eher wiedererkennen?«

»Nein, das sehen Sie zum ersten Mal«, sagte sie mit leicht belegter Stimme.

»Wissen Sie, woran mich dieser Anblick erinnert? An das Gemälde *Phryne beim Fest des Poseidon in Eleusis* von diesem unsäglichen Maler Henryk Siemiradzki. Kennen Sie das?«

»Ein schönes Bild?«

»Ein historistischer Scheißdreck, für den der Maler verprügelt gehört.«

»Ich bin Almuth Obermayr.«

»Sehr erfreut.« Katz streckte ihr förmlich die Hand entgegen, die sie ebenso förmlich schüttelte.

»Professor Katz, ich habe in den achtziger Jahren jedes Ihrer Seminare besucht. Aber es stimmt schon, Sie hatten keine Augen für mich. Warum Sie ausgerechnet der Hausberger Cornelia schöne Augen gemacht haben, wird mir stets ein Rätsel bleiben. Aber wie dem auch sei. Sie sind einer der wenigen Männer, die ich wollte, aber nicht gekriegt habe.«

»Gut so. Das regt die Phantasie an.«

Katz merkte, dass seine Coolness gespielt war und ihm das Spektakel sehr gefiel. In seiner Hose pochte es heftig, auch wenn dabei Chemie im Spiel war. Unglaublich, dachte er bei sich, wie lange die Wirkung dieser Pillen anhält.

»Korrektur: Sie sind der Einzige, den ich nicht gekriegt habe. Ich brauche Ihnen wohl nicht zu sagen, dass ich Sie immer für sehr interessant gehalten habe. Aber jetzt sehen Sie noch besser aus als damals.«

»Ich weiß.«

Der kleine Erfolg ließ noch mehr Blut in seine Lenden schießen, und Almuths Finger der linken Hand umfassten seinen Hals und glitten über die rechte Wange.

»Was halten Sie davon«, sagte sie, »wenn ich den kleinen Scheißer auf meine Weise aus seiner Prügelstrafe auslöse?«

Eine solche Gelegenheit, wusste Katz, würde sich nicht so rasch wieder bieten. Kurz war er verleitet, ihr ins Gesicht zu sagen, er müsse die unerwartete Langzeitwirkung dieser Tablette ausnützen, verwarf es und sagte bloß: »Aber nur eine Dreiviertelstunde. Mein Termin.«

Wie ein alter Pfaffe hast du meinen Ästhetizismus bepinkelt. Verzeihlich ist die Eifersucht, die hinter deiner Moralpredigt leuchtet wie die Lava unter der Kruste. Die Freude der anderen zu stören war schon immer die Sendung der Freudlosen. Daß du dich dabei aber solcher Phrasen bedienst wie »Schönheit ist vergänglich«, kann ich nicht entschuldigen. Ja, zische ich forsch zurück, aber ich bin vergänglicher! Ärgere dich nicht. Bist eh ein Fescher …

Klara Sonnenschein an Ernst Katz, September 1965

23. Kapitel
Ernsts Triumph

Gut gelaunt verließ Ernst Katz Almuths Wohnung. Noch zweimal war er in den vergangenen Wochen bei ihr gewesen. Sowohl sein als auch Renés Zorn waren verraucht. Weder einen Anruf noch eine E-Mail hatte er bekommen; der Kleine hatte also den Schwanz eingezogen, war Ernst sich sicher, und die Duellpistolen blieben, wo sie waren. Dass diese Affäre mit Almuth sich wunderbar in die Intrige gegen René fügte, war ihm erst spät bewusst geworden.

Ernsts Laune trübte sich jedoch, als er auf der Margaretenstraße Biggy begegnete, eng umschlungen mit einem orientalisch aussehenden jungen Mann. Auch ihr schien diese Begegnung unangenehm zu sein. Der Begleiter war älter als ihre vorherigen Araber, etwa dreißig, und hatte ein breites, kantiges Gesicht.

»Ernst, das ist Majid. Majid, das ist mein bester Freund Ernst.«

»Sie sind Ernst. Biggy hat mir schon so viel von Ihnen erzählt.«

Biggy drängte zum Weitergehen, doch Ernst und Majid wollten den Zufall dieser Begegnung an der Bar des Schikaneder-Kinos begießen. Und Ernst Katz ging aufs Ganze.

»Woher kommen Sie, Majid?«

Majid kam aus Syrien, er arbeitete für einen Softwareentwickler, und als Ernst seine Kenntnisse syrischer Geschichte und Politik ins Gespräch einfließen ließ, blitzten Majids Augen auf. Schon an Ernsts kräftigem Händedruck, dem direkten Blick in die Augen und der offenen Art hatte er erkannt, dass dieser kein typischer Österreicher war, sondern ein richtiger Kerl. Und als Ernst über die Gedichte von Ali Ahmad Esber, genannt Adonis, zu dozieren begann, war Majid außer sich vor Freude.

Auch Biggy war zufrieden. Beim zweiten Mojito lenkte Ernst das Gespräch auf Israel. Biggy verzog das Gesicht. Majid blieb zunächst vorsichtig, doch als sich Ernst als versierter Israelkritiker zu erkennen gab und Solidarität mit den Palästinensern bekundete, wurde auch er couragierter.

»Wissen Sie, Majid, was ich taktisch sehr klug finde. Man kann darüber unterschiedlicher Meinung sein, aber es war sehr wichtig, dass keiner der arabischen Bruderstaaten den Palästinensern je Bürgerrechte gewährt hat. Ansonsten wären die als Volk verschwunden, und ich halte es für wichtig, dass es als Mal der Schande Israels erhalten bleibt.«

Majid gefielen nicht nur Ernsts Ansichten, sondern auch deren blumige Formulierung. Die beiden Männer stießen an.

»Sie müssen mir verzeihen«, sagte der Syrer, »aber ich war anfangs ein bisschen unsicher. Biggy hat mir erzählt, dass Sie halber Jude sind, und …«

Ernst lachte laut.

»Aber was! Das heißt doch nicht, dass ich Juden mögen muss. Ich meine, es gibt überall Lumpen und Menschen mit Herz, wenn Sie wissen, was ich meine.«

»Natürlich«, pflichtete Majid bei.

Aber, fuhr Ernst fort, bei den Juden sei die Dichte an hinterhältigen Schlangen doch um einiges größer als bei anderen Völkern. Man müsse mit solchen Formulierungen sehr vorsichtig sein, sehr schnell nämlich sei man heutzutage mit der Antisemitismuskeule zur Hand.

»Wie heißt das?«

»Antisemitismuskeule. Den Begriff müssen Sie sich merken.«

»Ein guter Begriff. *Straight to the point.* Danke.«

Biggys Miene war zu einer Maske erstarrt. Ernst blinzelte ihr zu.

Dabei war das erst der Anfang. Nachdem er sich von Majid den gesamten Katalog antisemitischer Stereotypen hatte absegnen lassen, holte er noch einmal aus.

»Kennst du die *Protokolle der Weisen von Zion*, Bruder?«

»Natürlich kenn ich die. Wer kennt die nicht. Ein super Buch. Sagen Sie ...«

»Aber, aber. Waren wir nicht soeben per du?«

»Sag mal, was hältst du davon, dass die eine Fälschung sein sollen?«

Ernst schüttelte lächelnd den Kopf. Er könne ihm, Majid, eine wissenschaftliche Studie von renommierten Judaisten zeigen, die die Echtheit des Texts bewiesen. Die Diskussion würde nur ideologisch geführt. Dabei könne man doch jüdische Menschen und Kultur auch lieben, ohne das Faktum zu leugnen, dass es so etwas wie transnationale jüdische Oligarchenlobbys gebe.

Biggy wusste, dass Majid Ernst nun mehr liebte als sie, Ernst aber wusste nicht, wen von ihnen beiden sie in diesem Augenblick mehr hasste. Schweigend verschwand sie in der Menge tanzender Menschen. Majid fiel es nicht auf. Es wurde Zeit, die Richtung der Argumentation zu ändern und den Antisemitismus mit Orientteppichen der kulturellen Toleranz auszukleiden. Beide übertrafen sich nun in der Lobpreisung jüdischer Kultur und den vielen folkloristischen Verwandtschaften zwischen levantinischen Juden und Arabern. Dutzende Male wiederholte Majid, wie unendlich dankbar er sei, Ernsts Bekanntschaft gemacht zu haben. Nach einer Weile kehrte Biggy zurück und kündigte an zu gehen.

»Aber bleib doch bitte noch, jetzt, wo sich Majid und ich so gut verstehen.«

»Sei nicht fad, Biggy. Wenn sich zwei Männer treffen, geht es halt auch um Politik. Das musst du verstehen.«

Majid nickte Ernst zu, dieser erwiderte die Geste besonders schelmisch.

In diesem Augenblick tötete Biggy Majid mit den Augen. Noch nie zuvor hatte Ernst einen eisigeren Blick gesehen. »Bravo, du Arsch«, zischte sie diesem zu und ging zur Tür. Majid folgte. Schadenfroh beobachtete Ernst, wie Biggy ihren Freund anfuhr und wütend das Lokal verließ. Ratlos kehrte Majid zu ihm zurück und schien nicht unfroh über Biggys Verschwinden.

»Weißt du, was sie auf einmal hat?«

»Nimm das nicht so schwer, Biggy ist launisch. Morgen ist alles anders.«

Ernst verbrachte noch zwei heitere Stunden mit diesem nicht unsympathischen Antisemiten. Schwer betrunken konzedierte dieser ihm, dass er das Match gewonnen habe, denn Biggy sei nun doch zu ihm gegangen.

»Warte, Majid, ich schreib ihr eine Gute-Nacht-SMS. Soll ich ihr was von dir ausrichten?«

Der Syrer dachte kurz nach.

»Schreib ihr, dass ich sie liebe.«

»Mach ich.«

Ernst tippte: *Lieber Peachey. Du darfst in Hinkunft weiter Araber missbrauchen. Nur rate ich dir, bei der Selektion stets ein paar elementare Fragen mit ihnen zu klären. Wenn du willst, bin ich dir dabei behilflich. Bussi. Dein dich liebender Daniel Dravot.*

24. Kapitel
Ein Tag im September

Wie ein Walross lag Ernst Katz seitlich auf dem Boden. Er presste sein Gesicht fest auf die Erde und erforschte die Regionen, wo die Grashalme in ihre Wurzeln übergingen; aus der Perspektive eines Käfers oder einer Herbsthummel wollte er das Gräsermeer durchmessen, aus dem in Abständen Herbstzeitlosen sprossen. Bis an den Waldsaum der Rohrerwiese hinab setzte sich dieses lila-grüne Mosaik fort. Dutzende Menschen gingen hier spazieren, unterhielten sich, picknickten. Ihre Stimmen drangen wie ferne, schemenhafte Klänge an Ernsts Ohr. Biggy saß weit weg von ihm an einer Birke und rauchte. Jeder für sich fühlte sich wohl. Wien lag träge unter ihnen im Dunst, und Ernst stellte sich vor, dass dies der Smog der Garstigkeit war, den die Bewohner der Stadt an diesem sonnigen Tag aus ihren Wohnungen gelüftet hatten.

Wie ein neugieriges Kind untersuchte Biggy den Kelch einer Herbstzeitlose. Bald wanderte Ernsts Blick in die Vergangenheit, und statt Biggy sah er sich selbst als Dreijährigen, während Sándor und Maria Katz regungslos auf einer Decke saßen und auf Wien schauten. Was für Suchen, Forschen, Erkennen, Staunen! Er kann sich nicht satttrinken an der Fülle des Seins. Einmal findet der kleine Mann einen Ast, dann einen Regenwurm, ein Stück Rinde, auf dem es zwei Wittchen treiben. Er läuft zu den Eltern, den Fund in der Hand, stolpert über einen Maulwurfhügel, überlegt, ob er heulen soll, verwirft diesen Plan wieder, als er das Desinteresse der Eltern merkt, hopst weiter, um ihnen seine Entdeckung zu zeigen, doch sie verstehen seine Begeisterung für all das nicht, das bestenfalls als Requisite für ihre Erwachsenenprobleme taugt. Für die Eltern ist die Natur Kulisse, für ihn aber, der sich als ihr Teil empfindet, ist sie ein Netz von geheimen Bedeutungen, in das er sich tagein, tagaus neu einweben lässt. Die Eltern wimmeln ihn ab, was ihn nicht stört, er läuft zurück, jagt einem Schmetterling nach. Und sein Blick verfängt sich im Labyrinth einer riesigen Buchenkrone, durch welche die Sonne ihre Spektralfarben schickt. Moment, Maria und Sándor blicken gar nicht auf Wien, sondern in ihre unsichere Zukunft, denn mit drei Jahren kannte Ernö die Rohrerwiese noch nicht. Es ist eine dieser Hutweiden in Somersetshire, wohin er und die Eltern vor den Bomben geflüchtet waren. Schafe weiden, eine sumpfige Kuhle neben einem nackten Baumskelett, dahinter die Riesenbuche, die kein Nachbar daran hindert, ins Unendliche auszugreifen. Disteln und Habichtkraut verstärken den wilden Charakter dieses Weidelandes, das sich als Botschafter der nördlicheren Moore und Heiden in die liebliche englische Kulturlandschaft schiebt.

Ach Mama, wo warst du all die Jahre? Eine kalte Hand griff in Ernsts Brust und drückte sein Herz zusammen. Marias warmer Geruch wehte durch seinen Sinn. Kein einziges Mal hat er sich bedankt dafür, dass sie ihn durch die ersten Jahrzehnte seines Lebens gebracht hat. Solange sie da war, war sie einfach nur da. Als Heranwachsender hatte ihn nicht interessiert, was sie dachte und fühlte, nach der Matura war sie nur eine ungebildete Kuh, die seine Genialität nicht erkannte, und dann war sie tot.

Schemenhafter noch waren die Erinnerungen an den Vater. 1956 hatte er sie verlassen, wegen einer anderen. Der Druck der österreichischen Nachkriegsgesellschaft und die Familie Marias hatten das ihre dazu getan, dass er diesen Schritt tat. Vaters dunkles orientalisches Gesicht war Ernst nur noch durch ein Foto gewärtig: Einen unsicheren, hungrigen Blick hatte er, hinter aller mühsam kultivierten Würde blitzten die Angst und der Stolz des Gejagten auf, zu dem man ihn gemacht hatte. Mit seinem verwegenen Bärtchen über der Lippe stellte er sich zuerst der Vertreibung durch die Nazis und dann der Erniedrigung durch die Nachkriegsgesellschaft entgegen, ein Satyr, der dem Volkskörper nicht den Gefallen getan hatte, zu krepieren. Das verlieh ihm enorme Kräfte und erklärte zu einem Teil wohl auch seine Attraktivität. Mamas Familie hatte doch recht behalten, denn von seinen Reisen nach London war er irgendwann nicht mehr nach Wien zurückgekehrt und lebte nun – so hieß es in der Familienchronik – mit einer Rothaarigen von zweifelhaftem Ruf zusammen. Als Österreich Hunderttausende Ungarn-Flüchtlinge aufnahm, packte er also seine Koffer und zog nach Westen. Ein anderer Ungar als diese Flüchtlinge war er, von jener Sorte, die man in den letzten Kriegstagen quer durchs Land vom Südostwall nach Mauthausen trieb und die in allen Gemeinden, welche diese Verdammten durchquerten, drangsaliert, wenn nicht gleich umgebracht wurden. Während Ernst Katz sich selbst beim Spielen zusah, durchlebte er die Sorgen, Schmerzen, Missverständnisse seiner Eltern, und er verstand.

Biggy strich mit ihren langen Fingern die Rinde der Birke entlang. Sie streifte ihn mit einem kurzen Blick. Ernst konnte sein Glück nicht fassen. Im letzten, vielleicht vorletzten, höchstens vorvorletzten Herbst seines Lebens mit dieser Fee belohnt zu werden, mit der er noch einmal alle Phasen seiner Entwicklung durchreisen durfte, aber diesmal besser und schmerzfreier – es konnte einfach nicht wahr sein. In seinen Taschenkalender hatte er drei Tage zuvor gekritzelt: *Verschließ dich nicht vor der Narretei der Jugend, wenn sie dich noch einmal foppt, saug ihren Nektar und spuck ihr Gift aus. Denn wenn es dir gelingt, ihre Freude von ihrem Schatten zu lösen, diesen unverhofften Kredit zu genießen und dich den Zinsen zu verschließen, wenn du rechtzeitig nach dem Rausch, bevor der Kater kommt, abhaust, dann hast du dein letztes und vielleicht erstes Kunstwerk zustande gebracht und den Dämonen die Zunge gezeigt. Was wäre das für ein smarter Abgang, mein Junge …*

Ernst Katz ertappte sich wieder dabei, dass seine Erinnerungen davon gefiltert schienen, wogegen er sich für resistent gehalten hatte. Er hatte es bei anderen Zeitzeugen erlebt, bei vertrottelten Überlebenden der Kaiserzeit, die in den klischeehaften Filmen der fünfziger Jahre ernsthaft die Welt ihrer Jugend wiederzuerkennen glaubten. Genau so war es, sagten sie dann, wenn Rudolf Prack in Operettenuniform die Parade abnahm. Und nun sah er die alte Zeit, an der auch seine Kindheit noch teilhatte, selbst in Kinobildern. Er hatte nämlich herausgefunden, dass er sich der sechziger Jahre, denen er die intensivsten Erlebnisse verdankte, nur im Ambiente französischer Filme mit Catherine Deneuve erinnerte.

Ernst Katz dämmerte vor sich hin, während Biggy das Leuchten des späten Nachmittags genoss, er glaubte, Klara säße neben ihm und hielte seine Hand. Plötzlich sah er sie dort bei der Birke mit Biggy lachen, Purzelbäume schlagen und Vertraulichkeiten austauschen. Bevor er einschlief, freute er sich darüber, wie gut sich die beiden verstanden. Dann schüttelte Ernst zufrieden und doch ein bisschen eifersüchtig den Kopf. Ein kühler Wind kündigte die Dämmerung an.

Übertreibung: Vorwurf, mit dem die Untertreiber sich die Wahrheit verbitten.

Klara Sonnenschein, aus: *Funken & Späne*

25. Kapitel
René und Biggy

René will es diplomatisch angehen. Er will das Miststück kennenlernen, bevor er es verurteilt, und fürchtet sich vor dessen Frechheit. Halbleer ist das Café Anzengruber, eine Stunde vor der vereinbarten Zeit war er hier, um seinen nervösen Magen mit einem dieser riesigen Schnitzel zu beruhigen, für die das Lokal berühmt ist. Der Sohn des Wirts hat bereits das zweite Bier serviert. Nach eineinviertel Stunden sitzt René noch immer allein, scheinbar in ein Buch vertieft, damit ihn Bekannte, die einige Tische weiter sitzen, nicht ansprechen.

Biggys E-Mail-Adresse hat er über ein neues soziales Netzwerk namens Facebook herausgefunden. Das war zwar nicht so einfach wie die Suche nach Aschenbrödel, doch einfacher, als es ein Jahr später sein würde. Im September 2009 führte Facebook 712 Birgits, 17 davon kamen in die engere Wahl. Das Lebensmotto einer gewissen Birgit Haunschmid hatte seine Aufmerksamkeit geweckt: *Hilf dir selbst, sonst hilft dir Gott*. Auch ihr Lieblingsgetränk, *Kindertränen*, passte zu ihrem Profil.

Zwanzig Minuten zu spät betritt Biggy das Lokal. Renés Missmut verpufft, als er eine junge Frau erblickt, die kurz den Raum absucht, ihn erkennt und auf ihn zugeht. Wegen ihrer Pumps wirkt sie größer, als er sie in Erinnerung hat, und aufgrund des hochgeschlagenen Kragens ihres Trenchcoats erwachsener. Verstärkt wird dieser Eindruck durch ein grau schillerndes Kopftuch, dezente Schminke und freundliche Selbstsicherheit. Sie streckt ihm die Hand entgegen.

Ehe René sein vorbereitetes Statement loswerden kann, ist der Sohn des Wirts da.

»So wie immer, Biggy?«

»Ja, ein Bier bitte.«

»Man kennt Sie hier.«

»Früher war ich öfter im Anzengruber.«

»Sie wissen, warum ich Sie treffen wollte.«

»Ich glaube, ja«, sagt Biggy, während sie sich eine Zigarette anzündet.

René schweigt eine Weile; als er zu sprechen beginnt, fällt ihm Biggy ins Wort.

Er dürfe, sagt sie, über ihren Großvater nicht zu hart urteilen, denn der lebe in der Vergangenheit und wolle diese vor dem Zugriff der Gegenwart schützen.

René staunt über ihre Wortwahl.

»Aber was zum Teufel hab ich ihm getan?«

Er solle, fährt Biggy fort, das Spiel, das man mit ihm getrieben habe, nicht persönlich nehmen. Ernst Katz sei sehr sensibel, was die zeitgenössische Beschäftigung mit dem Holocaust angehe. Einerseits begrüße er die intensivere Auseinandersetzung vor allem jüngerer Menschen damit, andererseits hasse er es, dass die Schicksale dieser Zeit zu Stoffen für die Unterhaltungsliteratur verbraten würden. Und mit einigen präzisen Sätzen erklärt sie ihm die theoretischen Beweggründe ihres Komplizen.

René hält dagegen, dass ihr Großvater doch gar nicht wissen könne, auf welche Art und Weise er diese Geschichte bearbeiten werde und dass man ihm zumindest eine Chance geben solle.

»Das habe ich ihm auch gesagt. Aber Opa ist sehr stur in solchen Dingen.«

René weiß nicht weiter. Alles, was er sich vorbereitet hat, scheint nicht mehr zu passen.

»Aber ich bin nicht irgendein Unterhaltungsromancier. Manche schätzen mich, und manche zerreißen mich in der Luft. Aber niemand wird leugnen, dass ich ein seriöser Autor bin.«

»Ich hab ihm gesagt, dass er verbohrt ist, und dass dieser Mackensen eigentlich ein vernünftiger Junge ist, hab ich auch gesagt.«

René nimmt einen Schluck von seinem Bier. Irgendetwas stimmt doch nicht an der Rolle dieser sympathischen jungen Frau als Mediatorin zwischen ihm und dem bösen Greis.

»Entschuldigung, so geht das nicht. Seine Weltanschauung, und über die könnte man lange diskutieren, rechtfertigt nicht diesen systematischen Plan, mich fertigzumachen. Da steckt sadistische Freude dahinter. Sadistisch und total kindisch! Und was ist mit Ihnen? Sie haben fleißig mitgeholfen. Ohne Ihre Komplizenschaft hätte mich der Alte, Verzeihung, hätte mich Herr Doktor Katz doch nie so hinters Licht führen können. Sie haben mich genauso gemobbt. Das Gequatsche von der Kritik an der Holocaustverwertung ist nur eine Ausrede. Sie finden das einfach lustig, queer oder irgendwas … gemeinsam mit einem alten Gauner Streiche zu spielen. Is eh lustig. Ich hab doch im Ost Klub gesehen, was für eine Show Sie miteinander abziehen, Birgit.«

»Biggy.«

»Okay, Biggy. Von außen betrachtet ist das wundervoll. Eine sehr junge Frau und ihr Opa verschwören sich gegen die Welt und verarschen sie nach Strich und Faden. Ich wäre gern Mitglied einer so schrägen Gang. Aber um Himmels willen nicht ihr Opfer. Wissen Sie überhaupt, was Sie mit Menschen anstellen?«

Schon ärgert sich René über seinen verbindlichen Ton, da stellt Biggy die Relationen klar. Ihre Miene wird kalt und bestimmend.

»Herr Mackensen, ich verbitte mir diesen Ton! Wenn Sie unsere Bekanntschaft mit Vorwürfen beginnen wollen, sehe ich mich gezwungen zu gehen. Ich hätte schließlich nicht zu kommen brauchen. Also, Sie würden gern in unserer Gang sein, wenn wir dann gemeinsam andere fertigmachen? Und nur damit Sie es wissen: Der Opa weiß nichts von unserem Treffen. Ich bin freiwillig hier. Um Brücken zu bauen: Wenn Sie die einreißen, dann habe ich leider den Verdacht, dass Opa doch nicht so unrecht hat. Zahlen bitte.«

René ergreift ihre Hand, die sie gehoben hat, und führt sie zur Tischplatte zurück. »Nein, bleiben Sie bitte. Entschuldigen Sie. Ich weiß zwar nicht, wofür, aber Sie können einen mit Ihrer Art ziemlich einschüchtern. Verstehen Sie mich doch auch ein bissl. Ja? Sie können sich schwer vorstellen, was ich das letzte halbe Jahr durchgemacht habe. Und, tut mir leid, aber es ist eben so, daran sind Sie nicht ganz unschuldig.«

»Und Sie können sich nicht vorstellen, was unsere Familie und was Klara Sonnenschein durchmachen mussten. Das sind Schicksale und keine Selbstbedienungsläden.«

»Darf ich Sie fragen, wie alt Sie sind?«

»21, im August werde ich 22.«

»Erstaunlich. Sie wirken viel reifer.«

Schüchternes Lächeln umspielt Biggys Lippen: »Und da wir altersmäßig ja nicht so weit auseinander sind, bin ich so frei, Sie von nun an zu duzen.«

»Super. Nochmals. Freut mich, dich kennenzulernen, Biggy.«

»Moment mal. Du wirst weiter Sie zu mir sagen.«

René starrt sie verwirrt an.

»War nur ein Scherz«, beschwichtigt sie.

»Du verarschst gerne Leute. In meinem Fall aber zu Unrecht. Wenn man mich näher kennenlernt, merkt man nämlich, dass ich gar nicht so übel bin.«

»Ich erwarte mir mehr von Menschen, als dass sie gar nicht so übel sind. Sie sollen überhaupt nicht übel sein. Aber wie sich der Opa auf dich eingeschossen hat, war schon verdächtig. Ich will mir meine eigene Meinung bilden. Deshalb hab ich mir auch dein Buch gekauft.«

»Wirklich?«

René strahlt.

»Findest du es besonders eitel, wenn ich dich frage, wie es dir gefallen hat?«

Biggy erklärt, *Raubecks Anlass* erst gestern gekauft zu haben, sie sei übers erste Kapitel noch nicht hinausgekommen. Er müsse ihr noch ein paar Tage lassen. Denn wenn sie sich für etwas wirklich interessiere, nehme sie sich auch Zeit dafür. Es gebe nämlich Bücher, die trinke man mit einem Zug, und solche, da wolle man jedes Schlückchen bis zum letzten Geschmacksmolekül auskosten. Ihn jedenfalls halte sie für sehr talentiert.

»Oh, talentiert. Welch ...« – René fällt kein passendes Adjektiv ein – »... Kompliment.«

Doch, fährt Biggy fort, habe sie gleich auf Seite zwei einige grobe stilistische Schnitzer gefunden. Nichts Schlimmes, aber er, René, verdiene doch ein kompetenteres Lektorat.

»Das ist wahrscheinlich eine Geschmacksfrage.«

»Nein, ist es nicht!«

»Na hör mal. Ganz der Opa. Studierst du Germanistik, Frau Professor, oder was?«

»Nein, Geschichte und Biologie. Ich hab schon mit der Diplomarbeit angefangen.«

»Aha, interessant. Worüber schreibst denn?«

»Ich analysiere die rechtskonservativen Tendenzen im Tierschutz seit dem 19. Jahrhundert. Aufhängen tu ich das Ganze an der *British Tiger Protection Front*.«

»Haben die was mit den Tamil Tigers zu tun?«

Biggy lacht laut über seine Ahnungslosigkeit.

»Die BTPF ist eine postkoloniale Organisation, die bei ihrem Schutz von Tigern mit besonders rassistischen Ausfällen gegen Inder operiert.«

»Ich weiß nicht. Das sind doch sicher einzelne Auswüchse. Generell find ich Tierschutz schon okay. Besonders den Schutz von Tigern. Das sind doch tolle Viecher.«

»Ich hasse Tiger. Vögel mag ich.«

Renés Lachen wird von einem blasierten Schnaufen begleitet.

»Ich mag auch Vögel. Aber Tiger mag ich eben auch. Soll das ein Widerspruch sein?«

»Tiger gehören ausgerottet.«

»Du bist schon ein merkwürdiger Mensch.«

»Tiger haben meine Eltern gefressen.«

René nimmt die Brille ab und presst Lider und Zähne zusammen.

»Wie bitte?«

»Ja, wirklich, vor meinen Augen. Ich war damals sieben. René, ich bin *das Wunderkind von Bhagwan Mahaveer*.«

Irgendwie fühlt er sich schon wieder verarscht. Dieses Mal versucht er es jedoch amüsant zu finden.

»Ist das die Neuauflage des Lindbergh-Babys?«

»Ich weiß, die Geschichte hört sich völlig grotesk an. Aber merk dir eins, bei mir sind nur die ungewöhnlichsten Sachen wahr, alles andere ist Täuschung. Meine Eltern waren Hippies und sind mit mir nach Goa gezogen. Ich hab drei Jahre dort verbracht. Opa wollte mich mit der Polizei zurückholen lassen, aber keine Chance. Irgendwann wollten Mama und Papa den Dschungel im Nationalpark von *Bhagwan Mahaveer* erforschen. Drei Tiger waren es. Ich weiß nicht, wieso sie mich nicht gegessen haben. Zwei Tage bin ich davor gestanden und konnte mich vor Schreck nicht rühren. Die Mama und der Papa haben schon zu riechen begonnen. Zumindest das, was von ihnen übrig war. Schön war's wirklich nicht anzuschauen. Dann bin ich gefunden worden. Seitdem kann ich auch kein Fleisch mehr essen. Das von einem Tiger würd' ich auf der Stelle fressen, das kannst mir glauben.«

René gähnt.

»Was willst du jetzt von mir hören? Dass du eine blühende Phantasie hast?«

»Ich nehm dir nicht übel, wenn du mir nicht glaubst. Darum hab ich auch immer diese Zeitungsausschnitte bei mir.«

Biggy kramt aus ihrer Tasche zwei Klarsichtfolien hervor, in denen zerknitterte Zeitungsseiten stecken, und reicht sie René, der sie sorgfältig prüft. Die erste entstammt dem *Kurier* vom 8. September 1993. *Tragischer Unfall in Indien, österreichisches Paar von Tigern getötet*. Und wirklich steht im Vorspann, dass die siebenjährige Birgit Haunschmid aus St. Pölten unverletzt geblieben sei, aber den Tod ihrer Eltern habe mitansehen müssen. René überfliegt den Artikel und blickt Biggy erstaunt an. Dann nimmt er den zweiten zur Hand, aus einer indischen Zeitung stammt er, erkennbar am Schrifttyp des Devanagari-Sanskrit.

»Um Gottes willen.« René wirft das Papier auf den Tisch und hält sich die Hand vor Augen. Er hat das Farbfoto gesehen mit den zwei zerfetzten Leichen und dem kleinen, blonden Mädchen, das davor steht und geradewegs in die Linse starrt.

»Was für kranke Typen sind das, die so was bringen?«

»Find ich auch«, bekräftigt Biggy. Aber das Beste sei ja noch gekommen. Man habe sie in die österreichische Botschaft nach Mumbai gebracht, und sie habe nur den Wunsch geäußert, wieder zu ihrem Opa nach Wien zu kommen. Man habe ihr aber gesagt, dass die Familie ihres Vaters die Obsorge für sie übernehmen werde. Die Papagroßeltern seien auch angereist, und als sie diese gefragt habe, warum sie nicht zum Katz-Opa dürfe, hätten sie gesagt, dass der Katz-Opa nicht der richtige Umgang für sie sei. Damals habe sie nicht gewusst, dass der Katz-Opa gerade erst von der Uni geflogen war, weil er was mit Studentinnen angefangen hatte. Sie sei dann aus dem Konsulat getürmt, um auf eigene Faust zu ihm zu gelangen. Und damit habe ihre Odyssee begonnen. Nach einem Jahr sei sie offiziell für tot erklärt worden. Sie indes habe eine lange Reise angetreten, über den Khyber-Pass nach Afghanistan, in die Provinz Kafiristan, wo man sie für eine Nachkommin Iskandars, Alexanders des Großen, gehalten habe, und dann weiter in den Iran, über Anatolien, nach Istanbul und über den kriegsgeplagten Balkan nach Sarajevo, wo man sie als Flüchtlingskind nach Wien ausgeflogen habe. Und Biggy erzählt René mit großen Augen und kindischer Überspanntheit Geschichten, so unglaublich, dass er sie für den Garn einer halbverrückten Pippi Langstrumpf halten würde, wären da nicht diese schrecklichen Zeitungsmeldungen, die er selbst in Händen gehalten hat. So kommt er, um nicht an seinem Verstand zu zweifeln, mit sich überein, diese Erzählungen für eine Vermengung von Fakten und Fiktion zu halten, die ihm ein faszinierendes, aber schwer traumatisiertes Mädchen da auftischt. Denn nun sieht er Biggy endlich auch von ihrer kindlichen Seite und ist erleichtert, dass hinter den Ohren dieser selbstbewussten, ja dominanten Frau doch ein paar bunte Eierschalen kleben.

»Du kannst das im Internet nachprüfen. Ist in allen Zeitungen gewesen. Im Völkerkundemuseum findest du einen mit Edelsteinen verzierten Dolch aus Kafiristan, der ist eine Leihgabe von mir. Ich werde auf dem Infoschild namentlich erwähnt. Trinken wir noch eins?«

René merkt, dass er es hier mit Dimensionen zu tun hat, denen er nicht gewachsen ist. Da hilft nur noch Themenwechsel.

»Eine Frage, Biggy. Weißt du, ob dein Großvater ein Verhältnis mit der Sonnenschein hatte?«

»Was glaubst denn du?«, zischt sie ihn an. »Vier Jahre waren sie zusammen. Das ist ja der Hauptgrund für das ganze Theater. Er liebt sie noch immer. In der Nacht, nachdem sie beerdigt wurde, hat er sie auszugraben versucht. Ein Monat Klapsmühle. Ich hab ihn hundertmal beschwichtigen müssen, dass es doch nicht so schlimm ist, wenn sich ein junger Mann ihrer Geschichte annimmt. Aber sterben würd' er vor Kummer. Schau, René, ich bin das Einzige, was ihm geblieben ist. Deshalb, und nur deshalb spiele ich dieses Spiel mit. Weil ich ihm Freude bereite, und weil es uns verbindet. Vielleicht hab ich ihm dadurch das Leben gerettet. Tut mir leid, dass wir dich dafür missbraucht haben. Mit dem falschen Brief von der Klara aber ist er mir zu weit gegangen. Das hab ich ihm auch gesagt.«

René beginnt zu verstehen, und in seiner seligen Stimmung ist er versöhnlich genug, sich von Biggy all die kleinen Tricks ihres und Ernsts Plan verraten zu lassen. Er lacht, dann nickt er, dann schüttelt er ungläubig den Kopf und ruft auch mehrmals »Chapeau«. Besonders ausführlich erzählt sie ihm, wie sie ihren Opa auf alt und gebrechlich und auch etwas unhygienisch getrimmt hat. Die eklige Kruste auf der Glatze sei durch Alkalisilikatlösung hervorgerufen worden, auch Wasserglas genannt, eine flüssige Substanz, in der man zum Beispiel gekochte Eier konserviere. Und wie sie die vielen Pusteln hingekriegt habe, will René wissen. Ganz einfach, sagt Biggy, nach dem Rasieren viel kratzen und mit abgelaufener Milch einreiben. Und zwar pasteurisierter Milch, denn unbearbeitete werde bloß zu Sauermilch, aber die homogenisierte verfaule wirklich. Der Opa, sagt sie, schaue nämlich um zwanzig Jahre jünger aus, sei vital und ein irrsinnig sexy Typ. Also wenn der nicht mit ihr verwandt wäre, dann aber hallo ... Renés Stimmung verdunkelt sich.

»Und die Wunde? Ich hab doch eine Wunde gesehen. War die echt?«, fragt er.

»Bist du wahnsinnig? Ich tu doch dem Opa nicht weh. Das war ein aufgeklebter Fleischfetzen, und das Blut war von einem Hendl, das wir zuvor in der Küche geschlachtet haben. Am Abend haben wir's dann gemeinsam gegessen, der Opa und ich, und angestoßen haben wir auf unsern Erfolg.«

René macht eine säuerliche Miene.

»Sogar Opas Mundgeruch war künstlich. Für den Gestank

in der Wohnung haben wir zwei Tage Kohl gekocht und einen Eimer aufgestellt, in den wir tagelang gemeinsam gepinkelt haben.«

René hat genug.

»Ihr habt das alles gemacht, um mich ihm vom Leib zu halten.«

Biggy nickt mit triumphierendem Glitzern in den Augen.

»Eine letzte Frage noch. Wer ist das auf dem Foto, das ihr mir mit dem Brief aus Tel Aviv mitgeschickt habt?«

»Wenn ich dir das verrate, dann sinkt deine Stimmung auf den Tiefpunkt. No way, Sir! Ich sag's dir das nächste Mal. Okay?«

René braucht ein Weilchen, um halbwegs wieder ins Gleichgewicht zu kommen. Doch befindet er letztlich, dass all die Schmach sich bezahlt gemacht habe, denn über Biggy könne er Frieden mit Ernst Katz schließen, und wenn nicht das, so doch Freundschaft mit ihr.

Ein SMS von Ernst unterrichtet Biggy, dass er nun nachhause gehe. Er hat Almuths Wohnung also verlassen. Für Biggy gibt es somit keinen Grund mehr, länger im Anzengruber zu bleiben. Wenn Ernst wüsste, mit wem sie dort sitzt … Trotzdem trinkt sie ein weiteres Bier, das sie weniger berauscht als ihr Erfolg. René ergeht es nicht anders.

Vor dem Lokal fragt ihn Biggy, ob er das Sonnenschein-Buch, nach allem, was er nun wisse, doch schreiben wolle.

Er wisse es selbst noch nicht, sagt er. Sie rät ihm davon ab. Zumindest solle er Opas Tod abwarten. Das aber, fügt sie hinzu, könne noch dauern. René und Biggy haben sich schon eine halbe Straßenbreite voneinander entfernt, da ruft er ihr zu, dass sie unbedingt ihre Lebensgeschichte niederschreiben müsse. Das werde sie bestimmt tun, antwortet sie.

»Wenn du es nicht machst, mach ich es.«

»Okay.«

»Sehen wir uns wieder?«

»Vielleicht.«

Zuhause angekommen, Almuth schläft schon, schleicht René sofort zum Computer und sucht im Internet nach Biggy. Tatsächlich findet er neben eingescannten Zeitungsmeldungen über den tragischen Tod ihrer Eltern in Bhagwan Mahaveer auch Artikel über ihr Verschwinden und wundersames Wiederauftauchen. Ein Foto zeigt ein lächelndes Mädchen, das von Bundeskanzler Vranitzky auf die Wange geküsst wird. Auch ein Bild mit einem außergewöhnlich feschen, blonden Ernst Katz findet er, sie drücken ihre Wangen aneinander. »Das *Wunderkind von Bhagwan Mahaveer* darf bei seinem Großvater bleiben.« Alle diese Artikel existieren. Hätten die mittlerweile pleitegegangenen Organisatoren der Castingshow nicht die an Biggy erinnernden Fotos, Videos, ja, ihren Namen vom Netz genommen, wäre René vielleicht aufgefallen, dass Biggy erst 17 ist.

Schließlich stößt René auf etwas Verwunderliches. Ein Onlineartikel der *Niederösterreichischen Nachrichten* aus dem Jahr 2000 verrät ihm, dass die zwölfjährige Birgit Haunschmid aus Wien, aber mit niederösterreichischen Wurzeln, einen landesweiten Vogelstimmenimitationswettbewerb gewonnen hat. Ein Bild zeigt ein Mädchen im Dirndl mit Zahnspange, das eine goldfarbene Kohlmeisenstatuette von Landeshauptmann Pröll in Empfang nimmt.

Tags darauf um zehn Uhr steht René am Eingangstor des Weltmuseums. Als dieses öffnet, eilt er sofort in die Asienabteilung, eine Viertelstunde später wird er fündig. Ein reich ziselierter goldener Krummdolch mit Edelsteinen liegt in einer beleuchteten Vitrine auf rotem Samt. In dunkler Schrift ist darauf zu lesen: *Handschar, spätes 19. Jahrhundert, Kafiristan. Dieses kostbare Stück ist eine Leihgabe von Birgit Haunschmid, dem sogenannten »Wunderkind von Bhagwan Mahaveer«, die 1993 im indischen Dschungel unter tragischen Umständen ihre Eltern verlor und eine abenteuerliche zweijährige Heimreise durch den Orient antrat.*

In Kafiristan wurde sie von liebevollen GastgeberInnen mit diesem Dolch beschenkt.

Unglaublich. René fragt sich, warum er von dem angeblichen Wunderkind damals nichts mitbekommen hat. Was hat er im Sommer 1993 und was im Winter 1995 gemacht? Kurz denkt er daran, ob die Beweise einer der unglaublichsten Geschichten aller Zeiten nicht doch Fälschungen sein könnten, doch verwirft er diesen Verdacht. Stutzig macht ihn aber, warum sie ihre wohlhabenden Gönner in Kafiristan allein weiterziehen ließen und nicht irgendeiner diplomatischen Vertretung oder einem internationalen Truppenstützpunkt übergaben. Sehr nach spätem zwanzigsten Jahrhundert hört sich die Geschichte nicht an. Doch was weiß man schon?

Dritter Teil

See how dark and cold my cell.
The pictures on the wall are covered with mould.
The earth-floor is slimy with my wasting blood.
My wild eyes paint shadows on the walls.
And I hear the poor ghost of my lost love moaning …
Adah Isaacs Menken (1835–1868)

Klara Sonnenscheins an Ernst Katz, August 1967

1. Kapitel
In Cernys Wohnung

Biggy hatte Sinn fürs Zitat. Als sie in Doktor Cernys ehemalige Wohnung einbrach, trug sie Gymnastikhose, Rollkragenpullover und Wollmütze, alles in Schwarz. Und vermutlich amüsierte sie die Auffälligkeit dieser klassischen Einbrechertracht auch. Schon als Kind hatte sie sich gewundert, warum die Einbrecher aus alten Zeiten mit Augenbinden auf sich aufmerksam machten. Ob die tatsächlich glaubten, ihre Gesichtszüge damit verbergen zu können?

In dem geräumigen Appartement wohnte ein Ehepaar, ein Doktor Brunner mit Frau, er ein bekannter Rechtsanwalt, sie die Chefredakteurin eines Lifestylemagazins. Teure Wohnungen bleiben innerhalb der eigenen Gesellschaftsschicht, folgerte Biggy. Das lag wahrscheinlich am Nahverhältnis der Anwaltzur Hausbesitzerschaft. Biggy hatte Nachforschungen angestellt und keine verwandtschaftlichen Beziehungen zwischen den Cernys und den Brunners eruieren können. Eine ihrer Freundinnen jobbte an der Kassa des Kabaretts Simpl, über sie hatte

Biggy von einer Exklusivvorstellung für die Wiener Anwaltskammer erfahren, Fabian Brunner plus Gattin standen auf der Gästeliste. Biggy hatte gewartet, bis das Paar die Wohnung verließ, und dann das Sicherheitsschloss mit einem Wundergerät namens Sputnik geöffnet, das sie direkt von dessen Hamburger Hersteller Abu Shayab bezogen hatte. Tausend Euro hatte das Ding gekostet – für Ernst Katz' Konto eine Petitesse.

Nichts kündete mehr davon, wie die Wohnung zu Klaras Zeiten ausgesehen haben mochte. Die Brunners schienen ein Faible für das Design der frühen siebziger Jahre zu haben: flauschige Flokatis, Kuhfellteppiche, riesentulpenhafte Glockensessel aus weißem Kunststoff, eine großflächige Pop-Art-Grafik der barbusigen Bardot hing über der Bar, ein paar Maria Lassnigs zeugten von Kunstsinn, der von einem Christian Ludwig Attersee über dem kreisrunden Ehebett wieder wettgemacht wurde. Biggy verlor keine Zeit, schnell fand sie das Zimmer, in dem Claire Brunner ihre Pubertät verbrachte – und lange vor ihr eine andere Frau.

Huldigten Fabian und Brigitte Brunner dem flotten Jetset der Seventies, so hatte die Tochter sich im Alternativstil derselben Zeit eingerichtet. Ein indisches Tuch mit vielen Paisley-Niernderln darauf hing an der Wand, getränkt mit schwerem, ranzigem Patchouliduft, Che Guevara starrte Biggy von der Tür herab an, als sie sich aufs Bett fallen ließ. Claire Brunner studierte seit zwei Jahren Ethnologie und Publizistik und lebte mit ihrem kurdischen Freund in einer WG nahe dem Brunnenmarkt im 16. Bezirk. Wenn Biggy einbrach, dann recherchierte sie zuvor genau.

Sie lag jetzt auf dem Bett und überlegte kurz, wie Claire die runden Mantras auf der Tapete, die ihre Eltern ihr ins Zimmer geklebt hatten, ohne Schaden ertragen konnte. Dann holte sie aus ihrer Tasche eine Spachtel und kratzte auf der Höhe der Bettoberkante den Verputz bis zur ältesten Schicht über der Ziegelmauer ab. Zwei vertikale rostbraune Blumenbandmuster erschienen, solche, wie man sie vor Jahrzehnten mit Rollen an die Wände walzte. Biggy legte eine palatschinkengroße Fläche frei. Das war das Tor zu Klaras Lebenswelt. Sie fühlte das kalte Mauerstück, graue Farbe blieb auf ihren Fingerkuppen zurück.

Dann legte sie den Kopf auf den Polster und verlor sich in Gedanken. Biggy stellte sich das Knarzen des Parkettbodens vor, das leise Runterdrücken der Messingklinke, das Ächzen der Türscharniere beim Öffnen, den muffigen Geruch eines alten, dampfgereinigten Anzugs, das schwere Atmen Doktor Cernys, die Stoppeln auf dem Doppelkinn. »Schläfst du schon, Klara?« Konfekt, ein neues Kleid, erpresserische Einfühlsamkeit, zögerliches Streicheln durch zittrige Hände, das Reflektieren der Parteinadel im Mondschein, die Hilflosigkeit der Macht – die Verzweiflung der Ohnmacht. Drei Jahre. Drei Jahre in diesem Verlies.

Biggys Blicke wanderten über den Plafond, suchten nach den Resten von Klaras Präsenz. Ihre Vorstellungskraft versagte, zu viel hatte sie sich da vorgenommen. Einen umgekehrten Exorzismus vollführte sie, mit ihrem Körper saugte sie die Geister der Vergangenheit ein. In dieser Familienzusammenstellung des Schreckens rekonstruierte sie die ganze Bandbreite: Angst, Angst vor der Straße, vor der Verhaftung, Angst vor der Abhängigkeit zum Retter, Minderwertigkeit, quälende Fragen: warum sie überlebe und warum man ihre Rasse ermorde, Trotz, Auflehnung, Stolz, Rache. Rache an dem minderwertigen Dreck, der sie und ihre Schönheit und ihren erwachenden Geist für minderwertig erklärt, Rache am gütig-geilen Doktor Cerny, der schon zu Beginn ihrer Gefangenschaft ihren zwölfjährigen Körper badete und schrubbte und ihr weismachen wollte, das sei väterliche Zärtlichkeit, die in der Tochter nur das Kind sehe, und ihr Körper war erstarrt vor Scham, unfähig zu jeglicher Gegenwehr, wie das Schaben eines Eiskratzers hatte sie seine warmen

Berührungen auf ihrer Haut gespürt. Phantasien von Selbstmord, auch Mord, lange vor Doktor Cernys einseitigen Annäherungen, der kaum zu unterdrückende Wunsch, diese fremden Leute, denen man auf Gedeih und Verderb ausgeliefert war, während die wahren Eltern für immer ins Nichts verschwunden waren, zu töten.

Die Verpflichtung zur Dankbarkeit, jenes Kardinalgräuel, ließ Ekel in Biggys Körper fahren. Und dennoch: Einsamkeit, von Scham und Verwirrung gebeizte Wünsche nach Nähe, Berührung und Verständnis. Die Streiche, welche die ins Kraut schießende Lust spielt, für deren Stillung keine Gleichaltrigen zur Verfügung stehen; möglicherweise die Sehnsucht nach der Freundschaft von Frau Cerny, aus deren Augen aber nur Distanz und Missgunst funkeln. Das Bedürfnis, irgendjemandem, und sei es nur Cerny, die täglich sich überschlagenden Leistungen des eigenen Intellekts zu beweisen; und der studierte, aber dumpfe Stiernacken weiß mit seinem schmierigen Instinkt genau über dieses weit geöffnete Tor in sie einzudringen, als aufmerksamer Zuhörer, als Diskutant, Schüler, Bewunderer. So knackt er sie, so erzwingt er sich, nicht mit der Virilität des Verführers, sondern mit der weinbergschneckenhaften Beharrlichkeit des leitenden Angestellten, ihre Kapitulation. Nie für möglich gehalten hätte sie, dieses gutmütige, aber unappetitliche Schwein zu lieben, doch die Ausweglosigkeit lässt einen früher oder später Blumenwiesen an die grauen Zellenwände pinseln, um irgendeine Ahnung bloß von der Schönheit des Lebens zu erhaschen. Nur durch einen Glücksfall wird ihre Auslöschung verzögert. Und am Sonntag gibt es Fleisch.

1944 schneidet Klara sich die linke Pulsader auf. Ernst hat das Biggy erzählt. Frau Cerny muss das blutende Mädchen bemerkt haben. Doch sie unternahm nichts, um es zu retten. Erst der spätabends heimkehrende Anwalt verband die Wunde. Nun sieht Biggy ihn über sich, heulend, fluchend, den Allmächtigen anrufend, der säuerliche Dunst von Wein und Zigarren weht sie an, vielleicht mit der Grundnote eines faulen Zahns. Er drückt sie an sich, heißt sie ein dummes Mädchen. Wie sie ihm das antun könne. Es bedarf dieser Beteuerungen gar nicht, jetzt erst begreift Frau Cerny, die wie ein böser Schattenriss in der Tür steht, dass alle ihre Ahnungen stimmten. Von jetzt an wird das ausgeblutete Mädchen endgültig die kleine Judenhure sein, die ihren Julius verhext hat.

Ein rheumatisches Seelenziehen zehrte an Biggys Gliedern. Sie schnappte nach Luft, wand sich im Bett, klemmte die Decke zwischen die Schenkel und drückte die Glieder zusammen, um diesen Dämon wie den letzten Senfrest aus der Tube zu drücken. Doch es half nichts. Sie schrie, heulte ohne Tränen, wie im trockenen, hustenden Takt eines absterbenden Traktormotors. Als Kotzen der Seele würde sie diese Momente später bezeichnen. Sie erstickte ihre würgenden Schreie im Polster. Nach einer Weile der Entkrampfung stieg in Biggy die Flut des Selbstmitleids und ertränkte in ihr Klaras Spasmen. Die Luken öffneten sich, und Biggy konnte endlich alles aus sich rausspülen, wohlig und kitzelnd kam ihr der Schmerz des folgenden Heulkrampfes vor im Vergleich zum implosiven von zuvor. Doch empfand sie nun eine Einsamkeit von kosmischen Ausmaßen, und so dringlich war diese Eruption, dass sie keine Zeit zur Scham darüber fand, Klaras Schmerz als Schlepper für den ihren missbraucht zu haben.

Niemanden, niemanden hatte sie in dieser Scheißwelt außer den alten Philosophen, denn der Preis ihrer inneren Autonomie war der seelische Abstand zu ihren wechselnden Liebhabern. Sich fallenlassen, sich auflösen in Geborgenheit war Unterwerfung. Im Krieg darf dem Feind, der jeder ist, keine Blöße gezeigt werden. Biggy flüchtete sich in den Trost frühkindlicher Erinnerungen, da ihre Mutter sie anlächelte und herzte und in den Armen wiegte. Nie hatte sie die Mutter mehr geliebt als in diesem Augenblick, als sie begriff, dass sie noch eine hatte. Sie war keine perfekte Mutter, eine komische Frau mit netten Zügen, die wahrscheinlich gerade in ihrer St. Pöltener Wohnung saß, die frisch gewaschenen Gardinen aufhängte oder im Internet in Michael Fassbenders Leben nachschnüffelte. Doch sie lebte. Und Biggy wünschte sich, das unsichtbare Ende der Nabelschnur mit dem ihrer Mama zu verknüpfen. Dann saß plötzlich Ernst am Bettrand; er war nicht gut im Zeigen von Zuneigung, aber er sprach mit ruhiger Stimme über inhaltliches Zeug mit ihr, was ihr viel vertraulicher schien. Das alles half ihr, sich zu beruhigen und in einen tiefen Schlummer zu fallen.

Das Öffnen der Wohnungstür weckte sie. Die Brunners waren zurückgekehrt. Biggy schnellte hoch, blickte auf ihr Handydisplay, es zeigte 22.43 Uhr. Verdammte Scheiße, entfuhr ihrem Mund. Eine Weile saß sie starr auf dem Bett und überlegte, ob sie im Zimmer ausharren sollte, da es die beiden bestimmt nicht betreten würden. Biggy lauschte. Die Brunners waren alkoholisiert, davon kündeten lautes Auftreten, unsicherer Gang, festes Zuschlagen von Kastentüren und kurze bellende Gespräche. Dann wurde es still. Biggy schlich auf Zehenspitzen zur Tür. Plötzlich drang Musik an ihr Ohr, alter Soul, Barry White, Marvin Gaye; Musik, wie sie Dr. Hibbert aus den *Simpsons* auflegen würde, um intime Stimmung anzufachen.

Wie sehr wünschte Biggy sich, dass die beiden im Schlafzimmer verschwänden und ihre Ehe aneinander vollzögen, damit sie unbemerkt verschwinden konnte.

Als sie die Tür einen Spaltbreit öffnete, bot sich ihr ein seltsamer Anblick. Auf der weißen Kunstledercouch mit den soliden Chrombeinen saß Herr Brunner, er hielt einen Cognacschwenker in der Rechten, seine Frau stand einige Meter vor ihm in beigem Satinkleid und umschloss mit ihrer linken Hand ebenfalls den Kelch eines Glases. Mit dem Rücken stand sie zur Tür des Kinderzimmers, und beide starrten sie unbeweglich und still aus dem großen Panoramafenster auf die Lichter des spätabendlichen Karmelitermarktes. Ein unwirkliches Bild ergab dieser ewig lange Schnappschuss der versonnenen Leere und erinnerte Biggy an die Ölbilder dieses amerikanischen Malers, dessen Ausstellung sie mit Ernst besucht hatte. Der Name war ihr entfallen, aber ein lustiger Name war es. Das wusste sie. Jetzt hab ich's. Hopper.

Die Brunners waren zu Posen gefroren, dieses Stillleben galt es zu nutzen. Biggy schlich hinter ihnen in Richtung Vorzimmer, war schon fast bei der Tür, als sie mit dem linken Fuß gegen den Übertopf eines Gummibaumes stieß und diesen mit einem leisen, aber doch hörbaren Geräusch verschob.

Die beiden drehten sich um, wirkten aber keineswegs erschrocken. Bloß einen Ausdruck müder Verwunderung erkannte sie in ihren Mienen. Nun war es Biggy, die erstarrte. Frau Brunner blickte streng, ihr Mann amüsiert, mit hochgezogenen Augenbrauen. Für ihr Alter, um die Mitte vierzig, sahen sie ganz gut aus.

»Wer sind Sie?«, fragte Frau Brunner.

»Ich bin nur eine Einbrecherin.«

Die Brunners blickten einander an, dann fixierten sie Biggy und schließlich wieder einander, doch in diesen Blick mischte sich etwas Verschworenes, etwas, das Biggy gar nicht gefiel.

»Sie brauchen nicht befürchten«, sagte Herr Brunner, »dass wir die Polizei rufen. Gehen Sie oder bleiben Sie da und trinken Sie mit uns ein Gläschen. Man hat ja nicht alle Tage eine Einbrecherin in der Wohnung. Nicht wahr, Brigitte?«

»Nein«, pflichtete Brigitte bei, »und noch dazu eine so sympathisch aussehende. Cognac? Wein?«

»Ach, wir könnten doch den Sekt vom Lasky öffnen.«

»Hab ich einzukühlen vergessen.«

»Schade.«

»Machen Sie sich keinen Stress. Ich würde jetzt gerne gehen.«

Frau Brunner blickte Biggy mit halb geöffneten Eidechsenaugen an.

»Bitte bleiben Sie noch. Wir haben sicher Spaß miteinander.«

»Gitte, dräng die junge Dame nicht. Wenn Sie nachhause gehen will … dann … Ich kann schon verstehen, dass wir nicht die lustigste Gesellschaft sind.«

»Okay, dann schönen Abend«, sagte Biggy verschämt.

»Moment mal, junge Dame. Sie sagten, Sie sind Einbrecherin. Haben Sie gar nichts mitgehen lassen?«

»Dazu kam ich nicht.«

Herr Brunner suchte wieder den Blick seiner Frau. Diese nickte.

»Sie können, wenn Sie wollen, die Maria Lassnig neben der Kommode haben. Die ist bestimmt 10 000 Euro wert.«

»Danke, das ist sehr nett von Ihnen, aber ich geh jetzt lieber.«

Biggy lief aus der Wohnung, ließ die Tür hinter sich ins Schloss fallen und überlegte im Stiegenhaus, dass es für eine Einbrecherin doch eine ziemliche Schande sei, eine Wohnung unversehrt zurückzulassen. Mit neuem Selbstbewusstsein kehrte sie zurück an die Wohnungstür und wollte bereits läuten, als sie den Schlüssel im Schloss stecken sah. Die Brunners hatten ihn abzuziehen vergessen. Sie öffnete die Tür, schlich ein weiteres Mal rein und fand dasselbe Bild vor, als sie das Kinderzimmer verlassen hatte: zwei Wachsfiguren, die aus dem Fenster sahen. Bloß dass der Mann diesmal, wie seine Frau, stand. Biggy räusperte sich. Lethargisch drehten sich die beiden nach ihr um und lächelten.

»Ich hab es mir doch anders überlegt. Steht Ihr Angebot mit dem Bild noch?«

»Selbstverständlich«, sagte Fabian Brunner, »aber bleib doch bitte ein bisschen.«

Biggy hängte das Bild ab, während sie sagte: »Tut mir leid, aber ich hab keine Lust dazu.«

»Das kann ich freilich verstehen«, sagte Herr Brunner, während sie seine Frau sehnsuchtsvoll anstarrte. Mit einem unerwarteten Satz sprang er zu Biggy, sodass diese die Maria Lassnig wie einen Schild schützend in Stellung brachte.

»Warte, Mädchen. Du wirst das Bild bestimmt zu einem Hehler bringen, der wird dich vielleicht übers Ohr hauen. Wir werden den Diebstahl melden müssen. Wegen der Versicherung. Das ist umständlich für uns und riskant für dich. Was hältst du davon, wenn ich dir einen Scheck in Höhe von 10 000 Euro ausstelle und du das Bild hierlässt?«

Biggy stimmte zu, Herr Brunner zückte eine große Brieftasche und holte ein Scheckheft hervor. Da mischte sich Frau Brunner ein.

»Fabian, du Knauserer. 10 000. Das ist ja geschenkt. Das Bild ist sicher 15 000 wert, wenn nicht mehr.«

»Du hast recht, Schatz. Schreiben wir halt 15 000 drauf.«

Als Herr Brunner Biggy den Scheck überreichte, kitzelte er mit seinem Zeigefinger ihre Handfläche und formte seine Lippen zu einem Kuss, dann versuchte er mit einer Mischung aus clownhaftem Mienenspiel und frivolen Gesten Biggy zum Bleiben zu überzeugen. Er deutete mit seinem Kopf auf seine Frau und ließ ein katzenhaftes Schnurren vernehmen. Biggy musste lachen. Er wollte also andeuten, seine Frau sei hungriger als er, er würde als Gentleman bloß assistieren. Bitte, bitte, flehte er Biggy in kindlichem Tonfall an.

Als sie den Scheck entgegengenommen hatte, fragte sie: »Darf ich das Bild trotzdem mitnehmen?«

»Was meinst du?«, fragte die Brunnerin unschlüssig.

Ihr Mann deutete ihr mit einer herrischen Geste, still zu sein. Dann richtete er seinen Blick wieder auf Biggy.

»Tut mir leid. Aber das geht nicht. Wie heißt du eigentlich?«

»Klara.«

Er legte seine Handfläche auf ihre Wange. Sie ließ es sich gefallen.

»Bonne chance, Klara. Ich und Brigitte werden dich nie vergessen.«

Biggy lächelte und verließ die Wohnung.

Gestern beim Empfang des Konsuls Berger empfing ich unerwartet mehr Wahrheit, als ich normalerweise ein ganzes Jahr zu hören kriege. Medium dieser Wahrheit war ein steirischer Weinhändler namens Kopernig, der mit seiner literarischen Bildung bei mir landen wollte. Nicht nur das, er ist zudem ein ausgewiesener Verehrer progressiver Dichtung. Jetzt schnall dich an. Seine Miene leuchtete vor Enthusiasmus, als folgende Worte zwischen seinen dünnen Lippen hervordrangen: »Am meisten liebe ich an den Modernen die Zerstörung des Satzbaus. Das würde sich in Radkersburg, wo ich herkomm, niemand trauen.«

Klara Sonnenschin an Ernst Katz, März 1965

2. Kapitel
Biggy lernt Ernsts Freunde kennen

Ernst Katz sah es an der Zeit, Biggy ins Eisbad der Neuen Musik zu stoßen. Sie ließ sich von ihm ins Konzerthaus führen, wo im Rahmen des Festivals *Wien modern* Stücke des italienischen Komponisten Luigi Nono aufgeführt wurden. Biggy betrat, von Ernsts pädagogischer Absicht unter Druck gesetzt, mit innerer Abwehr den Konzertsaal. Sie erwartete langweiliges atonales Wichsen und eine Horde ferngesteuerter Klugscheißer, die bildungsbeflissen etwas huldigten, was sie nicht verstanden. So falsch lag sie damit nicht. Die Musik selbst aber fuhr ihr unter die Haut und noch tiefer und fesselte sie mit kristallenen Zauberfäden. Das düstere An- und Abschwellen der Klangsequenzen ließ ihr nicht einmal die Gelegenheit herauszufinden, was ihr daran gefiel. Erst gegen Ende erwachte sie aus ihrer Trance und fühlte sich schuldig, nicht genau hingehört zu haben, sich bloß *psychedelisieren* zu lassen. Ernst würde sie bestimmt rügen, wenn sie ihm den ästhetischen Reiz dieser Musik gestände, die man sicher missverstehe, wenn sie einem gefalle wie ein trauriger Walzer. Kurzum: Sie fand die Komposition unbeschreiblich spannend. Bei der Darbietung einer noch neueren Musik eines noch zeitgenössischeren Komponisten, die im Schlagen eines Hammers gegen die bunten Metallscheiben eines Kinderglockenspiels bestand, begleitet vom nervösen Geschramme einer Violinistin und einer Frau, die mit rollenden, halb irren Augen die Worte *Rose* und *Pussy* zischte, überfiel sie jedoch körperlicher Ekel, der durch das befreite Lachen des Publikums verstärkt wurde. Biggy vermied es, Ernst anzuschauen, um sich nicht von ihm beeinflussen zu lassen. Der aber hatte während des Konzerts immer wieder ihre Blicke gesucht und war traurig, weil er den verwehrten Kontakt als Abweisung empfand.

In der Pause trat ein Mann mit schwarzen Locken und dicker Brille an Ernst heran, umarmte und küsste ihn auf die Wangen. Ein Freund aus früheren Tagen, so viel war sicher, der auf Ernsts Bekanntschaft mehr zu geben schien als dieser auf seine.

»Ja grüß dich, du alter Gauner. Dass man dich wieder einmal sieht.«

Biggy war diese Figur sofort zuwider: sein jovial langgezogener Ton, die salbungsvolle Ruhe seiner Aussprache, die von einem inneren Gleichmut zeugte, der durch nichts verdient war als einem guten Einkommen. Hinterhältigkeit und Duckmäusertum roch sie schneller als irgendwer, und roch sie zumeist als Einzige, da ihrer Umwelt solch Geruchssinn abhandengekommen war. Denn auch hinterhältige Duckmäuser konnten schließlich nette Menschen sein und der eigenen Position behilflich.

Während der ersten Worte schon, die er an Ernst richtete, flackerten seine Blicke neugierig zwischen ihm und ihr und strahlten Bescheidwissen aus.

»Darf ich vorstellen. Biggy, das ist Max. Max, das ist Biggy.

Max ist einer der größten lebenden Spezialisten für Lukács und Gramsci.«

»Wenn ich sehe, welch Erfolg der Ernstl bei der Jugend hat, kommen mir schon Zweifel an meiner Lebendigkeit.«

Biggy fand diesen Hofrats-Esprit bei weitem nicht so amüsant wie Max selbst, der stolz grinste.

»Und in Neuer Musik«, fuhr Ernst fort, »kennt sich Max wie kein anderer aus. Also Biggy, lass dich durch seine schmierige Art nicht täuschen.«

Biggy schüttelte Max' Hand, welche die ihre drucklos, aber gierig umfing, und staunte darüber, dass Ernsts Äußerung ihn nicht im Geringsten beleidigte. Biggy erlebte Ernst, wie sie ihn noch nie erlebt hatte. Konziliant scherzte und plauderte er mit diesem um einiges jüngeren Max in einer altmodischen Art, die ihr missfiel. Garniert wurde das Gespräch mit allerhand Bildungsballast und Seitenhieben auf gemeinsame Freunde und Wiener Kulturpolitiker. Während dieser Max zu jedem von Ernsts müden Scherzen dienstfertig lachte, versuchte er mit ihr zu flirten. Ernst erinnerte ihn daran, dass die Pause nun bald vorbei sei und man wieder die Plätze einnehmen solle.

»Ich treff übrigens nachher die Mary und den Gerri im Ferstl. Wär doch nett, wenn du und deine charmante Begleiterin mitkommen könntet. Die würden sich riesig freuen. Du hast dich seit Jahren nicht mehr bei Marys Soireen blicken lassen. Wir fragen uns alle schon, ob du uns hast fallenlassen.«

»Aber geh, Max. Ich war doch erst letztes Silvester bei euch.«

»Du Schuft, 2006 war das, wenn nicht 2005.« Max wandte sich an Biggy: »Wir altern da trostlos vor uns hin, und der Ernst stürzt sich wie ein Bungee-Jumper in die Jugend. Neid. Ihr kommt's nachher mit ins Ferstl. Keine Widerrede.«

Biggy blickte Max lange nach, ehe er im Konzertsaal verschwand. Wie Biggy erwartet hatte, drehte er sich nach ihnen um, gleich dreimal, um so viel wie möglich von dem fremden

Glück, von der weiterzuerzählenden Sensation, von möglichen Zärtlichkeiten zwischen ihr und Ernst zu erhaschen.

»Der glaubt, wir haben was miteinander.«

»Worauf du Gift nehmen kannst.«

»In einem hattest du recht. Er hat eine schmierige Art.«

»Jetzt hör aber auf. Urteile Menschen nicht so schnell ab. Ich weiß, was du meinst. Aber wenn man den Max ein bissl näher kennenlernt, dann stößt man auf beachtliche Qualitäten. Und seine Selbstironie wird dir ja nicht entgangen sein.«

»Heißt Selbstironie«, konterte Biggy wieselflink, »zuzugeben, dass man einen kleinen Schwanz hat, um davon abzulenken, dass einem auch die Eier fehlen?«

Ernst schüttelte den Kopf und konzedierte, dass diese derbe Bemerkung auch von Klara hätte stammen können – eins zu eins.

In einem verrauchten Innenstadtlokal namens *Alt Wien* – die beiden hatten auf die zweite Hälfte der Konzertreihe, die John Cale bot, verzichtet – blieb Ernst beim Thema und hielt einen Vortrag über die Überwindung der Hierarchien tonaler Musik und die Demokratie der Töne und Sätze. Biggy lauschte interessiert und stellte, wie er fand, kluge Fragen. Ihr Gespräch wurde von einer lauten Stimme unterbrochen.

»Ha, du Schlawiner, glaubst, du kannst dich einfach aus dem Konzerthaus davonstehlen. Uns entgehst du nicht.«

Ernst erhob sich rasch und umarmte Gerri und Mary, während Max Biggy fixierte, wie er es schon in der Konzertpause getan hatte. Nachdem Ernst und das Paar einander versichert hatten, welch freudiger Zufall das sei, lud er die Eindringlinge an ihren Tisch. Gerri Baumgartner war ein bekannter Schriftsteller, seine Frau Maria eine ebensolche Journalistin; beide schätzte Biggy auf knapp über fünfzig. Gerri galt, wie Ernst ihr später erzählte, als das kritische Gewissen der österreichischen Sozialdemokratie, seine Frau als schnippische Kolumnistin. So bekam

Biggy die seltene Gelegenheit, Ernst in Gesellschaft zu erleben. Still beobachtete sie die Runde, deren Vorsitz von Gerri alsbald mit sonorer Stimme übernommen wurde. Zwar schenkte man ihr zunächst wenig Beachtung, doch die kurzen Blicke, die Max und Gerri ihr zuwarfen, und die völlige Blickverweigerung durch Maria bestärkten sie in dem Gefühl, der heimliche Mittelpunkt des Zirkels zu sein. Es stand außer Zweifel: Ernsts männliche Freunde balzten um sie, während aus Marias Augen nichts als Abneigung glühte.

Gerri sprang von einem Thema zum anderen: In einer halben Stunde brachte er es fertig, sein neues Romanprojekt zu umreißen, den Zweigelt als Essig zu titulieren, das Gulasch hingegen als Gedicht, weiters zu beanstanden, dass es die Stadt Wien im Gegensatz zu Budapest, London und Paris verabsäumt habe, den großen Fluss, an dem es lag, durch ihr Herz rinnen zu lassen, seinen Hass gegenüber Finanzspekulanten zu bekunden und drei jiddische Witze zu erzählen, zu denen Max ebenso glucksend lachte wie, zu Biggys Erstaunen, auch Ernst. Überhaupt erkannte Biggy ihn nicht wieder: Kleinlaut und gebückt saß er am Tisch, stockte, stotterte manchmal, die Einwände platzierte er mit dünner Stimme, oft nickte er und ordnete sich höflich unter. Verunsicherte ihn etwa Biggys Anwesenheit, ihr mögliches Unbehagen, das er sich nur einbilden konnte, denn sie fand diese Gesellschaft durchaus aufschlussreich? Ernsts Freunde, allen voran Maria, fielen ihm oft ins Wort, ehe er seine Argumente entwickeln konnte, als wüssten sie ohnehin, was er zu sagen hatte. Biggy erkannte bald, dass sie sich aus irgendeinem Grund gegen Ernst wehren mussten, obwohl er sie nicht angriff, und sie fühlte sich in die eigene Schulzeit zurückversetzt und um die Erkenntnis bereichert, dass auch das Alter vor diesen Spielchen nicht schütze.

»Was ist los mit dir, Ernstl?«, sagte Max schließlich. »Du wirkst so schaumgebremst. Normal sprühst du vor Witz. Gib zu, wir haben dein Tête-à-Tête mit der Biggy gestört.« Diesen Einwand nutzte Gerri, Biggy endlich direkt anzusprechen.

»Sie müssen unser Benehmen entschuldigen, Biggy. Aber wir haben den Ernst so lange nicht gesehen. Was machen Sie eigentlich?«

»Ich bin Ernsts minderjährige Prolo-Schlampe.«

»Sehr gut. Sehr gut.« Gerri kicherte, auch Max, um einige Frequenzen höher. Maria blickte angewidert zu Boden.

»Unsinn«, protestierte Ernst, »Biggy ist 19 und studiert ab Herbst Philosophie.«

Das fanden die Herren noch komischer, und Maria bemerkte: »Das muss ein super Gefühl sein, wenn man einem so jungen Mädel die Welt erklären kann.«

»Geh bitte«, herrschte Gerri seine Frau an, »für einen ewig jungen Springinsfeld wie den Ernstl macht es wirklich keinen Unterschied, ob seine Kameradinnen 19 sind oder zarte 48 wie du.«

»Stimmt auch wieder«, sagte Mary.

Biggys Gelegenheit war gekommen, vom Rand in den Mittelpunkt zu treten, und sie tat es mit Bravour. Die beiden Männer in sich verliebt zu machen war ein Kinderspiel, die übliche Mischung aus Charme und Chuzpe wirkte wie gewohnt, doch ihre Feindin Maria für sich einzunehmen betrachtete sie als den großen Triumph des Abends. Wenn dich die Frauen der Männer mögen, die mit dir schlafen wollen, wusste Biggy, hast du gewonnen. Stück für Stück schuppte der Widerwille gegen das Gör von Mary ab.

Wie linkisch die beiden Typen sich ihr als ewige Jungspunde anbiederten. Mary und sie tauschten verschworene Blicke aus. Und wie glücklich Ernst aussah. Er hatte der Lüge von der Affäre mit keinem einzigen Wort widersprochen. Und als Ernsts Freunde über René Mackensen herfielen und ihr Missfallen darüber äußerten, dass »so ein Superzahn« wie Almuth Obermayr auf so einen Dilettanten hereinfalle, suhlte Ernst sich in stillem Behagen, Biggy gönnte ihm das von Herzen. Seine Freunde in dem Glauben zu lassen, die coole Freche gehöre ihm, wohingegen ihm der begehrte Superzahn wirklich gehörte, gab ihm das Selbstbewusstsein zurück, das ihm zu Beginn der Begegnung gefehlt hatte. Unbedingt müssten sie zu ihrer nächsten Dinnerparty kommen. Es war Mary, die die Einladung aussprach, und zwar an Biggy gerichtet.

Biggys und Ernsts Tour endete bei einem Würstelstand.

»Ein gelungener Abend, nicht wahr?«, sagte Ernst.

»Der Schimpanse namens Haunschmid Biggy hat sich die Banane verdient. Ich glaub nicht, dass das wirklich deine Freunde sind.«

»Wie meinst du das?«, fragte Ernst zögernd, als würde er die Antwort fürchten. Biggy schwieg.

»Urteile nicht so streng«, fuhr Ernst fort. »Ganz passable Menschen sind das. Das Problem ist nur, dass sie irgendwann stecken geblieben sind. Sie wurden, lass es mich so sagen, zu Parodien ihrer selbst. Ich weiß, das mag auch auf mich zutreffen. Aber im Unterschied zu ihnen weiß ich es. Sie ahnen es nur, und deshalb müssen sie einander ständig bauchpinseln und in den ewig gleichen lauwarmen Referenzen planschen. Mir ist nicht entgangen, dass du Gerris Schmäh behäbig fandst, Max einen Schleimer und Mary dämlich. Aber das ist nur die halbe Wahrheit …«

Biggy blieb stehen und starrte ihm in die Augen. Wie könne er nicht bemerken, dass seine angeblichen Freunde, allen voran diese blöde Kuh Mary, ihn so offensichtlich unter seinem Wert behandelten, für einen Sonderling und Spinner hielten.

»Auch da hast du etwas richtig beobachtet, Biggy, aber falsch gedeutet. Sie benehmen sich mir gegenüber so, weil sie mich für zu voll nehmen. Das hat alles seine Geschichte. Wie du weißt, bin ich seit zwei Jahren nicht mehr zu ihren Treffen gekommen. Sie sind beleidigt, weil ich sie nicht wirklich brauche, sie einander aber schon. Und du bist mehr als nur das bedrohliche junge Fleisch, du bist das Symbol meiner Unabhängigkeit von ihnen. Ihre Welt, in der sie super und toll und wichtig waren, schrumpft wie eine Pfütze im Hochsommer. Meine Position in diesen Kreisen war immer schon fragil. Sie waren mein Übungsparkett, auf dem mir erstmals gelang, nicht als arroganter Stänkerer dazustehen. Und die Freude über den Erfolg dieser Täuschung hab ich mit Freundschaft verwechselt. So sind sie mir geblieben. Ich bin sozusagen aus schlechtem Gewissen mit ihnen befreundet. Das Gefälle spüren sie aber. Deshalb bin ich so kleinlaut und spiele den Kasperl. Ich hatte mich am Anfang oft in die Nesseln gesetzt. Als Spaßvogel dämpfe ich meine Bedrohlichkeit; ich schenke ihnen die Gelegenheit, mich nicht ernst nehmen zu müssen. Die Art und Weise aber, wie aggressiv sie von dieser Gelegenheit Gebrauch machen, zeigt, wie wenig sie sich von mir ernst genommen fühlen.«

»Die Typen glauben wirklich, dass du mein Sugardaddy bist. Wenn sie mich dir ausspannen könnten, wäre das ihr größter Sieg.«

»Auch das musst du verstehen. Obwohl jünger als ich, wissen sie, dass auch sie bald sterben werden oder schon halb gestorben sind. Es ist letztlich egal, ob du meine Geliebte oder mein Kumpel bist. Du verkörperst, was sie nicht kaufen können: Jugend. So links und so feministisch können sie gar nicht sein, dass sie eine junge Frau nicht als Währung, als Fetisch der Macht empfinden würden. Ich gebe zu, dass ich das ausnütze und mir gut dabei vorkomme. So bin ich für sie ein uneingestandenes Ärgernis – der lebende Beweis dafür, dass man mit geradem Rücken nicht gefällt wird und auch ohne Kompromisse ein gutes Leben führen kann. Wie beschissen mein Leben mitunter ist und welche Schäden das in mir angerichtet hat, weiß ich vor der Meute zu verbergen. Jede Schwachstelle grasen sie an dir mit gierigen Blicken ab, um ja nur für sich den Beweis zu finden, dass deine unangenehmen Wahrheiten bloß Spinnereien sind. Sobald dem Spinner aber gelingt, Jugend und Schönheit um sich zu scharen, ändert sich seine Verhandlungsposition auf einen Schlag. Er hat Macht, sein Wort plötzlich Gewicht. Denn sie haben sich ja nur konformieren lassen, um das abzubekommen, was nun zu ihrem Verdruss der Sonderling abbekommt, und das ist der Triumph des kritischen Denkens. Mit dieser Täuschung pflanze ich den giftigen Keim des Zweifels in sie, dass sie mit ihrer Verbürgerlichung aufs falsche Pferd gesetzt haben und Sex und Rock'n'Roll letztlich auf der Seite der Gerechten zu finden sind. Da kämpfen sie einen Dschihad der Anpassung, versuchen nervös, mit jedem Trend mitzuhalten, und müssen gegen Ende ihres Kampfes erkennen, dass alles umsonst war und der Totalverweigerer elastischer und vitaler durchs Leben schreitet als sie und schon zu Lebzeiten mit den Huris des Paradieses belohnt wird. Dabei ist deine Cleverness bloß eine Fleißaufgabe, es würde ihnen schon reichen, wenn du nur jung, frisch und attraktiv wärst. Ich brauche dir nicht zu sagen, wie dumm und schäbig das ist. Aber so ist es nun einmal. Du verzeihst mir also, dass ich dich im Roulette um die Deutungsmacht nicht nur als Subjekt, sondern auch als Objekt einsetze.«

»Es ist mir eine besondere Ehre, Peachy Carnehan, der heiße Lockvogel unserer Sache zu sein.«

Dieser Satz war der Tropfen, der Ernsts Glück zum Überlaufen brachte. Sie verstand ihn nun besser als je zuvor, doch ihr Verständnis war nicht nur durch Bewunderung genährt, sondern auch durch Mitleid und die traurige Gewissheit, ihn bald überwunden zu haben. Biggy vertrieb diesen Schmerz in ihrer Brust, indem sie laut den *Minstrel Boy* anzustimmen begann. Ernst sang seinen kräftigen Bass dazu.

Deine Augen bohren mich an.
Doch ich rinne nicht aus.
Ich habe doppelte Wände!

Klara Sonnenschein, aus: *Haikus in meine Haut geritzt*

3. Kapitel
René stellt Biggy zur Rede – aber diesmal wirklich

Das konnte René nicht auf sich sitzenlassen. Einen naiven Trottel hatte ihn Carsten genannt, als er ihm Biggys unglaubliche Lebensgeschichte erzählte. Er solle das Romanprojekt doch fallenlassen; wenn er sich von einem alten Gauner und dessen Enkelin dermaßen ins Bockshorn jagen lasse, sei er auch einer Klara Sonnenschein nicht gewachsen. All die Internetzeugnisse seien natürlich Fälschungen. Nur ein Vollidiot könne so etwas glauben. Das Mädel habe mehr Phantasie als er.

»Wie bitte? Hör ich richtig? Du hast mich in die Sache hineingeritten.«

»Und was hast du daraus gemacht? Allein die Geschichte, wie sie dich reingelegt haben, gäbe einen tausendmal besseren Roman her als deine Versuche, die Sonnenschein zu Prosa zu verarbeiten. Gib mir die Telefonnummer der Kleinen. Das ist ein Mensch nach meinem Geschmack. Entweder ich schreib diesen köstlichen Hochstaplerroman, oder ich lass sie ihn selbst schreiben. Die Literatur hat lang genug unter euch Bubis gelitten. Der Markt schreit nach wahren Persönlichkeiten.«

Das Maß war voll. René brachte Carsten am nächsten Tag den Füller mit Iridiumfeder zurück, den ihm dieser anlässlich der dritten Auflage von *Raubecks Anlass* geschenkt hatte, kündigte die Zusammenarbeit und ging grußlos seiner Wege. Die führten ihn zunächst ins Weltmuseum. Er hastete zum kafirischen Dolch und fand einen völlig neuen Infotext vor, in dem das *Wunderkind von Bhagwan Mahaveer* nicht mehr aufschien. René wandte sich an einen Museumswärter, der rief per Handy den Kustos herbei, dem sein Hinweis auf den veränderten Text höchst verdächtig vorkam. Wer er sei und ob er wisse, wer den falschen Text affichiert haben könnte, wollte er wissen. René stieg das Blut zu Kopf. Er druckste herum, ehe er dem Kustos seinen Personalausweis zeigte und sich als der Schriftsteller René Mackensen vorstellte. Bei den Recherchen zu seinem neuen Roman, einem Drogenkrimi, dessen Handlung teils in Afghanistan spiele, habe er die Mittelasiensammlung des Museums nach ein paar historischen Exponaten durchsucht und sei auf jenen unglaubwürdigen Text gestoßen. Schon damals, vor zwei Wochen, habe er sich an die Museumsleitung wenden wollen, doch niemand sei zu sprechen gewesen. Das könne er sogleich nachholen, sagte der Kustos, und lud ihn ins Direktionsbüro ein.

»Ich hab jetzt keine Zeit. Um elf muss ich im Landtmann sein. Tut mir leid. Ein anderes Mal.«

Schwitzend eilte René davon. Der Kustos blickte ihm lange nach, er ahnte, dass der nervöse Mann mehr wusste, als er zugab, und sah sich bereits auf einer heißen Spur. Die Aufdeckung dieser Infokastenfälschung würde seine schwache Position im Museum stärken. *Mackensen*. Sofort suchte er in seinem Smartphone nach diesem angeblichen Schriftsteller.

Im Volksgarten rief René Biggy an. Wider Erwarten nahm sie den Anruf an. Er müsse sie sofort treffen, schrie er, ob sie verstanden habe: sofort! Kein Problem, antwortete Biggy mit sanfter Stimme. Café Stein in einer halben Stunde.

Biggy erschien in einem eleganten Hosenanzug mit schwarzweißen Querstreifen. Ihre brünett gefärbten Haare waren über der Stirn zu einer Tolle drapiert. Sie glich dem Foto Klara Sonnenscheins, das ihr Ernst gezeigt hatte, und obwohl René dieses Bild nicht kannte, fiel ihm die Ähnlichkeit mit einem anderen Foto dieser Frau auf, dem einzigen, das er kannte.

René sagte, dass er hungrig sei und er auch sie gerne auf ein Schnitzel einladen würde, wenn sie wolle. Biggy antwortete, sie könne immer essen. René musterte sie mit diesem Oberinspektor-Blick – durchdringend, selbstgewiss und etwas spöttisch. Die Speisekarte schob er ihr wie ein Beweismittel zu. »Ein Schnitzel wär jetzt supergut.« Sofort entriss ihr René die Karte.

»Ha«, frohlockte er, »schöner hättest du mir gar nicht in die Falle gehen können. Endlich hab ich auch einen Erfolg. Du bist doch Vegetarierin? Wie waren deine Worte? Nur einen Tiger würdest du auf der Stelle verzehren.«

Biggy verzog die Lippen zu einem Lächeln. »Und wer sagt, dass ich nicht Tiger-Schnitzel bestelle?«

»Sehr witzig.«

»Da, bitte«, sagte sie und reichte ihm die Karte.

René bemühte sich um einen unbeeindruckten Gesichtsausdruck. Doch was stand da auf der Tageskarte? *Tiger-Wochen*. Kurz sah er zu ihr, um sich zu vergewissern, dass sie ihn genau so anstarrte, wie er es von ihr erwartete. Na gut, dachte er, da musst du durch – machen wir der Dame die Freude. Er las die Wochenkarte: *Tigersülzchen auf Dill-Kajmak und Papaya-Chutney*, *Tigermilzstrudelsuppe*, *Tigerbaby-Carpaccio mit Rucola, Gran Padana und Röst-Pignole*, *Tiger-Schnitzel vom Bengalentiger mit Koriandertopinambur*, *Tiger-Lasagne vom Sibirischen Tiger*, *Marchfelder Solospargel in Tiger-Prosciutto mit Sauce Colonaise*, *Tiger-Curry »Prince Philipp«*, *Tigerlippen-Geschnetzeltes à la Stein mit Kokosmilch und frischem Zitronengras*; aus der Reihe fiel: *Himalaya-Pot Reinhold Messner: Gegrillte Nebelparderpfoten auf Südtiroler Grösti mit vergorenem Yak-Tschuri*, weiters die Desserts: *Tiger-Torte*, *Tiger-Pudding*, *Omas Tigeraugen-Palatschinken* und *Mousse au tigre*. Biggy hatte sich nicht einmal entblödet, ein Cocktail-Angebot hinzuzufügen – *Touch me Tiger*, *Tiger-Lilly* und *Tiger Bite* – und einen Napf *Tigerbalsam* um zwei Euro anzubieten. Ihr penetranter Lachanfall vereitelte seinen eigenen, der in ihm bereits zaghaft hochgestiegen war. Biggy wischte sich die Tränen aus den Augen. Renés bemüht ernster Gesichtsausdruck fachte ihre Heiterkeit immer wieder an.

»Eines versteh ich nicht, Biggy«, sagte René, »das ist alles wunderbar eingefädelt, aber wie kommt es hierher? Die Speisekarte ist die ganze Zeit vor mir gelegen, und bis vor einer halben Stunde hast du nicht gewusst, dass wir uns hier treffen.«

»Ist das so schwer, Schnucki?«, sagte Biggy, während sie ihm kurz in die Wange zwickte, »während du der Kellnerin nachgeschaut hast, hab ich's reingeschmuggelt. War gar nicht einfach; weil das Blatt zu breit war, musste ich's zuerst unter der Tischkante falten.«

René starrte Biggy unverwandt an, plötzlich brach der Damm, der seine uneingestandene Verliebtheit bis jetzt zurückgehalten hatte. Wieder war es Biggy also gelungen, Renés Zorn nicht nur zu mäßigen, sondern in Begeisterung zu wandeln. Sie weihte ihn in jede Einzelheit ihrer Internetmanipulationen ein und forderte ihn mehrmals auf, ihre Fähigkeiten als Hochstaplerin anzuerkennen. René konnte diesem fröhlichen Rausch kaum widerstehen. Ein einziger Zeitungsausschnitt sei echt gewesen, verriet sie ihm.

»Rate einmal, welcher.«

Erst als sie vollendet das *Zippzibäh* der Kohlmeise pfiff, ging ihm ein Licht auf. Sie gab noch den Stieglitz und den Gartenrotschwanz zum Besten und ließ sich von ihm in der Königsdisziplin des heimischen Vogelgesangs, dem Ruf des Pirols, unterrichten. Zu den tropischen Vögeln sei sie noch nicht vorgedrungen, doch würde sie sich über die eine oder andere Lektion freuen. Das ganze Café wurde auf das Vogelgezwitscher aufmerksam. Einige Gäste schüttelten den Kopf, doch die meisten waren dankbar für diese kuriose Abwechslung, sogar Applaus gab es vom einen und anderen Tisch.

Biggy stand auf, verbeugte sich und zog René an der Hand

hoch, der es ihr verschämt gleichtat. Sie hatte ihm allen Ärger aus der Seele gezwitschert und war mit ihm in einer magischen Blase verschwunden. Somit wurde es Zeit für sie, eine Nadel an diese zu setzen.

»Die Sache mit Khaled in Tel Aviv hab auch ich eingefädelt.«

Mit sich überschlagender Stimme erzählte sie ihm die Geschichte ihrer Freundschaft mit dem jungen Palästinenser und unter welchen tragischen Umständen sie zerrissen worden war. An Renés entsetzten Augen bemerkte sie, dass sie zu weit gegangen war. Nun musste sie ihm schnell zu verstehen geben, nicht alles zu wissen.

»Hat er dich wenigstens ordentlich angemacht?«

»Und wie! Der hat wirklich alles versucht. Aber er ist nicht mein Typ. Ich steh eher auf Frauen, die mich erniedrigen.«

»Schade, dass er schwul ist«, sagte Biggy, »Khaled wäre mein Idealmann.«

Eine Spur von Traurigkeit verdunkelte ihr Gesicht. Wie es ihm gehe, wollte René wissen.

»Bist du nicht mit ihm in Kontakt? Mir hat er gesagt, ihr habt euch angefreundet.«

»Wie bitte? Nein, ich hab nichts mehr von ihm gehört.«

»Ich auch nicht. Als ich ihm g'sagt hab, dass ich ihn in Tel Aviv besuchen möchte, war er gar nicht begeistert. Ich hab's dann lassen. Soll mich gernhaben, der Arsch. Skypen tut er auch nicht mehr mit mir.«

Biggy blickte in ihr Glas, und René hätte das Mitgefühl gepackt, wäre da nicht dieser Rest an Misstrauen gewesen. Wie hätte er auch ahnen können, dass diese Enttäuschung über den Verlust eines Freundes Biggys einzige echte Regung an diesem Nachmittag war.

»Tröste dich. Auch ich hab einen Freund verloren. Nicht nur Freund, sondern Manager. Du kennst ihn. Der Typ, dessen Jackett dein Opa jetzt trägt.«

»Also das ist, wenn du mich fragst, kein großer Verlust. Auch wenn du mich noch immer für deine Feindin hältst, aber ich hab gesehen, wie dich der Kotzbrocken behandelt. Glaub mir, du bist jetzt besser dran.«

Wie kam es, dass seine Peinigerin ihn besser zu verstehen schien als irgendwer sonst.

»Hast du meinen Roman schon gelesen?«

»Na klar.«

»Und?«

»Super.«

»Super wie?«

Biggy zählte ihm zwar eine Viertelstunde lang die stilistischen und inhaltlichen Schwächen auf, doch bevor René endgültig in sich versank, begann sie all jene Stellen zu beschreiben, die ihr angeblich gefielen. Manche gefielen ihr wirklich. Wenig später spazierten sie durch den Sigmund-Freud-Park. René wollte nicht mehr von ihr lassen, doch Biggy bedeutete ihm, um vier zu einem wichtigen Vortrag zu müssen: *Aporien der Gedenkkultur*.

»Darf ich dir noch eine Frage stellen, Biggy?«

»Nur zu!«

René schwieg bedeutsam, wagte zunächst nicht, ihr in die Augen zu schauen. Umso bestimmter fragte er dann: »War Klara Sonnenschein deine Großmutter?«

Biggy lächelte scheu. Nicht nur gespielt war ihre Rührung. Sie küsste ihn auf die Stirn und querte die Wiese in Richtung Neues Institutsgebäude. René blieb im Park stehen. Plötzlich schien alles anders. Er verstand nun Biggys Beweggründe besser und schämte sich, in die Sphäre einer so außergewöhnlichen Familie eingedrungen zu sein. So sah er diesem letzten Spross einer würdigen Linie nach, doch sein Respekt hielt ihn nicht davon ab, ihren wippenden Hintern bezaubernd zu finden.

Harmlosigkeit: Soziales Säurebad, in dem man unsere Ecken und Kanten wegätzt und uns zu jenen flachen Steinchen glättet, über welche die Plattfüße des Stumpfsinns stapfen können, ohne sich dabei was einzuziehen.

Klara Sonnenschein, aus: *Funken & Späne*

4. Kapitel
Hassan

Bald geriet Biggy in einen schweren Konflikt. Weil sie nicht selbst für ihren Lebensunterhalt aufkommen musste, befürchtete sie, den Kontakt mit der Wirklichkeit zu verlieren und wie Ernst aus einer Loge herab auf die Gesellschaft zu blicken, in deren Mitte sie so lange gewohnt hatte. Anstatt wie geplant Punk zu werden, hatte sie ein Jahr lang von der Kreditkarte des Alten gelebt, war zudem durch den Scheck der Brunners zu für ihre Verhältnisse beachtlichem Wohlstand gelangt und vertrieb sich die Zeit mit wechselnden Liebhabern, die früher oder später Besitzansprüche geltend machten. Immer endete das mit Streit. Sie hatte die Nase voll von diesem Schmarotzerleben. Geregelte Arbeit aber, Kellnern, Callcenter oder irgendwas Technisches, kam für sie nicht in Frage. Aus diesem Grund fing sie etwas mit Hassan an.

Anhand der sogenannten Finanzkrise, die sie nicht verstand, spürte sie die Unvollkommenheit von Ernsts Gewissheiten. Sie gestand ihm zwar zu, dass seine rein philosophische Kritik möglicherweise der Weisheit letzter Schluss war, doch um so weit zu kommen, müsste sie die Erfahrungen erst nachholen, die dorthin führten. Ernst hatte sich seit Jahrzehnten davon karenzieren lassen. Sein Denken war durch keinerlei Zeitgeist beschmutzt worden, was den Nachteil hatte, dass das Privileg, sich nicht täglich vom Dreck säubern zu müssen, die geistige Regsamkeit in

Mitleidenschaft zog. Eine dialektische Wendung und ein formvollendeter Satz waren für ihn bereits der Autopilot zur Wahrheit; den Niederungen und Erniedrigungen des täglichen Straßenverkehrs brauchte er sich nicht aussetzen, denn dort drohte die Gefahr, sich arrangieren zu müssen und in Nebenstraßen zu verirren. Biggy sah das anders, und sie hegte einen schlimmen Verdacht: Immer wenn sie sich von ihm in den Gesetzen des Kapitalismus unterweisen lassen wollte, kam er mit Begriffen wie Zirkulationssphäre und brav gedrechselten Polemiken über die Verdinglichung des Menschen daher, doch mehr als die Kernaussage, dass das Tauschprinzip Natur und Mensch zur Sache mache und diesen seiner eigenen Natur entfremde, war nicht drin. Zwar führte Ernst den Namen Marx gerne im Mund, doch der gewünschten Unterrichtung in dessen Lehren wich er aus. Immer mehr wuchs in ihr der Verdacht, dass Ernst sich nicht für Ökonomie interessierte und er den Kapitalismus vorrangig wegen seiner Nebeneffekte ablehnte, die Haupteffekte überließ er den Ökonomen. Zwar verkündete er dauernd, dass das Sein das Bewusstsein bestimme, doch beschäftigte er sich ausschließlich mit dem Bewusstsein, denn sein einziger materieller Kontakt mit der materiellen Welt – so schien es Biggy und so weit war sie seine Schülerin – bestand seit mehr als 15 Jahren im Supermarktbesuch und im Kauf von Brombeerjoghurt.

Biggy wollte mehr wissen. Während eines Jahres war ihre Neugierde in einen Basar der konkurrierenden Wahrheitsansprüche geraten, jeder Stand versuchte sie als Kundin zu gewinnen, auf eigene Faust musste sie herausfinden, was zu gebrauchen war und was nicht. Ernst meinte es sicher gut mit ihr, wenn er ihr Wege empfahl, um sie vor Irrtümern zu bewahren, doch glaubte sie sein System allmählich gut genug zu kennen, um sich allein in die Welt hinauszuwagen. Für die neuen sozialen Bewegungen hatte Ernst nur Spott übrig. Zu wenig radikal seien sie, zu systemimmanent ihre Kritik – mit wegwerfendem Handschwung wischte er diese Themen vom Tisch. Doch worin bestand seine Radikalität? Darin, dass er zuhause herumsaß und mit Hegel Schach spielte?

Biggy besuchte Vorlesungen auf der Philosophie, der Politologie und der Soziologie. Sie drang ins Germanistikinstitut ein, verbrachte stundenlang in Buchhandlungen, besuchte Podiumsdiskussionen und Arbeitskreise zu Themen wie Asylgesetzgebung, Formen der Gouvernementalität, Interkulturalität, Sozialschmarotzer- und Bettlerdebatte, gesellschaftliche Konstruktion von Weiblichkeit und die Ursachen der Krise, sowohl aus keynesianischer, marxistischer als auch anarchistischer Sicht. Letztere gefiel ihr am besten, deshalb misstraute sie ihr besonders. Täglich überfütterte sie ihr Hirn, bis ihr beinah der Schädel platzte, und schaufelte nach gelungener Digestion neue Standpunkte, Ideen, Entwürfe in sich hinein.

So tief war sie in diese neue Sphäre eingedrungen, dass sich eine völlige Umkehr ihres Selbstverständnisses vollzog. In ihrer Herkunftswelt war sie die freche, schlagfertige Chefin gewesen. Jetzt war sie ein verwirrtes, schüchternes Mädchen, das ganz von vorne anfangen musste. Immer schon hatte Biggy es geahnt, jetzt wusste sie es: Es gab keinen Abschluss des Auskennens, eine mit verstandenen Begriffen gezähmte Komplexität stieß das Tor zur nächsten auf. Nie würde es aufhören. Geist erwartete keine andere Belohnung als noch größere Verwirrung, wenn man sich nicht wie viele andere in gepflegten Gewissheiten häuslich einrichtete. Bald meldete sich Biggy bei Diskussionsveranstaltungen zu Wort, stotternd und errötend zunächst, dann zunehmend eloquent, und tief beleidigte sie der Umstand, dass ihre ungelenken Formulierungen ernster genommen wurden als die weitaus klügerer Diskutanten. Sie wusste, dass sie das ihrer Jugend und ihrem Aussehen zu verdanken hatte, und bekam zugleich die Lektion mitgeliefert, das die intellektuelle Entwicklung von Frauen am sichersten auf zweierlei Weisen zu hemmen sei: indem man sie zu schnell bestätigt oder ihnen, wenn sie zu selbstbewusst würden, die Bestätigung verweigert.

Es dauerte nicht lange, da hatte Biggy einen Schwarm nickelbebrillter, stoppelbärtiger Studis um sich, die sie begehrens- und belehrenswert fanden. Anfänglich fühlte sie sich ihnen gegenüber schwach, weil sie ihre bewährten Waffen zuhause gelassen hatte, um neue zu testen. Biggy nutzte das Begehren ihrer neuen Verehrer zum eigenen Vorteil aus, zur Verbesserung ihrer Diskussionsfähigkeit, und wuchs von Argumentationserfolg zu Argumentationserfolg. Sicher fand sie den einen oder anderen ganz süß, doch – wohl eine vorübergehende Phase – hatte sie nicht sonderlich Lust auf neue Affären. Auch Mackensen rückte ihr mit zahllosen SMS und Anrufen nahe, doch er interessierte sie am allerwenigsten.

Biggy hatte vor nichts Angst außer vor der eigenen Unbedarftheit. Und vor Ernst Katz. Ihre neuen Vorstöße in die Welt, für die er sich als ihr einzig legitimer Scout hielt, musste sie vor ihm verheimlichen. Das war sie ihm schuldig. Denn er hatte nicht darum gebeten, ihr Lehrer zu werden. Nun aber war er dermaßen mit dieser Rolle verschmolzen, dass er im Leben da draußen und den vielen anderen Wissensquellen erbitterte Konkurrenten gesehen hätte.

Aus diesem Grund erfand Biggy ihren neuen Freund, Hassan. Mit ihm sei es ausnahmsweise ernst. Ernst brannte darauf, diesen Hassan endlich kennenzulernen. Längst hatte er Biggys ethnische Neigungen als etwas Exzentrisches akzeptiert, völlig frei von Eifersucht war sein Verhältnis zu diesem jungen Mann. Er gönnte ihr die Araber, denn sie konnten ihn ja doch nicht ersetzen. Und Biggy brach es fast das Herz, mit welcher Freude er Anteil an ihrer angeblichen Verliebtheit nahm. Während sie sich also in Ernsts Phantasien mit Hassan vergnügte, las sie sich durch Bibliotheken, diskutierte in Plenumssitzungen und Seminaren, nahm an Flashmobs teil, blockierte Abschiebungen und glaubte langsam Eigelb von Eiklar, Kluges von Phrasenhaftem in dieser Welt des praktischen und theoretischen Widerstands trennen zu können. Eine Kaserne voll ägyptischer Elitesoldaten hätte Ernst ihr eher gegönnt als diese intellektuelle Eigenmächtigkeit, welche seinen Einfluss zersetzte und sein Deutungsmonopol in Frage stellte.

Ernst aber, der in Gedanken sich schon oft mit dem Magier Merlin und Biggy mit der Fee Viviane verglichen hatte, befürchtete, dass diese ihn, sobald sie seine Lehren und Zaubertricks beherrschte, wie den alten Merlin im Wald von Brocéliande in einen Felsen verwandeln und ihrer Wege ziehen würde. Um dies so lange wie möglich aufzuschieben, blieb ihm nichts anderes übrig, als ihre Fortschritte als Vermischung seiner mit falschen Lehren zu verunglimpfen. Doch solange es Hassan gab und die Beziehung funktionierte, war alles in Ordnung.

Ich schlug neulich Purzelbäume
Über den Buchseiten meiner Kindheit
Und hielt vor Schrecken inne
Als ich ihre vergilbenden Ränder sah

Klara Sonnenschein, aus: *Haikus in meine Haut geritzt*

5. Kapitel
Betrug

Eine kleine Risswunde oberhalb der rechten Braue. Biggy gefielen Wunden. Diese gefiel ihr besonders, denn sie war heldenhaft erworben. Wie eine Kokarde trug sie ihr Mal. Außerdem schmerzte der rechte Fuß. Ein Ordnungshüter war ihr draufgetreten. In der ersten Reihe war sie gestanden und hatte die Polizisten beschimpft. Mit dem Flashmob hatten die nicht gerechnet. Als sie begannen, auf die Demonstranten einzuprügeln, waren schon Handykameras und zwei Kameras des staatlichen Fernsehens zur Stelle. Dann kam eine neue Order. Die Bullen fuhren unverrichteter Dinge ab. Die tschetschenische Familie konnte nicht abgeschoben werden. Einstweilen nicht.

Als Biggy die Wohnung betrat und Ernst ihre Wunde sah, begannen seine Stirnadern zu schwellen.

»Hat er dich geschlagen?«

»Wer?«

»Na, dieser Hassan. Ich wusste ja, warum du ihn mir nie vorstellen wolltest. Du bist also wieder einem Rüpel verfallen. Führst immer den großen Spruch. Tust so, als ob du mit der Welt Marionettentheater spieltest. Aber über deine Weiblichkeitsdrüsen fällst du doch ins alte Sklavenprogramm zurück. Wir werden ihn anzeigen …«

Er solle auf der Stelle den Mund halten, schrie Biggy. Sie habe mit ihrer Stirn eine Abschiebung verhindert. Keinem Araber, sondern einem österreichischen Bullen habe sie das zu verdanken.

»Ich glaub dir kein Wort.«

»Dann schau dir die Nachrichten an, du alter Aff'! Du kannst ja den Polizisten anzeigen.«

Ernst verschlug es die Sprache.

»Warum machst du das?«

»Weil du es nicht machst.«

Gleich hob Ernst mit einem Vortrag über die Unsinnigkeit gewalttätigen Widerstands an, der Biggy noch unerträglicher war als seine Versuche, sie vor dem orientalischen Patriarchat zu retten.

»Was ist los mit dir heute? Hat dich die Hundefrau wieder verfolgt?«

Ernst gestand den eigentlichen Grund seiner Laune. Er habe Beweise, dass sie ihn und alles, wofür er stehe, betrüge. In flagranti habe er sie erwischt. Mit René Mackensen.

Biggys Wangen röteten sich, und beinahe hätte sie ihm vorgeworfen, dass er ihre SMS überprüfe, was sie bisher ausgeschlossen hatte, da ihm die Funktionsweisen der neuen Handytypen fremd waren.

»Ich habe sein Buch in deinem Bett gefunden.«

»Du hast es mir selber gegeben.«

»Ja, als Schaustück des Schreckens. Aber nicht, damit du dich vergnügst damit.«

»Woher willst du das wissen?«

Er sei sich durchaus bewusst, dass er sich lächerlich mache, doch plage ihn die Angst, dass sie aus Revolte gegen ihn versuche, Mackensen Positives abzugewinnen. Woher er das wissen wolle. Woher? Ernst erhob sich und holte *Raubecks Anlass* vom Schreibtisch, schlug es an der Stelle auf, wo er seine Zahnarztrechnung als Lesezeichen platziert hatte und zeigte ihr einen Absatz, den sie mit Bleistift markiert hatte.

»Wer es schafft, diesen Schund bis Seite 324 zu verdauen – genau dort hören deine Markierungen auf –, dem muss es schmecken, ansonsten hätte er sich dauernd angekotzt. Diese Stelle also findest du super.«

Ernst rezitierte: »Raubeck zwutschkelte sich das gummischweißbenetzte Zumpferl in die Retroshorts und goss ein Duwarst-gut-Grinsen auf die wabbelnden Puddingformen Nadjas. Nadja zählte die Scheine und kratzte sich die aufblühende Herpesblase, die ihr Schnurrbartansatz noch zu verbergen wusste. Raubeck hätte jetzt sein Leben beenden können. Aber beim Billa gab es nur dieses Wochenende acht Punschkrapferl zum Preis von vieren. In der Cellu-Struktur von Nadjas Hintern erblickte er plötzlich das Gesicht seines Vaters, dem von Onkel Fred sah sie auch nicht unähnlich. Als er auf die Straße trat, biss ihm klirrklare Kälte krokodilisch in die Visage. Die Luft war gesättigt mit der jovialen Sinnlosigkeit des Seins, in ihr schwebte Raubeck wie mit Engelsflügerln zum Supermarkt.«

Ernst schleuderte das Buch zu Boden. Seine Augen wurden glasig, es zitterten die Lider. Biggy überreichte ihm ihr Feuerzeug. Was er damit solle? Anzünden solle er das Buch. Dann werde sicher alles besser.

»Deshalb hab ich ja den Hassan kennenlernen wollen. Ich wollte seine Freundschaft gewinnen und dich gemeinsam mit ihm dem Einfluss dieser Kultur entziehen. Da du schon seit Monaten nicht mehr die Bücher liest, die ich dir empfehle, wollt' ich ihn dir die richtigen schenken lassen.«

Ernst stand in der Wohnung wie ein alleingelassenes Fohlen. Biggy erklärte ihm sanft, dass sie jedes seiner Argumente nachvollziehen, er aber nicht über ihren Geschmack bestimmen könne. Er tue ihr nichts Gutes damit, wenn er sie vor Irrtümern bewahre.

»Aber wenn du in den Irrtümern hängen bleibst?«

»Dann hab ich eben Pech gehabt.«

Biggy nahm Ernst in den Arm und drückte ihn fest. Sie spürte seine Kraftlosigkeit und roch sein Alter. Nachdem er sich aus der Umarmung gelöst hatte, sagte er leise Danke und versank im Sofa, wo er die Zeitung aufschlug und nach einigen Minuten der Lektüre einschlief. Biggy hatte im Fauteuil gegenüber Platz genommen, legte die Wochenendbeilage zur Seite und betrachtete ihn traurig.

Weit aufgerissen war sein Mund, sanft sein Schnarchen, kurz nur unterbrochen von Schnappen nach Luft. Ledrig und gelb spannte die Haut über seinem Gesichtsschädel, tief in lila Höhlen wanderten die Pupillen unruhig unter den Lidern hin und her, aus der Mitte seiner eingefallenen Schläfen ragte je eine beulenartige Erhebung hervor. So wird er aussehen nach seinem letzten Atemzug. Biggy stellte sich seine kalte Haut vor und überlegte, wie man eine Beerdigung organisiert.

Ich öffne meine durstigen Himbeeren
Du verschlingst den Staubzucker
Ich reite deinen Feuerspiegel
Streife über die zärtliche Gier auf deinem Lächeln
Golden prasselt die Apfelsaftdusche auf unsere
Umgestülpten Noppen

Klara Sonnenschein, aus: *Haikus in meine Haut geritzt*

6. Kapitel
*fm*X-Party

René ließ nicht locker. Und Biggy ging beim Erfinden von Ausreden die Phantasie aus. Er war ihr keineswegs unsympathisch, doch *Projekt Hassan* ließ ihr nur wenig Zeit. Außerdem gab es noch diesen Rest an Loyalität zu Ernst. Wie sollte sie ihm erklären, dass es viel tauglichere Zielscheiben für seine Kritik gab als René. Ja, ja, hätte Ernst erwidert, wenn man sie näher kennenlerne, entpuppten sie sich als ganz in Ordnung. Eben darum sei persönliche Abstinenz oberstes Gebot, damit einem die Mitmenschlichkeit, Ernst zufolge ein Reflex der eigenen Bestätigungssucht, keine Streiche spiele. Und zum tausendsten Mal hätte er in seiner Metaphernkiste gekramt: dass die halbinfizierten die gefährlicheren Zombies seien und so weiter. Es war sinnlos, mit Ernst darüber zu diskutieren. Renés Einladung aber, mit ihm zur alljährlichen *fm*X-Party ins Theater im Krähwinkel zu gehen, konnte sie schwer widerstehen. Biggy war mit diesem Sender des öffentlich-rechtlichen Rundfunks aufgewachsen, der ihr wie vielen anderen renitenten Jugendlichen der Provinz Rettungsseile zur Underground-Kultur zugeworfen hatte. Zwar behauptete sie wie alle, die eine Meinung hatten, dass der Sender in den vergangenen Jahren immer weiter in Richtung Mainstream abgedriftet sei, doch nahm sie das mangels Alternativen gerne in Kauf. Wie so vieles verstand Ernst auch davon nichts. »Kurze Welle – lange Weile«, sein Urteil, gefiel ihr trotzdem.

Die Moderatoren mit ihren trocken-nasalen Stimmen waren die Helden ihrer Schulzeit gewesen. Und René kannte fast alle, war mit einigen sogar befreundet, auch mit Hubert Grottenbach. Biggy sagte sofort zu.

Das Fest fand an einem frühlingswarmen Novemberabend statt. Schon im Foyer zog Hubert Grottenbach ihre Aufmerksamkeit auf sich. Umringt von einer Gruppe junger Frauen monologisierte er an der kleinen Bar und musterte jeden Neuankömmling wie ein Empfangskellner.

René hatte ihr verraten, dass Hubsi in den achtziger Jahren kurz was mit Patti Smith gehabt habe. Grottenbach umarmte René stürmisch und stellte ihn seinen Zuhörerinnen vor. Biggy wusste nicht, wie eng René mit den Helden ihrer Jugend war, und Grottenbach begrüßte auch sie herzlich. Sie sei, gab ihm René zu verstehen, die Enkelin von Klara Sonnenschein.

Ob das die tolle Frau sei, von der sein nächster Roman handle. Genau die, antwortete René. Zwar wäre Biggy auch als Biggy gut angekommen bei dieser Kurzwellenlegende, doch bescherte ihr die ehrwürdige Ahnenlinie einen enormen Startvorteil. Hubsi unterhielt sich die nächste halbe Stunde ausschließlich mit ihr. Ein stadt-, aber ihr unbekannter Zeitungsredakteur gesellte sich hinzu. Dieser hatte kürzlich durch die Hypothese aufhorchen lassen, dass Karl Kraus heute bestimmt ein Blogger wäre und Peter Altenberg ein Twitterer.

Zwischen Hubsi und Biggy ratterte sofort der Diskurs über die aktuellen Bands des Landes los. Jener war erstaunt über ihre Kenntnisse, auch über ihre Einwände gegen die eine oder andere Gruppe, die er selbst promotet hatte. Das Gespräch endete mit einer Einladung ins Studio und zu einer Probemoderation. Grottenbach erschien ihr nicht als der Zyniker, als der er bewundert, gefürchtet und verachtet wurde, sondern als vertrauensseliger Mittfünfziger. Auch machte er keine Anstalten, sie anzubraten, oder zumindest machte er es so unterschwellig, dass man es sich gerne gefallen ließ. Leider wurde er von einer jungen Blonden entführt, sodass Biggy mit dem Literatur- und Twitterexperten zurückblieb, und der ließ keinen Zweifel daran, was er von ihr wollte.

Wo war René? Wenn du mich nicht bald von diesem Wichser befreist, lass ich den Antilangeweileairbag ausfahren! Biggy fragte den Redakteur, ob er ihr einen Drink spendieren könne. Dann verschwand sie in der Menge, der Experte würde bestimmt eine Weile brauchen, bis er sie wiederfände. Biggy fühlte sich so wohl wie schon lange nicht mehr. Niemand kontrollierte sie. Nach einer Weile fand sie René. Sie lehnte sich mit dem Rücken an eine Lautsprecherbox und beobachtete ihn. Er brachte seine Zuhörer zum Lachen und gestikulierte, als hätte er wie Gott Brahma vier Arme. Eine pralle Zuneigung erfasste sie plötzlich für dieses einstige Opfer ihrer angemaßten Allmacht. Die vage Vorstellung einer Affäre mit ihm folgte. Die Symmetrie zu Ernsts Techtelmechtel mit Almuth zauberte allerlei burleske Verstrickungen in ihre Phantasie. Und das, obwohl sie an diesem Abend noch keine Drogen genommen hatte.

Plötzlich sah sie Ljiljana, ihre um drei Jahre ältere Freundin. Gemeinsam mit ihr und ihrem Exfreund Goran hatte sie Renés Erpressung geplant und ausgeführt. Die beiden Freundinnen fielen einander um den Hals. Ljiljana stellte ihr Clarence, ihren Neuen, vor, einen Nigerianer. Biggy verriet ihr, wer ihr Begleiter war, und bat sie, sich nichts anmerken zu lassen. Das war nicht notwendig, denn René erkannte Ljiljana sofort und machte ihr sogar Komplimente, während eine Band namens *Sissy's Revenge* burgenländischen Britpop spielte. Ljiljana brüllte Biggy ins Ohr, dass sie sich René ganz anders vorgestellt habe, außerdem beweise er Humor, indem er ihnen die Sache nicht nachtrage.

Dann kam der Höhepunkt des Abends: Hubsi Grottenbach

bestieg mit seiner *Oaschpartie* die Bühne. Biggy und Ljiljana, wiedervereint wie in alten Zeiten, schrien drauflos wie Squaws, wenn die Männer vom Kriegszug heimkehren, und forderten laut von der Band ihre Lieblingssongs. Schon bei der ersten Nummer, *Wia san a Oaschpartie und wer seid's ihr?*, ließen die Freundinnen die Sau raus und warfen ihre Mähnen durch die Luft.

Hubsi Grottenbach und die Oaschpartie hatten sich auf moderne Wienerlieder im Rockgewand spezialisiert. Sie trafen den Stiftzahn der Zeit, den Leute wie Hubsi ihr eingesetzt hatten, indem sie die Reizbegriffe dieser Zeit, die Leute wie er propagierten, zu bösen Songs verarbeiteten. Sie verspotteten Gutmenschen, Bobos, politische Korrektheit, sich selbst, griffen die neoliberale Leistungsideologie mit Liedern wie *Is eh ollas oasch*, den Hygienekult mit *Heut brunz i ins Bett* an, hatten mit *Bussi Bärli brumm brumm*, ihrer selbstironischen Abrechnung mit der Infantilisierung in Paarbeziehungen, einen unerwarteten Katharsiserfolg, und bewiesen mit *Franziska* auch Mut zur ernsten Liebesballade.

Gebannt sah René den ausgelassen tanzenden Mädchen zu und strahlte Biggy an wie ein argloses Kind. Wie eine Lkw-Ladung Marzipan fiel dieses Lächeln auf Biggy, in dem sie sich räkelte wie ein Wurm. Um zwei in der Nacht war sie mäßig beschwipst, von vier läppischen Bieren und zwei Mojitos. Sie hatte alle ihre Lieblingsmoderatoren kennengelernt, und keiner war ihr arrogant oder sonst wie unangenehm vorgekommen. Es war Zeit heimzugehen. Denn Biggy kannte sich. In solch einem Zustand konnte es leicht passieren, dass sie sich herschenkte. Ljiljana und Clarence schmusten neben ihr und beachteten sie nicht. Plötzlich sah sie das Bild von Ernst vor sich, schlafend mit geöffnetem Mund auf dem Fauteuil, weil er auf sie gewartet hatte. Ernst stritt das immer ab, er sei bloß beim Lesen eingenickt. Doch sie wusste es besser. Das Gewissen drückte sie.

So beschloss sie, ohne sich von René zu verabschieden zu verschwinden. Vor dem Ausgang stellte er sich ihr in den Weg.

»Du hast ja geweint.«

Biggy schloss die Augen und kräuselte ihre Lippen zu jenem unernsten Ausdruck, mit dem sonderbare Mädchen den unbeschwerten Wechsel von Weinen zu Lachen zu bekunden pflegen.

»Willst du schon gehen?«

»Ich bin besoffen.«

René wischte ihr eine Träne von der Wange.

»Was soll ich bloß mit dir machen, Mackensen?«

»Heirate mich einfach.«

Sein Gesicht näherte sich dem ihren, bis die winzigen Härchen ihrer Nasenspitzen einander berührten. Biggy presste die Lippen zusammen und schüttelte energisch den Kopf. Doch, sagte René und begann sie zu küssen. Als hätte eine aufgeschnappte Metallfeder eine Mechanik in ihr freigesetzt, öffneten sich ihre Lippen. Sie packte ihn an den Schultern und drängte ihn zur Garderobentheke, küsste ihn im Wortsinn nieder und stieß ihn mit einem zischenden Laut von sich. Ach was! Sie verschränkte die Arme und stierte ihn an. Ihr rechtes Bein wippte nervös.

Scheiße, sagte sie, und erneut stürzten sie aufeinander los. Dann löste sich Biggy aus der Umarmung und begann um ihn herumzuschreiten, er folgte ihren Bewegungen um seine eigene Achse. Irgendwas zwischen Tango und Stierkampf führten sie da auf. Schon hatten sich ein paar Schaulustige um die beiden geschart und die Handykameras aktiviert.

René wechselte plötzlich in eine Flamenco-Choreografie, roch schnaubend an seiner Achsel, riss sich Jackett und Hemd vom Oberkörper, ließ sich auf den Boden fallen, kroch zwischen Biggys Beinen durch und machte Liegestütze. Biggy aber fiel aus ihrer Rolle, indem sie sich die Hand vor den Mund hielt und kicherte. Dann applaudierte sie, die Zuschauer desgleichen. René stand auf. Sie warf ihm das Hemd zu.

»Zieh dich an. Du verkühlst dich.«

»Wie geht es mit uns weiter, Birgit Sonnenschein?«

Ausnahmsweise hatte sie keine Antwort. Sie gab ihm einen Kuss auf die Stirn und verschwand.

Die Zuschauer hatten so was noch nie gesehen. Einige hatten diese erste Episode einer Telenovela sogar dokumentiert. René schlenderte lässig zurück in den Saal.

Der Tag ist zum Schlafen da
Tollkirschenschwarz lächelt die Nacht
Ein Zwinkern von mir, und sie versteht

Klara Sonnenschein, aus: *Haikus in meine Haut geritzt*

7. Kapitel
Der Neue

René wollte noch nicht nachhause. Mit dem Taxi fuhr er zur Bäckerei Prindl am Gaußplatz, welche die ganze Nacht geöffnet hatte. Dort belohnte er sich für seinen Erfolg mit den Freuden seiner Volksschulzeit, drei prallen Extrawurstsemmeln. Zwei davon verputzte er gleich, die dritte ließ er im Papiersäckchen, dessen Fettflecken bald den Inhalt durchscheinen ließen. Er wollte noch immer nicht nachhause, hatte es verdient, mit sich anzustoßen, mit sich allein zu sein und den Geschmack des Sieges zu kosten. In der Jägerstraße betrat er ein Lokal namens *Frame*, das wegen seines Fünfziger-Jahre-Interieurs als Geheimtipp galt.

Als er das Hinterzimmer betrat, erschrak er. Carsten Kempowski saß am Ecktisch mit einem blonden Mann, der sehr jung schien, jünger als René zumindest. Carsten starrte sein Gegenüber an, die physische Nähe zwischen den beiden war verdächtig, sie plauderten nicht, sie flirteten.

René bestellte an der Bar ein Bier. Dann trat er einen Schritt zurück in Richtung Lokalmitte und lugte um die Ecke. Carsten richtete dem blonden Jungen gerade das Revers und putzte ein paar Haare von der Schulter. Das hat er bei mir nie gemacht, dachte René, auch konnte er sich nicht erinnern, Carsten je körperlich so nah gewesen zu sein. Bis jetzt hätte René darauf gewettet, dass sein Agent und Lektor in erotischen Dingen ein verwegener, rücksichtsloser Womanizer war, nie war ihm etwas anderes aufgefallen. Ein unangenehmes Gefühl ergriff von ihm Besitz, das er sich jedoch nicht als Eifersucht eingestehen wollte. Klarheit musste her; er nahm einen kräftigen Schluck Bier und machte sich auf den Weg aufs Klo, wobei er von den beiden nicht übersehen werden konnte. Nun erschrak Carsten, und René begrüßte ihn auf die überschwängliche Weise, wie es jener stets mit ihm getan hatte.

»Ja, so ein Zufall!«

»René, alter Junge, du hier? Darf ich dir Fritz Friedrich vorstellen. Ich mache seinen ersten Roman.«

René wusste nun, dass er die besseren Karten hatte, und fragte den Jungen mit geradem, stechendem Blick, ob sein Vorname wirklich Fritz sei, will heißen, ob er auf Friedrich Friedrich getauft sei. Nein, entgegnete dieser, der keine zwanzig zählte, eigentlich heiße er Karl, doch Carsten habe ihm den Tipp für das Pseudonym gegeben.

Friedrich Friedrich, sagte René, das habe was, und er schenkte Friedrich Friedrich ein resolutes Lächeln, das dieser schüchtern erwiderte. Carsten sprach auffällig schnell.

»Fritz hat heuer den Hans-Weigel-Preis gewonnen. Du musst unbedingt einen Blick in sein Manuskript werfen. Der Junge kann was«, sagte er.

»Davon bin ich überzeugt. Carsten ist bekannt dafür, keine Stümper zu fördern.«

»Na klar«, sagte Fritz treuherzig, »der Beweis sind Sie.«

René bat Fritz Friedrich, ihn zu duzen, und Carsten blieb nichts übrig, als René aufzufordern, sich zu ihnen zu setzen. Da saß er also, sein Nachfolger: Fritz Friedrich. Er versuchte keinen Konkurrenten in ihm zu sehen. Dennoch bemühte er sich um einen permanent ironischen Zug um die Mundwinkel, gerade so fein, dass es nicht überheblich wirkte. Nichts war von dem Carsten übrig, den er kannte. Zweifelsfrei war der in den Jungen verliebt und dadurch anfällig. Arme alternde Schwuchtel! Thomas Mann der Brigittenau! Mit jeder Geste, mit jeder Höflichkeit segnete René diesen Bund und frohlockte darüber, Carsten überwunden zu haben. Diesem behagte der Rollentausch weniger, aber zu mehr als ein paar spitzen Bemerkungen reichte es nicht.

»Wie geht es Klara Sonnenschein? Hast du das Monster endlich begraben?«

»Alles noch in Schwebe, mein Lieber. Mein nächstes Projekt ist Klaras Enkelin, und ich schreite von einem Erfolg zum anderen.«

»Das freut mich.«

»Und mich erst. In der Zwischenzeit geb ich zum Drüberstreuen meine gesammelten Artikel als Buch heraus. Die Edition Schwanenbauch will sie unbedingt machen.«

»Aber René, mehr als fünf hast du nicht in der Lade. Oder willst du deine Schulaufsätze mit reinnehmen. Das wird ein dünnes Buch.«

»Nicht, wenn's in Großdruck erscheint.«

Fritz kicherte, weil er das für einen Witz hielt. Carsten verzog keine Miene. Renés Substitut entpuppte sich als großer Mackensen-Fan, ja er begann sogar, oder täuschte sich René etwa, mit ihm zu flirten. Noch ein Triumph. Beinah hätte René Lust bekommen, Carsten den Jungen auszuspannen.

»So, ich lass euch jetzt allein. Hat mich gefreut, dich kennenzulernen, Fritz. Von Carsten entdeckt zu werden ist keine schlechte Wahl.«

Carsten erkannte seinen ehemaligen Protegé nicht wieder.

»Du bist ja flügge geworden. Bravo. Falls du den Roman doch zustande bringen solltest, weißt du, dass dir meine Tore immer offen stehen. Shalom.«

René verließ das Lokal als Sieger. Jetzt musste er sich nur noch von Almuth trennen, und er wäre Jahwe, Moshe Dayan und die Marx Brothers in einer Person.

Wenn du von mir gehst
Dann schleiche nicht
Und stolpere nicht
Und laufe nicht.
Schreite und blicke gerade,
Aber blicke nicht zurück.
Und sag nie, es sei schade.
Betrüg dich nicht um dein Glück.
Auch ich gäbe dir keine Gnade,
Wehe du blickst zurück.

Klara Sonnenschein, aus: *Haikus in meine Haut geritzt*

8. Kapitel
Trennung von Almuth

Es war halb vier. Im Schlafzimmer brannte noch Licht. René ließ sich Zeit.

»Hallo Schatz«, rief Almuth.

Als er das Schlafzimmer betrat, lächelte sie ihn an wie eh und je. Sie legte das Buch zur Seite und klopfte mit der flachen Hand zweimal neben sich auf die Matratze.

»Da, setz dich zu mir. Irgendwas bedrückt dich doch.«

René setzte sich. Er erzählte ihr von der Party, Belangloses, wen er dort getroffen, wer nach ihr gefragt habe.

»Almuth, das ist das erste Mal, dass du mich nicht nach meinen Frauengeschichten fragst.«

Sie nahm die Brille ab und streichelte seine Wange.

»Böse Almuth. Vergisst einfach auf ihre Gewohnheiten. Wo soll das noch enden. Na, komm schon, René, ich merk doch, dass was los ist.«

René wagte nicht, sie anzuschauen. Er legte die Fingerkuppen aneinander und starrte auf die Wand.

»Ich möchte mich von dir trennen.«

»Was? Du?«

Langsam drehte er seinen Kopf zu ihr; den Ausdruck auf ihrem Gesicht wollte er sich nicht entgehen lassen, schließlich würde er sich nur einmal von Almuth Obermayr trennen.

»Das ist aber interessant. Bist du dir da sicher?«

»Ich hab gewusst, dass du dich über mich nur lustig machen wirst.«

»Aber nicht doch, Schatz. Komm her zu mir.«

René kam nicht in ihre Arme.

»Ich hab mich verliebt, Almuth. Ich weiß nicht, wie sich die Geschichte entwickelt. Aber der Fairness halber will ich es dir sagen, damit du weißt, woran du bist.«

»René hat sich verliebt. Das ist ja wunderbar.«

Er suchte hinter ihrer Maske nach Spuren der Verletzung. Kein Mensch, zumal ein so eitler wie Almuth, empfindet ein solches Bekenntnis nicht als einen Schlag. Doch kein Hinweis war in Almuths Antlitz zu bemerken, keine Verhärtung der Züge, kein Zucken der Lippen, Lider und Nasenflügel, keine Anspannung der Halssehnen. Was ist das bloß für ein Mensch, der sich darüber freut, betrogen zu werden?

Da packte er sie an den Schultern und schrie ihr ins Gesicht: »Hallo, aufwachen. Könntest du mich einmal ernst nehmen, bitte! Ich verlasse dich. Wegen einer anderen. Einer Jüngeren. Hast du verstanden, Frau Doktor?«

Dieser Anfall von Pathos reizte Almuth zu sanftem Spott: »Aber klar wegen einer Jüngeren. Eine Ältere hast eh schon. Ich hab dich verstanden. Meine Freude ist echt. Echt echt. Nicht gespielt echt.«

Sie nahm sein Gesicht zwischen ihre Hände, rutschte auf dem Po zu ihm und schlug ihre Beine über seine Oberschenkel.

»Mein lieber, wunderbarer René«, sagte sie, »du hältst mich für eine kalte Hexe. Aber ich bin nur aus einem einzigen Grund nicht verletzt. Weil du mir zuvorgekommen bist. Hätte ich es dir heute nicht gesagt, dann morgen. Oder übermorgen. Aber durch eine Fügung des Schicksals ist unsere Lage wunderbar symmetrisch. Auch ich hab mich verliebt. Und wie!«

Man konnte es als liebenswerten Zug sehen, dass René stets etwas länger zum Begreifen brauchte. Er hörte in sich hinein – Beleidigung, Bedauern, Freude, Erleichterung? Letzteres setzte sich durch: »Nein. Das ist ja …«

Sie warfen einander liebevolle Blicke zu, unterbrochen von kurzen der Trauer.

»Ein Jüngerer?«

»In gewisser Hinsicht. Nein, älter. Viel älter.«

»Aber doch nicht Carsten? Der betrügt dich gerade mit einem anderen. Hast du gewusst, dass Carsten schwul ist.«

»Bitte, René. Das glaubst du doch nicht ernsthaft … Außerdem muss ich dich korrigieren. Er ist bi.«

»Warum hast du mir das nie gesagt?«

»Ich dachte, du wüsstest es. Willst du mir verraten, wer deine Muse ist?«

»Willst du mir verraten, wer deine … Was ist eigentlich die männliche Form von Muse?«

»Mus, Musius, Museus, Musian …«

Almuth und René saßen einander gegenüber und warteten, wer früher mit dem Namen herausrückte. Zu verschweigen hatten beide genug.

»Ach was«, sagte Almuth, »ist doch egal, Hauptsache, wir trennen uns in Freundschaft und ohne Groll.«

»Das find ich auch.«

Sie küsste ihn auf den Mund.

»Du kannst so lange in der Wohnung bleiben, wie du willst.«

»Das ist lieb von dir, Almuth. Aber ich such mir so schnell wie möglich was Neues.«

»Eigentlich sollten wir noch einmal miteinander schlafen. Was hältst du davon?«

René hielt viel davon, und es wurde der beste Sex seit langem. Er glaubte, Almuth sei schon eingeschlafen, als er ihr eine Strähne aus der Stirn strich und leise sagte: »Sche elohim jewarech otach!«

Almuth riss die Augen auf.

»Was hast du da gesagt?«

Du, der du nichts zu geben hast,
wolltest nicht mich,
sondern daß ich mich dir schenke.

Du, der du dich nicht achten kannst,
wolltest mich nur, solange
du zu mir hochsehen konntest.

Du, der du dein Ziel erreicht hast,
stießt mich mit Ekel von dir,
als ich zu dir runterstieg.

Klara Sonnenschein, aus: *Haikus in meine Haut geritzt*

9. Kapitel
Und wieder eine Täuschung

Das erste Mal in ihrem Leben merkte Biggy, was für ein unangenehmes Gefühl das ist. Sie hatte dem Drängen ihrer Verehrer aus der politologischen Basisgruppe widerstanden, noch länger am Stammtisch zu bleiben, weil sie sich nach Ernsts Gesellschaft sehnte. Mit ihm wollte sie einige der Zweifel ausräumen, die sich in den Debatten mit Guido, Joschi und Faruk ergeben hatten. Außerdem zwickten sie wieder einmal Schuldgefühle bei der Vorstellung, dass ihr bester Freund in seiner Stube saß und auf sie wartete. Vielleicht freute sie sich aber nur auf ihn, das warme Licht der Schreibtischlampe, sein kluges Lächeln, wenn sie den Raum betrat und er die Lesebrille abnahm.

Aber Ernst war nicht da. Nicht um acht, nicht um neun und um zehn noch immer nicht. Elendiglich fühlte sich das an. Sie dachte bereits daran, in den Spitälern von Wien anzurufen. Doch was, wenn es ihm gutging, was, wenn er wieder bei Mackensens Tussi war? Dabei hatte er feierlich verkündet, dass er die Affäre nach dem zweiten Mal beendet habe. Es war zum Verrücktwerden. Sie hasste sich für dieses neue Gefühl, das ihr den Schlaf raubte und das sie nicht verstand. Und dieser Hass war wie gemacht dafür, auf dessen weißhaarigen Auslöser übertragen zu werden. Um halb zwei hörte sie sein ungeschicktes Schlüsselstochern im Türschloss. Das Licht fiel in ihr Zimmer, dessen Tür sie offen gelassen hatte. Biggy watschelte ihm entgegen.

»Du bist noch auf?«

»Wo warst du?«

»Bei meinem neuen arabischen Freund. Abdulrahman.«

»Sehr witzig.«

Ernst hatte getrunken, und es schien ihm sehr gut zu gehen.

»Ich hab mir Sorgen gemacht.«

Er spürte tiefes Behagen, dass auch Biggy an dieser egoistischen Krankheit litt. Recht geschah ihr. Ernst legte den Mantel ab und ließ sich aufs Sofa fallen.

»Dazu hattest du auch allen Grund. Ich komme direkt aus der Hölle. Bist du so lieb und drehst uns einen Joint?«

Murrend ging Biggy ins Zimmer und kehrte mit ihrem Raulederetui wieder. Ernst holte aus dem Kühlschrank die halbvolle Flasche Riesling und schenkte sich ein, Biggy winkte ab. Sie machte keine Anstalten, sich nach seinem Befinden zu erkundigen. Er nippte am Wein, seufzte und drückte mit den Fingern auf seinen Rippen herum.

»Stimmt was nicht?«

»Keine Ahnung. In letzter Zeit geht's mir scheiße. Dieses Stechen in der Herzgegend ist mir nicht geheuer. Aber wird schon nichts sein. Ich bin in einer Oarschsituation. Echt.«

Der Jargon jüngerer Generationen, anfänglich nur aus Spaß adaptiert, war zu Ernsts alltäglicher Ausdrucksweise geworden. Biggy forderte ihn mit ruckartigem Heben des Kinns auf zu erzählen. Eine proletenhafte Geste, die Ernst immer gut gefiel.

»Ich brauche deinen Rat. Du kennst dich in solchen Dingen

besser aus als ich. Zuerst muss ich gestehen, dass ich die Affäre mit Almuth, du weißt schon, Mackensens Braut, nicht beendet habe. Ich hatte Angst, dass du mich kreuzigst deswegen.«

Biggy starrte ihn entsetzt an.

»Wie bitte? Zweimal mit ihr ins Bett hupfen is' eine Sache. Aber gleich eine Affäre? Ich hab dir wirklich einen besseren Geschmack zugetraut.«

»Hehe, du kennst sie gar nicht. Sie ist sehr apart, bitte sehr.«

»Das möcht' ich sehen. Das heißt, du warst gar nie in der Bibliothek und im Burgenland, und die Verdienstkreuzverleihung für den Gerri war auch ein Alibi.«

»Es tut mir leid, Biggy. Verzeihst du mir?«

»Geh scheißen.«

»Wenn wer Grund zur Eifersucht hat, dann ich. Ich schlaf wenigstens nur mit seiner Braut und tu so, als würde es mir gefallen, aber du liest ihn, und es gefällt dir wirklich. Was ist schlimmer?«

»Ich hab ihn sogar schon getroffen.«

»Das hast du mir erzählt.«

»Ja, aber nicht nur damals im September im Anzengruber. Inwischen noch zweimal.«

»Na wunderbar. Gratuliere.«

Biggy reichte ihm den Joint, er zog lange daran und ließ den Rauch aus seinem Mund schwaden.

»Was ist, Ernö, soll ich Mitleid haben mit dir?«

»Sie ist total verrückt nach mir, will dauernd Sex, und das ist uranstrengend. Dabei hat alles so cool angefangen.«

Spöttisch wiederholte Biggy die Worte *uranstrengend* und *cool*.

»Sie hat sich über René lustig gemacht, und wir hatten es auch lustig miteinander. Vorgestern ist dann das Malheur passiert. Da hat sie sich von ihm getrennt. Ich dachte ja, sie will nur meinen Körper, weil sie mir immer Komplimente gemacht hat, was für super Liebhaber ich bin ...«

Biggy klatschte laut.

»Ja, mach dich ruhig lustig über mich. Aber sie will mich! Verstehst du? Mit Haut, Haaren und Seele. Sie will, dass wir zusammenziehen. Und ein Kind will diese Wahnsinnige auch von mir.«

»Selber schuld.«

»Aha.«

»Dann mach einfach Schluss! Oder hast Angst, dass dich niemand mehr toll findet?«

»Ich hab ihr heute deutlich gemacht, dass ich mich nicht binden will, dass sie eine feste Beziehung mit mir bereuen würde.«

»Du machst alles falsch, Ernst. Packst es einfach nicht, dass sie schlecht von dir denken könnt. So kriegst du sie nie los.«

»Das ist der Grund, warum ich dich konsultieren wollte. Sie hat mir eine Szene gemacht; dass ich ein unreifes Arschloch bin, hat sie g'sagt, weil ich zu feig bin, Gefühle zuzulassen und so. Sie weiß angeblich, dass ich sie liebe.«

Biggy schnaubte genervt: »Du bist ein Kasperl! Was erwartest du eigentlich? Bei so was geht es nur um Egoismus. Du wolltest mit ihr schnackseln, vielleicht dem René eins auswischen, und aus schlechtem Gewissen hast du ihr mehr versprochen, als du halten kannst. Es ist g'hupft wie g'sprungen. Wenn du dich als Gentleman aus der Affäre ziehen willst, bist ein unreifes Arschloch, wenn du ihr sagst, was los ist, das Oberarschloch. Als Sympathieträger steigst du da nicht mehr aus. No way, Sir. Also demütige sie, sonst kapiert sie's nie.«

»Ich kann ihr nicht wehtun.«

»Du meinst, du kannst ihr nicht in die Augen schauen, wenn du ihr wehtust.«

»Genau.«

»Was weiß ich. Dann mach sie eifersüchtig. Erfind eine andere Frau. Lass dich von ihr mit einer anderen erwischen.«

»Das ist schäbig.«

»Hallo! Du nicht kapieren? Schäbig sein sowieso. Je netter deine Absichten, desto böser kommst du rüber. Weißt du noch immer nicht, wie die Welt funktioniert? Aber okay, einmal helf ich dir noch. Ich ruf morgen die Ljiljana an. Du hast sie einmal g'sehn, bei den Vorbereitungen zu unserm Coup. Die ist 21 und bei einer Hetz sicher dabei.«

»Was tu ich mir da an?«

»Nix, du kannst deiner Angebeteten ja auch in's G'sicht sagen, dass dir vor ihr graust. Das wär einfacher.«

»Nein, nein. Machen wir es so, wie du es gesagt hast. O Gott, ich trenne mich von Mackensens Freundin, und du wirst womöglich noch sein Kumpel. Dann hab ich auf allen Linien verloren.«

»Mach dir nicht ins Hemd.«

Es war das erste Mal, dass sie Ernst den Namen Gottes aussprechen hörte.

Kranker Teil – gesundes Ganze

Hat die Individualität die Krätze
Bilden ihre Tausenden
Siechen Leiber
Einen Koloß nach
Der gesunder Volkskörper heißt
Und alles zertritt
Was immun dagegen war

Klara Sonnenschein, aus: *Haikus in meine Haut geritzt*

10. Kapitel
Landtmann

Ernst freute sich auf sein *Tête-à-tête* mit Ljiljana im Café Landtmann. Die Vorbesprechung im Rüdigerhof hatte ihm bereits gefallen, die herbe, bodenständige Art der jungen Frau, die weiße Strähne im schwarz gefärbten Haar, ihr scharf geschnittenes Gesicht, das dem von Klara Sonnenschein nicht unähnlich war, ähnlicher jedenfalls, als es das Gesicht Biggys war, die sich durch Kleidung und Frisur bemühte, Klara zu gleichen. Lilja, wie sie genannt wurde, war zwar reservierter als Biggy, fasste aber schnell Vertrauen zu ihm. Es störte Ernst auch nicht, dass sie ihn wahrscheinlich ein bisschen komisch fand; Biggy hatte sie schon vorgewarnt.

Die Hoffnung, dass aus einem ernsten Spiel spielerischer Ernst würde und es ihm gelänge, Liljas Neugier zu wecken, ging ihm jedoch nicht aus dem Kopf. Ernö besuchte sogar Almuth noch einmal, um seine Lilja-Phantasien in ein geeignetes Gefäß zu gießen. Und Almuth war mehr als zufrieden damit, denn seine Leidenschaftlichkeit schien ihr das Bekenntnis seiner Liebe zu sein.

Am Tag der Travestie kam alles anders. Krebsrot im Gesicht betrat Ernst das Café Landtmann, er begrüßte Lilja freundlich und schwieg. Bald merkte sie, dass er nervös, traurig und nicht ganz bei der Sache war. Bedauerte er die Kränkung, die Almuth Obermayr bevorstand? Wollte er doch zu ihr zurück?

»Es ist kein Problem, Herr Katz, wenn wir das Ganze abblasen.«

»Kommt nicht in Frage. Und nenn mich bitte nicht Herr Katz. Ich bin der Ernst«, sagte er mit brüchiger Stimme.

Es war Biggy, die ihm diesen wunderbaren Tag versaute. Sie hatte ihr Handy in seiner Wohnung liegenlassen, und er hatte ihre Kurznachrichten überprüft. Der Name Hassan tauchte darin kein einziges Mal auf. Dafür der von René, zigmal. In seinen SMS wimmelte es von Vertraulichkeiten. Seine Affäre mit Almuth verlor plötzlich an Verwegenheit, er sah sie und sich nun als Opfer eines viel schändlicheren Betrugs. Einmal hatte es dieser Kretin sogar gewagt, Biggy auf Hebräisch seine Liebe zu gestehen: *Anee ohev otakh*. Und der Gipfel der Impertinenz: *Du bist Klara!*

Das waren Indizien, keine Beweise. Die befanden sich im Ordner *Gesendete Mitteilungen*, welchen er aber nicht öffnen konnte. Einen stechenden Schmerz spürte er in seiner Brust, und das Herz pochte unregelmäßig. Und dieses verdächtige Ziehen im linken Arm … Warum musste er das Handy ausgerechnet jetzt finden? Ein Abenteuer mit Lilja hätte ihn dafür etwas entschädigt. Lilja spürte im Landtmann sofort, dass sie die Regie übernehmen musste.

Almuth war pünktlich. Wie Ernst wusste, war sie mit dem Leiter der *edition aldente* verabredet, der bereits im Café saß, und zwar mit dem Gesicht zu ihnen. Schon beim Eintreten musste sie also auf Lilja und Ernst aufmerksam werden.

»Da kommt sie«, sagte Ernst.

»Du musst mich jetzt küssen«, befahl Lilja.

Ernst streckte ihr sein Gesicht entgegen und drückte seine angespannten Lippen auf ihren Mund.

»So geht das nicht«, flüsterte Lilja. Sie griff nach seinen sich sträubenden Händen und führte sie an ihre Wangen. Am liebsten wäre Ernst davongerannt, so sehr schämte er sich für seine Unbeholfenheit. Almuth begrüßte den Verlagsleiter und nahm wie befürchtet vis-à-vis von ihm Platz.

»Okay, Herr Katz, tschuldige, Ernst. Wir warten einfach, bis sie herschaut. Wenn das in den nächsten zehn Minuten nicht passiert, gehen wir zur Tür und küssen uns dort noch einmal.«

Ernst nickte traurig. Er suchte nach Worten, irgendwelchen. Lilja lächelte ihn an wie eine Mutter, die ihren Buben das erste Mal zum Zahnarzt bringt. In diesem Moment hätte er sie wirklich küssen wollen, aber nicht wie ein Mann eine Frau, sondern wie ein Knabe eben seine Mutter.

»Jetzt«, sagte sie, »der Typ telefoniert, sie wird sich umsehen.«

Woher die junge Frau das wusste: Natürlich würde Almuth die Gelegenheit nutzen, das Lokal nach Menschen zu durchsuchen, die sie kannte.

Lilja ergriff Ernsts Gesicht und begann, schamlos darauf einzuschmusen. Ernst empfand nichts als Feuchtigkeit und Zwang und erhaschte erstmals in seinem Leben eine Ahnung davon, wie es ist, vergewaltigt zu werden. Almuth drehte sich um und musterte das ganze Café, doch der Beschmuste fiel ihr nicht auf, so als würden bereits vergebene Männer automatisch aus ihrem Blickfeld gefiltert. Der Verlagsleiter beendete sein Gespräch, und Almuth wandte sich ihm wieder zu.

»Mist«, sagte Lilja, »aber ein bisschen musst du schon mitspielen, wenn wir glaubwürdig wirken sollen. Sei mir nicht böse, aber du küsst wie ein toter Fisch. Auch wenn's dir schwerfällt: Stell dir einfach vor, du wärst total scharf auf mich. Ich erlaub es dir. Aber nur solange wir im Lokal sind.«

Und wie scharf er auf sie war, doch es wollte nicht aus

ihm heraus. Der *aldente*-Verleger verließ kurz den Tisch, und Almuths Blicke wanderten wieder durchs Lokal.

Zweite Runde. Lilja und Ernst fielen einander in die halb geöffneten Münder und ließen ihre Zungen ausfahren, doch während ihre wie eine junge Natter forschte, neckte, drückte, verharrte seine in Schreckstarre wie ein Schildkrötenkopf. Ein Kellner bemerkte diesen Liebesakt und wandte sich an den Oberkellner. Als Lilja von Ernst ließ, blieb dessen Mund noch eine Weile offen und die Zunge vorgestreckt wie bei einer Vorsorgeuntersuchung.

»Tut mir leid. Ich bin heute nicht bei der Sache.«

Plötzlich trat der Oberkellner an ihren Tisch und ersuchte sie bestimmt, diese Intimitäten zu unterlassen, dann entschuldigte er sich. Auch Ernst entschuldigte sich.

»Du darfst dich bei den Oarschlöchern nie entschuldigen«, mahnte ihn Lilja, »der lasst nur den Chef raushängen, weil ihn niemand busseln will.«

Ernst fürchtete sich vor Kellnern, Schaffnern und U-Bahn-Kontrolleuren; ständig erinnerten sie ihn daran, nur geduldet zu sein. Im besten Fall. Im schlimmsten, dass seine Lynchung aus Termingründen bloß aufgeschoben war. Außerdem genierte er sich, diesen Ordnungsruf nicht verdient zu haben. Als guter Küsser hätte er sich die Freiheit herausgenommen, den Landtmann-Pinguin zu verspotten. Aber vor Lilja als erotischer Versager dazustehen, vor dem Kellner als Wüstling und vor Almuth als jämmerlicher Betrüger, das war zu viel für einen, dessen liebster Mensch gerade mit Mackensen durchbrannte. Ihm wurde schwindlig. Da forderte ihn Lilja zur nächsten Runde auf, denn Almuth war aufgestanden und zum Zeitungstisch gegangen.

Sie packte Ernst an den Ohren und zog ihn zu sich, er japste wie ein Erstickender. Schwarz wurde ihm vor Augen, und als er die strenge Stimme des Oberkellners vernahm, verlor er das Bewusstsein und sackte in sich zusammen. »Rufen Sie die Rettung! Aber schnell«, herrschte Lilja den Kellner an. Dieser eilte mit einem untertänigen »Sofort« auf den Lippen zur Theke. Die Aufmerksamkeit des gesamten Kaffeehauses war nun auf sie gerichtet. Ob ein Arzt anwesend sei, rief sie in die Menge. Bis der Krankenwagen kam, wusste Lilja, würde man Ernst kaum helfen können, ganz gleich, ob er einen harmlosen Kollaps hatte oder gerade starb. Sie hatte Biggy ihr Wort gegeben, es galt, den Auftrag zu erfüllen. So war sie. Obwohl Lilja wusste, dass seine Füße hochgelagert werden müssten, hob sie seinen Oberkörper an, damit ihn Almuth, die sich soeben durch die Schaulustigen drängte, erkannte.

Der Notplan ging auf. Almuth rief entsetzt den Namen des Bewusstlosen und machte sogleich ihre Besitzansprüche an ihm geltend, indem sie seinen Kopf in ihre Hände nahm.

»Rufen Sie sofort die Rettung!«, befahl sie.

»Ist schon längst geschehen«, entgegnete Lilja, »gehen Sie bitte an Ihren Platz zurück, hier gibt es nichts zu schauen.« Und zu Ernst: »Schatz, hörst du mich?«

Ernst öffnete die Lider einen Spaltbreit und lächelte.

»Gott sei Dank«, sagte Lilja, »er ist bei Bewusstsein.«

»Darf ich fragen, wer Sie sind?«

»Ljiljana Šerifović. Ich bin seine Freundin. Wir heiraten in einer Woche.«

Nie war Almuth so weit entfernt von ihrer berüchtigten Schlagfertigkeit gewesen: »Das ist eine Lüge. Ich bin seine Freundin.«

Lilja sah zu ihr hoch. Nicht bloß wie kalte Messer, wie Faschierschrauben bohrten sich ihre Blicke in die Literaturkritikerin. Diese wich einige Zentimeter zurück.

»Also Sie sind die Verrückte«, herrschte Lilja sie an, »die ihn schon seit Wochen stalkt. Da sehen Sie, was Sie angerichtet haben. Herr Ober, rufen Sie bitte gleich auch die Polizei.«

Almuth schnappte nach Luft.

Lilja, als Spielerin bereit, den Bogen zu überspannen, befahl: »Gehen Sie ja nicht weg. Sie warten, bis die Polizei da ist!«

Es dauerte, bis Almuth ihren Stolz gesammelt hatte.

»Kurva«, sprach sie dermaßen verächtlich zu Lilja herab, dass es von deren Migrationshintergrund widerhallte. Auch ihr Klassenhintergrund war beredt.

»Schleich dich, oder ich leg dir eine auf, dass dir der Schädel aus'm Arsch rauswachst.«

Almuth begann am ganzen Körper zu zittern, doch ihre Notfalltropfen waren in ihrer Handtasche an der Stuhllehne. Zurück an ihrem Tisch, berührte sie der *aldente*-Chef sorgenvoll am Oberarm. Almuth stieß ihn heftig von sich, packte Mantel und Tasche und lief aus dem Café.

Nein, Ernö, es ist kein Zufall, dass in jenem europäischen Land des geschmacklosesten Humors, Großbritannien, der Faschismus am wenigsten Fuß faßte (Osteuropa nicht miteingerechnet, da kenn ich mich zu wenig aus). Schon im Kreuzzug, den die deutschen Ambivalenzkiller noch vor der Romantik im Namen der Gefühlstiefe gegen oberflächlichen und zersetzenden Witz führten, wurde das Gleis gelegt, das nach Auschwitz führt. Höre ich heute irgendwen vom Erhabenen, von sittlichem Ernst und intellektueller Seriosität quatschen, ballen sich meine Hände, weil mir die Genealogie von den Langweilern zu den Knochenbrechern stets gewärtig ist. Egal ob bei Goethen, bei Thomasmannen oder bei den Modernen (auch sie blicken mit gravitätischem Philisterdünkel auf den Witz herab, den sie nicht haben).

Klara Sonnenschein an Ernst Katz, 5. November 1965

11. Kapitel
Unter Beobachtung

Als Biggy in der Wohnung das Handy fand und darauf fünf eingegangene Anrufe von Lilja, aber keinen einzigen von Ernst, schöpfte sie Verdacht. Eine halbe Stunde später war sie mit Ernsts Toilettenbeutel, Unterwäsche, einem Schlafrock, den *Essais* von Montaigne und den *Sudelbüchern* von Lichtenberg bereits im Taxi unterwegs ins Krankenhaus.

In einem weißen Nachthemd saß Ernst auf dem Bettrand und hörte sich die Krankengeschichte des Weinbauern an, mit dem er das Zimmer teilte. Als Biggy eintrat, hob er freudig die Hände. Irgendwie war das nicht der Ernö, den sie kannte, sondern ein netter Greis, dankbar für jede Zuwendung.

»Ich hab dir *The Symbol* empfohlen, Oida. Du wolltest die Lilja haben. Die packt nicht jeder.«

Der Winzer spitzte die Ohren. Biggy und Ernst umarmten einander. Das linke Bein, den Arm, auch die linke Gesichtshälfte habe er nicht mehr gespürt, sagte er. Direkt unheimlich, aber jetzt gehe es ihm wieder blendend. Man behalte ihn zur Sicherheit da, weil eine Gehirnblutung oft erst nach ein, zwei Tagen in der Computertomografie zu erkennen sei.

»Hast vielleicht ein Schlagerl? Oft merkt man das nicht. Ein Freund von mir hat schon mit 25 sein erstes Schlagerl g'habt.«

»Ach Schmarrn.«

Es dauerte nicht lange, da war es Biggy gelungen, die alte Vertraulichkeit wiederherzustellen und Ernst aus seiner Altersinfantilität in seine Dauerpubertät zurückzuholen. Die Stationsoberschwester machte dem übermütigen Treiben ein Ende: »Ihnen geht's ja wieder ganz gut, Herr Doktor Katz. Sie und die Frauen. Da könnt' man wahrscheinlich ein Buch drüber schreiben.«

Ernst stellte Biggy und Schwester Dorothea einander vor und lobte Letztere als Einzige, die es verdienen würde, von ihm geheiratet zu werden.

»Nur über Ihre Leiche, Herr Doktor. Den Blödsinn hab ich schon zweimal gemacht.«

Biggy fragte Dorothea, ob sie sie kurz sprechen könne, und klärte sie auf dem Gang über ihr Verhältnis zu Ernst auf. Und sie fügte hinzu, dass eine gewisse Almuth Obermayr an seinem Zustand nicht schuldlos sei. Sie bat sie, im Fall eines Anrufes von Almuth, keine Auskunft über Ernsts Aufenthaltsort zu geben. Sie könne das nicht entscheiden, entgegnete die Krankenschwester, doch in ihren Augen blitzte Komplizenschaft auf, denn ihr gefiel Biggy, und mit Ernst habe sie schon viel Spaß gehabt. Ein bezaubernder Mann sei das, so klug und so witzig.

Zurück im Krankenzimmer fand sie Ernst in düsterer Stimmung.

»Du hast die SMS vom Mackensen gelesen. Nicht?«

»Ich glaub dir nicht, dass du ihn mit dem Nachnamen anredest.«

Es bedurfte einiger Anstrengung, Ernst zu erklären, dass René bis über beide Ohren in sie verschossen sei und sie seit Wochen belagere.

»Und du bist natürlich gegen seine Flötentöne immun.«

Biggy schwieg.

»Schau mir in die Augen und sag mir, dass nichts ist zwischen euch.«

»Was meinst du damit?«

»Na, was wohl?«

»Ich sag's dir nur einmal. Du musst selbst wissen, wie sehr du mir vertrauen kannst. Nein! Hast du's gehört? Ich wiederhole: nein.«

»Gut.«

»Aber ich will dich nicht belügen, wurscht ist er mir nicht. Ich find ihn sehr sympathisch. Tut mir leid.«

Ernst stützte den Nacken auf die Aluminiumrohre des Bettgestells: »Du bringst mich um.«

»Hör auf.«

»So endet also unser Komplott. Ich bin es letztlich, gegen den ihr euch verschwört.«

Biggy ergriff seine Hände.

»Das siehst du völlig falsch. Ich werde dich nie verraten, das schwöre ich. Ein Mikrowellenherd soll mir auf den Kopf fallen, wenn ich das tu.«

Ernst nickte, und Biggy gab ihm einen Kuss auf den Mund. Der Weinbauer schüttelte den Kopf, drehte sich zur Seite und schloss die Augen. In der Stadt, war er überzeugt, haben alle einen Vogel. Ausnahmslos!

»Wir werden uns von den Kleinkrämern der Kultur nicht den Blick auf das Wahre verstellen lassen«, sagte Ernst wehleidig. »Wir werden diesen Abschaum so lange beleidigen, bis sein

Abwehrsystem, die Ignoranz, zusammenbricht. Auch wenn man uns bespuckt und für verrückt hält, wir müssen ihnen widersprechen, stark und frech. Versprichst du mir das? Die Jungen, die nach uns kommen, dürfen diese jämmerlichen Zwischenhändler des Geistes nicht als einzige Nahversorger haben.«

Biggy versprach es. Und nicht nur, damit er Ruhe gab. Sie las ihm Lichtenberg vor, bis seine Augen zufielen. Bevor sie ging, flüsterte sie ihm ins Ohr, dass sie morgen wiederkommen werde. Dann schlich sie aus dem Zimmer und schaltete ihr Handy an. Eine SMS von René: *Magst du mit mir und Hubsi morgen ins Syndicat Zero gehen? Sag bitte nicht nein. René.* Und ob sie wollte.

Beim Verlassen des Spitals wandelten sich Biggys warme Gefühle für den Alten in Aggression. Was bildet er sich ein? Ein Vater hat ihr während der Mittelschulzeit nie gefehlt. Nichts war falscher als die Küchenpsychologie ihrer Mutter, die jede ihrer Untaten mit der Allerweltsphrase von der Abwesenheit des Vaters erklärte. Musste sie 18 werden, damit sie sich doch noch einen eifersüchtigen Papa einhandelte, der sie andauernd seelisch erpresst? Es wurde Zeit, andere Saiten aufzuziehen. Ihr ganzer Körper aber sehnte sich wohlig nach Renés Berührungen, nach seinem vollen Mund, nach seinem Schwanz.

Ich hab keine Allmachtsphantasien. Ich bin allmächtig
Mit einem hungrigen Tornado bin ich trächtig
Der wird alles, was mir Böses tat, in Atome zerwirbeln
Aus Mutterstolz werd' ich meinen Bart dann zwirbeln

Klara Sonnenschein, aus: *Haikus in meine Haut geritzt*

12. Kapitel
Eine unerwartete Entdeckung

Versehentlich stieß Biggy den Becher auf Ernsts Schreibtisch um. Bleistifte und Kugelschreiber fielen zu Boden. Als sie diese aufhob, fiel ihr ein kleiner Schlüssel aus stark oxidiertem Messing auf. Sie ahnte, in welches Schloss er passte, holte die Schatulle hinter der Nestroy-Werkausgabe hervor, öffnete sie und drehte jedes einzelne Blatt um. Wie oft hatte sie Ernst gebeten, ihr Klara Sonnenscheins Manuskript von *Die Versklavung der Dinge* zu borgen, stets hatte er abgewimmelt. Sie sei noch nicht so weit, er werde es ihr beizeiten schon geben. Auch hier war es nicht, dafür aber Briefe aus der Zeit von Klaras und Ernsts Beziehung. Der erste Brief war mit 14. September 1967 datiert. Sie fürchtete sich davor, es führte aber kein Weg daran vorbei.

14.9.1967

Liebster Ernö!
Seit einer Woche sitze ich nunmehr in dieser Provinzmetropole belgischer Trostlosigkeit. Meine Cousine Claire stellt sich als alte Jungfer heraus, wie sie im Buche steht. Zugeknöpft, muffig und pedantisch. Noch versucht sie gegen ihre Natur höflich zu sein, aber hinter ihrem gemeißelten Wohlwollen blitzt ein tiefes Ressentiment gegen alles hervor, was ich vorstelle. Wieviel der Umstand miteinfließt, daß ich aus dem jüdischen Zweig der Familie stamme, und man mich zu vergasen vergaß (lustige

Alliteration, nicht?), kann ich bloß mutmaßen. Wie sehr verstehe ich nun die Leiden deiner Kindheit, mein lieber Ernö. Claire ist eine schlechte Schauspielerin. Du mußt sie dir wie eine Mischung aus Fräulein Rottenmeier (aus Johanna Spyris *Heidi*) und Mrs. Danvers aus Hitchcocks *Rebecca* vorstellen. Das ist keine Übertreibung. Die Flamen sind easy people, leben lustig und gleichgültig in den Tag hinein. Gerade in diese Kleinhausenklave preußischer Kasernenstrenge, calvinistischer Selbstversagung (obwohl sie Katholin ist) mußte ich geraten.

Erst jetzt spüre ich, was es bedeutet, mittellos zu sein. Jedes Wohlstandsniveau erzeugt ein je eigenes Bewußtsein. Im letzten Jahrzehnt lebte ich von der Hand in den Mund, alle paar Monate schrieb ich einen Artikel, hatte einige Arbeiten, doch Onkel Pauls Hand blieb stets spendabel, ich hatte einen reichen Freund, den Baumeister, du weißt schon. Jetzt hab ich nichts, bin von der christlichen Nächstenliebe dieser vertrockneten Strohblume abhängig, die mir nur über meine Unterwerfung und das dadurch ausgelöste Mitleid zuteilwird, und schäme mich, dich um Geld anzuschnorren.

Verfärben sich in Wien schon die Blätter? Wie gerne würde ich mit dir durch den Prater schlendern oder zur Rohrerwiese hochwandern. Hol mich hier raus, besuch mich, nimm mich in deine Arme. Ich will dich riechen, spüren, will in dir verschwinden, mein Cherub, mein alles. Die Sehnsucht wird unerträglich.

Vous êtes mon bijou secrète.

Deine

Klara

27.9.1967

Ernö baci,

oder soll ich dich Monsieur Einerseits-Andererseits nennen? Ich find es herrlich, wie du mich wegen meiner Einseitigkeit maßregelst. Daß alles komplex sei, und man es geflissentlich abwägen solle, ist die Philosophie der Unentschlossenen. Sie wägen hin und wägen her, um sich vor einer Conclusio zu drücken, denn Abwägen ist das erste und das letzte, was sie gelernt haben mit den Kaufmannswaagen ihrer Väter. Relativismus ist ein Kinderproblem wie Masern und nächtliche Pollution – nicht einmal die Dialektik der Halbstarken ist das, sondern die der Halblahmen. Was ihnen am Anfang zur Besserwisserei dient, der Hang zum Einwurf ohne Munition, um auf sich geistig aufmerksam zu machen, geht in späteren Jahren nahtlos zur Affirmation des Bestehenden über. Zum Katzbalgen der Antithesen zu feig oder faul, reklamieren sie für sich geistige Überlegenheit durch bloßen Hinweis auf mögliche Widersprüche. So dürfen auch sie mal den Zeigefinger heben. Und tun es penetrant oft. Ein netter Karneval ist das, ein Trachtentreffen der Differenzen. Aber wehe, diese Widersprüche gerieten in Bewegung und fingen zu kämpfen an, dann wäre es aus mit der kleinbürgerlichen Gevatters-Gemütlichkeit. Dann müßte man am Ende ja gar denken – oder Schockschwerenot: handeln.

Sich der Relativität der Dinge bewußt sein, ja, die millionste Nuance mitbedenken, größtmögliche Differenzierung anstreben und sich trotzdem zu einer Gewißheit durchringen, das erfordert einen Kerl, Ernö. Ich muß einseitig sein, denn wenn die ganze Welt mit ihrer Einseitigkeit das Boot zum Kentern bringt, darf ich nichts unversucht lassen, auf die andere Seite zu kraxeln, auch wenn mein Fliegengewicht nichts bewirken wird.

Du hast ja recht, wenn du mir vorwirfst, daß ich es war, die dich den Mut zur Unentschlossenheit gelehrt hat, doch ist das nichts als das Basistraining, um den Phrasen und Parolen, den geistigen Pogromen zu widerstehen; erst das quälende Wissen um die tausendfachen Ambivalenzen gibt dem Mut zur Entschlossenheit, der dem zur Unentschlossenheit zu folgen hat, seinen Schneid, seine Ehrhaftigkeit. Du erinnerst dich doch meiner Abwandlung des paulinischen Imperativs: Sei den Positivisten ein Relativist, den Relativisten ein Logiker, den Logikern ein Surrealist und den Surrealisten ein Agitpropoffizier! Es ist zwar ein lustiges Spiel, die Widersprüche miteinander Sarabande tanzen und in einer saftigen Orgie enden zu lassen, doch beläßt das die Welt in ihrem falschen Sosein und brackiger Dekadenz. Und dann muß ich kommen, um dieser im Kater der Differenz erstarrten Geschichte galvanische Stöße zu verpassen, damit sie wieder in Fahrt kommt. Und siehe da, was machen die Kavaliere der Reaktion? Ziehen sie ihre Degen und lassen sich von mir, der Marquise de Scaramouche, Toledostahl in die Därme rammen? Nein, sie heben bloß ihre Händchen, die schlaff aus den Spitzen hängen, und mermeln: »Du bist so was von einseitig.« Und jetzt frag ich dich: Wie soll man eine Reaktion bekämpfen, die nicht satisfaktionsfähig ist, aber einem bei jeder Gelegenheit den Degen von hinten in den Rücken rammt?

Glaube nicht, daß ich mit folgendem Zitat dich beschreibe, doch glaube auch nicht, daß du dich nicht durch Vergleich mit diesem Typus prüfen mußt, dem kleinbürgerlichen Dialektiker, wie Marx ihn anhand des Anarchisten Proudhon zu fassen kriegt: »Der Kleinbürger ist (...) zusammengesetzt aus einerseits und andrerseits. So in seinen ökonomischen Interessen, und *daher* in seiner Politik, seinen religiösen, wissenschaftlichen und künstlerischen Anschauungen. So in seiner Moral, so in everything. Er ist der lebendige Widerspruch. Ist er dabei, wie Proudhon, ein geistreicher Mann, so wird er bald mit seinen eigenen Widersprüchen spielen lernen und sie je nach Umständen zu auffallenden, geräuschvollen, manchmal skandalösen, manchmal brillanten Paradoxen ausarbeiten. Wissenschaftlicher Scharlatanismus und politische Akkomodation sind von solchem Standpunkt unzertrennlich. Es bleibt nur noch ein treibendes Motiv, die Eitelkeit des Subjekts, und es fragt sich, wie bei allen Eitlen, nur noch um den Erfolg des Augenblicks, um das Aufsehn des Tages. So erlischt notwendig der einfache sittliche Takt, der einen Rousseau z.B. selbst jedem Scheinkompromiß mit den bestehenden Gewalten stets fernhielt.«

So und jetzt muß ich mit der Betschwester in die heilige Messe. Wie man das einer »vámpíra« wie mir antun kann. An Knoblauch habe ich mich, wie du ja weißt, liebend gewöhnt, aber Weihrauch, Hostien und Kruzifixe …?

Ich habe übrigens den Verdacht, daß du mein Opus magnum verschmissen hast. Wenn du dich mir schon nicht schickst, dann könntest du zumindest dieses schicken. Ich wär dir dankbar. Es ist das einzige Manuskript.

Sei nicht eingeschnappt, Klara meint es nur gut mit dir.

Sok csókkal és öleléssel & szép álmokat

Madame Sans Gêne

14.10.1967

Liebster Ernö,

die wabernde Unentschlossenheit deiner Worte hat mir wie rostige Drahtseile das Herz zerschnitten. Sei ein Mann. Sag, was los ist! Du kannst nicht. Zwei Seminararbeiten, bla, bla, bla. Da ist mir's aufs Geratewohl lieber, du schriebst mir gar nicht. Ich dachte, du liebst mich. So hast du es mir letztens erst geschrieben und tausendmal ins Öhrchen geflüstert. Gauner du. Hast eine dralle Wienerin, was? Glaubst du, ich bin eifersüchtig? Genieße sie, wirf sie weg, und dann komm zu mir! Du weißt, daß mein Pochen auf unser beider Freiheit keine leere Phrase war. Aber ich hege den schrecklichen Verdacht, daß ich jetzt, da ich ohne Pfennig und Hoffnung verdorre, nicht mehr kleidsam für dich bin. So schnell kann das gehen. Finde die Kraft, mir zu sagen, daß du mich nicht mehr willst. Aber dieses feige Herumwinden ist erniedrigend. Ich weiß, daß Abertausende Mädchen und Frauen in diesem Augenblick dasselbe durchleben wie ich und auch nicht mehr als dieselben Worte finden. Verzeih mir also den Kitsch. Ich habe den Männern immer mißtraut und hatte meine Gründe, mich nicht fallenzulassen. Erst du hast mir Vertrauen geschenkt. Du hättest mir sagen können, daß du ein defekter Fallschirm bist, der nicht aufgehen will, wenn's drauf ankommt. Das ist die absolute Hölle. Und je mehr ich dich anjammere, desto mehr stoße ich dich weg von mir. Auch das ein altes Lied. Habe ich es verdient, an solch einer Allerweltsbanalität zu leiden?

Hau einfach ab aus meinem Leben

Klara

15.10.1967

Ernö, mein Ernö,

mein Glückchen, mein Silberstreif!

Ich bedaure jedes Wort. Doch als ich den Brief abschickte, war es schon zu spät. Du kennst mich. Ich darf nie wieder Briefe im Affekt schreiben und unredigiert dem Täubchen um den Fuß wickeln. Sei mir bitte nicht böse. Dieser hier spricht die wahre Sprache meines Herzens, dieser Brief ist die Feuerwehr. Ich quäle mich mit den schlimmsten Phantasien und habe doch keine Beweise. Aber wenn du mir bloß ein Lebenszeichen, ein paar nette Worte spenden könntest, würden sich die Gespinste im Nu verflüchtigen. Ich habe Franz telegrafiert, meinem ehemaligen Kollegen an der Uni, er ist bereit, mir zweitausend Mark zu leihen. Ich würde dann den Zug nach Frankfurt nehmen und nach Wien umsteigen. Doch ich brauche die Sicherheit, daß auch du das willst. Du weißt, wie stolz ich bin. Ich bin nun mal in der denkbar blödesten Situation, denn bis vor einer Woche hatte ich mir eingebildet, wir seien ein Liebespaar und die tausendfache Verknüpfung unserer Seelen keine Einbildung. So schnell kann sich das doch nicht lösen. Ich spinne. Und du lachst mich aus, weil ich an unserer Liebe zweifle. Hast viel um die Ohren, bist nicht der typische Briefeschreiber. Ich weiß. Ein paar klitzekleine Wörtchen nur, Ernö, und meine ganze innere Hölle verflüchtigt sich binnen Sekunden. Schick mir ein paar Strahlen Wiener Herbstsonne nur, und ich werd' den schönsten Sonnenbrand haben, der je meine Haut verzinnoberisiert hat.

Bussi, baci, csók
Deine verrückelte
Klara

PS: Claire ist übrigens wie ausgewechselt. Seit sie merkt, wie sehr ich leide, ist sie ein Ausbund an Sanftmut und Herzlichkeit. Meine Schwäche regt sie an, ihre christliche Notdurft an mir zu verrichten. Sie pißt Liebe auf mich herab. Möge ihr Gott mir diese bösen Worte verzeihen.

23.10.1967

Werter Mag. Katz!
Da ich von Ihnen keinerlei Lebenszeichen erhielt und ich in großer Sorge um Ihr Befinden bin, wollte ich Sie noch einmal bitten, mir ein paar Zeilen zu übermitteln. Geht es dir gut? Ich habe soeben eine schwere Lungenentzündung überstanden, hatte 42 Grad Fieber und war für zwei Tage an der Kippe. Claire hat sich fürsorglich um mich gekümmert. Sie sagte mir, daß ich im Fieberwahn unaufhörlich das Wort *Erne* geschrien habe. Peinlich, nicht? Es geht mir besser, aber ich bin noch immer schwach. Im letzten Monat hab ich zwölf Kilo verloren. Somit ist es besser, wir sehen uns nicht, denn du würdest nichts als ein jämmerliches Gerippe in Armen halten. Eine gesunde deutsche Bauernmaid war ich ohnehin nie. Bleib mir gewogen, und laß dir von der Polizei nicht den Schädel einschlagen, den braucht die Welt noch für würdigere Aufgaben. Hast du die *Versklavung* schon gefunden? Ich würde gerne daran weiterarbeiten. Vielleicht erbarmt sich ja doch noch ein Verlag …

Herzlich
Dr. phil Klara Schattenaug-Sonnenschein

28.10.1967

Du mein Glücks-Bojar!
Deine lieben Worte entsetzten mich im letzten Augenblick wie weiland König Sobieski die Stadt Wien und jagten die Türkenumklammerung der Verzweiflung von hinnen. (Wie du weißt, bin ich ja der Ansicht, daß ein Sieg der Türken damals nicht viel, weder zum Schlechteren noch zum Besseren, verändert hätte, und der Wiener auch als Muselmane in seiner Niedertracht und Behäbigkeit der Gleiche geblieben wär. Seinen Antisemitismus hätte eine türkische Herrschaft indes gemildert ...)

Danke dir tausendmal, mein süßer Ernö. Ich habe dein Briefchen, obzwar nur mager an Worten, wieder und wieder gelesen, und auch beim dreihundertvierundzwanzigsten Male war er derselbe Freudenquell. Du brauchst dich nicht zu entschuldigen. Geht es dir wenigstens besser? Und daß ich dich bald wieder riechen, drücken, kauen, fressen darf, bläst einen Hauch von Frühling durch mein morsches Gebein. Ich zähle die Tage. Aber laß uns von hier verschwinden. Die Pastorin spielt auf meinen Nerven Harfe. Ein Wochenende in Amsterdam täte uns beiden gut. Ich brauche Möwenkreischen und faulige, salzige Seeluft. Ich habe dir soviel zu erzählen, du Schlawiener meines Vertrauens, doch will ich es mir aufheben, bis ich dir in deine graublauen Augen schauen kann.

Bis dahin werde ich mich brav mästen, damit ich deine magyarischen Bauernpranken ausfülle.

Deine dich über alles liebende, begehrende
viszlát
Klara

4.11.1967

Lieber Ernst!

Der gereizte, spöttische Ton deines Briefs hat mich sehr verletzt. Aber ich werde versuchen, die Fassung nicht zu verlieren. Deine Versuche, mich durch eine politische Debatte zu provozieren und einen Keil zwischen uns zu treiben oder, schlimmer, deine Distanz zu mir durch einen nachträglich in den Leerraum getriebenen Keil zu rechtfertigen, ist leider leicht zu durchschauen.

Aber da du es darauf anlegst, will ich dir Rede und Antwort stehen. Zunächst: Die Sticheleien beleidigen, weil sie nicht mich treffen, sondern eine Chimäre. Es wird dir nicht gelingen, mich als die Ultrazionistin zu verkleiden, auf die sich deine antikoloniale Winnetoubüchse anlegen läßt.

Diese Metapher sitzt insofern, als daß ich dir rate, wieder mehr Karl Marx als Karl May zu lesen. Dein Engagement für die *Verdammten dieser Erde* in allen Ehren, aber Israel ist nicht Frankreich. Beinahe alle deine Argumente sind falsch. Israel wurde im Sommer angegriffen, von fünf Staaten gleichzeitig. Nur seine technologische Überlegenheit rettete das israelische Volk vor seiner Auslöschung. Du verdrehst die Tatsachen völlig, wenn du Israel nun zum Goliath machst, nur weil die Überzahl der Banditen unterlag. Sollte die israelische Armee freiwillig auf das Niveau seiner Feinde abrüsten, damit es ein ritterlicher Kampf wird? Lächerlich!

Du weißt genau, auf welcher Seite ich im Algerienkrieg stand, und wo meine Solidarität im Kampf gegen die kapitalistische Ausbeutung der nichteuropäischen Welt liegt. Und dennoch erlaube ich mir die Freiheit, mein Denken nicht dem Huronenrausch der Romantik auszuliefern. Denn ganz verdächtige Töne höre ich aus den neuen Liedern der antikolonialistischen Linken heraus. Und die machen mich schaudern. Kampf dem internationalen Kapitalismus: ja. Aber sobald die Geschütze gegen die sogenannte Arroganz der westlichen Zivilisation gerichtet werden und damit auch gegen die besten Traditionen der Aufklärung, die keine europäische Folklore sind und von der die Besten des antikolonialistischen Widerstands dankbar zehrten, sehe ich keine Linken mehr vor mir, sondern pubertierende Jungs beim Indianerspiel. Ihr wollt das System der Ausbeutung nicht begreifen, sondern von den Winnetous dieser Welt, die oft nur beutegierige Banditen sind, welche das Geschäft der Ausbeutung nationalisieren möchten, als Ehrenindianer ans Lagerfeuer geholt werden. Wie oft habe ich dir zu erklären versucht, daß dem zeitgenössischen Antisemitismus die Verachtung von Moderne und Zivilisation wesenseigener ist als die der differenten Kultur. Über den Umweg der Huronen der ehemaligen Kolonien holt ihr euch euer Bedürfnis nach Bodenständigkeit und Verwurzelung wieder zurück. Die edlen, mannhaften Beduinen und der verweiblichte, dekadente Westen! In der Gestalt Israels zwei Fliegen auf einen Schlag! Ihr neuen Linken, schaut euch in den Spiegel, seht ihr nicht die Fratzen der SA darin? Die Kritik eines ambivalenten Fortschritts ist eine Sache, aber eine andere ist es, seine emanzipatorischen Potenziale an einen zu den Huronen ausgelagerten Volksgeist zu verraten. Und ich dachte mir, du hättest die Ideologiegeschichte der letzten zwei Jahrhunderte studiert? Ich sehe es vor mir: die Selbstaufgabe des kritischen Denkens im kollektiven Rausch befreiter Völker, die Entfesselung eurer barbarischen Impulse im antieuropäischen Exzeß, westlicher Selbsthaß, der von der Kapitalismuskritik zur Zivilisationsverachtung umschlägt. Junge, das hatten wir schon einmal! Damals ging es nicht um die Befreiung des Proletariats, sondern des deutschen Volkes, das ihr jetzt, damit es nicht verdächtig wirkt, in exotische Milieus projiziert. Im arabischen Haß auf Israel reinkarniert der europäische Antisemitismus. Den vom Kolonialismus und von ihren eigenen politischen Führern um den gesellschaftlichen Fortschritt betrogenen Massen werden erneut die Juden als Sündenbock präsentiert.

Mir graute schon vor Sartres Worten in seinem Vorwort zu Fanons Buch: »Einen Europäer erschlagen, heißt zwei Fliegen mit einer Klappe treffen.« Tausche den Europäer gegen einen Juden aus, und du hast die Richtung, in die euer studentischer Enthusiasmus führt. Melde dich doch als linker Brigadist in syrischen und ägyptischen Ausbildungslagern, und du wirst sehen, welche Herrschaften dich dort exerzieren lassen. Alte Bekannte von mir. Sollten dir meine Worte zu abstrakt oder zu polemisch sein, dann lies dir die Tätowierung auf meinem Unterarm noch einmal genau durch.

Dazu aber, und jetzt kommen wir zum versöhnlichen Teil meines Briefes, müßtest du meinen Unterarm zu fassen kriegen, und dazu müßten wir uns wiedersehen. Wenn du diesen Streit nur vom Zaun gebrochen hast, um dir ein gutes Gewissen zu einer Trennung zu machen, die deutlich auszusprechen du zu feige bist, dann will ich mit dir nichts mehr zu schaffen haben. Anderenfalls bitte ich dich, meine Worte nicht persönlich zu nehmen, unsere Liebe über inhaltliche Differenzen zu stellen und die ersehnte, die versprochene Reise nach Kepis anzutreten. Ich verzehre mich nach dir. Acht Tage noch, dann könnten wir wiedervereint sein. (Schon beim Schreiben dieses Konjunktivs packt mich das Grauen ...) Folge deinem Herzen (auf dessen Richtungsschild natürlich Klara steht.)

Bis bald
Deine alte Jüdin

14.11.1967

Lieber Ernö baci,
dein Brief erreichte mich zwei Tage vor deiner erhofften Ankunft. Immerhin hat er das Tor von der Hölle der Ungewissheit zu einer neuen Hölle aufgestoßen. Dafür bin ich dir dankbar. Ich weiß jetzt, daß du nicht kommen wirst, daß du nie mehr kommen wirst. Was ich nicht begreifen will: Warum versteckst

du dich noch immer hinter weltanschaulichen Differenzen? Warum kannst du mir nicht sagen, daß die Luft draußen ist, daß du dich in eine andere, vermutlich jüngere verliebt hast? Warum dieses peinliche Überlegenheitsspiel, kraft dessen du dir anmaßt, über mich richten zu können. Du nennst meine Kritiksucht pathologisch und schreibst, daß ich an den wesentlichen Fragen unserer Zeit vorbeiphilosophiere. Und ich dachte, als wir vor zwei Jahren uns fanden und erkannten, du seist ein erwachsener Mann. In Wirklichkeit war ich deine Mama-Übungspuppe, das Band unserer Liebe bloß eine Nabelschnur, die du durchbeißen mußtest, um erwachsen zu werden.

Da ich nichts mehr zu verlieren habe, kann ich dir gestehen, daß ich auf meinem Krankenbett nichts sehnlicher wünschte als meinen Tod, und nur das Bild deines Lächelns, die Erinnerung deiner Loyalität und Liebesschwüre mir die Kraft gaben, ihm zu widerstehen. Eine böse Falle, wie sich herausstellen sollte.

Daß du ein kleiner Feigling bist, weißt du ja selbst. Ganz kleinlaut hast du es am Ende deines Briefes, nach so viel selbstherrlichem Muskelzucken, selbst gestanden. Feigling ist ein Euphemismus. Darf ich dich feige Ratte nennen?

Nun, da wir geschieden sind, will ich dir sagen, was ich von dir halte, Ernö Katz. Und traue mir ruhig genug kühles Urteilsvermögen zu. Es ist nicht das Rachefeuer einer zurückgewiesenen Frau, in dem diese ihr Urteil schmiedet. Umgekehrt: Mein Begehren und meine Dankbarkeit für deine Liebe haben mich auf einem Auge blind gemacht für viele deiner Charakterzüge, die sich eigentlich von Anfang unserer Beziehung an recht deutlich zeigten. Persönliches und Gesellschaftliches sind auch hier unentwirrbar verbunden, sodaß dein Schritt weg von mir (ach, wär es ein mannhafter Schritt, es ist ein rattenhaftes Schleichen) nichts verrät, was nicht auch in anderen Bereichen deines Lebens evident wäre.

Als ich noch Dozentin war, Macht besaß (fragile zumal), als

du aufsehen konntest zu dieser approbierten Anarchistin, da war ich ein recht herzeigbares Modell für deine Selbstmystifikation. Aber sobald ich meine Position verlor, sobald man mir das Warenzeichen wie Epauletten von den Schultern riß, war ich nur noch eine alternde Spinnerin, deren Mut zur Konsequenz den Betrieb stört, dem du dich so gerne andienen möchtest. Zwar schwafelt ihr zwischen eurem bedeutsamen Dunst französischer Zigaretten stets von amour fou und dem radikalen, bedingungslosen Leben gegen alle Konvention, aber wenn's geht, dann mit einer unbedarften süßen Jean Seberg, ein rebellischer Teenagertraum wie ein Sommerurlaub zwischen den Semestern der Nutzbarwerdung. Für das *running wild* taugt eine vergeistigte Anna Magnani wie ich, eine schwierige jüdische Hexe nicht. Pas assez chic! Du bist ein Heuchler, Duckmäuser, Opportunist, Trittbrettfahrer radikaler Moden. Selbst im modischen Widerstand nur auf deinen Vorteil bedacht. Du trägst schon alle traurigen Male des akademischen Karrierismus an dir. Ich war ein Initiationsritus bloß, jetzt kommen ein paar Jahre Gammlerhedonismus und Anti-Vietnam-Megaphonismus und dann, nachdem die Mutigeren, hinter denen du dich versteckst, von der Polizei niedergeknüppelt wurden, der Aufstieg, das lässige Cordjackett des Dozenten, der seine radikaleren Vorbilder in Ehren hält und sie doch nur an Seminarphraseologie verrät. Deine politische Vergangenheit, das prophezei ich dir und deiner ganzen Generation, wirst du aus dir rausexorzieren, oder bestenfalls mit nostalgischem Blick zurück es dir gemütlich machen in der Welt, so wie sie ist. Mensch und Dinge sind dir jetzt schon Mittel, nicht Zweck, so ungepflegt kann dein Scheitel gar nicht glänzen, so rebellisch schütter dein Gesicht gar nicht sich mit Haar füllen wie die Oberfläche einer schadhaften Roßhaarmatratze. Ein unartikulierter Aufschrei ist deine Revolte, ein artikuliertes Zustimmen wird dein Leben sein. Du hast mir bloß immer nur zugehört, wo ich dachte, du denkst mit. Dein Konsens war mir von Anfang an verdächtig. Hättest du mir widersprochen, wäre ich beruhigt gewesen. Nun wirst du anderen zuhören, je nach Mode, je nach Konjunkturlage. Für dich und deinesgleichen ist Geist wie die Populärmoden, die alle zwei Jahre wechseln. Marx war Beat, Sartre war Cool Jazz, Sonnenschein Folk, Marcuse Rythm & Blues. Was wird es morgen sein? Ich sehe dich schon als gestriegelten, geschniegelten Funktionsträger des Geistes vor mir, dessen Denken in der folgenlosen Aufschichtung gekaufter Theoriebausteine liegt und vorsorglich im Uni-Spind verwahrt wird, damit es dich draußen im Leben nicht beim reibungsfreien Flutschen in die Därme des Zeitgeistes hindert. Daß du meinen Körper, meinen flachen Busen und meine sich immer stärker abzeichnenden Tränensäcke nicht mehr begehrst, dafür würde ich dich nicht verurteilen. Das ist grausam, aber leider nachvollziehbar. Doch dafür schämst du dich ja nicht. Du schämst dich insgeheim für alles, was am schönsten, vitalsten und frivolsten ist an mir, daß ich in keine deiner Modeschablonen passe – weil ich in keine passe. Verstehst du, Dummkopf? Ich passe nicht mehr in deine Surfin-USA-Surfin-UdSSR-Zeit, ich bin ein Mahnmal aus der Nazi- und Judenzeit, an mir klebt Zarah-Leander-Muff. Amerikas Machenschaften in Vietnam und Mittelamerika sind gerade angesagt, Analyse des Faschismus ist Schnee von gestern. Die Opfer der Nazis sind genauso unlässig wie sie selbst. Neue Opfer, neue Täter müssen her – für einen neuen Lebensstil. Wir hatten nur geschorene Köpfe und nicht so sexy Haupthaar wie Ernesto Guevara. Unsere Folterer waren steife Offiziere, CIA-Agenten sind selbst als Feinde smarter. Ich verstehe. Man raucht auch lieber amerikanische Tschick als deutsche. Tut mir leid, daß ich überlebt habe.

Du hast das Glück, in einer Zeit aufgewachsen zu sein, in der deine Charakterdefekte als Stärken durchgehen. Es bleibt dir zu wünschen, daß dieser Zustand auch anhält. Denn deine Selbsterkenntnis würde grausam ausfallen. Ich aber entziehe mich einer Welt, in der meine Stärken als Defekte gelten, mit gutem Gewissen.

Ich werde dir nie wieder schreiben.

Klara

16.11.1967

Liebster,
es geht nicht. Ich kann machen, was ich will. Ich krieg dich aus meinem Kopf, aus meinem Herzen nicht raus. Verzeih mir die neunmalklugen Worte des letzten Briefs. Wahrscheinlich würde ich auch nicht auf so was antworten. Ach könnt ich es ungeschehen machen! Ich kann nicht mehr essen. Claire droht, mich zwangsernähren zu lassen. Bitte, bitte, bitte: rette mich! Ich kann nicht ohne dich.

Deine Drecksjüdin

20.11.1967

Hallo Ernst!
Kannst du dich erinnern, als der Kellner auf dem Leopoldsberg uns aus dem Gastgarten schmiß, weil wir einander besser schmeckten als uns sein Menü. Das ist ein Eßlokal und kein Schmuselokal, hat er geschrien. Ich schreib dir das nur, weil ich eine ähnliche Szene heute in einem Café beobachtet habe. Der Wirt schrie auf flämisch. Ich hab irgendetwas auf der Zunge. Es ist mir dauernd so, als läge ein süß-saures Zuckerl darauf. Claire sagt, das sei nix. Aber ich weiß, daß mir da was wächst. Sie läßt nichts unversucht, mich als verrückt hinzustellen. Ich hege den Verdacht, sie wartet nur auf den Moment, da sie mich einweisen lassen kann.

Wie du merkst, gehst du mir nicht aus dem Sinn. Ich schwimme nackt im glitzernden Blaugrau deiner Iris um deine Pupille herum, am Rand, zum Ufer hin, ist sie bernsteinfarben wie ein böhmischer Moorteich, ich reite auf dem Schwung deiner Augenbrauen Rodeo und rutsche auf dem Grat deiner hübschen Nase hinunter und lande genau in deinem Kinngrübchen, meiner Hasenkuhle, wo ich mich mit einem trockenen, aber noch nasenwarmen Rotzrammel von dir zudecke und ein Nickerchen mache. Dann setze ich den Tropenhelm auf und trete meine Expedition an in die geheimen Weiten der Katzlenden. Mit der Machete schlage ich mich durchs Struppicht deiner Schrittwolle, um in den geheimen Dschungeltempel vorzudringen, wo dein Professor Heidegger verschrumpelt und wie ein Lindwurm eingerollt schläft. Ich wälze mich auf ihm, und wie ein müder Elefant erhebt er sich und federt prall wie ein Schilfrohrkolben im Wind, auf seinem Gipfel tanz ich einen ungarischen Männertanz, der sich Verbunk nennt. Ich schmuse mit den blinden Lippen deines Luluschlundes und benetze mein Gesicht mit dem klebrigen Nektar deiner Ungestümheit.

Na, ekelt dir vor mir?
Du haßest, haßest mich sogar,
So spricht dein rotes Mündchen;
Reich mir es nur zum Küssen dar,
So tröst ich mich, mein Kindchen.
Verzeih mir, es mußte sein.
Klarissima Klobesina von Klobassinitsch

22.11.1967

Liebster!
Könntest du mir die Gedichte schicken, die ich für dich, Winter '65 war es, glaub ich, geschrieben hab. Nur die Gedichte. Brauchst nix dazuschreiben. Ein paar meiner Bücher müßten auch noch bei dir sein. Der *Moby-Dick*, glaub ich, *Sittlichkeit und Kriminalität*, Goethes Übersetzung von *Rameaus Neffe* und die Gedichte von Lermontow. Hast du den Band mit den Gedichten von Attila Jószef? Ich find ihn nicht mehr. Dieses Büchlein

ist mir sehr teuer. Ach ja, mein Manuskript hätte ich auch gerne wieder, sofern du es noch hast.

Das Haus auf meiner Zunge ist äußerst unangenehm. Die Dachkante hat mir den Gaumen wund gemacht. Ich muß stets meinen Mund offen halten, sonst schmerzt es mich. Das hat die Folge, daß er schon ganz ausgetrocknet ist. Ich komme am Sonntag nach Wien. Könntest du mich um 20.30 Uhr vom Westbahnhof abholen?

Deine Klara

23.11.1967

He, du kleiner Scheißkerl!

Hab ich dir Angst eingejagt? Na? Keine Panik. War nur ein Spaß. Ich brauch dich nicht. Wenn dieses gottverdammte Ding in meinem Mund nicht wär. Es wird immer größer.

Ich hab dich so lieb. Und du bist nicht da. Das ist gemein.

Deine
Schwundstufe

24.11.1967

Hallo,

du bist wirklich das letzte. Elender Scheißhaufen du. Das Klo gehörst du runtergespült. Wenn du verreckst, müßte man Löcher in deinen Sarg bohren, damit die Würmer sich rauslehnen und kotzen können. Du bist schuld, daß ich meinen Mund nicht mehr schließen kann. Der Skyscraper sprengt mir das Kiefer.

Warum hast du mich verlassen? Ich krepiere. Warum hab ich mich dir bloß geschenkt? Jetzt gehör ich weder dir noch mir. Ich wünsch dir nur ein Fünfhunderttausendstel meiner Qualen, du dummer, kleiner Kommißstiefel, absichtlich mit Schmirgelpapier aufgerauht, um wie ein Beatnik zu wirken. Fahr zur Hölle. Dort wart ich auf dich!

Teufelchen Sonnenschajn

3.12.1967

Du, Ernst,
es geht mir besser. Das Haus auf meiner Zunge schrumpft. Ich kann wieder atmen. Und Suppe essen. Wir müssen sehr vorsichtig sein. Du mußt den Unsinn, den ich dir geschrieben hab, vergessen. Ich weiß nun, daß Claire all die Monate deine Briefe abgefangen hat. Bitte, bitte, bitte beurteile mich nicht nach den schrecklichen Zeilen, die ich dir an den Kopf warf! Ich dachte wirklich, du hättest mich vergessen. Ich werde heute auf dem Postamt deponieren, daß deine Post nicht mehr zugestellt werden soll und ich sie mir selbst abhole. Und ich fürchte, daß ein, zwei meiner schönsten Briefe von ihr vernichtet wurden, weil ich sie ihr zum Aufgeben überreicht hatte.

Liebster, ich rief gestern die Wiener Auskunft an, aber man gab mir deine alte Nummer. Warum, warum nur hebst du nicht ab? Ist es eine Störung? Bitte laß sie beheben. Claire will mich entmündigen lassen. Neulich war ein Doktor bei mir, der kein ordentlicher Doktor war, sondern ein Kopfdoktor. Er war sehr freundlich. Wir haben über Proust geplaudert. Er hat mir gesagt, daß bei mir alles in Ordnung sei. Da hat die Pastorin aber blöd aus der Wäsche geguckt, wie die Berliner sagen.

Ich habe mich mit ein paar Eichhörnchen im Park angefreundet. Eines von ihnen hat mir zwei seiner Nüsse geschenkt. Sein Name ist Maxwell. Eigenartiger Name für ein Eichhörnchen, ein belgisches zumal. Belgische Eichhörnchen sind übrigens äußerst charmant. Ich werde sie zu dir nach Wien schicken, und dort werden sie exklusiv für dich eine erotische Cabaret-Nummer zum besten geben, die ich mit ihnen einstudiert hab. Sie werden für dich kahlrasiert Can-Can tanzen.

Ich sende dir zudem tausendvierhundertdreizehn Küsse (weil alle tausendfünfhundert, die ich in meinem Leben noch zu vergeben habe, verdienst du wirklich nicht).

Deine Superfledermaus

15.12.1967

He, du Wiener du,
es ist überstanden. Ich hatte eine Psychose, wie du vielleicht an meinen Briefen gemerkt hast. Eine leichte nur. Routinepsychose sozusagen. Ich hoffe doch, daß ich dir damit keinen Ärger bereitet habe. Denn wenn du glaubst, daß du Grund oder Auslöser warst, bildest du dir zuviel ein. Ich habe Claire zu Unrecht verdächtigt. Selbstverständlich hat sie deine Briefe nicht abgefangen, da es nichts abzufangen gab.

Stell dir vor, Prof. Adorno hat mir sehr nette Zeilen geschrieben und mich zu einem Gespräch nach Frankfurt eingeladen. Franz Steiner aus München, der einzige, der zur Zeit meiner Relegation zu mir gestanden war, war so lieb, meine Artikel und die Aphorismen an ihn zu schicken und mich zu empfehlen. Ich werde mich für einen Dozentenposten bewerben. Es geht wieder aufwärts. So tief kann Frau Sonnenschein nicht fallen, daß am Grunde der tiefsten Grotte nicht stets ein Zaubertrampolin für sie bereitstünde.

Ich weiß, daß zwischen uns nichts mehr so sein kann, wie es war. Und bin mir auch zunehmend meiner Mitschuld an unserer Entzweiung bewußt. Trotzdem wünsch ich dir alles Gute. Ich bleibe dir in Freundschaft verbunden und halte in meinem Herzen stets einen Platz für dich frei (für den Fall, daß du mal auf Durchreise bist).

Keep a stiff upper lip und stolper mit Würde, wie ich stolpern würde

Klara Sputnik Wonneschwein

26.12.1967

Liebster Ernö,
dieser Brief erreicht dich quasi aus dem Jenseits. Als er abgeschickt wurde, baumelte deine Klara schon von aller irdischen Mühsal befreit in ihrem Zimmer im Wind, weil sie das Fenster

geöffnet haben wird, denn draußen ist es frühlingshaft warm. Und die Vögel werden zwitschern, als sei sie nie gewesen. Diese Gleichgültigkeit der Natur gegenüber unseren Schicksalen hat mich immer mit einer eigenartigen Freude erfüllt.

Es ist keine Verzweiflungstat, und auch du bist von jeglicher Schuld freigesprochen. Ich liebe dich aufrichtig, so wie du bist. Niemand hat Besitzrechte auf andere Menschen, und wenn es für eine Zeit nur gelingt, einander Freude zu schenken, dann hat man ein Stück Wegstrecke von der Wiege bis zum Grab schon mit Margeriten bepflanzt.

Im vollen Besitz meiner geistigen Kräfte habe ich letztlich erkannt, daß ich in den falschen Film geboren wurde, nicht ich war also die Fehlbesetzung, sondern der Film war schlecht. Ein Eskimo, der in der Sahara landet, könnte sich unter Umständen, wenn er mit seiner Harpune genug Kamele jagt und ihr Fleisch im Basar verkauft, eine Rückfahrkarte nach Grönland leisten. Ich aber habe keine Heimat, eine utopische Zukunft ist diese, die mich zurückgeschickt hat, um auch den Menschen des zwanzigsten Jahrhunderts etwas von ihren Errungenschaften zu schenken. Diese aber warfen mit meinen Geschenken nach mir und wollten mich sogar töten. Alle meine Qualitäten verdorrten auf erdlosem Granit. Ich habe mir meinen Selbstmord somit redlich verdient. Es ist denkbar einfach: Die Mission ist gescheitert, ich ziehe mich selbst von diesem Planeten ab.

Nicht ohne Testament will ich dich indes zurücklassen. Es gibt etwas, das wichtiger ist als wir beide, ein philosophisches Programm, durch das wir erst wichtig werden. Dabei ist mir gelungen, fast ohne philosophiegeschichtliche Referenzen auszukommen. Hätte ich länger gelebt, hätte ich, was ich sagen will, vielleicht sogar in einem Kinderbuch gesagt. Und das wäre die höchste Kunst gewesen. Vieles mag unausgegoren sein, aber das ist nicht so schlecht, denn an dir läge es, die Lücken meines Denkens zu füllen und die Flaschenpost weiterzugeben.

Als die Donau zufror, zählte ich drei Jahre. Mein Vater zog mich warm an und nahm mich zu dem Naturschauspiel mit. Das Übereinandertürmen und Knirschen der Eisplatten zündete eine wilde Flamme in mir, die seither immer dann hochlodert, wenn die Elemente ihren Veitstanz aufführen. Der schwarze Himmel über noch sonnenbeschienenen Weizenfeldern, in das der Wind schon das lustige Unheil malt, und die schlanken Weiden, die im Sturmwind wie Tänzer in Trance sich wiegen, durch die Luft gewirbelte Blätter; die Menschen, die in ihre Häuser flüchten, sorgenvoll die Fenster schließen, und die Angst in den Augen der Kinder, während in meinen die Freude der Eingeschworenheit mit dem teuflischen Treiben glost. Mein Bannen der Naturgewalten war früh schon ein heidnisches Ritual. Ich identifizierte mich mit der Schönheit der Gewalt und bezog meine Allmacht daraus. Ein Quisling der Natur war dieses kleine Mädchen also, das Blitzen, Sturm und Springflut die Tore öffnen wollte. So rächte ich mich in Kumpanei mit dem Tiger, der Hornisse und dem Sommergewitter an den Menschen, deren Dummheit und Boshaftigkeit mir schon als Kleinkind Seelenwunden rissen, Jahre, bevor Klugheit und Humanität unter Strafe gestellt wurden.

Von nun an nahm mich mein Vater oft mit in den Wald, in die Amazonasdschungel der Lobau, die melancholischen Buchenwälder des Lainzer Tiergartens und des Hermannskogels und die knorrige Südlichkeit der Föhrenberge. So begann meine Liebe zu den Bäumen, und je wilder und stolzer ein Baum seine hundert Arme ausbreitete, je eher er einem erstarrten tanzenden Magier glich – kurzum, je mehr sein frecher Wuchs der Verwertung zu Brettern spottete, desto ehrfürchtiger trat ich an ihn heran und genoß demütig das Privileg, ihn anbeten zu dürfen, als das Urbild ungezügelter Individualität, welches mir in einer Bretterwelt zum Verhängnis werden sollte. Mit vier Jahren schon war ich Daoistin. Meine Lippen formten die Wörter Baum und Wald, doch mein Vater war nicht zufrieden mit dieser Leistung, und bald wußte ich, daß ich dort auf der Wiese eine Eiche bewunderte, und der Riese, in dessen Krone mein Blick sich verfing, eine Buche war, und die traurige Schöne, der die Bauern zu Fronleichnam nach dem Leben trachteten, eine Birke. Doch auch Eiche, Buche, Birke reichten nicht, denn mein Vater erklärte mir, wodurch sich die Stein- von der Stieleiche unterschied, die Schwarz- von der Rotföhre und die Weiß- von der Moorbirke. Und so weihte er mich Baum für Baum, Zweig für Zweig, Blume für Blume, Falter für Falter und Wurm für Wurm in die wohl unendliche Vielfalt des Seins ein. Denn Wald und Baum, sagte er, seien eine Verallgemeinerung, die das Besondere zur austauschbaren Kulisse unserer Anmaßungen mache. Erst später wußte ich, was er meinte: Der naturromantische Bohemien verehrt den Wald nach denselben Gesetzen, nach denen ihn sein Industriellenvater abholzt. Beiden ist er Mittel zum Zweck, jenem Requisite der narzißtischen Selbstüberhöhung, diesem Rohstoff. Obwohl Jurist, eignete meinem Vater noch die enzyklopädische Bildung des vorigen Jahrhunderts und das Forschungsinteresse des diesem vorangegangenen, welches ästhetische Verzückung und wissenschaftliche Präzision naiv vereinte. Er lehrte mich die Dinge nicht zu unterscheiden, um sie zu beherrschen und zu katalogisieren, sondern um jedem einzelnen das Recht seiner Besonderheit beizumessen. So lehrte mich mein Vater, und so lehre ich dich.

Die Kritik der bürgerlichen Ideologie ist ein Glanzstück des kritischen Geistes, an welchem festzuhalten bleibt. Kritik der Religion, der Macht, des Marktes, der Institutionen, der Bewußtseinsindustrie – jede dieser Waffengattungen für den Kampf gegen die Verhältnisse, in denen, wie Marx schrieb, »der Mensch ein erniedrigtes, ein geknechtetes, ein verlassenes, ein verächtliches Wesen ist«, hat ein Knappe des kritischen Denkens zu durchlaufen. Marx schrieb auch: »Die Kritik hat die imaginären Blumen an der Kette zerpflückt, nicht damit der Mensch die phantasielose, trostlose Kette trage, sondern damit er die Kette abwerfe und die lebendige Blume breche.« Auch hierin stimme ich mit ihm überein, mit einer Ausnahme: Nicht brechen, sondern küssen soll er die Blume. Was dich die Sentimentalität einer asthenischen Romantikerin dünken mag, hat einen tieferen Sinn, den ich vor dir nun ausbreiten will.

Es reicht nicht, gegen Kapital, Kolonialismus, Faschismus, Aberglaube und Lohnkürzungen zu revoltieren. Laß uns weiter gehen und alledem an seine philosophische Wurzel fassen. Die Erniedrigung beginnt bereits beim – zumal notwendigen – Postulat der Identität, bei der Benennung und bei der epistemischen Säuberung von all dem, was sich im Benannten gegen das Wort sträubt, was der Begriff daran nicht begreift.

Die Religionskritik hat sich mit der Überwindung ihres Gegenstandes nicht überlebt, sie bleibt auch auf dessen Überwinder anzuwenden. Der Mensch bannte die Unberechenbarkeit der Naturgewalten, indem er sie benannte. Als Nymphen, Kobolde, Geister und Götter ordnete er das Chaos und besänftigte es. Noch sah er sich im Kampf mit der Natur als Unterlegener und versuchte sich's mit ihr zu richten. Doch sein Anschmiegen an diese Macht hatte nichts mit der Ästhetisierung durch die verwöhnten Bürgerbubis zu tun, Wald und Nymphen waren noch nicht im Jugendstil designt, sondern verstörend, gefährlich und häßlich. Mit zunehmender Naturbeherrschung bereitete er in Form des Monotheismus die große Abstraktion vor, an dessen Stelle er sich setzen würde.

Als die Komantschen die ersten Pferde sahen, hatten sie in ihrer Erfahrung kein begriffliches Werkzeug dafür. Von der Größe glichen sie Bisons, doch ihre schlankeren Körper und die aufgestellten Ohren ließen sie eher riesigen Hunden gleichen, darum nannten sie das Pferd *Gotthund* und nahmen sich durch die Assoziation mit Bekanntem etwas von ihrer Furcht. Bald schon legten sie diesem mythischen Tier Zügel an und unterwarfen es ihrem Willen.

Jedes Benennen ist in seinem Ursprung Herrschaft über das Benannte, ist Bannen von Angst und Kompensation von Unsicherheit.

Du erkennst den intellektuellen Schwachkopf an der Gewißheit, mit der ihm seine Kategorien genügen, als wären sie die Wirklichkeit selbst. Stolz wie ein Kind zeigt er diese bunten Bausteine her, die seinen Status erhöhen. Den Weisen erkennst du an der Unzufriedenheit mit dem Ungenauen, Flüchtigen jeglicher Kategorie, deren Wartung sein ständiges Bedürfnis ist, und der Frage letztlich, welchem Interesse der Macht die Ein- und Ausschließungen eines jeden Begriffes dienen.

Der machtgierige Schwachkopf friert den Fluß zu Eiswürfeln, um einen Begriff davon zu haben, der Weise schwimmt in ihm, um seine Strömungen zu verstehen. Jener spießt den Falter mit Nadeln auf, dieser lernt mit ihm zu fliegen. Jener setzt seine Begriffe absolut, dieser verwendet sie als Provisorium und muß sich dafür einen Relativisten schelten lassen.

Der Begriff ist für den Weisen ein *pars pro toto*, dem Schwachkopf ist der *pars* das *toto*. Mit dem Indianerskalp glaubt er, schon den Indianer zu haben.

Das taxonomische Denken, die wissenschaftliche Katalogisierung der Welt, die sich als Voraussetzung einer vernünftigeren Weltordnung ausgab, hackte jedem Seienden sein Besonderes ab, um es dem reibungslosen Verkehr des Verstehens und Tauschens zuzuführen. Es gleicht die bunte Vielgestaltigkeit und Vieldeutigkeit der Welt der gnadenlosen Identität ihrer Begrifflichkeit an, stanzt Einzelphänomene aus der ebenso bedrohlichen wie sinnlichen Verschlungenheit der Bedeutungsnuancen und zerrt sie aus diesem Dschungel wie an den Hälsen zusammengekettete Sklaven auf den Markt, wo man ihnen auch noch die letzten Reste an Heterogenität auskocht.

Der Wissenschaftler legte die Elle an die Welt und vereinheitlichte sie mit seinen Kategorien, der Kapitalist verwandelte sie unermüdlich in Ware, beiden saß und sitzt die elementare Angst vor dem Zwecklosen, Rauschhaften, nicht Meßbaren, vor dem lockenden Sirenengeheul der Natur in den Knochen, vor ihnen verschanzte sich der Bürger hinter seinen Ordnungen und Warenlagern.

So wie sich Vernunft als Mittel der Emanzipation von Irrationalismus, Aberglaube und ungerechter Gesellschaftsordnung bewährte, lieferte sie sich gleich wieder der neuen Irrationalität einer reinen Instrumentalität aus und führte somit das Naturgesetz vom Fressen und Gefressenwerden ungebrochen weiter.

Dieses Prinzip ist allumfassend und total, es regelt den sozialen Umgang der Menschen untereinander, es stabilisiert ihren Selbstwert, es dirigiert jegliches Ordnungsbedürfnis, die alltägliche wie auch die wissenschaftliche Vorstellung der als Wesenheiten gedachten Genres und Entitäten: Volk, Gesellschaft, Rasse, Gattung, Geschlecht, Kultur, Kunststile und -epochen …

Schau dir bloß jede gesellige Runde an und beobachte, was dem ebenso eitlen wie ängstlichen Ich Sympathie und was Apathie einflößt. Alles Vertraute beruhigt, alles Unvertraute verstört. Dem Weisen ist es umgekehrt.

Um das Unvertraute vertraut zu machen, muß es so zurechtgehobelt werden, daß es in unsren Kram paßt. Aus tausend Wunden spritzt das Blut des Unvertrauten, doch die Hobler hören seine Schreie nicht, weil sie ernsthaft glauben, die Anverwandlung des Polymorphen in die industriell gefertigten Einheitsmodelle des Denkens seien epistemische Aufwertungen. Die Wirklichkeit hat also auch noch dankbar zu sein für ihre Verstümmelung auf dem Prokrustesbett, so wie die vermeintlich Wilden für ihre Entdeckung durch die Zivilisierten.

Kein Wunder, daß der Weise selbst zum »Brennpunkt« alles Verstörend-Unvertrauten wird, und zum sicheren Kandidaten für den Scheiterhaufen, ob symbolisch oder echt.

Was wir bereits kennen, schafft Identität, Orientierung, Heimat, das Gefühl von Bescheidwissen. Was wir nicht kennen, erschüttert unsere Integrität. Mehrere Mechanismen stehen zur Verfügung, sich die fragile Identität zu bewahren: Ignoranz, Verharmlosung, Vernichtung. Oder Assimilation: das großzügige Angebot ans Besondere, Fremde, Amorphe also, seine Vernichtung durch Assimilation an unsere Schablonen abzuwenden. Das ist das Urgeheimnis all unserer Dummheit, all unserer Gemeinheit!

Wie strahlen die Augen des Studenten in der dritten Reihe, wenn er in der Vorlesung einen Begriff hört, den er schon kennt, und mit dem er eine magische Macht über das Bezeichnete behaupten kann, wie verachtet er alles, was ihn überfordert, und sucht heimlich nach jenen Gegentheorien, die seine intellektuelle Eitelkeit entlasten, indem sie ihm das Unverstandene als Humbug oder terminologische Angeberei diffamieren. Er funktioniert nicht anders als der kleine Nazijunge, der sein ambivalentes Unbehagen gegenüber der Andersartigkeit des durchaus freundlichen jüdischen Greißlers endlich durch eine Rassentheorie bestätigt kriegt, kraft der er dessen Laden plündern darf.

Da der Kern unserer Identität zwingend unsicher ist, muß Sicherheit durch die Bewaffnung der Grenzen hergestellt werden.

Noch einmal: Der Mythos bannt die Natur, indem er ihr Namen gibt. Der von der Natur beherrschte Mensch wandelt sich zum Naturbeherrscher. Am meisten quält er seine eigene Natur. Aus den Götzen werden Kategorien. Doch die verlieren ihren Götzencharakter nicht.

Die Phrase sagt es selbst: Sprache wird beherrscht. Denn Sprache, der edelste Stellvertreter der Seinsvielfalt und zu unendlichen Kombinationen einladende Kundschafter in die Erkenntnis, wird zu kalten Legosteinen eingeschmolzen, mit denen sie ihre Theorien bauen und die Wirklichkeit damit verwechseln.

So kritisch kann sich keine Gesellschaftswissenschaft dünken, als daß ihre Novizen nicht stolz wären auf die Fähigkeit, das komplexe Geflecht von Denken auf Überschriften, Thesen, Punkte zu stutzen, das Mehrdeutige zu selbstreferentieller Eindeutigkeit zu destillieren. Diese gräßlichste Form falschen Denkens wird nicht, wie es sich gehörte, verlacht, sondern beklatscht. Ich erinnere mich eines Seminars, als die klugen Ausführungen eines Studenten, der die Ambivalenzen des Stoffes nicht scheute und geschickt zu referieren wußte, von einem Kollegen als unausgegoren gemaßregelt wurden, während das doofe Referat seiner Lieblingsstudentin, ein standardisiertes Gebet des akademischen Phrasenkatechismus, sein Lob fand.

An der Wurzel des Übels gibt es keine Unterschiede mehr zwischen rechts und links, und du wirst die Linken und ihren mechanistischen Idiotismus mehr hassen als die Rechten, bei denen Anspruch und Wesen sich wenigstens decken, während der Widerspruch von Freiheitskampf und epistemischen Pogromen bei ersteren unerträgliche Empörung schafft.

Unter den Jungen habe ich kaum einen Marxisten kennengelernt, der dialektisch denken konnte und nicht in der planen Tautologie hängen geblieben wäre, daß irgendetwas reaktionär oder fortschrittlich, wissenschaftlich oder unwissenschaftlich sei, weil es eben reaktionär, fortschrittlich, wissenschaftlich oder unwissenschaftlich sei. Solch geistiges Sklaventum verärgert mehr als ein Konservativer oder ein Romantiker, der das Falsche und Unzeitgemäße seiner Prämissen wenigstens selbst gedacht und gefühlt hat. Diese rabiaten Sklaven werfen mit den Rosinen der Weinstöcke, die andere pflanzten, und schimpfen jeden Weinbauern, jeden Selberdenker einen bürgerlichen Individualisten. Zur Analyse des Antisemitismus haben sie rein gar nichts beigetragen. Auschwitz fand vermutlich nie statt, weil der Dialektische Materialismus, ihr Orakel, das sie unsicher befragen, nichts dazu zu sagen hat. Und wenn, dann war es die Folge des Monopolkapitalismus. Der Faschismus ist ohne den Kapitalismus nicht zu verstehen, das stimmt, jedoch nicht nur durch ihn.

Vom Analphabeten bis rauf zum Buchgelehrten also gibt es nur zwei Menschentypen. Ersterer bildet eine bestialische Mehrheit, letzterer eine aussterbende Minorität. Jener verschanzt sich ängstlich in den Schrebergärten seiner Gewißheiten, diesem sind sie zu stereotyp, er schenkt sich der Ungewißheit wie einem reißenden Strom, den er nicht zu dämmen braucht, weil er weiß, daß er ihm nichts antun wird.

Man könnte diesen Antagonismus romantisch mit dem Widerspruch zwischen Siedler und Trapper beschreiben. Doch der Trapper lernt die Indianersprachen auch nur, um Nutzen daraus zu ziehen und Biberfelle zu erbeuten. Und hinter der elitären Zivilisationskritik eines Allan Quatermain in *König Salomons Diamanten* verbirgt sich auch nur der Vermessungsoffizier der kolonialen Landnahme. In Romantik und Relativismus findest du keinen Ausweg, sie sind bloß die Diapositive der Verblendung.

Lerne du dich aber den Dingen anzuschmiegen. Und räche ihre Zerstückelung.

Wie das zu bewerkstelligen sei? In der Sprache, allen voran der deutschen, hast du eine zuverlässige Kumpanin, so du sie nur richtig zu behandeln weißt. Verzichte nicht auf deinen rationalen Anspruch, doch reiße mit Hilfe deiner neuen Kumpanin stets die Gefängnisse der Phrasen ein. Unvermeidlich, ein Dichter zu werden. Wer die Sprache gebraucht, um der Welt Herr zu werden, macht sich selbst zum Sklaven, durch Verdinglichung und Konformität befriedigt er den Schein des Ichs, das er nicht hat, während du, der du die Sprache zur größtmöglichen Differenzierung gebrauchst, durch diese höchste Demut vor der Sache erst zu solch einem wirst.

Deine Sprache sei exakt. Nicht exakt wie das Fallbeil, welches das Allgemeine von seinem Besonderen trennt, sondern exakt wie der Säbel, der das Bezeichnete, ohne es zu verwunden, von den Zwangsjacken zu enger Begriffe trennt. Deine Sprache sei präzise. Nicht präzise wie der Blattschuß des Jägers, der der Sache nur mächtig wird, indem er sie in tote Trophäe verwandelt, sondern präzise wie die streichelnde Hand, die kundig ihren Formen folgt und ihr dadurch erst Gerechtigkeit widerfahren läßt.

Liebster Ernö, unermüdlich mußt du ihr Handwerk stören, überall wo Identität behauptet wird, sei du der Robin Hood der Nicht-Identität, hindere diese bösen Kinder (denn ihre Vernunft hat das Erwachsenenalter noch nicht erreicht) mit allen Kräften daran, daß ihre Verdinglichungen, Simplifizierungen und Warenzeichen sich wie ein Wechselbalg an Stelle der Wirklichkeit setzen. Ja, sie gleichen bösen Kindern, die nur bis hundert zählen können, und jedem Tausendfüßler, dessen sie habhaft werden, neunhundert Füße ausreißen.

Werde zur Schutzmiliz der Bastarde, die in den Grenzzonen der Begriffe siedeln und von jenen bösen Kindern vernichtet werden, um ihre dumme Eindeutigkeit durchzusetzen. Jede essentialistische Wesenheit ist Lüge. Darum, wann immer sie ihre Definitionen zu ernst nehmen, foppe sie mit den verdrängten und mißachteten Aspekten der Sache, die jene ins Wanken brächte. All das, was sie fürchten, bannen, kastrieren und katastrieren: das Amorphe und Verschlungene, das sei dir Quell der Inspiration und Altar der Verehrung, auf daß jeder Sache, jedem Wesen, jeder flüchtigen Verdichtung des Augenblickes Gerechtigkeit widerfahre, indem es in all seiner Bewegung und Synthese begriffen und respektiert werde. Werde du Ritter, Galan und Götterbote einer negativen Dialektik.

Dieser philosophische Kampf, der zugleich ein politischer ist, wird dich zum unverstandenen Narren machen, zum ewigen Querulanten, und zu Lebzeiten dir jeglichen Ruhm verwehren. Doch einmal im Nixenbecken dieser Wahrheit gebadet zu haben, wird deinen Verzicht auf den jämmerlichen Ehrgeiz, sich in die Bedürfnisanstalten des Zeitgeistes zu drängeln, mit tiefer Dankbarkeit erfüllen. Denn du wirst belohnt werden mit einer Wahrhaftigkeit, gegen die sich der frechste Bestsellerautor und der schickste Modedenker noch wie kleine Laborratten des Marktes ausnehmen, die stets ängstlich schnüffelnd prüfen, was an- und was abgesagt ist.

Du wirst nie wieder mitspielen können, ihre Massaker werden dich mit titanischem Haß erfüllen, denn was ihre Begriffe und Selbstverständlichkeiten mit der Wirklichkeit tun, wird dir wie ein permanentes Herausstanzen von Fleisch- und Knochenquadern aus lebenden Babykörpern vorkommen, weil Quaderdenken keine Form duldet als die einzige, die es versteht. Und die Babyschreie kriegt man nie mehr aus dem Sinn.

Du glaubst nun, Tante Klara wieder einmal dabei erwischt zu haben, wie ihre sadistische Ader zu pulsieren beginnt? Mag sein, aber niemand hat gesagt, daß dieser Kampf ohne Schaden an der Seele überstanden werden kann. Schelte mich also ruhig eine böse Lady Macbeth, die ihren Liebsten zu Zerstörung anstachelt. Doch bedenke: Ich dränge dich nicht zur Allmacht eines Königs, sondern zur Demut eines Weisen, nicht zur Zerstörung der Welt, sondern zur Zerstörung des Zerstörungswerks, zu einer anarchistischen Ordnung, die *Egalité*, *Liberté* und *Fraternité* erstmals wirklich und erstmals profund einfordert, als *radikale Demokratie alles Seienden.*

Fazit: Sie begreifen Schmetterlinge nur, indem sie sie auf Nadeln spießen. Zerschlage du den Schaukasten und lerne fliegen. Und deine Sprache und damit dein Verstehen schmiege sich ihnen im Flatterfluge an. Gib Namen nicht, um zu beherrschen, sondern um zu ehren und zu begreifen, Namen, deren Grenzen offen, weich und fransig sind, und nicht mit scharfen Kanten ins Fleisch der Wirklichkeit schneiden und das Allgemeine aus seinem Besonderen schneiden.

Mein liebster Ernö. Das war es.
Ich werde mich jetzt erhängen.
Ohne Gram und ohne Groll scheide ich aus dem Leben,
allein wie bei meiner Geburt.
In bester Laune, weil ich glaube, daß mir endlich gelungen ist,
die richtigen Worte zu finden. Bei der Lektüre am nächsten Tag
verflucht man den Text in der Regel. Aber genau davor drücke
ich mich jetzt.
So viel Eigensinn sei mir einmal im Leben gestattet.
Oder etwa nicht?
Mal sehen, ob man wirklich eine Erektion bekommt, wenn es
einem die Kehle zuschnürt.
Ich weiß, daß du das nicht sonderlich witzig findest.
Der Galgenhumor der Sterbenden erzeugt in der Nachwelt
mit ihrem beschissenen Heuchlergewissen stets
eine gewisse Aggression gegen diese,
aber – du verzeihst mir abermals –
ich lache mich beinah zu Tode.
Und schon wieder. Mein Sinn
für Humor ist offenbar
ein gedungener Knecht des Lebenstriebs
und will Zeit schinden.
Aber nicht mit mir.
Ich durchschaue mich.
Leb wohl.
Klara

Auch nächstes Jahr nicht in Jerusalem
Bin zu alt für neue Wüstendornen
Wo die alten Wunden doch
So schöpferisch eitern

Klara Sonnenschein, aus: *Haikus in meine Haut geritzt*

13. Kapitel
Spirituelle Vorbereitung

René hatte sich in seiner neuen Wohnung noch nicht eingerichtet. Aber er liebte diese Atmosphäre des Nomadischen und wollte sie nach Möglichkeit bewahren; die noch vollen Bücherkartons, das soeben angelieferte, noch nicht zusammengebaute Ikearegal, die weiße Leere der beiden Räume. Ein Bett, ein Schreibtisch, warmes Licht, Wein. Mehr brauchte er nicht, um Biggy zu empfangen.

Die Schmucklosigkeit kam seiner neuen Versenkung in sich selbst entgegen. Bloß über dem Schreibtisch, der nur eine Pressholzplatte auf zwei Böcken war, hing ein Ausdruck des Fotos von Joseph und Jarmila Fuchs. In einer Messingmenora brannten sieben gelbe Kerzen.

So sehr war René in Gedanken darüber versunken, wie er am Abend vorgehen solle, dass er auf den Skypetermin mit Rabbi Yitzi Miller vergessen hatte. Er schnellte zum Laptop und rief den Rabbi an. Der schickte ihm eine kurze Mitteilung, dass er einen anderen *Client* eingeschoben habe. »But no proplem, René, let's fix a date this evening for next week.« – »Dear Rabbi Miller, sorry, but in half an hour I have to leave my flat. May I write you tomorrow?« – »No problem, René, everything will turn out to be okay. Have a nice evening. Yitzi.«

René hatte lange nach einem geeigneten Lehrer gesucht. Der junge Asher Meza von *bejewish.org* war ihm zu fahrig und arrogant vorgekommen, Rabbi Jacques Cukierkorn von *templeof-israelckg.org* aus Kansas City zu müde – in Yitzhak Miller aus San Francisco hatte er den Mann gefunden, der ihm die Scheu nahm und seine Ängste verstand. Die jüdische Gemeinde in Wien wollte er vorerst lieber meiden. Vorerst. Wie schnell könnte so etwas an die Öffentlichkeit dringen und ihm zum Spott gereichen. Bis zum Aufbruch konnte René noch ein paar Zeilen des Kaddisch studieren. Die ersten vier konnte er schon auswendig. Zu diesem Zweck setzte er sich die Touristenkippa auf, die er am Ben Gurion Airport erstanden hatte, und legte sich einen dünnen Webteppich mit Streifen und Fransen aus dem Nachlass seiner Oma um die Schultern, einen richtigen Tallit besaß er noch nicht. Auch wusste er nicht, ob er das Kaddisch überhaupt sprechen durfte, und Rabbi Yitzi Miller hätte ihn gewiss darauf hingewiesen, dass man den Tallit nur beim Morgengebet trage. Nachdem René sich zwei weitere Zeilen eingeprägt hatte, faltete er den Webteppich fein säuberlich zusammen, küsste ihn und legte ihn in einen Karton. Er ging ins Badezimmer und überschminkte seine Rasurwunden. Eine Weile zögerte er, ob er sich Polo von Ralph Lauren oder Charity von Cees Ruyters an Hals und Nacken sprühen sollte. Er entschied sich für Letzteres, da ihm Polo eine Spur zu schwer vorkam.

Vor dem Spiegel merkte er, dass das nervöse Zusammenpressen der Backenzähne sein Gesicht froschartig spreizte, was doch sehr unvorteilhaft aussah. Vor dem Spiegel formen sich die eigenen Züge schnell zum Wunschgesicht, zum günstigsten Ausdruck zumindest, den einem die Visage, die man sich nicht ausgesucht hat, erlaubt. Doch kaum wendet man sich davon ab, zerfließt er wieder zu dem unkontrollierbaren Anblick, den man seinen Betrachtern bietet.

René musste all seine Unsicherheit jetzt zulassen, umso entschlossener würde er auftreten, wenn es erforderlich wäre.

Freitod: Ebenso verzweifelte wie mutige letzte Tat derer, die keinen Ausweg mehr fanden; und Beschämung all der Zufriedenen, die nie einen gesucht haben.

Klara Sonnenschein, aus: *Funken & Späne*

14. Kapitel
Die letzte Konsequenz

Insgeheim hatte Ernst damit gerechnet, dass Biggy ihn vom Spital abholen würde. Doch jeder seiner Anrufe war in ihrer Sprachbox gelandet. »Wenn Sie was zu sagen haben, dann sagen Sie es jetzt!« Ein typischer Biggy-Spruch. Wo zum Teufel steckt sie denn? Kaum dem Tod entronnen, quälten ihn wieder Ängste und Eifersucht. Als er von der Straße aus warmes Licht in seinen Wohnungsfenstern sah, verzog sich der Schatten auf seiner Seele. Doch es wartete nicht nur eine böse Überraschung. Biggy war fort. Beide Paar Schuhe fehlten, die Sporttasche unter dem Bett war weg, und von ihrer im vergangenen Jahr beachtlich gewachsenen Garderobe hingen nur noch drei Stück am Haken. Auf seinem Arbeitstisch stand die aufgebrochene Schatulle, Klaras Briefe lagen verstreut herum.

Ernst griff sich mit der Rechten an den Hals, mit der anderen Hand strich er über die Dokumente, er stolperte zum Sofa und setzte sich: Sie hatte sein letztes Geheimnis gelüftet. Gern hätte er geweint, aber es ging nicht. Biggy war Klaras Rache an ihm. Jetzt begriff er, um wie viel konsequenter Klara gewesen sein musste, denn er würde diese Qual nicht ertragen wollen. Seine Schuld war nicht ungeschehen zu machen. Wozu warten? Bereite deinem jahrzehntelangen Dilettieren ein Ende, Ernö! Schreib keinen Abschiedsbrief. Erspar Biggy dein Pathos. Auch keine Anleitungen, die Pflanzen zu gießen! Sie würde nicht lachen können, und zwischen den Zeilen wäre das Selbstmitleid nicht zu überlesen. Hältst du sie für so blöd? Na also. Versäum nicht den besten Moment für den Absprung.

Ernst findet die beiden Ampullen mit dem Insulin nicht. Dann eben Schlaftabletten. Whisky. Einschlafen. Fein. Zwanzig Stück müssen reichen. Er gießt das Whiskyglas voll und nimmt sie Stück für Stück. Den letzten Schluck trinkt er auf Biggy. Eine Eisenstange bohrt sich plötzlich in seine Magengrube und dringt von dort die Speiseröhre hinauf. Brechreiz! Er will ihm nicht nachgeben, versucht ruhig zu atmen. Er spürt die ersten Vorboten des Ungeheuerlichen, doch es kommt alles anders. Als wollten die Dämonen sagen: So glatt lassen wir dich nicht davon, Ernö Katz! Dein Scheißleben war nur das Präludium zum wahren Spaß. Bis wir dich da drüben im Nichts ankommen lassen, werden wir dich Spießruten laufen lassen, fünf Stunden oder fünf Minuten, dir wird es wie eine Ewigkeit vorkommen. Du glaubtest wohl, du könntest uns ins Handwerk pfuschen mit einem raschen Designertod. Wie einen ewigen Kollaps, wie ein nicht endendes Fallen in einen schwarzen Schlund erlebt er dieses Sterben.

Er würgt, hustet, schmerzhafte Kontraktionen lassen seinen Magen auf Walnussgröße schrumpfen. Galle, vermischt mit dem salzigen Geschmack warmen Blutes schießt ihm aus den Mundwinkeln, zum Kotzen reicht die Kraft nicht mehr. Dann sickert das Zeug in die Lungen, das Husten lässt seinen Körper sich aufbäumen, doch Ernst wird noch lange leiden müssen.

Spukgedicht

In den Wolken seh ich Gesichter,
in der Maserung des Mahagonitischs.
Auf den nackten Ziegelmauern
alles voll Gesichter.
Im Zwielicht lachen sie für Sekunden auf,
auf den rauhen Blättern der großen Klette,
die uns Kindern als Regenschirme dienten,
sah und sehe ich Gesichter,
und selbst die Schnecken haben Scherenschnitte
von Gesichtern aus ihnen genagt.
Überall seh ich Gesichter.
Bloß auf Menschenköpfen
seh ich sie nicht.

Klara Sonnenschein, aus: *Haikus in meine Haut geritzt*

15. Kapitel
Die Entscheidung

Biggy ist spät dran. Frischer Schnee knirscht unter ihren Stiefeln. Auf seiner Oberfläche glitzern Kristalle im Laternenlicht. Lauter kleine Freudensterne tänzeln in Wellenlinie auf die Stadt herab, auch auf ihr Gesicht und auf ihr Näschen, dessen Spitze sie emporstreckt. Volltreffer, wieder eine Flocke darauf geschmolzen. Ernst wird sich damit abfinden müssen, dass es diesmal keinen Platz für ihn gibt in diesem winterlichen Zaubergarten, dessen Geheimnisse er nicht verstünde. Blablafreie Zone, unvernünftig, aber erregend. Sich ohne ständiges Zweifeln hingeben können, dem Astrid-Lindgren-Winter, dem Hier und dem Jetzt, dem René und der Bagatelle, die man aufblasen wird wie einen Ballon, weil die Lungen noch jung sind und kräftig. Auch

René ist noch jung. Aber er ist besser, als Ernst in dessen Alter war. René verdient Klara mehr als er. Und deshalb verdient René Biggy, ihre Enkelin. Dort steht er mit hochgeklapptem Kragen und wartet auf sie. Mit angezuckerter Mähne. Sie umarmen einander. Ein vorsichtiger Wangenkuss muss reichen. Der Pulverschnee lässt sich schwer zu Bällen formen. Das hält sie nicht davon ab. Dann schleudert sie ihm eben Staub an den Mantel und keucht und krächzt und frohlockt. René nimmt die Herausforderung an. Aber sie ist stärker. »Waffenstillstand«, ruft er, eine Handvoll Schnee hinterm Rücken. Quiekend weicht sie seinem Wurf aus und hat ihm schon frisches Pulver in den Kragen gestreckt. Sie läuft davon, Rotzstrahlen der Freude schießen ihr aus der Nase.

Sein Gesicht sucht schwer atmend das ihre. Die Dampfwölkchen, die beide schnauben, durchschwaden einander, Molekül setzt sich auf Molekül, der Geruch heißer Winterwangen und schmelzschneedurchtränkter Wolle erfüllt die Luft zwischen ihnen. Er versucht sie zu küssen, grinsend weicht sie aus. Noch nicht.

»Du kleine, süße Maus.«

Pa, Oida, was für eine Ansage!

»Du große, saure Ratte!«

René belohnt sie mit anerkennendem Nicken, als hätte sie eine Probe bestanden. Dann bekommt er diesen ernsten, wächsernen Gesichtsausdruck, als ginge es nun ums Ganze. Doch Biggy wird ihr Narrenkleid nicht abstreifen, denn heute ist sie Flipsy Firlefanz und will Spaß. Sie weiß, dass er den Prinz geben will, der sich nun doch fürs Aschenbrödel entscheidet. Nicht auf *Pretty Woman* machen! Auch der Tommy-Hilfinger-Mantel macht dich nicht weltmännischer. Versuch nicht, wer zu sein. Heute sind wir nichts. Verstanden? Leere Gefäße, die sich stets neu füllen und entleeren. Raus mit dem Ballast zu oft verwendeter Requisiten! Aber was soll's, er wird's auch noch lernen.

Biggy läuft mit ausgestreckten Händen Tauben nach, die im Zickzack davonstieben, ehe sie kapieren, dass Wegfliegen sicherer ist.

Ob sie das Lied *Taubenvergiften im Park* von Georg Kreisler kenne, will René wissen. Biggy kennt es nicht. Das sei echt super. René gefällt sich heute in einer sarkastischen Verächtlichkeit, die sie von ihm sonst nicht kennt. Alles kommentiert er, die Autos, die Idioten, die ihre Weihnachtsgeschenke kurz vor Ladenschluss eintauschen, die Wiener Gemütlichkeit. Als sie eine auf dem Boden hockende Romafrau passieren, imitiert er laut quäkend ihr monotones: »Danke. Alles Gute. Danke. Alles Gute …« Biggy gibt ihm einen Klaps auf den Hintern.

»Ha«, neckt er sie, »ich hab's gewusst, dass du ein Gutmensch bist.«

»Genau«, sagt Biggy, läuft zu der Bettlerin zurück und wirft ihr einen Fünfzigeuroschein in den Hut. Als sie ihr Gesicht betrachtet, erschrickt sie. René schnalzt mit der Zunge mahnend gegen den Gaumen. Wo bloß hat sie diese Frau schon einmal gesehen? Diese bedankt sich nicht, schaut sie ernst an. Das ist eigenartig. Doch Biggy ist zu übermütig, um sich länger damit aufzuhalten. Außerdem muss sie René noch mit ihrem jüngsten Coup verblüffen. Im Hüpfschritt schließt sie zu ihm auf.

»Sag einmal, spinnst du? Du weißt, dass die Alte dort keinen müden Cent davon sieht.«

»Du meinst, weil es ihr die Bullen klauen.«

»Nein, weil ihre eigene Mischpoche es ihr klaut.«

»Ach, was du alles weißt. Aber ich finde, wenn es eine Banken- und wenn es eine Parteienfinanzierung gibt, dann sollte man auch die Bettlermafia unterstützen. Außerdem hab ich keinen müden Cent dadurch verloren.«

»Und wieso nicht?«

»Weil's nicht mein Geld war.«

Panisch greift sich René aufs Gesäß und findet nicht, was ihm

Biggy vor die Nase hält: seine Brieftasche. Er schnappt danach und merkt zugleich, dass Wut ihn zum Idioten macht.

An der Bar des *Syndicat Zero* erwartet sie bereits Hubsi Grottenbach. Er behandelt Biggy wie eine alte Freundin. René erzählt ihm, dass Biggy einer Bettlerin fünfzig Euro geschenkt hat. Cool, findet Hubsi (denn er ist schon eine Stufe weiter als René, er brüstet sich neuerdings mit Post-Political-Incorrectness), und als er erfährt, dass sie ihm für diesen Zweck die Brieftasche gestohlen hat, kniet er vor ihr nieder und küsst ihr die Hände. Biggy spürt Renés Angst, von Hubsi im Hühnchenkampf um ihre Gunst aus der Bahn geworfen zu werden.

»Ach, so ein Schaß«, murmelt René, »die verdienen an einem Tag mit Betteln mehr als ich mit den Tantiemen meiner Bücher in einer Woche.«

Wie vorbereitet kontert Biggy: »Dann musst du bessere Bücher schreiben oder was Anständiges machen. Geh betteln.«

Hubsi kürt Biggys Bemerkung mit einem schrillen Lachen, wie sie es noch nie von einem Mann gehört hat. Renés Miene bleibt ernst. Dabei hat sie ihn nicht beleidigen, nur necken wollen. Hubsi wiederholt Biggys Rat, stößt René zwischen die Rippen und zwinkert Biggy zu. Er erzählt, dass er letztens einen schlafenden Bettler gesehen habe. Den habe er aufgeweckt und ihm gesagt, dass er gefeuert sei, denn auf dem freien Markt warteten Hunderte, die seinen Job gewissenhafter erledigen könnten.

»Genial«, konzediert René.

Dieses Lob lässt Hubsi ein weiteres Mal schrillen.

Biggy aber überlegt, ob dessen Scherz den freien Markt oder deren Opfer verspottet, und dass sie ihn vor gar nicht allzu langer Zeit, gerade wegen dieser Uneindeutigkeit, selbst genial gefunden hätte. Sollte sie sich wirklich verändert haben? Ist sie etwa langweilig geworden? Es ist weniger der Witz selbst als das eingeschworene Verbindungsbruderlachen, das sie stört.

»Was ist los mit dir, Biggy?«, herrscht sie René an. »Bist du zu den Etepetetes übergelaufen?« Zu Hubsi: »Die Biggy ist die Oberzynikerin überhaupt. Da sind wir Chorknaben dagegen.«

René beginnt über jüdischen Humor zu dozieren. Großartig, großartig, pflichtet Hubsi bei. Die Juden könnten sich selbst ohnehin am besten verarschen.

Biggy sieht ein, dass sie für René nichts tun kann. Das macht sie sehr traurig. Würde er sich doch wenigstens ein bisschen bemühen, ihrer Einbildung von ihm zu entsprechen, der sensible, respektvolle, ein wenig tollpatschige Kerl zu sein, dem sie sich in ihren Phantasien der vergangenen Tagen so oft geschenkt hat.

Jetzt sieht sie ihn mit klarem Blick: Er ist weder der verkannte Sensible, dem sie und Ernst zu übel mitgespielt haben, noch der personifizierte Ungeist, als den Ernst ihn überschätzt. Sie sieht bloß, wie er ist, und warum zwischen ihnen nie etwas sein kann. Das macht sie besonders traurig.

Hubsi markiert den Anfang, René das Ende einer Epoche, die zum Untergang verdammt ist, einer flachwurzelnden Periode zwischen zwei Zeitaltern des Engagements: Unentschlossen sind ihre Protagonisten, blasiert, infantil, gleichgültig, damit prahlend, sich selbst nicht ernst zu nehmen, was kein Kunststück ist, wenn man doch gar nichts ernst nimmt; nichts treiben sie an, und von nichts werden sie angetrieben; Halt finden sie nur in den angelesenen Theorien aus der Unizeit, die ihrer Bodenlosigkeit ein Fundament vortäuschen, und in ihren verdächtig hysterischen Brüchen von Tabus, die längst nicht mehr verbindlich sind. Biggy hat den Verdacht, dass sie selbst die Political Correctness erfunden haben, nur um darauf pinkeln zu können. Damit sie wissen, wozu sie einen Schwanz haben. Biggy hat diese Wurstigkeit selbst lange genug toll gefunden, bis sie herausfand, dass die durch keine Erfahrung gedeckt ist. Kein Blut wallt da auf, nichts erhebt sich. Sie sind eine einzige erektile Dysfunktion, müde Schwänzchen, die der freie Markt an seinen Marionettenfäden hochzieht. Das Kartell der Würstel jedoch wird ranzig und bald abserviert. René erkennt das nicht. Er hat sich dafür entschieden, mit ihnen vom Tisch geräumt zu werden. Wenn da wenigstens eine Spur Heroismus dabei wäre … Biggy beneidet diese Generation nicht um ihren Tod. Was ist das für ein Sterben, das auf kein Leben zurückblicken kann als jenen Leerlauf der gelangweilten Lässigkeit. René spürt ihre Verachtung. Er versteht sie nicht. Trotz und Kränkung. Aus dem Augenwinkel sieht sie, wie er eine SMS tippt. Sie ahnt den Adressaten. Sie spürt das Vibrieren in der Hosentasche. Mit forderndem Blick wartet er auf ihre Reaktion.

Sie entschuldigt sich bei Hubsi, zückt ihr Mobiltelefon, öffnet die Inbox, liest und reißt die Augen auf. Nicht glauben kann sie, was da geschrieben steht. Fragend hebt René die Augenbrauen. Da kommt ihr die Idee, diese SMS nicht für sich zu behalten. Sie läuft zum DJ, tauscht mit ihm einige Worte aus, er schmunzelt und nickt und beginnt in seinen Laptop zu tippen.

Die an die Mauer projizierten Visuals machen einer weißen Fläche Platz, auf die Worte geschrieben werden. So abrupt ändert das die Lichtverhältnisse im Klub, dass beinahe alle Besucher hochblicken und neugierig den Zeilen folgen, die sich Buchstabe für Buchstabe über ihnen an die Wand schreiben.

Hi, ich bin Biggy. Heute ist auch der berühmte Schriftsteller René Mackensen hier.

Einige Leute beginnen zu johlen, teils aus Begeisterung, teils zum Spaß. Am lautesten johlt Hubsi. Dann die Überraschung: *Ich habe soeben von ihm folgende SMS erhalten: Wenn du nicht mit mir schlafen willst, dann huste zwei Mal!*

Es fängt mit vereinzeltem Hüsteln an, je im Zweierrhythmus, und pflanzt sich bald durch alle Besucher fort. Ein Hustkonzert erfüllt den Raum, durchmischt mit begeistertem Lachen und einigen lauten Protesten, vermutlich von Mackensen-Fans, die diese Indiskretion schäbiger finden als den Inhalt der SMS. Am lautesten schrauben sich die hohen Register von Hubsi Grottenbachs schadenfrohem Wiehern in die Ohren der Anwesenden. Der Flashmob endet in fröhlicher Stimmung und Renés zornigem Abgang.

Biggy bedauert bald ihre Grausamkeit sowie die der Leute hier; spätestens als sie sieht, wie Hubsi ihr mit den kreisförmig zusammengedrückten Kuppen von Daumen und Zeigefinger nicht nur zeigt, wie super er ihre Aktion fand, sondern auch den Durchmesser des Arschlochs, das er ist.

An alle, die ich niemals liebte

Die dümmste lyrische Allegorie
Beklagt die einsamen Planeten.
Sie fänden einander nie,
Weil sie nie aus ihren Bahnen träten.

Darauf frag ich prompt:
Was kann ihnen Besseres passieren?
Was einander nie in die Quere kommt,
Das kann auch nicht kollidieren.

Klara Sonnenschein, aus: *Haikus in meine Haut geritzt*

16. Kapitel
Die Aussprache

Auf dem Heimweg wusste Biggy zwar nicht, wie sie Ernst begegnen sollte, diesem feigen Heuchler, aber der Bruch mit allem, was ihr teuer war, der Schmerz des Abschieds vom Nest entschädigte durch die berauschende Freiheit des Fluges.

Im Großen und Ganzen war sie mit sich zufrieden. Sie wusste, dass sie René einen Eispickel in die Seele getrieben hatte. Doch besänftigte sie ihr schlechtes Gewissen mit einer Art innerem Kriegsrecht. Ernest Hemingway hätte seinen Gimlet genommen und »A health to you, Biggy« gebrummt angesichts der kaltblütigen Entschlossenheit, mit der sie Sache über Neigung stellte. Es war Krieg, und da mussten zuweilen auch vermeintlich Unschuldige an die Wand, nur um der Truppe zu zeigen, dass Unschuld, die Naivität des arglosen Mitmachens, die schlimmste Form der Schuld ist. Den dummen Machospruch der SMS fand sie längst amüsant, bestraft hatte sie René für etwas anderes.

Als dieser gegangen war, hatte natürlich Hubsi Grottenbach

sein Glück bei ihr versucht. Der war schon eine härtere Nuss. Es gibt eine Form der Überheblichkeit, welche der Selbstachtung entbehrt. Die von ihr Befallenen reißen einem den Jauchekübel aus der Hand und schütten ihn sich selbst über den Kopf. Sie reißen Frauen auf, indem sie ihnen zum Beispiel sagen: Ich will dich heute Nacht. Und wenn nicht, ist es auch egal. Oder sie verkünden: Heut' häng ich mich auf. Und wenn nicht, ist es noch egaler. Und wenn vor meinen Augen ein paar Skins einen Obdachlosen tottreten, ist es am egalsten, weil letztlich ohnehin alles egal ist. Und dass man egal nicht steigern kann, ist überhaupt alleregalst. Bei Hubsi Grottenbach führte dieser Kapuzenshirt-Nihilismus nicht zu Selbstekel, sondern seltsamerweise zur Anmaßung von Überlegenheit. Das zu durchschauen hatte Biggy nicht lange gebraucht. In heiterer Stimmung hatte sie ihn zu beleidigen versucht. Zuerst nannte sie ihn *Häuptling Räudiges Wiesel*. Er fand es lustig. Sie steigerte die Dosis: *Häuptling Fehlen zwei Eier*, *Der mit den Schakalen läuft*, *Inkontinenter Biber*, *Kreischt wie Ziesel beim Sex mit dem Kojoten*, *Versteckt sein Gesicht im Radio* – dabei hatte Hubsi am schrillsten gelacht –, weiters: *Dermatologischer Büffel* und als Hommage an Ernö Katz: *Verschenkt seinen Ungeist an die Dürftigen*. Jeden dieser Namen quittierte Grottenbach mit ungehemmter Freude. Lediglich die Anspielung auf die blühende Rosazea-Entzündung in seinem Gesicht ließ ihn kurz stocken. Es hatte keinen Sinn. Häuptling *Postmoderne Weide* war nicht zu fällen. Aber er verfaulte von innen. Mit fröhlicher Beiläufigkeit hatte er sie gefragt, ob er sie ficken dürfe, als Sodomist würde er es gerne mal mit einem Frechdachs treiben. Er treibe es ja am liebsten mit besoffenen, vom Tanzen dehydrierten Mädels um drei in der Früh, weil deren Muschis dann so scharf nach konzentrierter Pisse röchen. Aber ihre, Biggys, Muschi rieche sicher auch gut. Er tippe auf ein Bouquet aus Ladylulu und Diskontcremen, die sie sich auf die Rasurpusteln schmiere. Hubsi hatte sich zerkugelt über diese

Einfälle. Aber sein raubvogelhaftes Quieken über die eigene Lustigkeit wurde selten als abstoßend empfunden, denn bereits im Radio war ihm gelungen, es als eigenes Brand zu etablieren. Biggy hatte geantwortet, nicht der Umstand, dass ihr der Gestank seines Eichelkäses schon bei der *fm*X-Party aufgefallen sei, mache jegliche Intimität zwischen ihnen unmöglich, sondern dass sein Smegma genauso röche wie sein Mund und als Grundnote sogar Scheiße enthalte. Hubsi hatte sich auf die Schenkel geklopft und gequiekt wie eine ganze Zieselkolonie. Ist auch wurscht, hatte er geantwortet. Dann hatte Biggy ihr Gehen angekündigt. Ist auch wurscht, hatte Hubsi geantwortet. Dann war sie gegangen. Es war ihm wirklich wurscht.

Als sie einen kleinen Park in der Pfeilgasse querte, hörte sie abseits des Weges das Knirschen von Schnee und sah im Halbdunkel eine Gestalt neben sich. Sie durfte ihre Angst nicht zeigen. Ein Griff in ihre Tasche verriet ihr, dass sie den Pfefferspray zuhause vergessen hatte. Plötzlich spürte sie einen Schlag gegen die Stirn und kalte Nässe in den Augenhöhlen. Ein Schneeball hatte sie ins Gesicht getroffen. Der Schütze war René, der im Lichtkegel einer Laterne stand, die Augen weit aufgerissen und mit höhnischer Miene, als wollte er ihr Angst machen. Als sie auf ihn zuging, wich er zurück.

»Und ich dachte, du hast aufgehört, deine Spielchen mit mir zu spielen«, sagte er.

»Kein Spielchen, René.«

»Lass uns auf einen Drink gehen.«

»Lieber nicht.«

»Du hast Angst vor mir.«

»Nein, es tut mir leid, dass ich dir falsche Hoffnungen gemacht habe. Ich bin dir nicht bös wegen der SMS. Es hat mich vor einem Fehler bewahrt.«

»Bitte.«

Schweigend gingen sie durch den Park, über einen kleinen

Platz und betraten eine Bar mit kubanischem Ambiente. René wartete, bis der Bartender Biggy ihren Drink auf die Theke gestellt hatte. Dann platzte es aus ihm heraus.

»Warum werde ich immer dann verarscht, wenn ich ehrlich bin, ehrlich, aufrichtig und romantisch? Du und Almuth, was seid ihr bloß für Frauen? Habt ihr keine Gefühle? Ich hab es satt, immer den Coolen spielen zu müssen.«

»Dann tu es nicht.«

»Dann hätt ich keine Chance bei dir. Würde ich Schwäche zeigen, wär ich in deinen Augen ein Schwächling.«

Biggy bereute, mitgegangen zu sein. Im *Syndicat Zero* waren ihr die Gedanken nur so eingeschossen. Jetzt fand sie weder die richtigen Worte, noch hätte er sie verstanden.

»Warum willst du mich nicht mehr? Sag es mir.«

René wiederholte diese Frage mit zunehmender Heftigkeit. Biggy dachte bloß daran, woher sie am Heimweg Gras bekommen könne. Damit er nicht das ganze Lokal auf sie beide aufmerksam machte, versprach sie ihm schließlich eine Antwort, er müsse ihr bloß eine Minute Zeit zum Nachdenken geben.

»Ich warne dich, Kleine, wenn jetzt einer deiner Schmähs kommt, leg ich dir eine auf!«

»Ganz ernst, Baby, versprochen …«

»Ich wusste es ja, du blöde Kuh«, schrie René, der nahe dran war, über sich selbst zu lachen, was ihn nicht glaubwürdiger machte.

»Ich kann mit dir nicht«, sagte Biggy, »ich kann mit dir nicht zusammen sein, weil deine rechte Augenbraue …« Biggy stockte, »weil deine rechte Augenbraue nach alter Jugendstilkredenz riecht.«

Es war vollbracht, schallendes Lachen brach aus ihr heraus, und René war, als würde das ganze Lokal mitlachen.

»Du glaubst«, brüllte René, »du bist eine intergalaktische Fee, die über allem steht! Dir werden deine Schmähs noch vergehen.

Ach ja, ich habe vergessen, du bist ja die Enkeltochter der großen Klara Sonnenschein.«

»Ich habe dich angelogen. Klara ist nicht meine Oma. Und Ernst ist nicht mein Opa.«

»Oho. Und wer bist du dann? Lass mich raten. Anastasia, die totgeglaubte Zarentochter.«

»Nein. Ich bin Klara Sonnenschein.«

»Weißt was? Schleich dich.«

»Genau das werd' ich tun.«

Biggy gab René einen Kuss auf die Wange und verließ das Lokal.

Nein, ich nehme nicht zurück, daß du eine Flasche bist,
sonst müßte ich auch zurücknehmen, daß du mir
als Infusionsflasche vermutlich das Leben gerettet hast.
Und dafür sei gedankt – du Flasche.

Klara Sonnenschein an Ernö Katz, 4. April 1967

17. Kapitel
Intensivstation

Almuth und Frau Hergild saßen am Gang. Der große Hund hatte draußen bleiben müssen. Frau Hergild hatte Ernst am frühen Abend im Stiegenhaus gefunden, wohin er sich geschleppt hatte. Almuth hatte alle Spitäler Wiens durchgerufen, als sie ihn nicht erreichen konnte. Obwohl die beiden Frauen flüsterten, klangen ihre Stimmen zischend und schnappend. Nachdem Hergild Almuth überzeugen konnte, dass sie bestimmt nichts mit Ernst gehabt habe, aber auch nicht nein zu ihm gesagt hätte, und die beiden Frauen übereinkamen, dass nur diese jungen Dinger, allen voran die Rothaarige, die sich bei ihm eingenistet hatte, an seiner Misere schuld seien, stand einer richtigen Frauenfreundschaft nichts mehr im Wege. Deren Anbahnen wurde kurz unterbrochen und doch bestärkt, als Biggy die Station betrat.

Frau Hergild deutete mit einem bedeutungsvollen Blick zum Gangende. Beinahe im Laufschritt kam Biggy auf sie zu. Ohne sie anzusehen. Jedenfalls schien sie zu wissen, in welchem Zimmer Ernst lag. Die beiden Frauen empfingen den Eindringling mit zornigen Blicken. Biggy vergewisserte sich am Türschild und öffnete die Tür.

»Halt«, schrie Almuth.

Und Hergild: »Da darfst du nicht rein! Er ist in Lebensgefahr.«

Biggy hatte die Tür bereits hinter sich geschlossen.

Lautstark riefen die beiden Frauen nach Schwester Dorothea und erklärten dieser, was passiert war. Ein Krankenpfleger und eine weitere Schwester waren mittlerweile ins Zimmer geeilt, aus dem Befehle und Schreie drangen. Die Oberschwester bat Almuth und Hergild höflich, die Station zu verlassen, dann betrat auch sie Ernsts Zimmer. Schreiend und kratzend wehrte sich Biggy gegen die Umklammerung des Krankenpflegers und stieß ihn beiseite.

»Ernö«, schrie sie, »Ernö, hörst du mich? Bitte, bitte, bleib bei mir. Bitte.«

Ernö schlug die Augen auf, hob seinen rechten Arm und streckte die Finger nach ihr aus. Dann begann sie aus voller Kehle den *Minstrel Boy* zu singen. *A glorious band, the chosen few / On whom the Spirit came / Twelve valiant saints, their hope they knew / And mocked the cross and flame …*

Der Krankenpfleger stürzte sich erneut auf Biggy und versuchte sie aus dem Zimmer zu zerren, doch sie klammerte sich am Türstock fest und setzte mit sich überschlagender Stimme fort: *They met the tyrant's brandished steel / The lion's gory mane / They bowed their necks, the death to feel / Who follows in their train?*

Auf Anweisung von Schwester Dorothea kümmerte sich ihre Kollegin um den Patienten, um das Mädchen kümmerte sie sich selbst. Sie legte den Arm um die Schultern des weinenden Mädchens und geleitete es auf den Gang. Ruhig erklärte sie Biggy die Situation, brachte ihr heißen Kakao und fragte sie nach dem schönen Lied, das sie im Zimmer angestimmt hatte. Sie antwortete zögerlich und kauerte sich in den Plastiksessel. Die sympathische Oberschwester deckte Biggy mit deren Lederjacke zu. Dass der Patient aufgewacht war, fand sie höchst erstaunlich.

Geseufzte Namen
Wie Löwenzahnsamen
Durch Spinnenweben
Von hinnen schweben
Ein paar nur bleiben darin zurück
Tautröpfchen faßt gar nicht sein Glück

Klara Sonnenschein, aus: *Haikus in meine Haut geritzt*

18. Kapitel
Ernsts Traum

Bevor Ernst die Augen aufschlug, suchte seine rechte Hand zitternd nach dem Fremdkörper in seinem Gesicht und riss sich die Beatmungsmaske runter. Langsam öffneten sich seine Lider, vor dem Schleier klebrigen Tränensekrets zeichnete sich eine Gestalt am Fußende des Betts ab. Noch eine der Visionen, die ihn so zahlreich in den vergangenen Stunden heimgesucht hatten? Diese schien ihm die alles entscheidende, die Befreiung zu sein. Ein paar Lidschläge klärten seinen Blick: Groß, bleich und gütig lächelnd stand sie vor ihm, in einem schwarzen Kleid mit Knopfleiste, Gürtel und hochgeschlagenem Spitzkragen. Es war ihm gleichgültig, ob sie gekommen war, um Rache zu nehmen. Seine Seele begann zu strahlen, als wäre die schwere Natriumchloridflasche, an der er hing, mit Glückseligkeit gefüllt. Seine Lippen bebten, die Worte wollten nicht recht aus ihm heraus.

»Klara«, stammelte er, »du bist so schön.«

Klara Sonnenschein umfasste die Chromstange des Betts und beugte sich leicht nach vorne.

»Alt bist du geworden, Ernö.«

»Bist du gekommen, um mich zu holen?«

»Nein, Ernö baci, ich bin nicht der Tod. Im Gegenteil. Ich bringe dir die Nachricht, dass du weiterleben wirst. Dein misslungener Selbstmordversuch hat dir einen Gehirnschlag beschert. Dein Sprachzentrum ist nicht beeinträchtigt.«

»Woher weißt du das?«

»Hab ich in der Diagnose gelesen.«

Ernst seufzte schwer.

»Ich will nicht mehr.«

»O nein, Liebster, so leicht stiehlst du dich nicht davon. Es wartet noch viel Arbeit auf dich. Du kannst die Kleine nicht im Stich lassen.«

Schlapp hing Ernsts Hand über der Matratzenkante, nachdem er sie in einer wegwerfenden Geste hochgeschleudert hatte.

»Sie braucht mich nicht mehr, sie ist in besserer Gesellschaft«, stammelte er.

»Wenn du damit andeuten willst, dass sie zu Mackensen übergelaufen ist, muss ich dich enttäuschen. Sie hat ihm einen schönen Korb gegeben. Ich war dabei. Du kannst stolz auf sie sein. Der Kerl ist nicht ihr Fall. Ich wäre da nicht so kleinlich.«

»Untersteh dich!«

»Wirst du aufhören, dich aufzuregen. Wenn Biggy es nicht tut, dann tu ich es. Aber irgendwer muss es tun.«

»Blöde Kuh.«

»Selber blöde Kuh!«

»Wie … wie … wie … ist es dort … wie …«

»Du willst wissen, wie es dort drüben ist, ja? Bilde dir nicht ein, ich sei ein Beweis für ein Leben danach. Ich bin kein besonders repräsentativer Anreiz, das eigene Leben wegzuwerfen oder es gar zu vergeuden. Du darfst getrost Materialist bleiben.«

»Aber … aber …«

»Nun gut, ich werde versuchen, Worte zu finden. Zunächst: Nichts dort ist so, wie Lebende es sich je vorgestellt haben. Weder ist es ein Nichts noch ein Etwas. Es gibt kein Jenseits, und es gibt auch keine Geister. Und doch gibt es Schwaden von frei schwebendem Bewusstsein. Seufzer, verhallende Stimmen könnte man's nennen, sich kurz vereinende Erinnerungen vergangener Leben. Man kann es aber nicht beschreiben, denn dafür fehlt dem menschlichen Bewusstsein jegliche Kategorie. Und es ist keine interessante Erfahrung. Nur das Bedauern, unser Leben nicht nach eigener Maßgabe gelebt zu haben, überdauert uns. Ich aber, weiß der Teufel, warum, bin eine bizarre Ausnahme. Wenn mehrere Lebende gleichzeitig an mich denken, gerinne ich wieder zu Materie. Also, Ernö baci, sei froh, dieser Zwischenwelt gerade noch entronnen zu sein. Ich habe nicht viel Zeit, denn mein One-Night-Stand wartet auf mich. Deshalb will ich mit dir reden: Du wirst dich nicht feig davonschleichen, wie du dich von mir davongeschlichen hast. Dieses Mal geht es um was. Gute zwanzig Jahre könntest du noch überstehen, genug Kraft hast du dazu. Und die wirst du nutzen. Mit dem Zusammenbruch der Bank Lehman Brothers ist der zündende Funken übergesprungen, der diese barbarische Weltordnung in Brand setzen wird. Weil fünfzig Jahre des guten Lebens den Realitätssinn entschärft haben, wird man sich über dem Brandgeruch die Nase zuhalten und darauf warten, dass er vorüberzieht, und sich in der Illusion wiegen, das sei ein kleiner Systemschaden, den man durch Reparaturen beheben könne. Die Krise wird zehn Jahre vor sich hinglosen und dann in einem Brand von apokalyptischen Ausmaßen alles in jene fruchtbare Asche verwandeln, aus der die bessere Ordnung sprießen könnte, die wir uns immer gewünscht haben. Kein Stein wird auf dem anderen bleiben, und dass die Steine dieses Mal richtig geschichtet werden, dafür braucht die Welt dich. Nie waren die Chancen besser.

Als Selbstmörder hast du jämmerlich versagt, als Denker hingegen bist du gar nicht schlecht. Darum lass die Finger von Disziplinen, in denen du bloß ein Stümper bleibst.

Alle, die nun auf die Finanzspekulanten einhacken, sind Dummköpfe, denn gerade den Spielern kommt das Verdienst zu, die Irrationalität dieses Systems übertrieben und seinen Verfall beschleunigt zu haben. Ich brauche dir nicht zu sagen, dass dieses nicht böse ist, sondern bloß der Reflex der Passivität und Dummheit der Massen, die es als den unabänderlichen Lauf der Dinge akzeptiert haben. Doch überall formieren sich Gegenkräfte zu diesem Leerlauf. Unzufriedene und Idealisten. Die brauchen kluge Köpfe, welche sie auf vergessene Widersprüche hinweisen. Denn der Markt bietet stets Nischen für seine eigenen Kritiker an. Jede Feuilletonistenratte aus der bürgerlichen Mitte wird auf die neue Mode aufspringen und mit kleinlauter Kapitalismuskritik als ethisch gereifter Mahner und Bilanzbuchhalter der Weltenläufe posieren wollen. Die Kritik selber wird sich in Moralisieren und Almosendienst verlieren. Da bedarf es scharfer Geister, die den publizistischen Trittbrettfahrern eins auswischen und der Zivilgesellschaft erklären, dass es mit Kuchenkrümeln für die Armen nicht getan ist. Dafür, lieber Ernö, wirst du aber wieder die Schulbank drücken müssen und dir die Nachhilfestunden in Politischer Ökonomie geben lassen, vor denen du dich immer gedrückt hast. So wie du Biggy brav Einführungsvorlesungen in die kulturellen und geistigen Verwüstungen des totalen Marktes gegeben und ihr gezeigt hast, wie man das Schwert führt, wird dich Biggy all das lehren, wofür du dir zu gut warst, die konkreten Methoden der Kapitalmacht und wie man ihnen die Eier zerdrückt. Hast du verstanden? Ich habe dich was gefragt, Soldat?«

Ernö starrte katatonisch vor sich hin, als unterstütze er einen fiktiven Anwalt beim Plädieren für seine Unzurechnungsfähigkeit.

»Hallo?!«

Ernst nickte mürrisch und grinste dann wie ein Lausbub.

»Ich wusste, dass du mich nicht enttäuschen wirst.«

»Wo ist Biggy? Wie geht es ihr?«

»Sie schläft draußen am Gang. Es geht ihr gut.«

Ernsts Brustkorb hob und senkte sich. Rasselnde Geräusche entfuhren ihm. Seine wässrigen Augen suchten Klaras Erscheinung zu fassen, solange sie noch da war.

Klara aber lachte und zwickte ihn heftig in die große Zehe seines linken Fußes.

»Au, das tut weh. Bist du gekommen, um mich zu quälen?«

»Nein, ich wollte dir nur zeigen, dass dein linkes Bein wieder funktioniert. Der Schlaganfall war nicht schwer.«

»Ich liebe dich. Würde ich deine Hand spüren?«

Klara verschwand. Ernst begann hektisch zu atmen. Plötzlich stand sie neben ihm am Bettrand und ergriff seine Rechte, die sich zitternd um ihre klammerte. Mit äußerster Anstrengung schleifte er auch den anderen Arm über seinen Oberkörper und umschloss ihr Handgelenk. Er lächelte sie an. Sie lächelte ihn an. Dann schlossen sich seine Lider. Etliche Male versuchte er dem Schlaf zu widerstehen und ihren Anblick zu erhaschen, der nun, wie er wusste, für immer verschwinden würde.

Ich spiele mit dir, sagst du
Wie der Wind mit einem Herbstblatt spielt

Als Wind kann ich nur entgegnen:
Ich hab dich bloß auf ein Tänzchen entführt

Dich im freien Fall
Aus deiner Zeitlichkeit geblasen

Der Sonne sachte
Zum letzten Küßchen dargeboten

Andere Blätter beneideten dich
Die senkrecht auf ihre modrige Zukunft fielen

Ich bin nicht schuld an deinem Fall
Weil ich das Letzte bin, was du spürst

Klara Sonnenschein, aus: *Haikus in meine Haut geritzt*

19. Kapitel
Renés Traum

Der Barkeeper behielt René im Auge, stets bereit, ihn über die Theke hinweg zu fassen. Gäste fallen öfters vom Hocker. In seinen Schichten war es nie passiert, doch ein Kollege hatte ihm von einem Schädelbasisbruch erzählt, und René war schon zweimal mit dem Ellbogen von der Kante gerutscht und hatte nur durch komisch anzusehende Kraulbewegungen sein Gleichgewicht halten können. Dabei war er nicht so betrunken, wie es den Anschein hatte. Die Lebensenergie war ihm entwichen, auch sein Rückgrat hatte die Lust daran verloren, den Kopf aufrecht zu tragen, und hätte sich wohl am liebsten eingerollt, wäre es ihm möglich gewesen. Leeren Auges blickte er ins Nichts; das Cocktailglas war dick genug, um der wütenden Umklammerung seiner Finger standzuhalten. Ab und zu nuschelte er hebräische Gebetsfloskeln wie Flüche vor sich hin, und als ihn der Barkeeper nach einem weiteren Drink fragte, bestellte er einen Caipirinha. Aus den Boxen schepperte ein Mambo im Monosound der fünfziger Jahre.

Er sah nicht die rauchende Frau, die ihn vom anderen Ende der Theke aus dem Halbdunkel fixierte. Sie trug ein schwarzes Kleid mit hochgeschlagenem Spitzkragen, gerade so viele Knöpfe waren geöffnet, dass der obere Saum eines dunkelgrauen Satin-BHs hervorglänzte. Ihr Haar war brünett, ihr Gesicht bleich, doch ihm eignete die irritierende Schönheit einer reifen Frau, die jederzeit Herrin ihres Willens zu sein schien.

Ihr Gesicht war schmal, ihre Nase lang und leicht gebogen, ihr Mund nicht voll, aber von elegantem Schwung. Solch markante Züge machen junge Frauen älter, aber lassen sie ab dreißig über Jahrzehnte hinweg nicht merklich altern. Diese Frau mochte etwa in dem Alter Klara Sonnenscheins sein, als sie sich erhängte.

Sie erhob sich und schritt langsam die Bar entlang. Der Barkeeper hegte keinen Zweifel, dass sie eine Barspinne war und René ihre Fliege.

Er hatte schon seit geraumer Zeit beobachtet, wie sie mit Blicken ein Netz um den Zecher spann. Doch entbehrte sie der Verzweiflung anderer Aufreißerinnen, die zu später Stunde das Lokal bevölkerten.

»Howdy, Cowboy.«

René erwiderte mit »Ma'am« und freute sich, ausnahmsweise die passende Antwort parat zu haben.

»Ist noch ein Platz frei für eine Dame mit zweifelhaftem Ruf, aber goldenem Herzen in der Kutsche nach Santa Fe?«

»Die Kutsche fährt heute nicht«, antwortete er.

Die Dame bestieg den Barhocker neben ihm, steckte ihm eine Zigarette in den Mund und zündete sie an. Er nahm einen tiefen Zug und blies mit vorgeschobener Unterlippe eine Schwade Unbeeindrucktheit in den Raum.

»Wer sagt, dass ich Gesellschaft brauche?«

»Die Kleine hat dir übel mitgespielt.«

»Wer gibt dir die Erlaubnis, sie Kleine zu nennen?«

»Als ihre Oma werde ich das noch dürfen.«

René schlug mit der Faust auf die Theke und raufte sich die Haare.

»Nein, nein! Nicht schon wieder! Ihr glaubt wohl, ihr könnt euch alles mit mir erlauben.«

Die Frau lächelte nachsichtig und glättete seine zerrüttete Frisur mit zungenbefeuchteten Fingerspitzen.

»Beruhige dich, René. Du bist nicht verrückt. Ich bin gekommen, um dich zu retten.«

»Komm, verarsch wen anderen. Du siehst Klara Sonnenschein nicht mal ähnlich.«

»Und wie sieht Klara Sonnenschein in Wirklichkeit aus?«

Verächtlich lächelnd zückte René seine Brieftasche und klatschte das Foto auf die Theke, das sich in dem Brief aus Tel Aviv befunden hatte. Die Barspinne betrachtete es aufmerksam und biss sich amüsiert auf die Unterlippe.

»So alt hab ich nie ausgesehen. Da hat man dich schön durch den Kakao gezogen. Diese Frau ist bestimmt nicht Klara Sonnenschein.«

»Das weiß ich selber. Aber woher willst du es wissen?«

»Weil ich weiß, wer sie ist.«

»Golda Meir?«

»Nein, im Gegenteil. Das ist Lady Bird Johnson.«

»Lady Bird?«

»Ja, die Frau von Präsident Johnson. Ich weiß das genau, weil das die First Lady war, als ich mich aufgehängt hab.«

René kicherte künstlich und stützte seine Stirn auf der Hand auf.

»Lady Bird Johnson«, wiederholte er einige Male, schließlich brach er in heftiges Heulen aus. Klara nahm ihn in den Arm, sein Gesicht verschwand auf ihrer Schulter.

»Ist ja schon gut, alles ist gut.«

Sie streichelte seinen Kopf, den er nach einer Weile hob, um zu ihr hochzuschauen. Langsam näherten sich ihre Lippen den seinen und setzten einen vibrierenden Kuss darauf.

»Zu mir oder zu dir?«, hauchte René lässig.

»Ich fürchte, wir müssen zu dir. Ich bin obdachlos.«

»Dann lass mich die Rechnung übernehmen.«

Zu spät. Die geheimnisvolle Dame hatte schon einen Fünfzigeuroschein gezückt.

»Ich bestehe darauf«, lallte René herrisch.

»Keine Angst, mein Kleiner, du darfst zahlen. Das ist das Geld, das Biggy dir gestohlen hat.«

René weigerte sich, überhaupt darüber nachzudenken, was dahintersteckte. Im Taxi küssten sie sich so heftig, dass die Scheiben anliefen. René bekam ihre linke Brust zu fassen, und es erregte ihn, als wäre es die zweite Frauenbrust seines Lebens. Der Chauffeur, ein feister Muslim mit Abraham-Lincoln-Bart, ertrug die Orgie mit der unanfechtbaren Professionalität des Dienstleisters; was sich in seiner Hose abspielte, ging nur Allah und ihn etwas an. Hätte man ihn nach seiner Meinung gefragt, hätte er siebzig Stockhiebe für die Schlampe empfohlen und den Jungen selber vernascht.

In Renés Wohnung setzte sich die Orgie fort, unterbrochen nur von Klaras Verwunderung über den siebenarmigen Leuchter auf seinem Schreibtisch.«

»Was ist denn das?«

»Das ist eine Menora. Ein jüdischer Leuchter ...«

Klara nickte mit gespieltem Interesse.

»Ich weiß, dass das kein Arschdildo für die sieben Zwerge ist.«

»Ich bin nämlich auch Jude«, sagte René mit kindlicher Faszination, während sie ihm die Hose von den Beinen zog.

»Interessant. Und hast du noch weitere Ambitionen?«

René zerrte sie zu sich hinunter, die Kostprobe ihres jüdischen Humors steigerte seine Lust auf die wundersame Frau, die dermaßen dominant war, dass er sich in die Rolle des verführten Knaben ergab. Ihre raubtierhafte Initiative, die verschlingenden Küsse und die versierten Bewegungen ihres Beckens verschreckten ihn so, dass er bald die zunehmende Biegsamkeit seines Schwanzes spürte, was ihn noch mehr verschreckte. Er ahnte nicht, dass Klara die Flexibilität dieser halben Erektion durchaus willkommen war. Doch es half nichts, Penis und Selbstvertrauen schwollen ab, und Klara verkniff sich ihren Fluch, wie es erfahrenen Liebhaberinnen ansteht. Sie drückte und umarmte seinen Oberkörper unter kleinen, sanft gehauchten Komplimenten, doch dann geschah etwas Unglaubliches. Als René auf Klaras Arm die KZ-Nummer sah, und als sie sah, dass er sie sah, begann er schwer zu atmen, und und wie von einem Zauberstab berührt richtete sich sein Schwanz zu einem härteren Kolben auf als je zuvor. René wagte es nicht, ihr in die Augen zu sehen.

Er sagte schlicht »Entschuldigung«.

Sie erwiderte mit leiser, kreidiger Stimme, während sie seinen Kopf massierte: »Keine Sorge, mein Junge. Ich verurteile dich nicht. Ich verstehe genau, was dich anmacht, und das ist so schön widersprüchlich, dass die Moral da ihre Finger davon lassen sollte.«

Obwohl sie das ernst meinte, wäre ihr jeder Vorwand recht gewesen für die Wiederherstellung seiner Erektion, denn auch Tote haben ein Recht auf Orgasmus. Und so fickten sie einander weitere zwanzig Minuten in bestem Einklang. Dreimal kam sie, und René konnte sich nicht erinnern, beim Sex je so etwas Schönes wie ihren über die Bettkante zurückgedehnten, zitternden

Leib gesehen zu haben. Als er sich selbst entlud, hob auch sein Torso sich in äußerster Anspannung einige Zentimeter über das Bett, und sein linkes Auge kniff zitternd zu. Das passierte ihm bei jedem intensiveren Orgasmus.

René ließ sich auf den Polster zurückfallen, sie kuschelte sich an ihn, den Kopf auf ihren Arm gestützt, und kraulte seine Brusthaare. Er genoss ihre Überlegenheit, die ihn an Almuth erinnerte.

»Magst du bei mir bleiben?«

»Ein halbes Stündchen noch?«

»Ich meine für immer.«

»Das kann ich nicht. Ich bin deine Phantasie. Dass ich mir in fremden Phantasien meinen eigenen Willen und meine eigene Lust ausbedingen konnte, das ist eine sehr glückliche Ausnahme, die du nicht verstehen könntest, selbst wenn ich sie dir erklären würde.«

»Bist du mir böse, wenn ich das Buch über dich schreibe?«

»Wieso sollte ich? Du kannst schreiben, worüber du willst. Aber ich gebe dir den Rat, über Dinge zu schreiben, die du besser kennst. Außerdem wird Biggy das Buch schreiben. Sie weiß es bloß noch nicht.«

»Wirst du mich in meinen Träumen wieder besuchen?«

»Das weiß ich nicht. Vielleicht. Wenn ich in der Gegend bin. Du bist ein guter Ficker. Echt.«

»Ich hab doch fast nichts getan.«

»Aber wie du fast nichts getan hast, war vorbildlich. Schlaf jetzt.«

René betrachtete das feenhafte Lächeln und die leuchtenden Augen; er schmiegte sich an den warmen, weichen Körper, ehe all das aus Blick und Sinn entschwand und er in Tiefschlaf fiel.

20. Kapitel
Biggys Traum

Biggy wurde vom Zischen des Kaffeeautomaten geweckt. Der unbequeme Plastiksessel hatte ihr eine Verspannung im Genick beschert, und die Hand, die diese hätte wegmassieren können, war eingeschlafen. Langsam dämmerte ihr, warum sie im Spital war und dass Ernst längst tot sein könnte. Bilder von Kühlkammern, dem zugedeckten Leichnam und von seinem in Totenstarre wie durch ein Brecheisen aufgerissenen Kiefer flirrten durch ihren Sinn. In ihrem kurzen Leben hatte es bereits einige Todesfälle gegeben, sodass ihr dieser nicht sonderlich schrecklich vorkam. Aus ihrer Trauer war somit die etwas selbstsüchtige Angst vor dem eigenen Tod gejätet. Was übrig blieb, war ein dumpfer Schmerz des Verlustes und ein weitaus unangenehmerer: der Schmerz über die eigene Gleichgültigkeit. Biggy hatte einen Mordshunger.

An dem Getränkeautomaten stand eine dunkle Frau.

»Du magst den Kaffee sicher ohne Milch und Zucker«, sagte sie.

Biggy stieß einen Schrei aus. Die Frau kam mit zwei Pappbechern zu ihr und bedeutete ihr, still zu sein. Dabei blickte sie zum Schwesternzimmer. Sie reichte ihr den Kaffee und strich ihr über beide Wangen. Biggy wich zurück, sie starrte diese Erscheinung mit geweiteten Pupillen an, zitterte am ganzen Körper.

»Keine Sorge, Biggy«, sagte die Frau sanftmütig, »du bist weder wahnsinnig, noch bin ich ein Gespenst. Nimm einfach hin, was du siehst.«

»Bist du es wirklich?«

»Ich bin Klara Sonnenschein.«

Biggys Verhalten änderte sich abrupt. Die Angst fuhr aus dem Körper, eine naive Freude ergriff von ihr Besitz.

»Du bist es wirklich. Wie sehr hab ich mir das immer g'wunschen. Du bist viel schöner als auf den Bildern.«

»Danke. Du schaust auch gut aus.«

»A geh. Das sagst nur aus Höflichkeit. Mein Busen ist zu klein und mein Arsch zu groß. Und das Gfrieß hat auch kein Meister g'meißelt.«

»Hättest du zugehört, wüsstest du, dass ich gut gesagt hab. Objektiv betrachtet, bist du fesch, aber mein Typ wärst du nicht.«

Biggy strahlte.

»Wow. So ehrlich war noch keine Frau zu mir.«

»Ich sehe: Du kritisierst Frauen mehr als Männer. Also diese Schiene.«

»Das darf ich als Frau auch.«

»Sicher darfst du das. Man sollte den Idioten bloß die Chance geben, ihre Idiotie nicht immer von ihrer vermeintlichen Geschlechtsidentität herleiten zu müssen.«

Biggy lachte über diese Bemerkung.

»So hat schon lange niemand über meine Einfälle gelacht. Aber du darfst mich nur belohnen, wenn meine Worte wirklich gut sind. Und musst genauso darüber lachen, wenn sie von dem dicken, kleinen Krankenträger kämen und nicht von einer Frau, die du idealisierst und die schon seit vierzig Jahren tot ist.«

Biggys Lider und Lippen verengten sich zu einem Ausdruck entschlossener Zustimmung.

»Du hast mich voll durchschaut. Aber ich freu mich bloß, weil du genau so bist, wie ich dich mir immer vorg'stellt hab.«

Plötzlich erschrak Biggy.

»Ist er tot? Bist du deshalb …?«

»Nein, Biggy, unser Ernö ist übern Damm. Er wird leben.«

Da kamen Biggy die Tränen.

»Das ist doch kein Grund zu weinen. Wär's dir lieber, wenn er gestorben wär?«

»So ein Blödsinn. Ich heul nur, weil ich mich so freu.«

»Das weiß ich ja, ich habe nur Spaß gemacht. Aber weißt du, sollte jemand vom Personal vorbeikommen und sehen, wie du dich mit einer Chimäre unterhältst, landest womöglich in der Psychiatrie. Lass uns von hier verschwinden.«

Die beiden Frauen verließen das Spital. Bald kam das Gespräch auf René.

»Hast du es mit ihm schon getrieben?«

Biggy war die Frage peinlich.

»Natürlich nicht«, sagte sie.

»Solltest du vielleicht. Ich schätze, er ist ein guter Stecher.«

»Vielleicht, aber ich will einfach nicht mehr mit Trotteln ins Bett. Von denen hab ich genug gehabt.«

»Wenn wir so denken, kommen wir überhaupt nicht mehr auf unsre Kosten. Eure Zeiten sind wirklich sehr prüde.«

»Unsere Zeiten sind prüde? Ich dachte, bei euch war das so.«

»Nach außen hin vielleicht. Aber hinter der Fassade ist viel passiert. Eure Fassade ist ein einziger Porno, aber dahinter ist es stinkfad. Natürlich ist es schöner mit einem Menschen, den man liebhat. Oder den man respektiert. Aber man gewinnt vieles, wenn man es auch ohne die Gefühlsduselei genießen kann. Gefühle werden ja nicht ranzig dadurch, dass sie nicht immer das Begehren steuern. Eine selbstsichere Frau kann auch einen Mann gebrauchen ohne die ständige Angst, jemanden auszunützen oder ausgenützt zu werden. Nützen wir einen Hund aus, wenn wir uns an ihn kuscheln, oder die Masseuse, wenn wir ihre Berührungen genießen? Die Grenzen von körperlichem Behagen zu sinnlicher Lust sind fließend. Nur Heuchler begrenzen das mit dem Stacheldraht ihres Moralismus. Na und? Beherrscht werden wir nicht über unsre Muschis, sondern über unser Herz. Weil wir noch immer das Ego von Sklaven haben. Unsere Sucht nach Bestätigung und Geliebtwerden erst macht uns zu Huren. Mit der Münze, die die Männer in die Schlitze unserer Egos werfen, gehen erst die Beine auf. Das nennen wir dann wahre Gefühle. Jede will für irgendeinen die Einzige, die Wahre sein. Aber niemand will daran arbeiten, einzig und wahr zu werden. So hoch können Frauen gar nicht in die Chefetage rauf, dass man an ihrem jämmerlichen Bedürfnis nach Komplimenten nicht noch in hundert Jahren die vererbte Sklavenseele erkennt. Was für edle Form des menschlichen Austausches ist doch unpersönlicher Gorillasex im Vergleich zu diesem permanenten Selbstbetrug.«

Biggy war nicht nur erstaunt darüber, dass Klara ihre eigenen Ansichten referierte, sondern dass sie das just jetzt machte, zu einem Zeitpunkt, an dem sich bei ihr erstmals so etwas wie Scham und Vergeistigung regten. Die beiden schlenderten durch die Mariahilfer Straße und setzten sich auf eine Bank. Biggy bot Klara eine Zigarette an. Das sei ihre erste seit vierzig Jahren, antwortete sie.

»Du bist ein tolles Mädchen. Der Ernö kann wirklich froh sein, dass er dich gefunden hat.«

»Und ohne ihn hätte ich dich nicht gefunden.« Biggy stockte. »Ich bin glücklich, dass er überlebt hat. Aber … ich schäme mich … Ich glaub, ich kann ihn nicht mehr so gernhaben wie früher. Das Beste an ihm bist du.«

»Nein, nein. Der Ernö hat sich gut entwickelt. Du kannst viel von ihm lernen. Lass die Chance nicht ungenützt.«

»Er ist ein erloschener Vulkan. Brummen und grollen kann er. Das ist alles.«

»Er ist nie erloschen, aber er ist auch nie ausgebrochen. Er poltert und donnert ab und zu, das hast du richtig erkannt. Aber er hat genug Hitze, um Brände zu entfachen. Und das ist sein Verdienst.«

»Alle seine klugen Erkenntnisse hat er von dir gestohlen. Eins zu eins.«

Klara legte den Arm um Biggys Schultern: »Eins zu eins, sagst du. Na, dann ist ja alles in bester Ordnung. Weil das heißt ja, er zitiert mich richtig. Du darfst nicht so streng sein. Wenn jemand unsere Gedanken als die eigenen ausgibt, dann müssen wir dankbar sein, dass sie solcherart unter die Leute kommen. Sünde ist bloß, wenn sie verwässert oder verfälscht werden. Und wenn sie jemand noch besser ausdrückt als wir, dann sollten wir dankbar sein dafür. Dass wir meistens vor Neid zerplatzen, macht auch nichts, denn auch das bekundet unseren Respekt. Dem Ernö ließe sich weniger vorwerfen, dass er Gedanken geklaut, sondern dass er sein Diebsgut zu sehr für sich behalten hat. Erst durch deinen Einfluss ist er noch zum Robin Hood geworden, indem er mit dir geteilt hat.«

Der Verkehr wurde stärker, die Straße füllte sich mit Leuten. Ein Polizist sicherte den Zebrastreifen für Schulkinder.

»Weißt du, was ich jetzt am liebsten machen würde?«

»Dem Bullen da drüben das Kappel wegnehmen?«

»Woher weißt du das? Als Kind hab ich einem Heimwehrler einmal die Mütze gestohlen. Das war eine Hetz.«

Biggy blickte unsicher zu ihr hinüber.

»Ich weiß, was du dir jetzt denkst. Du denkst, Tante Klara will sich dir mit diesem Görenanarchismus anbiedern. Aber in Wirklichkeit beleidigt sie dich damit, weil du schon längst über solche Kindereien erhaben bist und im Übrigen findest, dass dieser freundliche Kieberer kein repräsentatives Beispiel für die Staatsautorität ist, da er sich ja rührend um die kleinen Schulzwerge kümmert.«

Biggy zuckte mit den Achseln. Sie wollte ihr unter keinen Umständen zeigen, dass jedes von Klaras Worten stimmte.

»Aber ein Spaß wäre es schon«, fügte Klara an.

Die beiden plauderten noch eine Weile, kommentierten Schaufenster und Mode und Menschen, bis Klara schließlich ankündigte, zu gehen. Biggy wusste, dass sie sie nicht aufhalten konnte.

»Was machst du jetzt, Biggy?«

»Ich geh zurück ins Spital.«

»Das ist eine gute Idee.«

»Und du? Wirst du dich wie ein Flaschengeist auflösen?«

»Bingo.«

»Warte noch eine Sekunde.«

Biggy drückte Klara die Hand.

»Adieu.«

»Adieu.«

»Ich liebe dich.«

»Ich dich auch.«

Dann war sie weg. Das Letzte, was an Klara erinnerte, war ein wütender Verkehrspolizist, der seine Kappe suchte.

Epilog

Kronen Zeitung, Wochenendbeilage,
27. Mai 2012

Blitzgewitter. Wer ist die geheimnisvolle, nussbraune Schönheit an der Seite von Starschriftsteller Abdulrahman Mackensen?, fragten sich letztes Wochenende die Besucher des Life-Balls im Wiener Rathaus. Oder ist es gar ein Schöner? Ein bisschen erinnert seine neue Flamme an David Bowies Langzeitpartnerin Iman oder die mutige Frauenbeschneidungsaktivistin Waris Dirie. Und ein wenig von Madonna hat dieser Abdulrahman Mackensen. Wie sie wechselt er die Identität im Jahrestakt, wie sie liebt er es zu provozieren, und kein Wunder, dass er die amerikanische Pop-Ikone im *Krone*-Interview zu seinen Top-Vorbildern zählt, knapp gefolgt von illustren Geistesgrößen wie Jim Jarmusch, Thomas Bernhard und Christoph Schlingensief.

»Ja, Madonna ist eine der wichtigsten Frauen ihrer Zeit. Ich glaube, jede Zeit braucht ihre Idole. Sie ist fürs Pop-Zeitalter wahrscheinlich, was Rosa Luxemburg für die Weimarer Republik, was Simone de Beauvoir für das Paris nach dem Weltkrieg war.« Eine starke Ansage dieses schillernden Vogels, der auch als Vogelstimmenimitator sein Geld verdienen könnte, hätte er sich nicht entschieden, Bestseller zu schreiben. Aber der Reihe nach. Kaum 26, gewinnt der sympathische Wuschelkopf aus dem oberösterreichischen Hausruckviertel bei den Ingeborg-Bachmann-Tagen den Publikums-Preis und landet ein Jahr darauf mit seinem schrägen Roman *Raubecks Anlass* einen Achtungserfolg. Das Buch schafft es sogar auf die Longlist für den Deutschen Buchpreis. Nach drei Jahren schöpferischer Pause überrascht Mackensen, Enkel eines norwegischen Einwanderers, mit einem wahrhaft mutigen Roman. *Granatapfelkerne* schildert die Chronik eines schmerzhaften Selbstfindungsprozesses. Ein junger Steirer entdeckt seine jüdischen Wurzeln, wird von seiner antisemitischen Freundin verlassen und verliebt sich in Haifa in einen palästinensischen Stricher. Ein stark autobiografisches Werk, wie Mackensen eingestand.

Damit nicht genug, bekennt er sich 2011 vor laufender Kamera in *Wetten dass …* zu seiner Bisexualität und verkündet als Wetteinsatz, zum Islam überzutreten. Er gewinnt die Wette und konvertiert trotzdem, ein lang gehegtes Bedürfnis, wie er damals vermeldet. Was in Österreich zum Skandal ausufert, HC Strache nennt ihn einen Heimatverräter, trägt ihm in Deutschland und anderen europäischen Staaten große Sympathien ein. *Granatapfelkerne* wird zu einem der erfolgreichsten Romane der österreichischen Literaturgeschichte, von der Kritik (bis auf Almuth Obermayrs boshaften Verriss) hymnisch gelobt und bisher in 13 Sprachen übersetzt.

»Im Islam fand ich eine spirituelle Tiefe, die der Katholizismus längst verloren hat«, behauptet der Ex-Ministrant. Nun, Geschmäcker sind verschieden, aber wer, wenn nicht dieser junge Mann mit dem schüchternen Lächeln und dem gewinnenden Wesen könnte dazu beitragen, kulturelle Vorurteile abzubauen. Darin sieht er auch seine Hauptaufgabe: »Ich will Brücken bauen, zwischen Okzident und Orient, zwischen Christentum und Islam, zwischen Israelis und Arabern. Sehen Sie, ich habe jüdische und norwegische Wurzeln, aber auch österreichische, ich bin ein bisexuell liebender Muslim, und mein Freund ist ein Jude aus Abessinien. Wir können unsere Grenzen überwinden, wenn wir nur wollen, ohne unsere Kulturen dabei zu verlieren.« Wunderbare Worte, und damit ist das Geheimnis gelüftet um die mysteriöse Schöne, die doch ein Schöner ist. Ein wahrer Paradiesvogel, der beim Life-Ball in einer zauberhaften Pfauenfederrobe von Abdulrahmans Busenfreund, dem Wiener Modezar Atila Kutoğlu, glänzte. Kein Wunder, dass der Liebhaber und Nachahmer exotischer Vögel sich in dieses Wesen verschaut hat. Ganz gleich, welche Neigung man hat, eine Augenweide ist er allemal, und eine Bereicherung für die Wiener Szene. Queen Swanesh nennt sich die in Adis Abeba geborene Dragqueen. Vor vier Jahren in Tel Aviv hat Mackensen sie kennengelernt, und es war Liebe auf den ersten Blick.

Nach seinen weiteren Projekten gefragt, kündigt Abdulrahman Mackensen Großes an. »Ich schreibe im Auftrag der Grazer Festspiele gerade mit der Rockband *Kreisky* am Libretto für eine Oper über Bruno Kreisky. Auch Kreisky war einer dieser großen Brückenbauer zwischen dem Westen und der arabischen Welt, und er war Jude.« Na, ob er sich da nicht etwas übernimmt. Wir werden sehen und wünschen diesem Tausendsassa und seinem afrikanischen Paradiesvogel das Beste.